读客®文化

清明上河图密码

隐藏在千古名画中的阴谋与杀局

5

全图824位人物，每个人都有名有姓，佯装、埋伏在舟船车轿、酒肆楼阁中。看似太平盛世，其实杀机四伏。

翻开本书，在小贩的叫卖声中，金、辽、西夏、高丽等国的间谍、刺客已经潜伏入画，824个人物逐一复活，只待客船穿过虹桥，就一起拉开北宋帝国覆灭的序幕。

"相绝"陆青

冶文彪 著

北京联合出版公司
Beijing United Publishing Co.,Ltd.

图书在版编目（CIP）数据

清明上河图密码：隐藏在千古名画中的阴谋与杀局.
5 / 冶文彪著. -- 北京：北京联合出版公司，2018.5（2025.1重印）
ISBN 978-7-5596-1984-6

Ⅰ.①清… Ⅱ.①冶… Ⅲ.①长篇小说 - 中国 - 当代
Ⅳ.①I247.5

中国版本图书馆CIP数据核字(2018)第075282号

清明上河图密码：隐藏在千古名画中的阴谋与杀局.5

作　　者：冶文彪
出 品 人：赵红仕
选题策划：读客文化
责任编辑：徐　鹏
特约编辑：唐丽娟　袁莹莹
封面设计：陈艳丽
版式设计：余晶晶　刘　倩
责任校对：绳　刚　曹振民

北京联合出版公司出版
（北京市西城区德外大街83号楼9层　100088）
三河市中晟雅豪印务有限公司印刷　新华书店经销
字数485千字　710毫米×1000毫米　1/16　31.5印张
2018年5月第1版　2025年1月第21次印刷
ISBN 978-7-5596-1984-6
定价：69.90元

目 录

引　子

田……

> 天地之大德曰生。
>
> ——《周易·系辞》

有天斯有地，有地斯有生，有生斯有人，有人斯有家，有家斯有国，有国斯有天下。

远古之初，生民为公，不分彼此，同劳同食。只是以采集渔猎为生，一半靠力，一半凭运，收获难有稳靠。之后，渐知畜养种植之法，农业随之兴起。人力驯服天力，收获便稳靠了许多。然而，谷畜渐丰，储积渐多，人便渐次分出贵贱，地也划出公私。

商周之时，天下土地皆归天子，所谓"普天之下，莫非王土"。西周又行分封制和井田制，土地逐级分封给诸侯卿士大夫。田地照"井"字划分，中间大田归王侯，叫公田；四周小田归庶民，叫私田。王侯向天子缴纳贡赋，庶民则向王侯献助力役。百千万人集体劳作，先耕种公田，之后才能耕种私田。《诗经》所云："亦服尔耕，十千维耦""雨我公田，遂及我私"。

到春秋时，贵族堕落，民智渐醒。加之铁器牛耕兴起，庶民渐能自立，开始怨愤于贵族不劳而获、如同硕鼠，怠工逃亡愈演愈烈。鲁国顺应大势，推行"初税亩"，废止贡赋力役，不论公田私田，一律按亩收税。继而秦国商鞅变法，废井田，开阡陌，任民自由买卖土地。战国至秦汉，天下田土由公而私，由集而散，民心大畅，民力大解。男耕女织，小户农家从此遍满天下。

然而，土地既可买卖，便难免多寡不均。到东汉末期，兼并之势无可阻挡，富者田连阡陌，贫者无立锥之地。天下土地几乎被豪强地主占尽。到魏晋时，世家大族把持朝政，割据天下，造成三百多年战乱动荡。"白骨露于野，千里无鸡鸣。"自耕之农难以自存，只能依附豪强，沦为奴婢徒附。

北魏孝文帝为遏制豪强、开垦荒田，颁布"均田令"，召集流民，计口授田。隋唐平定天下，承继此法，推行均田制，将战乱无主之地均授予民，受田农户按人丁服徭役、纳绢谷。百姓安生，民力舒解，百余年间，终于击垮强横世族，迎来大唐开元盛世。

可惜，中唐以后，均田制渐渐名存实亡，难以为继，土地兼并重又袭来。穷户连片失地，却仍须纳人丁赋税。唐德宗时，宰相杨炎为解此困，推行"两税法"，不再以人丁征税，只按实有田产，贫富分等，按夏秋两季纳税。此法大为公平，甚得民心，却触怒豪户，因而推行艰难。加之藩镇割据，五代十国军阀混战，天下随之又乱。

直至宋太祖平定天下，动荡才得歇止。大宋不立田制，沿袭两税法，土地自由买卖，只依照田产，分夏秋两次收税。朝廷清简，百姓安业，几十年间，天下渐臻富庶。

富则多欲，奢则多骄。宋初俭朴之风渐趋奢靡，冗官、冗兵、冗费令朝廷不堪重负。而富贵之家，依仗权势财力，不但广占田地，更借诸般名目，隐匿田产，逃减赋税，甚而将赋税转嫁于穷户贫民。积重之下，不得不变。

神宗时，王安石推行新法，其中最紧要一条为"方田均税法"，重新丈量天下田土，按各户实有田地，缴纳赋税。此法虽有益于穷民，却招致豪户怨怒，因而难以推行。新法旧法几经更迭，到徽宗时，重用蔡京，再度推新法，天下赋税由此大增。

后有宦官杨戬，推出"括田令"，搜检荒山、退滩、淤地、湖泽，尽都归为公田，勒令百姓租佃，强征税钱。其后，更检视民田契书，追根溯源，层层追查买卖来由，由甲至乙，由乙至丙，由丙至丁……直至寻见缺误，便加重租税，甚而收为公田，招人承佃。

"括田令"由汝州开始，继而扩延至京东、京西、淮北、淮南，破产流离者难计其数……

风篇

劣童案

第一章　屯

屯者，结之不解者也。结而不解，则乱；乱而不绨，则穷。

——司马光《温公易说》

宣和三年，清明正午。

虹桥那边喧闹起来时，王盂和三弟正坐在赵太丞医馆间壁外墙的石台上歇息。这时丽阳高照，春日正好，王盂心底却仍忐忑不宁：自己咒死了一个孩童。

王盂今年已六十二岁，却身形高大，腰背直挺，须发依然浓黑。他家在二百里外拱州襄邑县一个叫皇阁村的村庄。他们是寒食前一天动身，步行三天，昨夜才到的京城。同来的还有兄长、堂弟、妹夫、侄子、堂侄、堂孙。人多，不好投亲友，他们照旧在汴河北岸崔家客店挤了一宿，虽然脏臭，房钱却少些。

王盂揣着心事，一夜没睡安稳。由于清早要进城拜祖，还得尽快赶回到虹桥，办那桩不能让人知晓的要紧事，他强振起精神，早早起来，唤醒众人，向店家讨了热汤水，吃了点自带的炊饼，便领着众人一同进城，赶到望春门外的朱家桥。

上了桥，一眼便能望见左岸边有座大宅院，门宇雄阔，楼檐苍峻，尤其中庭那三株百年古槐，树身挺拔，新枝鲜茂，树冠掩过了楼顶。王盂在桥头站住了脚，望着那宅院，心头一阵翻涌。

这是王盂祖上故宅，天下有名的"三槐堂"。而他们王家，也被誉为"本朝第一故家"。

王盉的先祖王祜，生于唐末，为人倜傥，辞气俊迈，以文辞名动京师，历仕后晋、后汉、后周，大宋开国，拜监察御史。王祜为人忠直，做了许多仁义之事。有回，太祖皇帝差遣他伺查名将符彦卿动静，并许以宰相之职。王祜却劝谏道："五代之君，多因猜忌杀无辜，故享国不永，愿陛下引以为戒。"太祖听后大为赞赏，此举不但让符彦卿一人幸免，更于大宋不杀大臣、不因言治罪之仁政，也有献策之功，世人都称王祜有阴德。

王祜将家安在望春门外，亲手种植了这三棵槐树，并说："吾子孙必有为三公者。"果然，其三子后来全都位登显宦，功绩卓著。尤其是次子王旦，真宗朝时被拜为宰相，柄用十八年，为相整一纪，声名隆极，殁后从享于帝庙。此后，王家名士辈出，贤才竞现，成为当世望族。

王盉便出生在这宅子里。

那时还是仁宗末年，世风淳和温善。王家更是门庭醇雅，家风仁厚。王盉记得幼年时，百十口亲族聚居一宅，上百间房舍前后相连，却从没听过吵嚷声。前庭后宅，处处安详和静，时时能嗅到一团馥郁之气，混着墨香、纸香、茶香、花香、药香……每个人面上、眼中都闪着一层和悦光泽。

族中幼年一辈，长到五岁，便都去东院书堂读书习字。教书的是自己族中长辈，读书也只重熏陶，并不苛责学业。子弟即便学问不好，将来靠恩荫，也能得个官职。他们日间常听的，都是官家今日上朝面色如何，这道诏令该不该封驳，这篇奏折哪句不妥，欧阳永叔公来借哪卷古籍，司马文正公捎了什么墨，苏东坡先生从杭州托人寄来什么茶，王安石万言书如何放肆……因此，他们王氏子弟自幼便视这天下如自家厅堂，从来不忧不惧、不羡不妒，都知道自己日后也会如父祖一般，担起这天下之任，尽一番该尽之责。

不过，与其他兄弟不同，王盉读书极吃力。一篇《论语》《孟子》文章，别人至多三天便能记熟，他却半个月都背不下来。王盉又生性有些好强，看着其他兄弟经书诵得流利、文墨写得俊雅，心里始终过不得。可无论他如何尽力，都难有大长进。那些兄弟也总是明嘲暗讽，又因他这一房是侧室所生，便越发轻鄙他，处处都疏远他。王盉心里拧了一股气，暗暗赌誓，将来恩荫得了官职，一定要做出些大功业，让那些兄弟也妒一妒。

然而，等他年岁渐长，他们王家却已绵延百年，日渐衰微。早先连门客、使从都能得个恩荫官职，到他成人时，这项恩泽已经没了。子弟们又只知读书，于营生丝毫不通。京城物昂价贵，诸事拮据，而家口却日益众多，男丁都已上百。族中强一些的子弟不愿受这拖累，先后搬离故宅，而移居他处，自成门户。剩留的这些，更没了依仗，家计越来越困窘，先是削减奢费，继而收紧日用，到后来，各房人甚而开始为少分一尺绢、多得两升米而争执。

十几年间，家中那香气、光泽便如秋风荡过一般消退不见。庭院里处处透出寒意，人人面上也都露着慌忧。王盉心里担忧，想做些什么，可自幼生在这翰墨鼎食之家，除了那些读不通的书，其余的更是一无所能，只能痛感空生了一副强壮身躯，却使不出半分力。即便能使上力，他也只是个庶出之子，这族中并没有他说话的余地。

那时，王盉已到婚配年纪。原先他们王家论亲，五品以下官户，绝不肯俯就。到王盉，只要略带一点官阶，父母便尽力催促媒人去提亲。最终，王盉却只娶到一位绢商的女儿。这是他们王家百年来头一回。王盉自己愧赧之极，大半亲族却羡叹那家的数百贯食资。

成亲之后，家道越发艰难。那时，宰相王旦之孙王震、王古都还官居要职，却相继卷入党争，遭贬黜，先后客死南方。王家自此越发一蹶难振。几代先祖曾在拱州襄邑县累年置买了一些庄田，这京城再住不得，族里只得变卖了这祖宅，卖得二十万贯，去襄邑添买了一百多顷田产，又按户修造了六十多座房舍宅院，举族迁往那里。每家计口分田，不论男女老幼，一口人五十亩地、十贯钱。

离门那天，族里妇人们哭声连片，男子们也都个个垂头苦脸。王盉先也丧气，但看到那些善读书的叔伯兄弟那般失魂模样，心里忽而一动：离了这门庭，去那乡里，便不是读书做文章的世界了，分得百亩地，我这副身躯或许有用场了。

数百口人扶老抱幼，仅车子就雇了上百辆，将能搬的物件全都装载在车马上，前后绵延半里路，哭哭嚷嚷奔丧一般来到皇阁村。这村名听着大贵大雅，其实只是一处寻常村落。当时又正是深冬，遍地枯寒，满眼穷陋。一眼瞧见那荒僻景象，妇人们又全都哭了起来，男子们则全都冻住了一般。唯有王盉，偷偷露出了笑。

他是皿字辈，其他兄弟，尽是簋、盅、盉、盨这些国之重器。唯有自己，上头一个沾泥带土的禾字，一听便极村朴。如今看来，这个字却早有预见。其他那些宝器，到了这里，全都成了无用之物，自己却似乎生来便是要在这里得其所用，显其所贵。

先祖王祐曾说，天地之间，伦常最大，王家一族，世世代代都要同生同长、同居同爨，不许分隔析户，如此才能根深叶茂，血脉绵延。然而，这些年族中强支早已离居迁移，剩下各房因分食不均、掌财不公争闹了许多回。最终，自家顾自家，合族共居已名存实亡。到了这里，自然更难再同财共业。来之前，族中就为分产闹了许多日。来了这里，瞧过各自分的田地，再看到那几间仓促修造的窄陋房宅，族人们又在寒风里哭闹起来，引得这村里那几十户农人都来围看。实在冻得受不得了，众人才哭哭啼啼各自进到各自房的宅里。

王盉的妻子顾氏原以为嫁入天下闻名的王家，不知能享到何等荣华，进了门才发觉自己掉进了一口琉璃砌的穷窟。等进到分得的那一小院房舍，她看到墙壁漏风、窗洞大开，如狗舍一般，也顿时哭了起来。

王盉心里愧怜，却不愿多言，拿过院里一把破扫帚，将几间房都清扫干净后，到车边将几件桌椅床柜独自连拖带扛搬进屋。而后铺好床褥，摆好瓶壶器物。又将一只泥炉安在堂屋中间，捡了些枯枝，将炉火生了起来。再到村头井口，打了一桶水，回来烧起一壶水，屋里顿时暖亮起来。

王盉从未做过这些杂事，可动起手，竟自然便熟。他环视这陋室，生平头一回觉着双脚真的踩到了地，站到了实处。扭头见妻子仍坐在床边抹泪，便将她硬推了过来，让她坐到炉边取暖，安慰道："你莫忧，我不会让你受穷寒。"妻子听了，又哭起来："我不是哭穷寒，我是哭我这命，不公道！"

王盉听了，倒笑了起来。他自小便觉着这命不公道，今天却忽然觉得，公道原来有个早晚迟速，而且晚来似乎比早来好。看那些叔伯兄弟，如今个个苦奢着脸，全都没了一毫主张，他却像是回了家乡一般。不过，他没再多言，笑着转身出去，帮叔伯兄弟们搬抬什物、安置新家。

家安好后，严冬无事，其他人都三三五五聚在一处哀叹伤怀。他独自关上房门，取出在京城买的几部农书，《夏小正》《月令》《后稷农书》《氾胜之书》《齐民要术》……坐在炉火边，一卷卷细细读起来。自幼读书，他觉着像是在钻狗窦，费尽了气力也钻不进去。可读起这些农书，心眼顿时敞亮，出门看景一般，一字一句，一豆一麦，竟极有滋味。

他见书中写道，冬十二月，造酱、制腊脯、溉冬葵、烧荒、斩伐竹木、嫁果树、造农器、碓硙粪地、造饧糵、贮草、贮皂荚、缚笤帚……竟有许多要务杂事。他忙丢下书，去村中农户家瞅了一圈。果然，并没一人闲着，连老人孩童都各自忙着活计，或簸豆，或削竹，或捡皂荚……

王盂一时间顿在那里，转头见旁边院中有个老农蹲在地上，正在敲打加固一个车架，那车架并无轮子，底下却竖着两根木柄铁弯刃。王盂从没见过，便走过去问。老农笑着说："这是耧犁。车上这木斗盒，底板开了孔，里头盛谷种，套上牛，一边犁地，一边下种。"王盂忙又问："老丈，我要务农，该备哪些农具？"老农先一愣，随即又笑道："这耧犁便缺不得，还得有连枷、磨、凿、锄、镰、斧、杵臼、权、耙、铲、耘荡……一时间哪里数得完？至少也得百十样吧？单镰刀，便有铚、艾、手镰、推镰、钩、鉴、铍……"

王盂顿时惊呆，他原以为务农不过是锄地、下种、收割，只要肯下力便成。如今却是有再大气力，也不知从何下手。半晌，才又问："眼下我该做哪样？""腊月里，男烧荒，女酱腊。"老农答。

他听了，忙道声谢，先回到家寻见妻子顾氏。顾氏这两日似乎回转了心思，已不再哀戚，开始里外忙碌，清理打整家务。他将酱腊的事说给妻子，顾氏听了笑起来："这作什么难？在娘家时，我年年跟着娘造酱腌肉。这家算是粗粗安顿好了，我正要跟你讲，去县里买些黄豆、葱椒、鲤鱼、兔肉、牛肉、羊肉。我来制几坛豆酱、鱼酱，再腌些兔脯、腊肉。来了这乡里，哪里能像京城，想吃哪般，出门便有？往后解馋救口，怕是离不得这些酱腊了——"说着，她从腰间摘下钥匙，转身去里间打开自己的箱子，取出一锭五十两的银铤，出来递给王盂："族里分你的那些钱，路上怕是已经使尽了。这锭银子你拿去，除了备办酱腊食料，剩余的就去打造些农具。"王盂大为意外，心中感念之极，却说不出话来。

顾氏将银铤塞到他手里："我虽是商人家女儿，贤德两个字，却也自小便听爹娘教导。既然嫁了你，夫如身、妇如影的道理，哪里会不懂？不过，这钱不是白给你。我是瞧着你不似族里那些人，不过是偶落了穷寒，男儿大丈夫家个个竟像腌茄子一般软答答，难扶难持。我原想，你家儿男都是见过大世面的人，如今看来，全是金笼子里养出来的绿鹦哥，除了会学几句舌，哪里见过真世面？我爹常说，穷三变，富三变，炎凉看尽才叫真世面。我算命好，没有嫁他们。你既是我丈夫，又一心要务农，我便跟你一起，合心合力，把咱们这小家兴作起来。"

顾氏果然不是随口白说，这之后，全然撇掉富商女儿的娇习，跟着王盉一起尽心操持家业，从未有怨言。王盉感念于妻子这般贤德，也加倍用力，一心习学农活儿。族中其他家都将自己的田地佃给穷户，靠租粮度日。王盉却事事亲力，跟着村中那些农人一样样学种麻麦粟豆，垦荒、溲土、耘田、犁地、施粪、播种、锄草、浇溉、收割、碾砻……

起先自然辛苦至极，每天累得碗都端不稳，但看族中人全都在窃笑暗嘲他，他攒紧了一口气，硬生生熬了过去。几年下来，面目黧黑，手脚粗皲，已经全然是个农夫，再找不见丝毫王公贵子的影迹。一年勤苦，其实收获无多，但在乡里也已是三等户，养活家小，已是富余。

起初，族中还以翰墨传家自诫，仍以读书为主。十几年间，却只有一人考中，官职也只到个小小仓监，俸禄连几口人都难养活。族人便渐渐绝了仕进之念，也开始跟着他学务农。一个京城豪族渐渐入乡随俗，落地生根，褪去了虚文，变作寻常乡土农家。

原先王盉学问不通，文思拙陋，在族中从没有半分说话的余地。他虽然生得高大，头却始终埋着，目光不敢高过任何人，因而背有些驼。这时，族人见他熟习农务，治家得法，每年收获都是自家独得，不必分一半给佃户，都开始羡妒。对他，也渐次由轻视而侧目，由侧目而正视，由正视而重看，由重看而高看。

王盉积了二十多年的郁气终于舒解，背也渐渐挺直起来。原先说话时，腔子似乎始终闷堵着，即便一肚子话，等费力说出口时，只剩硬生生、闷吞吞几个字。这时，嗓子疏通开了一般，说出话来，沉实果断，自然令人信重。

不过，王盉心中虽欣慰自得，但知道得意之色最招人嫌，因此面上不敢露出分毫。务农几年，更让他深知，行事做人，一个"实"字最要紧。如耕种一般，一分力换一分利，只骗得过自己，休想瞒过天地。实心实力，才得实收实报。这公道，分毫不爽。

于族人，他也能帮则帮，能助则助。他这一房中，除了一个堂兄，便数王盂年长，而那位堂兄又为人愈懒滑赖，不受敬重，因此，在这一房，王盂已俨然成为房长。几个兄弟有大烦小难，头一个便来寻他。这等快慰，甚而胜过庄稼收获。他越发自重，尽力挺直腰背，放宽胸怀，诚厚待人。

当然，为这诚厚之名，难免自损自折、自难自屈，常常为了面上好，内里暗暗吞苦水。妻子为此劝了他许多回："虽说是同族一脉亲，可柴烧自家灶，饭添自家碗。常日守住礼，难时量力帮，已是大好了。哪里有灭了自家灯，去添别家火的？这名声如水里月，瞧着好，可真要借光照明，能靠它？他人赞你百般好，不若自得半分实。"

他何尝不知道这个道理？但自小受尽了嘲哳，这时终于能在人前昂起头。就如憋在水底的人，猛然将头伸出水面，只要吸过一口气，看过一眼天，哪里能再忍得住水底的闷？于是，他继续尽力诚厚，越来越得兄弟们仰重，说话也越来越有分量。到如今，已没人敢轻易反驳。

然而，一个孩童却将他搅乱。

这孩童叫王小槐。

王氏宗族中，嫡系是先祖王祜长子王懿一脉。王懿长子王睦是族中宗子，他自幼好学，饱饫经史，欲举进士，求取功名，却被叔父王旦劝止。王旦那时已为宰相，说我王家贵盛已极，岂可再与穷寒门户争竞？只向真宗皇帝为王睦求赐了一职，赴浙江任东阳知县。王睦也许是灰了心，任职一年便卸任，且并未回到汴京，而是隐居在东阳永泰乡。他这一房由此定居于永泰。

王懿次子王淳便成了汴京三槐王家宗子。淳生克，克生震，震生豪。

王盂祖父是婢女所生，庶出入不得正谱。论辈分，王豪是王盂的祖辈，却只比王盂长三岁。这位小祖父自幼顽劣，又因辈分高，族里人人都敬让，因此越发乖张不逊。成年后，王豪继承宗子之位。卖故宅、迁乡里便是由他一意主张。宗族中那时人人都慌失了主见，只能听他安排。

王豪人虽乖张，却极有经营才干。到了乡里，族人分产只照人丁数。王豪那时只有一子，分得的田地只比王盉多五十亩。然而，王豪旋即便将自己那片田转典出去，而后携资出门行商。至于做何等生意，族人都不知晓，只眼见着他每年回来，都比往年更富些。几十年下来，王豪不但将典出的田产赎了回来，更在乡里不断置买新田。如今不仅在宗族中最为富强，在襄邑县也是一等豪富。

只可惜，王豪生子接连夭折，直到五十四岁，意外得了个幼子，乳名叫小槐，以示"三槐王家"正脉。

王小槐今年才七岁，生得头窄嘴尖、背弓肩瘦，猴子一般，却天生极聪颖，性情更是娇纵异常。

去年，王豪一病而亡。王小槐小小年纪，竟成了这个宗族中辈分最高的一个。又是正脉嫡子，且家业富厚，族里人纷纷前去巴附。王小槐越发骄狂无忌，整日手拿一把银弹弓，揣一袋栗子，见谁不顺意，扯起弹弓便射，自称"小祖赏利市"。被射中的只能忍痛赔笑，不敢发半句言语。

王盉见不惯这等狂顽，但王小槐是自己叔父，碍于辈分伦常，只能装作不见，远远避开。然而这乡里地界只有这么大，哪里能避得开？

去年十月下旬，王盉带着两个儿子去田里覆芜菁。那时已霜降，芜菁割过后，根留在土里，用干草覆盖，不但一冬不死，还能在雪下生长。他这片地和王小槐家的一片田正相邻，那田里种的是冬瓜。王豪亡故后，他家庄客尽被王小槐打跑，那些瓜便荒弃在地里，已经开始溃烂。王盉半生务农，最见不得糟践农物，便叫儿子们拣好的摘下来，装到车子上，给那个小叔父送去。

儿子走后，他正独自弯着腰在田里覆草，后臀猛地一阵剧痛，回头一瞧，竟是王小槐。王小槐身穿白孝袍，手里扯紧银弹弓，歪斜着眼，扣住一颗栗子，正瞄准了他，嘴里大声骂："你这奴婢生的不孝子，冬瓜冬瓜，不过冬能叫冬瓜？小祖我正等着下了雪吃冰瓜，却被你摘了——"说着，手一松，那颗栗子飞射过来，王盉慌忙躲开。王小槐见没射中，着恼起来："你敢躲？"又抓出一颗栗子，扣到牛筋弦上，再次瞄准了王盉。王盉又羞又愤，却只能快步躲开。王小槐已经兴起，边骂边追边射。王盉后背后脑连被射中，痛辱交加，却不敢回头，只能加快脚步，急躲回家，关死了院门。王小槐追到门外，仍不住尖声叫骂，不停地用弹弓射门板。王盉做了半辈子诚厚人，从没有受过这般羞辱，坐在床脚，听着外头的叫骂声、射门声，泪水禁不住滚落，几次想一头撞向墙。

王小槐骂累之后，才悻悻离开。可这之后，只要见到王盉，他便立即握着弹弓追射过来。王盉被逼得无法，生平头一回在夜里偷偷烧香祈告，求老天一把天火，烧了那个顽劣子。

让王盉震惊无比的是，他祈告了许多日后，正月间，王小槐去了汴京。随后一个消息传来：王小槐乘了一顶轿子，行到汴河虹桥上时，那轿子竟忽然燃起火来，王小槐被烧死在里头。

王盉听了，惊异之余，先是一阵暗暗庆幸，老天听到了自己祈告，除掉了这个祸患。可过了两天，他心里渐渐不安起来，王小槐毕竟只是个孩童，何况还是自己叔父。

连着许多天他都惴惴难安。有天夜里，已过三更，他却睡不着，躺在床上，忽听见外头传来一阵车轮声，四下里的狗全都叫起来。那车子缓缓驶进村子，经过他家院门，向东一直行到王小槐家院门前，停了下来。他忙起床披衣，出去悄悄打开院门，探头朝东一看，浑身顿时一寒：那辆车上挂了几只白灯笼，照得雪亮。车身垂满白绫，通体雪白，灵车一般。车前看不见车夫，只露出半截马身，那马也是浑身雪白。

王盉正在吃惊，两边和对面的院门也相继轻轻打开，黑暗中看不到人影，自然是族中人纷纷出来觑看，却没一个人敢出声。

王盉又惊望向那辆白车，见车后帘掀开，一个白色身影从车子里探了出来，白衣、白裤、白帽、白鞋，身形极瘦小。王盉仔细一瞧，惊得头皮几乎裂开：竟是王小槐！

王小槐脸色苍白，举动僵硬，木雕蜡塑一般。他手里挑着只白色小灯笼，蹬着踏板慢慢下了车，身子僵直，一步一步走到自家院前，伸手推开院门，缓缓走了进去。而后"吱呀"一声，院门关上了。那辆白绫车子忽而启动，白马拉着白车，缓缓向东行驶，穿出村子，拐过村东路口，良久，再瞧不见灯光，也听不见声息。村子顿时又沉入寂静。

王盉又侧耳细听，东边王小槐院里没有一丝动静。他不知该不该过去瞧一瞧，犹豫半晌，终还是怯惧，便小心地关上了院门。其他家恐怕也一样，也各自轻轻关起了门。

王盉一夜都没睡安稳，但再没听见什么动静。第二天他起床打开屋门，一眼看到院子，又惊得浑身冰冷：地上满是栗子！

这一惊比昨夜更摄魂震魄，寒立半晌，他才回过神。好在家人都还未醒，他慌忙出去，壮着胆捡起颗栗子一瞧，栗子结了层霜，冻得冰硬。他心里一阵寒惧，迅即想丢掉，但随即想到不能让人看见，便忍着怕，将地上那些栗子全都捡了起来，用衣襟兜着，却不知该如何处置。左右望了一阵，才急忙忙走到后边茅厕，将那些栗子全都丢进粪池里。粪池结了层冰，栗子全堆在冰面上。他又忙抓过铁锹，用力捣碎了冰，将那些栗子全都沉下去，又费力铲了些冻土，盖在上头，这才稍稍松了口气，手却仍抖个不住。

等他回到前头，听见外面一阵叫嚷。他定了定神，这才打开院门，走出去一瞧，许多族人聚在王小槐家门前。他走过去，隔着十几步，再不敢靠近，只远远望听。过了一阵，才见几个人执杆拿棒从那院里出来，其中一个说："里头寻遍了，找不见人影！"大家又纷说了一阵，才渐渐散开。

这之后，连着几天，每到半夜，王小槐那宅子里总是传来哭声。王盉清早起来，院子里总是丢满了栗子，只能又赶忙捡起来，埋到粪池里。

他越来越受不得，族人们也都惊惶无比。大家商议去请个阴阳法师来除祟，正在犯愁该去哪里请，有个人来村里访友，众人见到，全都喜出望外。

那人名叫陆青，是个相士，通晓阴阳五行、易理占卜，尤精于望气看相。京城人都叫他"相绝"。陆青和王盉族里一个叫王伦的后生相熟，去年还曾在王伦家里小住过一段时日。王伦为人浪荡不羁，时常出门游走。今年年初，他又离家远行，至今未归。

陆青访友不着，便要离开，众人忙去拦住，将村里那桩异事告诉他，求他施法除祟。陆青性情孤傲，当即拒绝，说自己从不染指鬼祟。众人又苦苦哀求，陆青才勉强答应去瞧一瞧。王盉一直躲在一旁，听他应允，才稍放了些心，惴惴跟着众人，围引着陆青来到王小槐家院门前。众人不敢进去，王盉更不敢，陆青独自推开院门，走了进去。许多天来，王盂头一次离得这么近，那院门一开，一股寒气顿时扑面而来。不到一个月，那院子竟已萧败得满目荒冷。

他望着陆青走进前堂，从袋里取出一面青铜罗盘，四处细细查看了一番。随即穿进了后堂，再不见人影。过了许久，才又走了出来，站在门前石阶上，冷着脸说："里头的确有幼鬼萦留，想必是这宅中幼主亡魂。魂气轻盈，其间掺杂了一股冤怨不散之意。恐怕是你们当中有人亏负于他，致使冤意郁积、亡魂返宅——"

王盂听了，心里一颤，见陆青峻冷目光扫了过来，忙低下了眼。

"不过——"陆青却又继续言道，"我测其魂气与冤气，二者颇有些乖离。其魂气属少阴之相，乃幼亡新魄。冤气却呈老阴之相，似是老死旧魂。观其表，祟事似是幼鬼所为。究其源，实乃老魂所驱。相学中，这叫作'一魂二魄'。前世旧魄附于此世新魂，老阴挟制少阴，因而，这冤气不但有此生新结，更有前世积缠。今生冤气，还好化解；前世冤仇，便有些棘手。在下无法从你们面相神气中探知，唯一办法，你们一个个到中堂，单独测判。你们谁先来？"

众人一听，彼此相觑，都不敢出声。王盂更是心虚无比，哪敢进去？不过，刚才听陆青说是隔世冤仇，倒让他大松了一口气。

半晌，族中一个年轻胆壮的后生说："我先来吧。"说着走上台阶。陆青点点头，转身带他进去。两人走进前堂，搬了两张椅子，面对面坐下。陆青端着那面罗盘，测了一阵，而后说了些什么。那后生顿时站起来，快步走了出来，面上似忧又似喜。众人忙问，那后生摇了摇头："陆先生说，事关气运，莫要泄露。"随即便怀着心事走了。

其他人听了，推让半晌，终于还是一个一个走了进去。出来时，个个似乎都面露疑惑，也都不肯泄露分毫。

王盂见进去出来十几个，便也壮着胆子走了进去，小心坐到陆青对面。陆青望着他，凝视了片刻，目光像是一把银匙探进羹汤，兜底搅动一般。王盂觉着自己的肠肺都被翻检了一遭，心里一阵寒怕。幸而陆青随即低下眼，盯着罗盘，左旋右旋，比照了一会儿，抬起头，眼中露出些温意："你们今生只有些微小怨，前世却有伤毁之恨。此乃屯卦之相、郁结之兆。心欲为善，反受其殃。愤意内积，怨气外溢。你若想化解这仇怨，清明上午，到汴京东水门内、香染街口，等一乘轿子。那轿子前头有个男子，头戴一顶竹笠，左手提青布袋，右手执一根细竹，竹上挂着十数根清明辟邪彩绸。你见到那人，便走到轿子边，莫要靠得太近，朝轿子里低声说一句话——"

"什么话？"

"杀人一句寒，思亲半生哀。"

"哦？"王盉大惊，忙慌问，"这话指什么？"

"命数可解不可说，更不可泄于他人。你只须到那轿子边诚心说过这句话。前世怨、今世仇，皆可化解。"

王盉满腹疑惑走了出来，也不敢告诉旁人，陆青那句话更是直刺自己心底。思忖了许多天，心想：反正每年清明都要上京祭祖，祭过祖，顺道去那轿子边说那句怪话，就算不应验，也损不得什么，总好过这般天天忧烦。

于是，清明一早，他带着兄弟侄孙赶到三槐堂。那宅子已三度易手，前两年又被掌管内苑宦官的太尉梁师成买去。他们不敢靠近，只在河边取出香烛，插在土中，望着那三株古槐，跪下来远远磕了几个头。

往年，王盉还要带着众人绕着那宅院慢慢走一圈，今天他起身后，便催着众人赶回到东水门外，假意说："一年难得来京城一回，各人四处游赏游赏，下午再搭船回去。"等其他人各自走开后，他忙赶到香染街口候着。

快到正午时，果然看见一个头戴竹笠、手执一根彩绸竿的男子，男子身后跟着一顶轿子。他顿时有些紧张，见那轿子渐渐行至眼前，想到院子里那些栗子，便不再多想，装作行路，靠近那轿子，低声说出陆青交代的那句话：

"杀人一句寒，思亲半生哀。"

第二章 蒙

蒙者，未知所适之时也。处乎蒙者，果于自信其行以育德而已。

——欧阳修《易童子问》

王盅坐在王盉身边，一直在想那顶轿子。

刚才，他也朝那轿子说了一句话。他不知那顶轿子里坐的究竟是人，还是鬼，也不知相绝陆青为何要让他说那句话，但这句话让他心底一阵阵翻涌。

王盅是王盉胞弟，今年五十九岁。不像哥哥王盉，王盅自小身体瘦弱，加之是庶出，在族中从来都难得有人留意到他。虽说他上头还有王盉这么一个强壮的兄长，但这个兄长不知为何，始终有些嫌厌他，对他难得有好脸色，更不带他玩耍。他总是小心跟在哥哥身后，哥哥却不时回头狠叱，让他离远些。而哥哥自己又时常只能站在庭院边上，巴巴望着那些正室子弟说笑玩耍。

好在王家教子弟读书，并不分正庶。只是到了书堂中，正室子弟坐前头，侧室的坐后面边角。倒也并非有意安排，子弟们进了书堂，自然便这么分开落座。王盅读书虽不算多好，却远强于哥哥王盉。入学才半年，就已胜过读书三年的哥哥。父母因他年幼体弱，本就偏护他一些，见他能读书，便越发疼爱。哥哥见到，自然更恼。

王盅觉察到后，跟父母讲，让他们多疼哥哥一些。母亲听了，笑着搂住他，赞他心地善。父亲听了，却以为哥哥有怨言，勃然大怒，大声喝过哥哥，让他跪在地上，用竹板狠打了一顿。王盅在一旁想解释，却吓得说不出话，只能在一旁看着哭。

先前，哥哥偶尔还能跟他说几句话，自此以后，哥哥心里怀了恨，连瞧都不瞧他一眼了。王盅先还难过，渐渐地也习惯了，再不靠近哥哥，反倒有意避开。

在这大族里，除了父母身边，王盅找不见一丝依傍，始终有些惶惶怯怯。走路生怕脚步重了，说话生怕表错了意，远远独自坐着，也怕碍了别人的眼。而且，心里这怕，又不敢让父母知道。父母每日也是强颜忍辱，便是告诉了他们，他们也无从帮他。他便小心翼翼，尽力不做错事，到哪里都先退让几步。躲在别人瞧不见的地方，他才能稍稍安心。

幼年时，唯一让他快慰的是一只老鼠。

有天夜里，他被睡梦惊醒，睁开眼，见月光极明亮，照满了房屋。他见桌上有一小团黑影，先以为是一团纸。继而，那黑影动了起来，他惊了一跳，是老鼠！那老鼠察觉，倏地溜下桌子，不见了。

第二天早上，他趴到地上，四处找寻，最后发觉鼠洞就在自己床脚墙边。他原想用石头堵死，但随即生出顽性，去厨房寻了一小块油饼，搁到那洞口，而后便去学堂读书。下午回来后，他忙趴到床下去看，那块油饼竟不见了。他心里大乐，又去寻了一撮羊油渣，仍放到那洞口，而后趴到床上，候了许久，却没见动静。等他吃过夜饭回来再看时，油渣也不见了。

自此，他每天都要放些食物在那洞口，食物总是被那老鼠吃掉，他却从来没见到过那老鼠。即便如此，他也觉着神交了一位朋友，自己将孔圣人那句"有朋自远方来"改作"有朋自床下来"，心里乐个不住。读了许多经书，他头一回真切明白了圣人所言的"不亦乐乎"，也才隐约发觉，圣人也是人，也有如他一般的心念情意。

自从有了这个不见面的小友，他心里亮了许多，也安稳了许多。每日有什么忧乐，都在心里偷偷讲给鼠友听。旁人看到他不时莫名其妙地笑，都有些惊异，他却不再像以往那般介意，觉着自己像是身处在一群穷汉间，怀里却暗揣着一件珍宝。这桩事，他从不敢，也不愿让旁人知晓，哪怕是母亲。

然而，有天傍晚回到家，他一眼瞧见哥哥王盉用火钳夹着样东西，是那只老鼠！那老鼠不住地扭动身子，却挣扎不脱。他见哥哥往厨房里疾走，心里顿时明白，忙尖声大叫："放了它！"他从没这么高声过，哥哥听见，扭头惊望过来，但盯了他片刻，随即回头，夹着那老鼠快步走进厨房。他忙追过去一把扯住哥哥后襟，哭着哀求。哥哥却猛力一搡，将他推翻在地，随手关上房门，从里头插上门闩。他哭着爬起来，用力拍门，大声哀求，却听见里头一阵吱吱叫，随即一股焦臭味传了出来。他尖叫一声，猛地栽倒，没了知觉。

　　等他醒来，见自己躺在床上，母亲坐在身边，满眼是泪，连声问他缘由。他却不知道该如何说，即便知道，也不愿说。哥哥站在门边，冷冰冰望着他。他顿时想起那吱吱声和焦臭味，眼泪立刻涌出，忍不住呜呜哭了起来。

　　如今回想起来，活了大半生，那恐怕是他哭得最伤心的一回。自那以后，他再难得笑，也难得哭，整日木木的。成年以后，他才明白，那叫心死。那年，他七岁。

　　宗族败落，东迁到襄邑县皇阁村，这些事他全都浑浑噩噩，并不觉得好或不好，只茫茫然跟着族人到了那乡里。那时，他母亲已经亡故，他尚未婚配，和父亲一道分了一个小宅院、一百亩地。一切都是由父亲主张料理，他只听从吩咐。那时论亲，更没了谈资。父亲替他相中了邻乡一家三等农户的女儿，成了亲。

　　起先，他只是奉命，连那家女儿的面容都懒得细看。他没料到，这农家女儿竟让他心思松活起来。

　　这妇人名叫阿枣，腰身村壮，巨枣一般饱圆的一张红脸。圆房那夜，亲戚宾客们出去后，从外面带上了门。王盉和那新妇坐在床沿上，中间隔了一尺多。王盉自幼便难得开口要什么，事事都排在后头等自己那份，能等来便好，等不来也不敢说什么。这是他生平头一回和年轻女子同处一室，心里极慌窘，连指头都不敢动弹，只能垂眼僵坐。而身旁的阿枣，却不时扭动一下身子，或轻咳一声，或挪一挪脚尖。王盉装作没见，余光都不敢扫向旁边，两人一直静峙到半夜。起先外头还有说笑声，后来人全都散去，只剩王盉老父亲一人，送走亲朋后，关好院门，回到自己卧房，关上门，之后再听不见声息。这时，桌上红烛也恰好燃尽，屋里顿时黑下来，只有窗纸映入微微一些月光。

寂静中，王盅不由得吞了口口水，"咕隆"一声，极响。他浑身立刻绷紧，想拔腿逃走，却又不敢挪脚。身边阿枣却"扑哧"一声笑了出来，旋即想强忍住，却在喉咙里憋成鸡鸣一般的声响，终于没能抑住，"咯咯咯！"雌鸡报卵般大笑起来。王盅越发羞窘，却不知该如何是好，不但脸，直觉得连身子、脚底都涨得红赤。阿枣笑了许久才终于止住。

屋子里又静了下来。王盅再坐不住，想起身躲出去，正在踌躇，阿枣忽然开口："你不睡？"声音脆爽，甜瓜一般，还略带着些村朴朴的娇嗔。王盅一惊，忙慌慌寻话答，半晌，却只干涩涩应了一声"嗯"。"你不睡，俺困了，俺睡了。"说着"噗噗"两声，阿枣蹬掉鞋子，转身爬到床里头，"咚"的一声躺倒在王盅身后。王盅慌忙将身子向前稍微挪了挪，心里正在忑忐慌窘，肩头忽然被一只手用力一扳，没防备，竟仰躺下去。他忙要爬起来，却被另一只手按住，力气极大，根本挣不过。阿枣的脸凑近他的脸，那甜瓜声在耳边响起："你们京城男人都这么文呆呆的？雕花箸儿似的，非要等人来搓弄？咯咯咯……"阿枣忽又笑起来，随即竟扯开了他的衣带。他忙伸手去阻，却被阿枣一把打开，手背生疼。听着那笑声甜脆，又带着些憨顽娇羞，他心头忽然一颤，血往上涌，一阵晕醉，便没再抗拒，任她施为……

第二天，等他醒来，见阿枣侧着脸、面朝他躺着，一双水闪闪大眼，瞅着他直笑，憨朴里带着些娇艳。与自己族中那些娟秀贞静的姊妹比，虽说过于村朴，却自有一番不拘不避、不遮不饰之美。他不由得想起《诗经》中"素以为绚"这个词，再念及昨夜的情景，不由得赧然一笑。见到他笑，阿枣也"咯咯咯"笑起来，片刻，忽然盯着他说："果然是京城大门户里的贵家子，皮肤跟奶娃儿一般呢，眉毛也生得这么俊，这对眼睛最动人心，里头像是淹了许多诗文，比春天里的水塘还耐看……"王盅头一回被外人这么细看和赞叹，有些心悦，又有些窘，脸顿时涨红。阿枣又大笑起来："还害羞羞，咯咯咯……让俺摸摸你的脸……"说着伸出指头，摸向他的眉毛、脸颊。王盅原要躲避，但看阿枣满眼爱悦、率然天真，便忍住羞赧，闭上眼，任她抚摸。脸上痒酥酥，如同春风拂冻土，暖阳催春草……他正在晕醉中，阿枣忽然收回手嚷起来："娘嘞！日头已经照进来了，都这早晚了！俺得赶紧起来！去拜姑舅，行早礼。嫁过来头一天就贪床，吃人笑俺是懒婆娘！"

她飞快穿好衣裳，到窗边铜镜前抓起梳子掠了几把头发，飞快簪好。又跑到盥洗架前，见铜盆里没有水，急得直跺脚。转头看见桌上那只白瓷茶壶，忙过去揭开盖子瞧了瞧，迅即将里头剩余的茶水倒进铜盆，捞着茶水胡乱洗了把脸，而后转头问王盅："俺这模样瞧着成不？"王盅忙点了点头，阿枣咧嘴一笑，随即开门，快步出去了。

她跑进堂屋，大声说："阿公，起怎么早？媳妇给您请安啦！您稍坐坐，俺这就去炊早饭。"王盅听到父亲只低应了一声，声气有些局促。阿枣却已脚步咚咚跑进厨房，厨房里旋即叮叮当当、砰砰啪啪地响起来，听着极有节律。

等王盅起来穿好衣裳出去时，阿枣已经端着木托盘从厨房里走了出来，朝他偷偷一笑，将饭菜端进堂屋，摆到桌上，嘴里不住声说着："昨晚剩了些羊肉，俺拣了几块齐整的，蒸了一碗。想撒些胡荽，没寻见，若有些豉酱也好，也没寻见，只好剁了些碎薤末；瓜菜剩得也不少，俺闻过了，并没馊，和了些豆面，熬了一锅瓜豆羹……"王盅进去一瞧，四碗菜，一盆羹，一笼热馒头，虽算不得精致，却也齐齐整整，他心头不禁一暖。自来了这乡里，哥哥王盉两口儿另住，这家只有他父子两个，每日饭食都是他操办。他哪里会这些？只是胡乱糊口而已。嫂嫂不时端来些，他们才能吃顿中口的饭菜。如今，这家里有了阿枣，顿时便不一样了。

阿枣放好饭菜，扭头笑望向他："洗面水已经舀好了，搁在厨房门边。这家里没豉没酱，连醋也没有。厨房里有半坛子酒，已经酸了，不中吃了，正好拿来酿醋。俺去煮些热饭，和进去，拿泥封好，四十九日就能成好醋。这个月最宜造豉，俺见角上那间茅草屋空着，正好打整出来做荫房，浸一二十石陈豆子，阴覆蒸曝几道，拿坛子封埋起来，下个月就能吃到香豉了。还有，后头那片地白荒着，七月正好种葱薤，胡荽、蔓菁、莴苣也正当季。俺去耕它几道，施些粪肥，讨些种子撒进去……"

阿枣果然忙活起来，几乎一刻不停。才几天，这个家已大变了个模样，要汤有汤，寻火有火，处处都浸了层活气。王盅原本恍恍惚惚，无所适从，这时渐渐觉着生了根，有了家，看着阿枣，心里又暖又实。

过了两年，阿枣生育了个儿子，这家便越发和乐。年少时，王盅读陶渊明、王维、孟浩然那些田园诗，始终领略不到有何意味，现在却不时会想起那些诗句，才渐渐品出其间滋味。而且，那些句子虽好，却不及自己身边日常晨昏实境之真切深永。

　　他家分得的地，也和其他亲族一样，佃给了客户。自从娶了阿枣、生了孩儿后，王盅忽然生出想自己耕种的念头，于是他收回了几亩地，去向哥哥王盉求教。王盉自来了这里，也像变了个人，不但天天在田地里自耕自种，待他也和善了许多，听他说要学种地，先有些吃惊，但随即便笑着一口应承，一点一点教他。

　　他身体弱，起先扛锄头去田里都吃力，阿枣百般不肯，只让他在家里读书习字。他却抑不住这心念，执意学起来。其间之苦，远超出他所料，但眼看着青苗从地里齐整整、嫩生生钻出来，而后一天天长高，那等欢悦，无可比拟，他便咬牙强撑了下去。身体竟然一天强似一天，心底也越来越畅快。每天忙罢农活儿，虽然极累，但回到家里，见到阿枣和幼子，时时能开怀大笑出声，觉着自己比陶渊明更快意。

　　这乡间时日，每一天都极慢，每一年却又极快。倏忽之间，儿子已长大成人，娶妻生子。他父亲则早已过世，而他和阿枣也已渐渐年迈。其间虽难免口角争执，他却不爱纠缠，阿枣更是说过便忘，夫妻两个始终和和睦睦。许多事，早已无须言语，一个才动念，另一个便已明白。于亲族之间，他们也尽力避开纷争，和气相待。因此，常年无事，虽不富奢，却已足乐天命。

　　直到王小槐出生，事端接踵而至。

　　王小槐虽生得猥琐，天资却异常聪颖。才学说话，他父亲王豪便教他读《孝经》，他竟一学便会，三遍成诵，不到三岁，已将《论语》《孟子》《大学》《中庸》背得纯熟。这不但惊动了乡里，连州府都传遍。王豪大喜过望，便在宗族中请饱学之人来教王小槐。但王小槐性情太过顽劣，那些亲族教不过一个月，便被他激怒打跑。王豪无法，只得让儿子自家选，王小槐竟开口说要王盅教他。

　　王豪登门来说时，王盅纳闷之极。王豪自己也纳闷儿，笑着说："恐怕是你和这孩儿前世有缘。咱们三槐王家沦落多年，终于出了这么一个稀世之才，不可荒废。重振王家门庭，恐怕就靠这孩儿了。他既然选了你，就劳你多上心。束脩绝不会少了你。"王豪是叔祖，又是宗子，王盅哪里好拒，只能唯唯答应。

王盅撂下农活儿，去了叔祖家。王小槐那时刚满五岁，见到他，脸上做出成人肃然之色，郑声说："王盅，我选你，是因为你话少，也不似那些人，馋狗一般，甩着尾巴常来我家嗅食。我们祖宗做过宰相，我也要做宰相。官家喜爱哪些文章，你就教我哪些文章。等我做了宰相，就封你做这襄邑的知县。"

王盅被他震住，低头想了半晌，才慢慢说："如今官家最信道教。崇宁年间重新修订刻印了《道藏》。不过，《道藏》卷帙浩繁，总共有五千多卷——"

"怕啥？一卷书我一天就能背会，一年三百卷，二十岁就能背完。咱们这就开始——不成，家里没有《道藏》，我让我爹立即买去——爹！"

王豪果然立即差人去东京汴梁买来全套《道藏》。王盅便一卷卷开始教王小槐。王小槐果然聪颖得令人难以置信，一卷经文几千上万字，只须读三遍，便已经大致记住，模糊之处，再复记一两道。只需一上午，他便能将一卷书从头至尾脱口成诵。隔一个半月，再问时，仍能一字不差。每天诵熟一卷，他便再不肯多学，抓起银弹弓，挎一小袋栗子，四处去"赏利市"。

王盅见王小槐如此聪颖，由惊而叹，由叹而敬，由敬而惧。王小槐对他，也格外另看，虽颐指气使，却从不用弹弓射他。王盅由此发觉，这顽童天性中其实也有善念，便想是否该劝导一两句。可念头才生，一碰到王小槐那精锐目光，顿时便怕了，哪敢吐一个字？

王小槐三岁时，母亲便病亡。去年，他刚满六岁，没料到父亲也染了急症，这乡里急切间寻不到好郎中，耽误了救治，一命呜呼。出殡那天，王小槐跪在父亲墓前，号啕大哭起来，嗓子都哑了，却仍不停声。众亲族去劝，他却边哭边骂，取出弹弓将众人射散，而后又跪下来继续哭，一直哭到天黑，仍在哽哽咽咽。王盅心里伤悯，壮起胆子小心去劝。

王小槐却哑着嗓问："我怎么哭不出泉水？《搜神记》里讲的那个杨雍伯，他父母死了，他在墓前哭，能哭出泉水来，感动神仙给他一堆白石头，种下去能长出玉，能让他成仙。我怎么哭不出泉水？我也要成仙！成了仙便能寻见我爹娘！"

王盅寻思半晌，才小心劝解："人不同，成仙之路便不同，而且其中须得有机缘。你莫哭坏了身子，身子坏了，便难有机缘。"

"机缘来了，我就能见到爹娘？"

"嗯。"

自那以后，王小槐与王盅说话时，再不颐指气使，反倒生出些亲近。不过，他每天开始问成仙机缘，王盅从来不善编谎，怕伤了王小槐的心，只能搜肠刮肚，尽力想些妥当之语，宽解这位小叔父。

自王豪亡故后，这个家便只剩王小槐这个幼孤，守着偌大家业。四周的人难免生出觊觎之心，不但亲族，甚而乡里、县里、州府，都有不少人来嗅探。王盅看着，虽然暗暗担忧，却不敢说什么。

王小槐家中原有不少仆婢，全都被他打骂走，只剩老管家两口儿，每日饭食都没了着落。王盅让妻子阿枣备些吃食送过去。正月间，阿枣蒸了一笼羊肉馒头，包了几个去送给王小槐。进门时，正巧王小槐刚出来，没防备撞到了一起。王小槐跌倒在地，顿时哭起来。阿枣忙要去扶，王小槐却一把打开她，随即爬起来，拿出弹弓，扣上一颗栗子，朝阿枣狠狠弹去。两人离得近，栗子重重射中阿枣的左眼，眼珠被射破，血浆顿时喷涌出来。

王盅得知消息，慌忙赶过去，见阿枣瘫坐在地上，捂着左眼，不住声痛叫，满脸满手的血。他的心顿时被捏碎了一般，忙借了辆车子，扶阿枣去乡里草市上寻大夫救治。大夫看过后，直摇头："只能敷些镇痛药，眼睛是救不回了。"

活了五十多年，王盅从没这般恼愤过，护送妻子回家后，他怒冲冲去寻王小槐。王小槐坐在书房大桌边，正在翻书，见王盅进来，抬起眼埋怨道："你欠了两天的功课，今天明天，都得背两卷。"

王盅越发恼怒，浑身发抖，却顿在那里，不知该如何处置。半晌，才恨恨挤出一些字："你这等人，莫说成仙，做鬼都只能去阴间最下一层，永世受火刑。你也休想见到你爹娘，机缘就算有，也早已被你耗折尽了。你爹娘如今只剩两具白骨，躺在那土里头。你若想见他们，就挖开那墓去见。这一世，你注定只能孤零零，无依无傍。哭，没人听；叫，没人应！"

"住嘴！你骗我！你骗我！我能成仙，我能寻见爹娘！"王小槐猛然靠到椅背上，大哭起来。

王盅盯了半晌，忽而一阵虚乏，转觉无谓，便转身离开。王小槐却一直在哭，临出门，王盅回头看了一眼，幽暗书房里，王小槐那小小身躯坐在宽大椅子里，越发显得伶仃瘦弱，而那哭声，是真伤心。王盅甚而能瞧见他小小腔子里那颗小小的心，初秋柿子一般，还没熟，已被鸟雀啄烂。

王盅心里一软，脚底略顿了一下，但随即想到妻子那只眼睛，只能长叹一声，抬腿离开了那阔大空宅。

他没料到，那是自己最后一眼见王小槐。过了几天，噩耗传来，王小槐在虹桥上被天火烧死。他顿时回想起那天自己那句毒话"做鬼都只能去阴间最下一层，永世受火刑"，再念及王小槐最后那哭声，心里百般不是滋味。说给阿枣听，阿枣也连声念佛，说他这话过于狠了，毕竟只是个七岁孩童。

负疚了一阵，那天半夜，王小槐竟坐着那辆白绫车回魂了。之后接连几天，王盅清晨起来，都见自己院子里落了许多栗子，这让他越发惊惶。

族人请来相绝陆青除祟，他进去后，陆青注视他半晌，眼里透出些温善，缓声言道："观你之气，乃蒙卦之象。生意初萌，孤弱易伤。得逢雨露，润泽其光。烈风忽起，顿罹摧折。难承其痛，发而为怒……"他听着，如同自家一生被演述出来，心中不由得一阵恸颤。最后，陆青教他清明上午到汴京东水门香染街路口，等一顶轿子，对那轿子说一句话。他半信半疑，但心中终究被愧怕搅缠，便趁着去京城三槐旧宅祭罢祖，回到东水门，真的等来了那顶轿子。

他犹豫半晌，终于还是走近那轿子，低声说出了那句话：

"你可怜，我可怜，同根何苦更相残？"

第三章　需

那顶轿子过来时，王盆正在香染街口。

王盆是王盉、王盅的堂兄，这一房中，他年纪最长，已经六十四岁。这回来京城，他带了小孙儿，想让孙儿见识见识汴京和祖宅。当然这趟最要紧的，是那顶轿子和那句话。

他牵着小孙儿站在香染街口听那个彭嘴儿说书，眼角却不时留意着街西头。那轿子过来时，他忙抱起孙儿，迎向那轿子，经过时，见轿窗关着，更被一幅青锦厚帘遮挡严实，看不到里头。他来不及多想，忙假意跟孙子说话，高声念出了相绝陆青教他的那句话……

那天走进王小槐家的堂屋，单独去见那个陆青时，他其实丝毫不信，咧嘴笑着，准备奚落嘲弄一番。可刚坐下来，迎面遇上陆青的目光，他不由得打了个寒噤。陆青看起来年纪轻轻，还不到三十岁，目光却极其苍老，像是已活了三百年。与他对视，如同照一面古墓铜镜，似乎连魂魄都能被映出来。

王盆这辈子最得意的便是看人，不论人藏了何等心思，藏得何等深，他都能一眼瞧破。然而，盯着陆青看了半响，他却丝毫瞧不出端倪，反倒觉得自己被剥光了一般，让陆青瞧了个透底，这令他极不自在。

陆青却忽然笑了笑，他面容生得清癯冷峭，这一笑，如同华山绝壁上陡然春泉飞溅，有些促狭，又有些狷傲，似乎在说：你不过是尘间一俗客，我清我狂、我高我寒，与尔何干？

王盆有些恼，陆青却仍笑着说："我只给你个解祟的方子，信与不信，皆由你。清明上午，你去汴京东水门内，香染街口孙羊正店门前，等一顶轿子……"

王盆出来走到太阳地里，忍不住又打了个寒噤，不论陆青所言的怪法子是否真的除得了祟，那句话却细针一般，刺穿了王盆不知结了多少层老茧的心……

王盆的父亲是这一房的长子，王盆又是头一个儿子，原本该受尽荣宠，可命数偏偏最爱逆着人。他们这一房是偏房，住，只能住在那三槐大宅院的边角矮房里；吃，只能等前头吃罢，捡些略看得过的剩食；站，也只能站在最后最边上，还得和那些正房子弟至少隔开一尺之地……外间人不知情，都说哪怕偏房，也是三槐王家的偏房，富贵尊荣，远胜过寻常官户的正房子弟。王盆先还有些自伤，听了许多回，渐渐也就信了。

真正让王盆难心的，是自己的父亲。不知为何，他父亲始终不喜他这个长子。父亲鼻梁生得有些歪，只要一见到他，那鼻子便歪斜得越加刺眼，似乎恨不得从那歪鼻孔里冲出一道大寒风，将他卷到没人烟的边塞去。因此，王盆自幼就怕父亲，父亲的话音、脚步声，隔着几十步、几道墙，都能立即听到，浑身也随即起一层寒栗，慌忙便要躲开。

王盆下面，接连又生了两个弟、三个妹。弟弟也罢了，可连妹妹，父亲都似乎更加疼爱，见到她们，不但时常露出笑，鼻梁都比寻常要正一些。王盆偷偷留意父亲的鼻梁，发觉那鼻梁其实是父亲的心。他最疼幼子，鼻梁最正；接下来依次是二弟、三妹、二妹；疼得最轻的，是大妹，鼻梁也只是原样，并没有更歪。

王盆曾偷偷向母亲诉苦，母亲却说："知足吧，你没瞧见你二叔是如何打骂王盉的？你爹恼极了，也不过是将你踢几个滚儿。王盉呢？竹尺、棍棒、板凳、火钳……哪样没挨遍？你听见王盉抱怨过一声没？他挨了打，还能替他家挣个严父孝子的名声，你替你爹挣到过一根葱，还是两瓣薤？有在这房里争一尺的心，不如多去外面争一毫。"

王盆一听，埋下头，再没了言语。从母亲这番话里，他学到了两样：再不好，也莫抱怨，这世间本没有公道；若真要公道，此处得不着，就该去别处讨还，讨来一分，便赚一分。

那时，他的"别处"只有两处：一处是正室，一处是侧室。为了争讨，他也渐渐生出两张面孔：对正室子弟，小心讨好，曲意奉承；对侧室子弟，寸土必争，睚眦必报。

时日久了，他真的成了一只盆子，朝上时，仰脸虚受，多少嘲辱都能盛纳；朝下时，翻盆盖死，一丝光都不肯漏。因此，正室子弟都爱他乖觉灵便，侧室子弟则都怕他心冷手快。

当然，不论正室，还是侧室，还有一些人既非爱，也非怕，而是厌他。对此，他自有良策应对。若是正室厌他，他便小心避开，不去触惹；若是侧室厌他，他则浑不介意，那等人无度无量，自恼自愤，合该卑陋一世。

在那三槐故宅里时，他始终是侧室子弟中最得意的一个，别人到不得的地界，他常去；别人沾不到的油荤，他常舔。

只有一个名叫王盥的堂弟，让他受过一场折辱，至今难恕。

王盥小他三岁，心思深沉，极难看穿。那年正月，族里分赐元宵。照旧例，上头厨房的仆妇端来，挨次给各家分舀。但那天那个仆妇使懒，将他们这一房的元宵全盛在一只木桶里，提过来垛在院门边便走了，由他们各自分。

王盆当时正要出门，头一个瞧见，慌忙奔回家里，寻了一只最大的瓷碗，飞快跑出来舀。哪知王盥也迅即赶到，手里拎着个大铜盆。王盆一见那大铜盆，又悔又愤，忙急抢一步，去抓木桶里那只长柄铁勺，刚触到勺柄，却被王盥一把抢过。王盆越发恼恨，伸手去夺，王盥哪里肯让？两人随即争执厮打起来。

王盥左手铜盆，右手长勺，如一盾一矛，王盆手里却只有一只瓷碗。兵器上便已尽输，加之王盥手狠脚快，乒乒噼啪间，王盆便已重挨了数下，大瓷碗也被打落摔碎。

这时，亲族们闻声，纷纷跑出来，忙拉拽劝止。王盆身上伤痛，心内更加怒焚，知道这一战若是这么罢休，此后将再难在侧室子弟间抬头。他忙四处急扫，寻找称手兵器，但这前院为过节，清扫得一干二净，除了两株梨树，再无他物。

树枝倒也好，但枝子有些高，跳起来也攀折不到。急怒间，王盆一眼瞅见那只元宵桶，桶里冒着热气，仍很烫。他横下心，一把挣脱抱住自己的亲族，疾步过去，右手拎起那桶，左手托住桶底，怒喝一声，朝王盥奋力泼去。王盥正被几个亲族拦着，见到汤水泼来，几个人全都慌忙躲开。另有一个人却怒喝着疾步赶来，结果连元宵带汤水，全都泼到了那人身上。王盆定睛一看，是自己父亲。

父亲鼻梁歪得几乎要横过来，他怒声喝令王盆跪在那摊元宵汤水里，当着全房亲族，唤人取来一根火钩子，狠狠抽打了百十下，打得王盆趴在那汤水里动弹不得。那汤水早已结冰，却不许他起来。疼都在其次，王盆最心疼的是自己身上那件银线梅纹青锦长袄。那是一个正室子弟穿剩下的，赏给他的，是他穿过的最金贵的一件衣裳，在日光底下闪闪耀目，同房堂弟们哪个不馋羡？可拷打完后，那袄子锦面裂了几十道口子，里头填的丝絮全都散露出来。他趴在地上，如同一只剃乱了毛在寒风里哀咩的瘦羊。

这辱，一旦受过，便再抹不去。那天之后，侧室那些子弟再看到王盆，神色都有些异样，怕意少了，嘲意多了。正室子弟倒还好，他们听说后，至多只嘲问奚落几句。不过，王盆这只盆子的底下似乎裂了道暗缝，原先数倍的嘲辱他都受得住，这时心里却微微发颤，隐隐作痛。

至于王盥，每回碰见，都斜着眼、昂着头。王盆自然不想饶过王盥，几回使计策，诬陷嫁祸给王盥。王盥由此受的责罚远胜过他那一回，从此眼再不敢斜，头再不敢昂起了。但王盆心底里那场辱却丝毫未减，每逢元宵，亲族们总要当面背后说起当年那桶元宵，他却只能讪笑。

心里这伤敷不得药，裂了口子，只能等它慢慢结痂。结的痂多了，心裹了层硬甲，人笑人骂，便再难刺穿。过了几年，王盆渐渐将自己的心修炼成了个铁核桃，莫说人嘲笑，便是当面痛骂，也全当一阵扑面杨柳风，痒酥酥，麻丝丝，只会惹他笑。人都说他那张脸上罩了个铜盆子，他心里却暗乐，铜皮哪里有面皮这般能软能硬、能咸能淡？

举族迁居前，王盆娶了妻。岳丈是个低阶军头，生的这女儿性情极悍，动辄脱鞋打人，常撵着他满院子窜。王家百年诗礼，头一回有这等媳妇。不过那时家族业已败落，时常吵嚷不宁，亲族们也便没有太惊诧，反倒凑着看滑稽。王盆自家，早已不怕人笑，只怕疼。他使尽诸般小意奉承，才让妻子断了爱穿皮底鞋的旧癖，将鞋子换作了布底。

王盆最爱敬这妻子的一条是：她于公婆跟前，也毫不知礼。略不顺意，便又哭又闹，王盆父亲的鼻梁被她气得倒斜。闹了几场后，父母逼王盆休了这悍妻。妻子听到，顿时冲过去，哭得焦雷砸锣一般，高声讨要填进这家里的奁资，更嚷出这当老父的，偷瞧儿媳换衣洗澡。隔了几座院的亲族都闻声赶来瞧戏，王盆父母人穷心虚，只能歪着鼻、抖着手，躲进后头。妻子将整套闹山门杂剧演罢，才在众人哄笑中，得胜归营，自此，王盆父母再不敢轻言一字。王盆则畅快之极，无比感念家中这位悍菩萨，越发俯首投地，尊崇供奉。

举家迁到襄邑后，亲族们都在哀泣，王盆反倒得了便宜。自己小家析分出来，再不必受父母辖制。自家有房有田，足以饱腹度日。亲族间，不论正室侧室，各家家境都相当，他也再不必去巴附谁，埋了许多年的头终于昂了起来。每日吹了灯，便极力伺候妻子，让她替他一连生养了八个儿女。

他始终忘不掉幼时之痛，不愿像自己父亲，便尽力公平对待每个儿女，不让一个心里积下委屈。可是儿女多了以后，家里分的那一百亩地便渐渐难以支持。他见堂弟王盉自耕自种，每年所得多出一倍有余，心里馋羡，也试着去学种田。可那苦，他无论如何也挨不住，怕累折了腰，这家计便越没依仗了，只得绝了这个念头。

那时，宗子王豪逐年富绰起来。他只得捡起旧日本事，赔起笑脸，去巴附王豪。虽得不到多少大利，但不时能沾蹭些茶饭，填饱自家肚皮，给儿女省出一碗饭来，也算种了一把稻麦。

时日久了，他昂起的头重又垂了下来。不过这和当年不同，当年只为自家，如今却是为妻儿，便是把头垂到粪土里头，又值什么？

去年，王豪一病而亡，王盆心里无比欢欣。那家只剩个六岁幼童王小槐，只要团拢好了那孩童，何止赚些粮米柴炭？于是，他便开始加力去讨王小槐欢喜。然而，王小槐眼目嘴巴都极尖利，一见他凑近，便立即说："你个讨饭盆，我爹爱听你狗舔声，我却最厌狗癞子。等我爹不在了，我要把这村里所有的狗都打杀了喂乌鸦去。"

王盆听了，脸上笑着，心里却顿时有了个主意。他回到家，趁妻子睡熟，偷了钥匙，从奁箱里窃了一只金耳环，赶了十多里地到县里，用那耳环换了一把银弹弓，又飞快赶回来。他见王小槐独自在院里玩耍，忙双手托着那银弹弓，小心凑近："小叔父最厌狗癞子，老侄儿我也最厌。老侄儿特意去县里，百般辛苦，寻了这件宝器，孝敬给小叔父。您厌哪条狗子，就使这个射它。"王小槐见了，果然大喜，一把抓了过去。王盆忙捡了几颗石子，请王小槐试耍。王小槐射了几弹，越发欢喜，转身出门跑到隔壁王盥家，去射他家那只土犬。王盆顾不得腿疼，忙跟过去，四处替王小槐捡石子。王小槐一弹接一弹，射得那只土犬扯着链子不住惨叫避躲。王盥闻声出来，只能苦着脸赔笑。

王小槐射罢这只土犬，又去寻下一只，接连射了十几只，手酸得拉不开弦，这才罢休。第二天，他嫌石子脏，竟揣了一袋栗子，也不再射狗，开始射那些亲族。王盆瞧着那些栗子被如此糟践，心里疼惜得连声暗叫造孽，面上却丝毫不敢露出，只能跟在王小槐后头不住地拍掌叫好。那些被射的亲族不敢道王小槐不是，尽都骂王盆。王盆并不回口，只当听不见，细数与自己有宿怨的亲族，一个一个撺掇王小槐去射。王小槐对王盆也再不嫌厌，时常赏些饭食钱物。王盆大为得意，越发卖力讨王小槐欢喜。

去年秋天，有个中年锦服男子忽然登门，是本县一个富户，关起门和王盆商议一桩事，说他想买王小槐家那宅院和院后那片田地，他寻过王小槐，那孩童却坚意不卖。中年男子留意到王盆时常在王小槐左右，因此来拜托王盆说服王小槐，若能成，酬谢五十两银子。王盆一听这酬银数字，顿时满口应承。五十两银，能买几十亩地呢。

中年锦服男子走后，他立即寻见王小槐，探他的口气。王小槐一听，顿时骂起来："这些人尽是癞狗子，一个个想来骗我。老狗子，你去给我寻些羊粪球子，他们若再来，让他们吃粪球子！"

王盆一听，再不敢言语。默默思忖了两天，忽然生出一个主意，盘算好后，便去小心诱哄王小槐——

"小叔父，侄儿今年越发呆钝，唤您小叔父时，舌头常常绕不过来。万一唤错了，岂不是大不孝？您唤我老侄儿，也是啰唆。不如咱们叔侄将这称呼改简便些？"

"改啥？"

"我唤您父亲，您唤我儿，岂不了当？"

"也成。"

"不过……其中仍有些不妥……"

"又哪里不妥了？"

"子曰：必也正名乎！"

"这我三岁就背会了——子曰：'必也正名乎！'子路曰：'有是哉，子之迂也！奚其正？'子曰：'野哉，由也！君子于其所不知，盖阙如也。名不正，则言不顺；言不顺，则事不成；事不成，则礼乐不兴；礼乐不兴，则刑罚不中；刑罚不中，则民无所措手足。故君子名之必可言也，言之必可行也。君子于其言，无所苟而已矣。'"王小槐一口气飞速背完，随即问，"老狗子，究竟哪里不妥？"

"父亲果然灵性天成，慧识超群，儿的意思正在孔圣人这段话里。你我虽父子相称，却有其名而无其实，旁人听见，必定会生疑。"

"谁敢多嘴，小祖赏他爆栗子！"

"父亲这栗子金贵，世上人无数，哪里赏得完？不若因其名而成其实。"

"要吃屎老狗子你自吃去。"

"儿子说的不是屎，是实。父亲现今并无子嗣，不若将儿过继过来——"

"啥呱唧呱唧的？"

"是过继。父亲正式认继我为您的儿。"

"那你就呱唧过来呗，这也要啰哕。"

"过继得有中人为证，还得去官府改定户籍。"

"谁耐烦这些？儿子，走，跟我赏栗子去，今天该赏谁了？"

王盆见王小槐并不介意过继一事，心中暗喜。只须自己写好过继文书，请个中人，答应些谢资，再使些钱，去县里疏通停当，而后哄骗王小槐去那里，画了押，改了籍，自己便成了他继子，卖屋卖田的事，便好下手。即便卖不成，其他利处也数不清。

他踌躇满志开始谋划，先费了许多软话，几乎跪烂了膝盖，才说通了妻子拿出些钱来，而后便去物色中人。中人还没寻到，王小槐却告诉他："我不呱唧你了，我要呱唧王盥。你也是个癞狗子，不过是想贪我家的肉。王盥是头呆羊，比你乖许多。"

王盆一听，如同一桶元宵汤水劈头泼下，烫极又冷极，惊了片刻，竟忍不住扑通跪倒在这个和自己孙儿一般大的孩童面前，哭着哀求起来。王小槐却掏出银弹弓，扣上一颗栗子，叫他立刻滚。他才要哀唤"父亲"，胸口已挨了一弹。他忍着痛，又要哭告，脖颈又中了一弹，又痛又咳，再说不出话。王小槐却已经高声唤着"王盥"，跑出去了。

当年那场大辱大恨重又翻腾起来，王盆只余一个念头：我得不着，你也休想！咬牙切齿想了几天，去县里买了些硝石、硫黄和木炭，拿到王小槐家，说又寻到一样好物事，教王小槐将那三种火药粉混起来，点烟火耍。王小槐果然十分欢喜，忽而用纸包，忽而灌到竹管中，耍得兴起。

王盆则悄悄回去，等着王小槐家起火。然而，等了许多日，王小槐都安然无恙，并来寻见王盆，说那些火药粉都用尽了，让王盆再给他些。王盆虽然疼惜钱，但恨比钱更重，便又去买了一大袋子送给王小槐。

一直到正月，王小槐仍无事。王盆恨得夜夜磨牙，却再想不出其他报仇的法子。谁知一个消息传来：王小槐去汴京看元宵灯会，轿子竟自行燃起来，王小槐也被活活烧死。

王盆盼了许久，可真的盼来，解恨之余，心里暗暗有些慌怕起来：莫非是我送的那些火药造的这祸？接着，王小槐夜半还魂，一连几天，王盆院子里撒落许多栗子……

后来，他去见相绝陆青，陆青审视他良久，目光似嘲似怜，徐徐道："尔形尔气，需卦之象。所盼屡空，所愿常缺。其意难足，其志难伸。转憾为怨，似骄实怯。曲身扭形，盘曲成蔓……"他听着，这字字句句，似乎将他心迹描画出来了一般，不由得后背汗湿。最后，陆青教他清明晌午到汴京东水门那轿子边说一句话，那话乍听毫无来由，但默读几遍，不由得回想起儿时，一时间，竟令他极伤怀：

"同为骨血亲，缘何分高低？"

第四章　讼

夫使川为渊者，讼之过也。天下之难，未有不起于争，
今又欲以争济之，是使相激为深而已。

——苏轼《东坡易传》

清明近午时，王盥站在香染街口那个书讼摊边，瞅着那个人称"赵判官"的疤脸讼师给人说讼案，眼睛却一直瞅着大街西边。

相绝陆青所言的那顶轿子过来时，他忙走过去，略略靠近那轿窗，眼睛不敢朝里偷望，只匆匆说出了陆青教的那句话。说完后，忙远离了那轿子，前后虽然只有片刻，他却已经满身大汗，大病初愈一般。

王盥比王盆小三岁，今年六十一岁，和那三兄弟一样，在三槐王家大族中，作为偏房一支，头顶上始终被压着，从不能大声出气。

王盥的父亲气性强，自小刻苦攻书，却屡试不中，靠恩荫，得了个从九品将仕郎的散官官阶，既无实职，也无禄钱。一生不得志，盼着三个儿子能替自己挣些荣光，因而督教极严，写字略错一笔，便是一顿竹板。

王盥是家中长子，父亲寄望最重。从三岁起，父亲便亲自教他读书习字。王盥心思行动都有些慢，父亲一瞪，便慌了神，因而屡屡出错，不断受责打，手心手背时常红肿，却连哭都不敢哭。学了三年，连一部《论语》都背不通畅，写就

更加吃力。父亲大感失望，索性弃了他，转而去教二子、三子。王盥自己也灰了心，从不敢想仕进。

王盥的母亲生性温懦，一切都依着丈夫，见丈夫不爱王盥，也便减了疼爱。对此，王盥从不敢有怨言，反倒满心怀愧。但那时毕竟只是个孩童，偶尔在外头受了委屈，不敢让父亲知晓，便偷偷跟母亲诉苦。然而母亲听了，从来都先是一句"千万莫让你爹知道"，接着便是一顿责备，难得听到一句安慰。

在家没有爱重，在外头没有依仗，王盥只能靠忍让。忍让得久了，多不公都觉着应该。族中其他子弟还好，唯有王盆，事事都爱占先，同辈中，他又年纪最长，众兄弟都争不过，只有让着他。有一回，族里照例给子弟分笔墨和纸，他们偏房的也在分例中，只是略粗简些。王盆自然先拣了最好的一份，王盥则总在最后。他抱着自己那摞纸、几支笔和一袋墨丸，正望家里走，突然被王盆拦住："你读书又不中用，要这些做什么？分我一半。"

若是其他物事，王盥恐怕也让了，但这文房父亲最看重，每回分了，都要一一点数过，而后锁在箱子里，从不许损费半页纸。因而，王盥死死抱紧，忙往家里跑，却被王盆一脚绊倒，怀里的纸笔墨袋全都掉落。王盆顺手抓了两支笔、一叠纸便走，王盥几乎哭起来，忙爬起来追上去讨要，王盆却不肯给，反倒诬他偷了自己的。王盥又急又愤，却不知该如何争辩，一把扯住王盆衣带，伸手去夺，争来夺去，将王盆衣带扯破了。这时，两人的母亲全都闻声赶出来，王盆的娘素来争强，见儿子衣带被扯破，顿时大骂王盥，连王盥母亲也一起骂了进去。王盥母亲一直有些怕她，只能指着王盥责骂。王盥想解释，胸口却被屈愤塞住，眼泪顿时急涌出来。

正在这时，王盉、王盅的父亲走了过来，这位二伯在他们这一房中最有威严，他高声喝住："这两个孩子素来是哪等性情，你们做娘的难道不知？盆儿，把纸笔还给盥儿！为人莫要过分！"两位母亲都不敢再争，王盆也只得把纸笔还给了王盥。

回到家里，王盥又被母亲低声责骂了一场。他低头垂泪，不敢应声，心里却从未这般委屈过。他默念二伯那句"为人莫要过分"，这是他头一回知道世间有个"分"，也隐约明白，这"分"是一道瞧不见的线，诸事可让，"分"却不能让、不该让。只是，这"分"究竟在何处，他却有些想不明白。

不过，这之后，他常记着二伯这句话，遇到不公，若觉着过了"分"，再不一味忍让，总要尽力试着分辩两句。就算分辩不过，心里也不像以往那般，视不公为当然。

那年元宵节，族里分灯笼，王盥刚领到自家的两只，便遭王盆争抢，弄坏了一只。他母亲冤骂了他一顿，又命他去二伯家讨回自家铜盆。王盥拿了铜盆，刚出来，便见前头厨妇来送元宵，说了句"你们各家自己分"，把那元宵桶搁在院门口便走了。这时王盆正好进来，看了那桶一眼，飞速奔往家里。王盥知道王盆一定是去拿碗来抢元宵，便拎着铜盆走到那桶边。

照规矩，王盆家是长房，分东西都是他家排头，王盥起初并没想抢先。可是，王盆抱了只大瓷碗冲出来时，凶巴巴瞪向王盥，恶犬夺食一般。王盥被他这一瞪，顿时想起他做过的那些过分之事，心里一阵愤起，赌气先抓住了勺柄。王盆大恼，瞪眼龇牙就来抢。王盥极少与人争执，更莫说打斗。可那一刻，怒火冲头，忘了一切，挥舞起铜盆、长勺，和王盆对打起来。王盆长他三岁，他一直有些怕，可那天动起手来，竟迅即占了上风，更意外发觉，打人竟如此解恨、痛快，因而越发忘了顾忌，狠命击打王盆。每砸中一下，他心里便像是大咬了一口雪甜鹅梨一般爽畅。

不过，亲族们迅即赶了出来，将他两人拦拽住。王盆羞怒之下，误将元宵汤水泼到自己父亲身上，挨了重罚。王盥也被父亲在家里打了二十竹板，喝令他一夜不许睡，罚抄三十遍《孝经》。以往，王盥被责罚时，心里都极伤愧，这回却全然不同。他一边抄《孝经》，一边听着外头王盆的惨叫声，从没觉得写字竟会如此畅快。

然而，畅快之后，祸事接连而至。先是学堂里那些正室子弟的物件相继丢失，寻来寻去，竟都从王盥书袋里搜出。每搜出一回，王盥便被教他们的那位伯祖责罚一顿，回去后又被父亲责打一场。王盥知道是有人栽赃，除了王盆，应该再无他人。他被责罚时，王盆总在人堆里盯看，笑得极古怪。王盥恼恨之极，却不知该如何是好。原本，学堂里那些亲族子弟虽难得在意他，却也极少为难他。自从背上这窃名，众人眼里满是厌鄙。王盥想躲开，可父亲一旦知道他逃学，罪责便更深了。他只能硬挨着那些嘲骂，缩在角落里，从不敢抬头。唯一能做的是，时刻看好自己的书袋，再莫让王盆得手。如今虽然已经年过六旬，可只要回想起当年学堂里那些时日，王盥心底都会一阵阵抽紧。

他的厄运却并未止于此。他们三槐王家有个规矩，子弟们每天分班清扫祖宗祠堂。有天，轮到了王盥他们这一房，王盥和王盉、王盅、王盆等兄弟一起去了祠堂。王盥拿着扫帚正在供桌前埋头清扫，桌上一只砚台忽然跌落，里面的墨汁洒了一地。王盥顿时慌了神，忙找来抹布，端了一盆水，费死了力，才擦拭净地上墨汁。最后，他捡起那砚台，一瞧，边上刻着一个"盥"字，竟是自己的砚台。他顿时惊住，不知道这砚台怎么会盛满了墨，搁在这供桌上，又怎么会跌落下来？这时，一位掌管祠堂的叔祖走了进来，那叔祖瞪了王盥几眼，随后望向供桌，面上神色陡然一变。王盥忙顺着叔祖目光望去，一眼望见供桌正中间祖宗王祐的牌位，不由得惊呼出声：那牌位上沾污了一大片墨汁。

那天，全族人几乎都拥到了祠堂，王盥被罚跪在供桌前，脱去上衣，光着脊背，被重责了一百杖，打得他几乎断了气。被抬回家后，父亲喝令母亲，不许给他敷药，只把他丢在床上，床头搁了一碗水，两块饼，从外头锁了门，任他自生自灭。

王盥已经想不起那几天自己是如何熬过来的，虽然保住了这性命，但等房门打开，再出去时，人已经如同鬼魅。在这家里、族中，他再也没有丝毫容身之处，不能发一点声息，不能拿眼瞧任何人。他想逃走，但自幼生在那三槐大宅中，莫说大门，连前院都只去过几回，不知自己能去哪里。他想死，但一想到死后，不但没有人哭，众人只会更轻鄙他，只会庆幸眼前少了一件厌物。这让他不甘心，正是因这一丝不甘，他才活了下来。

让他意外的是，三槐王家举族迁往襄邑，竟也给他分了五十亩地和一间窄屋。

那片田地在村北大土丘背后，隔了一大片林子。那间窄房就在田边，和父母、亲族们房宅隔了有半里地远。头一回站在那片田地上，虽然寒风如刀，四下里一派荒寂，王盥却觉得站在了桃花源。

那窄房中只有一张旧桌、一只粗木矮凳、一口土灶、半屋土炕。搬来前，亲族们各自打理物件器皿，母亲只分了王盥几只缺口瓷碗茶盏、一把瘪嘴铜壶、一口断柄旧铁锅、一套薄被褥，一只藤箱都装不满。他怕碗盏撞破，见地上丢了几本旧书，便拿来衬垫。到了这里，见没有扫帚，他便拔了些枯枝，用草捆扎起来，将屋子大略清扫干净，拔些干草，塞住墙上破洞漏缝，将那几件器物一一摆好，又去拾了些柴棍，想生火，却发觉没有火石，只能去亲族那里借火种。

出门走了半截，王盥心生畏意，停住脚，想起东边邻村有几户农家，便去那里借。他敲开头一户人家，开门的是个老汉。老汉先是一愣，听他借火种，忙笑着说："有有有。"随即进去用个短柄旧陶盆，盛了半盆火炭，笑呵呵递给他，又嘱咐他小心烫手。他接过那陶盆，眼睛忽然一热，险些涌出泪来。这几年，头一回有人对他这么热肠。他忙逼回泪水，连谢字都说不出，只点了点头，匆匆转身回去了。

土灶里燃起火，窄屋立刻暖亮起来。关起门，站在那窄屋中，环顾四周，他不由得长舒一口气，终于能自家做主了。

族里还分了他十贯钱、几斗豆麦，那个冬天，他便靠着这些口粮过活。每日熬了豆麦粥，慢慢啜饱，或在窄房里呆坐，或去外头荒田枯林中随意走走，不但从不孤寂，反倒从没这般舒心自在过。到了夜里，燃起柴火，独坐在火边，望着火焰，时时忍不住要露出笑来。

不过，夜里坐久了，毕竟乏困无聊。他想起那几本旧书，便从箱子里找了出来，里头有半卷《诗经》、几卷《史记》、一卷《尔雅》、一卷杜诗、大半卷陶渊明集，虽都有些残破，却都大致能看。他便一本一本拿来读。自小他就怕读书，看到文字，只觉得繁难。然而这时细细读起来，发觉每一字、每一句都深含意韵，且各个风味不同，如同摆了满桌的青皮、豆蔻、香药、韵姜、橄榄、薄荷……任他拣选细品。尤其《诗经·国风》、陶诗和杜诗，原先只是古人诗中情景，隔了千百年、千百里。这时读起来，却化作身边之景、心中之情，其间悲喜如同从自己胸中流出。当年，他常听父亲和叔伯们谈论诗书，说什么杜诗佐酒、陶文疗饥，这时也才终于明白其中况味，且比父亲叔伯们坐而论道更加深切入心。

到了春天，那些豆麦快要吃尽。他看陶渊明能荷锄耕田，自己也该自种自食，但瞧着那荒田，全然不知该从何处下手。他想起那个借火种的老汉，便去求教。老汉姓鲁，听了来意，惊笑起来："这农活儿哪里是您这等贵人做得的？"

王盥忙解释："我哪里是什么贵人？况且迁居到此，便得入乡随俗，自家求生。还请老丈不吝赐教。"鲁老汉见他说得诚恳，便一口应承，悉心教他锄田垦种。

正月首种麻枲，鲁老汉替他商计好，五十亩地拿十亩种麻。地里满是枯草，得先燎荒。这个虽不难，王盥却也被烟熏得不住抹泪，狂咳不止，险些将自己衣襟燃着。鲁老汉有个女儿叫阿荞，来给他们送饭，看到他这模样，忍不住哈哈大笑起来。原先被人笑，王盥只能郁郁忍着，这时心中竟毫不介意，反倒跟着笑了起来。

春耕宜早晚，田燎过后，鲁老汉牵着自家两头牛，叫儿子扛着犁，天才微亮，便来敲门叫醒王盥，教他垦地。那犁极重，又是未耕生土，用力须生猛，犁辕得牢牢把稳，同时还得操喝好牛。王盥双臂哪里有这气力？土里随意遇到些草根，犁便立刻歪了。一垄都未耕完，双手就已起泡，累得倒在土里，大口呼气。但他只是觉得吃力，并不觉得苦。鲁老汉劝他歇息，他立刻爬起来，继续扶住犁柄，歪歪斜斜又耕了起来。

这十亩地，鲁老汉一早上便能耕完。王盥却足足用了十天，才算耕过一道。耕完后，又须耙劳。用铁齿耙纵横细耙，这样土才细密、立根才深稳。耙过后，又得细耕，边耕边用石碾磨平，叫作"劳"。等田土碾成大白背，得再细耙四五道，直至其地爽润，面上出一层四指深油土，才算功成，可以下种。

这时，王盥双手已经磨破了几道，微动动手指都痛。鲁老汉女儿替他寻了些草药捣烂，敷在手掌上，用布巾裹好。他忍着痛，硬生生熬了过来。好在身体渐渐惯习这劳累，每天起床不再酸痛，精神也健旺了许多。

等麻枲下了种，已是二月，又要种粟，又得开始耕耙。他行动虽仍拙笨，却已不似先前那般吃力，一天天渐渐熟络起来。半个多月，粟地也耙劳完了。那天夜里下了一场微雨，他清早出门，走到田边，见四野清凉，终于能觉到春气初来。瞧着自己耕耙过的那两大片田，平整微润，极舒心悦目。他正在欣慰，眼角忽然一闪，似乎瞥见一小星绿意。他忙蹲下身，凑近麻枲地去瞧：芽！极细嫩的一小棵绿芽，从一粒泥土侧边露了出来。他几乎欢叫起来，又怕惊到那小芽，睁大眼睛静静笑瞅了半响。看那小芽被那粒泥土压着，心里忍不得，寻了根细草棍，小心将那粒泥土轻轻拨开，小芽顿时整个露了出来：嫩鲜鲜，略带着些小小娇俏，像个穿绿衫、极微小的幼女，惹起满心满怀爱怜。

随着那棵嫩芽，两棵、三棵、十棵、百棵……一两天之间，麻枲地里便星星点点遍冒绿芽，整片地都似活了一般。生平头一回，王盥如此欣喜欲狂。到三月时，两大片地都已绿蓬蓬生满了青苗。他又开始种豆、种黍、种薏苡、种莴苣……在鲁老汉父子帮扶下，竟将五十亩地全都种满。

其间，分的豆麦早已吃尽，王盥只能用那十贯钱向鲁老汉家借支余粮，鲁老汉却执意不收他的钱，叫儿子给他扛了两大袋麦子。王盥何曾受过这等恩惠？心里感激之极，却不知该如何回报，只能铭记在心以待来日。来日未至，鲁老汉的恩德却一日深似一日。播了种只是开头，接下来锄治、粪壤、灌溉、收刈、碾打、贮藏，里头每一步都有许多关节，都得鲁老汉一样样教。到了五月，他终于收到第一把豆子。他剥开豆壳，看到里头嫩绿饱满的豆子，喜得眼泪都快涌出了。

就这么，在鲁老汉教导下，他一天天变作个农夫，每日从早忙到晚，食量比原先大了三倍还多，夜里天一黑，倒头便睡，一睡便到天亮。从前诸种伤恨尽都如雨渗泥土般无影无踪。整整半年，他没有去瞧过父母亲族，他们也没来瞧过他。同在一村，两下里却像隔了天地。

到了秋天，他收了近百石谷物，堆得小山一般，除去税粮，也足够他吃十年。老汉父子又帮他修造了一座小粮仓，里头贮藏了三十石，剩余的，装到牛车上，运到县里，一斗八十文，卖了近五十贯钱。他想起几年前，听见父母低声核计家中资财，现钱总共也只有六十贯。自己大半年所得，竟已抵得上父亲大半生积蓄，顿觉无比自豪。

衣食足而情欲生，他独自一人毕竟寂寞，见鲁老汉的女儿阿荞模样秀净，做事简利，尤其心地极纯善，早已动了念，心想：自己毕竟是三槐王家的子孙，礼数缺不得。于是他便去县里给父母裁了几匹上等好绢，又买了两坛好酒、不少鹅鸭鱼肉，重腾腾提着去见父母。父母比原先苍老了许多，父亲先还冷着脸，一眼瞅见那些礼物，面色略略和缓了些；母亲则带着喜色，连声抱怨他大半年都不见登门。他小心将来意说明，父亲沉吟片刻说："这婚事，我并无异议。你既已析居出去，诸事都由你自家做主。"

他便请托了鲁老汉家隔壁一个老妇做媒，前去提亲。鲁老汉喜出望外，当即答应，并说聘资奁钱两下里任便。于是，到了年底，他将阿荞迎娶了过来。

母亲一改旧态，强要为他操办婚事，亲族里不少人也都受邀而至。那些人似乎忘了当年之事，个个都极和善。阿荞也不愿他孤零在外，嫁过来后，地里新割了菜蔬，头茬总要先送过去孝敬公婆，再送些给合意投缘的亲族。

王盥心里原本还积着恨，但人毕竟离不得家族，再想起二伯当年所言的那句"做人莫要过分"，便渐渐放下了旧怨。亲族对他也不再小视，往来之间，竟比在三槐故宅时亲和了许多。

之后几年，阿荞接连生下三儿一女。那间窄房早已局促，丈人和舅子出力，王盥用积攒的钱围筑了一座小院，起了三间茅屋，这家才终于像了模样。只是，儿女一多，五十亩地便渐渐不够赡给。每年，王盥都尽力省些银钱典买几亩地，三十多年来，扩置了百余亩。虽算不得大富，却也足用。

这些年，一家人和和乐乐。对外头，他又始终尊奉那句"莫要过分"，因而难得有大纷争、大波折，直到王小槐来到他门前。

地头上，王小槐家离王盥家最近，不过中间隔着那座大土丘，而且王盥也从未有过巴附宗子王豪之心，除去祖宗祭祀，常日难得见着王豪父子。那天，王盥正要去田里看视儿子们，王小槐忽然走进院子，手里拿着那只银弹弓，拦住王盥，仰着头说："王盥，我要呱唧你做我儿子。"王盥一愣，没听明白。

王小槐有些恼："怎么？你不肯？王盆哭着要当我儿子，我知道那癞狗子的贼心，他是馋我家的田产钱财。王家这些人里，只有你从来不馋。人人都有个儿子，我也得有一个。你就呱唧过来，当我的儿子。等我修成了仙，我家的家业就全都是你的了。"

王盥这才听明白，心里一阵羞愤。从辈分言，王小槐虽是叔父，但毕竟只是个六岁孩童，而他已经有了三个孙儿，早已做了祖父。他素来知道王小槐恶名，不知该如何应对。

"王盆说，呱唧得有中人，还得去县里改鸡。明天我叫几个中人，你到我家来，咱们就呱唧。还有，我这弹弓已经老了，你给我寻个年轻的来，算是你孝敬我的呱唧之礼。你若不肯，我就仍呱唧王盆。"王小槐丢下这段话，转身就跑了。

王盥愣在那里，等惊愕、羞愤散去，心里不由得隐隐动了。四年前，朝廷推行"括田令"，他家有近二十亩地被核为来由不明，没为了公田。如今家中剩余的田产，合居一处还可支撑，但三个儿子已各有了子嗣，女儿尚待出嫁，往后若分产析居，加上女儿奁田，每人不足五十亩，家计必然窘涩。而且，儿子们全然务农，没有读多少书，他心里还是盼着孙儿们能好生读书，来日谋个仕进，也让亲族们瞧一瞧，偏房也能出良才。

不过，一想自己须眉将白，却去认一个孩童做父亲，必定会遭亲族耻笑，念及此，脸顿时涨红。何况那孩童顽话哪里能当真？心念这一上一下，竟已后背汗湿。他苦笑着长叹一口气，正要将念头丢掉，心底却忽然闪出一个名字：王盆。他心里不由得一紧。

听王小槐所言，这过继一事，是王盆的主意。恐怕也只有王盆那禀性，才想得出这等计谋。这些年来，王盥时常会想起当年祖宗牌位被污一事，当时其他堂兄弟都在庭院洒扫，只有他和王盆两人在祠堂里，而王盆的职责是擦拭供桌。唯有王盆才有时机将砚台偷偷搁在供桌上，设法拨落到地上，再用墨染污那牌位。来了这乡里后，两人不时也会碰面，王盥却从不愿睬他，王盆似乎也不敢跟他对视。这时一想到王盆，当年之冤又翻涌心头，不由得生出一阵气恨：即便我不愿，也不能让王盆得计。何况，虽然年纪悬殊，侄儿认叔为父，也并不悖礼。

他不再多虑，揣了些钱，独自徒步走到县里，四处寻了许久，终于寻到一个青玉雕制的弹弓，莹润冰滑，堪赏堪玩。他论了一阵价，用七百文钱买了下来。

这桩事，他既不愿说给妻子听，更不愿让儿孙知晓。辗转了一夜，第二天起来，又踌躇了许久，他才揣着那青玉弹弓，犹犹豫豫穿过大土丘，来到王小槐家。他站在院门一瞧，院里站了许多亲族，前堂里坐着几个人，王小槐坐在上首，下首三人都年近古稀，是如今宗族中三位主掌。

王小槐正在摇头晃脑说着什么，一眼瞅见王盥，立即跳起来，尖声叫："中人全都到了，赶紧来呱唧！"院中众人齐望向王盥，神色都有些异样，王盥脸顿时又涨红，但形势至此，再难退回，只得低头走了进去。

"我的年轻弹弓你寻到没有？"王小槐重又坐到中央交椅上，摆出老成家长做派。

王盥立在堂中间，垂着头，脸要烧起来一般，只能微点点头，从怀里取出那个青玉弹弓，走上前几步。

"呱唧要跪拜献礼。"王小槐高声说。

王盥犹豫了半晌，只得跪了下来，双手将弹弓递呈过去，手一直隐隐在抖。

"叫父亲。"王小槐命令道。

王盥越发羞愧，强抑了半晌，才低低叫了声："父亲。"

"大声些，中人们听不见，呱唧了他们也不认。"

王盥牙关颤个不住，又是半晌，才尽力提高声量，唤了声："父亲。"

"唉！"王小槐高声应着，跳下椅子，从王盥手里抓过青玉弹弓，随即将一页纸递给王铁尺，"你是大中人，这是我亲笔写的呱唧文书，你读给大家听听。"

王铁尺接过那页纸，一瞧，脸上顿时一愕，望望王小槐，又望望众人，最后瞅着王盥，露出一丝古怪神情。

"你不念，我念！"王小槐又一把扯回那纸，高声念起来，"我不呱唧了。若要儿，将来自己生。尔辈皆是癞狗子！呸！"念罢，他将那个青玉弹弓重重甩向王盥，"你这个弹弓比你还老，我不要，还你！"

弹弓砸中王盥胸口，跌落在地，碎作几截。王盥用了大半生才挣回的颜面，也跟着重重摔碎。他跪在那里，浑身剧抖不止，头脑中"铮铮铮"的一阵铜击声，要将脑颅击碎一般。

他不知道那天自己是如何回到家，又是如何躺到了床上。可这一躺，竟躺了半个月多。他原本只想躺到死，直到一个消息传来：王小槐被烧死在虹桥上。

不过，这死讯只稍解了恨意，并烧不去羞辱。几天后，妻子慌慌告诉他："王小槐昨天半夜还魂了，清早院子里落了许多栗子，这事恐怕是咱们三儿做下的，我问他，他抵死不肯说。"

王盥这才爬了起来，又听妻子详细说了一遍，忙叫过三儿王理问，王理反复说"与我无干"，那神情却并非无干。

三天后，妻子又强拽着他去王小槐家见那个相绝陆青。陆青见了他，眼露怜悯，轻声言道："观汝之气，卦相属讼。心虽欲宁，事端屡至。无意为争，偏逢狭路。欲挽其正，反陷其偏。中心难解，意常耿耿……"他听了，心里顿时一阵委屈。陆青又教他去对那轿子说一句话，那句话更让他眼睛一热，几乎落泪：

"儿时一段冤，白发仍梦寒。"

第五章　师

圣人之师，其始不求苟胜，故其终可以正功。

——苏轼《东坡易传》

眼瞅着王家兄弟一个个凑近那轿子，刘呵呵今天却笑不出来。

他一直躲在孙羊正店欢门边，那侧廊下有三个看守酒桶的年轻汉子，在扯弓练臂力，他装作赏看，眼睛却一直留意着街头。一眼瞅见那顶轿子过来，他忙侧身躲在几头驴子后面睃看，见王盥离开了那轿子，忙从驴子中间挤出去。其中一头受了惊，抬起后蹄，重重踢到他小腿。他一个趔趄，几乎摔倒，这时却顾不得疼，瘸着腿，几步走近那轿子，朝着轿窗低声说出了那句话——

刘呵呵今年五十出头，原名刘和合，众人见他常爱呵呵呵地笑，便索性唤他刘呵呵。刘呵呵早先其实并不爱笑，他生在皇阁村，六岁没了娘，八岁没了爹，只留给他二十来亩薄田。他年纪小，耕种不来，在乡邻劝说下，连田带人投托给了邻村一位堂叔。这位叔叔倒还好，婶婶却心里、眼里、嘴里都是刀，每天不割砍他几刀，饭都咽不下。刘呵呵新丧了爹娘，时常忍不住哭。婶婶就骂他整日号丧："号能号来一根韭菜，还是一把麦？把我家号成你家，你才欢喜？"有回婶婶受了叔叔气，见他又哭，将两根拇指塞进他嘴里，把嘴角用力往上扯："你不把老娘号死不罢休啊？你倒是给我笑啊，笑啊！"

他的嘴角被扯裂，几天都不敢大张嘴。从那以后，他再不敢哭，尤其见了婶婶，便尽力笑。婶婶见他笑，越发恼恨，抓起一根扫帚就打。这扫帚比板凳、火钩子、铁铲、铁勺都柔软，打在身上并不多疼。他一边躲一边想，哭也打，笑也打，总得选一样，不若选笑，于是他继续笑着。婶婶见他这样，恨得眼睛要爆，头发都竖了起来，越发加力打他。他瞧着那模样极好笑，便笑得越凶了。婶婶打骂了一阵，终于手酸臂软，弯着腰、喘着气、瞪着眼、嘶着声，仍在骂，却听不出在骂什么。这之后，婶婶打骂得竟少了许多。

他这才知道笑的好处，便时时尽力笑，饱也笑，饥也笑，伤心也笑，欢喜也笑。笑得久了，人再也瞧不出他的心思，有时，他自己也辨不清。

到十五岁时，叔叔说他成年了，该出去自家过活了，头一次让他同坐在那张旧方桌边，跟他细细算了一笔账。那账积年累月、百头千绪，他越听越听不懂。不过最后一句很明白："从你爹娘到你，两代欠的，总算起来，再减去零头，总共有一百七十贯。你爹留的那二十亩地又是下等劣田，一亩收不到一石麦，五贯钱都难典卖出去。你毕竟是我刘家亲骨血，我也不跟你多纠扯了，就拿这二十亩地将旧债抵了……"他知道其中不对，却说不上来，只能呵呵笑。叔叔便作了准，拉着他去县里交割了田契，而后给他装了一袋麦子，让他背着回自己家去了。

他爹留的房宅还在，但空了这七八年，三间茅屋塌了两间，剩余一间房顶也漏了一半天光。他便在另一半底下安了家，夜晚躺在干土炕上，望着星星月亮，原本觉着自己一无所有，这时却似乎整个天地都归他，不由得又呵呵笑起来。

在叔叔家这几年，农活儿他几乎做遍。乡里农忙时节，时常有人家缺人手，他便去给人佣工。他只求吃饱，又总是乐呵呵的，人都爱雇他。他便过东家，走西家，乐呵呵地度日，不知不觉便长到三十多岁。他脸上笑出来的深纹像是刻的一般，即便不笑，笑容也时刻挂在那里。

那时，村子里出了桩大事，三槐王家要搬迁来此。王家在这皇阁村一带原先就置买过许多田地，这回又四处添置了许多，几乎将这一乡的地占了大半，又新添盖了许多房舍，自然需要许多人力。刘呵呵从没摊到过这么多活儿，工价也高，半年下来，竟得了五十多贯。他一直将就着住那破房，这时才有了余力，将三间茅草房修葺一番，还典了五六亩薄田，总算活得有了些模样儿。他又去乡里草市上买了一身半新的衣裳鞋帽儿，就地换了，摇摇摆摆回到村里。村里人都有些认不得他，他乐得脚底踏云一般笑起来，呵呵声都变作了嘎嘎声。

到了冬天，三槐王家整族人都搬了来。这村庄原先只有五六十户人家，陡然间多出百来户，顿时喧闹得佛会一般。刘呵呵四处笑呵呵地乱瞅，那些人哭哭啼啼、哀哀凄凄的样儿极好笑，如同一群寻不见母鸭的小鸭。

天眼看要黑时，那些人才止住哭闹，将车子拉到各自门前，拖拖扯扯地往里搬箱柜物事，一个个笨鸭叼死龟一般，刘呵呵越发乐得没个够。他正边走边瞧边乐，一眼瞅见最小那院房舍前，一个妇人独自在搬驴车上一张圆桌。那房舍是刘呵呵跟着几个匠人修造的，只有小小一间堂屋套了个小卧房，外带半间厨房，院子也只有十来步宽。刘呵呵当时心里还暗暗念叹，这院小房舍若是我的便好了。

这时，他瞅着那妇人搬桌子。那妇人年纪三十岁上下，面容素洁，穿了一件半旧的浅青素锦长袄，浑身透出一股幽幽静静的雅气。刘呵呵从没见过这等贵家妇人，像是有回在乡里大户家做活儿，看到中堂墙上挂的仙姑画儿一般，立时觉着自己穷烂不堪，便是通身洗三道也还嫌脏。而那张桌，漆了枣红漆，边沿密密雕着花枝，亮滑滑、重沉沉的。刘呵呵虽不懂，却也知道是件极值价的上好木器。那妇人身形纤弱，哪里有多少气力。妇人用那双瘦纤细白的手把着桌腿，左扳右挪，桌子却一动不动。刘呵呵瞧着不忍心，忙几步赶过去，一把抓住桌沿。那妇人吃了一惊，抬头望了刘呵呵一眼，顿时变了色，忙缩手回身，躲到一边，低下眼，又羞又慌，又怯又恼。

刘呵呵也随即想起，曾听人说过，大户人家的妇人有诸般礼数，头一条便是决不见外间男子，一眼都不成。这妇人是京城三槐王家的，礼数自然比乡里大户严得多。刚才她瞅了我一眼，莫要因这一眼惹出祸事来。刘呵呵顿时有些慌，不知该帮还是该走开。他忙向院里望去，里头静悄悄没一丝声息，自然没有旁人。而两边王家的其他人，都各顾各吃力搬抬，并没有人朝这边望一眼。他又偷偷望了一眼那妇人，妇人仍垂着眼，十分羞惧。不过，刘呵呵发觉，那神色间并没有厌恶。

这些年来，刘呵呵从其他妇人眼中见得最多的是厌恶，像是瞧他一眼，便要污了身子一般。刘呵呵心里一阵感激，再瞧那妇人孤弱弱站在寒风里，身子微微有些抖，他胸中一热，不再顾忌，一使力，将那张桌子搬了起来。转过身，又瞧了那妇人一眼，妇人仍旧那般垂着眼，并没有喝止。他便不再多想，搬着桌子大步进院，放到小堂屋中间，而后一趟一趟将驴车上其他器具全都快步搬进房里，大致安放好，这才出来。自始至终，妇人都立在那墙边，眼睛一直垂着，身子一直抖着。刘呵呵不敢多瞧，忙转身走了。

这之后，刘呵呵每天装作无事，总要绕到那条巷子里去瞧一眼，那院门却始终紧闭着，再没见过那妇人。他已年过三十，孤旷已久，但凡想起妇人，心头总是喷火，甚而见到母牛母羊，都难把持。可念及那妇人时，却极不同。那火被浇熄了一般，只剩一个心念，再多瞧她一眼，像是旱灾时，和乡人一起跪在睢水边，渴念睢水娘娘降临一般。

见不着那妇人，刘呵呵的心像是被根麻绳拽扯在半空里一般。他原本不知道"净"是个什么物事，如今却每日都将自己洗刷穿戴得齐齐整整，无事便往那妇人左右亲族门前转寻，见谁家需要人手，忙上前出力，提水、砍柴、搬重物，乐呵呵帮个不住。那些人于这乡里杂务上百般不通，见他这么用心，都极欢喜。零碎言谈间，他渐渐理清了这上百家亲亲戚戚的脉络，也知道了那妇人是宰相王旦这一支的重孙女，亲族都唤她阿婳。前些年阿婳嫁了个军校，那军校却死在西夏战场上。阿婳立志守节，婆家却容不得，父母又已过世，她只得回来依靠兄弟。好在那时合族共爨，虽家计艰窘，却也不少她一口饭食，便收留了她。搬来这里，也给她独分了那院小房舍和五十亩地，以全其节。

刘呵呵听了，心头不知是何等滋味，既感佩阿婳志气，又疼惜她孤寡，最要紧是，发觉自己那说不得的心念连一道缝都没有。这之前，再伤再痛的事，他都能呵呵笑着对付过去，听说了阿婳守节后，他再笑不出来。一个人闷头回去，不吃不喝，躺了两天，饿得肚皮里咕隆隆响。听到这响声，他不由得又呵呵笑起来：阿婳是仙姑一般的人儿，你莫非还想沾挂沾挂？她便是将那院门大大开着，有你半分站脚的地儿？

想明白后，他不再白烦白忧，仍旧呵呵笑着去帮王家的人，只盼着能多听些阿婳的事，若能偶尔瞧见阿婳一眼，那更是老天大颁赏。只可惜，王家人难得提及阿婳，阿婳的院门也始终紧闭。亲族中的姐妹妯娌去敲门，她才应门，开门也躲在门扇后。两三个月，刘呵呵只斜瞅过那小院一次，里头干干净净，却透出一股空寂寂的寒气。

王家都是贵人，不肯沾农活儿，快开春时，各家的地都开始招佃。刘呵呵那时已和众人熟络，那些人头一个想到他。刘呵呵却存了一个念，有意左推右推，直到阿婳的弟弟寻见他，说他和他姐姐的地都佃给刘呵呵，总共近二百亩。这么多地，刘呵呵一个人哪里应付得了？他却一口答应，忙去寻了几个相识的无地穷汉，将多的地转佃了出去，自己并不多要一毫。

务农这么多年，从来只有苦累，耕种阿婳那些地时，他却觉着异常欢喜轻快，那些地似乎也通了他的心意，长得格外好。到夏秋收成时，原本佃约是五五分成，他却只留了三四成，多的都拿竹筐盛得满满的，挑往阿婳家。来交割的，是阿婳的弟弟，阿婳弟弟其实不懂农事，胡乱跟他算了账，便让他将粮筐搁在那院门前。刘呵呵原本满怀渴盼，被迎头泼了一桶冰水，却不好说什么，也只能呵呵干笑着回去了。

好在来之前，他见田边一丛驴儿草开出黄耀耀的小花，心里一动，便摘了两朵，分别插在粮筐边。那两筐粮食搬进院里，阿婳想必会瞧见那两朵花。

此后，不论送豆送麦、送菜送麻，刘呵呵总要摘朵花插在筐边袋口。怕被阿婳弟弟看破，他特地连枝带叶，倒斜着插，像是无意间钩挂的。

原先他是饱一顿算一顿，那时也开始留意积攒，一年剩余的尽力添置一两亩地。就这般过了几年，他自己也有了近三十亩地，远近村庄零星开始有来说亲的。他旷了许多年，早已受不住，便开始留意。正在几个无地客户家的女儿间犹豫，王盆忽然来寻他。

王盆有个妹妹叫王琪，如今已经年近三十，他家又想选个好门户，又舍不得奁田嫁妆，因此一直将她耽搁到这个年纪，王琪天天在家里哭闹。

王盆最嫌贫爱富，常日间常拿刘呵呵逗耍寻趣，见刘呵呵渐渐小有了些田产，便跟父母商议，将妹妹净身许配给刘呵呵。刘呵呵先不敢信，见王盆说得认真，再加他满口劝诱，便昏昏晕晕应承下来，成了堂堂三槐王家的女婿。

谁知迎娶那天，刘呵呵用借的一头驴子驮着王琪到了自己家，王琪下了驴，却死活不肯进门，号哭个不停，被几个送亲的妯娌强推了进去。送亲的人走后，刘呵呵略一靠近，王琪便尖叫哭骂起来，唬得刘呵呵赶忙躲到旁边那间堆粮的空房里，趴在麦袋上歇了一宿。

之后一个多月，王琪始终不肯让刘呵呵靠近，刘呵呵也只能避让。王琪诸事不做，只在炕上哭哭骂骂。刘呵呵每天清早去田里之前，都先把饭煮好，端到炕边。傍晚回来后，又生火煮饭，先端给王琪，自己则蹲在灶前吃。如此过了三个多月，王琪才渐渐不哭不骂了，不过依然诸事不做，只等刘呵呵伺候。刘呵呵倒也甘愿，始终赔着笑，不敢多话。将近半年，王琪才肯让刘呵呵近身。至此，刘呵呵才算尝到了男女滋味。

可是，有天刘呵呵从田里回来，一进门就见王琪身子悬吊在半空里，早已断气。她自嫁过来后，始终郁郁不乐，从没见她笑过。死后，嘴角却似乎凝着一丝笑，似恨又似嘲。

成亲不到一年，刘呵呵成了鳏夫。王琪死后那笑，吓得他一连几个月都不敢再笑。别人都以为他是为丧妻而痛，他却在自问：这么些年，你究竟在笑个啥？三十多年，你摊到过几桩好事？过过几天真该笑的日子？

不想这些时，每天都好过，混一混便天黑睡觉了。一旦想起来，顿时觉得一刻都挨不下去。他恨不得也像亡妻那般，一根绳吊到梁上，再不必整日凑笑、强笑、假笑。刘呵呵越想越灰心，细想这些年的不如意、不痛快，多得荒田杂草一般，哪里数得过来？倒是称心快意的事，数不出几件来。活了一场，只如最烂贱的蒺藜草，连猪羊都不肯嗅一下。

想到伤心处，他再没心做农活儿，丢掉长櫌，一屁股坐在田埂上。可刚坐下去，立即痛叫着跳起来，回头一瞧，是一丛蒺藜，结了几颗尖刺硬壳果。看着那尖刺，摸着屁股，他忽然忍不住笑起来：世上百谷，但凡能结籽的，不是被人种来做粮食，便是被猪羊嚼吃掉。唯独蒺藜，结这么大果子，谁敢去吃它？它不笑，谁笑？

想通后，刘呵呵心头大畅，乐了一阵，抓起地上的长櫌，继续捶砸田里的土块。自那以后，他重又整日呵呵呵笑起来，只是从此断了再娶的念头。

娶妻丧妻这一年，他几乎忘了阿婶，甚而想退佃，心头平复后，才暗自庆幸没说出口。他照旧卖力替阿婶种地收割，送粮食时，也从不忘摘朵花插在粮筐边上。有时，他甚而想，自己恐怕是为阿婶而生，若不然，好不容易娶了个妻，竟上吊自尽。阿婶这么自苦守节，恐怕能修成个菩萨。到那时，她神通灵觉，自然能知晓我这般至诚，或许会封我做个蒺藜神将，替她看守仙山灵府。

有了这个心念，他似乎什么都不愁不惧不慌了。妻子虽死，他毕竟仍是王家的女婿，王家人也喜他性格，常日时时走动说笑，年节更是热络，一个人便也不十分孤落。

草木易秋人易老，转眼之间，便是二十多年。这些年来，阿婶竟真的一步都没迈出过那院门。刘呵呵替她种的粮，积到一处，恐怕能堆成一座小山。他却连一眼都没瞧见过阿婶。他只知道，阿婶始终活着。

不但他，王家亲族对阿婶也越来越敬重，言及阿婶，无不庄肃。这远近乡里都知道皇阁村有个节妇，几任知县都曾上奏朝廷，祈请旌表，只可惜一直未蒙准奏。刘呵呵对此倒并不多介意，阿婶守节年月越深，他心中那菩萨信念便越坚。既然阿婶要修成菩萨，这人间旌表又值得什么？

然而，刘呵呵没料到，那个王小槐竟会毁掉这一切。

去年八月底，收了麦子，在场上碾打晒好后，刘呵呵照旧将大半用筐子盛满，每筐都插好小野花，一挑挑担到阿婶的门前。这些粮，阿婶只留几石自吃，其余大半都交给弟弟去卖成现钱。阿婶弟弟在院门前记账，点算完后，他才敲门唤姐姐。每回，阿婶都先出来拨开门闩，而后进屋关好门。阿婶弟弟才带着家中子侄，将粮食抬进去，堆放好后，带上院门。阿婶才出来，重新将门闩好。

那天交完粮，刘呵呵被隔壁亲族唤去吃茶说话。闲坐了半晌，听得隔壁搬完了粮，阿婶弟弟最后带上院门，高声说："姊姊，都搬完了，出来闩门吧。"随后听见阿婶的堂屋门轻轻打开，一阵轻细脚步声。那脚步声刘呵呵听过不知多少遍，早已熟悉无比。他正侧耳等着闩门声，外头却传来一阵尖亮童声，是王小槐。随即"砰"的一声，阿婶的院门被重重撞开。刘呵呵猛地惊了一哆嗦，慌忙起身向外跑去，王小槐的笑叫声已经进了院子："你就是阿婶？快来瞧！阿婶是个老妖婆！"

等刘呵呵跑到外面，巷子里已经聚了不少人，有王家亲族，更有村里其他男女。众人伸长脖子齐望向院里，面上满是惊异，更杂着些失望。刘呵呵顿时停住脚，不敢靠近，心里一阵拧绞，全身不由自主地抖起来。

王小槐仍在那院里又拍掌又笑叫，却听不见阿婶的声音。过了一会儿，"砰"的一声，堂屋门关上了。王小槐又嚷了一阵，这才笑着走了出来，昂着头，不住叫唱着走了："阿婶是个老妖婆，阿婶是个老妖婆……"

众人都惊愣住，刘呵呵更是惊张着嘴，不住打冷战。半晌，阿婶院里都静悄悄的，毫无声息。阿婶弟弟脸色发白，过去轻轻带上了院门，众人这才互相摆手示意，各自轻轻散去。刘呵呵仍在原地呆立了一阵子，身后那亲族拍了拍他，他才醒转过来，望望阿婶院门，里头仍无声息，听不见阿婶出来闩门。他不敢久留，只得失了魂一般回到自己家里，躺倒在炕上，饭也不吃，死了一般，唯有王小槐那句叫唱声时高时低，响了一夜。

第二天，外头的闹嚷声叫醒了他，他隐约听见"阿婶"两个字，身子又一颤，忙爬起来，奔了出去。果然是阿婶，许多人围在阿婶院门前，里头传来许多人的哭声。刘呵呵又打起冷战，拨荒草一般扒开人群，怔怔走进那门，王家许多亲族都站在院子里哭，堂屋中间那张红漆圆桌被挪开，地上躺着个人，身上盖了一张青绫旧幔子，只瞧得见那身形极瘦小，一小捆干柴一般。

刘呵呵只看了一眼，慌忙将眼睛移开，却忽然瞥见堂屋正墙上贴满了东西，是枯花，一枝挨一枝，整面墙都是。他不由得走进堂屋，那些花虽然都已经焦枯，刘呵呵却认得那些花形，都是田埂野地里那些杂草花，苘麻、龙葵、田旋、益母、旋复……每枝花茎上都粘了一个小小圆团附在墙上，应该是糯米团，也已经干硬发乌。

刘呵呵不敢相信，身子颤得越发厉害，他小心走进卧房。里头有些幽暗，却极整净，只有一架旧床，一只旧斗橱，橱上搁着几卷旧书、一面铜镜、一个螺钿盒。他扭头一瞧，又是一惊，幽暗中，靠窗那面墙上也贴了许多枯花，仍是田间野花，一枝一枝排得齐齐整整。刘呵呵惊望片刻，眼里顿时涌出泪来，不由得靠着那墙，弯下身子，呜呜呜地哭起来。自从幼年被那个婶婶打得不敢哭后，他再也没哭过，更没这般哭过，肝肚肠肺拧在一处，不断绞痛。正哭间，墙上一朵葱兰被他的肩膀蹭落，跌到地上，花瓣碎开了两瓣。他忙哭着小心捡起那花枝，想重新粘回去，却哪里粘得住？这一摇动，花瓣又散落了三片，枯茎上只剩最后一瓣。他不敢再粘，用袖子抹尽泪水，小心护着那枝残花，埋着头，离了那院子。回到家里，他腾空盐瓶，将那花枝插在里头，供在桌上，呆望着那枯茎独瓣，又忍不住呜呜哭起来。

除了当年那个婶婶，他从没怨憎过谁，这时，对那王小槐，从心底里生出无比厌憎。这样的虐畜，得活活烧死，才能解恨。

夜里，他有几次带了火种，偷偷摸到王小槐家院墙外。但真要下手，又哪里下得去？他不住恨自己是个软卵子。几个月后，他见王盆提了一袋东西去了王小槐家，便偷偷跟过去瞧。王盆将那袋里的黑黄粉末灌进一根竹筒，又点了一根香，让王小槐去燃那竹筒，竹筒里顿时腾起火苗烟雾。刘呵呵顿时明白，那是燃烟花的火药，用这火药烧，才烧得迅猛。

这提醒了他，也去县里寻买火药。那天是正月十二，到处放烟火，他在一家烟火铺子里买了半袋火药。他背着那火药袋子才往回赶，却见一辆车子迎面行来，车里传出一个童音，在骂车夫，竟是王小槐。

刘呵呵想：正好，在村里烧，怕会牵连邻舍。于是，他便快步小跑，一路跟着那车子，准备在路上僻静处下手。可那车子一路都走的官道，途中车马往来不绝，始终寻不到下手处。这一跟，跟了三天，奔了二百里路，竟到了汴京。中间王小槐在客店歇了两宿，刘呵呵便在客店外墙角下忍着冷守着。虽然苦，但一念到阿婶，反倒觉着苦些才对。

正月十五，那车子进了东水门，停在一家医馆隔壁的一院官宅门前。里头有人出来笑着将王小槐迎进去。刘呵呵便守在斜对面，这是他头一次进京城，看到街市那般繁华喧闹，虽吃惊，却无心赏看。

直到傍晚，王小槐才又出来，外头已经候着一顶轿子，王小槐上了那轿子，一个中年男子陪护着，一路进了城，来到皇城。皇城前大街上扎满了彩灯，花山星海一般，刘呵呵哪里见过这等盛景，眼晕得脚步都有些错乱，几次跟丢了那顶轿子。那轿子停在东街口，王小槐下了轿子，和那中年男子去看那几层楼高的鳌山龙灯，两个轿夫将轿子停在一座酒楼边，一起去僻静地溲溺。刘呵呵终于得了空，慌忙过去，掀开轿帘，将袋子里的火药倒了许多在轿子坐垫上、踏板下，又用手抓了许多撒在轿顶、轿窗框上。见两个轿夫回来，他慌忙躲到一边。王小槐赏玩到初更时分，才回到轿子，往回赶去。刘呵呵忙挤过人群，跟了上去。看灯的人实在太多，挤来挤去，竟寻不见了那顶轿子。他气恨至极，不停扇打自己。

寻了许久，实在寻不见，只得顺着原路找回去。等回到东水门内那官宅时，院门紧闭，不知王小槐回来没有。他只能又缩在对街墙角下守着，累了这几天，竟一觉睡了过去，等他醒来，天已大亮。

那官宅院门仍紧闭着，他去街对角那间杂燠店买吃食，却听见店家和几个客人正在讲论一件事，说昨天半夜，虹桥上有顶轿子忽然自燃起来，里头一个六七岁幼童被活活烧死。他忙跑去虹桥打问，桥上一个摆摊卖包子的说，那孩童来自襄邑，据说是三槐王家的正脉子孙……

他听了，顿时微微抖起来，牙齿敲得咯咯响，怕被人瞧破，忙下了桥往家赶去。一路上，欢喜解恨之余，却渐渐发慌发怕起来。回乡里后，村里便闹起那还魂撒栗的怪异来，让他越发慌惧难安。

后来，他去见相绝陆青。陆青盯着他注视良久，目光清水一般，有些凉，又透着些温，半晌才开口说："你之遇，卦属师。怨虽合其理，师出却无名。欲讨其正，反得其疚。冤仇虽报，惶惶难承……"他心事被说中，顿时又慌又惧。

今天，他照着陆青所言，对着那顶轿子说出了那句话。他虽不明其义，却觉得那句话像是在说他的身世与心事，说出来后，心里松释了许多：

"孤雁伤几多？独自问秋风。"

第六章　比

比，辅也，下顺从也。
——张载《横渠易说》

王理一直躲在孙羊正店的侧边。

他偷偷望见父亲王盥竟走向那轿子，心里一阵愧悔。接着又见姑父刘呵呵也凑了过去，他更是有些惊异。不过，看那轿子行了过来，他来不及再多想，忙走上前，装作和那轿子并行出城，低声念出那句话——

王理今年已过而立之年，作为家中幼子，父母疼爱他自然多些。但生在这样一个本分农家，父亲勤力劳作，母亲悉心持家，两个哥哥也都忠朴孝顺，自幼受这家风熏习，他也从没因宠自骄。

族中长辈时常称赞，说他家深得三槐遗风。对于三槐王家那些声名，他自小便常听族人讲论，却始终有些疑心。虽说三槐王家是这片乡里第一大族，也只是支脉广、人丁多，族中并没有一个披绿着锦的官员，连读书的子弟都没有几个。王理能说能走时，便在田间玩耍，日常听得见的，大多是农务。官府的人，难得见到，至多也只是下乡来催税的书手和衙吏，官职最高的一个是县尉。所谓"三槐王家"，于他而言，只是老辈口中的古话传奇。

直到十二岁那年清明，父亲带上他，跟着亲族去三槐故宅祭祖，他才头一回到京城。到了望春门外朱家桥，父亲指着河边那院大宅说那便是祖宅，父亲便生在那宅子里。他自小听过无数道，等真的亲眼看到，惊得只能空张大嘴，道不出一个字。父亲来时说要替他开眼界，这时他才明白何为"眼界"。眼中所见便是世界，自己生在乡里，便认定这世界只有乡里那么大，至多也只到县里。到了这里，才知道世界竟大到这地步。

即便如此，他仍难相信，自己先祖曾真做过宰相。这京城、这天下不知有多大、有多少人，除去皇帝一人，先祖竟然在所有这些人之上，全天下都由他来掌管。

回到乡里，他仍震惊不已，痴痴怔怔了许多天，才渐渐回转神。他问父亲："如何才能做到宰相？"父亲说："读书。"他忙说："我也要读书。"父亲听了极欢喜，当天去亲族家借了一部《孝经》，晚上吃过饭，点起油灯，教他读那经书。头一句他就听不明白——仲尼居，曾子侍。子曰："先王有至德要道，以顺天下，民用和睦，上下无怨。汝知之乎？"曾子避席曰："参不敏，何足以知之？"子曰："夫孝，德之本也，教之所由生也……"

父亲慢慢解释给他听，说仲尼是圣人孔夫子，曾子是圣人的弟子，圣人教曾子天下第一条大道理，那便是孝。

"爹，什么叫道理？"他忙问。

"道是道路，理是事理。我们出门，要依着道路，才好行走。做人也是这般，唯有依着做人之道，才不会行错。至于理，万事万物都有个理，依着事理，做事才不会偏差。"

"我的名字便是这个'理'？"

"嗯，我给你取名为'理'，便是望你能有条有理，安顺一生。孔夫子讲的这一条，便是我们为人处世头一条大道理，好比我们进京行的那条官道。"

"我们从京城回来是搭的船。官道和水路，哪条才是道理？"

"嗯……都是正道正理。道有许多，不过有大有小，有正有邪。行在大道上，才是正道，才平顺，不跌跤。"

"圣人为什么说孝是第一条大道理？"

"嗯……有了父母，人才来到这世间。至亲至近，莫过于父母。人唯有孝，才不违逆父母，不违逆父母，家才安宁。家家都安宁，天下才会太平。因而，这《孝经》后面有一句——'人之行，莫大于孝。'孝是天下最大正道。"

"哦，孝是官道，那水路又是什么？"

"嗯……悌便可当作水路。悌是敬爱兄长，做子弟的，除孝顺父母，还得敬爱兄长。即便父母亡故，有了悌，兄弟才能和睦，这家族才能常保安宁兴旺。"

"父母兄长若是做错了事，说错了话，也不能违逆？"

父亲顿时有些变色，低头寻思了片刻，才说："这《孝经》后面还有一句——'当不义，则子不可以不争于父。'若是为父的做了不义之事，为子的，便该据理力争，劝父亲回归正途。'父有争子，则身不陷于不义。'"

"哦，我明白了……"

从那天起，每到天黑，王理都跟着父亲学那《孝经》。两个哥哥原先只粗读过一点书，后来农活儿太忙，便都搁下了。这时见他读书，也来了兴致，一起凑过来学。他娘生长于寻常农家，见他们父子在一处读书，既觉新鲜，更觉贵气，在一旁剪灯添油，端汤递果，也忙得极欢欣。

不过，兴头过了之后，王理开始觉得读书实在苦乏，还不如去田间割麦锄草有趣。再听父亲说，若想中个进士，得读烂万卷书。他和哥哥们算了一下，一卷书一尺长，万卷书一千丈，一本一本排起来，恐怕整个皇阁村所有田地都铺不下。这么多书，得多少年月才能读完？这一算，他越发泄气，读书一事便渐渐撂荒，开始跟着父兄耕地种田，去京城开的眼界也便渐渐缩回到乡里田头。

书虽未读多少，他却牢牢记住了"道理"两个字。

种田有种田的道理，每样庄稼也都各有各的道理，都违逆不得。至于做人的道理，却难解得多。人不似庄稼，虽说麦有麦的道理，麻有麻的道理，但这两样只须各依各的道理，分开种，尽了力便都能收获。人却全然不同，你有你的道理，我有我的道理，且常常混杂在一处，极难截然分出对错。更何况，人与人、家与家、村与村、乡与乡之间，常常会起争执，每个人都说自己对，这其中道理在哪里？

无事时，王理常常琢磨这些道理，却越想越糊涂，越糊涂便越沮丧。农活里，他最不耐烦的是理那些乱麻。每年夏至前十日，麻结了穗、花粉如灰时，父亲和两个哥哥紧忙抢时收刈。他和娘在田边拿竹刀削叶劈梢，剥下麻皮，驮回家，用水沤过，在房顶上搭起架子晾晒洁白。再将麻片泡在水中，用手指理丝、捻线，卷成团作经线，挽成锭作纬线。最后，要牵线穿杼，至少得两人，那时妹妹还年幼，便由他来牵线。稍一不慎，麻团线锭便会绞乱拧缠作一堆，想要理清楚，极耗时耗力。

可和乱麻相比，做人更乱许多，哪里能理得清？理不清，他便不知该如何做人，昏乱沮丧之极时，甚而不愿再做人。实在想不明白，他去问父亲。父亲抬眼望天，想了半晌，才慢慢说："虽然孔夫子说孝是天下第一大道，这些年，我私下里也琢磨了许久，暗自觉着，公道才是天下第一大道。"

"公道是啥？"

"公道是人人可行之路，不因高低贵贱贫富而有别。比如村外那条路，这村里不论男女老幼，人人都可走。"

"路好说，可做人呢？"

"《论语》有一句最好——"

"哪一句？"

"己所不欲，勿施于人。"

"这句话是啥意思？"

"你若不愿某样物事，便莫要拿它给人。"

"爹……我还是不明白。"

"人之好恶千差万别，难有齐同。但所有人有一样相同，于己有利，便是好；于己不利，便是不好。你如此，他人也如此，心同此情，情同此理。所谓公道，并非人人所获都得一样，而是这心中道理都一样。你不愿被人欺，便莫去欺人；不愿被人夺，便莫去夺人，这便是公道。"

"那我爱一样物事，把它给人，便是公道？"

"也未必。将才就说了，人人好恶不同，你爱的，别人未必爱，就如你娘爱吃春韭，你却不爱。你娘若强要你吃，你自然不乐意。这里头的公道是——你不愿娘强要你吃她爱、你却不爱的，你也莫强要娘吃你爱、她却不爱的，这便是公道。不过，拿心头所爱给人，即便人不爱，至少起心为善。但若是拿心头所厌给人，这起心便是恶，便是不公道。公道不公道，就在这一念起心处。爹不望你有多善多好，只盼你莫要起心为恶。"

"爹，我记住了。"

王理果然将父亲这段话牢牢记在心里，说话行事，再不敢轻率，总是要多思量几分，我愿不愿，他愿不愿。

这样一来，心里多了犹豫，说话行事便比旁人迟慢些，人常笑他是老龟。他却在心里掂量：你们自然不愿人笑你们老龟，你们却笑我老龟，你们便是将己所不欲施于人，起心不善，不公道。

他就这么一点点自省省人，虽说累心，其中却自有一番他人不曾尝过的滋味。如同理乱麻，固然累人，但等理清楚，一根根穿过机杼，细细织成雪白的布时，心头喜悦，莫可比拟。

久而久之，他心中经纬越来越分明，犹豫混乱则越来越少。人见他事事合情、句句讲理，也越来越喜爱他。亲族村人有了纷争，常来寻他断理，他也总能一丝一缕细细剖析分明，理清公道。

不过，道理虽然分明了，公道却未必便随之而来。他渐渐发觉，世人并非不明道理，而是常常不顾道理。孔夫子之所以教导世人"己所不欲，勿施于人"，正是由于眼见得许多人将己所不欲，强施于人。

遇见不顾道理、强施于人的事端时，王理常常觉得悲恼，甚而愤慨，却无力可解，只能反复感慨那句"己所不欲，勿施于人"。他曾问过父亲，父亲也不知该如何对答。成年后，他越发明白，孔圣人都拿这天下世人没办法，我又能化解多少？想明白后，他也不再妄自烦恼，只求自家不行恶、得心安。

后来，他娶了妻，妻子也是个农家女，脾性虽不甚好，却也并无恶行。妻子替他生了一对儿女，他这小家和父兄大家，合居一处。除了妯娌之间偶尔口角，一家人始终和乐安宁，令亲族称羡。

这些年来，他和两个哥哥勤田力耕，孝顺双亲，抚育儿女，除此之外，并无他事，也无他想，只觉得此生若能如此安顺，便已万足。

他没料到的是，父亲竟会做出那等事。

那天他和两个哥哥去田里种春麦，两个哥哥驾驱楼车撒种，他回家来牵驴子，搬小石团，去压土埋麦。还没走进院子，便听见王小槐高声跟父亲说话，竟是要父亲过继给他做儿子。他在墙外听着，心头极愤慨，但王小槐毕竟是自己祖辈，虽然如此顽劣不逊，却也丝毫奈何不得。王理没听见父亲应声，却认定父亲哪里会听王小槐的。他怕父亲难堪，便躲到树丛中，等王小槐离开半晌后，才进了院，那时父亲已回到屋中，他不敢打扰，牵了驴子，拽上石团，便快步离开，到了田头，也没将这事告诉两个哥哥。

傍晚回去时，父亲面色瞧着有些不对，王理以为父亲仍在生王小槐的气，更不敢多言。没料到，第二天父亲竟然去见王小槐，更受了那场羞辱，回来便气倒在床上。那几天，亲族们面上虽尽力掩着，眼中却闪着嘲笑。

王理心中，父亲如天一般，寡言少语，温和持重，从不轻犯任何人。谁想到老来竟受这一场重羞大辱。活了三十多年，从没有这么羞愤过，可他自幼驯良惯了，气恨得浑身发抖，却不知能做什么。

恨了几天，有个人忽然寻见他，是邻村一个中年富户。王理只见过那人几回，姓名都不知，只记得他的嘴又厚又大。那人将他唤到林子里，低声问他："你想不想除掉那个小祸害，替你父亲洗刷耻辱？"

王理顿时愣住。那人又说："我只缺个帮手，不须你动手。"

王理越发诧异，心里怕起来。那人却笑了笑："我等你回话，明天仍在这里碰面。这事你莫要告诉别人，否则你父亲那场羞辱便白受了。"说罢，那人便大步离开。

王理思忖了一夜，百般犹豫，终还是有些怕。第二天，一个堂弟来寻他，那个堂弟名叫王球，和王理一向亲密，也受过王小槐凌辱，他来跟王理商议，如何惩治王小槐。王理见堂弟恨得切齿捶树，忽而生出一个念头，便将邻村那富户所言告诉了堂弟，王球一听，忙说："你不敢去，我去！"

王理却顿时想起那句"己所不欲，勿施于人"，心里生愧，忙开口劝止，王球却已定了主意，撇下他，去会那人了。之后几天，王理再没寻见堂弟。直到过了元宵节，王球才回来。第二天，王小槐被烧死的讯息也传了回来。接着便是回魂闹鬼……

王理自然又惊又惧又愧，他去向相绝陆青求教，陆青望着他，静视半晌，缓缓说："你之卦属比。心欲其和，反生嫌隙。志欲其安，陡逢怨怒。一愤难忍，因懦成愧……"他听了，心里一阵慌疚，也不知陆青为何让自己清明去汴京，对那轿子说那句话，但一听到那句话，心随之一颤：

"赤子心，赤子情，奈何翻作夜孤星。"

第七章　小畜

乾之为物，难乎其畜之者也。畜之非其人，则乾不为之用。

虽不为之用而眷眷焉，不决去之，卒受其病者，小畜是也。

——苏轼《东坡易传》

王球站在王员外客店前瞅着，见王理离开那轿子后，他忙凑了过去，朝着那轿窗，忙忙道出了那句话，随后逃命一般慌慌离开了。

王球今年刚满三十岁，从小到大，他似乎不停在逃。

他父亲虽是三槐王家正脉子孙，却生来体弱气虚，一句话超过五个字，便觉吃力，娶的妻子偏生也有痨症，生下王球不久，便咳血而亡。那时王家已迁到这皇阁村，诸事寒陋，王球父亲自己都难活，哪里有余力照管王球？族中叔伯看不过，四处替王球父亲寻亲，最终说定了邻乡一个一等富户的女儿，是改嫁再醮。娶过来后，才知道那妇人是因脾性暴躁，被前夫所休，回到娘家后，也是百般不宁。远近乡里都知道她这名声，哪家敢沾惹？她父母见三槐王家来提亲，忙厚厚赔送了一份奁资，急急将她嫁了过来。

那妇人见丈夫竟虚弱得纸人一般，歪在那张旧床上，连手臂都抬不动。成亲当晚便哭闹了一场，将王球父亲揉搓得断了气，喜事当晚成了丧事。

亲族们原要将那妇人送去官府治罪抵命，但一想：丢下王球这么一个幼儿，谁来收养？那时家家自顾都难，谁敢开这个口？于是全都闭紧了嘴，帮着将丧事草草办了，任由那妇人施为。王球父亲留下一百五十亩地，继母自家又有二百多亩夋田，全都佃出去，足以花用。那妇人乐得自在自主，便没有回娘家。王球从此便跟着这位继母过活，那时他才学会走路。

继母并没有嫌弃王球，反倒视为亲生一般，饮食衣裳，都尽力让王球胜过族中其他子弟，养得他肥肥嫩嫩的，穿着小锦袄、小缎衫、小绫裤、小丝鞋，竖扎两根小髻，项戴银圈，善财童子一般。那些族人口上赞叹，心里却都极不自在。继母瞧得分明，不但不遮掩，反倒时常大声笑这家孩儿衣裳破了，那家孩儿鞋尖漏洞了。王球那些堂表兄弟自然个个都怀愤，常迁怒到王球身上。王球性子随了父亲，有些柔弱，只会躲逃。有时逃不过，身上难免挨几下，继母若瞧见，立时会爆起来，抓着木棍荆条，便去追打那些孩童，惹得那些父母出来论理。继母却毫无顾忌，叉腰跺脚，骂出许多乡俚污话，一两个时辰不歇气。王家那些亲族哪里见识过这等悍辣阵势？被她骂得个个闭门塞耳，再不敢招惹。

王球对继母极感佩，只是继母还有个头等喜好，爱吃酒。她一旦吃了酒，便变了个人一般，红赤着双眼，圆鼓鼓瞪着王球，略一不对，操起荆条便打，满嘴"软卵儿、小孽畜、鸩蛋子"地乱骂。王球只能不停逃躲，幼年时满院子哭躲，长大些，便往外逃。继母虽吃了酒，腿脚却丝毫不软，追着他满村打骂。亲族们虽然可怜王球，却没一个敢来劝止。每个月总有十来回，王球和继母，一个在前面逃，一个在后头追，骂声从村东传到村西，从麦田响到豆田。

长到十八岁，继母替王球说定了一门亲事，是她娘家一个侄女。迎亲那天，一顶花檐子将那新妇抬到王球家门前，小儿们拦那花檐子，讨要钱物花红，这叫"杜门"。送亲人正要散给铜钱果子，那新妇却在轿子里高声叫道："姑姑说过，王家没一个好货，一文钱都不许散！"王家亲族听了，全都大惊。送亲人也都红了脸，偷偷将钱果胡乱散掉，揭开帘子，要去扶那新妇下轿，新妇却已经起身大步跨了出来。请的阴阳人正执着木斗，里头盛满谷豆钱果草节，抓起来望门抛撒，引小儿们争拾，叫"撒谷豆"。门前地上铺了长长一条毡席，新妇进门不能踏地。那新妇却不管不顾，顶着红锦盖头，也不要人扶，踩着地往里大步便走。前头有个抢钱果的小儿正在抓地上的果子，被她一脚踢到一边。门前还摆了一具马鞍和一杆秤，得跨过去，那新妇眼被遮着，没瞧见，被马鞍一绊，摔趴在地上，红锦盖头掉落到一旁，露出一张立眉瞪眼的白胖圆脸，像是一团粉面上胡乱戳了几个孔一般。

众人全都哄笑起来，王球在一旁一眼瞥见新妇那张脸，心顿时寒透。新妇却爬起来，竖着眉毛大骂："囚囊货们，笑什么？！常日里你们王家欺负我姑姑孤儿寡母，瞅着这家里的田产，一个个贼筋歪骨、黑肠臭肚。如今我来了，叫你们好生尝尝我刘家的酸汤辣水！"众人被她骂得全都闭住嘴，惊张着眼。新妇却一把抓起盖头，重新蒙住头，一只手掀起巾角，露着眼看路，大步跨过门槛，走了进去。

照礼，入了门，扶新妇进新房，到床边"坐富贵"，敬三盏酒"走送女客"。新婿则在中堂设榻，上头放置椅子，依次请媒人、姨妗、丈母"高坐"行礼，而后新婿入房，请新妇出。两家各出一根彩缎，绾成同心结，两人面对面牵巾，男倒行，到父祖牌位前参拜，而后新妇倒行，扶回新房。夫妻对拜过，才同坐床上，女向左，男向右。族人妇女将金钱彩果散掷床上"撒帐"，新婿新妇各剪下一绺头发，绾成一圈，与两家出的缎匹、钗子、木梳放一处"合髻"。

那新妇进了院门，站到堂屋前，竟伸手掀起盖头，环瞅众人，高声说："我刘家不似你王家这等酸腐，摆这许多空文假礼来装样儿。你们若贪这几杯酒，赶紧吃了，各回自家去，好教我们娘母清静！"

两边亲族尽都惊住，女家羞，男家恼，皆说不出话来。唯有王球的继母坐在那张高椅上，不知何时吃了些酒，脸红眼赤，一直在乐。两家亲族互相望望，都没了主张，冷了半晌，各自垂头掉脸，纷纷转身走了。等众人走尽，那新妇腾腾几步，过去将院门砰地关上。王球的继母一手抓着酒瓶，一手握着酒盅，高声笑唤："球儿，瑾儿，我们娘母来吃酒！"

一个继母，已经让王球这些年在亲族间始终抬不起头，如今又添了这样一个妻子，他越发没了出路。更叫他困苦的是，这婆媳两个常日里亲如母女，动起手来却视如仇敌。新妇性情虽暴直，做事却极勤快爽利，家里一切活计全都承揽下来，不肯让婆母和丈夫插手。可她一旦来了脾性，天公地母都不认，又叫又骂，毫无遮拦，恼起来，酷好拿一根面杖子追打王球。继母万事都容她，却不许她打王球，见她动手，抓起藤条便去拦挡。新妇却丝毫不退，连这个婆母兼姑母都要打。两个妇人便噼噼啪啪一番恶战，各自被打得青了脸、肿了嘴，打不动时才住手。王球却只能躲在一边揪心观战，等战罢，再小心替她们敷药。

亲族们见那只母老虎有了这头母狮子来克，都瞧着偷乐，忍了二十来年的闷气总算舒解。见了王球，他们神色间也满是嘲意。王球早已惯习，只能当作不见。

唯有王理，为人最公道，从来不小视他，更不奚落嘲笑。因此，合族之中，他和王理最好。王理时常开解他："谁人没些难处？这世间唯有亲人无可选择。你已尽了力，错便不在你。"每每在家挨了打，他便去寻王理。王理话不多，却句句入心。王球听了后，连痛都要轻释许多。他曾听人说，世间可识人无数，知心一个便已足。有王理这么一位知情达理的朋友，他的确已经知足，就如那些江海行船人，虽说风波千里，却始终有个小岛可以避风歇脚。

至于家中这一老一少两个妇人，王球其实也无多少怨言。虽然怒时会挨些打骂，可常日里，继母和妻子都极疼爱他，不许他去跟王理辛苦学做农活儿，每年备些羊酒作束脩，送给族中有学识的长辈，教他读些书。他断断续续读了许多年，也并没读出个什么来，考了几回县学，都没考中。继母和妻子却都不介意，继母说："咱们家又不缺那几贯俸钱来糊口，即便考中得了官，还得受上司的腌臜气。"妻子说："是呢，我好好一个丈夫，送出去叫他们那等腐臭人东支西使，呼来骂去？"

王球听了，心里虽感激，却始终有些愧憾，身为一个男儿，常年这般闲坐白食，终归无聊，总该有些作为才好。可这乡里，除了读书便是种田，两样他都做不来，又没本事像族中宗子王豪那般出去做些生意。亲族们见了他都轻嘲暗讽，王理又农务繁忙，不能常去搅扰。闲常无事，他只有去自家那些田里转走，看佃户们种田。每到收获时，这些佃户常常瞒漏收成，少缴分利。王球看得多了，农活儿虽不会做，收成却能估量得出，那些佃客再瞒不过他。继母和妻子都夸他善营生，不像其他亲族白受佃客的瞒骗。活了这些年，这是他仅有之功，心里始终有些空落，总想着能做些大事，好在继母、妻子和亲族间争口气。

他寻了许久，终于等来一个时机：王小槐。

论辈分，王小槐是王球的叔祖。可这小叔祖常日里见了王球，总是大声笑他："软虫儿，中间爬，身边两只尖嘴鸦，左边追，右边打，肿了脸来掉了牙。"其他孩子听见，都跟着王小槐一起大声诵唱，羞得王球寻不见地缝钻。只要听见王小槐的声气，他慌忙就要躲逃。

后来，王小槐不知从哪里得了一只银弹弓，从此越发凶顽。有天王球去田里看视，回到家，在院门外便听见继母和妻子在高声叫骂。他以为婆媳两个又斗了气，进去一瞧，两人脸上都青肿了几片，尤其是继母的左眼肿得青桃子一般。两人并不是在对骂，而是一起在骂王小槐。王球一问才知，王小槐拿了弹弓跑进院里来打那只狗，继母和妻子一起出去喝骂，王小槐便朝她们脸上连射了几弹。两人想要抓东西去打，却敌不住那弹弓厉害，只能气得在这里空骂。

自小王球在外头受了气，都是继母冲出去替他讨还。妻子嫁进来后，更是事事护着他，不让他在外头吃一毫的亏。婆媳两个在这乡里是一对常胜将军，何曾受过这等伤辱？

做了一场儿子和丈夫，王球胸中头一回涌起一阵男子气概。他没有答言，心里却在暗暗算计如何替她们报这仇，可想来想去，也想不出好主意。那时，王理的父亲竟也受了王小槐一场羞辱。王球急忙去寻王理商议，王理说邻村有个人恐怕也怀了仇气，准备杀了王小槐。王球见王理犹犹豫豫，心头怒起，便说："你不肯去，我去！"

他寻到王理说的那片林子，等了一阵，果然瞧见邻村那个大嘴中年男子。那人见到王球，有些惊讶。王球忙解释了几句，道出自己心中怨恨，最后又恨恨加了句："我是定了心要除了那小孽畜！"大嘴男子略犹豫了片刻，才说："好。不过，这事得极隐秘，不能叫人知晓。你只照我说的去做，其余的一概莫问。"

那人跟他约好，正月十二清早在村口见面。到了那天，王球谎称跟几个学友约好，去县学里拜问学官。继母和妻子虽说了几句，却没阻拦。王球本有些忐忑退意，看她们两个脸上伤肿未消，再不疑虑。清早出了门，来到村口，那大嘴男子果然候在路边树下，见到他，只说了句："我们去汴京。"

王球心中疑惑，但说好不许多问，便跟着男子一起走了。男子步子快，王球一路不敢松气，才勉强跟上。两人步行三天，才终于走到汴京，在东水门香染街王员外客店里住下。十五那天上午，男子让王球待在房里莫要乱动，自己带上门出去了。他不敢出去，一直惶惶等着。

天黑后，男子才回来，叫他一起出去。店门边停了一顶轿子，轿顶上插了一根枯树枝。男子让王球在后头，两人一起抬起那轿子，轿子是空的。男子在前头，往进城方向行了百十步，来到汴河边一带树丛旁，停住脚，将轿子靠到树下暗影里，而后说："就在这里等。"

一直等到敲三更鼓，王球靠着树几乎睡着，男子才说："走。"王球忙过去，抬起轿杆，扛在肩上，跟着那男子往出城方向走去。行了百十步，快到香染街口时，男子走到左边一家医馆隔壁的官宅墙根，停住轿子，躲在暗影里，轻声提醒："莫出声。"王球有些怕起来，却不敢开口问。

正在惊疑，那官宅的门忽然轻轻打开，一个黑影悄悄走了出来，背上驮着个大袋子，那黑影将袋子放进轿子里，回去轻手拉上那宅门，随即快步离开。王球惊得腿都有些抖，大嘴男子却低低说了声："走。"随即去扛轿杆，王球慌忙也扛了起来。大嘴男子在前头引路，急急往东行去。

由于是元宵夜，两边酒楼店铺的灯都还亮着，往来不时有酒客杂役。王球不知道那轿中袋子里究竟是何物，边走边怕。前头大嘴男子似乎也很惊慌，走了几步，竟扑地摔倒，轿子几乎颠翻。王球腿脚发软，也跌倒在地。两人慌忙爬起来，扛起轿子继续走。

刚走到香染街口，左边忽然过来几个骑马人，险些撞上轿子，将马背上一个人颠翻到地上。后面还有三个骑马同伴，那三人跳下马，都有些恼怒。一个冲到前头扯住大嘴男子，高声责骂，大嘴男子忙连声道歉。另一个过来揪住王球，挥拳要打，王球忙护住头，想求饶，却唬得出不了声。还好第三个和气些，过来劝住两个同伴，让王球两个走。王球和大嘴男忙扛起轿子，快步离开了。

王球已经惊得一身冷汗，心里悔恨不迭，想丢下轿子逃开，却又不敢，被人捆在了轿子上一般。正在慌怕，旁边孙羊正店里走出几个醉汉，乱嚷着拦住轿子，说要赁这轿子坐。大嘴男子忙解释说是私家轿子，醉汉们却听不进去，有两个伸手掀开轿帘，要瞧瞧里头坐了何等贵人。大嘴男子忙过来阻拦，却被身边的人拽住歪缠。王球在后头惊得心都要撞破，幸而那酒楼旁边有个车夫唤道："众位客官，小人这车子载客！"几个醉汉这才一起转身过去了，这时王球已经吓得几乎要哭出来。大嘴男子在前头抬起轿子，王球也慌忙扛了起来，慌慌举步，往城外赶去。

走进东水门门洞，里头顿时黑下来，有辆牛车正要进城，占了大半边路，两下里挤到一处。赶牛车的前后似乎有三个人，纷纷高声吆喝着，将牛拉拽靠边，才腾让开。出了城门洞，大嘴男子加快了脚步，王球也尽力跟着。

快到河湾时，旁边军巡铺屋里走出三个人，高声喝住大嘴男子。王球见他们全都身穿军服，腰间佩刀，顿时惊傻。引头那个军汉喝问："轿子里是什么人？是否藏匿了逃犯？"大嘴男子也慌了神，哆哆嗦嗦才说出一句："是……是一袋羊肉。今天过……过元宵，主人家赏的年……年肉。"那军汉不肯信，走到轿子边，伸手掀开轿帘，朝里觑望，里头暗，看不清，他又伸手进去探。王球惊定在那里，牙齿不住敲碰，眼珠几乎要迸出眶子。还好，那军汉探了探，便收回了手，说了声："走吧。"

大嘴男子似乎没听明白，王球急得要催，又不敢，半晌，大嘴男子才回过神，忙抬起轿子，两人慌慌往前行去。走了百十步，王球才长长舒了口气。

快到虹桥时，旁边那家脚店里拥出几个女子，全都艳妆靓饰，抱着各样琴阮乐器。其中一个见到轿子，忙笑着迎上来："轿子里的客官，良宵难得，吃杯酒，听个曲再赶路……"说着，拦住了大嘴男子，其他几个也围了上来，争着掀开轿帘娇唤，见里头没有人，才笑骂着回去了。

大嘴男子在前头又忙举步，王球经过军汉那一场惊，已不再那么怕了，只是不知这轿子要抬去哪里，心里不住念着菩萨，盼着能早些抬到。

轿子上了虹桥，桥栏边几个摊子仍挂着灯笼在候卖，桥上有几个往来路人。王球已经有些虚乏，上桥时，后头低，越发有些吃力。他正埋着头尽力跟上脚步，刚行到桥顶，忽然听到轿子里"轰"的一声，忙抬起眼，却见一团火焰从轿子里腾了出来，紧接着轿子燃了起来，火焰直冲向他的面门。他忙撂下轿子，急闪到一旁，几乎跌倒。大嘴男子跑过来搡了他一把："快走！"他慌忙跟着急奔下桥，往东边逃去。身后有人大叫："把轿子丢进河里！"王球忙回头看，见桥上几人一起抬起轿子，奋力丢进了河里。一大团火坠进了河水中，另有一个人跟着跳了下去，恐怕是去救人。他再顾不得其他，跟着大嘴男一路狂逃，奔了恐怕有两个时辰，远离汴京后，才敢放慢脚步。

他反复问："轿子里是不是王小槐？"大嘴男先不肯回答，最后才点了点头，看神色，却似乎也并不确定。回到家后，惴惴几天，一个消息才传来：王小槐烧死在汴京虹桥上。

直到今天，王球也想不明白，那轿子为何会忽然自燃起来。他不住告诉自己：你并没有烧他，是上天降神火烧的他，他该死。

那天他惴惴走进王小槐宅里，坐到相绝陆青对面。陆青盯着他，那目光冰一般，让他后背发寒。陆青缓缓言道："你之卦为小畜。承恩过盛，人难纾志。久念还报，心怀愤积。偶得其机，不思其祸。一念无忌，发而难收……"他听了，心里一阵惊怕。最后，陆青冷声教他对那轿子念那句话时，他更是不由得打了个冷战：

"有心立小功，谁知成大过。"

第八章　履

履者何？人之所履也。人之所履者何？
礼之谓也。人有礼则生，无礼则死。
——司马光《温公易说》

王荡躲在孙羊正店对面，看到那轿子过来，他朝前凑近两步，等轿窗经过时，轻声念出了那句话。念完后，他嘴角一撇，鼻子一哼，淡嘲着笑了一下。王荡常爱这般笑，可这时笑罢，心里却泛起些涩意。

王荡今年二十七岁，是三槐王家正脉子孙，但辈分极低，同龄的大半亲族都是他的叔伯。等他出生时，三槐荣名早已成了家族中的古话。除了宰相王旦，其他先祖的名讳，大半长辈都已记不清。

王荡的父亲性子却有些孤拗，牢记着自己是三槐子孙，一定要重振家声。亲族们纷纷改学务农，他却仍一心要求取功名。只是，他读书极刻板，只会死记古经，若是早些年，他或许还是有希望的。那时取士只考贴经、墨义，将经文空出一两句，由考生填全，只要记诵熟便可。他父亲生逢王安石新法大行之时，取士务求新义时论，他哪里学得会其中变通之道？因此，考了大半生，连县学的门都没能挨近。

一生志愿未遂，他便转而寄望于儿子。王荡兄弟一共四人，上头两个哥哥自幼便被父亲严训，五更天便起来读经，下午习字，晚上学做文章。两个哥哥全学得眼发直，心发怵，经书倒是记得坚牢，作起诗赋，提笔比扛房梁还吃力，经义策论更是滞重难通。他父亲四处寻教授看评，温和者说还需深造，率直者则劝他父亲莫要再执着。他父亲却不肯死心，越发加力督教。苦了几年，两个哥哥又去赴县试。

那年，王荡七岁，已经跟着父兄读了三年书。父亲疑心是自己教得不好，次年到年龄后，准备送王荡去县里小学。他想让王荡早得些见识，便让王荡跟着两个哥哥去瞧瞧。到了县学，两个哥哥进去考试，王荡坐在官舍外头墙根下等。县试不似解试、省试那般严苛，只在《诗经》《尚书》《周易》《周礼》《礼记》五部本经和《论语》《孟子》两部兼经中选命一道经义，另作诗、赋各一首。试卷也并不糊名、誊录，由县学学官直接审阅。

那天是阳春天气，日头暖煦。王荡靠着墙，等了一阵，晒得软困，睡了过去。睡了不知多久，被一阵吵嚷声惊醒。睁眼一瞧，前面河岸边聚了许多人。他见哥哥们还没出来，便跑过去瞧。原来是有人投河自尽，被人捞了上来。他挤进人群一看，顿时惊呆，被捞上来的不是一个人，而是两个——他的两个哥哥。两人的衣带拴在一起，都已经断了气。旁边捞救的那人不停说："若是没拴在一处，至少还能救得及一个……"

原来，今天主试那学官当年曾是三槐王家宾幕，靠王家恩荫才得的官职。他顾念旧情，想提携恩公后代，但细看过王荡两个哥哥的文章后，只能摇头叹息，诚恳劝说："这仕路恐怕行不通，两位还是另寻他途吧。"王荡两个哥哥听了，出来后，哭着走到桥边，一起投水自尽。

两个哥哥自尽后，父亲几乎憔悴至死，整日昏昏聩聩，自言自语。母亲还算坚韧，但每常看着王荡，目光中常露出些怨责。王荡知道是由于自己那天睡了过去，没看到哥哥们出来。他想辩解几句，可母亲总是立即把话头转开，一个字都不愿听。对他，也冷淡了许多。对他三岁的幼弟，则加重了疼爱。

王荡心里愧疚，不敢再说什么。如今自己成了这家中长子，便该快些成长起来，好替父母分担家计。自父亲昏聩后，再也不管他的学业。他也乐得解脱，常日间尽力帮母亲做活儿，做完了活儿，便去田间看农人们劳作。那些农户家家都种桑养蚕，王荡看种桑树比其他农活儿似乎轻省些，便跟着桑农学种桑。学起来才知道，哪里有轻省的农活儿？种好一棵桑树，至少得辛劳三年。

头一年，育苗。立夏过后，桑葚由红转紫，选鲜美饱满的做种子。剪去两头，用柴灰掩埋一宿，再略晒干水汽。选一片肥壤土，锄了施粪，粪了又锄，反复三四道，踏紧耙平，撒上细沙，均匀布下葚籽，再用薄沙掩盖，畦上搭起草棚，防暴雨暴日。等苗长到三五寸，要剔去根干四旁小枝叶，每隔五六天，用水稀解小便，浇沃桑苗。

苗长好后，选向阳沃地，深耕几遍，焚烧窖粪，细细施过肥；刨起桑苗，削去枝干和中央命根，只留四旁支根；再截取三尺细竹筒，去掉中心竹节，绑在桑根上。每三棵苗合成一株，连竹筒一起种植；竹筒口都用瓦片遮盖，以免雨水烂根；浇灌时，揭起瓦片，舀粪水从竹筒灌下，能直至根底；等生出枝干，主干四旁枝芽是"妒芽"，须时时除去；日久之后，竹筒腐朽，三干相连，三根共撑，主干便易生长。

到第二年，要移植。先削去桑树大半条干；每隔两丈，挖一深坑，坑中填碎瓦石，挑两三担火粪倒在碎瓦石上；在坑中央种植一株桑树，填土筑紧，四边用木桩撑住牢钉，再用棘刺绕护，以防大风和牛羊；时时除虫除草，并不断剔摘主干旁细枝叶，那唤作"妒条"。

到第三年正月，又须斫枝，剔去枯败细枝，粗长枝条，也得斫去一半，树气才旺，叶才浓厚。悉心照料一年，一株桑树才算种好。

不过，对王荡而言，种桑虽难，却比读书轻畅些。尤其眼见着一颗桑种发芽、生根、抽叶、长枝，渐渐变作一棵树，到春天，绿蓬蓬、鲜茂茂，极爱人。

他跟着学了几年，渐渐惯熟。那时，他才十一二岁，却已老成得如同二十来岁。他见每年养蚕时，不少人家都缺桑叶，便想将家中佃出去的地收回来一些，自己种桑树。父亲仍然痴痴呆呆，不管事。母亲则对他始终冷冷淡淡，说出来一定不会答应。不过，母亲不识数，原先每年佃户交粮谷时，都是由父亲和两个哥哥点算，后来这差事便由王荡来承当。每年收成不同，略少一些，母亲并不会察觉。王荡便自己做主，去跟佃户商议，先收回了三亩地，自己开始偷偷种。

可毕竟年纪小，轻活儿还罢了，挖树坑、挑粪桶这些重活儿，他便极吃力。

开头一年，树苗没照料好，死了大半。他却并不气馁，嫌种子太慢，又去学嫁接、压条。到第三年，竟养活了几十株。等养蚕季节时，他将桑叶卖给那些缺叶的人家，虽只得了一贯多钱，不到佃户分利的一半，但他却欢喜得了不得，因这桑树不似豆麦，一旦种成，便不必年年新种。他忙又去收回了几亩地，继续勤力种养。

那时，王家亲族的妇人们也都纷纷开始学养蚕织绢，桑叶缺得越来越多。王荡技艺也越来越好，种了五六年，已成熟手。他将家中大半地都收了回来，雇了几个长工，只种桑树，每年所得比佃出去多了不少。

父亲知道后，只叹着气喃喃念叨："君子谋道不谋食。耕者，馁在其中矣；学也，禄在其中矣。君子忧道不忧贫。"母亲则只似有似无淡淡"嗯"了一声。

王荡心里有些失落，却没有介意。两个哥哥死后，他已看淡世事，遇事通常只是淡嘲着笑笑而已。

唯一让他介意的，是幼弟。由于父亲不再管教，母亲又过于宠爱，幼弟性情极骄纵，既不读书，也不务农，成日只知贪吃、贪穿、贪耍。王荡种桑得的钱，除去来年桑田必用的，自己不敢留，全都交给母亲，母亲却又大半都花费给幼弟。王荡怕母亲责怪，也从来不敢说幼弟。幼弟见到他，也从无敬怕，只呼名字，从不叫"哥哥"。从去年起，王荡的弟弟贪那个小叔祖王小槐家的吃食玩物，常跟在王小槐后头，帮附着做那些人怨鬼怒的事。

王荡不知该如何才好，只能听任他骄纵下去，心里却始终担忧不已。他没料到，两个哥哥的厄运竟会再次降到幼弟身上。

去年秋末，王荡正在桑园里给压条定植。压条是在大桑树附近挖一条土沟，将粗壮长枝弯下来，埋在土沟里，用木楔钉牢，而后埋上土。等土下枝条长出根，再截断母枝。子枝长壮后，便要移株定植，挖出来，另掘坑深种。

他才小心挖出一棵桑苗，一个堂叔急匆匆赶来说："你弟弟淹死在大塘子里了！"他忙丢下那桑苗，疾奔到那大水塘。那水塘在王小槐家后面，许多人围在那里，他走近一瞧，弟弟躺在水边，脸色蜡白，左脚腕肿得极粗大。

双亲得知死讯，也随即赶来。母亲扑到幼弟尸体上，哭得昏死过去，父亲则站在一边，竟止不住地笑起来，笑声如同鸮叫。

他只能忍住悲，料理弟弟的丧事，心里却一直疑问：那时天气已凉，弟弟为何会下到水塘里？他四处询问，问了许多人，最后，一个小堂弟背地里小声告诉他，那天他们几个跟着王小槐去大水塘玩耍，只有王荡的弟弟和王小槐见水里有条蛇在游，王小槐让王荡的弟弟噤声，从项上摘下戴的金圈，丢进水里，说"谁捞到便是谁的"。王荡的弟弟听见，衣裳都没脱，一跃便跳了下去，才潜到水下，便惨叫了一声，在水里乱扑腾起来，等他们用树枝将他拽上来时，人已经只剩最后一口气……

王荡听了，寒透全身。半晌，才木木然回到家里，听见父亲仍在里屋怪笑。母亲则木瞪瞪地坐在堂屋门槛上，呆望着院门。他走进去，母亲的目光都没动一动。他心里顿时生出一个念头：杀了王小槐。

然而，从杀念到杀人，中间隔了一道阴森森、黑洞洞的深渊。许多回走近王小槐，要动手时，一眼瞅见那道黑渊，他便下不得手。

直到今年正月，有个他从没见过的中年男子来到桑园。那人说："我准备杀了那个王小槐，不过需要个帮手。你不必动手，只须帮我做一桩小事。"

他犹豫了许久，还是点头答应了。照着那人所说，赶到了京城，正月十五夜半时，准备了一个火筒，站在东水门外虹桥上，等一顶轿子，那轿顶上插了一根枯树枝。看到那轿子行了过来，快到桥顶时，他迎了上去，拔掉盖子，将火筒丢进轿帘里，随即快步离开。还没下桥，就听到耳后"轰"的一声，回头一看，那轿子燃起了火。

他并没有怕，只撇了撇嘴角，轻轻哼笑了一下，而后便往东边行去。回去几天后，才听到消息：王小槐烧死在虹桥顶上。

听到这消息，他仍只轻笑了一下，并没有觉到解恨的快意。父亲仍那样时时怪笑，母亲也始终痴痴怔怔的。直到王小槐还魂，他家院里清早落了些栗子，母亲见到后，连声惊叫，在院子里不住转圈，他才有些慌起来。

亲族们请到相绝陆青来驱邪，他站在王小槐家院门前，犹豫了一阵，还是走了进去。陆青坐在那里，如一棵冬天树叶落尽的桑树，静静注视他，那目光像是一阵风，吹进心底去扫落叶，让他有些不自在。

半晌，陆青开口言道："你之卦为履。行不得其正，故寻其偏。偏而望返，远而欲归。返无其径，归无其门，故登歧途……"他听了，心里暗惊。陆青最后又教他清明去汴京，对着一顶轿子说一句话。他听后，忍不住撇动嘴角，轻笑了一下。然而，回到家，看到母亲那漠然的目光，他忽想起陆青那句话，心里一颤，一阵悲意涌起，猛然看清了一桩事：自己这些年一直看轻世事，自认洒脱，其实只因始终得不到最看重的东西——父母之爱。

陆青那句话如同一场寒雨，不断滴落在他心底：

"莫怨柳絮轻别离，只缘春雨入梦寒。"

雷篇

宗子案

第一章 泰

使君子居中，常制其命；而小人在外，不为无措，
然后君子之患无由而起，此"泰"之所以为最安也。
——苏轼《东坡易传》

一位老者缓步行进东水门，两眼有些失神游离。

老者名叫王驭，今年六十九岁，将及古稀，也是三槐王家的正脉子孙。一路上，他见了不少自家亲族，众人自然都是为那轿子而来。每个人都各怀心事，皆在回避他人。那一张张面孔，竟似一片片风中秋叶，与这融融春景极不合衬。念及此，王驭生平头一回发觉，自己果真是老朽了，再无任何气力自振，更莫说去振作这家族。

王驭是三槐王家三房王旭一脉子孙，到他父亲时，已没了恩荫官品。王家族谱一直由二房宰相王旦那一支掌管，多年前，那一支大半已迁到开封县新里乡大边村。王驭听说那边修族谱时，将他们这些没功名的子孙全都摈除在外。他们襄邑皇阁村这边的子孙自然大不乐意，不过，那边子弟多少还守着耕读世家的门风，而他们这边，连能握笔的人都越来越少。年轻一代，个个瞧着粗头蠢眼的，哪里还有三槐当年的影儿？也难怪被人轻忽。

王驭原是个顺命的人，深知家族气运至此，人力难为，但心头多少有些不

畅。只因这一些不畅，积聚出一团斗志，为这宗族穷心竭力十来年。到如今，一梦醒来，肠冷心灰，唯余苦涩。望着河中春水漫漫，他闷叹一口气，不由得想起自己母亲当年那番话。

王驭的母亲是一位县主簿的女儿，自幼习学诗书，虽然从小门小户嫁入三槐王家，处处都有些生疏，她却能沉住气，始终面含笑意。那时的三槐王家早已不复当年，各房之间互争互轧，越来越没了情面与礼数。王驭的母亲仅凭这笑，便自然化解了许多冰冻。有几家亲族最善争尖斗气，众人都怕，她却能应付裕如。即便如此，有时难免受些气损，背地里偷偷抹泪。

王驭见过几回，有次忍不住问："娘，你明明占理，为何还要忍气让着那婶娘？"他母亲忙拭净泪，重又笑起来："人活一世，哪里能处处论理？倒是事事都得有个着落。今天哪怕娘论赢了，你婶娘心里自然窝住一团火，这火今天没有着落，将来必定要烧出一大团来寻着落，到那时想扑灭，便难了。驭儿，你记着，桥归桥，水归水，各人各有着落处。过些年你再瞧，水早去了海里，桥却朽在这原地。"

王驭那时少年心性，听不进去，遇着不公，不愿像娘那般隐忍，总要争论一番。可争来争去，自家累，别人也累。他渐渐发觉，这世间恐怕本没有公道，每个人都有自家一番道理，谁也说不通谁，就如鸟强要鸡飞、鸡强要鸭跳一般。母亲那些话他听了许多遍，一直印在心里。年纪渐长，便渐渐领会出其中道理，事事的确都得各有个着落处，这天下才太平。

于是，他不再与人争，更不去强拧，而是瞧人的着落处在哪里。你想东，便由你东；他想西，便由他西。顺着人情走，个个都安生。于是，他脸上也渐渐现出母亲那般笑意，人也乐意与他交往。这世间事便是如此，越拧便越拧，越顺便越顺。他越活越泰然，亲族都开始唤他"王如意"。

三槐王家举族迁到襄邑乡村，许多人都在愁叹，王驭却知道，这恐怕是最好的着落处，再在这京城耗下去，迟早要沦落无着。就如江州陈氏，一门数代同居，到大宋初年，家族人数已达三万七千口，世称义门。然而家产所出，哪里能赡济这么多人？朝廷为彰其孝义，每年拨粮两千石，并免去各项税赋。即便如此，到了仁宗年间，陈氏仍难以为继，最终分产析居，分作六十多个支系，迁徙各路州。三槐王家尚未全然败落，去了乡里，毕竟还有屋可居、有田可依。

到了皇阁村后，王驭还年轻，虽然事事促迫，却能沉住气，一一安顿好家宅。又去向那乡里富户请教，在族中头一个寻见一些客户，将分得的二百多亩地佃了出去。如此，家安财顺，倒比在京城大宅时松裕了许多。

他又留心向那些老农请教，学会相看地色，也知悉了许多农事艺理。从中，他越发领会到母亲的高明，这农艺更得依着作物天性，方能样样有个收成着落。

其他亲族见他家计处置得好，都来向他请教。王驭也从不吝惜，尽力帮着出些主意。

族中宗子是王豪，他引着族人迁居这里，自家却常在外头行商。族中毕竟有不少事务得料理，众人又都巴望着王豪给些指引扶助。王豪却素性不拘，哪里管得了这些，便在子侄辈里寻了三个，替他照应。

自王安石推行保甲法以来，乡里五户为一小保，二十五户为一大保，二百五十户为一都保，分别选小保长、大保长和都保正副来管领，主掌盗贼逐捕、桥道烟火、词讼斗殴、催督税租等。

王家宗族共六十八户，被计作三大保，于宗族中选命了三人任大保长。王豪原也被任命为保长，他却将这职任转给了一个侄子。他自己则不断经商求利，置买田产。乡中田产三百亩以上为一等户，五百亩以上为无比户。辛苦十来年，王豪的田产已过千亩，称为无比富强户，被任命为这一带乡里的保正，他避不过，只得应承，却仍将差事交付给三个大保长侄子。

过了二十来年，那一辈或老病或亡故。王豪又从孙辈里选了三个，分任保长，同时又一起代管宗族事务。头一个便是王驭，那年他五十三岁，还有两人和他是同一辈堂兄弟，一个叫王统，一个叫王析。

王驭原本不爱出头，也从不争这个名位，只是瞧着过去那些年，各家忙于自顾，于宗族情分上极冷淡，甚而衍出许多仇意。大家同根连枝，本该互依互助、亲亲睦睦才对。于是他欣然赴命，想着替这宗族多少尽些力，也算没白姓了这个三槐王姓。王统和王析两人竟也都有此意，他们三人商议一番，都有些振奋，同愿将三槐王家重新壮大起来。

乡村里每年立春、立秋都要办社，祭拜土地神、五谷神，春祈丰年，秋报收成。到这一日，连妇人也都要停了针线，村人全都聚在一处。拜过神后，吃酒吃肉，擂鼓歌舞。他们王家亲族迁居来皇阁村虽然已经多年，却始终难与本土乡人相容，每到社日，尽都闭门在家，族里只有孩童去凑趣玩耍。

王驶头一个想到的便是说动亲族赴社，一来入乡随俗，能与本地乡人融洽；二来借机让亲族定期团聚相乐；三来大半亲族最怕破费，这春秋两社，家家只须出些酒肉糕饼，轻廉易办。

王驶说出来后，堂弟王析性情平和，人称"王佛手"，他只略想了一想，便点头赞同。堂兄王统性情却有些刻板，人都唤他"王铁尺"，这位铁尺堂兄立即说："我王家再落魄，也毕竟是个世族，怎好与那些蠢俗乡人混闹在一处？"王如意已先料到，得给他寻个着落，便笑着说："这皇阁村大半是我王家亲族，其实已可唤作王家村。既然咱们已经定居此地，便该去掉为客之心，做这皇阁村的主人家。振兴家道，也该从此地起手。哥哥既然嫌这村社俗陋，咱们便将它兴作起来。像欧阳文忠公、苏东坡先生这些当世名公，都曾留下社日名篇。咱们便让族中能诗善文的子弟，在社日上吟诗作赋，既可给这村俗添些风雅，更可叫子弟们重新生出亲近文墨之心。"王铁尺听后，寻思半晌，也点头答应了。三人一起去说给叔祖王豪，王豪一向爱喜闹，听了立即高声赞同。

不过，主意虽定了，此事却不好强制亲族。王铁尺和王佛手都有些畏难，王驶便自告奋勇，挨家去说。他在亲族中最得人缘，且深知各人脾性，进门前，先想好说辞，给每家一个着落。虽难易不同，但最终还是让所有亲族都答应赴社。连独住在村东北大土丘后、常年与亲族疏隔的王盟，都被他说服。

本村那些乡民，王驶也前去解释了一番。那些乡民淳朴喜客，一直有相邀之心，只是不好开口，听他一说，皆欢喜非常。

那年立春后第五个戊日，正是春社日。天气晴好，青草初萌。各家果然携酒带肉，一起聚到打麦场上。社是土神，稷是谷神，皆属阴，祭坛设在麦场正南面。其余三边已经各摆列了一排木桌，乡人们将各家的菜蔬酒肉都堆在上头。原先主祭的是村中耆户长，那时王豪已被任命为保正，那耆户长便请王豪来主祭。王豪忙笑着连声推辞，众人便随着那耆户长一同祭拜。

村社祭仪朴陋，那社坛只是一块大石头，前面一座土坯搭就的小神龛。一张石台上燃了一对高烛，敬献三碗春酒、蒸煮好的鸡豚糕饼。那耆户长秉香高声祷告："天在上，土在下。祝神农，祈五谷。挽青苗，力稼穑。安室家，传子孙……"那祷词混杂雅俚，大半听不清楚，无非是祈福瑞、盼年丰、驱邪祟、灭虫蝗。乡人们却异常诚敬，全都跪在耆户长身后，跟着低声祷告叩拜。王家亲族这些年也全仰天赐吉岁，衣食才能得靠。因此都不敢轻忽，也齐齐跪下，跟着一同祈拜。

祭拜完后，旁边有两个壮年乡人一起擂动村鼓，另有一个年长乡人扯动老嗓，高声唱起村歌。乡人们全都起身，一起和着欢唱起来，有些村男村妇甚而挥臂甩腿，跟着歌鼓声舞了起来，打麦场上顿时一片欢腾。

王家亲族们常年自持身份，拘谨守礼，何曾见过这等欢浪无忌之态？全都避到一旁，个个面露惊嫌。王驭已先料到，忙笑驱族中那些孩童一起去唱跳。那些孩童先也都有些腼腆，王驭便先将几个胆大顽皮的推了过去。场上歌舞的村人见到，将他们笑拽过去，牵着一起舞跳起来。其他孩童受了鼓舞，也陆续凑了进去。那些亲族见自家孩童跳得欢畅，也渐渐露出些笑意，神色不再那般拘忌。

村中耆户长满斟了几碗村酒，笑请王豪和其他几个年长族人。王豪素性好酒，笑着端过碗，一同欢饮起来。边上其他村人也忙斟酒，纷纷去邀王家亲族，那些亲族不好推拒，接碗相谢。饮过之后，各自取过自家带来的酒肉，款让乡人。一来二去，彼此渐渐欢洽起来。

酒酣之余，王家亲族中不少男子也忘了避忌，走到场子中间，和乡人们一起欢跳高歌。往年社日，傍晚便陆续散了。那天直到天黑，众人犹不忍归，纷纷燃起火把，笑闹到深夜。

王驭看着这情景，大是欣慰。不过，他也明白，这不过是一时兴起，兴尽之后，族中这些人恐怕又得各归自家着落处。

果然，春社散后，亲族及乡人之间，只欢洽了几天。等心绪平复，便渐渐生出许多嫌隙。这家说那家社日拿去的是酸酒，损王家颜面；那家说这家舍不得肉，只带了些腌菜酱瓜去，惹乡人嘲笑；这家又嫌乡人酒浊菜劣，那家又说乡人无礼，敬酒竟不知年齿高低，乱了礼序……总之，几乎每家都能寻到一两处不满不快来。心宽的还好，心窄的，甚至为你笑了我一句、他瞅了我一眼，而引起口角。

王驭只能一一去开解，难免招致一些怨责，甚而说他如此卖力，是贪得族长之位。王驭一向不爱计较，只能笑着摇头叹息，这时才回想起当年读史曾读到，隋朝长孙平掌管大家族，曾言："不痴不聋，未堪作大家翁。"唐朝时，张公艺做大族之长，高宗曾向他问治家之道，张公艺老泪纵横，连写了一百多个"忍"字。

不过，王驭也并不灰心。他早已深悉私心难去、公心难聚，更何况族中人心溃散多年，想要团拢回来，哪里有那般容易？他想了许久，想到一条：众亲族离心离德，是由于忘了根本。

亲族们口上都自称是三槐子孙，可心底里其实已经不信。有些是自惭沦落不敢信，一些是自恨无能不忍信，另一些则是自甘卑庸不肯信。而年少一代，则只将三槐往事当古话逸闻，至多羡叹一番，哪里会信？人若是连自家祖宗根脉都不信，心怎能凝到一处？

王驭想到一个主意：拜祖。

王家后代中，最有声誉的是二房宰相王旦之孙王巩，能诗善画，与苏东坡是至交好友。王巩在汴京东门外修造了王家宗祠，曾请苏东坡题写《三槐堂铭》。那宗祠中立有王旦神道碑，碑额上是仁宗皇帝亲书"全德元老之碑"，碑文则由欧阳修奉旨撰写。率领子弟去那宗祠祭拜，自然能想见祖宗荣耀。

王驭又去和王铁尺、王佛手商议，两人都赞这主意好。那时宗子王豪又出门远行，他们便自作主张，分头去说动亲族，清明一同赴汴京祭祖。可襄邑到汴京有二百多里地，路途不近，又费钱粮。王驭虽善于劝诱人，可落到钱财上，万句甘言，难敌一文小钱。大半亲族都不肯去，只有几家愿往。

王驭三人又商议，虽然总共只有十来人，却也不算少。这十来人去汴京祭过祖，回来必定要讲给众人听。听了的，必定有动心的。到来年，愿去的必定又会增多。

于是，他们于寒食前一天动身，各自背着干粮，一起徒步前往汴京。路上行了三天，虽然有些劳累，但年轻子弟们眼见着一路上风物越来越繁盛，都极新奇振奋。等到了京城，便越发惊叹不已。

他们在汴河虹桥两岸寻了一圈，最后在河北湾的崔家客店要了间通铺房挤着住。那晚便没再吃干粮，几家咬牙凑了些钱，一起去了东水门内孙羊正店，挤坐了一桌，点了些软羊、炒羊、羊脂韭饼、石肚羹，众人美食了一顿。那些年轻子弟何曾见过这等金贵、这等鲜肥？全都涨红了脸，个个吃成了烧羊头。

吃过后，王驭让一位熟知汴京的堂弟带着众人去游逛，自己和王铁尺、王佛手先去探看宗祠。那宗祠就在望春门外、三槐故宅旁，等他们走上朱家桥，一眼瞅见三槐故宅，三个人全都停住了脚。二十余年未见，那大宅静坐于暮色中，门前、院里都已亮起灯，几处青瓦房顶升着炊烟，恍如当年。王驭不由得眼圈一热，险些落泪，再看王铁尺和王佛手，也都满眼悲喜闪颤。

三人都没出声，一起下了桥，走近那大宅。经过时，见院门半开着，不由得都朝里望去。里面庭院布局也照旧，只是花木树影更深茂了。有许多仆役在忙着搬东西，全都不认得。那些人个个行动轻熟，神色自若，像是在这宅子里住了几辈子一般。王驭心里忽然一阵难受，没敢停步，忙和两兄弟一起走了过去。然而，刚走到院墙西头，三个人全都顿住了脚——宗祠不见了。

那宗祠原先正挨着宅院西墙，虽不如何宏壮，却也门额高峻、厅堂肃穆。可如今，连同它左边一座院子全都不见，那片地起了一座官宅，一瞧便是新造不久，门楼巍然，粉墙雪白。门前高挑两只锦绣灯笼，有几个身着锦服的门吏守在门边，里头传出来阵阵欢笑声。

他们三个全都呆住，左右张望，恍惚半响，才确认，宗祠真的不在了。王驭活了五十多年，那一刻才真正体味到何谓"怅然若失"，如高楼基石被人抽走，顿时空荡荡无所依凭，虚浮浮没了着落。

王铁尺和王佛手比他受创更深，王铁尺连声颤语："岂有此理！岂有此理！"王佛手则不禁落泪，忙用衣袖擦拭。王驭看着堂兄弟，心里越发难过，却知道这时再说什么都无益，倒是带来的那些亲族得给个着落。他默想了一阵，低声说："宗祠不在了，三槐祖宅还在，拜拜它，也是一样。"

三人只得默然回去。第二天，带着那些族中老少，一起又来到这里，就在河岸边插了香烛，按辈分排作三排，对着三槐宅门，一起跪下，叩拜先祖。

幸而几个年轻子弟并不介意宗祠，倒是这三槐故宅，让他们震惊至极。看到他们连连惊叹，个个感奋，王驭才稍感欣慰。

果然，回去后，这些人四处去传讲那京城繁华和故宅煊赫，不但年轻一代羡叹，连老一辈也被惹动故情旧思。第二年清明，去了二十来家，在那河岸上跪了长长三排，引得四周的人都来围看。到第三年，族中大半人都去祖宅祭拜，慕祖之心终于被唤起，亲族之间也渐渐比以往亲近了许多。

王驭又想到，三槐王家并非一般农户，子弟就算挣不到功名官爵，至少也该耕读相济，诗礼传家，这样才不辱没先人。堂兄弟中尚有几个通习诗书的，他便想请他们，先立起冬学，教儿孙们识字读书。只是，说到兴学，即便不建学堂，不备束脩薪资，至少该有两间学舍，给为师的几位，常奉些茶酒报酬。一回半回，王驭自家倒也情愿贴助，但这是长年累月之事，得有个持久供给。

他和王铁尺、王佛手商议，那两个一听便摇头。他却放不下这念头，等叔祖王豪年底归来时，忙去请告。王豪听了，说：“这是好事，花费又不多，我也不必给自家孩儿单独延请教师。就把我西厢那间大房腾出来做学舍，教书人的茶点，我让厨房里备办，年终再给他们每个人送一份羊酒。你去放胆兴作起来。”

王驭得了这应允，欢欣无比，忙去说动了那几位堂兄弟，又去有孩童的亲族那里一一告知。众人都很欢喜，忙将自家孩儿送了过去。

头几年，这学舍办得极好。清亮亮、稚嫩嫩的读书声响起时，这偏陋村庄顿时有了光亮，连草木尘土都散出些清鲜气。那些学童的父母们更是欢喜感激。

然而，宗子王豪两个儿子先后病夭。他再见不得孩童，更听不得吵闹，便驱走了学童，关停了学舍。

王驭也没奈何，只能等王豪的幼子长大些，再去提议。可惜，那幼子只活到五岁，也一病而亡。接着，王荡的两个哥哥县试遇挫，一起投河自尽。其他亲族见了，再不敢逼自家孩子读书，怕偏移了性情，功名不成，反送性命。王驭兴学之愿因之而灭。

这时，王驭已经日见老迈，振兴宗族之心却越加紧切。他不死心，又想到宗祠。宗祠最能收束人心、凝聚宗族，让族人世代记住自家血脉渊源。汴京宗祠没了，这里可以重建。只是宗祠要地，要营建，即便事事从简，至少也得容得下全族人员，更莫说还得长年看护、清扫、修缮，此外每年祭祀也是一项不小开支。因此，这比兴学更难百倍。

族中唯有宗子王豪最富，宗祠照规矩也只能定为宗子永业、不许析分。于是，王驭又去请告这位叔祖。然而，这一回，王豪听了勃然大怒，一脚将王驭踹倒在地，厉声吼了个"滚！"。王驭爬起身，退逃出来后才醒悟，王豪接连丧子，他这一门恐怕要断根，自己却去讲说后裔之事。

然而，这营建祠堂之事，王驭却始终放不下，又去向亲族们募资。论到钱，又是个个搪塞，即便愿出的，也不过百十文。王驭想：聚沙成塔。每年到收成之时，他便拿着账簿，挨家去募钱。几年下来，也只募到几贯钱，莫说买地营建，连工匠钱都不够。他却不急，一年年继续积攒。

后来，王小槐出生了。王驭比叔祖王豪还欢喜，天天去看视，诚心诚意替他祝祈康健长寿。王小槐虽生得瘦小，精气却足，一天天长大，天资更是聪颖异常，诗书一听便会，过耳成诵。王驭心中连连感念，恐怕是上天要助三槐王家重振，那宗祠自然也不是难事了。不过，他也不敢过急，只能暗暗等待时机。

他没料到，自己还未及再次开口，叔祖王豪竟一病不起。王驭正在焦心，王豪忽然叫仆人来唤他，他忙赶到叔祖病床前，王小槐也在那里，正抓着父亲的手在哭。

王豪躺在那里，虽然枯瘦虚弱之极，却满眼慈爱，费力笑着，轻抚王小槐的细瘦臂膊，转头对王驭说："你那年说的宗祠那事，我没忘。桌上那张契书你拿去，我已画了押，也已经交代槐儿了。家中田产账目，他都记得。过两日，你跟他画割土地、支取银钱，尽早把宗祠修造起来……"那天傍晚，王豪便一命呜呼。

这些年，他身任这一带乡里的保正，王家一族都得他庇护，才无人敢欺。他一死，县里便将保正之职转任了他人。王家顿时没了依仗，村里那些人见了他们王家人，也渐渐少了敬畏。去年秋税时，催税甲头便开始横挑竖拣，诸般苛细。王家没了顶梁人，家家都只能隐忍赔笑，再这般下去，只会一日难似一日。

王驭心里焦忧，这些年王家宗族中已有一些亲族由于生齿日繁，又不善经营，生计日益困穷。王豪所写遗嘱中，将自己田产划出近六百亩作墓田和祭田。律法明令，民户墓田七亩以下不纳税，并且严禁典卖。王豪便是照这律令，给宗族中六十八户每家分七亩墓田，剩余一百亩为祭田。这六百亩地每年能收谷千石，就算日后王家宗族尽都破落，只要有这墓田，便不至于饿死。

他一直小心藏着那纸契书，直到翻过年，见王小槐又开始欢蹦，他才取出那纸契书，去见这位小叔父。王小槐那时正在院里和王盆燃火药耍，听他说了来意，笑着说："我得再看看那契书。"王驭忙递了过去，王小槐瞅了几眼，皱起小鼻头，眨着眼说："这契书是假的。"

王驭惊得空张着嘴，寻不着话语。王小槐却迅即将那契书搓卷成个筒，让王盆把竹筒里的火药倒了进去，随后拧上一根引线，笑着说："我这是神药，专能分辨真假——"他将引线凑近石台上半根正燃的蜡烛。王驭这时才回过神，慌忙要开口劝止，引线却已被点燃。王小槐忙将纸筒撂到地上，顷刻间，引线便燃到中间，随即"砰"的一声，爆燃开来，瞬息便烧得只剩一些纸烬。

王驭惊在那里，活了六十多年，从没这般愤恼过，牙齿咯咯咬颤，脑仁一阵阵暴跳。然而看着王小槐拍手欢叫，他却一个字都说不出来。王小槐笑着瞅了他两眼，随即转过头，又催王盆去装火药，跑一边玩耍去了。

王驭呆怔半晌，才颓然转身离开了那院子。昏茫间，不知走了多远，竟走到村北睢水边。他站在泥草滩中，心里一片冰凉，耳边一遍遍响起母亲当年说的那句话——"桥归桥，水归水，各人各有着落处"。

听了母亲这话，这一生，他事事都尽力让别人有个着落，为这三槐王家，更是倾尽了气力。只想着，死去万事空，愿留一些心意在这家族骨血绵延中。可到头来，竟落了个透底空。如今眼看年近七旬，不久将辞别人世，这一世空忙白碌，做了些什么？又得了些什么？自己的着落又在何处？

翻来覆去，他越想越悲，不由得落下老泪。等泪水被河风吹干，他才稍稍回过一些神，望着河滩上一地乱石，胸中竟涌起一股咬牙切齿的恨，想杀了王小槐，让他给自己陪葬，也让子孙、让这宗族少一个祸害，多一些松活。

然而，莫说杀人，家中养的鸡羊，他都从来不敢动手，请别人帮杀时，他连看都不忍看。空愤了一阵，觉着疲乏之极，只能黯黯然回家。步履又重又轻，虚虚荡荡，好不容易才走到自家院门，却见老妻迎了上来，小声说堂兄王铁尺来了，似乎是受了那小叔父的气。

他听了心里一动，走进去一看，堂兄坐在桌边，铁青着脸。他过去坐到对面，一问，堂兄果然也是被王小槐戏弄。他忙将自己那事也说了出来。最后心念一动，又加了一句："他说，要另选人掌管这家族。"

堂兄听了，身子一颤，瘦脸也跟着颤起来，瞪着茶盏闷了半晌，一言不发，随即起身走了。望着堂兄的背影，王驭知道堂兄比自己更恨，也更下得了狠手。

果然，元宵节后，一个消息传来，王小槐被烧死在虹桥。王驭疑心是堂兄做下的，忙去寻堂兄，说到此事，堂兄果然神色一变。他不敢再试探，忙借故出来了……

这时回想起来，他心里又生出一阵愧怕，王小槐之所以丧命，自己最后添的那句话恐怕最是要害。王小槐虽已死了，却顽魂不散，不断作祟。这家族不但没能得宽释，反倒个个狐疑，人人自危。自己辛苦十多年才勉强凝起的人心，重又溃散。三槐王家恐怕只能这么一日散似一日，最终衰零如残秋落叶……

想到这些，他眼眶又湿，忙长舒一口气。上个月，他去向相绝陆青求教，陆青说："你之卦象属泰。天下之事，万心万理。各循其志，各归其门。殊途自安，天下泰然。异心强聚，必致其乱。乱而强理，难承其患……"他听了大惊，一连数日都惶惶不安。

他望向街西头，一眼瞧见那顶轿子来了。但愿相绝陆青所言不假，真能释解冤孽，让王家逃过一劫。他慌忙理了理衣裳，转身往前慢慢行去，边走边留意身后那轿子，等那轿子赶上自己时，他照相绝陆青所言，朝着那轿窗说出了那句话：

"人人尽道善心好，几人曾得善心报？"

第二章　否

> 否者，壅塞使之不进之谓也。
> ——司马光《温公易说》

王铁尺一生最怕乱，却没想到年至七旬，自己竟乱到这地步。

他是王家长房王懿一脉。王懿长子当年迁居浙江永泰，留在汴京的二房成了长房，王铁尺正是这升为长房的二房子孙，只是在这二房中又是二房。这个"二"字将他压了一辈子，无论如何强干，上头总有个"一"泰山一般，让人伸不得头，展不开手脚，始终没法畅快。

不畅快倒也罢了，王铁尺从不觉得人生来是为畅快。他最受不得的是，这不畅快，不畅快得毫无章法、缭乱不堪。

王铁尺原名王统，自幼他便极爱章法。穿鞋，一定要先左脚后右脚；脱鞋则相反，一定得先右后左。鞋子脱下来，一定得并排整齐摆在床脚正中间，鞋跟要与床沿平齐。若略有一些歪斜，一夜都睡不安稳，必得爬起来摆放好才睡得着。

那时他还住在三槐故宅里，人口多，各家分的房极窄。五岁前，他一直跟母亲睡，母亲知道他这怪脾性，他摆好鞋子后，从来不敢碰移。五岁后，他和哥哥睡一张小床，他哥哥却是个缭乱人，上床从来都是随意两蹬，将鞋子胡乱蹬掉，时常会踢飞撞乱他摆好的鞋子。因而，哥哥不上床，再困他都一直坐在床边等。

等哥哥上了床，他先将哥哥的鞋子摆好，自己才肯脱鞋。仅两双鞋该如何摆，都让他为难了许多天。还是母亲替他出了个主意，将床脚间分成三等份，画出两道线，他和哥哥的鞋子各在一道线上。如此，他才终于能睡得着了。

至于日常规矩则更多，坐凳子、握箸儿、吃饭、夹菜、进出门，他事事都只守中间，因而亲族们都唤他"王中间"。

六岁去学里读书，习字最叫他熬煎。初学学的是柳体楷书，自然握不稳笔，写出来横不平、竖难直，抖缩得蛆虫一般。每写歪一画，他都像被割了一刀，总忍不住哭出来。可他又爱极这柳体，瞧帖上那每一笔、每一画都谨严至极，世间恐怕再没有比这章法更严的物事了。于是他边哭边苦练，除去读书、吃饭、睡觉，时时都在习字。合族子弟中，再没有比他更刻苦的。

练了一两年之后，笔越来越稳，他哭得也越来越少。到十一二岁时，柳体已练得精熟，如同摹刻的一般。练成柳体之后，别家的字体他一概瞧不上眼，觉着都没章法，因此，一辈子他只会柳体。

书法只是令他愉悦，真正令他惊喜的，是读经时读到："无偏无党，王道荡荡""允执其中""中也者，天下之大本也""执其两端，用其中于民""中立而不倚"……古今大道尽都在于一个"中"字！原先人唤他"王中间"时，他多少都有些懊恼，看到圣人竟也如此崇奉这个"中"字，他才觉得天豁然大开，自己竟与古圣贤不谋而合！从此，他越发坚定守住中间，决不容丝毫偏移。

不过，自家行事，守个"中"字倒不甚难，他也早已惯习。涉及人事时，这个"中"字却不易守了，至于章法则更加难寻。

到他成年时，三槐王家已乱得浑没了体统，他眼瞅着这乱象，虽烦憎之极，却无能为力，只能死守着"君子慎独"四字，决不轻易出去走动，也不愿与那些族中乱人交往，只在家中关门独坐。他穿得整整洁洁，写一幅柳体字，读两篇儒经文，而后便闭目端坐，终日不倦。

儒经中，他最爱《周礼》《礼记》《仪礼》三部，满心认定，礼是做人之章法，须臾不能偏离。"道德仁义，非礼不成；教训正俗，非礼不备；分争辨讼，非礼不决；君臣、上下、父子、兄弟，非礼不定。"他爱闭门独坐，便是从《礼记》"坐如尸"学来。

亲族迁居襄邑皇阁村，别人哭，他却笑，去了那里，自家独门独院，再不必和那些无礼亲族挤在一处。他哥哥搬来之前已成婚，为多分地，声称已经析居，独分了一小院房宅。他便守着父母，安宁度日。

在三槐故宅时，事事由不得他，到了这里，他终于能自家做主。乡里新家虽然简陋，他却布置料理得清清整整。田地佃出去后，也不必再忧心衣食。常日里，他便严守孝礼：晨昏定省，早晚请安；父母面前决不坐，始终和颜悦色，决不违逆父母之言；服侍父母吃罢，自己才敢用饭；行路始终轻手轻脚，说话也从不敢高声；母亲养的那几只鸡，他也恭恭敬敬，哪怕飞上桌、跳上床、鸡毛乱飞、鸡屎乱溅，他心中再恼厌，也从不敢呵斥。

他父亲原本极厌憎他那些怪癖，这时才觉出其中的好来，自家极感尊荣，四处去夸耀。那些亲族见他这般，也再不敢轻易笑他，渐渐生出几分敬意。长辈们更赞叹，三槐遗风尽在他身上。

父母做主，替他在乡里说定一门亲事，是个四等户的女儿。乡里人户自然懂不得许多衣冠礼仪，于他那些规矩，更加一无所知。他有些怕，却仍然严依古礼，尊奉亲命，一个字都未敢多言。

成亲头一天，他拿了把尺子，在床下仔细量着，按三等分画出两道线，又齐着床沿，横标了一道底线。成亲那晚，亲朋散后，王铁尺先还有些发怯，和新妇一起僵坐在床边。坐到将近半夜，那新妇再坐不住，两脚各一蹬，蹬掉了鞋子，小心上了床。那双红缎芙蓉绣的鞋子，左一只倒扣，右一只斜趴，全无规矩。

看着那双鞋子，王铁尺再忍不得，顿时起身，回身见那妇人已面朝里，缩在床内侧，躺姿也猥陋。他再不怯畏，拿出夫纲的肃然气度，郑声言道："你既嫁入我王家，便得遵习我王家的规矩。头一条，便是这鞋子决不许乱蹬——"他见那妇人仍朝里卧着，一动不动，越发恼起来："第二条，丈夫跟你说话，做妻子的便该起身敛容，恭耳静听。"新妇听了，略待了片刻，小心翻身，坐了起来，脸却不肯朝向他，头也微垂着。王铁尺继续教导："这鞋子，我已画好了线，阳左阴右，右边那道便是你的。往后，你的鞋子便以它为准，并排摆在那里，鞋帮、鞋跟都齐靠着线。"

新妇似有些恼，却又有些畏怯，又静待了片刻，才转身挪到床边，探出手，抓过自家鞋子，寻见地上那个丁字线，将两只鞋子都小心摆正位置。而后，偷瞅了他一眼，轻声问："成了吗？"王铁尺一直板着面孔，这时才微点了点头。那新妇听了，转身又朝里躺到床内侧。

将才那一眼，王铁尺才瞧清新妇面容，烛光映照下，极明艳娇鲜。他不由得咽了口口水，声音极响。他愧赧之极，脸顿时涨红，忙咳了两声，过去吹灭了蜡烛，而后解衣上床，摸见那新妇人，行周公之礼。新妇没有推拒，他也强抑住慌张激亢，心中想着人伦大道，做得有礼有节，连喘息声都尽力屏住。

第二天起，他便一条一条训导那新妇。不到三个月，那妇人已似变了个人，低眉敛容，轻声慢语，行动谨细。回到娘家，连她父母都惊诧认不得。

他们夫妻两个自此一同勤敬，将家务理得清楚分明，对双亲更是冬温夏清，孝养备至。双亲先后辞世时，王铁尺严遵丧礼，倾尽家产厚葬，哀毁成疾，瘦得柴棍一般，两人扶着才能站起来。他妻子哭得更加声裂瓦顶，邻村都能听到。他在父母墓边搭了个草棚，住在里头守服，寒暑不避。妻子也跟着他一起吃素哀戚，尽孝三年。出服时，夫妻两个孝衣破烂，面容枯悴，俨如坟头钻出的两个瘦鬼。

他们夫妻这孝举震动了乡里，人人都赞叹不愧是三槐世家的子孙，亲族们也都纷纷效仿。也正是因这孝礼，宗子王豪才选了他来管领宗族事务。

王铁尺自小便只独守己善，从未想过要去督劝旁人，因而先有些犹豫。但随即想到，这礼原本便该推己及人，由己而家，由家而族。就如写字，自家写好柳体固然好，但眼瞅着旁人纸上字迹缭乱，心里岂不难受？虽不能代人写字，至少也该教人写好。若满眼皆是精严柳体，岂不更好？何况，三槐王家这一辈中，几位兄长都已经过世，只剩自己年齿最高，正该以身作则，教导子弟孝悌守礼，重振家声。

只是，他从来不知该如何与人交接，更不知该如何管领宗族。倒是妻子劝他说："你如何管教自家孩儿，便依样去管教别家的孩儿。你平日只须瞪一瞪眼儿，两个孩儿便唬得不敢动。去了外头，你也拿着家里那把铁尺，若不会说，就去瞪。谁不听教，便瞪谁。"他一听，顿时释怀，于是慨然赴命。

叔祖王豪又选了王如意、王佛手两个堂弟来辅佐他。这两人性情都温善和气，正是好帮手。他不知该从何下手，王如意提议先从春社开始。他听王如意说得有理，便赞同了。谁知到了春社那一日，那些村人竟然男女混杂，狂歌乱舞，哪里有丝毫礼节？王家的子侄们竟也被王如意鼓动起来，混入那些男女丛中，甚而连族中一个寡居的堂妹也上去舞了一阵。

王铁尺眼瞅着满场缭乱无伦，气得牙齿不住叩战，为此，他几个月都不愿理睬王如意。

这之后，他只照着妻子所言，出门时时带着家中那把铁尺，若瞅见哪个子侄言行悖礼，便过去瞪那子侄。那些子侄果然受不住他那冷瞪，顿时便乖觉驯服了，连同辈的堂弟们，也都怕他瞪。他那把铁尺虽从未动用过，族中子弟却个个都怕，私底下都唤他"王铁尺"。他见这瞪眼有如此奇效，便将目光磨砺得越发冷厉，所到之处，冰冻三尺，族中没有人不惧他。只除了两人——王豪父子。

王豪是族中宗子，又是叔祖，自然不能去瞪。王小槐，虽是叔父，却只是个幼童，王铁尺始终不知该如何应对。若去瞪，便失了伦常礼敬；若不瞪，又实在难忍他那般顽劣。两难之下，王铁尺只能尽力避开，即便见了王小槐，也低头装作不见。这仍然极难堪，何况同在一村，哪里时时都能避得开？

今年正月初八，是王铁尺父亲祭日。他清早起来，命儿子儿媳将家中里外都清扫干净。自己亲自将中堂安放的父亲灵位细细擦拭一遍，又将老妻准备的果品摆好，点起香烛，打开院门，迎接父亲在天之灵。而后率着一家人，排好位序，恭恭敬敬跪拜祈告。

他正在俯身叩头，忽听得"啪"的一声，供桌上摆的那盘油果子忽然飞跳起来，滚得四处皆是，惊得他猛哆嗦了一下。还未回过神，又是"啪"的一声，更加刺耳。父亲的牌位随即倒向后头的那只铜花瓶，花瓶撞上后墙弹转回来，将木牌重重砸落，连母亲的牌位也一起撞落，在灰砖地上裂作几半。全家人唬得一起惊唤起来。王铁尺却一眼瞧见供桌上一颗栗子飞跳旋转了几圈，忙回头望向院门，果然是王小槐。王小槐手里拿着银弹弓，望着他撮眉挤眼，鬼鬼一笑，随即跑开了。

即便王小槐拿弹弓当众射他，王铁尺也不会气怒到这个地步。他跪在地上，望着摔破的父母灵牌，心像是被烂斧头劈裂，浑身剧抖个不住。两个儿子忙来劝扶他，老妻在一旁哭喊，他的身子却已不是自己身子，丝毫移动不得。不知过了多久，才勉强找回些知觉，强挣着坐到椅子上。活了七十年，他头一次不愿再管规矩礼数，想撺过去，把那劣童抓起来，也撺作几半。

然而，气过之后，他知道自己即便撺过去，又哪里能下得了手？一旦在王小槐那里违了礼，这一生名节便尽都毁弃。

胸中那股气闷始终难咽，他想起王如意主意最多，便去寻王如意。谁知王如意也受了王小槐一场气怒，并说王小槐要另选人来掌管家族。

王铁尺听了，越发恼恨。自己掌管这家族近二十年，处处受人尊戴敬畏。虽然并未得族长之位，人人心中早已将他当作族长。王豪过世后，更是如此。何况，他原是王家长房一脉，如今在族中也年齿最高。依照宗族礼制，也该他来做族长——只除多了一个王小槐。

只要王小槐在一日，全族便得尊他一日。他若是真的另选他人来管领宗族，众人也只得听从。王铁尺自家一生守礼，更得如此。

他见王如意并无主意，又想到王佛手，王佛手也刚受了王小槐一场恼，气病在床上。王佛手性情虽温善，他那大儿却有些暴急。想到王佛手那大儿，王铁尺心中忽然一动，暗暗生出一个念头。

他寻见王佛手的儿子王大峥。王大峥已经年近四十，年轻时不听管束，常在外游荡。王铁尺替堂弟训诫过几回，近年来王大峥才安分了些。

王铁尺见前后无人，板起脸问王大峥："《礼记》读得如何了？"王大峥忙说大致通习了一遍。王铁尺抑住心中暗慌，仍板着脸训导："《礼记》头一篇《曲礼》开宗明义，最紧要，尤其中间那几段。"王大峥忙说回去立即温习。王铁尺微点点头，让他走了，心里却有些惴惴不安。

过了十天，王小槐便死了。王铁尺见王大峥似乎有意避着他，恐怕是自己那句话管了用。他不知该庆还是该疚，正在不安，王小槐还魂了，自己院中落了许多栗子……

他去见相绝陆青，陆青冷眼注视良久，才缓缓道："你之卦属否。道源于心，理合于情。不思其理，难通其情。理与事违，挟理抑情。情与志乖，妄心曲志。行不得正，魂不得安……"他越听越怒，却被心底那愧疚抑住，因而没有发作。最后，陆青教他那句驱祟之语，他虽不情愿，却不敢不听。

　　清明上午，他一直躲在路边，见那轿子过来，犹豫片刻，还是强压住忐忑，装作路过，迎了上去，对着轿窗匆匆念出了那句话。念完之后，大松了一口气，但目视那轿子行去，忽然发觉那句话像是在说自己：

　　"真恶昭昭路人指，伪善暗暗己心知。"

第三章　同人

> 不能与人同，未足为正也。
>
> 天下之心，天下之志，自是一物，天何常有如此间别！
>
> ——张载《横渠易说》

王佛手自小被人唤作"王懦儿"，只因他胆小。

他本名王析，最怕的是虫，幼年在三槐故宅，房屋古旧潮暗，床下墙边常有各样虫子，潮虫、蜈蚣、蜘蛛、蟑螂、臭虫……只要见到，他立即浑身剧颤，尖叫狂跳，能逃出几道门去。虽然屡屡被母亲责骂，被亲族嘲笑，却始终没法克制。

除了虫子，他也怕人，尤其怕族中那些叔伯长辈。他自幼丧父，母亲又是小门户出身，没人教他那些礼数，见了长辈，始终不知该如何说话行事。

族里人都有些轻视他们母子，他母亲也自知低微，常日里极安静守分，不是做家务，便是做针黹，连门都难得出。除了不肯改嫁，其他都不愿与人争执，只一心一意想把他抚养成人。这柔性里自有一分刚气和韧劲，时日久了，亲族们也不敢随意欺侵。

王析跟着母亲，没有虫子、不见长辈时，也极安分，在外从来不生事，回家也极少惹母亲着恼。母子两个在屋里，一个做针黹，一个看书习字，时常静得像没有人一般。

只是，独自行路或静坐窗前时，王析心里常常会泛起一阵孤寂，小小年纪便有些厌世，不知道生而为人，究竟为何？这心思他从没告诉过旁人，更不敢让母亲知晓。母亲信佛，每逢年节，都要带他去寺里烧香。去得多了，他渐渐生出一个念头，想出家。这他更不敢告诉母亲，只在心里暗暗想，等母亲百岁之后，自己便出家。

由于存了出家之念，他于万事都看淡了许多。看见虫子，也不再那般怕了，反倒发觉，虫子见了他，比他更慌张，无不紧忙逃命，从无例外。那慌惧，与人并不二般，都是为这条性命而辛苦奔劳。

原先看到亲族之间争吵，他既怕又厌，这时也生出些悲怜。争来争去，除了模样难看，能争到些什么？就算争到，最终不也要撒手，又是何苦？

"何苦"二字，变作他心中常叹。他也渐渐发觉，其实没有人愿意争，都是逼不得已，各有各的苦衷。看明白这一条后，他的性情也越来越温和宽裕。原先，除了偶尔嘲笑，亲族们难得留意他。后来却对他渐渐生出亲近，对他母子也越来越和善。

合族迁往襄邑，他觉着是好事。众人不必挤在这故宅里，越窄促，争端便越多。去了乡里，各门各户，要宽松许多。

果然，到了那里，家家都忙于自家营生，争端顿时少了许多。他也学别家，将分得的一百亩地佃了出去，一年能得百余石粮，比在故宅时充裕了不少。母子两个照旧安静度日，闲宁无事。

后来，母亲替他定了亲，他不好违拒，只得听命。好在新妇是农家之女，腼腆朴实，也不爱言语。家中多了一个人，却没有多出事，反倒让他母子轻适了许多。他便暂且安心，仍等着母亲百年后再出家。然而，母亲过世前，两儿一女先后出生，拖累又多了一层。他想：那便等着儿子成人、女儿出嫁后再出家。

他没有受过父亲教导，不太清楚该如何教导儿女，又不愿像堂兄王铁尺那般严苛，再加之心中存了一个念：父子只是随缘而聚，伦常之外，每个人终得自家寻归处。因此，他便随和处之。儿子若是没有欺人害人，便由他们自在生长。二儿还好，大儿被祖母和母亲宠惯，性子有些放纵，时常做出些扰人惹怒的事。

王析却难得严声厉词喝骂，只是平心教他将心比心。他虽不骂，大儿在他跟前似乎始终有些怕惧，从来不出言顶撞。他见大儿秉性其实还算善正，便也由他浪荡。

转眼之间，他已年过半百。母亲早已过世，两个儿子已经成人，女儿也已出嫁。那出家之念，却早已淡去。他已明白：都在人世之中，能出离到哪里？心安适，处处安适；心不安适，哪里都是囚笼。于是，他照旧安然度日，再无他想。

他没料到的是，宗子王豪竟选他来辅助王铁尺，一起掌管这家族。

他一直不觉得人需管治，不过，也不忍见人争执。自己毕竟是这三槐王家的儿孙，若能替族人解些纷争烦忧，倒也是好事，于是，他便欣领了这差事。他们三个人中，王如意出主意，王铁尺定主意，他则只建些议、补些漏。王如意一心要凝聚宗族，王铁尺则只想管束训诫，他则唯愿众人无事。

亲族间有争执，倒更愿意到他这里来论理。他也从不搬那些大道大理，总是笑呵呵听罢，温声开解一番。人之仇怨，往往只因憋了一口气。这气一散，便也大都无事了。这些年，他替亲族化解了许多纷争。药材中，佛手最能通气理气，他又生了一双好手，年过四十了，仍柔软红润，亲族们便都叫他"王佛手"。

宗子王豪病故后，王小槐没了管束，四处搅扰顽闹，惹得众人皆怨。亲族们跑来跟他们三个诉苦。王如意为建宗祠，不愿触怒王小槐；王铁尺顾忌辈分礼数，不好开口训诫长辈；王析自己先也觉着，王小槐只是个孩童，顽劣一些也属常情，便没有太着意。

谁知王小槐越闹越没了限格，竟用弹弓射坏了王盅妻子阿枣的眼珠，又假借认继子，当众羞辱王盥。这两人常日都极和善本分，王析一向十分爱敬。接着，王析自家的外孙也被王小槐射伤。王小槐再这般闹下去，不知会闹出些什么灾祸来。王析再不能坐视，便去劝解。

见了王小槐，他也不敢说得过重，只说："如今小叔父在这宗族中辈分最高，众人都要仰仗小叔父，尤其是儿孙辈，都在仿效小叔父为人。唯愿咱们王家，能够在小叔父表率下，重振三槐家风，仁义为本，纯善有德，给这乡里做出个仪范来……"

王小槐当时正端了一碗羊肉，坐在院门前石阶上，一块块丢给一条黄狗。边丢边听他说话，倒也笑嘻嘻，没有着恼。只是不时打断，唤那狗。那狗有些怕他，先不敢吃，后来忍不住馋，小心过来叼一块就跑。吃了几块后，胆子渐渐大了些。王小槐将碗里剩下的全都丢了过去，趁那狗低头急吞，从怀里掏出那把银弹弓，扣上一颗栗子，王析忙要唤止，王小槐却已用力一射，正射中那狗鼻头，那狗痛叫一声，哀鸣着逃开了。王小槐恨恨说："贼狗儿，上回没着，这回着！"

王析在一旁看得心惊，王小槐却忽然瞪向他，又摸出一颗栗子扣上，将弹弓朝他瞄过来。王析吓得一颤，脚下一错，跌倒在台阶上。王小槐仍扯紧弦瞄着他，皱起鼻头恨恨地说："你以为我听不懂？你老舌头搅半天，不过是说我不好。王家我最大，我想好就好，想不好就不好，你一个晚辈竟敢忤逆犯上？《孝经》你没读过？'子曰：五刑之属三千，而罪莫大于不孝。'刑律里头，十恶不赦第六条是大不敬，第七条是不孝。小心我把你们告到官府里，全都判徒刑！"说着便要弹射，王析忙要躲，王小槐却忽然笑着收手："看在你是佛手瓜，不是我最恨的瓠瓜，我爹又常夸你像碗温水，不自恼，也不恼人。今天就饶了你。"说罢，他哼了一声，昂起头，晃着肩，转身进去，砰地关上了院门。

王析身骨已经衰朽，方才一跌，摔破了肘，扭到了脚，半卧在石阶上，疼得额头直冒冷汗，根本站不起身。幸而有亲族过来，将他扶回了家。回去后，走不得路，只能躺在床上将息。他心里倒也不记恨王小槐，反倒有些欣慰，这孩童毕竟还是知道些是非好歹。

大儿王大峥见他被打，顿时嚷着要去捏死那孽畜，他忙高声喝止。父子一场，他头一回如此严厉。大儿听了，不敢再作声，但瞧那样儿，自然是怀恨在心。

他的伤还没养好，仍在想该如何劝导王小槐，王小槐的噩耗却已传来。

那几天，大儿恰好也去了汴京才回来。他忙唤了大儿过来问，大儿连声否认，但那声气始终有些发虚。他忧疑了几天，王小槐竟半夜闹起还魂邪祟来。他家院子里落了许多栗子，大儿瞧见后，慌得声气都变了。王析越发确证，这事恐怕是大儿做下的。他一生没有多少可悔之处，这一桩，却如一块尖石硌在心里，让他寝食难安。

过了两天，众人请了相绝陆青来驱邪。他拄着根竹杖，也去见陆青。他没想到陆青竟如此年轻，看着才二十七八岁，目光却又有些苍老，只是并不寒凉。王析和他面对面坐着，倒有些似曾相熟之感。他们恐怕都曾看破世事，却又未冷透心肠。

陆青脸上微带着些笑，眼里略含着些相敬之意，和声缓气说："此乃同人之卦。无求之境，同声自应。安时处顺，天地不违。惜乎人心，从来多异。或歧或逆，自古难齐……"解过之后，陆青告诉他，清明去汴京东水门内，对一顶轿子说一句话。王析其实从来不信这些，福祸于他，向来并无太多分别，因而也从来未生出过祈避之心。然而，这一回不同，这罪疚并非他之罪疚，陆青瞧着也并非那等利口诡言、求利骗财的江湖术士。他虽然脚伤才愈，仍借了头驴子，带着大儿王大峥，挣扎着和众人一起赶到了汴京。

看到那顶轿子过来，他忙忍住脚痛，凑到轿窗边，念出了那句话，随后朝几步外守着的大儿王大峥使了个眼色，催促他上前。看着大儿也凑近那轿子，他才放了心。不过回想起刚才所念那句话，他心头又泛起一阵茫然：

"无根亦无凭，无辜转无情。"

第四章　大有

柔得盛位，非所固有，故曰大有。

——张载《横渠易说》

王大峥对着那轿窗匆匆念完那句话后，停住脚，望着那轿子行去，又纳闷儿，又有些怕，不知自己做出这等古怪举动，究竟有没有效验。后头抬轿子那个轿夫经过时，扭头瞅着他，满眼惊疑。他忙转身避开，一扭头，却见父亲正望着自己。

父亲目光中并没有责怪，只有疼惜。这反倒让他内疚起来，继而又腾起一股怨气。他其实更愿被父亲责骂一顿，至少心里会痛快许多。

面对父亲，王大峥自小便有这股说不清来由的怨气。别家的父亲或者山般巍然，或者铁般严厉，唯独他父亲，他做对了事，父亲只是微微笑一笑；做错了事，父亲仍只微微笑一笑。许多年他都辨不清，这两样笑有何分别，像是软布围成的墙，从来碰不痛，却也始终撞不破。

为此，他常有意做些错事，想逼出父亲真面目来，可父亲始终那般笑着，至多教他一句"将心比心"。别人的心，他倒能去比照，可父亲的心，该如何比照，难道也像他那般笑？王大峥已经活了四十二年，却始终笑不出父亲那般笑。

除了父亲，祖母和母亲也都极柔静，说话都轻言细语。在这样的家中，日日都像是饭食里缺了盐，能淡出鸟来。

当然，这些怨言他也只是暗地里念念，从来说不出口，即便说，也说不清。正因说不出口，便一直闷在心底，闷出一身的怨气来，逼得他时时去外头逛荡，常常跟人斗嘴斗拳。人都纳闷儿，这般温善的门户中怎会生出他这么一个暴急的儿来。他心里却一阵阵冒暗火，让他烧灼难宁。

他有个堂兄叫王伦，是家族中最特异的一个，从来难得安心居家，常年在外飘荡，结交一些奇朋怪友，相绝陆青便是其中之一。王大峥年纪稍长一些后，也效仿这位堂兄，在乡里结识了些富家子弟，混在里头游荡。不过，他们这班人，比不得堂兄王伦，荡也荡不多远，一般只在县里闲要。

王大峥和那些子弟不同，家中只有百亩地，度日虽足，一年却无多少盈余。他虽心存怨气，倒是始终守着一条戒律：不做败家子，不多耗家中一文钱。

没有钱，他便动嘴。那些子弟虽然钱多，却毕竟见识有限。王大峥虽也是在这乡里出生，但自小听长辈讲论三槐旧事，听也听出了一肚见识、满腹传奇。他便用话语来震服那些子弟，让他们知晓钱财之上，更有些想都想不来的富贵境界。当然，仅凭言语，只混得过一时。他从父亲身上熏习到一样本事——不贪着。

在那些子弟面前，他既不遮掩自家没钱，也不贪享他们酒食。合则聚，不合则散。那些子弟由此反倒敬他坦荡，都爱邀他为伴，四处寻欢找乐。

游荡到二十来岁，祖母做主，让他成了亲。祖母相中的妇人，自然和她一般柔静。成亲近一个月，王大峥才终于听到那妇人低着头说了句话，声音轻细得蚊鸣一般，大约说了五个字，他却只听到最后两个字似乎是"墙头"。等他问时，那妇人却已羞红了脸，头几乎埋进胸口里，闷得他只能跺脚出门。

一年后，妻子给他生了个女儿。他不愿像父亲那般温得寻不到痕迹，对这女儿该笑就笑，该骂就骂。谁知女儿天生胆小，被他的大声气吓到，一见他就躲。他气得没法，只好不再管女儿。过了两年，妻子又生了个儿子。他想男孩儿该好一些，便仍用那大声气对待儿子。谁知儿子比女儿更胆小，一见他就哭。他懊丧之极，只得认命，自己恐怕是一棵错生在莲塘中间的歪脖柳。

他只好继续在外游荡。光阴最经不得浪掷，不知不觉间，祖母已经辞世，一对儿女渐渐长大，胞弟也已娶妻生子。他家原先只分得三间房，后院陆续又修造了两间，三代合住，已经有些局促。谁知妹夫亡故，妹妹带了幼子回来投靠，这家便越发窄挤。房舍倒还能将就，那百亩地养九口人，则越来越吃紧。四年前，近十亩地偏又被朝廷"括田令"收检了去，他去县衙闹了一场，又托那些富家子弟四处求告，仍没能讨回来。这家计便越发紧促了。

有回在外头游荡了几天，回到家后，妻子在枕边用那蚊鸣般的声气抱怨，儿女已经两年没添置新衣裳了。他听了，顿时怔住，才猛醒自己虚过半生，一事无成。

他愧悔之极，但浪荡半生，从没好生学过营生治产，到这年纪了，还能做什么？正在忧闷，宗子王豪病故了。他跟着父亲去送葬时，看到王小槐瘦得病猴一般，也不是高寿之相。他忽然想起在县里听到的一桩公案，有个乡里富室也像王豪，只剩一个孤儿，却又病亡，照律令，绝户家产该收归官府，不过，那家还有亲族，由族长从族中选了一个侄子，命继过去，绍续那家血脉，最后家业一半没官，一半由这继子继承。

这让王大峥不由得生出一个盼头，盼着王小槐早亡。

王小槐若死了，便可命继，照辈分，命继只能在王小槐的侄辈中选。如今王家宗族由王铁尺、王如意和自己父亲三人代管，王铁尺年纪最长，届时自然便是族长。王铁尺恐怕不好让自己过继，只能在堂弟中选。王大峥想到自己父亲在亲族中最得人缘，恐怕胜算最大。不过，这只是自己估计，并不能确保，而且王小槐若是不死，则一切白想。

这念头一旦生出，便再难挥去。可让王大峥沮丧的是，王豪死后几个月，王小槐渐渐忘了悲伤，重又欢跳起来，四处搅扰亲族。看那劲头，哪里有早亡之相？接着，王大峥又听说，堂伯王盆竟也想到过继的主意，开始整日巴结王小槐。好在王小槐并没中套，反倒拿过继，接连羞辱了王盆、王盥两个老侄儿。

王大峥既庆幸，又忧心，正在想主意，自己父亲竟也被王小槐欺辱，跌伤了脚。他顿时腾起一阵怒火，恨不得立即杀了王小槐，却被父亲喝止住。其实，他也只是一时恨怒，若真杀了王小槐，只能填命。他还不至于用自家性命去换那一半家业。

他没料到，伯父王铁尺竟帮他想出了个好主意。那天王铁尺忽然找见他，让他好生去温习《孝经·曲礼》的中间那段话。王大峥浪荡半生，见识过无数奸猾之辈，而伯父王铁尺一生刻板，哪里会遮掩？王大峥一瞧伯父那神色，便已知道这话里一定藏了鬼胎。他忙回去找出《孝经》，翻到头一篇《曲礼》的中间，一眼瞧见了那句话——"父之仇，弗与共戴天"。

他不由得冷笑起来，伯父自家受了王小槐的气，却来激我替他报仇。

笑过之后，他迅即想到一个主意：你激我杀人，我便借你之计，反施于你，最后再拿你这计策要挟你，让你选我父亲命继。

他走到伯父王铁尺家附近，瞧见伯父的长子王守敬出来，忙过去将王守敬拉到村口僻静处，装作心事极重，问道："哥哥，你做了什么，让伯父那般痛心？"

王守敬一向极孝谨，听了大惊："父亲说了我什么？"

"昨天我瞧见伯父独自一个人走到这里，边走边不住叹气，瞧着极沉痛。我忙躲在这树后，不敢出来。听见伯父痛声在骂，说白养了三个逆子，家门被欺，祖先受辱，他们竟全然无事，白读了《孝经》，竟连《曲礼》中间那句话都忘了。哥哥，《曲礼》中间那句话是哪一句？"

王守敬听了，脸色顿时大变，呆立在那里，说不出话。王大峥假意劝慰了几句，便转头走了。

回去后，他便天天等着，没想到真的等来了王小槐的死讯。堂兄王守敬见了他，一脸惊慌，不敢正视。他正在欢喜忐忑，想寻时机去要挟伯父王铁尺，王小槐却半夜还魂闹鬼。清早开门，又见院里落了许多栗子，吓得他忍不住惊唤出来。

他虽半生浮荡，却从没做过欺心之事，这一惊，才发觉，自己比那对儿女还胆小。相绝陆青教他驱祟镇魂之法，说："此乃大有之卦。万事具足，君子之福。小人承之，反余憾恨。有而不足，旁生歧念。因邪致祸，由乱成灾……"他听了，半信半疑。但陆青教他念的那句话，却让他心惊肉跳：

"瞒得世人眼，难欺天地心。"

第五章　谦

隐高于卑，谦之象也。

——张载《横渠易说》

王守敬不愿父亲知晓，更不愿堂弟王大峥瞧见，他一直躲在街边人群背后。

看到那轿子过来，他忙走到摊子侧前。正好对面有辆牛车过来，将那轿子挤到街这边，轿窗经过时离他极近，他忙微低下头，急念出了那句话……

虽只短短一句，念完后，裤子竟被尿湿。他慌窘至极，忙急视四周，幸而没人留意自己，更庆幸刚才瞧见有卖蒲扇的，他想到父亲家中那把扇子已坏，便拿三文钱买了一柄。他偷偷用扇子掩住前腿，小心转身，慢慢出了城门洞，走到护龙河边僻静无人处，躲到一棵古柳后头，微撩起衣襟，让风日吹晒裤子，心里懊丧欲死。

王守敬已经年过四十，身心却始终紧绷着，从没有松懈过一天。

自小，他听得最多的一个词是"规矩"。父亲王铁尺事事都严求规矩，面容要端肃，身形要端直，腰背略弯塌一些，便是一铁尺；头却要微垂，眼要微低，不许昂视、斜视；两手要始终贴在两腿侧边中间；走路不许快，也不许慢；话音不许高，也不许低；衣服鞋帽、笔墨纸砚，样样物件都得摆得一丝不乱；见长辈躬身，见同辈作揖；不许顽笑，不许嬉戏……

他不知道这世上究竟有多少条规矩，只觉得密密麻麻，比绢帛上的经纬线更细密严整，因而，他最怕见父亲，每见一回，都如要死一回。一直到十一二岁，他都仍时常尿床，慌急时，则会尿裤子。幸而母亲一直尽力替他瞒着。

八岁那年，有回他在父亲面前背书，心里一慌，一个字都记不起来，尿水顿时沿着腿流到脚底。父亲大怒，抓起铁尺，令他趴在地上，把那尿水舔干净。他顿时哭起来，忍住的尿又流了下来。幸而那时祖母仍在，喝住了父亲。母亲忙用帕子拭净尿水，将他救走。这之后，每回站到那位置背书，他都怕到极点，拼尽全力，才能忍住不再尿。

祖父母在时还好，父亲督责过严，还能出面解救。祖父母辞世后，父亲便真如天盖一般将他全然罩住，再无一丝可躲之处。母亲常日极少和父亲争执，为了护他，争过许多回。可每争一回，父亲都不言不语，绝食数天。母亲哪里拗得过，只能背地里抱着他，偷偷哭着劝慰他莫要再触怒父亲。

十三岁，学《论语》时，读到曾子引用《诗经》那句自喻——"战战兢兢，如临深渊，如履薄冰"。陡然间，如同漆黑天幕裂开一道口子，豁然透进万丈光亮。他才惊觉，原来不只他一个人这般慌怕，连曾子这等大贤也这么小心。虽然母亲时时在背地里抚慰他，但那些抚慰全部加起来，也不及这句诗震彻心底。

从那天起，他再不怨艾，也终于明白了父亲的苦心，遵行起那些规矩，竟渐渐感到些快意。难怪《论语》上头一句便是"学而时习之，不亦乐乎"，再听到亲族长辈们时常夸赞他孝谨有礼，是同辈兄弟们的楷模，他更是满心欢喜和荣耀。孩童时，每每听到堂弟们在外头玩闹，他都馋羡无比，却从不敢奢望去一起嬉闹。唯一心愿是，若能笑着跟在堂弟们后头奔跑一回，便已知足。这时回想起来，却发觉，幸而没有跟他们一起玩闹，否则只能变得跟他们一般粗劣不敬、不通礼数。

最令他欣喜的是，自那以后，他再没有尿过床，更没在人前尿过裤子。

十三岁，他终于成人，而且比那些三四十岁的叔伯更加老成。那时他也早已学会谦抑之道，不敢流露一丝傲态，尤其在父亲面前，始终垂首低眼，极尽恭谨。

十七岁，他便成亲。妻子是乡里四等小户人家的女儿，于礼节规矩上，自然粗疏，好在性情有些畏怯，说了都能听。他便偷偷教导，一两年间，便将妻子训诚得识礼守节、小心畏谨。

十八岁，妻子生了个女儿，他做了父亲。这是他家头一个女儿，男女有别，他不能照着父亲教导自己的那些规矩去教导女儿，便像训导妻子一般去训导。女儿从三四岁起，便已知道不能乱笑乱语乱动，常日里只守在娘身边，静静坐着。五六岁开始学针黹，躲在房里，一绣便能绣一整天，一丝声息都听不见。由于常日不见日光，面色白纸一般，不到八岁，竟一命呜呼。

眼睁睁瞧着女儿断气，他急痛之下，竟又尿了裤子。父母在，怕他们伤怀，又不敢高声哭，硬生生憋出了心疼之症。

好在妻子还生得个儿子，起先他也严加管教。女儿亡后，他有些心悸，不敢再那般严苛。但这是家中长孙，父亲面前不能失了传家规矩。谁知儿子竟比他更识大体，不须他说，事事都严加自诫，遵行起礼节来，俨如天成。小小年纪，举手投足间，便已是恭谨成人之范。

他父亲素来极少笑，但瞧着这个长孙，虽仍威严自持，眼里却时时露出赞许之意。他也备感欣慰，但欣慰之余，心底却隐隐有些不是滋味。他辨不清这滋味源于何处，也不敢细想，只隐隐觉得那底下藏了某样不该看的物事。

于是，年复一年，他规规矩矩孝敬父母，训养儿子。于宗族间，敬待叔伯，礼待同辈，严待晚辈，从来不愿牵扯进是非争执中。即便偶有事端，也都是父亲出面。他只须安心守礼，静度时日。不知不觉间，便已过了中年。

若不是王小槐，他恐怕照旧这般，平静无波，直至老死。

那天祭祖，王小槐用弹弓射碎了他祖父母的灵牌。他从没见过父亲恨怒到那地步，慌得全然不知该如何是好。那时他才发觉，自己竟如此无用，也才猛然醒悟——当年看幼子那般自觉守礼，心头不是滋味，那其实是在怜惜。怜惜好好一个孩童，性灵被这些规矩铁网般箍死，活成一只演习礼节的木傀偶。所谓成了人，其实是丢尽天性，只剩个躯壳。一旦临事，便如自己这般，全无应变之力。

他正在伤悼忧闷，堂弟王大峥找见他，说了那番话。堂弟自幼便不好生读书，不知道《孝经·曲礼》中间那句是什么，他却一听便心底一颤。当年，他在父亲面前背书，背的正是《孝经》这头一篇，也正是背到中间这一句，忽然记不起来，慌急之下，尿湿了裤子。从那以后，每想到这一句，他都有些心惊肉跳。

堂弟走后，他呆立在原地，怔怔想着那句经文——"父之仇，弗与共戴天"。父亲心中最重，便是自己双亲灵牌，却被王小槐击碎，再没有比这更大的仇怨。然而，王小槐是亲族长辈，父亲不能去报这仇，也不好开口命令自己儿子去报仇，其间痛愤可想而知。

王守敬心想：父亲之所以独自在这里痛骂，自然是恨我这个儿子不解其忧。孝字大似天，我自小守孝，只是言行合礼而已，如今才是真正该舍身尽孝的时节。

然而，想到报仇，他顿时茫然无措。于世事，他原本就一无所通，这等报仇之事，更是从未想过。让他去报仇，如同让个才学步的幼儿去疆场厮杀。他只能尽力设想，如何去对付那个顽劣孩童。但一想到王小槐鲜血淋漓倒在地上，他已先吓得几乎又尿裤子。

他正在大口喘息，忽听身后有人唤，惊得他一哆嗦。回头一瞧，是堂叔王如意的儿子王凸。

王凸生了个大额头，像顶了个馒头一般，叔父便给他取了这个名字。这个堂弟一向自视极高，又极爱嘲辱人，每回见到王守敬，从不称堂兄，一直只唤"竿子哥"，嘲笑王守敬是根朽竹竿子。

"你在这里偷人家的麦子？"王凸咧嘴笑着问。

王守敬低头一瞧，自己手里不知何时，竟揪了一把青麦，羞得他顿时满脸红涨。王凸却似乎有心事，说完便走了。王守敬望着王凸背影，忽然想到一个念头，心顿时怦怦急跳。

他一路忐忑回到家，独自进到卧房，闩起门，寻了一张白纸，磨了点墨，提起笔在上头写下《孝经》里那句话。写的时候，手一直在颤，笔画全都有些歪斜。他忙要撕掉重写，忽然想：这样其实更好，认不出是我的笔迹。于是，他搁下笔，将那张纸对折起来，小心揣在怀里，而后出门，战战兢兢来到叔父王如意家，装作去问安。

他从没说过谎，自己都知道声气神色全失了张致。幸而叔父王如意也正在气闷，并没有在意，只简单应答了两句。他慌忙拜别叔父，离开了堂屋，却见堂弟王凸刚巧走出自己卧房，他忙从怀里取出那张纸，颤声说："你将才丢了这张纸。"堂弟有些纳闷儿，不过仍接过去打开来看。他不敢逗留，慌忙转身逃开了。

　　回去后，他一直忧心忡忡等着，不知道堂弟王凸能不能领会其中意思，领会了，会不会去替他父亲报仇。一连数天，他都神魂不安。吃饭打翻碗，跨门槛几次险些摔倒，说话更是颠三倒四。幸而成年后，父亲不再责骂他，只怒瞪了他几眼。

　　终于，他听到了王小槐的死讯。

　　他长舒了一口气，同时又极想知道，是不是堂弟王凸做下的。他装作又去给叔父请安，出来后，寻见堂弟，偷偷将王小槐的死讯告诉了王凸。王凸听了，只"哦"了一声，低着眼不瞧他，似乎不愿多提及这事。他心里暗想，自己那计策应验了。

　　然而，随后王小槐竟然还魂。次日清早，他推门便见到满院的栗子，惊得他几乎又尿了裤子，时时觉着背后有脚步声，有根冰凉手指在扯他的衣带……而之后，他去见了相绝陆青。陆青瞅着他，似笑非笑，似怜似厌，端视许久，而后言道："观你之相，为谦卦。因畏生敬，由惧成顺。低首自抑，委心承命。久行迂曲，乃忘其直。一朝逢难，遂趋邪径……"他听得心里一阵阵愧惧，而陆青最后教他的那句话，更是让他惊怕：

　　"读罢圣贤书，来做欺心事。"

第六章　豫

豫者，安和悦乐之义。为卦震上坤下，顺动之象。

动而和顺，是以豫也。

——程颐《伊川易传》

王凸打开堂兄递过来的那张纸，一瞧，顿时有些发愣。

上面写了句"父之仇，弗与共戴天"，字迹有些颤斜，他从没见过，更不可能是自己掉落的。难道是某人丢在村口，堂兄误以为是我掉的？可堂兄将才为何有些古怪？这位堂兄从来都端端敬敬、恭恭稳稳的，木人一般，今天却满眼贼怕，行动慌急。王凸忙又细看那笔迹，顿时恍然：这分明是堂兄自家写的。

纸上的字体是柳体正楷，笔画虽有些颤斜，但间架规格，仍一眼能瞧出多年严习之功。王家亲族中，写柳体，无人能及堂叔王铁尺。堂兄王守敬又自幼受其父严训，只练柳体，也早已练得纯正。这运笔虽颤抖，绝非初学之人的拙笨，显然是堂兄心慌手颤所致。不过——堂兄为何要写这句话，又为何要谎称是我掉落的？

王凸自来心思活泛，略一琢磨，随即恍然——王小槐。

王小槐用弹弓射碎了王守敬祖父母的灵牌，他父亲王铁尺气怒得动弹不得。王守敬恐怕想替父祖报仇，但他是个学礼学朽的腐竹竿子，哪里会报仇？这呆竿儿不知是吃了块烂姜，还是灌了口败醋，竟想出这主意来。他知道我父亲为那宗祠一事，也才受了王小槐一场恼，便写这纸来激我，让我去报仇。

王凸不由得笑出声来，笑罢之后，心却一沉。其实，就算堂兄不激，他也已有此意。

王凸承继了父亲的随和性情，不过，他更多些机巧。父亲随和，是不愿生事，更不愿结怨，只求和气。他却要讨人欢喜，欢喜之余，能得许多便宜。

自小，他便会唤人，见了长辈，立即高声仰唤，唤得极勤，声音又清亮又亲甜，族中长辈无不欢喜。哪怕正在气恼，也会被他唤出笑来。长辈一笑，或是一颗两颗糖果子，或是一文两文铜钱，总得摸出些给他，就算给不出东西，也要摸摸他、拍拍他。

堂表兄弟姐妹间，他也极善应对。强的，他小心小意；弱的，他示威示恩；善的，他讨欢讨怜；凶的，他投喜投好。

不过时日久了，人渐渐有些看轻他，甚而生出厌嫌，都叫他"王滑儿"。到十五六岁快成人时，他自家也有些厌了：我为何要讨你们欢喜？该你们讨我欢喜才对。

于是他渐渐转了性，傲硬起来。可这就如吃果子一般，枣子吃脆，柿子吃软，各有惯习。倘若柿子生硬，人自然不乐意吃，丢到一边，等它变回甜软，才肯吃。人们对他也是这般，见他忽然傲硬，只是诧异，觉着好笑。看他继续傲硬，便开始不乐，不愿睬他。他从最讨喜的一个，渐渐变作最不讨喜的。

他虽有些失落，却不肯服软，心想：堂堂男儿，要讨人喜做什么，得让人敬才好。他琢磨了一番，发觉得有一些过人之处，才能让人生敬。

于是，他开始发奋读书，想挣个功名，让亲族们瞧一瞧。可是，书上那些字如同一只只瞌睡虫一般，挨不过一页，他便要睡倒。昏熬了两三年，只将幼年已学过的《孝经》及《大学》《中庸》《论语》《孟子》四书重又粗读了一遍。五经只勉强翻了翻，至于三礼、三传、三史等，则全然不通。如今科举，又最重策论。他写起文章来，心里像是伏了只大嘴食字虫，该用哪个字，那个字必定要被吃成个黑窟窿，死也想不起来。这读书之念，只能撂开。

除去读书，只有商、农二途。农太苦，行商挣些银钱回来，也能让亲族们敬羡敬羡。这宗族中，只有宗子王豪一人在外头经商，而这位曾祖一直都喜爱他。他便去求曾祖带携带携自己，王豪瞅了他半晌，说："经商全靠一个'挨'字，挨得过苦，挨得过穷，挨得过贱，挨得过骂，挨得过骗，最要紧，须挨得过一路上官府税关一层层剥皮。挨到一文钱都不剩、裤儿都被人剥光时，你若还能笑脸相迎，才算上路。哪怕这样，也未必挨得出头。你可挨得过？"

他原本想赌气说"挨得过"，可随即想到自家清清静静读个书，都没能挨过，那经商路上，随便跌一跤，硬生生跌的都是钱，自己哪里有那心力和本钱去挨？于是，他硬咽回那三个字，垂头丧气回去了。

剩下的路，唯有务农了。他见族兄王荡种桑树富了家、置了地，心想：你种桑，我便种豆。于是他跑到田里，去跟那些老农请教。可听了大半晌，再一瞧田里那些豆苗，哪里分得清哪个是大豆、小豆，哪个是绿豆、赤豆，哪个又是蚕豆、豌豆、豇豆、扁豆。再听其中耕种之法，要熟耕，要楼下，要分坎，要和粪，要沃种，要复劳，要速刈……听了这许多，只听到了一个字：难。

他不由得感叹，这世上恐怕没有易行之路，眼下也只有务农这条路切实可行。若是都难，物以稀为贵，麦豆桑麻人人都在种，该寻个难得之物来种。他寻思了半晌，忽然想到有年元宵节，父亲从县里回来，买了一包炒栗子。那是他头一回见栗子，用力剥开壳子，里头一颗圆实果仁，父亲又教他剥去那层褐红外皮，露出里头鲜黄内瓤。他放进嘴里一嚼，粉糯香韧，还带着些甜，不由得惊叹世上还有这般好吃的果子。那之后，他也只吃过几回。每吃一回，都香美无比，回想许久。只是，他却从没见过栗子是如何生长、枝叶是何等模样，这一带乡里并不见栽种。

他想起族叔王盉藏有许多农书，忙去求借。王盉为人朴善，寻了十几部给他。他回去后忙一卷卷翻检，竟从《齐民要术》中寻到栗子种植法，才知道栗子是长在树上，而且栗子树不能移栽，只能用栗子来种。他看了大喜，又跑去求宗子王豪，外出行商时，替他买些生栗子回来。王豪听了，笑着说："这怕才是你之正路。燕山小栗最甘美，下个月我正好要去那里互市收买辽人皮货——"秋末，这位曾祖果然给他捎来两袋新出壳的栗种，并遵照农书所言，用皮囊密裹，不让见风日。

王凸得了这两袋栗种，欢喜感戴之极。他忙请了一个佃客帮忙，在后院柴屋里挖了个深坑，用湿土将那些栗种埋了起来。父母看到，都极纳闷儿。他知道瞒不过，只得说出实情。母亲听了，笑他又生妄念。父亲却说："若肯用心，哪里有种不成的？你若真有此心，为父的便帮你做成。"父亲果然在自家佃户中寻了一位善种果树的农夫，与那人商议，腾出家中二亩粮田来种栗子树，工酬就照佃地算，一年两石麦。

有了那佃农相帮，王凸越发不怕了。焦急等到次年春天，他和那农夫从柴房里小心挖出那些栗种。那些栗子竟全都破了壳，冒出了嫩芽。看到那些嫩芽，王凸喜得手都有些颤。他们一同将那些种芽种到了地里。王凸原先鞋上略沾些泥土都要急忙掸净，那时蹲在田里，满脚满手都是泥，却丝毫不觉。

两亩地共栽种了八十棵，种好之后，他天天去瞧那些栗芽。栗子长势惊人，才开春两个月，便已有五六尺高，茎干笔挺，枝叶鲜绿。入秋时，已成一棵棵秀挺小树，树干有拇指粗，叶子几有半掌大。天冷起来后，他们用干草将树身密密裹住。第二年，那些树长得越发好；第三年，竟开出了花、结出了苞，一颗颗青黄圆球，生满了细刺。王凸瞧着比金铃、金钱等菊中名品更傲飒倾魂。入秋，那些花苞裂开，露出里头褐红油亮的栗子果，三颗紧紧挤作一团，极爱人！

虽然两亩地总共只收了十几斤栗子，王凸却已欢喜得中了科举一般。他将那筐栗子搬回家，让娘用细沙炒了，自家留了小半，其余的用碗盛了，自己一家家端去分送给叔伯们。那些人听说是他种的，嘴上道喜，神色却都有些怪异，似妒似羡，又似轻蔑不屑。王凸却浑不介意，这几斤栗子，比几百贯钱更让他心底安实丰盈。

他照种树书所言，采栗子时，用砍刀将树枝劈残，又得那佃农悉心养护，到第四年果然枝叶更茂，栗子总共结了四百多斤！那时一亩地能收两石麦，两亩地至多得三贯钱，地佃出去又只能得一半。而生栗子一斤能卖七八文钱，已敌得上良田麦丰所得。照栗树那长势，往后收得会更多。

王凸和父亲商议，将家中佃出去的地逐年收了回来，除了栗树，又渐次种了榛树、橡树、麻胡桃树。不但收获胜过种粮，且不需牛，也不必那般辛劳。他家比往昔宽裕了一倍多。

那时节，论人高低，首看官位，其次便是钱财。亲族中，这些年读书应举始终未有得中的，钱财便成了唯一之尺。众人见他种树得法，富家有道，都不敢再轻视他，渐渐开始来讨他欢喜。他终于得到几年前想得的那个敬。

不久，他娶了亲，生了一对儿女。家计虽远不及那些富户，却也宽宽裕裕。每日只督看雇的几个农夫照管那些树，又养了两头牛，请匠人造了一辆太平车。每到收货时，用车装了栗子、榛子、橡子、胡桃，去县里发卖。县里那几个经纪也已相熟，不须费什么心力。

安稳之后，王凸再无他想，只在乡瑞安适度日。不时与合得来的堂兄弟在树下花边吃吃酒，说说话，兴头来了，还能吟几句诗自乐。

唯独一桩心事，让他始终有些梗梗——他的堂妹王月儿。

这堂妹是他堂叔王佛手的女儿，生得秀秀净净，性情又明快，不似族中其他女儿那般小性。幼年时，常爱混在他们男孩儿堆里玩耍。长大了，虽有些疏隔，见面却也始终言笑自若，毫不拘忌。

王凸满心相中这堂妹，然而自古便有"同姓不婚"之禁，大宋律法更明令"同姓为婚，杖而离之"，何况他与王月儿同属一房近亲。他只能干瞅着堂妹出嫁，将心事偷偷藏埋，许久都难释怀。

过了几年，堂妹的丈夫一病而亡，堂妹竟带了幼子归宗，回来投靠父母。那时，王凸也已娶妻生子，但见堂妹风韵尤胜当初，心思又活动起来，时时借故去堂叔家，寻机和堂妹说话。堂妹面容明净得月亮一般，性情也未改，见了他说说笑笑，亲近如初。他便越发心痒难宁，却始终不敢造次。

后来，他父亲推促亲族们一同聚赴村中社日。他见村里那些男女欢跳唱舞，先觉着有些村野蠢俗，后来见堂妹王月儿吃了两盅酒，竟也走到那些村民堆里一起唱跳。王家妇人中，从没有哪个敢这般大胆。族人们看着，大半露出厌嫌之色，妇人们更是聚在一处，点点戳戳地低骂。王凸则痴望着堂妹，那一身素绢衫裙，明净俏媚面庞，衬着一众村夫村妇，如同草丛里轻翔一只白蝶，让他心痒神迷。

堂妹舞了一阵，舞累了，笑着走回到麦场边，却没有坐下来，向四周瞅了瞅，最后扫了王凸一眼，似乎笑了笑，随后转身穿过麦场边那几排柳树，朝田里走去。王凸先是一愣，随即一阵狂喜，忙也瞧瞧四周，见并没人留意自己，便快步跟了过去。

等他穿过柳树林时，却已不见堂妹身影，四处望了半晌，见前头田地斜角上有一堆麦垛，只有那里能躲人。他的心顿时剧跳起来，顾不得走田埂，踩着新垦的田土，朝那麦垛快步走去。到了麦垛边，放轻脚步，小心转寻过去，一眼瞅见堂妹正在解裤带。他的心几乎跳出腔子，大声吞了口口水，干涩着嗓，轻唤了一声"月儿"。堂妹听到，扭头一看，猛然尖叫一声，吓得他一哆嗦。他正要嘘声劝止，堂妹却两步过来，猛扇了他一耳光，随后愤愤快步跑开了。

怔立半晌，看到麦垛边一摊湿，他才知道自己错会了意，脸上火辣辣，不知是痛，还是羞惭。他不敢再去那麦场，只能绕路偷偷躲回了家。

第二天早上，他再出去时，遇到几个亲族，看到他，神色都有些异样，只应付着点点头，便匆匆走开了。他心里顿时一沉——堂妹将昨天那事传了出去。

那之后，亲族们见他都有些回避之意。过了一两年，才渐渐忘了。多年不易才挣得的敬，如同高山上辛苦汲得一碗甘泉水，途中却被一只蝴蝶略一分神，手一颤，轻轻易易便没了。更痛的是，还被那水滑了一跤，跌成了内伤。

他心里说不出的气苦，再不愿去堂叔家，更不愿见到堂妹。虽然已经隔了几年，心里那伤仍不时作痛。

堂兄王守敬贼慌慌地把那张纸交给他，笨戳戳地想要激他去惩治王小槐，他却忽然想到堂妹王月儿。堂妹气性大，从小不肯服输。前不久，王小槐用弹弓射伤了她儿子，眼角青肿了一个大包，险些将眼睛射坏。王凸在院里听见堂妹气恨恨骂着，要去找王小槐讨还，被她父亲和哥哥强拦住了。

王小槐射人的栗子便是从王凸这里买去的，足足买了五百斤堆在家里。王凸耳听着堂妹哭骂，心里暗暗有些解气。

堂兄那张纸上写的虽是"父之仇，弗与共戴天"，他却顿时想到自己那桩隐恨。琢磨了一夜，第二天，他在巷外走了几个来回，终于瞅见堂妹的儿子独自从家中走了出来。这外甥才八岁，有些痴痴怔怔的。他忙唤住外甥，将他带到村外僻静处，蹲下来唬道："秋儿，那小曾祖听到你娘骂他，说要用火药烧你。你见了他，一定要跑快些躲开。让你娘也千万莫要再骂他，他连你娘也要一起烧。"

秋儿听了，果然怕起来，慌忙跑回家去了。望着那瘦小背影，王凸忽然有些悔怕，想要开口唤住，却喉咙干涩，发不出声，只空张了张嘴。

那之后不久，王小槐在汴京被烧死了。王凸听到，虽有些暗惊，却觉着堂妹本事再大，也大不到汴京去，此事应该与她无干。不过，他还是寻空拦住秋儿，问他王小槐的事。秋儿听了，立即慌了神，一个字也不说，用力挣脱了他的手，转身便逃回了家。王凸顿时惊住。

当夜，王小槐竟然还魂，第二天清早，王凸听到母亲在院里惊唤，忙出去一瞧，院里落了一地栗子。

王凸不敢再去问小外甥，心里却着了病，觉着比自家亲手杀了王小槐更难安。那天，他走进王小槐家堂屋，去见那相绝陆青。陆青坐在对面瞅着他，眼里微露一丝笑，那笑里闪着些嘲意，让他有些生恼。陆青却似未见，淡淡说："你之卦属豫。曲心事人，处处得欢。改志力行，终获佳誉。得意轻狂，反受其辱。因怨成恨，携仇引祸……"他越听越焦躁，及至听到陆青教他说的那句话，心里猛然一刺：

"对面暖如春，背后毒似针。"

第七章　随

随之世，容有不随者也。

责天下以人人随己而咎其贞者，此天下所以不说也。

——苏轼《东坡易传》

那天，秋儿回去后，并没有把舅父王凸的话告诉娘。

秋儿知道，若是把这话告诉了娘，娘一定会设法惩治那个王小槐，他不愿让娘再动怒。娘一旦动怒，什么事都做得出来。

他四岁那年丧父，父亲的模样已经记不清了，只记得父亲脸色青郁郁的，身材极高，又极瘦，像棵枯树一般。他父亲极爱吃酒，身上始终有股酒气。这世间，秋儿最恨的便是酒，他父亲只要吃醉，便要打他娘。他娘每回都缩在床脚，抱住头，任他父亲打。他娘的身子虽然比羊都瘦，却似乎比牛都更经打。无论他父亲打得多重，他娘都从来不哭，疼了，至多抹抹泪。

有时他父亲吃了酒，会攥住秋儿的胳膊，将他提起来，逗他要。那双大手极有力气，秋儿胳膊要被攥断，疼得要哭，却不敢哭。他若一哭，他父亲必定会恼怒，将他摔到地下，一脚踢到墙边。他娘自己挨打，从不还手，但他挨了踢，他娘便不要命一般，尖声怒骂着去打他父亲："我这身子随你打，我这命随你要！秋儿却不许你动一动！"他父亲这时节极听话，用簸箕般大手一把攥住他娘便打，且比常日打得更重。

秋儿记得，祖父祖母那时也都在，他父亲打他娘时，两个老人从不劝阻，他祖母有时还会鼓舞两句："这妖婆娘该打！"他祖母常骂他娘懒，秋儿眼里看到的却是另一样，他娘从早到晚，扫地煮饭洗衣，割草喂鸡喂猪，纺麻纺丝编竹，尤其到了养蚕时节，更是手脚不歇。他只能跟在娘的身后，有时追不上摔倒了，他娘才会抱起他，哄逗爱抚一会儿。

他祖母常说他娘瞪着双妖狐眼，成日想咒蛊人。他却最爱瞧娘的那双眼睛，水般清亮。望着他时，柔柔笑着，他都能从娘的目光里尝出甜来。

他娘最爱的活计似乎是磨面，那时院里有个大磨盘，得用驴来拉。厨房里还有个小磨盘，用手推。他娘最爱的是那个小磨盘。有时下午做完活儿，煮饭前，他娘先在厨房里歇一会儿，将馊坏的麦豆拣出来，而后坐在那张小磨盘边，细细地磨面，边磨边轻声唱些歌谣给他听。那也是他最欢喜的时刻，坐在小凳上，紧挨着娘，替娘拣那些坏麦豆。

厨房成了他们母子最爱的地方，祖父母和父亲从来不进去。他们母子也从来不去堂屋跟祖父母、父亲一起吃饭。每到饭时，他娘都先给他盛好一小碗，让他坐在厨房门边吃，不许他乱跑。

他的祖父母和父亲身子一直有些虚弱，祖父母相继病死，父亲也跟着病倒，再打不动他娘。他娘照旧照管饭食，不上半年，他父亲也死了。那边的亲族们都骂他娘是克家妇。他娘便带着他搬到外祖家来住。外祖家虽然窄挤，却人人都时常在笑，到处都亲亲暖暖的。

有年秋天，佃户送了粮食来。他见一筐麦子里有些馊坏的，便全都拣了出来。外祖父在一旁看到，笑着夸他能干。他拣了一兜，说拿给娘去磨面。外祖父听了大笑："这些麦子霉了，不能吃，吃了要着病。"

他听了大惊，却没敢问外祖父，更不敢去问娘，却清楚记起：当时，母亲磨好那些馊坏的麦豆，装在一个小罐子里，放在后壁窗洞上。饭煮好后，先给他盛出一碗，而后踮着脚拿下那罐子，将里头的面粉撒一些在饭食里，再拌一拌……这事，他谁都不敢说。

王小槐有回用弹弓射肿了他的眼角，他不愿让娘知道，但那肿包哪里藏得住？娘见到后，立即要去跟王小槐理论，幸而被外祖父劝住。

之后，秋儿再不敢出门，除非确信王小槐不在外边。那天他听着外头极清静，才小心出了门，却被舅父王凸叫到村外说话。秋儿一直不喜这个舅父，那年春社，他才五岁，正在和其他兄弟耍，一个婶娘急匆匆从麦场边的柳树林里钻出来，跑来跟其他妯娌说，远远瞧见秋儿娘躲到麦垛后溲溺，王凸竟溜过去偷觑，被秋儿娘扇了一耳光。那婶娘的声音虽然压得低，秋儿却全听到了。那时他并不十分清楚其中利害，但见那些婶娘全都变了色，心里也随着仇视起舅父王凸。之后只要看见，便远远躲开。

那天，舅父王凸将他叫到村外，他心里极怕，却不敢不从。及至听了舅父所言，更加慌了。不过，他想：舅父应该没有说谎，娘那天嚷的声气极大，王小槐恐怕真的听到了。王小槐那般凶霸，自然极恼。秋儿曾亲眼看见王小槐用一个纸包装了火药拴在一条狗的尾巴上，而后点燃。那狗尾巴被烧着，疼得不住乱叫狂转。想起那情景，秋儿不由得打冷战，王小槐若恼了，恐怕真会用那火药烧死我和娘。

他不敢告诉娘，也不敢告诉外祖一家，不知该如何是好。慌怕了许久，他想到了另一个舅父——王守悫。这位舅父是外祖王铁尺的二儿，为人极谦厚，对秋儿尤其好，是除了娘外，秋儿觉得最亲的一个。

秋儿犹豫半晌，还是去找见了舅父王守悫，偷偷把这事告诉了舅父。舅父听了，眼里也顿时暗沉下来。不过，随即拍拍他的肩膀，温声说："秋儿莫怕，舅父一定寻个妥当法子，保你和你娘无事。"

他虽仍有些怕，却毕竟安心了不少。过了没多久，便听见王小槐被烧死了。他忙去问舅父，舅父却立即止住了他，低声告诉他，以后千万莫要再提这事。他见舅父面色沉肃，也顿时怕起来。

回去后，他娘发觉他神色不对，他挨不过娘反复逼问，只得低声将这事告诉了娘。他娘听后，顿时怔住，眼里竟滚下泪来。

之后，村里开始闹鬼，他外祖家院里落了许多栗子。那个相绝陆青在王小槐家驱邪，他娘也忍不住牵着他进去请教。陆青望着他们母子，眼里满是怜意，温声说了些话，他听不明白，只断续记得陆青说："随卦。以弱承强，顺受其逆。

久难安命，遂行己意。虽得其情，未合其理……"出来后，他娘让他清明跟着舅父一起去汴京，对着那轿子说陆青教的一句话。那句话让他似乎明白了些什么，心里忽然便不怕了：

"任尔顽石重似天，弱草随春不随命。"

第八章　蛊

蛊者，物有蛊敝而事之也。事之者，治之也。除蛊补敝故大通也。

——司马光《温公易说》

王守悫心念极坚：王小槐非杀不可。

他比哥哥王守敬小四岁，性情却大不相同。哥哥是长子，父亲教导时，极严苛，哥哥不知挨了多少铁尺，一丝都不敢出错，全然承袭了父亲的刻板。王守悫是幼子，父亲对他虽也严厉，却略心软了些，难得用那把镇家的铁尺打他。即便动用这家法，也不再亲自动手，而是把铁尺交给他，命他自家打手掌。

恐怕正是父亲这一点儿心软，让他比哥哥宽活了许多，事事都有余地自行判断对错。

不过，王守悫禀赋里仍沿袭了父亲的执性。自罚时，决不肯使奸要滑，自家判定所犯之错，该多重，便多重，许多回都打得自家痛得哭。他对自己这般，对人也毫不通情，只问对错，分毫必争，人都笑他是铁尺子生了个铁算子。

读起书来，他也比哥哥灵透许多，每闻一句圣贤语，总先问自家主见。《论语》中，他最爱那句"为仁由己，而由人乎哉"。因而，他从来不觉得读书苦，觉得人本该读这些圣贤书，寻为人处世之道，辨是非对错之理。再加上那一点儿执性，读得极勤奋。

王家宗族中，他读书读得最好，十八岁时正逢当今官家崇宁兴学，诏天下州县依三舍法置学。由于襄邑每年生员只有四十名，他和族中几个堂兄弟、侄子都去赴试，却只有他一人考中。堂侄里，王荡的两个哥哥因再次失利，双双投河自尽。

县学中不但有学舍，更有学钱学粮，诸事不愁，只须读书。王守恕虽然形貌不佳，骨骼有些崎硬，穿起白布襕衫时，却自有一番儒气，让他越发觉得事事该当仁不让。

在县学读书时，他时时要和师友争辩。教授讲孟子，讲到"人乍见孺子将入于井，皆有怵惕恻隐之心"，他便要争，说若这孺子是个恶童，人便难生恻隐之心。讲到梁惠王不忍见牛被杀，孟子言，推此不忍之心及于人，"行不忍人之政，治天下可运之掌上"。他便要争，牛无善恶，人却有善恶，善人固然当不忍，恶人却必当忍……起先，师友们都还愿同他论辩，后来见他几乎字字要争，句句必辩，而且事事都只依己见，不肯退让半分。师友们敌不住、受不得他那等咄咄之气，全都避之唯恐不及。

县学里每季一试、每年一升，叫作"私试"，由外舍、内舍、上舍依次升补，再应"公试"，升入州学。每回他都决不依从教授所讲，不论经义疏解，还是策论文章，都只书己见，因而屡不中格，一直滞于外舍。为此，他年年去和教授争辩，教授被激怒，便是中了格，也不让他升补。他又去寻学官论理，学官先是勉强应付，后来则拒不见他。他却决不退缩，每日都去守候，只要看到学官，便上前论理。学官实在受不得，将他除名，逐出县学。

他越发不肯依从，日夜守在学官宅院门边，又去县衙告状。知县也被他侵扰不过，只得跟他说："你虽有你之理，县学却也有县学之规。朝廷任命学官，便是命他掌管县学，合格与否，皆由他来定夺，因而才叫'私试'。人人都若如你这般厮闹，便不需学官来定夺，人人自家定夺升降，人人都该中魁首？"

他一听，这番话确有道理，才点头认可。知县见他点头，忙又说："你已在外舍学了七八年，不必再学。每年外舍私试，你可来县学应试。若中了格，该当你升补，便依例升补。"

他听了，也算公道，便拜谢出来，回到了乡里。此后，他又考了几年。县学也换了教授和学官，却仍不中格。他也只得死了心，不愿再去应这不公之试。不过，虽然未考中，他却已是这乡里的秀才，因而被任命为乡书手，专管田赋簿记。在户簿上，盖了一个红印，上有"形势"二字，成了形势户。每月虽只有三贯银钱酬劳，却多少有些权柄，四处受人尊畏。

那年他已二十八岁，母亲早已在催他的婚事，他却以学业为由，一直推托。这时再推不过，只得任母亲安排，替他说了门亲事，娶了一个四等农户的女儿。这妻子，无甚好，也无甚不好，不过是了却一桩人伦大事。他心里始终念着的，是堂妹王月儿。

幼年时，王月儿与他最亲。王月儿爱论理，他也爱论理，两个常在一处争执。一桩小事，常常要争几天。不过他们从不为输赢而争，只争是非对错，因而，从未争到气恼，反倒越争越爱争。

自小到大，他从未遇见第二个人能如此投机合缘。到十来岁时，他便生出一个念头，若是能娶堂妹为妻，这辈子便再无须他求。有回他说出了这个念头，堂妹不但没有嗔怪，反倒流起泪，哭着说她也是这个心念。

只可惜，他和堂妹是同姓近亲，不能成婚。他们两个曾偷偷商讨过许多回，一同探究同姓不婚之理，却始终寻不出其中道理。直到他读《左传》，读到"男女同姓，其生不蕃"，《国语》上也讲"同姓不婚，恶不殖也"，他才得知，这禁忌缘于生养，不利后嗣。

他想：哥哥是长子，由他来传宗接代，我和堂妹不需子嗣，难道也不能成亲？他将这话告诉堂妹，堂妹却有些怕起来，开始躲他。过了两年，嫁到了邻乡。

他从没这般伤心过，堂妹出嫁那天，他一个人躲到睢水湾，缩在草丛中，狠狠痛哭了一场。

后来，他听母亲哀叹，说堂妹常被丈夫打骂。他听了，顿时奔到邻乡，跑去和妹夫论理。妹夫那时吃了些酒，听不得他那些言语，反将他打了一顿，险些踢断他的肋骨。他趴在地上，疼得几乎背过气，却仍嘶声争辩。堂妹青肿着脸奔出来，扶起他，将他扶到村口，哭着厉声告诉他："你莫再来了。我自家的事，我自家会处置！"

后来，堂妹丈夫一家人全都死了，堂妹带着外甥秋儿回到娘家。见面时，堂妹只勉强笑笑，从不和他说话。他心中难过，却也无法，只能加倍对外甥好。

那天，秋儿跑来说，王小槐要烧死他们母子。他知道秋儿并非童言乱语，王小槐种种恶行，他早已看够。这等恶童若是落到井里，他绝生不出恻隐之心，反倒会庆幸。他答应了秋儿后，便定下了心：天若不除王小槐，便由我来除。

他反复思忖如何除掉王小槐，但只要想到动手，心便立即冻住了一般，挪不动半分。想一想都已如此，哪里真能下得了手？

他苦想了一夜，忽然想起个人——县里唱曲的一个妓女，名叫胡欢娘。

两年前，他去县里，路过一间酒楼，见几个富家子弟在踢打一个女子。那女子伏在地下，已经动弹不得。周围人纷纷躲开，没有一个上前劝阻。王守砦原本也不敢去管，可一扭头，见那女子费力抬起脸，那面容和堂妹竟有几分像。王守砦顿时忍不住，壮起胆上前去劝解。那几个子弟一起恶笑起来，转而来踢打他。幸而有个人过来，是他堂兄王大峥。王大峥常和这些富家子弟厮混，连笑带劝，将那几个子弟拽走了。王守砦见地上那女子挣扎得可怜，便扶起她，送去附近医馆救治。

过了半年，王守砦在县里又遇见了那女子。那女子拉住他便不放，将他强拽到自己住处，置办了些酒菜款待他。那时，他才知道女子名叫胡欢娘，是个唱曲的。这是他头一回接近烟粉女子，慌窘之极。敬了几盏酒后，胡欢娘又哭又笑地说，欠了他的恩，别无回报，愿把身子给他。他忙极力推辞，最后说，这情先欠着，若是日后有用得着之处，再找她回报。胡欢娘这才作罢，他也急忙起身告辞。

他再想不出其他主意，第二天便赶去城里寻见了胡欢娘。胡欢娘听了来由，先垂头默忖了半晌，而后抬起头说："恩公说那个王小槐该杀，他一定该杀，我就替恩公办成这事。"

他忙问："你……你打算如何……"

"巧不巧？恐怕是老天教恩公办成这桩事。昨天我在清香楼水边歇息，听见阁子里两个人在低声说话。他们不知道我就在阁子侧边，其中一个提到了王小槐，说元宵节王小槐要去汴京看灯。半夜的时候，他会用一顶轿子抬着他出东水门，过虹桥，轿子顶上插一根树枝。元宵节我们姐妹几个也正约好要去汴京寻趁些买卖……"

元宵节后，果然传来消息，王小槐在虹桥被烧死。王守悫忙赶到县里，胡欢娘也已经回来，见了他，神色有些疲颓，说："王小槐不是被烧死的，那轿子上虹桥起火前，他就已经死了……我刺死的……"

胡欢娘顿了一顿，露出一丝笑，却笑得有些不安，随即又叹了口气："无论如何，欠恩公的情，我算是还了。那天半夜，我和几个姐妹守在虹桥边，果真等到了那顶轿子，我忙拽着姐妹们上前拦住那轿子，装作拉恩客、寻生意。我已备好了一根毒针，那毒针是一个术士少了我的恩赏钱，送给我抵还，叫我拿来防身，我一直留着没用。那天，我凑近那轿子，撩起轿帘，里头有些黑，看不清，不过王小槐似乎是被人装在了一只麻袋里。我便朝那麻袋戳了三针，全都扎进了身体里……"

王守悫看着胡欢娘用手比画如何戳的，心里也像是被连戳了三针，不由得打了个寒噤。那一瞬，他忽然发觉，自己原先错了，见孺子落井，不论他是善童还是恶童，人都不由自主会生出恻隐之心。这不忍之心，在是非善恶之前。

更让他惊异不安的是，几天后，他去见相绝陆青。陆青静望他片刻，而后沉声说："你之相为蛊卦。情蚀于心，行夺于理。怒乱于中，愤发于外。一念如焚，百悔难及……"最后，陆青又教他清明去汴京东水门内，对着那轿子念一句话。他听了，心中一阵慌愧：

"纵有万般理，问君可忍心？"

山篇

狂牛案

第一章　临

以一人之身，临乎天下之广，若区区自任，岂能周于万事？

故自任其知者，适足为不知。

——程颐《伊川易传》

贾撮子守在东水门的城门洞外，不住撮弄着衣角。

他照相绝陆青所言，一早便赶到这里，等候那顶轿子。虽然已经年过四十，每临大事，他手里总得撮弄一样物事，心里才过得去。他身上那件青绢衫已经穿了多年，虽然极节省，只有年节时才舍得穿出来，却也已经有些起朽，候了一上午，那衣角已经被他撮成了烂绒。

贾撮子三代都是襄邑皇阁村人，家中原先有五十多亩地，是四等人户。每年除去田税，一家五口人倒也大体过得。他生性又小心和气，面上总是挂着笑，从不和人斗气，反倒常爱替人解劝纷争。农闲时，又常撮合人买卖田舍、贩赁牛具，从中揽趁些小利，因而人都唤他"贾撮子"。

四年前，他正在撮合一桩田产典买，村里一个姓吴的富家子，为还赌债，将家中一片田产典卖给三槐王家的宗子王豪。双方才在契书上画了押，正在点算钱数，他儿子忽然急慌慌赶来，说家里来了县里的公人，在催唤他。他忙告辞出来，到家里一瞧，是县里一位典史，带着几个书手和弓手。那典史铁沉着脸，将一纸公文递给他："你那片田产契书首尾有阙，已没为公田。你把庄账、户帖寻出来，一起到田头丈量交割。快些，天已不早了，我得赶回县里交差！"

贾撮子惊在那里，半晌动不得，只有手指不住撮拧。他手里拿着王豪将才给他的一串酬谢钱，那穿钱的麻线竟被他撮断，铜钱滚了一地。

他知道自己被"括田令"括到了。

十年前，朝廷财用不足，有个叫杜公才的吏人向宦官杨戬献计，说汝州可种水稻，没有官田，可括检当地民间田契，只要田契上亩数多于实有田产，便可没为公田，征收公田钱。杨戬当时执掌宫中入内内侍省，便设置"稻田务"，于汝州施行此法，果然大获其利，深得天子褒赞。杨戬便将"稻田务"更名为"公田务"，又设立"营缮所"，继而并入"西城所"，将这括检之法扩延至山东、河朔，凡天荒逃田、河堤退滩，尽都括为公田。更开始搜检民间田产，一层层查看田契多年转卖来由，一旦发觉哪片田最早并无田主，便收没为公田。

贾撮子家中那片田在睢水河湾边，大约七十年前，睢水涨溢，淹没了农田，原先田主只能弃地逃荒。大水退去后，许多田主并未回来，这些田地便成了无主之地。朝廷为奖劝流民开垦，免税借牛，满五年田主若不回归自陈，则此田归新垦者，并设为永业。贾撮子家的那片田产，便是他祖父从流民开垦者手中买来。

这几年，杨戬"括田令"愈推愈广，渐渐遍及京东、两淮、浙江。贾撮子早已听到许多远近传闻，心里一直有些惴惴。不过，杨戬家本是这襄邑皇阁村人氏，几十年前才迁离。村中人都说，杨戬至少会顾念乡里，不会括到襄邑来。

贾撮子也是这般想，哪知道这"括田令"还是括了过来，并括到自己头顶。

回过神后，他觉得脊梁骨猛然被人抽去，顿时哭起来，双膝一软，跪倒在那典史脚边，连声哀求起来。成年之后，他从未这般哭过，哭声极怪异，像是破门扇被寒风吹摇，门轴吱吱轧轧发出的刺耳怪响。口中那些言语更是全无伦次，连他自己都听不明白。

那典史显然见多了这等哭嚷，猛然提高声量："你求我做何用？我也不过奉命行事。快些起来，又不是你一家被括。你这里才是第三家，还有十来家要去检核。日头已经偏西，今天怕是得赶夜路才回得去。我听你哭嚷，回去被县爷责骂，谁听我哭？快些起来，莫叫我捆了你去！"

旁边几个弓手将杆杖在地上杵了一下，发出重笃声。贾撮子听了一颤，知道求不过，只得哭着爬起来，两腿发虚，险些又栽倒。他只能用袖子抹掉泪，让浑家去取庄账、户帖。浑家却也已经哭得瘫倒在卧房门边，拼力摇头，用手撑住门框，不让他进去取。他眼泪又滚了下来，只得费力走到卧房门边，抬腿跨过浑家胳膊，从柜子里找出那两张命符：一张是庄账，田产官验凭据；一张是户帖，官定的田赋数目。

这两张麻纸他一直小心用油纸卷起，外头又裹了层布，藏在柜子最上一层。这时抖着手展开一瞧，忍不住又哭起来。一个书吏跟了进来，一把从他手中夺了过去，转身就朝外头走去。他忙哭着追了上去，如同幼儿逐母一般。外头那典史见两张官符都已取到，转身便走，他只能快步跟着。

一行人出了村北，穿过田埂，走到他家那片田地。刚才那书吏展开庄账，一边读着上头所记，一边引着那典史去勘查田亩四至："戊字第二百七十八号赤土田，五十七亩三角六步。东止至娄善地，西止顾希和地，南止柳祥地，北止睢水……"

那时已是六月底，满田的麦子都已结穗，青郁郁，绿蓬蓬，极喜人。贾撮子瞧着那麦芒在日光下丛丛闪耀，犹如亿万金针，乱纷纷刺眼扎心。棵棵青穗更似包满了泪，在风里一波又一波摇着头，要一齐哭起来一般。他强忍着泪，抖着双唇问："这些麦……还算我的吧？"

"田既已归了公，麦自然也入了公。不过，朝廷有恩命，原田主若想承佃，今年只须纳三成田租。另外，你已没了田产，不再是主户，成了客户，往后便不须纳税了。"

那典史说罢，便带着手下走了。贾撮子孤零零站在麦田中间，再哭不出来，只觉着天顿时黑了，满眼的飞虻，雪片一般。

唯一让他略略安慰的是，这片乡里的确并非只有他一家田被括去，他还算被括得少的。紧挨着他家田东头的，是他远房姨父娄善。这姨父是村里一等富户，家里原有四百多亩田地，其中睢水边有一百多亩，也是从当年垦地流民手里买得，都被括走。还有三槐王家，有五六家田地都被括。尤其宗子王豪，他家院子背后那座大土丘，原是他家坟山，整片林地都被括走。

126　清明上河图密码5

娄善、王豪召集了他们这些人，一起去县衙申告。到了那里，竟已有上百户被括田的人聚集哭闹，知县却闭门不见。闹了几天，众人都喊不动时，知县才在县尉及数百弓手围护下，出来解释："此乃朝廷严令，本县只能奉旨施行。尔等尽速退去，否则以聚盗群匪论处！"

众人只得含愤作罢。眼瞧着这些，贾撮子也只能哀叹年景不好、时运背晦。

那年入秋，他成了官田的佃户，将自家辛苦种的麦子收了，三成上缴给了县里。第二年，田租涨了一成。说是四成，缴租时，仓吏从来都是以大斗满合称量，又加各般折耗，累加起来何止五成！

他家顿时落入穷困。乡里再有田舍买卖，因他没了田产，怕不稳靠，也再不寻他做中人，连这些散补钱也没了着落。

原先地是自家的，再辛苦，也都乐意。如今田归了公，一小半收成要平白上缴出去，每一锄下去，都让他心里酸恨无比。可为免饥寒，又不得不比往昔更加卖力。

他一直信那句"小心行得万年船"，以为只要处处小心，便能得安。这时才发觉，自己这命数不但由天，更由人。二百里外的汴京皇城内宫里那个断了男根的宦官，随意一个念头，便能撮弄你一家福祸生死。而你，只能听命。

原先，遇事时他爱撮弄手边的小对象，没有对象，便撮弄自家手指。自从田被夺了以后，他渐渐喜好上撮弄虫蚁。每天种地累了，在田坎上歇息时，总要从草间捉只虫子，不停揉撮，将那虫蚁撮烂，又撮净，心里才会痛快。

平日为人处世，他则越发小心。只是有一两年，脸上再笑不出。

每年夏秋之际，青黄不接，尤其困窘。朝廷虽有青苗法，可以贷些青苗钱救急，只收二分利。他却哪里敢去借，只能向姨父娄善求助。娄善虽被括去一百多亩地，却仍是一等富户。不过，娄善为人极苛俭，看顾亲戚之面，也收他一倍利。几年下来，本利累加，欠了三十多贯钱。

他家里虽养了些猪鸡，却连着三年一口肉都不敢吃，全都拿到草市上卖钱还债。每到年底，还得特意留一两只鸡，孝敬给姨父。即便如此，姨父见了他，面色也越来越黑。

去年十月，地已经开始结霜，他正在田里忙着收冬瓜。姨父竟寻到田头，他以为姨父是来讨债，忙撂下锄头，赔起笑。姨父却望着村东北那座大丘，连声感叹："那大丘虽被括走，王豪却又佃了回去。这些年朝廷兴了多少大营大造？听说连陕西、山东的松树都被砍尽了。各样木料越来越金贵，那丘上大半是杉树，大杉树现今一棵至少值五贯钱，便是剩余的那些杂树，砍作柴，一棵也能卖八九百文。王豪一年租钱却不过三十贯。如今他过世了，这大丘落到了他那个瘦猴一般的毛孩儿手里。可惜可惜……"

贾撮子不知姨父要说什么，只能赔着笑，小心点头。

娄善却忽然转头盯住他，略略压低了声音："我去问那毛孩儿转佃，他却说要在那土丘上射鸟，不转。可恶！我又托人在县里查了文簿，那佃契上头定的是十年。你为人最活络，若是能把这佃权设法转到我手头，你欠的那些债，便给你抹去。"

贾撮子一听这等天大好事，忙连口答应。姨父走后，他才忧烦起来。若是别人，倒也可以尽力去说。但王小槐，年纪虽小，却是个神童，一天背诵的经书，别人一年未必记得住，又顽劣至极，将三槐王家闹得人人又恨又怕。王小槐既然回绝了姨父，他再去说，恐怕只能招来那银弹弓一顿爆栗子。不过，为那三十贯的债，便是挨十顿，也是值当。

于是贾撮子忐忐忑忑去见王小槐。三槐王家聚住在村东，和贾撮子他们这些村人中间隔了一条小水沟，用一座短木桥相连。虽说已经迁居到此近四十年，三槐王家似乎仍有些清高自傲，除了春秋社日，平常难得和他们往来。贾撮子若是无事，也极少跨过那短桥。

他穿过巷子，还未走到王小槐家院子，便先听到一阵嘈乱。随后，便瞅见一只狗在那院门前哀叫狂跳，那狗尾上燃了一团火。而王小槐则站在台阶上，手里舞着银弹弓，又笑又跳，嘴里不住地喊："火狗儿跳，火狗儿跑，烧熟尾巴自家咬！"旁边围看的几个孩童都面露惊怕。贾撮子见那狗痛得疯急转圈，叫声更是割心，忙避开眼，不敢再看。那狗在地上团团乱蹿了一阵，才蹭熄了火苗，呜咽着逃走了。

贾撮子这才转过脸，走到台阶近前，赔起笑，作了个揖："王小相公。"

"你是那个最爱撮鼻屎的贾撮子？"

"嗯……"贾撮子尴尬之极，只能继续赔着笑，"我是来跟王小相公请问一桩事。"

"想跟我讨些鼻屎去撮？"

"不是，不是。我是想问那大土丘——"

"娄老爹叫你来的？"王小槐顿时打断他，"我爹娘都埋在那上头，一百年、一千年，我也不会转给他。你回去跟他讲，他已老得那样了，不如赶紧去死，好到阴间去求我爹！我爹若答应了，我便转给他——两国相交，不斩来使。这两颗栗子你交给他，就当信物——"

贾撮子见王小槐话语似真似顽，不知该如何应答。他原不必像三槐王家的亲族，碍于辈分，都怕这孩童。但王小槐毕竟家财巨富，仅这泼天财势，便已将他压软，再加之有求于王小槐，更不敢得罪，只得伸手接过两颗栗子，赔笑说了声"好"，转身失失落落回去。

过了那短桥，他正在思忖该如何诱劝王小槐，却见一个三十来岁汉子，牵着两头牛从田间过来，是同村的郑五七。郑五七是个五等下户，只有十来亩地，远不够养活一家老小，佃了三槐王家的几十亩地来种，才勉强过活。他家中原先并没有牛，去年年初，不知是偷是抢，竟有了两头牛。他自家说是买的，村里却没人肯信。

郑五七性子有些粗夯，时常跟人殴斗。自从有了这两头牛，越发气粗起来，鼻孔昂得能把树上叶子全都吹落。原先，贾撮子比郑五七强许多，郑五七见了他，从来都是笑着先问候。自从贾撮子田地被括后，对面再见到，郑五七总是高昂鼻孔，等着贾撮子先问好。

郑五七刚才其实已瞧见贾撮子，走近时，却又扭过头装作没见，昂起鼻孔，特意放高声量，催唤身后那两头牛。那两头牛牛角上都涂成红色，各扎了一根旧红绸。贾撮子心里有事，也装作未见，放快脚步，朝家里走去。到了家门前，听见七岁的二儿在院里唤鸡，他忽然一惊，二儿的声音和王小槐竟有些像。随即，他心头急跳，猛然有了个主意……

第二天下午，他忙完活儿，带着二儿来到田间，仔细交代过后，便朝郑五七家的田地寻去，远远看见郑五七驱着一头牛在犁地，恐怕是打算种麻。他又左右望看，这边河岸边有棵大柳树，树叶已经落了大半，只剩一些稀落黄叶。树边一座小草棚子。那树荫下歇卧着一头牛，牛角上涂了红，拴了根红绸，正是郑五七的另一头牛。附近无人，正好下手。

隔着那大柳树十几步远，河岸边有一丛茂密黄草。他便引着二儿躲到那草丛后，又细细叮嘱了一回。这才掏出一块白麻布，裹扎在二儿身上，而后将一块旧布、一个竹筒和王小槐给他的两颗栗子，一起交给二儿。二儿满眼闪亮，极欢喜做这事，点点头，便转身跑了。

贾撮子躲在茂草丛后，惴惴瞧着。见二儿偷偷跑到那棵大柳树下，小心凑近那头牛屁股，将那块旧布用麻线缠绑在牛尾上。那旧布浸了豆油，那竹筒里则藏着火种。贾撮子见二儿点燃了布角，将两颗栗子丢到那树下，随后飞快离开了那里，边跑边叫："火牛儿跳，火牛儿跑，烧熟尾巴自家咬！"转眼间，便溜下河岸，跑走了。

贾撮子则仍躲在草丛后瞅望，那头牛的尾巴很快被烧到，猛地哞吼一声，腾地起身狂奔起来……

郑五七爱惜牛胜过己命，牛若受了伤，他那粗夯性情发作起来，眼里连皇上都不认。贾撮子想借他之手，痛惩一回王小槐，自己才好再去诱劝那转佃之事。不过，他万万没有料到，这头牛竟引出连串事端，更害了两条性命。

后来，王小槐还魂作祟，贾撮子慌得失了魂。他去向相绝陆青求教，陆青瞅着他，像是在瞅一只被踩伤的虫子一般，半晌才说："你之卦属临。临于福则狂，临于难则伤，临于事则狡，临于利则狂……"他越听越怕，唯有不住点头。最后，陆青教他清明去汴京东水门附近，对一顶轿子念一句话。他不敢不信，而那句话，更是让他心魂难安：

"恶意火中烬，私心血写成。"

第二章　观

> 我之所生，谓动作施为出于己者。
>
> 观其所生而随宜进退，所以处虽非正，而未至失道也。
>
> ——程颐《伊川易传》

那头牛猛然跳起来时，马良正躲在大柳树旁边的草棚子里。而且，里头藏的并非他一人，还有个妇人。

马良今年二十九岁，是这村里的三等户，家中只一个寡母。母子两口人，却有一百来亩上田，全都佃了出去，生计颇宽裕。唯有一条，母亲管束他极严，不愿他务农，只望他能读书举业，因此，从他幼年起，便不许他和村里其他孩童玩耍。那时，三槐王家设了幼学堂，他娘便牵了头羊，去恳求掌管学堂的王驭，每月出六斗粮作学资。王驭极和气，人都称他"王如意"，见他娘说得恳切，便收了那羊，答应让马良寄读。

学堂设在宗子王豪家，马良那时才五岁，心里极怕，却从来不敢违逆母命，只得忍着怕，走过那短桥，去了那学堂。王家那些子弟都有些鄙视马良，没一个肯睬他，那教书的王家长辈也难得看他一眼。马良自家也不愿多语，只缩在最角上，每天这般默默来去，他觉得自己像个鬼一般。他能看得见别人，别人却看不见他。

就这么小鬼一般，默默读了四年。读书时常走神，自家也不知道学了些什么。王豪两个幼子接连早夭，那学堂便停了。马良心里暗暗欢喜，总算能从鬼做回到人了。

然而，他娘却不肯罢休。见王家子弟中，王守忠读书读得最好，便又去求王守忠的父亲王铁尺，让马良跟着王守忠读书。王铁尺虽不近人情，却极怕和妇人言语，经不住马良他娘又哭又求，又瞧在每月六斗粮足够一口人伙食和学资的分上，只得答应。马良便又天天跟着王守忠读书。

王铁尺规矩极严，好在马良始终小心，每天上午去了，先躬身拜过王铁尺夫妇，再去王守忠的房里。快中午时，又出来拜辞过，而后回家。其他再无多事，因而也从没触怒过王铁尺。王守忠比马良年长七岁，那时已经十六岁，读书极专心精勤。见马良进去，他先有些厌烦，只丢过一卷《春秋》，叫马良自家默诵，不许出声。马良早已惯了的，坐在昏暗墙角小凳上，默默翻开那书看，怕翻页会出声，便一直盯着一页看。

王守忠见他这么安静本分，渐渐回转了心意，每天愿意教他一段。而且，王守忠和王家那些教书前辈不同，每教一段，总先说一句"你得有自家主见"，随后便是他自家的一番主见。马良虽然大半听不懂，但极爱王守忠抒发己见时那等昂扬风发，头一回发觉读书竟有这等天地，渐渐对读书生出了些趣味。

他自幼缺了父兄教导，因而对王守忠既敬慕又依从。只是，王守忠说的"主见"二字，他听着虽好，也牢记在心里，却始终不知去哪里寻主见，即便偶尔有了些主见，也从不敢说出口，更不敢付诸行动。

过了两年，王守忠去县里应试，竟一举考中。马良眼里瞧着，羡慕感佩之余，又有些自失自伤。王守忠去县学读书，他便没了去处。

他娘却说，王守忠自家读书也能考进县学，你已跟着人读了六年，也该能自家读起来了。于是，他便日日在家读书。读累了，娘才许他出门去田间独自走一走。

不论在家，还是出去，马良又觉着自己像个鬼了。除了娘，与任何人无干，每日独坐独卧，独来独去。这世间一切，他只能旁观，一丝都无法染指。有天，他翻开王守忠从县里捎给他的一卷东坡词集，无意中读到一句："时见幽人独往来，缥缈孤鸿影。惊起却回头，有恨无人省……"他顿时呆住，读了这些年书，从未有哪句让他这般切身入心，胸中一阵冰凉发麻，怔了半晌，竟落下泪来。

苏东坡这句词打开了他读书之眼，他丢开那些经史古籍，开始四处寻购古今诗词集子。他娘并不晓得其中分别，见他要买书，忙忙地从箱子里给他取钱。他去县里书肆，从汉魏六朝开始，一部部买来细读，如渴如醉，忘寝忘食。读了数百卷后，他才发觉，古往今来，并非只有他一人如同遗世之鬼。阮籍、嵇康、左思、庾信、陈子昂、王维、杜甫、李白、李商隐、李贺、柳永、晏几道……哪个不是孤心独往，寂寞无俦？

王守悫要他寻自家主见，这时，马良才似乎真的寻到。从此不但不再怕这孤独，反倒沉于其间，不可自拔。

他娘并不知情，从他满十五岁开始，年年催他去县里应试。可他先受了王守悫那些"主见"浸染，后又沉迷于那些孤情傲绪、放诞颓丧之中，下笔行文，自然流出一股鬼气，哪里能考得中？

他娘却说，不怕，你年纪还小，多考几回，自然便能考中。马良自家清楚，连王守悫那般有见地，考进了县学，都年年滞留外舍，不得升进。自己这等邪僻文字，更加无望。而且，看着王守悫年年激愤，却终难得志，他更是熄了仕进之心，也不愿去这条窄路上争挤。每年，只是为了让娘安心，他才去应付一遭。

王守悫被逐出县学、回到乡里后，马良原以为自己总算有了一个朋友。然而两人聚到一处，王守悫事事都只认己见，又从来瞧不上那些诗人词家，将诗词视为末流闲伎。两人极难说到一处，便也渐渐疏远了。

这光阴比树上的叶子落得还快，一来二去，马良已经到了二十及冠之年。他娘从县里给他买了顶黑纱东坡巾，他一向又敬慕苏东坡，便戴了起来。无事时，穿一领白绢长衫，敞开前襟，常独自去田间河畔行走。风摆衣襟，口吟古词，眼望白云，觉着自己也是谪仙一流。

村里那些人都笑他读书读痴了，他却越发觉得自己高出尘俗，当然难合庸眼。他娘却不乐意，常为此和村人们口角。

有天，他在河岸边吟着古诗，昂首阔步，走得正惬怀，对面过来一个年轻女子。他认得，是住在村西头周家的女儿阿元，以前也遇见过几回，他都没有介意。那天，阿元穿了件新裁的绿衫子，端着一盆衣裳，经过他时，瞅着他竟咯咯笑起来。他被那笑声惊动，不由得停住诗，扭头望去，见阿元双眼水亮，牙齿细白。初春天，风犹微寒，吹得她两腮泛红，异常娇鲜。而且，那笑容也没有嘲意，反倒有些好奇和欣赏。他心里一动，不由得停住了脚。

阿元竟也放慢了脚步，走到他斜对边，忽然笑着问："你读的是什么？"

"李太白《将进酒》。"

"喝酒的诗？"阿元也停住脚。

"嗯……嗯。"

"我叫什么，你知道吗？"

"阿元。"

阿元听了，顿时羞笑一下，微一低头，偷瞅了一眼，再次撞到马良目光，慌忙躲开，又羞笑一下，随即快步走开了。马良心里又一荡，不由得回头望去，见阿元走得极轻快，绿莺儿一般。走了十来步后，她竟哼起一支《柳枝词》来，声音清泠泠的："春来窗外一枝柳，雨过船头百里青。低声问郎何处去，郎言白云那边行。"马良一直呆望着，然而那轻俏身影转过河湾后，便被岸上新柳遮住，再瞅不见，连那歌声也渐渐消散。他心里一阵发醉，不由得喃喃念出《诗经·静女》中那句："爱而不见，搔首踟蹰……"

自那以后，马良常常去那岸边，阿元也不时经过，见了他，不再说话，也不停脚，只羞一下，便低头快步走过。每次，马良都要呆立半晌，等她走得瞧不见了才罢休。有一回，阿元经过他时，忽然快步走到他面前，塞了一样物事在他手里，随即快步跑开了。他低头一瞧，是一颗青梨。一瞧便是才新结不久，他也顿时想起阿元家院里有棵梨树，这颗梨恐怕是头摘的第一颗。他心头一阵狂喜，捧着那梨，像是捧了一尊观音一般，一路上都不知该如何对待这梨才好。

小心捧回家后，他将梨藏在袖子里，偷偷去厨房拿了只白瓷碟，供在了自己书桌上。但瞧着那鲜嫩嫩的样儿，心想阿元若是问我这梨甜不甜，我该如何对答？她一定是要我趁鲜吃掉它。踌躇了大半天，夜里灯前，他终于还是拿起了那梨，又犹豫了片刻，才小心咬了一口。那梨还很酸涩，他原本也极怕酸，这时却觉得"酸"字极大不敬，忙从心里硬丢开。如食仙果，一小口，一小口，一边酸得撮起脸，一边又不住地笑。吃到最后，连梨核都舍不得丢，忍着酸，硬生生全部吃掉，只剩几颗梨籽和一根梨把儿，依然不肯丢掉，在碟子里摆成了一个"心"字，供在书桌上，坐在灯前，痴痴笑了半夜。

第二天一早，他假称又去买书，跟娘讨了些钱，赶到县里，寻了一上午，最终相中了一支花簪，牛骨雕成，上头嵌了两朵红纱团簇的梅花，瞧着极精细。他又买了张白绢帕子，将那簪花仔细包好，贴身揣在怀里，胡乱选了两本近人词集，而后急急赶回家。

次日便又到河边去等阿元，等到第五天，才终于等见阿元。他忙取出那白绢包，等阿元走近，慌慌迎上去，将绢包递了过去。阿元先是一愣，看了看左右，见附近没人，才接了过去，轻轻打开，望着里头那支花簪，呆了半晌，才抬起眼，那双水亮的眼里竟满是泪水。他顿时慌起来，却不知该如何是好。

阿元盯着他，忽然开口，轻声问："你真的对我有意？"

他忙点了点头，心里却一顿，才发觉，自己从未想过这个。

"你若真的有意，就叫你娘赶紧去提亲。已经……已经有两家人来我家提亲了，我只……"阿元用手背抹掉泪水，最后丢下一句，随即转身跑开了，"我只愿你去……"

马良顿时怔住。这几年，年纪渐长，他不时也会涌起求偶之欲。但他娘却说等他考中了，再安排亲事。他一直也孤寂惯了，因而并没有介意。阿元竟开口要他去提亲。他茫茫然走到河边，怔望着河水，心里乱作一团。一来不知该如何跟娘开口；二来的确从未想过成亲之事；三来和阿元也只是路上这般笑一笑，并未有过何等情愫。

但是，一想到阿元那笑颜，尤其将才那双泪眼，他又极不忍不舍。思想了半晌，也理不出头绪，只得转身回去。到了家里，他娘发觉他神色不对，忙凑过来问。他犹豫了片刻，鼓足勇气，还是开口说道："娘，我……我想……我想娶妻……"

"娶妻？"他娘顿时笑起来，旋即又止住笑，望着他叹了口气，"儿啊，你今年才满二十一，还早呢！你先安心读书，等今年去县里应过了试，娘再替你安排。"

他再开不得口，只得点点头，闷闷回到自己房里。第二天，他再不敢出门，更不敢去那河边候阿元。如此，过了三个月，到了试期。天不亮，他娘便催他起来，让他吃饱了饭，送他出村。还没走到村口，便听见一阵喧闹，像是哪家在迎亲。他心里一沉，忙问娘。他娘说："是周家的阿元，嫁给王守崇了。等你走了，娘得赶紧去帮着送亲呢。"

他一听，心里顿时塌了一大片，黑茫茫，昏乱乱，不知该如何是好，只得说了声"娘，我走了——"，便疾步出了村子。走了很远，仍能听见那喧闹声。那声响如同重锤，一锤一锤，将他的心锤得粉碎。昏昏然走到县里，走进县学，答过试卷，走出来，回村子，来回四十多里路，他都一直不知自己身在何处，做了些什么。

走到村西头，一眼望见阿元家院墙上露出的那棵梨树，夕阳照着那枝叶，金耀耀的。树间垂了许多青梨，也照得像金果子。望着那些果子，他才忽然涌出泪来，快步钻进旁边一片芝麻地里，蹲在芝麻丛中，将脸埋在胳膊上，失声哭了起来。

自那以后，马良绝了一切念头，不愿见任何人，尤其阿元和王守崇。每日，除了读诗，便是写诗。写的诗也越来越孤峭，比李贺鬼诗、郊寒岛瘦更加冷僻。他想自己恐怕真是生来孤命，来这世间，只为寂寂旁观。

唯有一件——阿元送他那颗梨吃剩的梨籽和梨把儿，他没舍得丢掉，又怕被娘瞧见，便用张纸包起来，夹在一册古书里。阿元与他，毕竟未有什么深情厚谊，连相识都算不得，他也渐渐淡忘了此事。

寂寂过了两三年，有一天，他拿起一卷南朝诗集，读了几首梁陈宫体诗，其间词句绮靡浮艳，让他有些生厌，便丢到了一边。这几年读这些后世诗人，读得太多，让他忽而念及《诗经》。少年时，读《诗经》，一直觉得那是上古圣贤之语，让他始终有些畏退。这时想起其中一些句子，其实极深情质朴，像是田野间那些无名无识、自生自长的花儿。他起身去书架上寻到一卷《诗经》，书上积了许多灰，他正要寻帕子掸，却发觉这书册有些鼓凸，翻开一看，里面夹了个小纸包，已被压扁。他已忘记这是何物，打开那纸包一看，里头是几颗梨籽和一根梨把儿，都已经干枯，在纸上留了些霉斑。

他顿时愣住，怔望了半晌，一抬眼，见桌上那卷《诗经》摊开那一页，是那首《静女》，一眼瞅见那句"爱而不见，搔首踟蹰"，他顿时想起那天新柳河畔，阿元身穿绿衫，端着木盆，轻快哼唱《柳枝词》的轻盈背影……猛然间，他像是掉进了冰水里，浑身一阵发麻生寒。又像是万物被一阵风吹散，心里一片空茫茫。

他也忽而明白，自己和阿元前后虽只说过匆匆几句话，并不深知阿元是何等性情心地。但阿元那笑容语态，就如《诗经》里头的那些好句，天然无饰，美好自生。他也并非只见过阿元一个女子，如此动情，却只有阿元一个。

想明白这一条后，他心里既酸楚，又有些欣慰。至少，自己鬼一般活到如今，总算在这世间寻见了一个能让自己心动之人。

那两三年，他极少出门，这时却极渴见阿元，忙包好了那梨核、梨把儿，重新夹进那卷《诗经》里，小心放回书架，而后，开了门，快步出去。他娘正在院子里理麻线，抬头一瞧，觉察他神色有异，忙问："你去哪里？"他忙回敛神色，答了句："随意走走。"随即出了院门，转头往西边走去。过了短桥，走到三槐王家的宅区，他有些惴惴，却抑不住想见阿元之心，便微低下头，穿进右边那条窄巷。快走到王守悫家门前时，他不由得放慢了脚步，然而那院门紧闭，里头极静，只传出筛簸豆子的声音。他不敢停步，只偷偷瞅了一眼门缝，什么都瞧不见，只得继续向前，穿出那巷子，绕了一转，回到自家门前，却不想进，又沿着田埂，走到河边，来到和阿元初遇的那棵大柳树下，怅立了许久。

自那起，他每天都要出门，去那东村闲走一两回，却一次都没能见着阿元，反倒惹得三槐王家的人生疑，不住瞅他。有回还碰到王小槐，险些被那孩童拿弹弓射他一栗子弹。马良再不好去那边，便只在自家村西这边闲走，盼着阿元回娘家，能遇见一回。

如此候了几个月，他终于见着了阿元。那天，他正在短桥边朝村东张望，有个年轻妇人从王守悫家那条巷子出来，模样虽有些不一样，他却仍一眼认出是阿元！他的心顿时咚咚狂跳起来。

阿元穿着件半旧绿布衫、蓝布裙，提着个竹篮，人瘦了许多，步姿身形也拘谨了不少。她微垂着头，眼睛一直瞅着地，并没有留意到马良。马良见她要走到桥这边时，有些发慌，忙避过几步，走到沟边，装作看沟水，眼睛却一直偷瞅着阿元。阿元走到桥边，一眼发觉了马良，身子似乎一颤，脸上露出慌意，忙将头垂得更低,匆匆过了桥,往自己娘家快步行去。

马良望着她的背影,心里一阵酸楚,随即也发觉,这背影再不是当初那背影,这阿元也再不是当初那阿元。

闷闷回到家,他不知该如何是好。原先,他母子两个难得说多少话,说也是母亲说,他只是听,偶尔应答一两句。那天晚饭时,他尽力装作无事,先说了些不相干的事,而后小心问到阿元。他娘并没发觉,随口说:"她家只是四等户,能嫁到三槐王家,又是三等里头的上户,命也算极好了。虽说夫家如今人口多了,一百五十亩地有些吃紧,吃饭穿衣仍不愁。丈夫王守懃又是县里的书手,一个月至少也能得三贯钱。一个妇人家,丈夫得靠,衣食有着,还能求啥?只是那个王铁尺规矩多了些,事事都管束得严。但她只要谨守住妇道,严不严,与她也没多少相干……"

马良听后,却立即想到,以王铁尺那森严礼法,那个家被他管制得囚牢一般,阿元嫁过去,自然处处受拘限。王守懃又是个一意孤行之人,恐怕也不会顾惜体贴。如此一想,他越发疼惜阿元。但再疼惜,阿元也是他人之妇,自己又能如何?虽知无可如何,他却再难释怀,反倒郁结出百般愁叹。每天写几首忧懑诗,而后出去闲走。

此后,他又遇见过几回阿元,阿元却总是低着头,匆匆走过,碰到他目光,也急忙躲闪开,从不敢多瞧一眼。他却发觉,阿元那怕惧里其实藏着情意,而那情意深处,则藏着一颗缺疼少怜的孤寂之心。

爱慕之情,一旦生出怜惜之意,便越发无可抵敌。他甚而开始觉得,自己生是为阿元而生,血为阿元而热。

见过几回后,他也渐渐摸到一个节律——每到月底,阿元都要回一趟娘家,住一两天。只要回去,都要去河边,给父母洗衣裳。他便不再在桥边村里候阿元,而是等在河边,却不敢靠近,只在河岸上,远远地偷瞅。阿元也迅即发觉了,渐渐不再那般怕惧,路上撞见时,虽仍不敢瞧他,脸上却微微泛起些红晕,嘴角露出一丝笑。那一瞬,如同枯柳萌芽一般。他发觉,原先那个阿元并没有死,只是被层层囚困了起来。

一年他能见阿元十二回,逢到大节,还能多见一两回。他便为这逢面而活,每个月都苦等苦盼。他娘见他始终考不中，也渐渐灰了心，开始替他寻媒说亲。他却把话咬死，说考不中决不娶妻，否则就像三槐王家王荡那两个哥哥，投河自尽。他娘被他的话语吓到，再不敢说提亲的事，日日去村头河神祠，求拜他早些考中。

他则得了痴症一般，心念全在阿元身上。一晃便过了五年，他一共见过阿元六十多回，却一句话都没说过。两人离得最近时，也至少隔了几尺。这几尺如同一道无形之渊，恐怕到死也迈不过去。

他没想到，去年十月，他苦等到月底，中午又到河边候阿元。过了午，阿元才来，却没有端衣盆，而且，在几十步外停住脚，望了他一眼，似乎挂着些笑，却又有些慌怯，随即折到田埂，朝田间那棵大柳树走去。他顿时愣住，定定瞅着。阿元走到那柳树下，树的一边卧着头牛，另一边是间看田的小草棚子。阿元走到那棚子边，左右看了看，朝里望了望，而后回过头又向他望过来，微招了招手，随即推开柴门，钻进了那棚子。

这时日头高照，四下里都不见人影，只有远处矮田里一个人在驱牛犁地，还被草丛遮住，只露出个头影。马良连咽了几口口水，手脚都在发抖，迟疑了片刻，再不管其他，忙大步沿着田埂，急急走到那棵大柳树边。树下那头牛双角涂红，拴着根旧红绸，卧在那里，鼻唇掀动，正在反刍。四周静极，他放慢脚步，小心走向那草棚，心几乎要跳出腔子。刚走到棚子边，那牛忽然轻哞了一声，惊得他一哆嗦。可一眼瞧见棚子里露出阿元的绿旧布衫，他血往头涌，再顾不得怕，忙快步过去，钻进了草棚。

棚里铺着张草垫，阿元靠着棚壁，缩坐在角上，脸上有些慌怯，眼中却闪着亮。棚顶很矮，直不起腰，马良半弯起身，望着阿元，心跳个不住。"把门带上。"阿元轻声说。他忙将那扇柴门拉过来掩上。棚里顿时暗了，壁缝里透进来一些光，一道道斜照着阿元。她脸色原本有些苍白发暗，这时却泛起红、映着亮，加之目光又羞又怯，犹如初嫁新妇一般娇鲜。

周边异常寂静，两人只隔了两尺多，马良都能听见阿元轻微却急促的呼吸声。他半跪在草垫边上，用右手撑住身子，望着阿元，身子一直微颤，却一动不敢动，心跳得恐怕阿元也能听得见。

两人对望半晌，阿元微微侧了侧身，忽然伸出右手，轻轻按住他的右手。他的手背顿时一阵柔暖细滑。这是他生平头一回与女子肌肤相近，心头一阵甜颤。他忙坐到草垫上，腾出左手，一把盖住阿元的手。阿元也轻轻一颤，脸颊越发晕红，眼里醉悦闪动。他心里猛颤，翻转右手，将阿元那只手合捧在掌心，小心轻抚那小小手背、细细手指，指肚传来一阵阵激流直穿心底……

可就在这时，棚外忽然传来脚步声，两人一起定住。那脚步声越来越近，听着极轻快，似乎是个孩童。很快，便到了棚边，阿元忙抽回了自己的手。两人互相惊望，一动不敢动。幸而脚步声在牛那边便停了下来，马良心想，恐怕是来牵牛的，只能屏息静待。过了一会儿，那脚步声又响了起来，往回跑开了。马良正要松口气，外头却猛响起孩童叫声："火牛儿跳，火牛儿跑，烧熟尾巴自家咬！"随即，一阵烟火味传了进来。

"王小槐？"阿元忽然低声说，眼里满是惊怕。

马良知道王小槐顽劣异常，王家合族都怕他。他在外头叫嚷，一旦引了人来便糟了。而且，将才他在棚边，难道瞅见里头了，才有意这般叫嚷？得赶紧离开才成。他正在慌忙想主意，那头牛忽然哞叫一声，雷鸣一样，惊得他们两人一起哆嗦了一下。那牛继续哞叫个不停，并在外头狂奔起来。

马良越发慌张，必须赶紧离开！可这时自然不能从前头出去，慌急之下，他伸腿用力踢向那棚子后壁，后壁是用荆条、芦秆编的，已经发朽，被他踢出个大洞。他忙低声对阿元说："你先走！"阿元也慌张之极："可王小槐……""先莫管他，我来料理，你低下头，莫要让人看到脸。"

阿元忙从那个破洞里钻出去，低着头，沿着后面田埂，急慌慌地走了。马良也想逃走，可自己跟出去，万一被人看到，阿元名节便要毁了。他只能趴在破洞边，望着阿元。那头牛仍在外头狂哞狂跳，扰得人心惊肉跳。阿元一路跑远，似乎并没被人发觉。马良这才松了口气，低头钻了出去。正要站起身，却听到一阵嘎吱吱的声响，抬头一瞧，棚边那棵高柳竟剧颤个不停，最后竟歪斜过去，重重栽倒，震得马良险些摔倒。

他忙转身惊望过去，大柳树横在前头那片田里，树根底下露出一个深坑，树顶梢则直压到对面的田埂。田埂上竟有个人，站在那里，失了魂一般，大张着嘴，惊望着大柳树。而树身下传来牛的哞叫声，那头牛正被柳树砸倒，躺在田苗间，踢挣了一阵，便不动了，也再没了声息。

这时，一个人从旁边疾奔过来，是郑五七。马良这时才想起来，那头牛是郑五七的。他一低头，见那树坑边泥土里落了颗栗子，再一想阿元将才所言，那孩童恐怕真的是王小槐。那棚子壁板并不严实，王小槐将才在棚子外待了好一阵子，不知有没有瞅见他和阿元。

他正在忧心琢磨，郑五七已经跑了过来，看到自己的牛躺倒在树下，他慌痛之极，眼眶几乎瞪裂，一把抓住马良："我的牛！我的牛！谁做下的？"

马良胳膊被他攥得几乎疼出泪来，忙高声说："王小槐，将才王小槐在这里用弹弓射你的牛，又放火烧牛——那里还落了颗栗子——"

马良没有料到，后来，王小槐竟被人烧死。其间他再也没有见过阿元。直到那天相绝陆青来驱邪，村里众人都去王小槐家门外围看，连他娘都凑了过去。马良正坐在家里发呆，忽然听到外面敲门，他出去开门一看，竟是阿元。

阿元满脸慌怕，急急问他："你是不是跟郑五七说，他的牛是被王小槐害死的？我回去后，想了许久，那天那孩童声音，乍听着有些像王小槐。可……我怕是听错了。王小槐死了，前几天我家院里落了许多栗子，怕是怨我错指认了他……京城相绝正在驱祟，你能不能替我进去问问？"

马良自己其实也在疑心，他忙点头答应。阿元望了他一眼，要说什么，却微一犹豫，并没说出口，随即转身，匆匆回去了。马良望着她纤瘦背影，不住回想她最后那一眼，其中有感念、不舍、内疚，此外……更有一些伤别之意。想到"伤别"，马良心里顿时一凉——阿元恐怕再不会与他有何瓜葛了。而他，也只能放手。

他是以诀别之心，去见相绝陆青的。陆青与他年纪相仿，神情间隐隐透出一些寂寞，恐怕也是一颗孤魂，无处栖止。陆青注视他片刻，徐徐言道："你之卦属观。身居于此，心逃于彼。冷眼看世，孤情难寄。偶逢其欢，却失其魂。旧径难寻，新途茫茫……"他听着，既无比受用，又有些黯然。及至听到陆青教他那句话，心魂更是一惊：

"只身世间过，为君一留情。"

第三章　噬嗑

夫不能以德相怀，而以相噬为志者，惟常有敌以致其噬，则可以少安；

苟敌亡矣，噬将无所施，不几于自噬乎？

——苏轼《东坡易传》

郑五七看到自己那头牛被压死在柳树下，肝都要痛裂。

他家是五等户，祖上传下来十二亩田。若是上田也罢，三亩地还能养一口人。他家这地却在石洼边上，虽经几代人垦殖，却仍旧薄劣。上田一亩地能收两三石麦，他家却至多只能收一石半。一年不足二十石。

别人一顿吃一升粮，一家五口，一年三十石粮足够。他却生来食量大，一顿一升才半饱，娶的妻、生的儿偏也是大肚皮，加上父母，他家一年至少得四十石粮。活了近四十年，他却似乎从没饱足过一顿。

除了口粮，还得穿衣，得买盐醋，得修造农具。冬衣三年一换，夏衣一年一身，每年至少四匹麻布，将近四石粮；斤盐斗粮，一年三斗盐，加酱醋又得一石粮；每年修造农具，至少得用去一石粮。

他家地虽少，却是主户，得缴田税。税是十分之一，每年给他定的是粮一石三斗，绢一匹。若是仅这些，倒也罢了。除了田税，其他各样的杂税多得记不住，鼠雀耗一石别输二升、运粮脚钱一百二十文、仓耗钱二十文、斗面加耗润官钱三十文、义仓粟一石八斗……此外还有修房的木税钱、蒿钱、鞋钱、丁盐钱、身丁钱、孩童挂丁钱……各样杂变加起来，比田税还多，十分之一早已过了十分之三。

因而，他至少得再佃四十亩地。但家中只有他和父亲两个劳力，种三十亩地便已吃力。又得租人的牛，一头牛顶两个劳力，才能种得了五十亩。乡里佃地，惯例是五五分成，租牛又得加一成。幸而，他佃的是三槐王家王析的田，王析号称"王佛手"，心最善，他家养有牛，连牛带田佃给郑五七，只收取五成五分。

如此，郑五七一家才勉强过活。

每天除了尽力做农活儿，郑五七极少抬头看看天、想想事。只有秋收过后，把冬田理好，该烧的烧，该种的种，该施粪肥的施好，他才能直起身子，缓口气，也才觉着自己是个活人。可这时，人也早已累得说不出话，想不来事。

冬日没了农活儿，他也常独自去自家田间，瞧瞧那片雪埋冰冻的地，心里既亲暖，又有些悲辛。这田地让他活命，可他的命又全都耗在这田地里。年画上时常会见到一条蛇，自家吞食自家的尾巴。郑五七觉着他和这田地，便像是那条蛇，田是蛇嘴，他是蛇尾，不住地吞，不住地吞，从没有个饱，也似没有个尽头，除非到死。等他死了，儿子又要被这田不住地吞。儿子死了，又是孙子、重孙……

这么活一场，到底是为哪般？

他答不上来，只觉得心里闷堵着，比田土还深重。正是这闷堵，让他时常憋着一股愤气，胀在胸中。别人稍一触碰，便会爆开。一旦爆开，便忘了一切。与人殴斗起来，连命都不要。可每回发过火后，他又暗地里后悔。自己从没想过要伤人害人，可回回都无能为力——只因为穷。

这个"穷"字像个铁箍，不但勒住人的手脚，更死死勒住人的心。让你抬不起头，说不起话，行不起路，时时处处都缩着、憋着、忍着。勒困住，并不罢休，它还张开冷牙利口，不断吞咬你。不噬尽你血肉，决不停口。啃到你只剩净骨，再挣扎不动，才会丢到一边。

郑五七被这个"穷"字足足憋困了三十多年，心里那闷堵才总算宣敞开——他有了自家的两头牛。

哪怕儿子出世，他也没这么大欢喜过。儿子出世，家里又添了张吃饭的口。而这两头牛，却能让他从那铁箍里松解许多。何况这乡里，有两头牛的人户，并没有几家。自从有了这两头牛，他顿时觉着天开了一般，而且这天是独为他开。

他原本极难得笑，可只要看到那两头牛，嘴顿时便会咧开，胸口总会一热，像是饱喝了一大盆甜饴。这两头牛，他爱到极处。牛饥渴，比自家饥渴更要紧。牛若略有些疲病，他心疼得被割了一般。因而，从不敢让牛劳累。

夏天，他五更初便起来，趁日头未出，天气凉爽，让牛耕作。这时牛力健旺，半天能胜过一日之功。等日头高了，只要见牛热喘，他便马上让牛歇息。天冷后，则一直要等到日头出来，晒暖牛背，才肯让牛耕作。傍晚，寒气一起，便让牛回栏歇息。

家里牛栏，他命儿子每天清扫干净，一点儿粪迹都不许瞧见。喂牛则都是他自家喂。青草茂长时，他先让牛饮过水，而后才让牛恣意饱食，这样才不腹胀。到了夜晚，还要斩碎新草干稿，和匀了，让牛再补一顿食。春天，旧草腐了，新草还未生，他只拣晒得干爽的洁净干草，细细斩碎，和上麦麸、谷糠、豆子，让牛吃得饱足。到了冬天，他用芦席秸秆，将牛栏封遮得严严实实，生怕有一丝寒风吹进去。每天早晚都亲手煮草糠豆麸，熬成稠粥饲牛。因此，他的两头牛养得皮毛润泽、血气旺壮，全村没有哪家能比。

去年入秋，收了麦后，他打算再种些麻。那天犁地时，他发觉其中一头牛瞧着有些虚乏，不知是否着了病。他忙卸了犁，将那头牛拴到那棵大柳树下，让它乘凉歇息，谁知竟被压死在柳树下。

看到那头牛躺在柳树下一动不动，那一瞬，他能将世上所有人都杀掉。他一把抓住呆立在田边的马良，疯了一般问他，是谁作的这孽。马良说出"王小槐"三个字后，他却浑身一软，顿时没了气力——这两头牛，原就是王小槐的。

他最大的心愿便是买头牛，可一头牛至少得六贯钱。每年缴过田税和佃租，剩的口粮只够他们一家五口活命，便是几文钱，也得攒很久。他那大嘴浑家知道他这心愿，夜夜勤苦织布，每年除去官府税绢，能多织一半匹。他便将这些多的绢卖了攒起来，存在一个罐子里，一文钱都舍不得动。一直攒了八年，直到去年开春，终于攒齐了六贯钱。

那六贯钱穿起来，快有三十斤重，他用袋子背着，一路欢欣去县里买牛。可到了牛市一问，牛早已涨了价。六贯钱只能买头小牛，能耕作的，至少得八贯。若是买头小牛回去，一年粮豆饲料就得增加两三石，他家实在没有余力租一头耕种，又养一头待长。

郑五七站在牛市的围栏边，望着里面那上百头健牛，心里酸苦之极，几次泪要涌出，都强忍住了。正在愁叹，却见三槐王家的宗子王豪走了过来。王豪原本只是来闲逛，却被那卖牛经纪一番甜话说动，打算买几头回去，但那天没带仆从，便说改天再来。那经纪哪里肯放跑了这宗大买卖，说自己寻人替王豪把牛送回去。两人你推我让，绞缠起来。

郑五七在一旁听着，忽然记起自己租的王佛手家那头牛已经有些衰老，正在犹豫要不要转租别家的。他很少巴附人，尤其是王豪这等豪富，从来没到近前说过一句话。但想着若是上前出出力，王豪或许会减些租钱，他便鼓了口气，走到两人跟前说："王大官人，我也是皇阁村人，我替您把牛赶回去。"

那经纪一听，大喜，忙谢过郑五七，一鼓作气，说服王豪，定了买十头。最后那经纪又补了句："这位老弟，你买牛的钱不够，自然是要租人的牛，不如租王大官人的。王大官人最体恤穷民弱户，租钱不会多要你的。王大官人，您说是不是？"

王豪笑着问郑五七："你真要租？那我再多买一头。"

那经纪一听，忙借水推舟："自来好事须成双，王大官人不如添买两头，都租给这老弟，也是您一番恩德。"

"成。"王豪笑起来，转头见郑五七面露难色，便说，"莫怕。你替我赶牛回去。今年，我这两头牛只收你一头租钱。"

郑五七听到王豪随口便添买两头，已惊得大张开嘴，旋即又听到让他租两头，顿时慌起来。可未及开口，王豪竟又说出这话，他更是惊得说不出话。自生下来，他过的便是一文钱咬牙必争的穷紧日子，哪里见过这等阔绰，而且这阔绰竟如天降一锭大银，砸进他怀里。

直到吆喝着那十二头牛回到村里，送至王豪家院门前，王豪跟他说："两头牛你先牵回去，我有些乏，今天先不签借契了，明天你再来。"那时，他才敢信，竟是真的。

然而，把牛牵回去后，他父亲一问缘由忙说："这些豪富人哪里会这么善心，莫不是在欺你？等明天强要两头牛租钱，他家里庄客都上百，你哪里能分辩得清，赶紧送回去！"他一听，顿时怕起来，可若立即送回去，王豪若真要讹诈，一样也说不清。一家人商议了半晌，也不知如何才好，只能等到第二天再看。

到了第二天，他牵着两头牛来到王豪家门前，却见一队车马停在那院门前，马上人都身穿锦衣，一瞧便贵盛无比。听一旁人说，竟是宫中的贵人，他哪里敢靠近，忙牵了牛回去。次日再去时，看院仆人却说王豪得了急症，未等他开口，便将他撵走。后来，王豪病情越来越重，竟不治而亡。

那些时日，王豪家乱作一团，谁都不晓得他租牛这事。之后，王家只剩王小槐一个幼童，更无人来过问。郑五七先有些惴惴，等了两三个月，见真的无人来问，这才渐渐放了心。

他用朱砂将牛角涂红，又裁了两条红绸，拴在牛角上，开始跟邻居们说这是他自家买的。邻居们自然有些起疑，却又说不出什么来。过了半年，他心里越发安实了，已渐渐忘了这牛的来由，只当作自家买的。

直到去年十月，他正在田里驱牛犁地，王小槐忽然跑过来说："我想起一件事，我爹生病头一天，买了十二头牛回来，那时我就在院门边。你牵走了两头，我爹说第二天再签租契，你再没来过。你这条油狗子，想讹我家的牛？"

他一听，慌得险些栽倒。王小槐又说："你若要买，把钱拿来。若要租，把欠的租钱交来。你这穷骨头，自然没钱买，连租钱恐怕也拿不出。我爹说要恩待穷民，今天我就不逼你了。等你这地里麦子收了，老实把租钱给我送去，若不然，告你到官府，把你那两根穷骨头打折！"

郑五七只松活了一年，又被那穷箍子陡然箍了回去。王小槐走后，他瘫坐在田头，呆望着那两头牛，一时间，甚而想和这两头牛一起死掉。

愁闷了几天，其中一头牛竟被柳树压死。他想：这恐怕真的是命，无论你如何挣，都要把你拉拽回来。

他呆望着那株栽倒的大柳树，树下那头牛，还有那两大片田。两片田里都种了冬葵，才起苗不久，却被牛踩得七零八落，心里也糟乱作一团。王小槐恐怕是为了作践他，才放火烧牛，回头又来跟他讨要牛钱。

他正在焦苦，身后一个人大叫着奔了过来："我的田！我的田！"

他扭头一瞧，是这片田的田主何六六。何六六看到自家的田被毁成这般，顿时哭起来。郑五七先并没有闲心余力去瞧何六六，但望着那田，忽然想到，何六六比自己要穷许多，是客户，家里一寸田都没有，这块田是佃来的，田被踩烂，他一家的命也被踩烂。想到此，郑五七忽然生出一个念头：得有人去跟王小槐拼命。

他忙过去对何六六说："是那个王小槐做下的。他烧了我的牛，让牛去踩你的田。"

何六六后来做了些什么，郑五七并不知道，但王小槐真的死了。听到王小槐的死讯，郑五七心里才真的松了口气，至少一头牛是真的归了他。

然而不久，王小槐开始闹鬼，郑五七家里落了许多栗子。

他慌慌去向相绝陆青求教，陆青微皱起眉头，注视他片刻，眼中既厌又怜，冷声说道："你之卦象为噬嗑。穷凶生狠，艰窘生贪。难怀其德，只嗜其利。心卑无勇，行劣多诈……"听得他又怒又怕。陆青解罢，又教他清明到汴京东水门护龙桥等一顶轿子，对那轿子说一句话。他不知真假，却不敢不去。那句话则更是让他胆寒：

"欺人者自欺，噬人者自噬。"

第四章　贲

贲者，饰也。物之合则必有文，文乃饰也。

——程颐《伊川易传》

何六六不知道，自己究竟是真哭，还是假哭。

他只知道，这等情形下，自己只能哭。

他已经三十三岁，却时常哭。苦时哭，难时哭，怕时哭，慌时哭……这哭让他被许多人鄙弃、嘲笑。但不哭，也不会有几人能瞧得上他，更不会有人礼敬他。

他家已经至少穷了五六代，代代都是客户，没有一寸自家的田，只有三间草房，也年年修补年年坏。这么穷，照理不会有妇人愿意嫁，他家男丁却代代都能娶到妻。虽说娶的都又穷又丑，但毕竟是个妇人，总比那些抱着砖块当枕头、孤老到死的佃户帮工强许多。

这其中，有一个传家秘诀：示弱。

人人都好争强，他家却不怕示弱。许多如他一般穷的孤汉子，从不敢想娶妻。即便壮起胆子，去人家说亲，或被嘲，或被骂，便埋着头逃回来，再不敢起这个念。他却不怕，你骂一回，我去三回。这家不成，再换三家。每去一家，他都要哭许多回。哭得多了，他便知道何时该湿眼，何时该颤嘴皮，何时该把泪放出来，何时该号啕……

人都说哭最不济事。他却知道，自家手里只有一把馊瘪的种子，绝没有办法去讨寻一些好种子，那便只好把这些馊种子撒进田里，里头总有几颗能生出芽苗来。眼泪于他，便是馊种子。这世上总有一些人见不得人哭，会被他哭得软了心肠，甚而觉着这般会哭的人，心一定不坏，便会把女儿嫁给他。

不但娶妻，这哭在其他地方，也让他讨得许多便宜，避开了许多险难。

最紧要的是，他并非全然假哭。从生下来，便时时处处都艰辛，极少有松活的时节。每一天的诸般苦累艰难，都足以让他大哭一场。他觉着，自己生来恐怕便是为了来这人世哭。

尤其看到自己辛苦种的地，才生出苗，便被大柳树压坏，被牛踩烂，哪里能忍住不哭。当然，他不只哭这个。

他哭，也是哭给旁边的马良和郑五七看，好教他们不要起疑，更不能让人发觉——这地是他瞒骗来的。

原先他一直佃的是别家的地。后来听人说，三槐王家的宗子王豪为人极爽阔，佃他的田，少交一半石租，王豪从来不计较。于是，他便去求王豪。王豪却说自家的地全都佃给了别人，没有闲地。他一听，便哭了起来。

他知道，面对这等爽阔人，哭的时候，身子得微微缩抖，像是又饿又病，只剩最后一口气，却仍强撑着；眼泪得有，但不能落下来，这样才更让人动心；哭声也不能大了，会惹人烦躁，得又细又颤，像是蜘蛛费尽气力才织成一张网，却被寒风吹散，只剩最后一根细丝在风里摇颤……最难的是，哭得既要极弱，又得让王豪听到，还得传到他心底。这等哭声不能从嗓子里发出，得把声气凝成一股细线，沿着鼻窦，牵引到脑顶，而后一丝一丝，断断续续往外发出。

这功夫，他练了许多年才练成。王豪听到，果然有些恻动，重叹了口气说："嘻！我便买块田佃给你。"

眼前这片田，便是王豪几天后买下，佃给了他，租子只收三成。

租契签好才几个月，王豪便病故了。他听到死讯，还奔到王豪家，那些仆役不让他进去哭拜，他便跪在院门前，磕着头大哭了一场。

春天他耕垦播种，到了秋天，他收了麦子，并没有去交租，等着王小槐来催。王小槐并没有来。活了三十三年，种了二十多年地，头一回，他自己种的粮，全都收到了自家的袋里。

他心里暗暗窃喜，到了十月中旬，地已起冻。他见邻田不肯让地闲着，在种冬葵。自己也跟着买了些种，将地耕了三遍，高高兴兴撒了种。葵自古便是五菜之首，这时种下，雪下保泽，开春便发芽。到三月初，叶子便能大如钱，摘了拿去县里卖，一升葵叶抵得上一升麦。可这田偏偏被踩得稀烂，而且是王小槐烧惊了牛、作下的恶。

难道王小槐其实已经察觉了？何六六不敢想，只能哭。

正哭着，又有个人也闻声赶了来，是邻田的田主庄大武。庄大武的那块田也被踩烂，且是他自家的田。何六六怕王小槐，庄大武却不怕。他见庄大武气得眼珠怒鼓、胡须急颤，忙哭着过去说："是那个王小槐做下的。"

庄大武一听，身子颤了一下。不过，他并没有作声，只捏着拳，咬着牙，垂头在寻思什么。何六六知道庄大武心思深沉，恐怕另有计谋。

不久，王小槐就死了，冤魂却寻到何六六这里，半夜在他家门前丢了许多栗子，吓得何六六顿时哭起来。

他去见相绝陆青，泪水不由得又在眼里打起转儿来。陆青看着他，却微露出些笑，慢慢说道："观你之相，卦属贲。心无所据，唯饰其容。以卑乞怜，因弱附强。见利必趋，逢难必逃……"他听着，虽有些慌愧，却迅即用哭脸掩住。陆青教他驱祟的那法子，他半信半疑，但为了那块田，清明他还是赶到汴京东水门外护龙桥，那顶轿子过来时，对着轿窗念出了那句话：

"仇总记，恩偏忘，又何声声诉公平？"

第五章　剥

剥，阴剥阳也，小人道长、君子道消之时也。

——欧阳修《易童子问》

庄大武望着那棵柳树横倒在田中，惊得说不出话。

他家原先只是个五等户，守着十几亩薄田穷苦度日。从他会走路起，便开始帮着爹娘做活儿，捡柴火、割猪草、拾牛粪……十一二岁，便跟着爹下田，从早到晚，那苦累，把骨髓都能熬干。即便这样，仍是穷，穷得连说话都不敢太大声，怕声气用多了，肚子更易饿。

同是一村人，有些却富得从面目到衣裳、吃食、器具、房宅，处处都闪着亮，亮得极刺眼。幼年时，庄大武最纳闷儿的是，村里那些上户人家的孩童，有时穿的并不是锦缎绫绸，和他一样是麻布，可那麻布穿在富家孩童的身上，偏就那般鲜洁细软。

他记得最清的是，有年除夕，他娘去乡里草市上，用自家织的五双草鞋换到一小坨羊脂。回来后，去后边菜窖里，揭开草垫，剪了一把新生出的韭黄，蒸了些韭饼。这韭黄是冬月最稀罕的菜，这一把拿到县里，至少值十几文钱。虽然窖里藏了有十来斤，他家一年也只敢吃这一回。每只韭饼里，只有几段韭黄。哪怕这样，韭饼上炉起蒸时，香气飘出来，飘得满院都是。庄大武咽着口水一直守在炉边，终于，娘揭开了笼盖，先夹了一只出来给他吃。那韭饼极烫，险些掉到地上。他用两只手不停倒换，紧忙先咬了一口，嘴也烫得不住呼气。可那韭饼真是香啊，香得连脑顶颅门都被穿透了一般。

他娘拣了八只韭饼，摞在粗瓷碟子里，用一块旧布包好，让他去东边邻村，送给外祖家。他一边吃着那热韭饼，一边小跑着过了短桥，穿过三槐王家的宅区。快到村东头时，手里的韭饼已经吃完。一群王家的孩童围在王豪家宅院前，两个老仆各端着个瓷盆，正在台阶上散发东西。其中一个老仆瞅见庄大武，笑着唤了他过去，也给他散了两样，一只热韭饼、一小块透亮的物事，亮晶晶、黄澄澄的。他大为意外，连谢都忘了。再看王家那些孩童，个个都穿得新崭崭、亮滑滑，他不敢停留，忙跑开了。

出了村子，他才敢吃那韭饼。一口咬下去，他不由得惊唤了一声，里头填满了韭黄，羊脂更是溢出来，流到下巴、前襟上。他历年吃过的韭饼加起来，也没有这一口畅足鲜肥。那一口，才让他真正尝到了何为富。

至于那块晶亮的物事，他从没见过，便小心揣在怀里。把韭饼送到外祖家，回去后，他拿出那块物事给娘看，娘也不认得。倒是他祖母在一旁惊叹说："莫不是糖霜？武儿，你舔一舔，甜不甜？"他伸舌小心舔了舔，果然极甜，比他娘用麦芽熬的甜饧要甜百倍，而且还有种说不出的香气。他祖母又连声念叨："我年轻时，去乡里一个一等户家帮工缫丝，那主家娘子赏过一块糖霜，尝了一回，甜了一辈子，至今都记得清清的呢。"他父亲也感叹说："我见县里果子铺似乎有卖的，这一小块，怕得要三文钱。那王豪家若是散三十来块，便得百文钱了，啧啧……"他一听如此金贵，忙拿到祖母嘴边，让祖母舔。祖母舔过，又给娘和父亲。那块糖霜，一家四口轮着舔了许久才舔完。粘在他三根手指肚上的，他又舔了半晌，舔得净尽了，仍舍不得住口。

活到如今，那是他过得最甜的一个除夕。也是从那天起，他暗暗发狠，要拼力富起来。

这之前，干农活儿时，他时常嫌累怨苦。自那以后，他再不抱怨，每日勤力田事。尤其是听到一句农谚："多虚不如少实，广种不如狭收。"他越发有了信心，将家里那十亩地务劳得极精细。

尤其是粪，寻常农田，耕作三五年，地力便尽。田多的人户能休耕轮作，他家哪里空得起。他听人说"用粪如用药"，便着力用心，在房舍旁造了一间粪屋，挖了个深池，用砖铺砌四壁和池底，又拌了石灰将缝隙填满补平，以防渗漏。池上搭起一个矮棚，遮蔽风雨，阻挡日头。凡扫除之土、柴草灰烬、糠秕落叶，全都积存在池里，用粪汁沤沃。每到播种，挖出粪土，筛细之后，和种子一起拌匀，而后才下种。苗长之后，又扬撒粪土，壅护苗根。

如此勤力精心之下，他家的田精熟肥美，地力常壮，每亩比别家至少多收五六斗。他这治田之能渐渐传开，远近那些有女儿的人家，都争着要将女儿嫁他，其中不止五等户，连三等、二等户都有。有个二等户不但不要聘资，更情愿陪嫁百亩奁田。

他却有些犯难，得了那百亩田，家计自然要轻省许多，能从五等户径直升到三等。可那富户家的女儿，来了自然受不得累、做不得活儿，自己在妻子、岳丈面前也难直起腰背。即便这些都忍下来，那富家女儿好吃好穿惯了的，若顿顿都要吃肉，牛肉一斤就得百文钱，羊肉七十文钱，便是猪肉也得二十来文钱。一天两斤猪肉，一个月至少得一贯钱，一年十来贯，两亩地便去了。若再加些鸡鱼果品，穿些绫罗绸缎，百亩地不消二十年，恐怕便荡尽了。

他算来算去，咬牙忍痛回绝了那些富户，让自己的娘细细打听，最后选了一个四等户的女儿。他家出的聘资，羊酒衣裳首饰现钱加起来约三十贯钱，将多年积蓄全部倾尽。不过女家陪嫁了五亩地，价值相当。而钱物是死的，田却能生谷生利。

那女儿果然没有选错，极勤劲强干，似乎从来不怕累，尤其善养蚕织丝。别家的妇人一年拼死只能织四十匹布帛，她却至少能织五十匹。一年到头，他家的缫车织机从没歇过。他们夫妻两个，一个勤耕，一个力织，每年除去田税粮帛和日用开支，都能剩出来几贯钱。只要凑够七八贯，他便去寻买一亩田地。苦了二十来年，置了一百多亩地，升到了三等户。

家境宽展后，每年除夕，他都让浑家蒸一大笼韭饼，韭黄要填足、羊脂要润透。另外，还必得花几十文钱，去县里买一斤糖霜，全家老小一起饱甜一回。

若是没有宦官杨戬那"括田令"，他照旧会这般年年勤力，一片片买田。盼着能让两个儿子将来就算析户，也各自至少能有百亩田，做个三等以上的门户。

他有个舅子在县里当差，"括田令"括到襄邑时，那个舅子忙先替他打探，头一轮，他家的田并没有差池，不在可括之限。可才安生了两年，县里又要再括一回，要上溯到十道以上田契。他家最早那块田，上溯到第十三道田主，似乎有些不妥。

他听了，顿时慌起来，正巧听说三槐王家的宗子王豪在寻买田地，他忙去见王豪，将那十三亩二角地卖给了王豪，由于急着脱祸，不敢咬价，一亩才卖了七贯钱。卖了两个月后，他那舅子才来报信说，他那块田已经无碍了。

那块田他家已经传了三代，仅他自己，也已经精耕细养了三十多年，是这整个乡里最好的一片田，一亩每年能收两石八斗粮，三年便至少八贯钱。他痛悔之极，恨不得将那舅子连肉带骨活吞下去。

那块田三面相邻的田都是他家的，每天去田里，他都要望一望那块田，越望心里越疼。王豪买到那田后，转手佃给了何六六。那个好哭穷丁极懒散，他是去年十一月佃下的这田，虽说那时田里的麦子庄大武收割已毕，但农家哪有闲时，该将田锄成垄行，或是种些油菜，或是预备春麦，下了种，掩上粪，等大雪压住，春来极易生长。何六六却将那田荒撂在那里，麦秆根茬也全都不顾，连烧烧荒、积些灰粪都不愿。庄大武瞧着，就如同自家孩儿舍给了旁人，却得不着吃穿，还被凌虐丢弃。

直到今年开春，何六六才匆忙耕垦下种，活儿又干得极粗疏，那麦苗发出来参参差差、歪歪斜斜，全无章法。到秋天也只收了一石八斗。看着自家的地被糟践，庄大武暗暗觉得自己所做那桩事完全该当。

然而，那天下午，郑五七那头牛被烧着尾巴，狂跳狂哞时，他正从家里出来，要过来耘田，远远看到那棵大柳树砰地倒下，他惊得如同胸口被那大树迎面撞下。等他赶过去，看到自家的田被牛踩烂，固然心疼无比，但更让他惊怕的是那棵倒在田里的大柳树。

看到被树压死的那头牛，他才明白事情原委——那牛鼻上穿了根麻绳，绕在颈脖上，另一头则被拴在树身上。牛尾被烧着，那牛受惊狂奔，却被牛绳牵住，没能挣断，反将那棵柳树拽倒了。

庄大武偷偷瞅了瞅身边的马良、郑五七、何六六，虽然三人都没有起疑，他却仍十分慌怕。若是这些人仔细一想，恐怕便会想到：其实，牛气力再大，又哪里拽得倒这么一棵大树？

——这棵树被移过。

这棵树原先在十几步外，庄大武带着两个儿子，夜里偷偷移栽到了这里。

庄大武实在痛惜自家那块地，百般割舍不下。他日思夜想，有天站在这棵大柳树下时，忽然想到了一个主意——他自家的田和卖给王豪的那块，分界正是这棵大柳树。他每回过来，都是认着这棵树。田契和庄账上填的四至，写的也是这棵树。而卖出去的那块田三面都是他的田，若是偷偷将这树移十来步，王豪从来难得看他的田，何六六新佃到手，也难发觉。一年十五步，四年便是一角，四角便是一亩。每年偷移一段，多少能占回些祖田。

于是，去年正月里，有天下大雪，他烧了几桶滚水，半夜牵出家里两头牛，架上平板车，和两个儿子悄悄来到这里，用滚水浇软了冻土，将那棵柳树连根挖出，用牛车拖着，横移了十来步，栽到了这个位置。两块田之间的田埂也移挖过去。那树下有个草棚，是他农忙时请的一个佣工搭的。他们将那座棚子也一起原样搬到了树下。那大雪下了一夜，将所有痕迹都遮掩住了。

到开春时，柳树发了芽。何六六来种地，并没有发觉。庄大武暗自庆幸，过了大半年，没有任何人发觉此事。他正在暗暗思量，到了冬天，再将那树挪十几步，谁知竟遇上这等祸事。

柳树根恐怕尚未扎牢，入秋又开始发枯。这土地已开始起冻，下午日头烈，又将冻土晒软，根就越发易松动，因而才被那牛拽倒。

这事一旦被察觉，王小槐性情又那等顽劣，一旦吵嚷起来，虽说不是重罪，却不知会被村人耻笑到何种地步，恐怕再难在这村安身。他越想越怕，额头不由得沁出汗来。

这时，对面田埂上一个人忽然拨开柳枝，连跨带爬，钻到柳树梢下，大声嚷起来："死人了！压死人了！"

庄大武将才没有留意，这时才看清，那人是村里的二等户，名叫吴喜才，为人最刻薄，人们背后都叫他吴喜豺。庄大武心头大喜，这事牵连到吴喜豺，又出了人命，王小槐这回必定难脱祸难。自己移树这事，恐怕也就能蒙混过去。

他忙赶过去，见树底下果然趴着个人，后背被柳树顶梢死死压住，已经断了气。吴喜豺则惊张着两眼，蹲在那里，脸色煞白。庄大武忙说："这祸事是那个王小槐惹下的，吴老伯，您一定莫饶过那孽畜！"

翻过年后，王小槐竟被烧死，更闹起鬼怪来，半夜在他院子里丢了些栗子。庄大武吓得满脊背起栗。那棵柳树一直横倒在田里，他一直想移回原处，却又怕被人发觉，只能任它倒在那里，心里却时时被那棵树压着。

相绝陆青来村里驱邪，他也进去求问。陆青注视了他片刻，忽而微微笑了笑，笑得他极不自在。陆青却旋即敛容，缓缓说道："你之相乃剥卦。因贫而奋，由困而进。艰中生吝，裕后怀贪。心无涯沴，行无底止……"他听了，越发生恼。最后，陆青又交代了一番，让他去对那轿子说句话，他一听，却顿时慌怕起来：

"若是平生无亏欠，缘何此时顿无言？"

第六章　复

> 去其所居而复归，亡其所有而复得，谓之复。
>
> 必尝去也而后有归，必尝亡也而后有得。
>
> 无去则无归，无亡则无得，是故圣人无复。
>
> ——苏轼《东坡易传》

那棵柳树倒下时，吴喜才和同伴刚走到这附近。

吴喜才已年过六十，是这村里的二等户，家中有上田近三百亩。闲常无事，最爱打探人家私情秘闻。他也知道别人在背后唤自己"吴喜豺"，心里自然极不痛快。不痛快，便更爱去探出这些人的阴事。

今天，他和同伴原在河岸边走，听到那头牛狂哞个不住，有些好奇，特地绕过来瞧。没想到这里比元宵傩戏还热闹。

先是一眼看到那头牛尾巴上燃了一团火，却被牛绳扯住，挣不脱，便在那两块田间疯了般腾跳冲奔。那牛角涂红，拴了红绸带，原来是郑五七的牛。

吴喜才一直在疑心郑五七那两头牛的来历，四处细细打探了一番，却只探到郑五七那天帮王豪赶牛回来，而后牵了两头回自己家。郑五七家里衣无两件、粮不满缸，哪里买得起牛，更何况两头，自然是从王豪那里租的。瞧着郑五七每天牵着那两头牛，眼底无人、鼻孔望天的样儿，吴喜才恨得几瓣老牙能咬出血来。

王豪死后，吴喜才越发受不得，特地跑去问王小槐。那丑猴儿当时却只顾着用弹弓满院子追射几个仆佣，见他问，皱起鼻头说了句："缺牙老兔子，干你鸟事？老口水流一地，脏了我家门槛！"转头又去追那几个仆佣。吴喜才臊得满脸羞，只得转身离开，嘴里不住痛骂着合该你家牛被人骗，家底被人谋骗光才是好一场报应。骂过之后，终还是受不得郑五七那穷汉白得两头牛，却又没凭没据，只能白恨了许多天。这时看到那头牛被烧得狂跳，他心里才略解了解恨。

接着，他又瞧见那头狂牛将两块才长苗的地踩得稀烂。这一乡的田地，吴喜才记得最清。他知道这两块田分别是庄大武和何六六的。一个最善治田，吴喜才一直嫉妒不已；一个快饿死的病婆娘一般，时时哭哭啼啼，吴喜才最厌，见了便想一顿孤拐打烂他的嘴。如今两个人凑到一起，毁作一处，他瞧着那田烂得不成模样，心里忍不住暗乐。

而后，他又一眼瞧见马良从那草棚子后头钻了出来。此人吴喜才最最厌恨，成日间像个妇人般缩在屋中，手脸也细白得像个妇人。自恃读了些书，冷着个面孔，见了长者，从来不知恭敬。而最令吴喜才气恨的是，无论他如何打探，都探不出马良一丝污迹来。唯一让他欣慰的则是，这个书呆子被丢在冷窖里，至今都考不中。吴喜才没想到终于等到今天，马良竟从那草棚子里钻了出来，这书呆子在这里做什么？他立即记起，将才绕过来时，瞧见一个妇人背影，从田埂上慌慌忙忙跑远了。那妇人难道也是从这草棚子里钻出来的？他们两个在这里偷会？只可惜，将才只顾着来看牛，没留意那妇人，想不起是谁家的。

他正恨得要跺脚，却见那棵柳树竟然倒了过来。

吴喜才腿脚早已不灵便，那一瞬，却忽然变身作蚂蚱一般，嗖地便跳开了。大树砰然砸下来，震得地都摇了摇。吴喜才跳开后，腿脚险些抽筋，更兼唬破了胆，身子麻住，动弹不得。半晌，他才想到那同伴，忙过去扒开树枝，低头一瞧，那同伴竟被压在树下，一动不动，自然是死了。

吴喜才生来胆子极小，最忌讳看到死人，吓得几乎摔倒，不由得连声叫唤起来。这时，庄大武跑了过来，告诉他，这祸事是王小槐惹下的。他一听"王小槐"三个字，先是一愣，但随即险些笑出来。他刚从王小槐家里出来，王小槐正在家里跟那个王盆燃火药耍，自然不会瞬间分身，又来这里惹祸。庄大武显然是看错了眼。不过，既然庄大武这么认定，那是再好不过。上回从王小槐那里臊的羞，这回正好讨还回来。

将才，吴喜才去王小槐家，是去赎地。

吴喜才只有个独子，他们夫妻两个宠得过了些，那儿子不知上进，成日和乡里一些富家子弟混到一处，在县里吃酒赌钱嫖妓，任意玩乐。吴喜才也劝骂过无数回，却丝毫扭不回来，只得将家里的钱财看紧，束住儿子手脚。谁知，儿子竟想出了其他法子。

四年前，儿子赌输了钱，被逼债，竟偷了家中田契，拉了那个贾撮子做中人，将一百多亩地典给了王豪。幸而只是典卖，典期十年。不是断骨契，再收不回来。吴喜才得知后，气得几乎将脚跺烂。这些田产是他家五六代人一亩一亩辛苦积聚得来，从来只有进，不许出。若让儿子这般败下去，不上几年，怕就败尽了。

照律法，子弟瞒住户主典卖田产，告官可以讨回。吴喜才原要立即去告官，可走到半路，又退转回来。自己一生探人隐私，这事一旦告了官，必定会四处传扬，让那些小人得计，不知会编造出些什么难听话语，这张老脸往哪里躲？其次，若是轻易赎回，儿子必定越发轻狂。家中少了百亩地，反倒会让儿子收敛一些，因此，他只得忍住，将儿子痛骂了一顿了事。这两三年，他儿子果然好了一些，出去得少了，家中的钱财，每回偷，也只偷几百文。

吴喜才瞅着自己那百亩地，哪里舍得下，见儿子恶习渐改，便决意收回那田。村里头等户娄善和王豪一向交好，他请不动娄善，便请了娄善的儿子娄建做中人，去了王小槐家。王小槐听他说要赎回那片地，竟晃着脑袋一口气说："我爹典了你那些田后，就听人说是你儿子瞒着你偷典的，早就后悔了，一直等着你来赎，你又不来。我爹得病时，还交代过这事。你总算来了，那就赎回给你。这是契书，一百零七亩一角，一亩四贯钱，一共四百二十九贯。到这个月，只典了三年十一个月，还差六年零一个月。一年四十二贯九百文，一个月三贯五百七十五文。你得补还给我二百六十贯九百七十五文。这个月还有三天才满，那七十五文就饶你。我们这就写契书吧——"

吴喜才原只是来试探，没想到王小槐竟立即叫仆人拿过笔墨纸砚，提起笔写起契书，竟比宿儒还老练。写完后，他自己先在下头画了押，而后，让吴喜才和娄建画押，一人收了一份。一盏茶工夫，这桩赎回便做成了。

他和娄建忙告辞出来，回家中去取钱，谁想途中遇到这桩祸事。惊怕过后，他忽然生出一个念头："王小槐看似老成，却毕竟年幼，照理该一手付钱、一手押契。娄建这中人若没死，倒也还有说处。娄建这一死，付没付钱，便只凭自己和王小槐口说了。我若说付了，又有契书在手，他便是告到官里，官府也难查断。"

而且，马良、郑五七、何六六、庄大武四人齐口都说，这烧牛祸事是王小槐做的。这是一桩命案，死了的，又是娄善的儿子。娄善是这村里仅次于王豪的一等富户，哪里肯轻饶王小槐？

他忙对郑五七、何六六说："你们两个赶紧去唤娄员外来，我们三个在这里守着！"

后来，娄善赶来见到儿子尸体，自然失声大哭，冲到王小槐家闹了一场，却被王小槐抵赖过。娄善自然不肯罢休，到了正月里，王小槐竟被烧死在汴京。

其间，吴喜才一直惴惴等着，王小槐却或许是忘了，始终没来讨要那些赎田钱。王小槐这一死，他才终于放了心。然而，王小槐却闹起鬼祟来，半夜在吴喜才院子里丢了许多栗子。吴喜才一生最怕这些邪事，看着那满地幽亮的栗子，慌得不知该如何是好。

他去见相绝陆青，没料到陆青竟那般年轻，瞅着他，目光锐冷，眼里含着些厌弃之意。他心中有求，便装作不见。陆青沉声开口道："你之相，为复卦。心劳神碌，忙算得失。颠来倒去，只为利奔。乍生欢喜，旋即成嗔。抬眼见灾，转身避祸……"他听着，心里隐隐有些自得。陆青又教他驱祟的法子，领了那句话，他如同得了辟邪符咒一般。只是，那句话他每念一回，便要胆寒一回：

"世间安有瞒天术？只是未到点破时。"

第七章　无妄

妄灾之大，莫大于妄诛于人，

以阴居阳，体躁而动，迁怒肆暴，灾之甚者。

——张载《横渠易说》

那天，娄善几乎失了神志，挥着拐杖，边哭边骂，去寻王小槐拼命。

消息已传到三槐王家，他刚冲到王小槐家院门前，便被王如意、王佛手等一群王家人拦住。王豪已死，娄善再不怕王家任何一人，何况自己幼子又被王小槐害死。然而，急痛之下，他没有召集亲族来，只身一人被缠住，根本进不得那院子，手里的拐杖也被夺走。

正在闹嚷，王小槐出来了。娄善一眼看到，眼里快喷出血来，张开嘴要扑过去咬，却被王家两个壮年汉子死死拽住。王小槐笑嘻嘻地说："老拐子，你别乱冤人，我下午一直在家里，一步都没离开，有这位窦主簿作证。"娄善这才看到，王小槐身边站着个头戴黑幞头、身穿青绸衫的中年男子。两年前他因一桩买田纷争，去邻县县衙里告官投讼状，似乎曾见过这人。

这人似乎也记得娄善，正色说道："娄员外，我中午来的这里，一直在和王小官人议事，他的确一步都没离开过。"

娄善听了这话，越发火急，一口痰逆上来，顿时昏了过去。等他醒来，已被人送回了家，躺倒在自家床上。睁眼看到老妻和两个儿子在床边哭个不住，想起幼子，怒火顿时腾起，他忙挣起身子，又要去拼命，却被妻儿苦苦拦住。痛怒交加，他又昏了过去。

一直躺了许多天，他才能下得了床。人却陡然间老了十多岁，须发原本只是半白，这时全都枯白了。

这个幼子是他年过四十才得的，因而无比疼爱。只是，这孩儿心性温善，遇事不善机变。娄善一直都有些担忧，这等软性子如何在这世上拼斗？娄善自己活了一辈子，便斗了一辈子。

头一条要和官府斗，自家几代辛苦挣的田产，决不能让官府抽尽脂血。官府以田产定户等，五百亩为出等户，八百亩为无比户，他家田地过千亩，该被列为无比高强户，一年仅田税至少得二百贯。朝廷运粮，民户又得缴"地里脚钱"，一石粮得多纳三斗七升，叫作"三七耗"，他家一年纳粮二百多石，脚钱就得七十四石。更有其他数不过来的杂税，加起来还得二三百贯。这些钱买成粮，一家几口能吃二十来年，过半辈子。

王安石变法前，上户还得去衙前充役，或催税，或守仓，或运粮，或迎送官员，各般赔费没有底止，常常一年之间便让一个上户之家破产变客户。王安石推行免役法，才废除了这些衙役，但三等以上得出免役钱。粮和钱各占田产十分之一，加起来又是四百多贯。

此外，还有"和籴"，朝廷向民户征买粮草，价钱却远低于市价；更有"和买"，朝廷先贷钱给民户，预买绢帛。官定税绢原本一匹十二两，和买却要十三两，两数不足，便勒令贴纳现钱，每两不下二百文。这些年，和买越发凶横，官不给钱而白取。

他一年收成，一多半要缴给朝廷，没有千贯，绝难得安。朝廷得了这些钱粮匹帛，却去养那些冗官冗兵，修造那些宫观园林，玩赏那些奢靡浮华。若仅止于此也便罢了，那些官吏饱足之后，百般生事，左一道诏令，右一条新法，处处为难勒困百姓。如同猫吃饱了鼠肉，闲来无聊，捉了鼠儿搓逗戏耍，鼠儿一旦逃躲，便是狠狠一爪，抓得鲜血淋淋，只能奄奄待毙。

他只有使尽计谋，逃避官府。他是村中保长，掌管税赋征收，极有余隙可钻可营。他将田产佃给穷户后，让那些穷户诡称是自家田地，下户税少，便能替他省去许多钱粮，这叫"诡名"。又买通寺院，或嘱托官亲，将田产寄附出去，品官、寺院都不纳税，他便又可逃过一大块税产，这叫"寄产"。此外，他又使钱买通县里官吏，左遮右掩，各般腾挪，将自己田产隐匿了大半。

与官府争斗的同时，他还得与人斗。田产是天下命根，哪个不是赤着眼、龇着牙想要多买多占？析户分产时，他和自己的兄弟斗，一棵树苗、一把锄头都不让；宗族中有无子、寡妇、绝户的，他便让自己儿子假过继，拼力将那些田产争到手；谁家落了难、招了祸，时机最好趁，他便去狠压价，强买过来；佃户佃了他的田，自然想尽力少交租，每块田他都时时监视，尤其收粮时，一把麦、一束麻都精算得丝毫不能差；田产有了纷争，去县衙，他能倚势则倚势，能买通则买通，能强词便强词，能混赖便混赖，总之决不肯输了官司。有几桩案子，他咬着牙，硬争了十几年、二十年，争得知县换了几任，对头死了一代，再争不过他，才罢休……

他便是这般斗了一辈子，才斗来这千亩家业，人在背地里都唤他"娄鸡公"。三个儿子中，大儿和二儿还好，自小跟着他习学存身本事。论功力，虽还不及他七成，却也已经齿牙锋利、手眼矫捷。只有这幼子，百般教不会。他训导幼子，幼子反倒时时来劝他，让他积德行善。他羞恼之极，想骂那痴儿，却又不忍心。

娄善虽名为善，却最鄙弃德和善。这一辈子，他只见到守德的被人气死，行善的被人欺死。如今，自己和头两个儿好生活着，积德行善的幼子却猝然亡命。他心头火烧刀割，世道不公，天也不公。你们既不公，那便由我来讨还！

能拄杖行路后，他立即去盘问祸事发生时在田边的那几个人。马良、郑五七、何六六、庄大武、吴喜才五人全都咬定是王小槐，但是五个人都没亲眼见到，只听见了叫嚷声，远远看到一个穿孝服的孩童跑开。唯一证据是，那树坑边掉了两颗栗子。

他捏着马良交给他的那两颗栗子，不由得麻乱起来。邻县那主簿说，那天他和王小槐一直在一处。难道真的是有人嫁祸给王小槐？王小槐四处惹祸，连三槐王家自家的亲族，全都厌恨他。但若真是嫁祸，那天那个嚷着跑开的孩童又是谁？

他实在查不明、想不清，便告到了县里，县里也差人来村里反复查问过，却同样没查问出什么来。他日日在县里闹，县里又去问过邻县那主簿，那主簿再次重申，那天的确一直和王小槐在一处。娄善心里气苦之极，却又无可奈何。他斗了一生，从没这般无力过。

一直愤郁到正月里，有天他二儿子跑回来说，将才偷偷瞅见邻县那个主簿又来见王小槐，出来告别时，那主簿不住哈着腰，满脸赔笑。王小槐却极倨傲，连应都不应一声。看来，那主簿是有求于王小槐，虽不知是何事，但应该很要紧。

娄善一听，火顿时腾起。这么说，那主簿是在作假证，替王小槐遮掩！

他忙让两个儿子再去打探，自己则在家中愤愤谋划了几十上百种报仇之法。再想起王小槐家后面那大土丘，更咬牙发狠，不必再等贾撮子去说合，除掉那小孽畜后，自然没人能与我争那大土丘，将来到手后，将我儿葬在那土丘上。

过了几天，大儿回来说，他去邻县打探，那个主簿果然有古怪。昨天那主簿和一个客人去一家酒店吃酒，两人神色瞧着都有些异样，似乎怕人知晓一般，向店家要了一间最角上的清静阁子，进去便关了门。他忙买通了那店里小二，替他在窗户底下偷听。那小二听到那主簿说，王小槐要去汴京，正月十五夜半时分，坐一顶轿子，出东水门，轿子上插一根枯枝……小二怕被发觉，不敢继续听。两人究竟在商议何事，并不清楚。

娄善听了之后，低头思忖了许久。那主簿在密谋什么，虽然并不知晓，但王小槐去汴京，又是夜半坐轿，倒正好下手。只是让谁去动手？

他头一个想到的是亲手去剐了那孽畜，但自己年事已高，万一失手，以后便再难等到这般良机。这等事，两个儿子也不能去。他思寻许久，想到了一个人——孟大。

孟大是个闲汉，无家无业，常日只替人帮工。几年前，他在娄善这里帮工，偷了厨房里几只碗碟，被厨妇发觉。娄善原本要命人捆打他一顿，再送到官里。但一想，何必招怨？这样的贼汉，不若放走，由他去祸害其他富户，自有人惩治他，便饶了孟大，撵他走了。

孟大这两年一直在王豪家帮工。娄善便让儿子偷偷叫来了孟大，连唬带诱，给了他三贯钱路费，又许了一百两银子，让他去汴京做成这事。孟大一听那钱数，立即便答应了。

元宵节过后，王小槐果然死在汴京。孟大回来讨那银子，娄善不愿沾挂到这命案，闭门不见，叫庄客将孟大撵打走，并告诫他，若再来烦扰，押他去见官。孟大吓得再没敢来。

可是，过了几天，王小槐闹起了鬼祟，娄善家院子里掉了许多栗子。娄善先还不信这些邪事。可连着几晚，都梦见幼子来哭诉："父亲，你冤杀了王小槐，王小槐如今在阴间率了许多恶鬼，百般欺凌儿子……"

他几回哭醒，心里绞痛难安。听说相绝陆青来驱邪，他也赶了过去。陆青冷眼注视他半晌，冷声言道："你之卦为无妄。天有其道，人有其理。循之顺之，是名无妄。强矫而行，自取其祸——"他听后，心里顿时腾起一股火，但旋即想到幼子，顿时垂下了头。陆青又教他那个驱邪的法子，他不敢不信，那句话让他寻思了许久：

"争得万般赢，终有一回输。若问公不公，答已在问中。"

第八章　大畜

天下之恶已盛而止之，则上劳于禁制，而下伤于刑诛。

故畜止于微小之前，则大善而吉，不劳而无伤。

——程颐《伊川易传》

孟大从来不觉得偷有何不对。

算起来，他和娄善沾些亲，他娘是娄善远房侄女。孟大是个遗腹子，从没见过自己的爹。他娘生下他后，熬了几年，有些熬不住，孟大五岁时，他娘去县里卖绢时，遇见个行商，两下里动了情，他娘便动了改嫁之念。那商人却不愿收养孟大，他娘只得将他托付给了娘家一个亲戚，自己跟着商人走了。

孟大的爹留了三十几亩薄田，那亲戚因贪那些田产，才认养了孟大。孟大这边还有个同宗堂伯。那堂伯说自家的侄子，怎能由外人领养，便出来争那些田产。两家闹到了公堂，争执不下。娄善得知这个信儿，也卷入进来，说孟大的娘嫁去外州，安顿好便要来接儿子，这田产自然该由他娘看管，等孟大年满十六，便可自家承继。三家争来闹去，这三十几亩田最终由娄善代为照管，孟大则交给堂伯父暂养。

后来，孟大被那个堂伯撵了出来，那三十几亩地则不知如何转成了娄善的田产。

有善心人见孟大可怜，劝他去告官，但他只有几岁大，哪里知道衙门里数？何况娄善那等强横形势户，等闲上户都斗不过他，他哪里敢去招惹？

孟大只能四处游荡，东家讨口饭，西家舍碗汤，竟也活了下来。从没人教他是非善恶，他所知的唯一道理是活命。为了活命，他时常偷拿人家的吃食钱物。他并不觉得这有何对错，只晓得莫要被人发觉，否则便要挨打。

别人瞧着他懵懵傻傻，他心底里却藏了一个念头，要去寻自己的娘。不过，他不愿这么穷兮兮去，他要穿最上等锦缎，买辆漆了彩画的车，车上装满银钱，得用四匹马拉。到了他娘门前，他要打开几箱钱，搋断串绳，将铜钱全都抛撒到街上，任人们去抢。等他娘出来，让她看，让她哭。他却要从那些抢钱的人里头，选一个最脏最丑的穷妇人，认那穷妇人做娘，扶她到彩画车上，让她享尽天下的福。总之，要让他娘悔，最好悔得投河自尽。

一个人偷偷想这情景时，他总先笑个不住，笑完了，又忍不住哭起来。

那年，他去娄善家帮工，他想着自家的那些田产，便去厨房里偷碗碟。那些碗碟都极金贵，一只便能卖一二十文钱。他想着若是全都偷尽，恐怕便能换一身好衣裳。可才偷了两回，便被发觉。他以为要被娄善打死，娄善却放了他。

他有些纳闷儿，想来想去，只想到一条，娄善吞了我的田产，心里头亏，因而才不敢打我。即便如此，他也再不敢见娄善。

庄大武家田里种了些姜，那年姜格外缺，一斤卖到二十文钱。庄大武怕有人夜里偷挖，便雇了孟大替他看守，并帮着收姜。孟大便在那田边大柳树旁搭了一个草棚，夜里便在那里头睡。他从来没个安稳住处，这是头一回有了一座自家的窝棚。他扎捆得密密实实，里头干草垫得厚厚的，睡进去，比他想的那辆铺了锦褥绣被的彩画车还安逸。夜里偷挖一块姜，含在嘴里，更是辛香无比。

第二年，村人见种姜能得钱，便纷纷都种了姜，姜价顿时跌了下去，连常价的一半都不及。庄大武也不再种了，孟大便没了活儿，又得寻下一家。

有人说三槐王家的宗子王豪在寻佣工。他一直有些畏惧那些豪富之家，从来不敢去寻活儿。那时饥困得实在无法，只得硬挨着过去了。那募工的老管家见他还算有气力，便雇了他，在后边厨房舂粮磨面。豪富之家果然不同，不但饭食可尽情吃饱，时常还会有猪肉吃。他在王豪家做了三个月，便已胖了许多。他想：

胖了好，这样才好去见娘。

那些活儿做完后，那老管家见他肯卖力，便留下他，在后院做些杂活儿，顺便看护院子。王豪家比娄善家要富奢许多，那些碗盏更光滑耀眼，一只拿出去恐怕至少得卖三五十文钱。何况王豪家值钱的物件随处皆是，还有许多是铜器、银器，堆在几大间空房里，闲常难得取出来用。他看了又动起心来。

于是，他又开始偷起来。他早已学会如何开锁，半夜偷偷溜进那房里，揣些银器出来，藏到后院的睡房里。这地方终是不稳便，他想到了自己搭的草棚，那草棚是这世上唯一像家的地方。他虽然走了，庄大武却没有拆掉那草棚。他便半夜包了那些器皿，带了一把小铲，偷偷从后门出去，来到那棵大柳树旁，钻进草棚里，掀开草垫，在底下挖个洞，将那包器皿埋进去填好。

前前后后，他偷了大半年，偷了有上百件，将那草棚子底下全都埋满了。到了正月，王豪日日宴请远近客人，那些器皿开始搬出去用。幸而他偷的时候，只偷最里头、瞧着不常用的对象，因而未被发觉。

他已打问过，一辆彩画车二十贯，一匹马十贯，从头到脚一身上等锦装十贯，再加上其他金贵物事，还有散给穷人的铜钱，总共得一百贯。而他偷的那些银器，少说也有七八十两，能卖一百五十贯，远够了，因此他没有再偷。

冬天地土结冻，极难挖，他想等开了春，辞了工，再去挖出那些银器，拿到汴京或应天府去卖。

去年三月，天气晴暖过来。他最后饱吃了一碗烧猪肘，便向那管家辞了工，算领了酬钱，兴兴头头来到河岸边，坐在青草坡上，等着日头落下，月亮升起。他从未这般畅快过。原先除了饭食和银钱，他眼里什么都瞧不见。可那天傍晚，漫天的红霞，映得河面金闪闪、柳树绿莹莹，做梦一般，他不由自主赞叹了一声："美……"

活了二十多年，这是他头一回说出这个字。如同吃醉了酒，不由得躺到草坡上，笑着睡了过去。等他醒来时，一钩新月斜挂天上，已是深夜了。

他着了凉，头有些昏。四处望望，月影之下，到处一片安宁，没有一丝声响。他忙爬起身，沿着田埂来到那棵大柳树旁的草棚子前，低头钻了进去，揭开草垫，在壁板边摸到藏的小铲，从角上开始挖了起来。

可是，挖了一尺多深，底下仍是土。他记得极清楚，这片是最早埋的，底下是一把银壶、两只银烛台。当时虽挖得深，却也只有一尺多。他顿时慌了起来，忙拼力继续挖。然而，又挖了一尺多深，仍没有。他又挖旁边一片，挖了近两尺，还是没有。他急得几乎要吼起来，继续慌慌挖其他地方。

这草垫底下，一共埋了十二处，为了好认，他是按横四纵三挖的。十二处全都挖遍，都没有。挖的时候，那土极紧实，并不像被人挖过。他不肯信，将那片地全都挖了个遍，一样都没找见。

他丢下铁铲，坐倒在土堆里，惊得疑心是在做梦，忙用力拍头掐腿，虽然极痛，却仍不信这不是梦。原本头就有些昏沉，这时脑仁越发疼起来。他又疑心自己走错了地方，出去绕着那棵大柳树，前前后后，反复辨认了几圈。这大片田野间，只有这一棵大柳树，绝不会错。他重又钻进草棚，用铁铲翻寻了一遍，实在累极，才趴在草垫上，昏昏睡去。天亮醒来后，他又里外细细寻看了一遭，才不得不死心：恐怕是鬼搬走了那些银器，不让我去见娘。

他再没了力气，靠着从王豪家支的那几贯工钱，四处晃荡了几十天。钱用尽后，才又去人家户寻活儿做。

他原本绝了念，没想到娄善寻见了他，许他一百两银子，让他去杀王小槐。那见娘的念头忽地又活转过来，催着他无暇多想，一口便答应了。

正月十三，他带着娄善给的三贯路费和一把尖刀赶往汴京。正月十五傍晚，来到东水门外。他到处闲走了一转，买了几只胡饼，天黑后，坐在城门外的石台上，边吃边等，等得几乎睡着。快半夜时，进出城的人已经稀少，他一眼瞅见一顶轿子抬了过来，那轿顶上插了根枯树枝，在孙羊正店灯光映照下，极醒目。

他顿时慌起来，不知该如何下手。这时，一辆牛车从护龙桥缓缓行了过来，他忙躲到那牛车内侧，跟着一起进了城门洞。而那顶轿子也恰好行过来。两下里顿时挤住，他忙抽出尖刀，将手伸进轿帘，朝里飞快连刺了几刀，感到刀刀都戳进了肉里，还碰到了骨头。他不敢逗留，挤过那牛车，飞快逃进了城里。略绕了绕，便又出了城，连夜往襄邑赶去。

回来途中，他时时忍不住想起刀刺进人身那触觉，心里怕得不得了，觉着一路都有鬼影跟随。回到皇阁村，他去寻娄善讨那银子，却被他家庄客恶声拦住，吓骂了一顿。他越发胆寒，再不敢想那银子。

惶惶游荡了几天，又听村里人说，王小槐还魂闹祟。他听了，几乎吓破胆。王家人请了相绝陆青来驱祟，他忙挤过人群，也进去求助。陆青望着他，眼里忽冷忽热，半晌才缓缓开口："你之卦乃大畜。恩难暂存，恨易长留。灯熄长夜，火灭寒冬。一念无明，所至皆暗……"最后，陆青又教了他那句话，他一听，忍不住哭出了声：

"偷来又还去，孤寒一梦空。"

水篇

木匙案

第一章　颐

> 颐，养也。人口所以饮食，养人之身，故名为颐。
> 圣人设卦推养之义，大至于天地养育万物，圣人养贤，
> 以及万民与人之养生、养形、养德、养人，皆颐养之道也。
> ——程颐《伊川易传》

窦好嘴和同村几个同伴一起赶到东水门外军巡铺附近，照着相绝陆青所言，各自分散在街两边，等着那轿子。

窦好嘴是邻县望楼村人，在皇阁村东边，窦好嘴和王小槐两家隔了不到半里地，站在他家门前，远远能望见王小槐家那大宅院。近半年来，窦好嘴不知朝那里望过多少回。那院墙在一大片田地间极显眼，长长一带赭黄，厚土夯实，榆柳荫护，一顿饭时间都绕不完。那里头住着的那个七岁孩童，瘦得猴一般，手里却攥着望楼村全村人的生死。

人靠田养，田靠水养。这一片乡里溉田，全靠那条睢水。只可惜，睢水流进皇阁村后，被那座大土丘拦住，折向东北，绕过了望楼村。早年间，从北边睢水到望楼村，有一条几里长的水沟，倒能溉田，只是太窄浅，又偏在两乡交界处，无人肯出工出力治理，因而时常堵塞枯涸。

五十年前，王安石推行农田水利法，两边知县争功，抢着雇募人力开掘，那

条水渠深阔了许多。望楼村大受其益，舒畅了二十来年。新法受阻后，无人再管顾这区区一条小水渠，泥沙渐渐淤积，水渠重又变作小水沟，时常断流。北边那村庄为保自家田地，又不时截阻沟水，望楼村便越发枯渴。为争水，望楼村和北村不知斗了多少回。但水源在北边，即便争得一时，却难保长久。

说起来，睢水绕过大土丘，皇阁村东南边大片田地灌水也愁，尤其是三槐王家，田地大半在这一片。他们迁来这里几年后，王豪行商致富，自家出钱，召集族人和庄客，在皇阁村中间深挖疏浚出一条水沟，王家宗族自此才不再愁水。王豪自家东边的田地却仍缺水。他家宅院后头那片田地原是当今宫中太傅杨戬家故地，原有一片小水塘。王豪将那片水塘扩了两三倍，引入睢水，解了东边溉田之困。

从这大水塘到望楼村，只有半里地，是望楼村解除水困唯一捷径。可恨的是，王豪却毫不通情，不肯让望楼村人从他家田地挖水沟通过去。望楼村便只能干望着那片大水塘，白白焦渴。

去年，王豪一病而亡，只留下个六岁孤儿。望楼村人顿时觉着求水有望，村中大保长莫咸忙借吊丧，去求王小槐。王小槐却说，他父亲留了话，不许给望楼村引水。那时不但王家宗族哀聚一处，连襄邑、宁陵两县官吏都来吊丧。望楼村人不好作难使强，只得暂忍。

偏生去年天旱少雨，望楼村大半田地都干枯了。村里大保长莫咸只得又去求王小槐，王小槐却越发傲横，不但不答应，连大保长带去的酒礼都丢出门来。大保长虽气恨之极，却不敢得罪，只能赔笑告辞。别无他法，他又去襄邑寻人使钱，得见了县尉，恳求县尉施压救助。那县尉却说，王豪虽只剩个孤儿幼子，三槐王家却仍有数百口，这世代望族，在朝中多有故旧姻亲，谁敢招惹？况且皇阁村东边那些田地全是他家私产，哪里能随意使强？除非王小槐也死了，那些田产没了官，才能下官令开渠。

大保长莫咸听了这话，顿时狠下心来，向全村一百多户人家征收引水钱，穷者三五百文，富者三五贯，总共集了一百八十贯。大保长得了这钱，召集村西头离王小槐家最近的八家户主，低声嘱咐说："那小孽畜既不给我们活路，我们只好自寻活路。这冤仇是你们挑起来的，便该你们去解。这事就托付给你们几个去办，全村的存亡便看你们了。那小孽畜若能说得通，便尽力去说；若说不通，便设法除了他。用他一条性命，换来咱们村子一百多户人家子子孙孙性命，想来老天也赞同。谁做成了这事，这一百八十贯钱便归他。这是大恩德，往后他家的田税也由全村人户分担。若是你们八个一起做成，钱平分，田税免三年——"

那八人从大保长家出来，一起苦着脸来到村西头，望着王小槐家那大宅院，谁都说不出话。窦好嘴便在其中。

窦好嘴今年四十出头，本名窦拾，之所以被人唤了这个绰号，是由于他一向口舌灵便、和气善言，只要话头一起，便如线轴滚下坡，绕绕扯扯，再停不住。可听了大保长那番言语后，他的舌头似乎抽了筋，再说不出一个字。

他扭头望着路口左边，自家那十来亩地，大半种了麦，小半种的豆，还有一片地才种了胡荽。那时正值暑夏，麦子即将抽穗，豆子开始结荚，胡荽则才起苗。十来天滴雨未落，地已干裂，麦豆蔫萎，胡荽嫩苗更是眼看便要枯死。他只能驾着牛车，去几里外的睢水搬些水回来救急。可几桶水浇到田里，如同拿几粒麦子救一条饥汉，哪里济得了事？他一天天干瞅着庄稼，心里眼里冒火，焦得不知咒骂了多少遍王小槐该死。可这时真要让他去取王小槐的性命，他顿时没了主张。

他见其他人都不言语，只好说："这事独个儿恐怕难做成，咱们各自回去思谋思谋，明天再聚到一处商议。"

八人各自点头散了，窦好嘴回到家里，见院子里挂满了白绢，一匹匹在小风里摇扬，白得晃眼。厨房前架着大锅，烧了沸水，浑家齐氏正挽起袖子，抓着木叉，在锅边煮绢。女儿手执木杵，在方木臼旁捶捣里头的熟绢，一杵一杵，声音重闷。儿媳则蹲在大木盆旁，用皂角水淘洗上过油的绢，三人正在制油衣。

这些水，是从村里那口井打来的，如今那井也眼看要枯。看到锅边盆边溅落的水迹，窦好嘴心里一阵疼。他不便当着女儿和儿媳说这事，便唤了浑家，一起走进卧房，关起门，将大保长说的话低声告诉了浑家。齐氏一听，顿时瞪大了眼，压着声气惊唤起来："大保长自家不去，全村一百多户人家也都坐着不动弹，偏叫咱们去做这歹事？"

"他寻我们几家，是为三年前那桩旧怨。"

"三年前咱们也并不是只顾自家，不也保全了全村人的田地？这也能怨到咱们头上？"

"说是这般说，毕竟是我们几家做下的。而且，还有那一百八十贯钱和往后的田税……"

"你莫不是真要去做这犯死罪、遭天谴的歹事？若是被斩了头，便是一百八十万贯，能买回命来？"

"若是没了水，恐怕今年都挨不过去。再说，我哪里敢动手去谋人性命？你常日间主意最多，好生想想，有没有其他稳便的法子，让那小孽畜松口答应。"

"我这两天倒是想到了一个主意，只是不知——"

"快说来听听！吃不着肉，闻闻肉香，也能得些口水润肚肠。"

"王小猴儿的那把木匙——"

"木匙？小孽畜如今还离不得那木匙？"

"嗯。伺候那小猴儿饭食的，这两年换了阿秦——我三舅娘那个外甥女。今年立春，我去三舅娘家，阿秦也在那里，道起那小猴儿，说他每日饭食，仍离不得那把木匙。"

"哦？"窦好嘴心里一动。

王小槐吃饭只用一把木匙。两年前，王豪带着王小槐去县里赴宴，到了筵席上，才想起忘记带那把木匙，王小槐顿时哭闹起来，饿了大半天，却一口都不肯吃。王豪只得叫仆人骑马赶回皇阁村，来回四十多里路，去取那把木匙。这事在乡里传得人人皆知。

窦好嘴低头思忖："若是拿到那把木匙，便能降伏那小孽畜……"

"阿秦说那小猴儿百般难伺候，她正犹豫要不要辞工。大保长既许了一百八十贯钱，咱们拿出三十贯给阿秦——"

"对！其他的你都莫管，这是天大的事，你赶紧去寻阿秦，便是全舍了那些钱，若能弄到那把木匙，也是千值万值！"

"三十贯已是胀破肚的价了。阿秦在王家苦一年，也不过这个数。"

"你个妇人家，针眼里寻牛，只见牛毛。这事若做成，田便得救了。再说，一年田税免六贯钱，十年六十贯。有了水，咱们好生活到七十，不就白省了一百八十贯？"

"你才是个呆瞪汉，被牛尾巴抽肿了眼。一百八十贯，那是牛毛？那是二十几头牛！排成行，能从村头排到村尾！全村人得了水，却叫我自家舍那么些牛？咱们家那头老牛，如今瞧着比我外祖还老，稍干些的草都嚼不动了，才耕两角地，便喘得鼻窟窿都要涨破。你没见它一上田便淌眼泪？呜呜……"

窦好嘴见浑家竟哭了起来，顿时恼起来："你这是哭哪门哪户的丧？舍不得那些钱，等田干透了，咱们也好一个个死尽。那时节，你再扯起喉咙，替我好好生生号一回丧！"

"我是号自家的丧！我嫁给你这二十来年，啥时节你痛快拿出过一吊半吊钱，给我裁半匹布，缝件新衫子？我身上这件衫子，还是我娘瞧不过，偷偷把我三妹夫孝敬她的罗绢剪了一截给我，被我三妹瞧破，酸汤咸水地刺了我好一顿。就是那回，我去娘家，怕又被妹妹妹夫们笑咱们寒碜小气，不过多拿了罐椒酱去，你那张脸黑得灶洞一般，像是我把你这破家都搬去了娘家。"

"我跟你商议那木匙的事，你攀扯这些闲葱歪蒜做什么？"

"闲葱歪蒜？你升了四等户，便嫌弃我闲葱歪蒜？你娶我时，你这破家里有几样物件？你扳着那专会抠人油脂的手指头数一数，哪回我去娘家，不是带去一搬回三？你瞅一瞅，这床帐、这枕头、你顶上这幅头巾、脚下这双鞋子、早间吃的那酱瓜条……哪样不是我娘家给的？"

窦好嘴虽然天生一张利嘴，却从来说不赢浑家。加之穷，一向在岳丈面前说不起话，他越听越羞恼，一把扯下头顶那块旧巾，朝浑家甩了过去，正丢中齐氏的脸。齐氏先是一顿，随即猛然尖叫一声，张着血红的眼，一把将那头巾丢到地下。她边哭边踩，踩得不够，又转身从床头针线笤里抓过剪刀，捡起那头巾，几下将那头巾剪烂。随即丢掉剪刀，瘫坐在地上，拍着大腿哭起来："我嫁到你家，从早苦到晚，牛还有个歇卧，我享过几刻清闲？苦不够，你竟还要打我？你愁没水吃，不如拿根绳子勒死我！勒死了我，好慢慢喝我的血，解你的渴！也算我没白嫁你窦家！"

齐氏边哭边骂，不但惹得女儿和儿媳都赶过来看，连邻居几个妇人也纷纷跑了过来。齐氏越发得计，哭着从头到尾又数起二十多年的细账，一分一毫都不漏："你去我家提亲，竟提了两瓶人家卖剩的酸酒，叫我妹妹们笑到如今。成亲那天，你赁的破檐子，半路上一根抬杠折了，把我跌滚到地上。才进门头一天，你那个娘……"

窦好嘴气闷之极，舌头却麻住了一般，说不出话，只得狠狠摔了门，气冲冲避了出去，心里横生一个念头：不若径直冲到王家，将那小孽畜一把捏死。将才，他扯掉头巾时，将发髻也扯散，头发乱披下来，囚犯一般。他却顾不得这些，直着一双眼，望着王家那一道厚实院墙，愤闷闷大步奔去。

可才走了一半，气便馁了。他颓然停住脚，望望前头王家绿蓬蓬、齐整整的田地，再看看身边自家地里枯伶伶的麦丛，心里气苦冤闷，却不知该如何是好。在明晃晃日头底下，空站了半晌，身子一阵虚乏，不由得坐倒在土路中央。

他不知道，生而为人，为何会如此艰难，拼尽了气力，却仍得不着几天好活。他何尝不疼惜浑家，浑家做女儿时，虽说不是大富大贵，却也好花好朵一般被父母娇养。几件齐整的衫裙，尽都是当年陪嫁来的。嫁过来后，舍不得穿，这两年女儿大了，才翻出来给女儿穿。女儿欢喜穿上身，才略动了动，肘腋间衣缝便已朽裂了。

至于窦好嘴自家，从小便做农活儿，一直苦到如今，哪里敢松气？若不是岳丈陪嫁了二十亩地，恐怕早已穷饿至死。外人瞧着他整日掀唇弄嘴，过得极欢生。他自家却知道，心头既已苦到这地步，嘴上若再不寻些闲趣，那迟早会被这苦压死。再瞧那几个妹夫，个个袖着手，整日闲吃闲耍，养得胖胖润润。和他们站到一处，窦好嘴真是柴棍一般，舌头立即发木，连一句顺展话都说不出来。

想到此，窦好嘴长叹了一声。一人一命，哪里强求得来？这心一灰，他心头反倒松落了些，索性把那木匙的事丢了开去，心想："这十几亩能救则救，若真要枯死，也只好由它枯死。杀人谋财的事，就算做成，恐怕也会被加倍讨还回去。这是命，抗不过。好在岳丈陪的那二十亩地在几里外，那边不缺水。就好生把那边的庄稼务劳好，总不至于饿死。"

他爬起身，拍了拍屁股的灰，将头发挽了个髻，揪了根长草勉强扎住，慢慢回到家里。院子里静悄悄，已经听不见浑家哭嚷，只有女儿和儿媳在院里继续捣洗那些油绢。他朝卧房望了望，犹豫了一下，没心进去，便去墙边拿了长镵，扛着慢慢走到岳丈那片田，在豆田里埋头锄草培土。一忙起活儿，便忘了其他。

忙完后，已是傍晚。回到家，浑家肿着眼，并不睬他。他也不愿说话。一家人默默吃饭，仍旧是麦饭配一盆蒜茄、一碟豆酱。吃过饭，点起油灯，浑家和女儿、儿媳又上织机去织绢，他和儿子则在灯下削竹篾、编竹器，各自忙活，都不说话。夜深之后，又默默回房睡觉。浑家朝墙，他靠床沿，两人背对着背，中间隔了几拳宽。

如此默冷了几天，有天夜里回到卧房，他正要吹灯，浑家忽然在背后说："拿去。"他转身一瞧，浑家手里捏着把木匙。

他一惊："王小槐那木匙？"

"我许了阿秦二十贯钱，你赶紧去找见那小猴儿，把事情做成。去向大保长讨了钱，我好给阿秦。"浑家把那把木匙塞到他手里，随即脱衣上床了。

他怔在那里，低头瞅着那木匙，暗褐色，细长柄，柄上刻了些花纹，在灯光下乌油油地发亮。

他原已丢开了这事，这时心里又翻腾起来。吹灯上了床，想问浑家，又不愿开口，辗转思谋了一夜，觉都没睡好。

第二天，他早早起来，匆忙洗了把脸，饭都顾不上吃，寻了块旧油布，将那把木匙裹好揣在怀里，快步出了门，走到村西头田间。一路上他都不时四处张望，远近都没有人，极静，只间或听得见几声鸟叫。他从路边柳树上折了一截粗树枝，而后沿着田埂走到自家麦地，寻了个隐蔽田角，蹲下来用树枝刨了个小坑，将那木匙埋到里头，用土填好踩实，抓了些乱草掩住。见毫无痕迹后，才又起身望向四周，仍不见人影。他这才放了心，穿出田地，往王家赶去。

到了那院门边，见院门关着。他长舒了一口气，将昨夜想好的话在心里又演练了一遍，这才上前叩门。半响，门才开了，是王家那个老管家。

"老人家，我是望楼村的，有件要紧事要见你家小员外。"

"小员外还没起来，你进来等吧。"

老管家带着他走进院子，让他坐到前堂一把椅子上。这是他头一回走进这庭院，见院子大得十几匹马都能跑得开，院里种了三棵古槐，仰弯了脖颈才能望到树顶。这厅堂更是高大敞亮，便是他身下这只椅子，也乌沉沉、黑亮亮的，瞧着极金贵。他从没经见过这等气派，四周又极安静，连气都不敢出。

惴惴等了许久，才听见一阵轻快脚步声，王小槐从后边笑着跑了出来，立在窦好嘴身前。王小槐穿了一身雪白素麻孝服，极瘦小，果然猴儿一般，一双小眼睛却黑亮亮射着精光，不住上下睃看："你找我何事？"

　　窦好嘴不知道该坐还是该起身，半欠着身子说："我姓窦，是望楼——"

　　"我见过你。你来求我开水渠？"

　　"嗯。小员外——"

　　"不成。子曰：'三年无改于父之道。'我爹吩咐过了，我不能违抗父命。"

　　"不过……我有样东西，小员外恐怕离不得……"

　　"我的木匙？！你偷了我的木匙？快给我！你个尖嘴狗贼，快还我木匙！"王小槐陡然发狠，一把拽住窦好嘴的衣角，不住抓扯捶打。

　　窦好嘴忙起身挣脱："小员外若答应我，我便归还你的木匙。"

　　王小槐嘴角一撇，哭了起来："求求你，把我的木匙还给我，我饿死了！求求你！"

　　"除非小员外答应我。"

　　"可我爹说了，不许让你们挖渠。你要其他的，多少钱，我都愿意给你。"

　　"我只求小员外让我们开渠引水，小员外再好生想想，我回去等信——"

　　窦好嘴怕王家人出来拦阻，慌忙转身就走，王小槐哭着追了上来。窦好嘴忙迈开腿，快步逃出那院门，飞奔了一阵，见王小槐被远远丢在后头，才喘着气放慢了脚步。回想王小槐那神色，他想：这事应该是能成。那小孽畜若是寻些人来硬抢，也搜寻不出那木匙。

　　回到家后，他惴惴等着信儿。浑家更是稳不住，早已忘了前日争闹，不时过来拽他的衣角，悄声偷问一遍。问得他几次要冒火，却只能强行忍住。

　　他没有料到，王小槐竟一直没来，而那把木匙竟被人偷挖了去，并惹出那许多事来。最后终于忍不得，还是杀了王小槐，却又被王小槐阴魂作祟，院里落了许多栗子。

　　那天王家人请相绝陆青去驱邪，窦好嘴得了信，忙也去求拜。陆青盯着他看了片刻，低头望着那罗盘点算了一阵，而后说："相属颐卦，颐者，腮颊也。食之人，言之出，皆由此。养得其正，福从口入；养非其正，祸从口出。你一生运命，全在一张口。言不经心，行不顾言。故而虽免于饥，却不得饱；虽博人欢，却也多忤。驱祸之法，只在戒口……"最后，陆青教了他一句话，那句话让他不安了许久：

"世间尽多无奈人，无奈却非尽无辜。"

第二章　大过

> 小人之所谓大过，非能为大过人之事也，直过常越理，
> 不恤危亡，履险蹈祸而已。如过涉于水，至灭没其顶，其凶可知。
>
> ——程颐《伊川易传》

那把木匙是姜团偷走的。

姜团是窦好嘴的邻居，今年三十出头。他家原是三等户，可几年前"括田令"括到这里，家中五十多亩地都被括走，只剩了不到三十亩，顿时破落到连窦好嘴都不如。

眼睁睁瞧着自家几代人辛苦积存的家业平白被掠走，谁人受得住？姜团尤其气性大，当天便和那检田官争嚷起来，却被几个弓手痛打一顿，捆到树上。那些人检完田，扬扬走后，姜团才被妻子哭着解开。姜团哪里能罢休？他接着又奔到县里去告状，县衙门前聚了许多田被括的人，县衙却大门紧闭，一连数天都不见人。等众人闹累之后，知县才出来说这是朝廷旨令，谁敢不从？

胆小性弱的，又哭闹几天后，只能垂头苦叹，各自散去，姜团却一直在县衙前厮闹。等闹的人少了，县尉率了许多厢军、弓手，一阵枪逐棒打，喊冤的多数又被撵走，只剩姜团等几根硬骨头拼死不退。县尉便以聚盗生事为名，将他们几个囚进牢狱。进了那里，便全无了天日，狱卒整日轮番打骂，打得姜团听到脚步

声便浑身抽颤。整整囚了半年，姜团的妻子、岳丈使了几十贯钱，上下打点求告，才终于将他救了出来。

出狱后，姜团性情大变，再挺不起腰身，整日蜷缩在床上，稍有些响动，便惊恐之极，拼力往墙角躲。又过了半年多，才渐渐敢出门走动。那剩余的二十来亩地，妻子无力打理，佃给了别人。一年租粮除去田税，剩余的只勉强活命。家里积蓄的钱，也早已馨尽。姜团已经多年没下过地，却也只得将田地收了回来，自家耕种。辛苦一年，由于活路粗疏，一亩地才收一石多粮，却也好过佃出去。而且，苦累之余，人却健实了许多，再不那般惊恐了。

到了去年，农技熟了许多，天却旱起来。眼瞅着庄稼就要枯死，姜团毫无办法，人都呆傻住了。

就在那时，村里大保长莫咸叫了他们几个去，交代了那桩事。姜团一听，顿时怕起来，他宁愿死，也不敢做惹动官司的事。回到家里，也不愿告诉妻子，只闷闷在堂屋坐着，喝了几口冷粗茶，心里暗暗想，这条命恐怕熬不过今年了，熬不过也好，何必这么苦熬？

可是，一扭头见妻子坐在纺车边，不停摇转手臂，纺着麻线。若是几年前，妻子哪里坐得住，这等好天气，早就包些果子点心，带上绣作，去寻那几个二三等户的妇人说笑谈天了。这几年，她和那几家妇人早就断了往来，连门都难得出，日夜忙着织作，赶完官府定的绢帛，再多织些，好换油盐钱。她身上那件绿罗衫是几年前置办的，已洗得泛灰，磨破了好几处，只随意缝了缝。原本一个丰丰润润美少妇，如今面色黄淡、发髻粗挽，一双手也磨得粗硬。

姜团叹口气，望向院子里，十二岁的儿子正拿着个木锤，在修钉牛车的木轮，那轮子枢轴昨天脱了下来，他们父子两个费死了劲，才将车子从田里拖回了家。儿子幼时莫说修车轮，唤他去厨房取一只碗都唤不动，这两年却忽地知事了，做得动做不动的，都争着去做。

看着一妻一儿，姜团又不忍撒手等死了。可不等死，又能何为？

他正在发闷，隔壁窦好嘴两口儿闹嚷起来。姜团没有理睬，他妻子却忙停下纺车，跑过去瞧。原先，他家远强过窦好嘴家，因而来往不多。这几年，他家败落下来，两个妇人反倒亲近了许多。

姜团却始终不喜窦好嘴，尤其是富的那时节，一向能避则避，迎面见了也装作不见。他受不得窦好嘴那张嘴。窦好嘴从来不识眼色，时时借故黏过来说些奉承话，并觉着自家那些话语极顺帖、极入耳。却不知穷汉在富户眼里，如同没穿衣裳，没有皮肉，只有一副瘦骨头和一团穷肚肠，一眼便能瞧个透。他嘴还未张，姜团一看神色，便已知他要动何等心思，倒不如那些臭硬愚直的穷汉顺眼。窦好嘴却自作高明，掀动那薄嘴皮，抖扬着稀髭须，左遮右掩，前闪后烁，团团缭绕，蚕茧儿一般。其实姜团眼里所见，此人骨缝里左右不过两个字：一个馋，一个贪。

当姜团遇难败落，窦好嘴顿时变了神气，眼里再没了仰羡之色，暗暗压着幸灾之乐，做出一副诚恳关切之貌。凑近时，两眼却不住睃探，恨不得拨开姜团眼皮，钻进他心底，去好生瞧瞧富人落魄后是何等滋味。这让姜团嫌恶无比，只要看到窦好嘴，立即低下头，不让他瞅见自己的目光。

这些，姜团倒都能尽力避开，也不过于介意。窦好嘴那张嘴，最令他记恨的是这村里的水源。其实，当年王豪扩了那片水塘，引水灌溉自家东边那片田地后，望楼村的大保长莫咸忙去求告王豪。王豪当时立即答应，让望楼村从他田间挖条水渠，将水引了过来。那些年，望楼村的田地全仗这条水渠，才得以免去荒旱。直到四年前，窦好嘴说了那句话，这水渠才被填死。

想起当年那桩事，姜团不由得又气恨起来。这时，妻子回来了，她进院门，先瞅了一眼姜团，神色瞧着有些异样，随即转头让儿子牵牛去井边饮水，儿子手里的活儿放不下，应付了一声。妻子竟恼起来，大声催着，把儿子撵了出去，随后关起院门，快步走进堂屋，拽着姜团进到卧房里，又关上了门，这才小声问："你们将才被大保长唤去说了些啥？"

姜团犹豫了一下，还是照实说了。妻子听后，咬着嘴唇思忖了一会儿，才回过神："哦……原来是为这个？"

"哪个？"

"我听着，窦好嘴两口子似乎是为一把木匙才争闹起来的。他们两口儿常日里极少口角，哪里平白会为一把木匙争到这田地？既然大保长跟你们说了这事，那木匙恐怕不是寻常木匙。齐氏以前跟我说过，王小槐那小猴儿吃饭从来离不得那把木匙。他们一定是想弄到这木匙，好要挟王小槐，等开了渠，好领那一百八十贯……一百八十贯，上田都能典买二十几亩呢，何况能免掉田税，那更是一大注长久银水……"

姜团听了，心里也一动，但随即又灰了心。那木匙既然如此要紧，哪里轻易能得？不过，这倒提醒了他，开始动心思去想其他法子。只是，他遭了刑狱之后，心智似乎愚钝了许多，想了许多天，也没能想出个一二来。

那天清晨，他驾了牛车，去睢水边运了几桶水，拿着长勺，正在田里浇灌。妻子慌慌忙忙跑了过来，瞅了瞅附近无人，才从怀里掏出一个旧油布卷儿，手都有些抖。她展开给姜团瞧，里头是一把木匙，乌油油的。

姜团忙拿起来，握在手里沉甸甸的。他仔细摸瞧了一阵，又凑近嗅了嗅。木色光润，上头有一些丝缕细纹，隐隐散出一股幽香——是沉香。

姜团家原先有一枚沉香佛坠，家败后，被妻子拿去典了三贯钱。和那佛坠比，这木匙要沉润许多，显然是上等品。这沉香唯有南海诸地才产，枯树沉埋水土中几十上百年，树身枯朽，树心与枝节却凝作香脂，沉如金、润如玉、香如蜜，因而极金贵，一星儿便值万钱。这把木匙雕工又极精细，恐怕至少得值二十贯钱，能换两三头牛或两三亩地。

"你是如何得来的？"

"这几天我一直在留意隔壁那两口儿。昨天，我见齐嫂匆匆忙忙出门，往西边皇阁村去了。我猜她一定是去寻王小槐那个厨妇阿秦，阿秦是她远房表妹，雇在王家，每天照管王小槐饭食。要偷那木匙，自然没人比阿秦更便宜。齐嫂回来时，藏藏遮遮的，一定是得了那木匙。今早天才刚亮，我听见隔壁开院门，忙打开门缝偷偷去瞧，是窦好嘴，那走路模样也是藏藏遮遮的。我不敢从前门出，赶忙绕到后边，从小门出去，远远望着。窦好嘴走到自家麦田里，蹲下来，扒弄了一阵，才站起来往皇阁村去了。我等他走远，悄悄寻到他蹲的那田角，寻了半天，见一丛乱草底下土有些新，挖开一瞧，底下埋的果然是这个——"

姜团听了，忙往四周望了望，又看看妻子，心里又慌又怕，却又有些暗喜。

妻子也有些心虚，却清了清嗓，昂了昂头说："他们是穷惯了的，咱们却原不该受这些苦。不如把这木匙藏起来，你去见王小槐，逼他答应开渠。"

姜团知道妻子这话并不占理，心里却不愿去论这些，他捏着那把木匙，低头怔忑了一阵，随即说："好！"

只是这木匙如此贵重，藏在家里，虽说小小一个对象，倒也易藏，可一旦王小槐告了官、带人搜出来，便是偷窃罪了。若藏在外头，又怕如窦好嘴一般，再被别人偷去。他们夫妻两个站在田头商议了半晌，决计让儿子赶紧拿到岳丈家寄放。

他们赶忙回到家里，偷偷嘱咐儿子，让他贴身揣好这木匙，立即动身送去外祖家，过几天去接他。儿子不明原委，愣在那里，两口儿不愿让儿子知晓太多，又怕隔壁听见，只能连哄带唬，把儿子推出了门。

儿子纳纳闷闷走后，他们两口儿惴惴不安，煮了夜饭，却都只吃了几口便再吞不下。这时，隔壁窦好嘴两口儿忽又争嚷哭闹起来，他们忙侧耳细听，果然是为那木匙。闹骂声刀子一般飞过来，两口儿又愧又怕，实在听不得，一起躲进卧房，用汗巾子蒙住耳朵，躺在床上等睡。可天才黑，哪里睡得着，倒捂出一身大汗来。实在躺不住，只得起身悄悄开了院门出去，不敢从窦好嘴家门前过，便一起往村西头避去。

走到村外田野里，那哭骂声才渐渐听不到了。天净无云，一弯月亮高挂天边，原本干枯的田地这时墨图一般铺展开，迎面清风微凉，四下里虫鸣唧唧。两口儿并肩慢慢走着，谁都不言语，只有脚步声沙沙响。

昏乱了大半天，姜团这时才清醒了一些，心头有些不安，又有些发酸发苦。活到如今，自己虽有些孤傲，却从没求谁贪谁，更没想过伤谁害谁，只想一家人安稳度日。田产却被猝然夺走，不但得不着一句慰抚，反倒受尽囹圄之苦。沦落到如今，竟要盗占别人对象，谋自家的利。原先他厌的便是这等人，如今自己竟也沦落到这地步。

他不知道自己做下这等事，谋到那一百八十贯钱后，会活出何等模样，但至少心里恐怕再难坦然。可又一想，要坦然有何用？能换得几斗麦，还是几尺绢？坦然了便能不被人低看？便能得一家安乐富裕？想到此，他心底那些悔疚顿时散去，反倒生出些恶狠狠的快意来。这世道如此待我，我便该如此待它。

他不由得牵住妻子的手。虽然成亲已十三年，他从没这般牵过妻子的手。

妻子也有些意外，微微一颤，但旋即便停住，也用手指轻扣住他的手指。那手背微凉，手心却温热，只是比以往粗糙了许多，生了硬茧。触到那些硬茧，他心里一阵疼惜，不由得握得更紧，心里暗暗告诫自己，为了妻儿，便是杀人放火，也值。

两口儿牵着手，一直走了几里地，快走到东边村子时，才回转了身，慢慢走回了家。隔壁窦好嘴两口儿已经不闹了，只隐隐听得见齐氏呜咽啜泣声。姜团心里想：你命不济，我也命不济，只是我抢到这一脚，便该当我先行一步。

那一夜，走累了，他们两口儿都睡得极香甜。直到清早，被隔壁的惊唤声叫醒，随即便听到窦好嘴一家哭嚷，声音极惨厉。姜团和妻子一起坐了起来，互相瞧瞧，都不敢言语，忙一起披衣穿鞋，小心出去，走到隔壁去瞧。才进院子就见齐氏躺倒在堂屋地上，窦好嘴和儿子、儿媳、女儿一起趴跪在她身边哭。姜团忙走近一瞧，惊了一跳。齐氏脸歪向一边，面色青僵，嘴咧着，舌头伸出一截，脖颈边丢了一根麻绳——自缢死的。

姜团惊得连退了几步，妻子更是怕得忙拽住他的衣袖，两个人缩到一边惊望着，不知该如何是好。这时，四邻的人全都先后涌了进来，院子本就小，顿时挤得没有地儿。姜团心里慌怕之极，忙拽着妻子挤了出去。

可是，才慌慌走到自家院门边，村里一个老汉从东边颠颠赶了过来，朝他大声唤道："姜大郎，你家儿子出事了！"

他们两口儿顿时惊愣住，那吴老汉走近前又说："我去牵牛吃草，见一个孩子倒在大保长那片桑林边的草丛里，凑近一瞧，是你家儿子。头顶一摊血，身子已经僵硬，早断气多时了——"

姜团头顶被劈开一般，妻子更是尖叫一声，两口儿慌忙赶到那片桑林边，疯了一般四下哭寻，吴老汉急喘着气赶过来，才给他们指出那片草丛。姜团凑近一瞧，果然是儿子……

此后半年多，他们两口儿全都失了魂儿，每日痴痴怔怔，活尸一般。那木匙不在儿子身上，自然是被人夺去。至于被谁夺去，大保长告了官，县里差了衙吏来查问了许多天，却寻不出凶手踪迹。他们两口儿也没有丝毫心力去查问。

直到今年年初，沈核桃来劝说他报仇，说这些灾祸全是那个王小槐引来的。

沈核桃是他们那通渠差事八人中的一个。姜团这时已稍稍恢复神志，听了之后，点了头，跟着沈核桃，一起杀了王小槐。

杀了王小槐之后，他却越发空落失神，悲与悔日夜绞缠。自家先害了齐嫂一条性命，接着儿子又被人谋害，如今又去害王小槐性命……像是掉进了阿鼻地狱，不停吞人，又不停被人吞，不知哪里才是个头。

后来王小槐阴魂闹祟，相绝陆青来驱邪。窦好嘴他们几个都去求告，他也跟着去了。陆青盯着他，像是个阴司判官一般，审视半晌才说："大过之卦，只在一心。过分二相，吉凶互倚。若心高才亦高，则所成大过于人，获大福德。若心为才所拘，则偏僻邪侈，无有底止，终难避大灾殃……"他听了，心里一阵悲惧，等听到陆青吩咐他去向那顶轿子说的那句话，更是忍不住落下泪来：

"借得他人错，来掩我之过。冤冤叠相胜，苦苦自成因。"

第三章　坎

坎，险也。

夫苟以险为心，则大者不能容，小者不能忠，无适而非寇也。

——苏轼《东坡易传》

杀姜团儿子的，是鲁大。

鲁大也是那通渠差事的八人之一，今年二十九岁，家里只有二十来亩地，上头一个老父亲，下头一个六岁的儿子，一家四口紧巴度日。三间旧茅舍，就在姜团家后边，只隔着条窄路。

那天从大保长莫咸那里回来后，鲁大心里暗暗琢磨，全村人苦求过许多回，王豪父子却始终不让开渠引水。这便是他不讲仁，我何必谈义？大保长说得极在理，杀了王小槐那贼猴儿，引过水来，不但自己家田地得救，全村一百多户的水困都能得解。一条小命，换百十家安宁，老天自然也赞同。

虽说当年得罪了王豪，却也出于无奈，那是天老爷不给活路。那年，连着下了三天大雨，大水漫过王豪家那大水塘，沿着那条水渠往望楼村这边冲过来。鲁大、窦好嘴、姜团他们几家的田在最西头，水冲过来，先淹的便是他们。那天他们几家人冒雨站在那渠口边，眼看着水越来越大，自家田里水已经漫出了田埂，若再不止住，庄稼便全被冲坏。大家正在焦急，窦好嘴高声叫道："得把这水渠堵死！"众人听了，都没工夫细想，便纷纷执铲抢锸，挖泥填土，又急找来些麻袋、竹筐，装满土石，费尽了气力，才终于将渠口填满，又将边上田埂垫高，水总算被挡住了。

只是，洪水倒灌回去，将王豪家东边那一大片田地全都冲毁。那时，王豪出门行商，几天后才回来。那些田地的佃客全都去哭诉告状，王豪免了那几十家佃客的租子，一怒之下，召集他们一起把那水渠填死了。

从那时起，望楼村便断了水，村里人纷纷抱怨他们这几家堵渠的。鲁大当时恼得放声大骂，村里那些人全都围过来和他对骂。他一张嘴哪里敌得过那几十张嘴，他吼哑了喉咙，声都发不出。那些人却不依不饶，像是错全由他一人做下，全忘了若不是堵住了那渠，大水冲毁鲁大的田后，便是他们跟着遭殃。

鲁大原先就听过善事做不得，直到那回才真算透底领教，自此发狠，再不做任何一件善事。

如今田旱得那样，得火急开渠引水，这一年庄稼才保得住，否则一家老少只有等死。不过，这等杀人的事，鲁大却不敢做，也绝不愿做。虽说大保长许了那些钱财，可人命关天，多少钱财能买来一口活气？我杀人抵命，你们全村人得水享福？天底下没有这等癞道理。这回我也学那起奸顽，等着另七家做成这事，开了渠，好灌田。

因此，他并不着忙，诸人各自散后，他和邻居黄牛儿一起回去，准备牵牛驾车去驮水。那牛还是租大保长家的，一年两斗麦，不能白闲着。他家在姜团家后头，刚拐过窦好嘴家后墙，就见自己父亲站在院子外，在修篱笆墙。鲁大一眼便瞧破，父亲哪里是在修篱笆，不过是抓住根竹棍假意在摇戳，眼睛却不时睃瞅着隔壁的孟大娘。孟大娘正站在自家门前，拎着一件袄子，拿根短棍在打灰。鲁大的父亲鳏了许多年，这般年纪了，却仍贼心不灭，略得些空儿，便去撩骚人家寡妇。惹得满村人都鄙笑他，让鲁大时常羞臊之极。

孟大娘是黄牛儿的娘，年纪与鲁大父亲相当，也是五十出头，寡居多年，家里却有六十来亩地，儿子性子又粗蛮，哪里肯睬鲁大父亲？鲁大父亲却有股百折不回的韧性，多少年了，都巴望着能和孟大娘成好事。

鲁大瞧见父亲又这么露丑，忙大声咳了一声。他父亲听到，忙低下头，将那根竹棍用力杵了杵，随后自言自语："修牢实了，野狗子再钻不进来了，歇歇——"说着又睃了两眼，见孟大娘始终没扭脸瞧他，便讪讪笑着进屋去了。鲁大忙和黄牛儿道声别，跟着父亲走了进去，低声抱怨了两句。父亲却板起脸说："忤逆儿，谁家儿子这么说自己的爹？"鲁大怕隔壁听见，不愿多缠，便转身出来去牵牛。牛圈里堆了许多牛粪，他拿过铲子去铲粪，却听见前面窦好嘴的浑家哭嚷起来。他听了不由得笑起来，恐怕是为那杀人开渠的事，窦好嘴的浑家齐氏精得鬼一般，哪里肯让丈夫去做这等冒死蠢事？

把牛粪铲净后，他才牵出牛，架好车，正要拉出门，浑家刘氏从旁边那半间矮厨房里走了出来，端着盆才蒸好的热豆子出来晒，六岁的儿子跟在后头，手里抓着热豆子在嚼吃。浑家凑过来问："大保长唤你去，说了些啥？"他这浑家心极小，豆子大的事都能硌得她几夜睡不好，鲁大随口应了句："没啥，不过是问那水渠的事。"

"他为何要单单问你们几个？"

"还不是当年那起烂事？"

"他还记着？"

"你都记着，他能忘了？"

"前头齐嫂在哭啥？"

"我又不是她枕头边的虱子，我哪里知道？"

鲁大不愿多说，吆喝一声便要走，刚出门，却一眼瞧见姜团家后院鸡圈里一只母鸡屁股下头滚出一只鸡卵，那母鸡随即起身，高声叫起来。他不由得停住脚，瞧了半晌，都不见姜团家有人出来捡那鸡卵。那后院篱笆门又虚掩着，他左右瞅瞅，见孟大娘母子都关门进去了，窄巷子里没一个人影。他忙放下牛绳，悄悄打开那篱笆门，蹑脚走了进去，扒着鸡圈木桩，探手进去，抓过那只鸡卵。才要直起身，却听见屋子里传来关门声，随即是压低的说话声。那屋子是姜团夫妻的卧房，后窗正对着鸡圈。

鲁大听着那声气有些诡诡秘秘，见左右仍没有人，便悄悄跨过鸡圈矮篱，蹲到那窗根去听。里头声音虽压得低，却仍大致听得见。姜团夫妻在说王小槐那木匙的事。鲁大听了，心顿时怦跳起来，他忙轻步离开那里，挽着牛车，出了巷子，沿着小土路，往睢水行去。

他边走边赞叹，窦好嘴夫妻两个果然心思最活，竟想到这主意。王小槐那木匙他也听说过，若得了这木匙，自然能迫那只小猴子听话，不但能通引渠水，还能轻巧得那一百八十贯钱，每年还能免去田税。只是不知窦好嘴夫妻如何能得着那木匙。

鲁大原本全没想过那些赏钱，这时不由得馋起来。馋得口都有些渴了，他手里一直捏着那只鸡卵，便在车辕上磕破，仰头饱饱吸了一嘴，虽略有些腥气，却极爽畅。他家里那几只鸡产的卵，全都攒在一处，拿去草市卖钱换盐醋。除非不当心磕破了，才蒸一碗，一家人分吃一回。浑家嫁过来后，鸡卵全都由她照管，她极小心，从没破过一个，因而鲁大已经六年多没吃过鸡卵，几乎已忘了这滋味。

他含着那卵汁，舍不得一口吞尽，慢慢品咂着，心里算起账来：一文钱一颗鸡卵，一百八十贯钱，能买十八万颗鸡卵，一天吃十颗，一年三千六百，十年才三万六千，十八万颗能吃……他再算不过来，但知道恐怕半辈子也吃不完。人若一天能吃十颗鸡卵，哪里还需粮食？能如此过半辈子，也抵得过那些豪富了。

他越想越馋，再走不动。若有了那一百八十贯钱，还运哪般水、灌哪般田？买二十多亩上田，加上家中那二十多亩，一起佃出去，便可坐着收租，天天吃鸡卵——他牵转牛车，急赶了回去。其他活计全都丢下，天天绕着窦好嘴家房子转，时时盯着窦好嘴一家人动静。

他浑家心细，迅即发觉他有些不对。夫威他还是有一些，尤其这等大事，他忙瞪起眼喝骂了两句。浑家不敢再多问，只好碎碎叨叨低声抱怨。他父亲也有些察觉。不过这些年体力渐衰，越来越怕他，一声不敢多问。鲁大再无其他搅扰，只一心盯看着。

窦好嘴天天照旧运水溉田，去几里外照料另一片庄稼，丝毫不见异状。齐氏却第二天一早便匆匆赶往皇阁村，那沿路都是田地，没有多少遮挡，鲁大没敢跟去，心想：她远房表妹虽说是王小槐的厨妇，有法子弄到那把木匙，却也不会这么快当，至少也得跑两趟。于是，他便到村西头自家田里，装作锄草理秽，一直远远瞅着。田里那些麦苗两天没饮水，越发悴萎，手拂过去，都发出了枯叶响声。他心里越发焦痛，不住伸着脖颈朝王小槐家张望。这里虽能一眼望见那长长院墙，却瞧不清楚人影，不知齐氏去了哪里。

快到中午时，齐氏才回来。鲁大偷眼瞧那神色，微垂着眼，一瞧便在想心事，脚步却不重，反倒有些轻快，那木匙的事恐怕是说成了。

果然，又隔了两天，齐氏又匆匆赶往皇阁村。鲁大忙又扛了锄头，假意出田，在自家地里候望。这回齐氏回来得很快，脚步更是轻急，远远就能瞧出一身的喜气。她边走边从怀里取出个物事，低头瞧瞧，而后紧紧攥在手里，贴在肚腹前，似乎生怕被抢了，走一会儿，又将那物事揣了回去，如此反复了三道。鲁大瞧见，心咚咚跳起来，忙弯下腰，装作拔草，眼睛却时时偷瞅着。齐氏快走近他这里时，一眼望见了他，微颤了一下，手臂倏地一掣，将手里那物事藏到了身那侧。虽只眼角一扫，鲁大却已瞧见，那是个旧布裹的细卷儿，定是那把木匙。

他等齐氏快走进村时，才忙忙扛着锄头赶了回去。白天又不好随意窥探，只能一会儿装作撵鸡，一会儿假意拔草，围着窦好嘴家来来回回瞅探。齐氏回到家后，却立即开始煮油绢、纺丝线，忙各般活计，与常日并无二般。鲁大却生怕看漏了一眼，一整天瞪眼竖耳，饭都顾不得吃。浑家不知底里，催唤了数道，催得他恼躁不堪，几乎抓起木凳朝她摔过去。

可直到天黑，齐氏连院门都没出。鲁大等各家都要歇息时，忙偷偷溜到窦好嘴卧房的后墙暗影里，将耳朵贴在后窗边，一直听着。老天慈悲，终于让他听见齐氏把木匙交给丈夫，让他今早办成这事。虽只短短一句，鲁大听后，心里要开出朵大金花来。里头两口儿先后上了床，他贴着墙，一直不敢动。里头床架不时咯吱作响，他先以为两口儿得了木匙，心里畅快，在行那好事。可听了一阵，不似以往在这窗边偷听过的那等声响，只是窦好嘴一人在翻覆叹气。直到过了半夜，窦好嘴才安静下来。鲁大早已站得全身酸麻，这才略活活腿脚，过了麻劲儿，才悄悄离开，小心回到自己家里。

那一晚，他通夜没睡着。清早，昏困中听到前头窦好嘴家院门的开门声，他顿时腾地坐起来，紧忙抓过旧麻衫，两脚蹬上鞋，几步过去，正要打开房门，却听见"吱呀"一声，是姜团家后边的小门。他脊背一寒，忙从门缝里往外瞅，只见姜团的娘子从后门里走了出来，身形紧怯，神色鬼祟，朝左右张望了几回，才出了后边篱门，往西巷口匆匆走去——她也在打同个主意？

鲁大心里一阵慌乱，抓着门闩，听了半晌，外面再无动静。他小心开了门，先探头望望，而后才悄悄出去，贴着自家院墙，溜到篱笆角上。往外窥去，一眼瞧见姜团的娘子躲在村头那棵大柳树后头，朝西头张望。再一瞧，田地里远远有个身影，是窦好嘴，不过旋即被庄稼遮住，再瞧不见。

鲁大望了许久，终于见姜团娘子离开大柳树，朝田里走去。他忙推开篱门，快步赶到那棵大柳树下，躲在那里继续偷望。姜团娘子也沿着田埂，望窦好嘴消失的那方向快步走去，不久，身影也被庄稼掩住。

鲁大急急思忖，恐怕是窦好嘴将木匙藏埋到田里，姜团娘子悄悄去偷。他本想跟过去，可姜团娘子常日极傲冷，大半村人都难入她的眼，嘴又极锋利。鲁大素来有些怕她，犹豫半晌，终还是没敢动，便继续躲在树后窥望。过了许久，村里人渐渐都出门上田了。他不好再躲，赶忙回去叫醒了六岁的儿子，将牛牵出来，装作放牛吃草。走到田头，鲁大低声吩咐儿子，让他悄悄绕过去瞧一瞧。儿子像他，颇有些灵机，立即会意，点点头就跑了。他则继续牵着牛，不住瞅望。

半晌，姜团娘子从那庄稼后头现出身，微低着头，走出田地。两人对过时，姜团娘子别过眼，不睬鲁大，鲁大却一眼瞅见她腰侧衫子微凸起一条，里头定是藏着那把木匙。姜团娘子走了半截，又穿进一条田埂，朝她家的田走去。鲁大见儿子从庄稼丛中露出头，要朝他跑过来，他忙用手指了指。儿子会意，又绕着跑向姜团家的田。鲁大便牵着牛，回到村口去等。

等了半晌，儿子飞快跑过来说："姜婶把个布卷儿给了姜叔，说了一阵话，我隔得远，没听见，说完他们就回来了——"鲁大抬头一瞧，那两口儿果然挽着牛车过来了。他忙将牛交给儿子，自己快步回到家。他本要贴着姜团家后门去偷听，却一眼瞧见隔壁黄牛儿家院门开着，急切间，忙去院角抱了捆干树枝出来，丢到自家门前，抓了一根枝子，装作修补篱笆，蹲下来插弄，耳朵却一直侧着，听前头姜团家院里的动静。

姜团两口儿将牛车赶进院里，关上了院门，唤过儿子，说了一阵话，听不清。那儿子忽然高声问："我才从外祖家回来，又去做什么？"那两口儿又似乎低语了一阵。随后，院门开了一阵，又关上了。鲁大忙丢下树枝，快步穿过窄巷，拐到村子中央那条土路上，一眼瞧见姜团的儿子走在前头。他放慢脚步，跟在后头，出了村子。心里急急盘算，那木匙恐怕是在那孩儿身上，姜团怕被人搜出来，才想到送去岳丈家。只是如何才能从那孩儿手中弄过来？硬抢恐怕不成，骗也难骗，即便骗到手，被那孩儿说出去，也难消停……

他一路跟，一路想，始终想不出个好主意。前头姜团儿子听到脚步声，回头瞅了一眼，似乎有些觉察，顿时加快了脚步。他知道那孩子跑得快，万一被他跑脱便不好了，忙开口唤道："正儿！"随即快步赶了上去，"你又贪耍？这是去哪里？""去我外祖家。"鲁大一眼瞅见孩子衣带边衫子斜鼓起一个横条，便笑着问："你怀里揣的啥？""嗯……娘给外祖拿的一把香。""这么远，单送一把香？我瞅瞅，是啥香？"孩子用手护住那里："不过是家里烧的香。""给我瞧瞧——"

鲁大伸手去扯他衣襟，那孩子忙躲闪，拔腿就要跑。鲁大伸手去扯他衣领，没扯住，那孩子却脚下一磕，跌了一跤，顿时嚷起来："鲁叔，你做什么？"爬起来就要跑。鲁大见左边田里无人，右边一片桑林遮着，便一把抓住那孩子脖领，伸手强去他怀里抢。那孩子拼力挣着，手一挥，正打中鲁大眼珠，一阵酸痛，泪水顿时涌出来。鲁大被激恼，一把将孩子推倒在地，闭着那只眼，忍痛俯身过去扯孩子衣襟，那孩子抓起一块石头，又砸中鲁大左耳，这一回更加痛得扯心。鲁大急痛之下，一把夺过那石头，朝孩子重重砸去，砰地正砸中脑顶。孩子翻了翻眼，晃了两晃，随即仰倒在地。

这时，鲁大才回转神，见那孩子脑顶不住往外冒血，顿时慌了，一把丢掉那块石头，空张着双手，不知该去救，还是该逃。正在惊怔，四野寂静中，忽响起一声牛叫，随即有车轮声远远传来。鲁大愈发慌怕，一眼瞅见不远处有个草洼，草虽已半枯，却能藏物。他忙攥住孩子衣襟、裤脚，将孩子搬过去，放到草洼深处，伸手从孩子怀里掏出那个布卷儿，急忙揣起来，慌慌扯了些草盖住孩子身体，随即就要逃开。转身之际，那孩子动弹了一下，发出一声呻吟。他迟疑了一下，还是抬腿快步离开那里。回到大路上时，果然见一个人赶了一辆牛车慢慢行来，幸而隔得远，看不清面容。他忙转身钻进桑林，沿着田埂，绕了一大圈，才回到村里。

进了村子，不时遇到人，他尽力压住慌怕，勉强打着招呼，匆忙回到家里。

浑家迎面出来，一见他神色，忙要问，他却径直奔到卧房，将房门关起来，全身一软，坐倒在门边，身子抖个不住，像是着了伤寒一般。虽是暑天，却冷得牙齿咯咯打战。

直到傍晚，他才回缓过来，全身却虚乏之极。半晌，才强挣到床边，躺了下来。浑家进来唤他吃饭，他却连应一声的气力都没有。浑家以为他着了病，忙去给他熬了碗姜水，扶着他的头给他灌下去。喝下去后，肚里一阵暖，头开始发昏，他便沉沉睡去。

直到第二天上午，被前头窦家的哭声惊动，他才醒来，浑身是汗，身子无比虚乏，像是从一场凶梦里爬出来一般。他吃力坐起身子，怀里有些硌，伸手一摸，是那个布卷儿。他慢慢打开布卷，里头是一把乌油油的木匙。盯着那木匙，他心里一抽痛，忍不住哭了起来。又怕被人听见，忙一把抓过旧床帐，把脸蒙起来，抽抽噎噎又哭了起来。正哭着，浑家忽然推门进来，一眼看到，惊在那里。他忙用那床帐擦了一把，抬眼一瞧，儿子也跟了进来，父亲则站在门外，一起惊望着他。他慌忙用那块旧布卷住木匙，塞进怀里，随即背过身，装作整理衫子。浑家问道："你这究竟是着了啥病？"他应了句："出去！莫管我！"浑家略顿了顿，牵着儿子出去，小心把门带上了。

他心里随之生出一股恼意，事情既然做到这地步，再退不回去了，那便好生往下走。他又从怀里掏出那个布卷儿，左右望望，不知该藏到哪里。想了半晌，走到床头边，趴到地上，将床底下一只木箱拖出来。那木箱底下垫了几块砖，他又将砖块取开，那里埋了个坛子，里头藏了钱。每攒够一贯钱，他便藏进这坛子里，用来买田。五年已经攒了六贯钱。他伸手揭开坛子木盖，将布卷儿塞了进去，而后一一搬盖回原样，这才站起身，觉着肚子有些饿了，便开门走了出去。

前头窦家仍在哭嚷，他父亲和儿子正坐在院里小桌边喝粥吃饼，他也走过去坐下来。爷孙两个见了他，一起望了一眼，随即又都埋下头不敢看他。浑家在厨房里，忙给他舀了一碗粥，拿了两张饼，端了过来。他埋起头便吃，顷刻间便吃尽了。浑家见了，忙又给他添，他一连喝了三碗粥，吃了五张饼，才饱了。

他不愿见任何人，便放下碗，起身过去牵了牛，架好车，出门去运水。忙到天快黑，他才回家。妻子夜里偷偷说，窦家的齐氏上吊，姜家的儿子又被人砸死。他听了心里一痛，没有应声。一连几天，他都默默做活儿，一个字都不愿讲。

有天傍晚，他灌完田，挽着牛车回到村里，见村头围了许多孩童，闹闹嚷嚷。走近一看，是个货郎，推了辆独轮车，停在大柳树下，车上堆挂了许多玩物吃食。鲁大望了望，里头并不见自家儿子。浑家极吝惜钱，全都锁在箱子里头，从来不肯拿一文钱给儿子。儿子来了这里，也只有干眼馋。

想到这个，他心里顿时有些悲恼，做了一场父亲，从来没好好生生给儿子买过几样吃食玩物。这几天，他一直不敢想那把木匙，这时却忽而觉着，怕什么？便是为了儿子，也该拼了力去赚些银钱。可正想着，一扭头，却见儿子躲在那大柳树后，正在往嘴里塞什么。儿子也一眼瞧见了他，慌得一颤，忙闭紧了嘴。他顿时觉着有些不对，忙丢下牛绳走过去，儿子嘴虽紧闭，嘴边却沾了些红汁，是蜜煎果的汁。他见儿子满眼惶恐，忙问："你娘给的钱？"儿子惊望着他，并不作答。"走！回家去！"他揪住儿子衣领，过去牵了牛，一路将儿子拽回了家。他父亲正在院里，见了忙问："这是怎的了？"鲁大扭头见浑家出来，大声问："你给他钱了？""钱？没有。"他扭头喝问儿子："说！你买果子的钱哪里来的？"儿子半晌才低声说："床底下坛子里。"

浑家听了，顿时惊唤一声，忙回身跑进卧房。他揪着儿子也跟了进去。浑家已趴在床头下，拖出木箱，搬开砖，伸手探进去，随即嚷起来："钱绳被解开了！"他猛然想起那木匙，忙过去半跪下，一把推开妻子，伸手进去摸，里面只有钱串和散开的钱，摸到底，都没摸着那个布卷儿。

他爬起身，喝问儿子："里头那个布卷儿呢？"儿子吓得睁大了眼："我不知道……"他越发恼怒，一把揪过儿子："那个布卷儿去哪里了？"儿子哭起来："爹！我真的没拿！"他哪里肯信，抓住儿子肩膀，用力摇撼："说！你拿到哪里去了？"儿子却只顾哭，他一阵气恼，一把将儿子推开。儿子顿时倒着栽倒，他却顾不得这些，又趴到地上，伸手到坛子里去摸。正在急急摸寻，浑家却哭嚷起来："油儿！油儿！"他听着不对，忙回头去瞧，却见浑家跪在地上，怀里抱着儿子不住哭摇，儿子却双手摊开，一动不动。

这时屋里已经昏黑，瞧不清楚，他忙挪着膝盖半爬过去，凑近一瞧，儿子双眼紧闭，他忙伸手去摸儿子的头，手指却有些湿，是血？！他扭头一瞧，儿子的头顶正对着那木箱的角，那尖角上镶着铜皮。他浑身一阵寒栗，慌到极点，忙一把脱下衫子，包住儿子的头，连声唤着"油儿"，颤着手抱过儿子，急忙往外间跑。这村里并没有郎中，只有皇阁村那个王佛手略通些医药，他抱着儿子，疯了一般便往皇阁村奔去，浑家跟在身后，不住地哭喊。

活了二十九年，他从没奔得这么快过。天色已暗，瞧不清路，途中被土块一绊，跌倒在地，儿子也被抛到地上，他全不知痛，慌忙爬起来又抱起儿子，继续疾奔。然而，等他终于奔到王佛手家时，儿子已经断了气……

他痴怔了半年多，直到沈核桃来劝他说："若不是那个王小槐，哪里有这些灾祸？"他像是在混茫茫海上捉住了一根木头一般，顿时醒了一些，便跟着沈核桃一起去杀了王小槐。

然而王小槐死后，他心里的痛丝毫没有消减，反倒越加惶怕，几乎夜夜都有噩梦。相绝陆青来皇阁村驱邪，浑家哭着求他也去求告，他便去了。陆青见了他，说了一堆奥古的话："坎卦之险，险在人心。中心无愧，虽险何畏？中心若亏，虽克亦陷……"这些他都听不太明白，但陆青教他去对那轿子说的那句话，他听了，却顿时哭起来：

"伤人实伤己，他悲即我悲。"

第四章　离

离，丽也。万物莫不皆有所丽，有形则有丽矣。

在人则为所亲附之人、所由之道、所主之事，皆其所丽也。

——程颐《伊川易传》

黄牛儿握着那把木匙，不知该如何处置。

这是他娘趁儿媳出去打水，忙偷偷塞给他的。他打开那布卷儿，见里头是一把乌油油的木匙，不知娘给他这个做什么，看娘神色，又有些紧紧怕怕。他忙问："娘，这是啥？"

他娘瞅了一眼隔壁鲁大家，其实隔着墙并瞧不见什么，他娘却立即扯着他走进堂屋。他家房舍是他父亲盖造的，三进五间，为了和前头姜家比，选的都是好木料砖瓦，门阔屋宽，在这村里虽算不得一等规格，却也不输于二等。如今却只有他们三口人住，显得极空荡，说话都有回声。

进了堂屋还不成，他娘又拽着他走到自己卧房里，而后才压低声音说："这是王家那小猴儿的。"

"哦？王小槐？为啥在娘这里？"

"这个你别管。这物件极要紧，怕是能解了村里的水困。"

"凭这个？"

"早些年，王小猴儿才三岁多时，他娘雇我去裁缝几件小衣裳。他娘喂他吃饭，用的便是这把木匙。我那时眼皮子浅，哪里识得高低，还纳闷逗趣，问那员外娘子，小员外这般金贵，您不用金箸银匙，只拿根木匙喂小员外？那员外娘子和几个仆妇一起笑起来，说这哪里是寻常木匙，是王小槐满百日时，他外祖特地送的。这是天竺上等沉香，便是有银子也未必轻易寻买得到。我那时才头回听说沉香，说是比金子还贵，这把匙儿少说也值二十贯钱。你掂一掂，沉不沉？再瞅这周身的油气，瞧着有，摸却无，果真是稀罕宝贝——"

黄牛儿先瞧着那木匙油润润的，以为才拿它舀过油汤，摸了摸，面上果然并无油水。

他娘接着说："怪道王员外能挣下那等家业，原来他岳丈是京城里有名的大香料商，可惜头两年得罪了蔡太师，寻了个过，将家产全部没公，人也被发配到沙门岛去了——嗐！我闲扯这些丝麻做什么？说要紧事，那王小猴儿至今吃饭离不得这沉香匙，别人都说这匙儿如何如何神异，其实，我做娘的才最清楚，他哪里是离不得匙儿？他是离不得他娘。小猴儿四岁多便没了娘，从断奶起，他娘便用这沉香匙儿天天喂他吃饭。娘没了，他拿着这匙儿吃饭，也如娘仍在一般，哪里离得开……唉……我还听他乳母说，他娘死后，小猴儿睡觉时，非得拿件他娘留的衣衫，钻到里头裹着，才睡得着……"他娘说着，拿衣袖抹了抹泪，清了清嗓，才又继续，"那小猴儿既离不得这匙儿，咱们便正好拿这个跟他说那通水渠的事——"

"可是，娘，这木匙你是如何得来的？"

"这不是木匙，是沉香匙。娘自有来处，你莫多问。不过，这几天先稳藏稳藏，莫要拿出来，更莫要跟任何人说。等消停一阵子了，再想法子悄悄去跟那小猴儿说。那小猴儿不是寻常傻孩儿，念过的书，比状元还多，咱们得——"这时，院门外响起脚步声，黄牛儿的妻子阿葵提水回来了，他娘忙说，"她也不许告诉！我先拿去藏好！"

他娘一把抓过那沉香匙，迅速用那旧布包好，揣进怀里，随即沉下脸，挺直身，出去站到堂屋门边，冷眼盯着儿媳。这媳妇虽然是她亲自挑的，然而娶进门后，却始终不中意。尤其是成亲五年了，始终不见怀孕，他娘越发恼恨，一日不刺骂几十回便过不得。

黄牛儿跟出去，见娘挡着门，只得站在娘身后瞧，见阿葵提着水桶，走到水缸边，拎起来，托住底，往里倾倒，不小心漏了些水在地上。黄牛儿心里一紧，他娘果然迅即厉声骂起来："阿弥陀佛，如今满村子缺水，那口井眼瞧着也要枯了，谁家的东海娘子，还这般奢泼？你若是想使气躲懒，满世界河沟坟坑，随你挺尸去，莫要造这个孽——"

黄牛儿听不得，忙躲去后院劈柴，将闷气全都撒到那些柴块上，剁得糟乱不堪。一堆柴全都劈完，他娘才止住了声。他也才敢走到前头，他娘坐在檐下小凳上，正在一根根理麻缕，手底下犹自愤恨恨的。他说了句："娘，我去运水了。"忙低头出去，偷眼一瞧，阿葵已不在院里，厨房里传来剁菜声，声音极小心。他不敢叹气，忙去架好车，出了院门后，才重重叹了口气。

这世间，除了娘，他样样不怕。对娘，其实也并非怕，而是歉疚。娘守寡多年，辛苦将他养大，这恩情山一般压在心头，哪里敢违抗半句？至于阿葵，本是同村人，自小便常见，生得秀秀净净，又勤劲，织的绢又快又细又匀。黄牛儿一直都暗暗中意，却不敢跟娘说。没想到他娘选了十几家女儿，最终选中了阿葵。他喜出望外，娶过来后，不知该如何疼爱才好。可他娘，却不知为何，眼里再瞧不见阿葵的一丝好。

阿葵家境比黄牛儿家略差些，家里只有四十来亩地，说亲时，他娘又强要了五亩奁田。岳丈家如今老小七口人，又去佃了二十来亩地，才勉强得饱。今年天旱，黄牛儿家还有些贮蓄，缴过田税，剩余的支撑三两年，还将就过得。岳丈家便难熬了，又没有牛，父子三个，只能步行几里地，去睢水边挑水来饮田。因而，这一向，黄牛儿都是先替岳丈家运几车水，而后才去管自家的田。阿葵在娘那里受了气，他只能用这法子慰补。这事，他万万不敢让娘知道。

经过自家的田地时，瞧着土全都干裂，种的萝卜叶子全都萎垂，发黄发黑，底下露出来的萝卜头只有拇指粗细，原本应该嫩红，这时却已经发褐发皱，恐怕来不及长，便要枯透了。

家里有六十多亩地，黄牛儿原本不必自家种，全佃给别人，也尽够吃穿花用。他却不肯白坐着，只佃出去四十亩，自家种二十亩。如此，身上气力有使处，家中每年也能多得二十石粮。可今年这些地恐怕救不回一半来。

他心里不由得腾起一阵恼恨。当年为了救自家的田，他们八家堵了那水渠。黄牛儿看到王豪家田地被淹，先还有些愧疚，及至王豪一怒之下，填了那水渠，再不给他们引水，那些愧疚顿时化作怨愤。我们虽害你的田被淹，却只这一季，你却要我们从此断水，未免太过气狭欺人。他这么想，村里大多人也这么想。众人聚到一起，越说越愤，他们这八家中有个叫秦孝子的嚷起来："这不是要断我们的命？咱们一百多户，还怕他一户？大家一起去开渠，看他能如何！"他这一鼓噪，众人纷纷跳起来，各自回家取铲镐，一起冲往那水渠。黄牛儿平日不爱言语，气性却强，手里握着铁铲，冲到最前头。

到了那被填平的水渠，他们一起奋力挖了起来。才挖了半截，西边传来叫嚷声，王豪带了许多庄客奔过来，个个执棍拿棒。到了近前，王豪大声怒喝："给我停下！"望楼村有些胆小的，忙停住了手，黄牛儿却丝毫不顾，仍旧埋头用力挖土。其他人见了，也继续挖起来。王豪高声叫了句："给我打！"那些庄客全都舞着器械冲过来。黄牛儿心里正攒着火，又自小便常和人争斗，从来不怕，抢起铁铲便迎上去，和一个庄客对打起来。其他人也顿时斗起来。

那一大片田地才补种了薏苡，苗刚刚半尺高，顿时被踩得稀烂。那场大战，望楼村人多，皇阁村人强，两下里乱战，堪堪打了个平手，只是望楼村受伤的却多些。黄牛儿头被打破，血流了半脸，胳膊也被砍了道口子。他却全忘了痛，越战越勇，接连拍翻了几个对手。正在酣战，有人忽然高声嚷起来："打死人啦！打死人啦！"众人顿时住了手。

被打死的是望楼村村西头八家中的贺中棍儿的爹，躺倒在薏苡烂苗中，一动不动。贺中棍儿伏在他爹身上，大哭起来。皇阁村那些庄客吓得全都往回缩，王豪也脸色煞白，不过他旋即沉住气，高声说："这事我自去报官。你们若要搬尸首作证见，就随我一起去。"

王豪叫一个庄客回去驾了牛车来，搬了贺中棍儿爹的尸首，叫了贺中棍儿和望楼村大保长莫咸，一起去县里投案。王豪和县衙里上下一向热络，望楼村又属邻县，那知县自然庇护王豪，说望楼村先侵界生事，亏理在先，只判了王豪赔给贺中棍儿五十贯钱。

贺中棍儿得了钱，却并不服，回到村里，又鼓动众人去报仇开渠。黄牛儿头臂被打伤，正在气闷，听了顿时抓起铁铲，要再去狠战一场。可其他人全都丧了斗志，不愿再争。这水渠便再也没能开通。

　　这股怒气一直憋在黄牛儿胸中，再看田地干得这样，越发恨闷。他想到娘拿的那把沉香匙，将才还不愿做这等阴胁人的事，这时却觉得，对付王豪父子那等凶霸，哪般手段都不为过。不过娘将才又说，先稳藏几日，不知是何缘由。

　　一路上他都在琢磨这事，来回运了七八趟，先将岳父家的田全都饮过，要饮自家田时，天色已晚，他只得驱牛回家。才进巷子，刚经过鲁大家篱笆，便听见鲁大在房里厉声喝问"那个布卷儿呢？"，随即他那六岁的儿哭着说"爹！我真的没拿！"。听到"布卷儿"三个字，黄牛儿心里一惊，随即瞅见鲁大的爹站在门边，望着里头，手指抠着门框，脚微微踮着，瞧着似乎有些不安。

　　黄牛儿并没多想，牵着牛绳，将车子拉回家，一眼瞅见他娘坐在堂屋门槛下，侧着耳在听隔壁闹嚷，神色间似乎有些忧怕。见他回来，忙装作无事，低头继续理那麻缕。黄牛儿心里一震，顿时明白了那沉香匙的来历：鲁大的爹老癞羊一般到处撩骚，常寻故来和他娘搭讪凑话。黄牛儿知道自己的娘哪里会睬这老癞羊，恐怕是鲁大不知如何得了王小槐那沉香匙，那老癞羊偷了出来，送给了娘。

　　这时，隔壁忽然传来鲁大夫妻的哭叫声，随即一阵噔噔急跑。黄牛儿忙出去瞧，见鲁大抱着儿子，疯了一般奔向巷子外，他浑家紧跟在后头，不住哭喊。那儿子两只手倒垂着，似是没了知觉。

　　黄牛儿正在惊疑，鲁大的爹也撺了出来，可奔了几步，又停了下来。黄牛儿忙问："鲁老爹，出了啥事？"鲁大爹回过头，苦着脸说："孩子撞破头了。"说着，望向黄牛儿身后。黄牛儿忙回头一瞧，他娘也赶了出来，望着鲁大爹，惊切之外，还有些畏愧。再看鲁大爹，眼里也满是疚怕。黄牛儿再不怀疑，难怪娘说得稳藏几天。

　　他没想到，鲁大的儿子竟没能保住性命。听着隔壁鲁大夫妻整日哭个不停，黄牛儿他娘也整日惶惶难宁，连儿媳都骂得少了。他娘爱吃酒，每年都要酿几坛子。不过原先只是年节时才吃，那一阵，却几乎天天都吃，吃醉了，便躺在卧房里睡。黄牛儿瞧着，心里难过，想劝娘把那沉香匙还回去，但又不敢说破。

如此闷了一个多月，有天傍晚，黄牛儿忙完活儿，回到家里，见院子里静悄悄的，既不见娘，也不见阿葵。他有些纳闷，忙进了堂屋，却见阿葵定定站在他娘的卧房前，扭头望向他，脸色苍白冰凉，目光也清冷冷的，井水一般，轻声说："你娘死了。"

黄牛儿顿时惊住，呆了一瞬，才忙急步走过去，朝里一望，只见他娘的身子悬在半空，一根绳吊在房梁上……

办完丧事两个月后，黄牛儿才想起那把沉香匙，他忙去娘的卧房搜寻，可搜遍了也没寻见。他想，娘恐怕是还给鲁大的爹了。

娘死了，他虽然极伤痛，可心里头也松了许多。至少再没人骂阿葵，他也敢和阿葵放心对瞅、说话。可是，阿葵却仍冷淡淡的。黄牛儿有些纳闷，旋即想：阿葵被娘骂了这些年，性情已被拘住，一时难松下来，只能慢慢等她回缓。于是，他便加意小心，即便阿葵时常不耐烦，也从不计较。

到了正月间，沈核桃悄悄来唤他一起去杀王小槐。他在家中本就有些懊闷，正想寻个解气处，便一口答应了。

杀了王小槐后，他心头才舒畅了一些。回到家里，阿葵正在织机上织绢，听到他进来，抬头瞅了他一眼。几天没见，却丝毫没有喜色，像是他才出去一会儿一般。随即低下头，又踩动织机，继续织起来。他心里顿时一沉，却不知该如何才好，胸口闷坠坠的，又不好发作。

几天后，皇阁村那边闹起鬼来，他家院里竟落了许多栗子。黄牛儿虽然胆大，却也有些惊惶。他见其他七个人都去求拜相绝陆青，忙也跟了去。陆青见了他，冷眼盯了片刻，随后徐徐说："离卦火象，中心如焚。己志难伸，徒附于人。若欲得自在，先须立主见。"他似懂非懂，有些懵怔。陆青又教他去那顶轿子边说一句话，他听了，心里忽然升起一阵委屈：

"怨天怨人怨命，自拘自囚自困。"

第五章　咸

咸，感也。或以相悦而感，或以相畏而感。

若以爱心而来者自相亲，以害心而来者相见容色自别。

——张载《横渠易说》

盛豆握着那把木匙，手一直在抖。

村西头八家中，盛豆是最穷的一个，家中只有六亩薄田。好在只有他和父亲两个人，佃了黄牛儿家十亩田，父子两个倒也衣食粗给。但想要再宽裕些，便无能为力了。

盛豆的父亲是个本分人，一直教儿子为人行事要忠要实，穷便守住穷，莫要散乱了心。盛豆极听话，自幼只知跟着父亲勤力种田，从不生事，更不敢起邪心。那些富家孩童有吃有耍，他都尽力避过眼，不去看，更不贪馋。自家的再不好也是自家的，别家的再好也是别家的，哪怕别人田边掉了麦穗，他都从来不敢去捡。

活了二十来年，唯一让他动过非分之念的，是阿葵。

阿葵比他长一岁，从小性子就有些孤零。盛豆整日忙着做活儿，难得和其他男孩儿玩耍。阿葵则是因这硬性儿，极难和那些女孩儿合得来。盛豆家佃的那片田在村北，每天上田都要经过阿葵家。阿葵那时梳着两个小髻，小脸秀嫩嫩的，眼珠却极黑亮，穿着淡绿小衫裙。盛豆经过时，她常站在门边瞅盛豆，瞅得盛豆极难为情，可又不好跟父亲说绕路走。每回经过阿葵家时，他都早早便低下头，快步走过去。

七岁那年傍晚，他和父亲回家后，发觉把瓠种落到田里了，盛豆忙跑去取。经过阿葵家时，见阿葵并没在门边，才放心跑过去，在田埂上寻见了瓠种。一个大肚葫芦，从头到底穿了一根竹管，上头当手柄，下头削尖穿孔，里头盛满种子，用来撒种，比人手撒得要匀细。其实，抓着上头手柄极好拿，盛豆却怕甩脱了竹管，便用双手抱着。经过阿葵家门前时，见阿葵仍没在，忙要加快脚步跑过去，阿葵却忽然走到了门边，吓得盛豆脚下一绊，重重摔趴。

那瓠种用了几年，已经朽脆，被摔裂成几片，里头剩的小半芥种也撒了一地。盛豆忙爬起来，手掌、膝盖都被蹭破，火辣辣疼得站不稳，再看那瓠种，心更是疼。这器具虽不值什么，可家里每年结的瓠全都拿去卖了钱，一个都没留。那时正是播种时节，万万缺不得。再加之，又偏偏被阿葵瞅见。疼和羞冲到一处，他眼里顿时涌出泪来。怕阿葵看到，忙低下头，弯腰抓起那些芥籽，放到半片瓠壳里，瘸着腿赶紧离开。

膝盖痛得走不快，走了十来步，才敢用袖子抹掉泪水。刚抹尽，身后忽然有人唤，声音清嫩嫩的，他回头一瞧，是阿葵。黑亮亮的眼睛盯着他，并没有嘲笑，倒有些冷冰冰的，手里竟拿了只瓠种，伸过来递给他："给你。"他顿时愣住，不敢去接，也不愿去接。阿葵却塞到他怀里："抓稳，莫再摔了。"他忙用手托住，阿葵又盯了他一眼，撇了撇小嘴："还哭，羞！"说着便转身走了。

盛豆既惊讶，又难为情，看着阿葵进了家门，愣了半晌，才转身慢慢往家里走去。这个瓠种和他家那个大小相近，却要新一些。他怕父亲问，忙抓了些土，把那瓠种抹得灰旧了些。幸而，父亲并没有发觉。

那之后，每经过阿葵家门前，盛豆心里都很忐忑，既想见阿葵，又有些怕。阿葵却像没事一般，有时在，有时不在。若在，便一直盯着盛豆看。盛豆想朝她笑笑，可又不敢，只能装作没见，心里却极感念阿葵，一直想着回报些啥。可他家里除了粮食和菜蔬，再无其他。这两样，乡里又最不稀罕。其他稀罕物，他又没钱去买。

到了盛夏，有天他和父亲正在给青芥施粪，听到旁边青草丛里有蟋蟀叫，他忽然有了主意。他从小跟父亲学编筐篮竹箩卖，有时也会编些小竹笼，捉了蟋蟀卖给县里那些富家子弟，一只蟋蟀也能卖一两文钱。只是捉蟋蟀太耗时，难得有这空闲。那天做完活儿，吃饭歇息时，他用草编了个小绿笼，趴在草中，捉到一只蟋蟀，装进了那小笼里。傍晚回去前，他将浇粪的木瓢藏在草丛里，半路上假称回去寻，让父亲先走。他忙拿了那只蟋蟀小笼，飞快跑到阿葵家门前，却不见阿葵，便将那小笼偷偷搁到了门槛角上。

第二天清早，他和父亲上田，一眼瞧见阿葵站在门边望，他惴惴走过去，偷偷一瞅，阿葵手里捧着那只小笼。阿葵脸上虽仍冷清清的，盛豆却能感到，那目光隐隐有些不同，虽不是欢喜或道谢，却似乎像点了点头一般。盛豆不由得朝阿葵笑了笑，阿葵却撇了撇小嘴，转身进去了。

自那以后，盛豆常捉些虫蝶，用小草笼装了，送给阿葵。只是从来不敢当面送，只等阿葵不在时，搁在那门槛角上。两人也只经过时，对望一眼。

原先，春秋两社时，盛豆和阿葵也都要去，不过都是各自站在边上，看着其他人笑耍歌舞。那年开始，盛豆常在人群里寻望阿葵，阿葵也常盯着他看。他想凑近去说话，却不敢。两人就这样隔着人群，不时对望一眼，从没说过一句话。

直到十四岁那年秋社，他到处寻不见阿葵，心里空落之极，坐在麦场边一棵杨树底下，望着众人欢闹，心里沉坠坠的，正在难受，一样东西噗地落在他脚边——两张黍叶包卷的一团物事。他惊了一跳，一抬头，却见阿葵轻步走过，并没有回头。盛豆定定瞅着，阿葵拎着个竹篮，绿布衫裙虽然半旧，腰身却秀盈盈的，夏苗一般，竟已出落成了少女。他鼻子里嗅到一股香气，忙拿起那团黍叶卷，解开草绳，展开一看，里头是一大块鸡脯肉，微有些发烫，才煮好的。他怕人瞧见，忙又包起，捧在手里，胸中一阵暖热。

原本有任何好吃食，他都要和父亲一起分着吃，这回他却舍不得。他急忙站起来，离开麦场，跑到自家田里那堆麦垛后，斜靠着麦垛坐下来，望着碧空下、田尽头的云朵，一条一条撕着那嫩白鸡肉，慢慢吃起来。他已经大半年没沾过荤，细嚼着那滋味，香美得连脚趾尖都有些欢醉发颤。更莫说，这鸡肉是阿葵特地送他的。

只可惜，他家太穷。要向阿葵提亲，至少也得三十贯礼钱。除非把田地房舍全都卖掉，才凑得起，家中却也便一无所有了，阿葵爹娘哪里肯答应，因而，盛豆从来没敢动过这念头。倏忽之间，又过了两三年，不断有人去阿葵家求亲。阿葵的父亲选来选去，选中了黄牛儿。得了五十贯礼钱，陪了五亩奁田，一进一出，只多得了十一二贯钱。不过，阿葵嫁过去却稍能有些说话的余地。若是离异，奁田也仍归阿葵。

阿葵出嫁那天，盛豆躲在人群后头，偷偷望着，见阿葵穿着身红绣衫裙、盖着红锦帕子，从门里出来，再不是那个穿旧绿衫的小女儿。盛豆忽然觉着，阿葵和自己隔开了一道天渊。从阿葵家到黄牛儿家，虽只有几百步路，黄牛儿却仍赁了一顶花檐子、一匹枣红大马。阿葵进了那檐子，黄牛儿则骑着大马，穿着绛纱衫、红锦褙子，簇新的黑纱幞头，鬓边斜插一朵红芍药。那张脸原本极粗横，这时也显得雄武贵气。盛豆再看不下去，转身悄悄走开，独自走到田里。走了很远，耳边却仍能听见鼓乐欢闹之声。

那时是五月，一眼望去，绿鲜鲜的田，碧净净的天，正是好时节。一阵清风拂过来，吹得他眼睛发热，泪水不由得涌了出来。穷，虽然自小便让他难过，却从没这么伤心过。那年，他十八岁。

这之后，每经过阿葵家，看着那空院门，他心里都要痛一下。每年秋收，他和父亲都要担着粮，去黄牛儿家交租。有时，会见着阿葵。阿葵却从来不瞧他一眼。哪怕这样，能瞧一瞧阿葵的身影，他心里都舒坦之极，会回想许久。

有时，黄牛儿的娘当着他们，厉声喝骂阿葵，那些言语毒得割人心。盛豆头一次听到时，吓得不敢相信。后来又见了几回，更听村里人四下里说叹，他心疼得受不得，却丝毫帮不得。只能暗暗恨骂两句，伤心一阵。

不过，一年也只能见阿葵三两回，他的心也渐渐麻冷。虽然早已到了婚配年纪，却由于穷，从来不愿去想这事。父亲年纪渐老，他便将重担挑过去，每日辛苦，只为活命。哪怕如此，也极不易。

那年大雨，窦好嘴唤他们去堵死那渠口，盛豆心里有些犹豫，却也跟着一起干了。王豪填了水渠，秦孝子唤大家去强挖，他又有些犹豫，还是跟着去了。王豪带了庄客来打，他从来没跟人争斗过，但见村人被打，略一犹豫，也举起镐去帮。可真要打到人身上时，他又犹豫起来，下手不敢用力。他不用力，对方那些庄客却不容情，他肩头挨了一棍，疼得几乎栽倒。这一疼，多少年的怨气全都被激了出来。他再不管不顾，拼力打起来。他没想到，自己竟这般能打，镐头接连砸翻了三四个对手。贺中棍儿的爹被打死，众人都吓得住了手，他却红着眼，喘着气，想再去痛打几个人。

到去年，田里旱起来时，他才后悔之极，却也只能空叹两声，每天拼力去挑水。

大保长莫咸唤了他们八个去吩咐那事，听到那一百八十贯钱，他自然心动，然而为这些钱去害命，他却绝不敢，也不肯。他回去告诉了父亲，父亲也忙说："做不得，做不得！这辈子虽穷，若积些德，下辈子恐怕还能转转命。若做下这等歹事，下辈子不知要苦到哪等田地。"于是，他也就把这事丢到一边，一心尽力去救田旱。

那天过了午，他又去几里外河边挑回一担水，拿着木瓢舀水浇地。田旱得凶，一瓢水浇下去，瞬间便渗尽了，一挑水不一会儿便已浇完。他心里比这田更焦渴，叹了口气，正要再去挑一担。一抬头，却见阿葵沿着田埂走了过来。他心"咚"的一下，身子也跟着一颤。

阿葵挎着一只篮子，里头有陶瓶和碗碟，恐怕是去给丈夫送罢饭回来，低着头并不瞧他。盛豆站在田里，不知该如何是好。阿葵走过他面前时，忽然停了停，轻声说了句："过会儿你去我夫家后门。"随即便走过去了。

盛豆惊在那里，望着阿葵走进村子，半晌都回不过神，更不敢相信将才听到的那句话，那句话却一遍遍在心头回响。他忙望向四周，田野里虽有几个人在浇水劳作，却都离得远。他心跳了一阵，还是横下心，将扁担丢在桶边，朝阿葵家走去，走了一半，才想起阿葵将才特地说了"夫家"，是黄牛儿家。他忙转向西边，从村子外绕了过去，壮着胆子走过鲁大家后院，来到黄牛儿家后门。

黄牛儿家后门外有几棵杨树，杨树外便是田地。远处田里有两三个人，正在弯腰低头忙活儿，又有杨树挡着，应该瞧不见。盛豆见那后门虚掩着，却不敢推，刚要侧耳去听，那门轻轻打开了，阿葵探出脸，轻轻招了招手，他忙快步走了进去。

阿葵随即关上门，盯着他看了片刻，那目光冰凉凉的，随后轻声说："你帮我做件事，一定要帮我。"他忙点了点头。阿葵转身朝里头轻步走去，他忙也小心跟上。

后边那间房很宽大，却只堆了些木箱、竹筐和粮袋，屋里极安静空阔。阿葵引着他走过去，跨过一道门槛，里头是间过厅，有些暗，只靠墙摆着一张桌。两边各一间房，门都关着。穿过过厅，是堂屋，又亮了起来。阿葵走到堂屋右边那扇门外停住了脚。盛豆知道那是黄牛儿娘的卧房，房门虚开着一道缝，里头寂静无声。阿葵回头望了他一眼，微点了点头，随后推开了门，轻步走了进去。盛豆心又咚咚跳起来，不知阿葵要做什么，鼓了口气，也小心迈过门槛，跟了进去。

窗纸蒙了灰，房里有些暗，散出些酒气。房子中间摆着根方凳，上头房梁垂下一根麻绳，麻绳的另一头斜扯进靠墙的那张床上，床上躺着个人，看衣着身形，是黄牛儿的娘。

盛豆浑身顿时一寒，阿葵走到床边，回头轻声说："来帮我搬。"盛豆越发害怕，却还是走了过去，朝床上一望，见昏暗中，黄牛儿的娘大张着嘴，面孔却已僵住，脖颈上勒着一圈麻绳。他惊得险些叫出声，阿葵却仍冷淡淡地说："帮我把她搬到那张凳子上。"

盛豆惊在那里，动弹不得，他先以为是黄牛儿的娘自尽，被阿葵救下来。但看阿葵那神色，随即明白：是阿葵趁黄牛儿娘吃醉睡熟，勒死了她，要将她吊到房梁上，假作自尽。

他已记不清自己当时的慌惧情状，只知道阿葵的话如圣旨一般，自己必须帮阿葵。他们两个一起将黄牛儿的娘吊到了房梁上，又放倒了那只方凳。

随后，阿葵从怀里取出一个布卷儿："这把木匙是王小槐的，你拿它去要挟王小槐，让他开渠，得了那一百八十贯钱，我跟你逃到远路州去。你赶紧走。"

盛豆接过那布卷儿，惊惶惶从后门出去，才急走了十几步，便跌了一跤，慌忙爬起来，逃回了家。他父亲一见，忙问咋了。他只得含糊说中了暑，想躺一躺。钻到房里，躺在土炕上，他身子一直抖个不住。他父亲跟进来看到，越发慌了起来，忙去田头寻了薄荷叶，烧水给他煮解暑汤，他只能尽力说躺一躺就好。

一直躺到第二天，他才缓了过来，偷偷取出那布卷儿，打开一看，只是一把木匙，不知道如何能去要挟王小槐。寻思了两天，实在无法，只得隐去阿葵的事，只说是在皇阁村那边捡的，将木匙拿给父亲看。他父亲看了，也不明白，说自己正好要去乡里草市卖竹编，拿去问问有没有人认得，能换几个钱也好。他忙说："爹，千万莫轻易换钱。那年农忙，我去王豪家帮工，似乎见王小槐拿着这根木匙吃饭。"他父亲听了，忙说："若真是他家的，该赶紧还回去。他若一高兴，或许便给咱们开了渠。"他又赶紧说："爹先去打问打问价钱，回来咱们再打算。"

他父亲便揣着那木匙，背了些竹箩去了草市。可是，直到天黑，都没回来。他焦等了一夜，第二天一早忙一路寻了过去。他父亲每回去草市，都在路口一家小酒肆旁边。到了那里一问，附近的几个人都说昨天并没见他父亲来。他顿时慌了，问遍了那里的人，都说没见。他又一路慌慌回到家里，屋里空空，仍不见父亲。一连寻问了许多天，都不见父亲踪影。他再没了主意，只能苦等，等了大半年，却始终没有丝毫音讯。

到了正月，沈核桃唤他一起去杀王小槐，他听了立即摇头。可旋即想到阿葵，这半年多，他只在村里见过几回阿葵。起先，阿葵望着他，似乎有询问之意；接着，那目光越来越冷，满是怨意；到后来，连瞧都不瞧他一眼了。

他低头犹豫起来，阿葵为和自己一起私逃，勒杀了黄牛儿的娘。自己竟不能为她抛掉这些是非善恶之心？何况父亲一生本分，从不敢动歹恶之念，结果又如何？仍不是落得一辈子穷困，如今又生死下落不明。杀了王小槐，一人能分二十多贯钱，再将家里这几亩地卖掉，也能去他乡寻个活路。

于是，他便和沈核桃他们一起去杀了王小槐。他虽然没有动手，只打了个帮手，但是做完之后，心里却怕起来。尤其是回到村里，夜里独自在家中那两间破草屋里，时时都能听到异响，扰得他终夜难安。接着，王小槐还魂闹祟，他越发惶惶难安，忙跟着其他人去求拜相绝陆青。

陆青望着他，眼里似乎有些怜悯之意，不过话语十分冰冷："咸卦之感，如水映物。云来水暗，云去水明。莫怨云扰，只问源清。"随后，陆青教了他一句话，他听了，顿时伤悔起来：

"己心只为己心明，灯枯何必怨夜深？"

第六章　恒

人惟有常，故其善恶可以外占而知。

无常之人，方其善也，若可与有为；

及其变也，冰解潦竭，而吾受其羞。

——苏轼《东坡易传》

秦孝子望着盛豆父亲的尸首，手抖个不住。

不过，慌怕迅即被恼愤没过，这恼愤如同一只坚牢木船，浪再大，水再浑，也能让他顿得安稳。因为这船底是由理撑住，船可破，天可裂，理却不灭。

秦孝子家原先是三等户，家境宽裕。只是他父亲极暴躁，他从小不敢大声哭，也不敢大声笑。幸而他娘常护着他，才少挨了些打骂。可四岁时，他娘便过世了。他父亲又续娶了一房，那妇人面上和善，背地里却常用指甲掐他、拿针戳他。他父亲撞见后，不但没有劝止，反倒骂他："你若没错，你娘会罚你？不管亲娘后娘，但凡挂了个'娘'字，有了这名分，你都得孝顺！这是天理，从盘古开天辟地，便有这天理，万万代都得严守，连大舜那等圣王都不敢违逆。当今皇太后也并非官家亲娘，官家在太后跟前敢略有一丝不恭敬？你若敢不孝，我打断你的腿骨！"

这等天理，他父亲教了很多。秦孝子虽觉委屈，却不敢深想，更不敢辩解。

时日久了，他便也渐渐信了这些天理。继母再掐他、戳他，他再不敢躲，虽然痛得流泪，却觉着自己尽了孝，痛得值，甚而痛得有些荣耀。

父亲过世后，秦孝子照旧荣荣耀耀地孝敬继母。那时他已娶了妻，妻子却有些不情愿。他便祭出父亲教的那些天理，厉声训斥妻子。妻子被那些天理吓住，也不敢再抱怨。夫妻两个小小心心服侍了十来年，继母才过世。

父亲丧礼，秦孝子卖了三十多亩地，将丧事办得极荣耀，村里一二等户都不及。仅纸钱纸马纸楼，便烧了几座纸山。他父亲到阴间，做个无比高强户都有余。继母过世，他不顾妻子哭劝，又卖了四十亩地，办得越发荣耀，整个乡里都传遍了。人人都叫他"秦孝子"。

只是，他家里却只剩了二十来亩地，顿时沦为五等户。二十亩地，若是自耕自种，倒也能养活一家三口。秦孝子却从没种过田，只能照旧佃出去。这便等于只十亩地，顿时穷窘得连脸和手脚都皱缩了起来。实在紧迫时，他只能去跟村里富户借钱借粮。他因大孝的名声，那些人起先不好不借，连生息钱都不好收他的。可借得多了，却始终还不上，那些人便开始推拒，并催起债来。秦孝子顿时一阵恼愤，钱粮本就该周济穷困，这些为富不仁的狗豺，却宁愿烂在仓里，也不肯拿出来救人，天理何在？

此地没有天理，他便寻思他处。他家那七十亩地都在王豪家东边，因而都卖给了王豪。他知道王豪一向豪阔，便又去跟王豪借。王豪也知道他的孝名，也是不收息钱，救济了他几回。后来渐渐厌了，只愿舍他几升粮食救急，再不肯借钱。有一回，更将他痛骂了一场。秦孝子越发恼愤，这世上人，越富便越歹毒。天理何在？

他再不肯去王豪家，更发狠，决不还那些债。那年大雨，窦好嘴说堵住渠口，他头一个冲上去，瞧着原属于自家的那七十多亩地被黄泥汤淹毁，他心里痛快之极。大家商议开渠的事，他跳起来鼓动村人去强挖。去年天旱，庄稼眼看没救，他更是恨王豪恨到骨头都要迸裂。

大保长莫咸说，以王小槐一条小命救村里上百户人。秦孝子满心赞同，高声应了句："对！"可回去后，他却不知该如何杀那王小槐。虽说心里装满天理，但天理似乎从来不曾教他杀人的法子。他气愤愤想了许多天，绕着王小槐家转了许多圈，几回撞见王小槐出来玩耍，都没敢下手。他知道，这般平白杀了人，自己也得填命。用自家性命换这么一条顽劣小命，自然不合天理。

秦孝子不由得抱怨起天理来，既然天理恒在，便该收了王小槐那孽畜，为何要留着他祸害世人？

天理不应答他，秦孝子也没奈何，只能空愤了许多天。直到那天，他犯起酒瘾，便前往乡里草市那家小酒肆。那酒肆的店主是他家远亲，当年得他父亲相帮本钱，才开起那小酒肆。这是大恩，自当回报，因而这些年，他时时去那里解酒馋。

那天，秦孝子走到半途中，遇见了盛豆的父亲。他原本从来不屑与这老穷汉搭言，不过想到王小槐，不知盛豆可有什么法子，便凑过去，向盛豆父亲探问。盛豆的父亲叹着气，连连摇头。他正要失望走开，盛豆父亲却唤住他，从怀里掏出个布卷儿，问他认不认得这物事。他一瞧那里头的木匙，顿时惊住。

头两年，秦孝子去王豪家借债，曾见过两回，王小槐吃饭时，便用的这只木匙。秦孝子瞧着那木匙不似寻常木料，便问王豪，王豪说那是上等沉香，仅那雕工，便极难得。它是如今汴京作绝张用的父亲张老作头亲手雕的，便是出二三十贯，也未必买得到。

这沉香匙为何落到这老穷汉手里？秦孝子忙掩住惊讶，装作冷淡，问了句："你是从哪里得来的？"盛豆父亲说是儿子捡的。秦孝子一听，忙说："这未免太巧了。这是我家的木匙，我儿子不好生在家吃饭，端着碗出去乱走，却丢了这木匙。虽说不值一文钱，却是我父亲传下来的，是个遗物。为此，我还责打了儿子一场……"盛豆父亲听了，却不肯信，赔着笑说："你莫不是认错了？我儿子是在皇阁村那边捡到的。"他顿时恼起来："我家的祖传物件，岂能认错？不论哪里捡的，它都姓秦！"盛豆父亲忙解释："您莫慌，等傍晚回去，我问清楚儿子，若真是你家的，我叫他还回去——"

秦孝子再懒得搅缠，伸手就去夺。老穷汉却忙牢牢攥住，护在胸前。秦孝子越发恼怒，扳住老穷汉的手，硬力去抢。老穷汉忙拼力挣开，连声问："你这是做什么？""讨还我家的东西。""这恐怕不是你家的。"

老穷汉紧紧攥着那木匙，急忙往前走去。秦孝子一想那沉香价值，再念及大保长许的一百八十贯钱，顿时发起狠，望望四周都没有人，见路边柳树下有块大石头，随即抱起来，追上老穷汉，朝他脑顶狠力砸了下去。老穷汉微晃了晃身子，扑倒在地。秦孝子忙从他手里一把抽过那把沉香匙，再看那老穷汉躺在地上，低声呻吟着，头顶渗出一溜血，流到了地上。他忙向四周寻望，见路旁两块田中间裂出一道沟，瞧着极深，沟边长满茂草。

秦孝子恨恨说："你若好生给我，哪里会有这等事！"随即连抱带拖，将老穷汉搬到那沟边。老穷汉只呻吟了两声，便再无声息。他咬牙一用力，将老穷汉推进了沟里。将老穷汉背的那几只竹箩，也丢了进去，而后去路边折了许多柳树枝，丢下去遮在上头。沟极深，又有草掩着，恐怕连野狗都不敢下去。

他站在沟边，略思忖了一阵，这时回去，怕被人瞧见。于是，他转身离开那里，继续往草市走去，一路上身子都发虚微颤。到了那间小酒肆，店主见又是他，脸顿时微沉。他走得乏极，坐了下来，从袋里摸出仅有的五文钱，丢到桌上："打两碗酒来。"最劣一等酒，一碗也得七文钱，他连吃了四碗，吃得肚腹饱胀，连打酒嗝儿，这才站起身，恨恨丢了句："欠的酒钱，隔天还你。"而后晃晃荡荡往家里赶去。路上，酒劲才发作起来。他一路骂天骂地骂世人，将自己所识之人、所积之恨，全都骂遍。到家时，天已黑了。

妻子严氏见他这般模样，顿时埋怨起来。他才想起路上没骂这妇人，便仰倒在床上，大骂起来："你这有眼皮没眼珠的歪嘴婆娘，天天叨噪没钱没衣裳，等我拿了这物事，叫那小畜生哭着把水渠通了，得了那些钱，便休了你这不敬夫、没人伦的歪嘴婆娘！"

骂了一阵后，他呼呼睡去。睡得正酣，忽然被烫醒，睁眼一瞧，身边全是火焰，自己衣裳也被燃着，浓烟更是熏得眼睛睁不开。他剧咳着，慌忙跳起来，却一头栽倒在床下，浑身火焰，灼痛之极。他忙连打了几个滚儿，才将上身的火扑灭，裤子却仍燃着。他再顾不得，忙跌撞着奔到门边，用力一拉，却拉不开，门从外边闩死了。浓烟熏得他几乎背过气，他强忍烧灼，抓起一条木凳，用力将窗户砸破，而后拼力从窗洞爬了出去，栽倒在地上，顿时昏死过去。

等他醒来时，已只剩半条命，躺在床上动弹不得。身上全被烧烂，灼痛得宁愿去死。家也被烧毁殆尽，原本一堂一厅四间卧房，如今只剩他父母的卧房还勉强能住人。他被安置在父母的床上，头顶一半是烧黑的屋顶，另一半露着天。妻子只管给他两顿饭食，其他时候全不见人影。

他以为是妻子严氏放火烧了自己，左邻沈核桃来看他时却说："那晚你睡下后，大嫂便带了儿子去帮我浑家制豉酱，一直忙到快半夜，并没离开过。你这边起火时，我们才一起赶了过来。又没水，只能用土灭火，因而烧得这样……"

他听了，再无言语，却立即想起那把沉香匙，可身上衣裳全被烧烂，那沉香匙早已不见。妻子严氏来喂饭时，用的是一把粗木匙。他忙问是否见到一把乌木匙，妻子却像没听见，歪着嘴，一匙紧一匙，飞快将一碗麦粥全都灌进他嘴里，随后便转身走了。他心里虽恼，却不敢出一声。

如此躺了三个多月，他才勉强能起床，两条腿却已烧残，只能瘸着走路。他忙挣着去自己卧房里、窗户外寻那把沉香匙，可到处都烧得一片焦黑，哪里寻得见？他心里一阵怨苦，却不知还能如何。

妻子严氏见他能行动了，便拿出一张请人写好的休书，借了笔墨，又请了隔壁沈核桃夫妻来作证见，强逼着他画押。他知道留不住，只得接过笔画了押。儿子才八岁，他养不活，妻子便带着一起回娘家去了。幸而家里还剩得些粮食，藏在一只瓮里，没有烧掉。他独个儿便每天煮锅麦粥，熬过了那几个月。

那水渠终没能开通，秋后，他那二十亩地，佃户只收了八石麦，来跟他求情。若是以往，他自然要极力作难。可这时，竟没了心力去争执，便照五五分成，收了一半的租。到了冬天，御寒的袄子也全都烧没了，他独自缩在那漏顶卧房、破床角落，裹着旧被子，冻得不敢出去，时时忍不住便要呜呜咽咽地哭起来。

正月间，沈核桃来问他，是否愿意一同去杀王小槐，他心里积的怨愤顿时腾起来，强挣着一起去了。杀掉王小槐后，他却并没舒心半点，反倒越发虚弱。那护持他半辈子的天理如雪一般化去，他再寻不到依傍。

王小槐还魂闹祟，他更是怕得无处躲藏，忙去求拜相绝陆青。陆青见了他，静静注视了片刻，那目光冰一般，让他心底发寒。陆青慢慢言道："恒卦生久，刚上而柔下。刚得其正，柔始能久；刚若敧斜，则柔必倾险。险不能止，则陷淤淖……"最后，又教他去对那轿子说句话，他听了，心里猛地一刺，不由得一阵心酸：

"占尽天下理，途穷叹伶仃。"

第七章　遁

君子虽有好而能遁，不失于义。

小人则不能胜其私意，而至于不善也。

——程颐《伊川易传》

贺中棍儿在灯下瞅着那把木匙，心里欢痒难耐。

这木匙是隔壁严氏偷偷拿给他的，严氏并不清楚这木匙来历，贺中棍儿却一眼瞧出，这是王小槐的。他曾在王豪家里佣过工，见过也听过这木匙的金贵，王小槐每饭都离不得，性命一般。有了这木匙，便能逼王小槐开通水渠，大保长莫咸许的一百八十贯钱，也能轻轻易易到手。想到此，他不由得笑出声来。

贺中棍儿今年三十六岁，生得精瘦矮小，家中只有二十多亩地，原是个五等户，衣食营生只粗粗过得。不过，他父亲是个精敏之人，调教得他也极善机巧。

秋税交粮，他家得缴两石二斗，他们父子便在麦子里掺些土粒、豆子里混些泥团，总能逃得三两升、省下一顿饭。夏税纳绢，便要难一些。他家一年得缴两匹，官定一匹绢阔二尺五分，长四十二尺，重十二两。那些收绢的库子、尺子又查得极严，不但一分都少不得，还要索要些钱物，叫作"乞局"。好在每年纳税时，县衙仓库前总是车马堆挤，人声喧杂。他们父子便尽力凑着时机，和那些富户一起去纳绢，帮他们搬扛绢匹，瞅个便宜，趁乱将自家尺寸短缺的绢匹偷偷调包。虽说未必回回都能得手，但得一回便赚一回。而且有富户挡着，那些乞局花费便省了下来。

至于乡里之间，他们父子也是能讨占一文是一文，能避过一难是一难。虽说从来也讨不到大利，但哪怕一片菜叶、一杯酒、一把麦豆，也都是欢喜。人生本已穷累，再缺了这些小欢喜，哪里熬得过？因而，虽同为穷户，他们却比别家活得欢畅些。

最让贺中棍儿恨苦的是，辛辛苦苦积攒了二十来贯钱，娶到邻乡一个穷家女儿。脚有些跛，样貌也黑丑，但毕竟是个妇人。谁知娶过来才一年，那妇人便难产而死，丢下一个婴儿。他们父子两个鳏夫便一起养活这孩儿。乳儿要吃奶，他们轮流抱着，各家去讨。东家吃一口，西家喂半顿，辛辛苦苦把孩子的命保住了。

村里人都笑他家是"三根棍儿"，不再唤他们的名儿，只叫他们老棍儿、中棍儿和小棍儿。

儿子小棍儿虽渐渐长大，父亲老棍儿却眼瞧着便衰老了，而且浑身是病，做农活儿越来越吃力。这家计便全得靠贺中棍儿一人。人一苦累，心思便会笨钝，贺中棍儿越来越觉吃力，原先能讨到小便宜的地方，时时要败露。纳粮时，接连几次被仓吏察觉里头掺了沙土，反倒多赔了半斗。让他不由得时时哀叹，穷已难熬，再加上笨，哪里还有活路？

那年王豪填了水渠，秦孝子鼓呼村人去强行挖开，众人纷纷响应。贺中棍儿却立即觉得，那王豪雄富一乡，又积了仇怨，哪里能轻易让你们开渠？因而，大家都冲去开渠时，他和父亲只躲在家里偷望，他们西边矮墙正对着那渠口。望了一阵，果然见王豪带了许多人奔出来，一场混斗眼见着避不开了。

那一瞬，贺中棍儿心里顿时生出一个念头，连他自己都吓到了。然而，想想自己这难熬苦处，他顿时横下了心，扭头说："爹，咱们也上！"

他爹一愣，他却不容他爹开口，抓过一把木叉塞进他爹手里，自己选了一把捶土块的长檋，随即拽着他爹，沿着田埂奔向渠口。等他们赶到时，两边已经混斗起来。他爹见那阵仗凶狠，不由得往后缩。他一把将爹推到混斗人群里，对方的庄客见他爹抓着木叉，立即挥棒打过来，他爹只能举起木叉抵挡。

贺中棍儿自家抓着长檋，只在外围来回躲避睃看，见他爹渐渐被卷进人堆里，忙闪避着赶过去，瞅着混乱之极，举起长櫕，从背后朝他爹头顶重重砸去。那长櫕木杆顶上是鼓形实心槌，一槌正中他爹脑顶，砸得极重。贺中棍儿随即忙闪过身，躲到一边，见他爹栽倒在地，才忙又冲回去，大叫起来："打死人啦！打死人啦！"随即扑到他爹身上，哭嚷起来。

他爹当时其实还有一口气，眼还微睁着一道缝儿。贺中棍儿不知道爹能不能看见自己，可瞅着爹那张干瘦的脸，上头遍满焦褐皱纹，都是这些年鰷苦劳累出来的。再想到爹独个儿把他抚养成人，虽然那般穷，儿时跟着爹去县里纳税，或去草市卖竹编草织，爹总得让他吃一碗馎饦儿或插肉面，自己却只讨一碗面汤，就着吃带去的干饼。临回来，还要给他买几文钱的裹蜜香糖……起先他是装哭，想到这些，伤心之极，不由得大哭起来。

他爹死后，王豪赔了他五十贯钱。贺中棍儿将那些钱背回家，放到土炕上。看着他爹靠窗那个铺空着，他又忍不住大哭起来。哭过后，他想：若是我老了，是否甘愿舍掉老命，给儿子换些钱？他反复自问，觉着自己诚心愿意。如此，他才稍稍心安了一些。

他隔壁是秦孝子，秦孝子的妻子严氏中过风，嘴略有些歪，可那浑身上下仍有些别样韵致。他们两家隔着一道院墙，那院墙还是秦孝子的爹当年修的，那时秦家还有些钱财，不愿漏福气给隔壁，因而修得很高，搭着梯子才能望过去。后来秦家在秦孝子手里败落，那院墙时日久了，裂了道缝，靠院门一截又被大雨冲垮，秦孝子一直没有修补，便缺在那里。站在那墙边，略踮起脚便能瞅见隔壁。

贺中棍儿鰷居得久了，心里常火燎，便时时扒着那墙缝朝隔壁偷望严氏。严氏先被秦孝子的继母苛难，后又被秦孝子时时拿些歪理严词训诫，常年都见不着笑。贺中棍儿瞧着严氏那身材，说胖不胖，说瘦不瘦，该圆处圆，该细处细，真正叫合衬又合宜，村里多半妇人都不及。让他又怜又馋。

他们两家的儿子年纪相当，只要见秦孝子出了门，贺中棍儿便常撺掇儿子去隔壁寻严氏的儿子耍，他便借故唤儿，和严氏搭话。他惯会说些机巧话，而且从不造次，该少则少，该退则退，从不让严氏为难。严氏先被礼数拘住，不肯多语，渐渐熟络后，偶尔还能被他逗得笑一笑。两下里这般言来语去，慢慢生出些意思来，贺中棍儿心里痒个不住。

正在那时，他从王豪那里得了五十贯钱。贺中棍儿原本舍不得乱花一文钱，打算相看些田地典买。为了严氏，他忍着痛，不时取一二十文，去草市买些小吃食。先让儿子分给严氏的儿子，后又让他也拿给严氏吃。乡里整日不过吃些酱菜，口中常年都淡，秦孝子又四处欠债，家境远比贺中棍儿困窘，严氏常日间哪里能香甜几回？得了那些蜜煎香糖，自然欢喜。如此，门又敞开了些。

贺中棍儿越发加力，再买了吃食，只等着两个孩儿都不在时，踩着凳子，扒住那缺墙口，悄声唤严氏。严氏这时已惯习，便过来接。贺中棍儿趁机碰一碰严氏的手，严氏起初羞赧，还要避开。几回之后，便不再躲避。贺中棍儿胆越发壮，便进碰为摸，严氏红了脸，却没有躲开。贺中棍儿知道时候已到。

有天秦孝子带着儿子去县里，贺中棍儿忙假称要儿子去县里买盐，托秦孝子带着去，又塞了三十文钱给秦孝子，让他买碗酒吃，再给孩子们买些吃食。秦孝子得了钱，领着两个孩子高高兴兴走了。贺中棍儿望着他们走远，忙取出买好的一包桃穰酥，又站到那缺口边低声唤严氏。严氏似乎瞧破了他的心，微红着脸笑着不肯过来接。贺中棍儿正得计，揣起那包桃穰酥，双手一撑便翻上了墙，随即跳进那院里。严氏惊了一跳，却没有叫嚷。贺中棍儿放了心，轻轻走过去，严氏红涨着脸，忙朝屋里退，贺中棍儿快步追进去，噗地跪倒在严氏面前，一把抱住严氏的腿。严氏略挣了挣，他死死抱住，连头也贴了过去，严氏不再抗拒，伸手抱着了他……

自那以后，他们又偷会过几回。但两个孩子时常都在，村里眼目又多，哪里敢尽兴？两人情谊渐深，一起生出长久之盼。但秦孝子如今落魄得这样，哪里肯轻易休了严氏？贺中棍儿心思虽巧，却也想不出一个好法子，既不让严氏违了礼法、招人耻笑，又让秦孝子甘心情愿休了严氏。

两人苦想了许久，正在焦躁。那天晚上，秦孝子吃醉了从外头回来，在房里大骂严氏。贺中棍儿听见，忙扒到那墙头去听。半晌，秦孝子没了声息，严氏却走了出来，快步走到墙边，将一个布卷儿塞给了贺中棍儿，低声说："他说这物件能让王小槐答应开渠。"外间黑，看不清，贺中棍儿急忙说："你等等！"他飞快跑进屋里，打开布卷儿，到油灯下一瞧，不由得又惊又喜，心都颤起来。望着那灯焰，他顿时生出一个念头。他忙跑回到那墙边，低声告诉严氏："我有个主意了，你在卧房里留盏灯，带着儿子，借个故，去隔壁沈核桃家，一直留在他屋里，莫要出来。"

严氏有些纳闷，但还是忙唤了儿子，去了沈核桃家。贺中棍儿也先回屋里坐了半晌，一直在灯下摸看那把木匙，心里又欢又怕。夜深之后，他去厨房取了一瓶灯油，跳过那墙头，悄悄走进秦孝子卧房。秦孝子打着鼾，睡得正死。贺中棍儿将油瓶里的油轻轻浇到床铺上，而后端起床边桌上那盏粗陶油灯，将旧床帐燃着，将油灯丢到桌脚，像是伸手打翻了一般。扭头一看，秦孝子睡得仍酣，便快步出去，将门从外头扣死，而后翻墙躲回了家。等到沈核桃发觉起火，和严氏一起赶过来呼救时，他才开门出去，混在村人堆里救火。

只可惜，秦孝子竟从窗户逃了出来，保住了性命，严氏只能医治照料他。贺中棍儿也不敢贸然拿那木匙去寻王小槐，这事一旦说破，便是纵火证据，他只得暂忍着。那木匙藏在家中，他不放心，便日日都贴身揣在怀里。严氏偷偷催问埋怨了他许多回，他却只能不住劝慰。

过了三个月，秦孝子能下床后，严氏竟自作主张，逼着秦孝子休了她，而后偷偷求贺中棍儿："我如今已得自主，这望楼村我再不愿回来。我先回娘家，你赶紧把那事办了，得了钱，去接我。咱们一起去外路州，寻个好地界，安稳过活。"他忙点头答应。

严氏走后，他愁了许多天，却始终想不出一个妥当法子，能瞒住这纵火偷匙的罪证。再看着秦孝子那瘸腿烂身的样儿，更是惴惴难安。

转眼到了冬天，他怕严氏焦心，便取了些钱，带着儿子到宁陵县里买了一坛酒、两腿羊肉、一匹缎子，打算先去严氏家提亲。刚买好，才要离开，却不小心撞到个醉汉，那醉汉还有两个同伴，扯住他便打，酒坛也摔破了。他不敢争执，只能连声求告。那三人才住了手，转身走了。他身上只剩几十文钱，只好另去买两瓶酒。到了酒肆，摸钱时，却发觉藏在怀里的那把木匙不见了。他慌忙带着儿子去寻，寻遍了，也不见踪影。他几乎要哭起来，还哪里敢去见严氏，只得背着那些羊肉和酒，丧气回家。

正月间，沈核桃忽然来寻他，邀他一起去杀王小槐，那一百八十贯钱八人平分。他爹性命换来的五十贯钱，只剩三十来贯，若能分得二十来贯，还是能买七八亩地，够养活严氏母子。于是，他便点头答应，跟着去杀了王小槐。

回来之后，不但没能分到钱，王小槐反倒还魂闹起鬼祟来。他想到自己的爹、秦孝子，再加王小槐，时时觉着有阴魂跟在身后，日夜难安。皇阁村请了相绝陆青驱祟，他忙赶了去。

陆青瞅着他，似笑非笑，讲了一段："艮下乾上，为遁卦。君子避凶，小人逃吉。若能刚断，远逝无碍；虑缠私累，陷辱其身……"而后教他驱祟之法，让他对那顶轿子念一句话，他听了，暗暗心惊：

"天理可逃，亏心怎填？"

第八章　大壮

大者既壮，则利于贞正。

正而大者道也，极正大之理，则天地之情可见矣。

——程颐《伊川易传》

腊月底，沈核桃拿着那把木匙去见王小槐。

寒风里，独自行在村路上，四野一片凋敝，枯树枯草簌簌颤抖，荒田上尘土漫天飞扬。沈核桃却毫不觉得冷，心里反倒一阵滚热。

沈核桃今年三十七岁，家里原是二等户，有近三百亩地，人都唤作"柿子沈家"。一是由于他家前后院种了十几棵柿子树，都极高大，秋天时，隔着院墙，远远便能望见满树红柿子。二则是暗嘲他父亲的性格。他父亲虽然有这等家底，却从小被教导富不可骄、强不可恃，加之生来性情温懦，因而时时小心，处处退让。旁人拿住他父亲这性子，便借种种由头，想方设法进逼。前后闹了十几场官司，将家里田产平白无故赔去一半。他父亲也因此郁屈而亡，临死前，教导三个儿子："做人得有些刚气……"

父亲亡故后，他们三兄弟析产分户，一人原本五十多亩地。那时沈核桃刚满二十岁，才成亲。他两个哥哥也都温善，惜他年少，将那零余的十多亩全都给了他。他推让不过，便执意搬出那大院，让两个哥哥住，自己去村西头，将原先给庄客看田的两间草屋修葺一番，添盖了一正一偏两间瓦房，在那里安顿下来。

沈核桃记着父亲遗言，除了至亲手足，其他人哪怕一把草、一文钱，也坚决不让。他特地在院里栽了两棵铁核桃树，愤愤说，有本事你们便来强砸强吃。

可这样一来，他便得时时和人争较，常常惹得满肚气恼。妻子和两个哥哥不住劝他，他却听不进耳。父亲那结局让他瞧得清清楚楚，这世上之人大半欺软怕硬、得寸进尺，并时时处处伺机而动。你若露出一丝软怯，他们便立刻抓住，狠咬一口。一小口不够，必定会贪一大口。

村人们见他性情大变，丝毫没了柿子家风，先都吃惊，继而愤恼。他却不管不顾，旁人的丝毫不贪，自家的分毫必争。哪怕有时争打起来，他并不是对手，却也拼了性命要争到底。人见他这般不要命，渐渐都怕了，都唤他"沈核桃"，纷纷避开，再不敢沾碰他，连他两个哥哥，也不敢去侵扰。

这时他已年过三十，争了整整十年。没了纷争，他也才渐渐平复。直到那水渠被填，愤气才又重新腾起。

那年大雨，眼看自家的田被冲毁，窦好嘴大喊去堵住那水渠，他略有些犹豫，但随即想，这是天下雨，并非我灌水，而且存亡之际，人本该先自保，便去一起将那渠口填死。王豪一恼之下填死了整条水渠，他才略略有些后悔，但随即又想，那水是天地公有，人人得享，凭何由你一人独断？秦孝子鼓动村人去强开，他立即响应，冲到前头。到了去年，天旱得这样，眼见得庄稼全都要枯死，他更是焦怒之极。大保长莫咸让他们设法除掉王小槐，他并不觉得有丝毫不妥。并非我们夺你性命，是你先夺了我们性命。

可是，真要让他去杀王小槐，他却抬不起手，挪不动脚，做不出这等凶虐之事，只能干瞅着那田一天天干裂。到秋天时，六十亩地，佃农总共只收了不到五十石粮。他只能按分例，收取一半。他一年的田税、杂税便有二十多石，这些租子纳税都还缺几贯钱。

更让他气恨的是，隔壁秦孝子家起火，延燃到他家，烧了他半间房。他原本要计较，可秦孝子家里原就欠了许多债，人又烧成那般模样，自己妻子和严氏又一向亲睦，他只得忍住这气，自叹背晦。

进到腊月，原本该欢欢喜喜杀鸡宰豚，预备年节。他却只能缩缩减减，勉强应付。更忧来年，若是再这般旱，家中积蓄耗尽，恐怕再难熬过去。

那天，他站在院里望着那两棵光秃的铁核桃树，正在发愁，忽听见院门外两个孩童在斗嘴。一个是他幼子，另一个是贺中棍儿的儿子小棍儿，两人在争谁家钱多。小棍儿高声说："我爹有个宝物，天天揣在怀里。那宝物能叫王小槐乖乖听话开那水渠，我爹便能从大保长那里领到一百八十贯钱，一百八十贯呢，把你们全家都能买下来……"

"我才不信呢，骗人口生疮！"

"我才没骗你，明天看我生不生疮。"

沈核桃听了，心里暗暗吃惊。他不知道那是什么宝物，竟有这等奇处。但若是真的，贺中棍儿为何一直揣着那东西，不去寻王小槐？难道只是那孩子信口胡言？但听那语气不像说谎。

自那天起，沈核桃开始暗暗留意贺中棍儿，果然发觉贺中棍儿不论做活儿、行路，都不时要摸一摸厚袄左怀。虽瞧不出里头藏了什么，但必定是个贵重物件。

与此同时，沈核桃又想到那场火灾，扑灭了火后，他和几个邻人曾进到秦孝子卧房去瞧，见油灯盏跌落在床边地上。那几人都说，应该是秦孝子躺在床上，醉中伸出胳膊，不小心将灯盏打翻到地上。但这时想来，那桌子虽在床边，灯盏必定不会放在桌子边沿。人躺在床上，反手很难摸到灯盏，得爬起来才够得着。恐怕是有人故意打翻纵火……秦孝子穷得家里寻不出几文钱，为何要杀他？那晚严氏母子都在我家，谁能潜入那卧房？

贺中棍儿！只有他最便宜。沈核桃随即更想到，贺中棍儿和那严氏瞧着始终有些不尴不尬、遮遮掩掩，两人似乎有些首尾。严氏难得夜晚出门，那天却一直留在我家，还带着儿子，难道是有意避嫌，给贺中棍儿留下空隙纵火？火灾之后，严氏逼着秦孝子休了自己，恐怕真是两人商议好的计谋。贺中棍儿怀中那宝物，怕也是秦孝子不知从哪里得来的。一场火，夺宝又夺妻。他得了那宝物，之所以迟迟不敢去见王小槐，自然是怕被秦孝子知晓。

理顺之后，沈核桃又惊又寒，站在院里望着自家那半间被牵连烧坏的房子，顿时腾起一阵怒火，你害人夺物，我管不到，但你烧了我的屋，必得赔回来！

过了两天，贺中棍儿带着儿子去县里，沈核桃忙远远跟在后头，边走边想主意。到了县里，他见贺中棍儿去酒肆买酒，又去布帛店买绸绢，忙赶到街口一家生药铺，寻见了那家店主。

这生药铺与他家有段陈年瓜葛。店主当年遇了急难，将这店铺典给了沈核桃父亲，典期是十年。可是到了第八年，那店主又有了钱，便要赎回。照理该赔两年的钱，店主却不肯，并说要闹到公堂上。沈核桃的父亲怕事，只得忍让答应。沈核桃却一直记着，只要到县里，他便来这店前闹一场，讨要那些欠赔，那店主父子却死也不赔。这纷争拖了十几年。

那生药铺如今由店主儿子操持经营，那儿子性子更执拗，一见到沈核桃，立即挡在门口，作势要再来一场恶战。沈核桃忙说：“今天不跟你争。你若帮我做成一桩事，你我这债便从此勾销。”

“做什么勾当？”

“街角那个提酒坛、穿灰袄的，他左怀里揣了件东西，你设法帮我弄到。”

“你让我去抢？”

“你若不愿意，便还欠的那些钱！”

那店主儿子见贺中棍儿一个农家汉，又生得瘦小，便点头答应，出去寻了两个帮手，追了过去。不一时，他果然抓了个布卷儿回来：“你要的是这破物事？那汉子左怀里只有这一样。拿去！往后你若再敢来搅闹，便莫怪我发狠！”

沈核桃接过去打开一看，里头只是一把木匙。他先有些失望，不过再一细瞧，才认出那并非寻常木匙，而是沉香雕成。他父亲当年有一小串佛珠便是沉香珠子，不过这沉香匙，要光润沉实得多。他也旋即想起，王小槐吃饭似乎便离不得一把沉香匙。

他忙装作若无其事，包卷起那沉香匙，向那店主说了句：“放心，我以后不会再来了。”随即转身离开了。回去路上，他又取出那沉香匙，反复看了几道，确信无疑后，便大步赶往王小槐家，被察觉之前，得尽快做成此事。

到了王家宅院前，他心里有些惴惴，但还是鼓起气，上前抬手敲门。开门的是个老仆人。“老人家，我来见你家小员外，有样要紧物件要给他。”老仆人点头让他进去，那庭院异常空阔寂静，院中三棵大槐树叶子落尽，枯枝如爪，伸向苍天。厅堂极雄壮，一色黑漆。一个瘦小孩童，身穿素白麻衣，站在堂屋前台阶上，手里抓着个银弹弓，一双精亮黑豆眼，盯着沈核桃，神情瞧着又顽皮、又酷冷。沈核桃见过两回，知道正是王小槐。

"你是谁？来做什么？"王小槐尖声问。

"我姓沈，是望楼村的，有样东西要交还给小员外。"

"交还？是我的东西？"

"嗯。不过……小员外得先答应一件事。"

"让我开通那水渠？"

"嗯。"

"是啥宝贝物件？给我瞧瞧？"

沈核桃取出那沉香匙，竖起给王小槐看。

"怎么落到你手里了？哈哈！"王小槐忽然笑起来，"你们望楼村这半年连着死了好几个人，那些人都是你杀的？"

沈核桃顿时愣住。

"我家煮饭的那个长脸妇阿秦，那天贼兮兮的，一瞧便是做了歹事，被我拦住搜她的身，搜出了这把木匙。我用弹弓射了她几栗子，她才哭着招认，说那姓窦的扁嘴汉是她表姐夫，许了她二十贯钱，让她偷我的木匙。我一想，让阿秦装作偷走才好耍，就让她把木匙给了她表姐。过了几天，她表姐就上吊了，扁嘴汉却再没来。我正在想，我的木匙又被哪个偷走了？原来到你手里了。"

沈核桃惊在那里，脊背一阵阵发寒。看来头一个得到这沉香匙的是窦好嘴，这半年，村西头八家，除了自己和贺中棍儿，那六家先后死人，村人都说是招了邪祟，难道他们也如我一般，都偷了这沉香匙，才身遭横祸？

"给你瞧瞧这个——"王小槐却仍笑着，从腰间一个白布袋里抽出一样东西。沈核桃一看，越发震惊——一把沉香匙！和自己手中这把几乎一模一样，只是色泽略红一些。

王小槐晃着那把沉香匙，无比得意："这把才是我的。你手里那把，是我娘怕我这把丢了坏了，又求我外祖父雕了两把，留着防备。那把你也乖乖还给我，不然我便去告官，说你为偷它，连杀了几个人。老孙，把那把木匙留下，让这人走。"

那老仆人走过来要沉香匙，沈核桃已经惊得失了魂，怔怔交给那老仆人。王小槐举起银弹弓，瞄准了他，做出要射他的样儿。那老仆低声说："快走吧！"沈核桃这才回过神，忙转身快步离开，出了那院门，走了许久，心里都始终昏乱不已。

过了两天，他才醒转过来，一股恨意渐渐涌起：这孽畜该死，必须杀了他！

他不好去问其他七家，是否真的都曾偷过那沉香匙，但想来不会无缘无故接连死人。自己一人不知该如何下手，最好连同他们七家，一起商议，一同动手。

他正在思忖，那大保长来寻他，问他们为何还不下手，等着明年继续再旱？又说，得知了一个信儿："王小槐正月要去汴京，十五半夜，有一顶轿子，顶上插着枯枝，会抬着王小槐出东水门。那是个下手的好时机，远离咱们这里，官府也难查。"

他听了，再不犹豫，一家一家去说动了那七个人，一同赶往汴京。正月十五那天夜里，他们躲在赵太丞医馆附近的街两边，分作四拨，窦好嘴、姜团在街左，黄牛儿、盛豆在街右，一起牵住一根长麻绳。等到近午夜时，那顶轿子果然行了过来，等那前头轿夫走近，两边扯紧那绳子，将那轿夫绊倒。秦孝子和贺中棍儿装作路人经过，忙去扶那轿夫，鲁大则去遮拦住后面轿夫。

沈核桃握着尖刀从旁边闪出来，趁乱掀开轿帘，朝那轿子里连刺了几刀。这些年他每年都要杀猪，他便如杀猪一般，狠狠刺下，每一刀都深刺进肉中，王小槐只略一呻吟抽搐，便再无声息。

他们忙各自散开，等那轿子走远后，才聚到一起，快步走到北边的新宋门，从那门出城，连夜赶往家中。途中，他们才怕起来，一路上谁都不言语。

行了三天，回到家后，妻子竟说那水渠已经挖开了，如今水仍结着冰，开春便有水了。他听了大惊，忙问详情，妻子说："你们走后第二天，王小槐骑了匹马来见大保长，说他父亲王豪死前交代过，说要惩戒望楼村三年，到今年正月十五，正好满三年。十六你们便可以开渠了。前天一早，大保长便召集了村里人，忙一起去将那水渠挖开了，并把那一百八十贯又还给了各家……"

他听了，顿时呆住。又过了两天，王小槐的死讯传来。接着，王小槐还魂闹祟。他从没这么怕过，听到相绝陆青来驱祟，忙去求拜。

陆青见了他，冷眼瞅了片刻，像是在瞧他心里的疮疤一般，随即演说了一段："卦属大壮。乘刚而大，禀正而壮。刚极则脆，壮极则衰。如羝羊触藩，角挂于藜，进亦难，退亦难……"最后，教他去对那顶轿子说一句话，他听了，胸口隐隐一痛：

　　"万夫之勇尚白发，百年孤身横几时？"

火篇

界石案

第一章　晋

晋者，进也。物无壮而终止之理，既盛壮则必进。

——程颐《伊川易传》

莫咸照相绝陆青所言，清明上午来到汴河湾榆疙瘩街口，等着那顶轿子。

至今，莫咸仍不清楚王小槐是被何人所杀。正月里，望楼村最西头那八家回来说，他们杀了王小槐。那八人不知道，莫咸其实还另选了一伙人去杀王小槐。得知王小槐死讯后，莫咸曾差人去汴京打探，那人回来说，王小槐被天火烧焦，官府也未能查出死因。

旁人只知莫咸怨愤王小槐，是为那水渠。其实，莫咸虽是望楼村大保长，在望楼村却只有一百多亩地，不到他田产十分之一，且全都佃了出去。这些田旱了，他固然会少得些租粮，却并不致大损。另有一事，让莫咸更加寝食难安——那是一桩命案。

去年开春后，莫咸有天正坐在自家堂前那张乌木交椅上，晒着春日，院里站了一大群佃客，正一个个给他回报春耕农情。莫咸的田产虽全都佃了出去，他却不愿放任这些佃客。他深知人之所以穷，头一条便是由于懒，其次便是笨。那些佃客，大多非懒即笨，甚而又懒又笨。只知照着旧习耕种，难得查查天象、观观土情、问问行家，思量思量该如何更进农艺。除了懒和笨，这些穷汉更有各般奸顽偷滑，年丰哭收歉，一石匿两升。原本只有羊粪球大一点儿心智，大半又都使在这些小奸小滑上头。

因而，莫咸不但自家勤进，也不许佃客稍有懈怠。佃田时，他细心筛选，凡有这些陋习者，一概不佃。佃出去之后，他又时时查问。如此严督细察之下，同样田产，他一亩地比别家能多收几斗粮租。

那天，一个老佃户的儿子笑着说自家今年种的粟，发苗发得极好，收成一定不少。莫咸一听便恼起来，前两天他已去那田里看过，那些粟苗虽然瞧着旺茂，根须却扎得虚浮，轻轻一拈便能拈起。自然是老佃客看管不紧，这儿子使了懒，土碾得不够紧实。莫咸才听了一半，那张长方脸已铁硬起来，他肤色本就黑，这时越发铁暗。见那蠢汉好不自知，他抖着唇上那浓黑髭须，厉声痛责起来。

正骂着，一个人走进了院里，是皇阁村王豪家的仆人，手里拿着张请帖，邀莫咸去赴桃花宴。

莫咸大为意外，王豪这桃花宴在帝丘、阳驿两乡极有声名。每年桃花开时，他都邀方圆百里最豪富的几家聚在一处，欢宴一场。富只是一条，另一条是每家都得有一块"褶子田"，因此，连王豪在内一共只有九家。乡人都唤作"九豪宴"，并传出一句俗话："莫夸豪，莫夸富，九豪宴上能饮一杯不？"莫咸勤进持家大半生，一直有个心愿便是能赴这九豪桃花宴。只是家业始终不及那九家，更没有那"褶子田"。

前几年，那九家中有一家被"括田令"括去大半田产，家主气病身亡，底下几个儿子又丝毫不通持家理财之计。三两年间，一个田产数百顷的巨富之家便迅即败落。莫咸瞅准了那时机，知道那家长子好赌，便邀了几个赌客，做成局，引那纨绔子入套，只赌他家那几顷褶子田。半个多月工夫，前后假赔了三百多贯钱，便连输的钱和那几顷褶子田都赚到了手。

有了褶子田，便能赴桃花宴了。第二年春天，莫咸一天天看着桃树发芽抽叶，结出花苞，耐住性子等着王豪来请。可桃花未开，望楼村却因水渠争斗，触怒了王豪。王豪如期摆下桃花宴，却没有请莫咸。开宴那天，莫咸闷在家中不愿出门，手都在抖，将家里那十几个仆人骂了个遍，连妻儿都训斥了一番，却仍未解气。此后，为开那水渠，莫咸不得不低下头去恳求王豪，又连连遭拒。

那两年，莫咸一眼都看不得桃花，恨不得将方圆百里的桃树全都烧尽。谁知去年，王豪竟回转心意，邀他赴桃花宴。

莫咸早已知悉赴宴规矩，却不放心，又细细问过王豪那仆人，这才开始全力准备。桃花宴有"四斗"：斗茶、斗酒、斗馔、斗美人。每家备一样好茶，携一壶好酒，烹一道好菜肴，请一位名妓。

莫咸多年来只知勤督佃客、操持家业，虽积下数万贯家业，却从来未曾奢享过这些，连妻儿都不许穿上等绫罗。于这"四斗"，他自然丝毫不通。他慌忙骑马赶往应天府，他有个表兄在应天府开酒楼。他寻见那表兄求教，表兄见他如此慎重，忙差人又赶往汴京，辗转托人，替他寻买了一饼乙夜清供御茶、两瓶宫中苏合香酒。表兄怕自家的厨子手艺不够，便去应天府头一号正店冯厨家请了一位茶饭博士。又使重金，邀得应天府歌舞俱佳的一位头等名妓。

四样通共一算，竟用去二百六十贯钱，能买三百亩上等良田。莫咸疼得心头像是被活撕去一块，自己家中老少十余口，一年花费也没有如此多。可再一想，勤苦积业，不正是要在这些用场显名？不然，如同烂铺盖蒙头，黑地里瞎富，又有什么兴味？

他用木盒软布仔细装好茶酒，带着那茶饭博士和名妓，雇了辆彩绘厢车，赶回到家中。望楼村人从没见过上等名妓，早已围满在他家院门前。车停下，那名妓掀帘下车时，扬眉一笑，满村人顿时全都惊唤起来。看着这些惊羡面目，莫咸才觉着，这二百六十贯果然用得其所。

第二天便是桃花宴正日，莫咸让妻子从柜里取出那套从未舍得用的官窑虾青瓷器。那名厨使出平生绝技，烹制了一道上等菜肴——红丝水晶脍。盛在瓷盆中，真如十几块水晶浸在红油中，又亮又润，更兼一阵鲜香扑鼻，莫咸从未见过菜肴竟能清透雅逸到这地步。他啧啧惊叹，小心盖好，又取过茶酒器皿，命四个仆人分别端着。仍用那辆厢车载着那名妓，前去赴宴。村里人又都蜂拥尾随，一直跟到王豪家院门前。莫咸平素常皱着眉，难得笑，那时坐在车中，嘴角不由得便要扬起，心里也像种了片桃林，桃花一起争相绽开。

可是，到了王豪家宅院前，却不见王豪出来迎接，只有管家老孙候在门前，莫咸心里顿时一沉。老孙说主人王豪去接一位贵客，尚未回来。筵席摆在后院，让一个年轻仆人引莫咸进去。莫咸心中沮懊，却不好发作，只得跟着那年轻仆人进到庭院，穿过边门，来到后院。莫咸从没来过后院，一出圆月门，眼前顿时敞亮，一大片水池，一座假山，一带亭台，许多花木，青青碧碧，红红粉粉，果然富雅。池边那片空地中央，十几株桃花开得正艳，粉鲜鲜亮人眼。花树下摆了一张黑漆雕花长桌，两排圆凳。背后是一架白绢乌框围屏，上头绣了一幅青碧仕女图。

莫咸生怕来得过早，被人耻笑，特意在家中忍了许久。四周一瞧，其他人都还未到，仍来早了。他独自站在那空桌前，不知该站还是该坐。那名妓一直跟在身侧，也让他浑身不自在，两天来他从未先开口说过一句话。那名妓见了桃花，极欣喜，莫咸只好陪她过去赏看，只觉得自己如同被丢进举子科场的呆蠢农夫一般。

半晌，那几家豪富才陆续到来。那些人莫咸虽然都相识，其中几个还有些过往，然而首次在这桃花宴上相遇，虽都笑言问讯，彼此却都有些不尴不尬。莫咸偷眼瞧他们所携名妓，果然个个风姿妖娆，服彩鲜丽。不过，自己带来的也并不逊色，他才略略安心了一些。

那几个豪富将自家带来的酒菜都摆到了那张长条桌上，菜肴都罩着，瞧不见。酒也封了口，不过单看那些瓷瓶，或白或青或黑，都极金贵。莫咸看那位次，是按家产排序，他自然是最末一个。他忙唤仆人将一盆菜和两瓶御酒摆到长条桌最下首。

其中一个姓齐的豪富一眼望见那两瓶酒，顿时咧嘴嚷起来："苏合香酒？背晦！背晦！"莫咸先一愣，再看姓齐的面前桌上两瓶酒，也是官窑粉青冰裂纹瓷瓶，黄泥封，青绸勒。那勒口上垂下一小条黄绸，写有四个泥金字，隔得远，看不清，自然是"苏合香酒"。其他人两头望望，一起哄笑起来："老齐，你年年拿这药酒来唬俺们，今年总算有人来捉对啦！哈哈！"莫咸见老齐撇着嘴，歪着瘦脸，心里顿时一阵难堪。

一个姓简的豪富忽又问："莫老弟，你拿的茶是啥茶？别又撞着谁的头，撞出鼻血来。""嗯……乙夜清供。""啊?！"旁边一个姓路的猛然怪嚷起来，"跟我又撞到一堆！今年不好耍！背晦！背晦！"姓简的忙说："快瞅瞅他的菜，莫不是也重样儿了？"近处一个豪富忙揭开莫咸的菜，其他几个一起凑了过来，其中一个姓回的顿时又嚷起来："背晦！背晦！"

四样竟跟人重了三样，莫咸几乎粮袋一般溃倒。那些人在两旁不住声地抱怨讥嘲，他一个字都听不清，头脑中像是有一群狂蜂乱舞。正在沮丧愧乱，却见王豪引着一个人大步走了过来，一眼看到那人，莫咸更是惊得几乎晕倒——那人是他弟弟莫甘。

莫咸已经十八年没有见过弟弟，以为弟弟早已不在人间。他惊望向弟弟，样貌并没有大变，只是略老了一些，两鬓已有些发白，神色间也少了当年油赖气，多了几分沉着。头戴着簇新黑纱幞头，身穿一领青绸镶锦褙子，看衣着，境况不差。莫甘见到哥哥莫咸，似乎并不意外，笑着走了过来，轻声唤了句："哥哥。"莫咸如在梦中，不知该如何应对，只闷出一声"嗯"。弟弟莫甘盯着他，笑瞅了片刻，随即转头去问候其他人。

莫咸呆立在那里，望着弟弟和那些豪富一一拱手致礼，恨不得立即逃走。那些人也都认得莫甘，知道他旧日名声，都有些不自在，个个勉强抬手还礼。

王豪笑着说道："莫老弟如今是新任知县衙前宾幕，最得倚重。明年是闰年，朝廷照例又要重新勘量田地，知县委命莫老弟主掌此任，我们各家的福缘财路便全在莫老弟手掌间了。今年桃花宴咱们就不斗了，换作接风宴。各位好生敬几杯，莫老弟欢喜，咱们才能欢喜。"

那七个豪富听了，忙纷纷开酒瓶，斟满杯，上前敬酒。莫咸则一直呆立旁边，怔怔望着，心里搅作一团，翻涌不已。

他这弟弟自幼被父母娇宠，从来任性胡为。父亲亡故后，越加没了顾忌，整日在外间游荡，典卖田产，肆意挥霍。他家原先有千亩良田，莫甘一年便能荡掉一二百亩，人都唤他"莫裤子"。莫咸眼看着家业就要败尽，几次要析户分产，但父亲临终遗命，让他们兄弟莫要析户分产，一定要互亲互爱。母亲又连番哀哭恳求，他只得一忍再忍。可没过几年，弟弟竟将家中剩余的田产全部赌尽。莫咸气恨之极，见弟弟回来，抓了根木锹，冲上去要打死弟弟。莫甘却毫不避让，反倒笑着让他打。莫咸越发恼怒，手却半晌都下不得，空举了一阵，只能丢了木锹，放声大哭起来。莫甘反倒过来劝他："哥，不怕！我有好几注大钱握在手里。不过，你嫌我赌，我便先不去动那些钱，只在赌上翻一道手给你瞧瞧。我输得去，便赢得来。家里应当还有些钱？十贯、二十贯都成，你拿了跟我一起去应天府，咱们做一回大局，把输掉的田产全都赢回来。你不信？我在爹灵牌前起誓，你便再信我最后一回，若输了，我便跳进汴河！"

莫咸绝望之余，被弟弟说动，背着家中仅剩的最后十八贯钱，跟着弟弟一起去了应天府。莫甘寻到一伙旧日赌友，一起瞄准了一个富家子弟，做成赌局，只用了一晚上，便将那子弟家中六百亩地全都赢了过来，并逼着那人一起去府衙中交割完契。莫甘将一半分给那几个赌汉，自己和哥哥拿了三百亩地的田契，一起搭船，欢喜归家。

自始至终，莫咸都只是跟着瞧，一个字都没言语过。回去夜船上，他都仍有些惊怕。弟弟莫甘却得意无比，买了些酒肉，和他在船舱里，靠着窗边吃酒赏月。弟弟吃得酣畅，满嘴炫耀起他那些荒肆事迹，并劝莫咸何必自苦，该和他一起挥霍。莫咸越听越厌，只能不住劝弟弟饮酒。莫甘吃醉后，伏在船舷上。莫咸见他睡得酣畅，闷恨犹豫了许久，终于发狠心，将弟弟拖抱起来，一用力，推入了河水中。等船已行了两三里地后，他才假意嚷起来。那些船夫忙停了船，跳下水去寻，自然寻不到。

莫咸上岸后，迅即又返回应天府，寻了个牙人，将弟弟赢来的那些田产一块块全都卖掉，将钱兑成银子，背回了家。弟弟典卖出去的那些祖田，能赎还的，全都赎还了回来，剩余的新置买了一百多亩，总共虽不及当初家产三分之一，却也已经大好。他尽心操持家业，辛苦十八年，才挣到今天这等家业。

弟弟莫甘竟然没有死。莫咸望着弟弟与那几个豪富对饮笑谈，全然想不出这十八年来弟弟去了哪里、做了些什么。如今又做了新知县幕客，来这乡里勘量田土。莫咸回想弟弟将才那笑容，似乎并不知晓自己将他推下了船，也没有丝毫记恨之意。

他正在忐忑，弟弟莫甘忽然转身又走过来，开了他那瓶御酒封口，斟了两杯酒，端过来递给他一杯，而后笑着说："十八年不见，我这做弟弟的得好生敬哥哥一杯。"莫咸忙接过酒杯，尽力笑着，一同仰脖饮尽。莫甘又连斟了两回，喝过之后，才又笑着说："哥哥能来这九豪宴，自然已是豪富。哥哥可记着当年咱们在应天府那约定？"

莫咸一听，顿时失色。那年他跟着弟弟去应天府，做那局之前，莫甘说：

"咱们得事先定好，一旦做成这事，便依照父亲临终遗命，不论穷富，此生决不析产分户。谁若违约，只能得四分之一家产。"莫咸当时已近绝望，析不析户于他而言，并无分别，便点头答应。莫甘立即去借来纸笔，请了客店主人作保，写了约书，强要莫咸画押，莫咸无由推拒，便画了押。那约书，兄弟两个各留了一张。回去船上，莫咸将弟弟推下河后，随即将那纸约书也丢进了水中。

时隔十八年，兄弟重逢，弟弟竟提及此事，自然是要来割夺家产。莫咸胸中顿时腾起一阵恨，却不能表露，望着这个弟弟，说不出话。

莫甘却斜睐起眼，用手指了指自己怀间，笑着说："言语过耳忘，墨字百年新。那约书，我仍好好揣在这里呢。"

莫咸越发慌怒，不由得打了个冷战。弟弟却又斜眼一笑，随即转身跟其他人吃酒去了。莫咸全身虚颤，再站不住，忙坐到那长桌下首边，抖着手抓起酒瓶，斟满了酒，自己一杯一杯连饮数盏，酒水洒得满桌满襟。好在那几个豪富和莫甘围在一处欢饮谈笑，谁都没有留意他。不一刻，他竟将那两瓶御酒全都喝尽，他原本酒力就浅，醉得头脑晕沉，趴在那桌上昏睡了过去。

不知过了多久，他被人摇醒，是王豪："老莫，出了一桩祸事，你家二弟死了。"

莫咸原本仍在晕醉，猛听到这话，如一根钢针从脑顶刺下，顿时惊醒过来。这时已经过午，日光暖亮刺眼，那些仆人和妓女全都不在，后院里只有王豪和七个豪富，每个人都面露惊慌。莫咸有些发蒙，忙问详情，王豪说："将才我那管家老孙去角上那个茅厕，见你家二弟躺倒在地上，以为他醉倒了，忙去扶，却见你家二弟身子冰凉，已经断气——"

一听"断气"二字，莫咸先是一阵惊怔，但随即抖着嘴，半晌说不出话，竟忍不住哭了出来。如同被人推下冰窟窿，眼见便要淹冻而死，却得上苍哀悯，伸手将他救了上来。身旁那些人全都望着他，恐怕无人知道他是惊怕之余，欢喜而泣。

哭过一场之后，他才渐渐平缓过来，怕被人瞧破心思，仍旧垂着头坐在那里。王豪这才又缓缓道："老孙发觉之后，没敢惊动其他人，偷偷来回报给我。我将仆从妓女全都支开，和在座诸位商议了一阵。大家都觉着，这事万万不能透露出去。这是桩命案，混杂之中，又不知凶手是谁，咱们恐怕都得受牵连。死者是你胞弟，你看该如何处置？"

莫咸犹豫半晌，才苦着脸低声说："你们诸位看怎么好，便怎么办。"

八个豪富顿时松了口气，王豪又说："将才我们已商议好，令弟尸首既然在我这里，便由我来处置。等到傍晚，天色暗下来，寻一个身量相当之人，穿戴了令弟衣帽，骑马离开这里。人见了，只认得出衣着身形，却辨不清样貌。"

莫咸这时正巴不得，忙垂头哭脸点了点头。于是，诸人一起呆坐，候到天色暗下来。王豪去唤来一个身形与莫甘大致相似的仆人，让他穿戴了莫甘的衣帽，和诸豪富一起告辞离开王豪宅院，各自骑马乘车，离开了皇阁村。

莫咸回去后，让雇来的那厢车车夫将名厨和名妓送回应天府，自己则独自呆坐在卧房里，回想这场桃花宴，竟如黄泉会一般，心里又沉又乱，不知是悲是怕。

过了几天，没听到任何动静，他才渐渐安了心。却没料到，不久王豪便一病而亡。他去吊唁，王小槐竟凑过来悄声跟他说："你知不知道你家弟弟被埋在哪里？我告诉你，就在河边那块界石下头。"他一听，顿时毛发寒立。王小槐却笑嘻嘻望着他，又说："那张契约就揣在他怀里，那可是杀人罪证。"

他越发惊得头皮一阵阵寒涨，望着眼前这个瘦小孩童，不敢相信，却又不敢不信。周围还有许多人，他不敢多语，慌忙离开了那宅院。回去后，始终惶惶难安，想差人去挖开那界石，却又怕被人察觉，原本没有干系，反倒惹出罪祸。再一想王小槐，更怕他四处去乱说。一个念头渐渐从心底生出，必得除掉这个孽畜。

于是他借水渠之事，让村东头那八家去杀了王小槐，可那八人尽都是软脚汉，迟迟没有动手。直到正月，那七家豪富竟又约他会面，说他们已经商议好，得一起除掉王小槐，这样才能保住那些褙子田。莫咸正巴不得，忙点头赞同。其中一个姓裴的得知了一个讯息，王小槐正月十五要去汴京看灯，那时正好下手。这事仍得同担干系，每家都出些钱，一起寻人去办了此事。莫咸点头附和，拿出了二十贯钱，听任那姓裴的安排。

过了几天，王小槐果然被杀，莫咸却不知究竟是哪一头得的手。他原以为，王小槐一死，便再无患惧。谁知得知死讯后，心里反倒沉坠难安，却不知是为弟弟莫甘，还是为王小槐，或是为他自己。

　　紧接着，王小槐竟还魂闹祟，他家院里清早落了许多栗子。莫咸越发惊惶，听说三槐王家请了相绝陆青驱祟，忙也赶去求问。陆青见了他，凝视良久，那目光寒水一般，让他不敢直视。半晌，陆青才缓缓开口："晋卦向上，人心向下。路无穷尽，力有终极。鼫鼠贪畏，动止皆失……"最后，陆青教他驱邪之法，让他去对那轿子说一句话，他听了，后背顿时汗湿：

　　"进得一阶荣，损却三分宁。步步无穷已，魂魄何所归？"

第二章　明夷

夷者，伤也。日入于地中，明伤而昏暗也，故为明夷。

——程颐《伊川易传》

杜恩在桃花宴上见到莫甘，也是猛惊了一跳。

他以为自己看花了眼，再仔细一瞧，那人神色间虽少了浪荡气，样貌也初现老态，但的确是当年那个"莫裤子"。及至看着莫裤子走向莫咸，叫了声"哥哥"，杜恩再无可疑，心里不住惊问，他为何还活着？

杜恩与莫裤子相识已有二十多年，那时莫裤子是阳驿乡有名的"莫千亩"家的幼子，而杜恩家原先则只是个四等户，家中只有三十多亩地。那年起了洪灾，将他家的房舍田地尽都淹没，父母妻子都被冲走，只剩他和一个幼子。杜恩等大雨稍停，独自撑了块门板，四处寻找父母妻子，最终只寻见父母尸首，妻子则不知所终。杜恩自幼孝顺，不忍抛舍父母遗体，更兼独自一人，难养活才一岁多的幼子，便抱着幼子赶到宁陵县，给幼子胸前插了根草棍，跪在路边，乞求卖儿葬父母。

莫裤子那天正巧路过，因同在一乡，隐约有些认得他，便停住脚，问了缘由，随即笑着说："你这孝心虽好，慈心却差。自家孩儿让别家去养，哪里有亲生的好？少不得受苦受虐。你不过是要一副棺椁，我舍给你。"

"多谢小员外。只是——安葬父母，做儿的得靠自家气力，若白用了小员外的钱，这孝便不是真孝了。"

"你卖儿便是真孝了？"

"小人是实在没法子，毕竟这孩儿是我亲骨血，卖了他，也算他在祖父母跟前尽了小小一片孝心。"

"你这不是孝，是呆。这么吧，我也不白舍给你，算是借给你。等洪水退了，你家的田仍在那里，你再慢慢还我。"

"可那洪水不知何时才能退，就算退了，我家那些田地，不知还能不能耕种。小人生来只会耕地，做不来其他营生。借了员外的钱，不知道如何归还。"

"嗐！说你呆，你真是呆！不过人都说，若欲成得事，除非三分呆。你这呆气何止三分？你是个囫囫囵囵十足呆。这么吧，咱们做笔买卖，我就把你当块呆田，预买你三分收成。往后你得一石，我收三斗。十年八年，总能收回这一副棺椁钱。再多的，便算作利钱。你活一年，我便收一年。如何？"

"这……成。不过小人听得有句俗话——言语过耳忘，墨字百年新。小员外若真愿帮小人，就立个字据。"

莫裤子当真带着他，到街口一家相识的锦帛铺，请那店主作保，两人写定契书，一人收藏了一份。随即，莫裤子又去棺椁铺，出了八贯钱，替他买了一副棺椁，雇了辆太平车，去乡里水边找见他父母尸首。没有墓地，莫裤子将他父母尸首运到自家墓地，找了两个庄客，在那墓地边上寻了块空地，安埋好。

他们父子没有安身之地，莫裤子便让他们暂住到自己家中，供衣供食，并让家中雇的乳娘，帮着照料他的幼子。

过了几个月，大水果然退去，杜恩家的田地也露了出来。莫裤子又拿出二十多贯钱，替他将那几间被冲毁的草舍翻盖成瓦房，借了头牛和一些农具给他。

杜恩一向不愿输了志气，感念之余，始终极不自在。因而，他口上从不道谢，心里一直暗暗发誓，一定要加倍偿报莫裤子。由于憋了这股气，他耕作时，比以往越加卖力。一人一牛，原本只能耕二十亩地，他却硬生生独自将那三十多亩地全都耕了出来，每天累得骨头都要酸裂。好在幼子一直寄养在莫裤子家，不必分心照管。

那年除去赋税，他总共收了四十多石粮。他自家只留了十来石，剩余三十石全都挑到了莫裤子家。莫裤子笑着推辞："咱们定好的，我收三分，这都有七八分了。"

"小员外一定收下。这三十石粮，只将将够棺椁钱和盖房钱。牛钱、农具钱、养孩儿的钱，都还缺着。"

莫裤子只得笑着接下，随即却替他谋到一桩好事。县里有许多学田，佃给人只收三分租，又没有田税，因此，人人都争这佃权。莫裤子和县衙的管事相熟，拿到一百多亩学田，他将这些田全都让给杜恩。杜恩从前哪里敢想这等生利好事？一听便连声推拒。莫裤子却强说了一番，那衙前管事在一旁更是笑骂起来，杜恩这才犹犹豫豫地画了押。莫裤子又四处寻佃客，替他将这些田转佃了出去，一年一亩能得二分租。连指头都不需动，一年便白得五十多石粮。

秋收后，杜恩瞧着那些佃客将粮一挑挑送上自家门，又惊又喜，更有些忐忑难安。他忙要将这些粮全都驮去给莫裤子，莫裤子却已先上门来，笑着说："说定的，便不许乱改，往后我只收三分利。"

他忙说："不成。牛钱十石粮，那些农具又是十石，小人儿子养在小员外家，一年还得十石。更莫说这些粮，全是小员外赏的福分，小人哪里敢独个儿吞下？"他强行将那五十多石粮全都搬去给了莫裤子，前债才算了结。这时儿子已经能走能跳，他顺便把儿子也接了回来，自家心里才终于宽适了些。

到了次年，他开始犹豫起来，不知是该照约好的三分给莫裤子，还是再多给些。犹豫再三，装了四成送了过去。莫裤子略微一算，见又多给了一成，顿时恼了起来，强逼着他将多的搬运回去。他想：这样说明白也好，时日还长，债已还清，往后便都是多的回报。

谁知莫裤子竟又替他揽来三百多亩学田的佃权，这样一来，只分三成似乎又嫌少了些。他心里又不自在起来，可推掉又舍不得，只得暗暗想，往后设法多回报。

这近五百亩学田转佃之利，一年将近二百石粮。杜恩父子两个一年吃用，二十石已足。他再不必亲自耕种，便将家中那三十多亩地全都佃了出去。秋后分成时，莫裤子仍坚持只收三成，杜恩便盈余了一百五十石，他存储了一些备荒粮，其余的卖成钱，寻买了一百多亩田，顿时升到了三等上户。

以力挣钱，越挣越寒；以钱生钱，越生越欢。自此以后，他家境越来越宽裕，三五年间，便由三等户升到一等户。花了三百贯钱，续娶了一房富家娇妻。房舍院落也新扩翻造了一番，大房大院，粉壁乌门，好不气派。乡人们再也不敢唤他名字，开始称他杜员外。

这时，莫裤子便令他越来越不自在。他一直在莫裤子面前自称小人，莫裤子也一直坦然受之。如今他也成了别人口中的员外，两人再见面，他虽照旧称莫裤子"小员外"，却再也不肯自称"小人"，可又不好改口称"我"，更不好如那等雅士们自称"在下"或"鄙人"，因而，言谈间极其别扭。

另外，每年收成，莫裤子仍分三成。如今杜恩一年至少收五百贯租子，三成便是一百五十贯，当年那等棺椁能买二百副。然而，他却只能照旧把钱装袋，让庄客推了个独轮车，自家骑头驴子，将利钱送去给莫裤子。

莫裤子见了，忙笑着说："这利钱再收下去，似乎有些羞人了。咱们那约书该扯掉了。"杜恩却立即板起脸说："既然约好，便得守住。若不然，无德无信，不成了小人？"说完之后，他悔恨万分，尤其"小人"二字，他已回避了两三年，这时脱口说出，如同重重自刺了一针。然而，他面上却丝毫不能流露。莫裤子见他说得坚重，只得笑着收下那三大袋钱。

回去路上，杜恩恨得拿鞭子连抽胯下的驴子屁股，那驴子拗性起来，怪叫着险些将他颠下去。他越发恼恨，身边有那庄客瞧着，不好再发作，只能暗暗盼着莫裤子能再推拒一回，到那时，万万再不可这般强嘴。

然而，那两年莫裤子已经开始烂荡家业。杜恩耳听着他那些败家行径，心里越发怕了。尤其听到莫裤子将家中最后二百多亩地也赌尽后，他再坐不住，猛然想起县里有个恶徒专替人杀仇家。他犹豫再三，揣了两锭五十两银子，去解库里买了一领旧道袍、一顶旧道冠，半路上躲在僻静麦地里穿戴起来，扮作一个道士，抓了把泥土将脸抹脏。到了县里，怕仍被人认出来，又从街头行脚卖药膏的人那里买了两贴膏药贴在脸上。这才去一间茶肆寻见了那恶徒，特意哑着嗓子，小心向那恶徒询问。那恶徒听说要杀的是莫裤子，立即说："那是豪家子弟，得三百两银子。"杜恩一听，立即心疼起来，可再一想，莫裤子那利钱了了无期，四年便是三百两银子。于是只得匆匆赶回去，半路上换回原先衣着，抹净了脸，回到家中取了银子，出来途中又扮成脏病道士，走了十几里地赶到县里。

到那里时，天已黑了，那恶徒已不在茶肆中。寻了半晌，才见那恶徒和人在酒楼里吃酒，杜恩只能躲在暗处等。直等到深夜，恶徒才吃罢出来，醉得摇摇摆摆。杜恩偷偷跟着，等恶徒和朋友散开后，才追了上去唤住。恶徒认出了他，晃着脑袋说："没银子，不动刀！"杜恩忙将恶徒拽到街边僻静处，将银子袋递了过去，恶徒抓过去掂了掂，大着舌头说："好，三天之内，替你做成。""你记不记得要杀谁？"恶徒大声嚷起来："莫裤子！"杜恩紧忙唤止住，小声问："你若做不成，这银子……"恶徒陡然怒喝起来："我孟大刀，汴京城里舔血，应天府中割卵，你去这京东路上打问打问，我哪回失过手？你若信不过，揣着你这些腌臜银子，寻那些狗三鸡四去！"隔墙的狗被惊得狂吠起来。杜恩不敢再问，孟大刀抓着银袋转身就走。杜恩怕人出来瞧见，只得转头赶紧走了。

回去后，杜恩一直惴惴等着。儿子那时已经十岁，他让儿子去莫裤子家玩耍探看。儿子回来后，说莫裤子已经两天没见人了。他又等了几天，莫家竟发起丧来。他忙去吊问，莫裤子的兄长莫咸说弟弟乘船落了水，尸首都没寻见。他不敢细问，暗暗猜想，一定是孟大刀做的。这才松了口气，十年心病终于得解。

可哪里知道，十八年后，莫裤子竟又活着现身。

莫裤子跟哥哥说完话，头一个便向他走过来，又起手笑着拜问："杜老弟，多年不见，居然在这九豪宴上碰面了。"

杜恩极力掩住慌惧，忙也抬手还礼："不知莫……莫大哥这些年去了哪里？"

"哈哈，不过是闲游乱走了一场。"

杜恩勉强赔笑，正在尴尬，莫裤子又去拜问其他人。杜恩站在那里，身上一阵冷、一阵热，面颊僵笑，半晌都回转不过来。众人都致礼问讯后，王豪竟说莫裤子是新知县幕客，掌管田籍勘量。杜恩听了，越发惊诧，却尽力压住，忙斟了酒去敬莫裤子。饮过两盏后，莫裤子悄声说："杜老弟当年说的那句话，我牢牢记着。这些年，全仗那句话，才走得平、行得安，没有遭人陷害。"

杜恩猛又一慌："哦？哪句话？"

"言语过耳忘，墨字百年新。"莫裤子用手指了指怀间，"当年那契书我一直小心保管着呢。"

杜恩猛地一颤，手中的酒盏险些跌落。莫裤子却笑着转身，和其他人对饮去了。杜恩惊望着莫裤子那鬓边霜发，心里一阵阵发寒。如今他已有五十七顷地，三成租粮，将近两千贯钱。莫裤子又有了知县依仗，此后勒啃起来，哪里躲得过？

　　眼看着莫裤子与那些豪富、妓女欢饮笑谈，杜恩却如同坐在热油锅里被浇冰水一般。他没想到的是，过了正午，莫裤子去院角茅厕，许久都不见回来。半晌，王豪的管家老孙从茅厕那边急急过来，凑近王豪，低声说了句话。王豪听了，顿时变色，立即让老孙带着那些妓女和仆人去了前边，而后才沉声说：“莫老弟死了。”

　　杜恩先不敢信，王豪带了他们几个一起走到角上那茅厕里，杜恩探头一瞧，莫裤子果然侧躺在地上，一动不动，看不到脸，但脖颈上露出一道红印，一瞧便是被绳索紧勒过。王豪凑近那身子，小心伸手，探了探鼻息，又摸了摸脉，而后起身，回头黯然摇了摇头。

　　杜恩像是自己颈子也被勒住，这时才忽而松开，心里不由得连声唤：“老天，老天，老天……”

　　其他人则都惊怔在那里，说不出话来。王豪轻摆了摆手，引着众人一起回到那池子边，莫裤子的兄长莫咸仍醉趴在桌边未醒。众人坐下来，低声商议了一阵，商定了那遮掩的法子，等莫咸醒来后，求得他赞同，便一起将那事瞒了过去。

　　侥幸逃过一难，杜恩一连几天都后怕不已。他不知是谁杀了莫裤子，但想来以莫裤子当年那等行径，自然是与人结了仇。不论此人是谁，杜恩心中都感念之极。

　　然而，过了不久，王豪染病身亡。杜恩前去吊孝，在灵棚内拜过王豪灵位，走到王小槐面前，想去劝慰两句。没想到王小槐凑近他，小声说：“莫裤子的尸首埋在那块界石下头，那张契书揣在他怀里，那可是杀人罪证。”说罢，王小槐朝他偷偷一笑。他一听，浑身一寒，王小槐却已走开，脸上又回到哀苦模样。杜恩惊怔半晌，才愕愕然离开，魂却已被王小槐惊破。

　　实在受不得，天黑后，他叫了两个信得过的老实庄客，扛着铁锹，一起赶往界石，想偷偷挖出莫裤子的尸首。可到了一瞧，界石边竟已站了许多黑影，个个都拿着锹镐。他顿时慌起来，就着昏昏月光，仔细一瞧，里头几个竟是那几位豪富，各自带了几个庄客，恐怕也是来挖那尸首。其中姓裴的那个认出他，忙唤道："杜兄也来了？你也是来护这界石？"

慌乱之下，他只能含糊点头。姓裴的说："看来咱们想到一处了。出了莫裤子那凶事，再不能轻易动这界石，褶子田恐怕是保不住了，却总比惹上命案官司好。我刚刚和他们几个商议，咱们就在这界石边搭个棚子，各家出两个庄客，轮流在这里守着。杜兄觉着如何？"

杜恩最怕的便是这几人来搬动界石，这时哪里再顾得上褶子田，忙点头答应。当晚他们便各自留下一个庄客守着，第二天，在那界石边搭了个棚子，各家昼夜差庄客来一起守着。守了半年多，杜恩心中始终难安，那几家也是如此。大家又聚到一处，姓裴的提议不如除掉王小槐，日后才得安宁。杜恩虽有些犹豫，却也点头赞同。于是大家一起出钱，姓裴的寻了人，正月十五去汴京杀了王小槐。

谁知王小槐接着便闹起还魂鬼祟，杜恩院里清早落了许多栗子。杜恩原本就惶惶难安，这时便越发慌惧。他听说皇阁村请了相绝陆青来驱祟，忙也赶了过去。

陆青见到他，凝视了许久，目光似怜似叹，随后说："明夷之卦，光隐地中。外难内忧，情抑志屈。患里引患，暗中增暗……"他听着，句句都像是瞧透了自家心思，不由得有些局促不安，及至听到陆青教他那句话，更是冒出一身虚汗：

"恩恩从来重难承，怨怨自古易相生。"

第三章　家人

> 人之处家，在骨肉父子之间。大率以情胜理，以恩夺义。
> 惟刚立之人，则能不以私爱失其正理，故家人卦，大要以刚为善。
>
> ——程颐《伊川易传》

严漏秤也是今年头一次来赴这桃花宴。

严漏秤本名严德君，已年近六十。他这一生每日醒睡坐卧、饮食事务都严遵规矩，谨守时刻，还特地去京城请来匠人，造了一架漏秤。一个木架上悬挂一杆秤，秤钩吊着一只小桶，旁边一只大水桶，两桶由一根细管相连，大桶中的水吸引入小桶中。秤砣随水量加重不断滑动，一升水移一时辰。他在院子中间建了个小木阁钟楼，将漏秤摆在阁子中间，命两个仆人昼夜看守，添水敲钟。这时刻虽不及官府莲花漏那般精准，在乡里却已是极稀罕难得，因而乡人背地里都唤他"严漏秤"。

严漏秤生在阳驿乡世居大族，家教极严，他又是长子，父亲给他取名德君，是望他成为有德君子。他自小便极孝悌谨重，家中上百口人，子侄都以他为样范。成年后，家中田产经营、婚丧嫁娶，全都由他主掌。他深知责重，处事尽力正派公平，家中男女老幼尽都敬服。

只是，内修身、外齐家，丝毫不能懈怠，极难得有闲暇之时，更难得笑一笑。他也浑然不觉，有时难免疲乏愤恼，却知无可旁贷，只能尽力自持自诫。直到四十岁那年遇见莫裤子。

人都言四十不惑，他其实自小便知自己该当如何，因而难得有何疑惑。到了世人不惑之年，他却偏偏大惑起来。

他与莫裤子相识，是缘于一桩田产买卖。莫裤子要卖家中的一片田地，托牙人寻到了他。他早已听闻莫裤子败家名声，本不愿与之牵惹，但那片是上田，在睢水岸边，极丰沃。他犹豫了一番，心想只是买地，并无其他瓜葛，应当无事，因而，便答应与莫裤子相见。

莫裤子约他在宁陵县一个茶肆会面，那牙人引着他去了那里。那间茶肆并不在正街口，而在一条僻静巷子里，小小一间店面，只有四副桌椅。陈设简旧，却洒扫得素素净净。莫裤子已在那里坐着等候，二十七八岁，一身鲜色纱衣，面容倒也俊气，只是神情间似乎涂了油、滑了水，一瞧便是个浮浪之徒。见到严漏秤，他急忙笑着起身出来迎接："严大员外，炎热天劳您出门，惹一身臭汗，罪过罪过。这外间热，咱们去后院坐。"

严漏秤见他言语轻浮，更生嫌恶，只愿尽速定了契书，好避开此人。便只点了点头，跟着莫裤子穿过茶屋，出了小门，眼前顿时一阵幽凉。靠南墙几间低矮瓦房后边是小小一座院子，院子中间搭了一座凉棚，棚下摆着一套旧藤桌藤椅，架上爬满葡萄藤，荫荫凉凉。鲜绿叶子间，吊坠一串串青葡萄。严漏秤原本走得干渴，望见那些葡萄，口中顿时生津。

"青嫂，客人到啦！"莫裤子朝里头唤了一声，随即笑着请严漏秤坐到上首。严漏秤刚要坐下，见中间那屋子竹帘掀开，走出了一个妇人，年纪三十左右，身形微丰，面容柔净，脸上未施脂粉，身穿淡绿罗衫、豆绿抹胸、深青罗裙。衣裳虽已半旧，穿在她身上却毫无穷陋气，反倒显得素净可亲。

妇人手里端着个黑漆托盘，上头是一套青瓷壶盏。她一见严漏秤，忙笑着走过来，将托盘放到藤桌上，而后敛手屈膝，款款道了个万福："奴家拜过严员外，奴家这里小门小户、檐低屋窄的，还请严员外担待一二。严员外快快请坐，这藤椅奴家擦洗了三道，虽旧些，却也算干净。"

严漏秤难得和妇人言语，略有些发窘，忙微颔了颔首，坐了下来。

那妇人又笑着问："莫小员外昨天说严员外要来，奴家想着天这般热，吃不得热茶，便连夜熬了几样凉水，有香薷饮、卤梅水、姜蜜水、甘豆汤，不知严员外常日爱吃哪样？"严漏秤不敢直视妇人，犹豫着未及答言，那妇人又笑着说："外面日头烈，严员外走热了，水过凉，伤脾胃。姜蜜水最好，凉里带温，解渴又驱暑。"

妇人说着，便提起桌上一只瓷壶，先斟了一杯，用浅绿绢帕揩去杯边水渍，双手托着递给严漏秤。严漏秤忙双手接住，无意间触到妇人的手指，细柔温腻，心不由得重跳起来。好在妇人又去给莫裤子和牙人斟水，并没有留意。严漏秤偷眼瞅去，见妇人侧脸低首，微含着笑，柔净如月。鬓边垂下一绺乌发，柳丝一般，轻袅微摇。

严漏秤自幼便受严训，非礼勿视。他忙避开眼，不敢再瞧。那妇人斟过水后，抽出别在后腰的一把绿绢团扇，站在严漏秤身侧，轻轻摇扇，替他吹凉。严漏秤越发不自在，却不好说什么，只得低头喝水。那姜蜜水熬得清凉醇甜，他不由得两口喝尽。妇人忙搁下扇子，又替他斟满。他小心避开妇人手指，接了过来。妇人又拿起扇子替他扇凉。严漏秤这时略平复了些，竟觉到几分安适。

那牙人笑着说起那桩买卖，莫裤子忙从袋里取出田土账籍官契，递了过来。严漏秤放下杯子，一页页细看起来。那牙人则在一旁小声解释。那块田地严漏秤已经去看过两回，见田籍契书也都无误，便点头说："那就定了吧。"牙人忙取出买好的官契，让那妇人向邻居借来笔墨，填写起来。其间，那妇人一直站在严漏秤身侧摇扇，严漏秤心思大半都被她牵去，眼角不时偷扫。他不但嗅到妇人体香，更隐约感到妇人微温体热。

牙人很快便填好三份契书，请严漏秤和莫裤子分别画了押，这桩买卖便签订了。进门时，严漏秤盼着早些定完，这时见莫裤子和牙人一起笑着起身，他却有些不舍了。

莫裤子笑着问："严员外，这钱——我是到您宅上去取吗？"

他忙说："仍在这里吧。明天这个时候。"

那妇人将他们送到门首，临走时，严漏秤偷瞧了一眼，见那妇人也笑望着他。他忙避开眼，回去一路上都在回想琢磨妇人那最后一笑，妇人鬓边那一绺乌发更是不住在心头撩摇。

第二天，他备好了买田银两和牙人赏钱，想着那妇人也该酬谢，却不知该谢多少。多了突兀，少了自然更不成。掂量再三，他捡了一块三两的碎银。

到了那茶肆，远远便见那妇人在门边张望，妇人一见他，立即露出了笑。他有些发窘，想笑一笑，面容却僵得扯不动，在那妇人注视下，脚步都乱得行不来路了。好不容易才走到那茶肆边，妇人又含笑欠身："严员外万福。莫小员外还没来。严员外先进去坐一坐，还是去后院吧，凉快些。"

他走在前头，进到后院坐了下来。妇人忙去屋中端水出来，脚步极轻快："今天有风，日头也没那般晒，严员外换一样尝尝？今天就喝香薷饮吧。"

严漏秤忙点了点头，除妻子外，他是头一回与妇人独处空院，他比昨日更不自在，心里却又隐隐有些庆幸。妇人递过茶杯，他忙伸手去接，又碰到了妇人的手，他的脸顿时涨红。妇人却含着笑，等他拿稳杯子，才撤回手，坐到了旁边藤椅上。他低头小口喝水，不敢抬眼，却知道妇人一直在注视他。他极想回望过去，眼皮却被人按住了一般，半晌都未能略动一动。他盼着妇人开口说些什么，好借故抬起眼，妇人却始终不发一语，目光也始终不曾移开，盯得他满脸发烫。

正在尴尬，外边传来脚步声，他趁妇人转头之际，忙偷眼望了过去，妇人却又立即回眼瞧了过来。他慌忙低下头，脸又顿时涨红。不过，虽然只是匆促一瞥，他见妇人两颊也泛起羞晕。

这时脚步声已响至小门，妇人忙站起身迎了过去，他也急忙伸手抹了把脸，而后挺挺背，重又正襟危坐。进来的是莫裤子和牙人，两人笑着向他拜问，又和妇人说笑了两句。严漏秤取出银钱，分别交给莫裤子和牙人，而后将那三两碎银递给了妇人："青嫂，给你添扰了。"

妇人微一迟疑，而后启齿一笑，双手接过："多谢严员外，两杯凉水哪里要得到这些？严员外若不嫌这里脏陋，还望闲常路过时，进来歇歇脚。"

他笑着点了点头，随即发觉点得过重了，好在莫裤子和牙人都在点数银钱，没看到。今天他不想久留，等两人点好后，便起身告辞了。妇人仍送到了门边，临走时，严漏秤又望了一眼，见妇人仍笑望着他，这回他看清楚了，妇人眼中有期许之意。

一路上，严漏秤都走得极快，直觉着身子似乎轻畅了许多，甚而忍不住想哼个歌谣，恍然间如同活回了十七八岁的年纪。

其实，十七岁时他已成婚两年，早已是个谨重成人。妻子是父母相看说定，也是个大富之家的女儿，养教得极有礼数，从来不轻易言笑。成亲之后，两人真正相敬如宾。即便偶有争执，也最多不过三两句，便各自走开。如同一双鞋子，虽时时成双成对、同行同止，却始终隔着一线。就算夜里行房事，也都默不作声，手脚从不乱动，大气都不敢出。他曾听人说"床第之欢"这个词，始终有些纳闷，这个"欢"字从何说来？

许多富户都要纳妾，他妻子却连生了五个儿子，他并没有纳妾之由。至于那些烟花柳巷，他则从来都极为嫌恶，甚而有些怕惧，觉得那是粪窟一般，从没动念要去那等地方。活了四十年，唯有这个茶肆妇人，让他头一回心跳个不住。

不过，回到家后，看到满院家人仆从，个个眼里都是敬服，他又暗暗悔怕起来。这等心思自然不是道德君子所当有，何况自己身为一家之主，常日里严诫子弟行止要端，自己却生出这等邪淫之念。何况，自己对那妇人一无所知，稍一不慎，恐怕便会身陷污淖，毁坏名节……他犹豫再三，终还是强断掉了这个念头。

然而，秋后有一天，他带着仆从庄客，运粮绢去县里缴了税。返回途中碰见了王豪，邀他去吃酒。王豪的桃花宴年年都邀严漏秤，他因不喜那等奢狂，从来不去，只派自己弟弟去应付，王豪因此始终有些不快。严漏秤不好再拂了王豪盛情，便让仆从先回，自己和王豪一起去县里酒楼。王豪性情疏阔，和他其实并无多少话可言，唯有频频劝酒，吃得他大醉。酒散之后，暮色已临，王豪要安排仆从送他，他摆手拒绝，自己慢步回去。走了一阵，一抬眼，不知为何，竟走到了那妇人的茶肆门前。

那妇人正在门边那张桌上收拾茶具，扭头见是他，也吃了一惊。见他吃醉，忙过来扶住，让他进去吃碗醒酒汤。他被那温软身臂贴紧，再扭头看妇人那张脸，秀媚无比。他顿时一阵晕涨，浑然忘了一切，进到茶铺中一把便抱紧了妇人。妇人慌忙挣扎，说外头往来都是人。他拽着妇人急走到后院，紧搂住她肩臂，连揽带推，大步奔到后边那房门前，一把掀开帘子，见里头只有一张圆桌，墙边一排斗柜，不见床铺。他无暇再寻，一把将妇人抱在怀中，伸手便去扯她衣衫。妇人挣扎了一番，便没了气力。他越发得计，剥去妇人罗衫，将她按倒在圆桌上……

等他醒来，已是第二天清晨，发觉自己躺在一张旧床上，碧纱床帐、青绸薄被也都半旧。而那妇人则躺在他身边，睡得正熟。发髻散落枕边，乌瀑一般，衬得那张脸越发净秀。他先惊了一跳，随即忆起昨夜之事，顿时愧怕之极，忙坐起身，才发觉全身竟赤裸着，越发愧赧。扭头见自己衣裳全都在床边一张椅子上，忙过去急急穿起来。这时妇人也醒了，含着笑娇问："你要走吗？还早呢。"他不敢答言，只"嗯"了一声，从袋里摸出一锭小银，放到旁边小桌上，埋着头，开了门，急急逃了出去。到了外间，打开那茶铺的门，左右不见行人，他才略松了口气，快步出巷，往家里赶去。一路上他都沮丧之极，四十年勤恪，毁于一醉。

然而，只过了几天，他又念起那妇人难言难画之媚，再回想那夜种种癫狂温存，平生所有欢喜汇集一处，也难及那夜之欢。他强忍了数天，终难抵敌，还是借故偷偷去了县里，走进那条静巷，来到妇人门前。

妇人见了他，顿时冷下脸，装作没见，转身便进去了。他忙跟了过去，跟到后院，妇人停住脚，他忙低声说："那天仓促离开，是我不对。不过，我也有我之难处，我是生平头一回做出这等事。"妇人顿时哭起来："难道我便是天天做这等事？我虽赔笑迎客，不过是假意奉承，赚些茶钱，哪里就轻易舍身了？我是早听得你是个至诚君子，见了你的人，用心验过，才动了心肠。除了我死掉的丈夫和你，我若再与第三个男人沾染过，便叫我立刻生疮化脓，烂死在你面前！"他一听，再受不得，一把将妇人抱紧在怀中，眼睛一热，不由得也落下泪来。

自那以后，他每隔几天便要去会那妇人，言谈得多了，才渐渐发觉这妇人不但容貌好，禀性也难得。她虽爱钱，却不贪，更不强索。严漏秤有意试她，给的多了，妇人固然欢喜，给的少，甚而不给，妇人也并不计较。问她，她说："我靠过丈夫，却靠死了他。自他死后，我便立下誓，再不靠任何人。我又不缺手缺脚，有这间茶肆，到老也能养得活自家。我若贪你的钱，便得不着你的心。我若贪一个名分，便会逼走你的人。即便你答应娶我为妾，我也受不得你家大门大户那些规矩。钱和心，我要心；名和情，我要情。我要的两样都得了，已是足了。"

严漏秤对她由迷生爱，由爱生敬，越来越离不得她。却万万没有料到，她竟会那般离开自己。

那年初夏，严漏秤家桃园里桃子熟了，他听那妇人说最爱吃桃子，便亲自去选摘了十来个最好的蜜桃，用布袋子装着，送去给那妇人。妇人见了，极欢喜，忙去洗了，两个人坐在葡萄架下吃。严漏秤平生从没讲过笑话，那天不知怎么，极想逗妇人笑，便讲了一个听来的笑话。妇人正在吮吸一颗刚吃净的桃核，一听，顿时大笑起来，那桃核猛地滑进了喉咙，妇人顿时张大了嘴，却始终吐不出来。惊得严漏秤忙跳起来，过去抱住她，却不知该如何是好，只能胡拍乱捶。妇人挣扎抽搐了半晌，竟倒在他怀里，再不动弹。

严漏秤又惊又痛，慌摇了半天，妇人却始终一动不动。严漏秤顿时哭了起来，正哭着，一个人走了进来。严漏秤抬头一看，是莫裤子。莫裤子满脸惊怕，连声问发生了什么。严漏秤忙拭去泪水，哽咽着讲出原委。莫裤子听了，眼中犹疑闪烁。他猛然怕起来，妇人死得这么离奇怪异，说出去恐怕没人能信。他忙要把手伸进妇人喉咙去掏那桃核，莫裤子忽然劝止："莫要动！莫要动！你若这时掏出来，官府查问时，便没了证据。"

一听到官府二字，严漏秤越发怕起来，这事恐怕必得经官，如此一来，这事自然会传开，人人便知我与这妇人的情事，我这名声……

莫裤子竟看破了他的心意，忽然笑着说："我倒能替严员外挡住这丑事，不过，这顶着凶罪风险，少说也得五百两银子。"

他听了，忙说："莫兄弟，钱我给！"

"成。眼下你得赶紧走，等你走了我再去报官。不过走之前，你得立个字据。"

他忙去屋里寻笔墨纸砚，那妇人不识字，并没有备这些。莫裤子跟了进来，从妆台上寻见妇人画眉的一枚螺子黛，又找来一张包药的草纸，便让严漏秤拿那螺子黛蘸着水，在草纸上写下遮掩此事、偿银五百两的字据，随后让他赶紧离开。

严漏秤出去后，见妇人躺在地下，心里一酸，又要流泪，却只能忍痛快步离开，赶回了家里。

第二天，县里便传来消息，乡人们纷纷笑传一个茶肆妇人竟被桃核卡死。严漏秤听见，心里一阵阵痛，却不敢流露。只得偷偷备好银两，等莫裤子来取。然而，莫裤子一直未来，过了十几天，竟传来他的死讯。严漏秤虽然大松一口气，想起那妇人，心中却始终隐隐作痛。

过了几年，他才渐渐忘怀，重新做起严家家主、有德君子。直到去年，自感年老体衰，便将掌家之任交托给了长子，每日只静养天年。

王豪桃花宴又来相约，他想自己谨严约束了一生，总该松缓松缓，便答应去赴宴。原本极有兴头，去了却猛然见到莫裤子复活现身，他惊得几乎站不稳。莫裤子来给他敬酒，笑指着自己怀前说："如今该称您严老员外了。老员外想必还记得当年那纸字据？"

他听了，老脸顿时涨红，忙低声说："那年我备下银两，一直在等你。"

"当年三石粮，如今一石都不值，那个数也该涨涨了。"莫裤子笑着丢下这句，转身便去和其他人谈笑。

严漏秤惊在那里，银子哪怕多给五倍也不怕，但看莫裤子那神情，恐怕不会一次罢手。他不由得苦叹，自己临老了，一生声名竟要葬送在这浪荡人手里。他惊魂尚未定，莫裤子竟忽又死了，死在茅厕里。望着莫裤子尸首，严漏秤心里不住地感念阿弥陀佛。

他没有料到，一惊才了，一惊又起。王豪死后，他去吊唁，王小槐竟偷偷告诉他，莫裤子的尸首埋在界石底下，怀里揣着那张字据。

那界石一旦搬动，尸首和字据必定会被发觉，到那时，自己这桩丑事必定四处传扬……他宁死也不愿受这嘲辱。回到家后，他焦闷了一天，天快黑时，他再坐不住，瞒住家人，悄悄叫了两个家生的仆役，拿着镐锹，偷偷出门，顾不得天暗路崎，一起赶往界石。到了那里，却发觉另几家豪富已在那里。彼此见了，个个都有些尴尬。姓裴的那个打破难堪，先开口言道："我猜各位恐怕和我一个心思，莫裤子知道这界石的隐事，恐怕也已告诉了那新任知县。这几天县里正在四处查寻莫裤子下落，这界石再不能轻动。若被两边县里察觉，追究起来，咱们恐怕都得获罪破产。我带了两个人来，是要看住这界石，我想诸位恐怕也是为此？"那几个豪富纷纷点头，严漏秤哪里敢说自己是来挖尸，忙也跟着点头。于是他们一家出两个庄客，一起守住了这界石。

后来，姓裴的又提议，一起出钱杀了王小槐，他又点头赞同。然而王小槐死后几天，他家院子里清早落下许多栗子，到处纷传还魂闹鬼之事。他惊得浑身发颤，听说三槐王家请了相绝陆青来驱祟，他忙也赶了过去。

陆青见了他，静静注视了片刻，目光似探似责，令他心中发慌。陆青说了一段解卦之语："此卦属家人。由心而身，由身而家。或交相爱，或交相缚。爱易舍而缚难解，热易凉而恨难消……"他听了，一阵感恻。陆青最后又教了他一句话，让他心中更是涌荡难宁：

"唯见眼前恨，谁记当年情？"

第四章　睽

人惟好同而恶异，是以为睽。

故美者未必婉，恶者未必狠，从我而来者未必忠，拒我而逸者未必贰。

以其难致而舍之，则从我者皆吾疾也，是相率而入于咎尔。

——苏轼《东坡易传》

游丸子在桃花宴上见到莫裤子，震惊之余，其实更有些悲喜莫名。

都说人生得一知己足矣。游丸子活了四十年，相识之人，成百上千，但能称得上知己的，唯有莫裤子一人。

他们两个头一次见面是六岁，在王豪的婚宴上。王豪头一天请过两县官僚，第二天便是两乡几家豪富。游丸子的娘最爱争强，不但备的礼格外重，连游丸子也要格外装扮一番。她托人从汴京买来上等蜀锦，给游丸子裁制了一身锦衫锦裤，一双锦面皮底小鞋。那锦是蓝丝底上用银线绣满了小狮子，穿上身，跑跳起来，银闪闪耀人眼。他娘又差人去县里唤来剃头匠，将他的头剃得光亮亮，只在顶上和两侧留了三撮。赴宴那天早晨，用蓝丝绳给他扎了三个小丫髻，束了三个镂雕小银圈。扮起来，如同画上的小灵童一般。满院的家人仆役见了，都连声赞叹。他也昂着头，极得意。

他父亲带着他，乘了辆马车，停到王豪家宅门前。他刚跳下车，一眼瞅见莫裤子也从一辆车上跳下来，衣裳头发和他几乎一模一样。恍眼间，他以为自己照见了镜子。莫裤子也一眼瞧见了他，两人互相瞪着，彼此扫视较量，都有些气恼，如一对小宿敌。周围的人看到他们两个，却全都笑了起来，说是一对孪生囍童子。

他恨恨瞅了一阵，发觉莫裤子两只眼又细又长，拿刀割了两道缝一般。谁家的眯缝眼，竟敢和我穿成一样？再看莫裤子的锦衫，上头银线绣的不是小狮子，而是团菊。他越发得意，女孩儿们才穿花花衣裳。莫裤子也似乎从他身上寻见了短处，眼中也露出轻蔑之色。两人互白了一眼，一起转开头，不再看对方，跟着自己父亲进了王宅。

那天有许多孩童，他却个个都瞧不上，不是穿得丑，便是笑得傻。他心里记恨着莫裤子，想着要与他斗出个高低，便四处找寻，一直寻到后院厨房门口，才一眼瞅见莫裤子。莫裤子原本蹲在鸡笼边看厨工杀鸡，见了他，顿时站起身，两人又互瞪起来。他原本要对打，但见莫裤子比自己略健壮些，便改了主意。左右扫了扫，见厨房灶台上，几只锅里正沸煮着肉汤，几个厨师则全都在另一边忙着切菜剁肉。而那边鸡笼里，落了许多鸡粪，那厨工提着鸡去了另一边火炉上烫毛。看到那些鸡粪，他顿时有了主意，便蔑笑着望向莫裤子。谁知莫裤子似乎也已想到，转身跑到那鸡笼边，折了一根竹篾，去地上刮了一大坨鸡屎，斜瞟了他一眼，而后悄悄走进厨房里，趁那些厨师没见，将那坨鸡屎甩进汤锅里，胡乱一搅，随即跑了出来。他见莫裤子抢了先，忙也去刮了一坨鸡粪，心里虽怕，却不肯服输，也偷偷溜进去，丢进锅里便逃了出来，而后摇着那屎棍儿，瞪向莫裤子。莫裤子略有些意外，转身又去刮鸡粪，他这回急抢两步，快速刮到一坨，先溜进厨房丢了进去。两人便这般争相刮屎丢粪，跑了几个来回，灶台上几口大锅里全被他们投了鸡粪。这时，端菜的仆人过来了，他们两个忙扔掉屎棍，一起逃到了后院那片池子边。两个互瞅一眼，一起笑了起来，笑过之后，顿时成了朋友。

于是，两人一起玩耍起来，爬树、捉虫、淹蚂蚁、捡石子打青蛙……竟样样都能耍到一处，转眼便耍到了傍晚。前头席散了，仆人来唤他们。两个人大不乐意，却只能各自跟着父亲回家。

第二天，他忍不住又想去寻莫裤子耍，可他在帝丘乡，莫裤子在阳驿乡，中间隔了八九里地，他从来没有独自去过这么远的地界。可心里百般忍不住，便悄悄溜出家门，沿着睢水一路往东跑去。快跑到那块界石时，一眼瞧见前头有个男孩儿也正往这边跑，竟是莫裤子。两人跑到界石边，互相望着，又一起笑起来。

"我来寻你耍。"

"我也是来寻你耍。"

隔了三十多年，游丸子始终忘不掉那天那情景。两人一起在那界石边耍起来，折柳枝、编凉帽、打水花、脱鞋蹚水、挖泥捉蚯蚓、扳石寻河蟹、偷人田里的瓜菜吃……又一直玩到傍晚，才无奈分开，各自往家跑。

自那以后每隔两三天，他们便要会一次。每回只要他想见莫裤子，莫裤子也总是恰好想见他，两个人心里似乎连着一根细丝线，这边一颤，那边立即便能觉知。而最令他们震惊的是，两人竟是同年同月同日生。两家父母得知后，让他们结拜为兄弟，莫裤子是早上出生，为兄；他是夜里出生，为弟。

唯一不同者，他是家中长子。他父亲望他读书举业，第二年延请了一位儒士来教他读书。他忙恳求父亲让莫裤子也一起来。他父亲去问莫裤子父亲，莫裤子父亲自然极乐意，忙备了酒礼束脩，送了莫裤子来。两人从此天天在一处，同学同耍、同吃同睡，一刻都离不得。莫裤子每个月回家几天，他都要跟过去。

和乡里其他孩童玩耍时，他们两个家世最好，又事事都能站在一处、想到一处，自然成了其他孩童的首领，整日率领一群孩童四处疯耍。只要不喜哪家农户，便去丢石投粪、踩田摘果。当然，他们也并非全都使坏，若见乡里哪个人欺凌幼弱，便会率领那些孩童，一起冲过去骂止。那些村人不敢得罪他们两个，只能忍气躲避。

这般过了六七年，书没读多少，孩童诸般乐事却几乎玩遍。十三岁时，他母亲病故，父亲便辞了那儒士，让他专心守孝。他从没那般伤心过，莫裤子原本要回家，见他哭得那样，便留下来陪他守孝。他哭，莫裤子陪着落泪；他吃不下饭，莫裤子便陪着饿。一直陪了半年，其间他们两个都没笑过，更没戏耍过。半年后，他才渐渐回转过来，莫裤子也才辞别回家，却隔几天便要来看他一回。

第二年，他父亲便续了弦，娶了一个二等户的美貌女儿。那继母起初对他还能温言善语，后来得了宠，又生了个儿子，便渐渐变了脸。日夜在他父亲枕边说他诸般不是，他父亲开始对他渐渐疏冷起来。那继母越发得势，先是时时挑错嚷骂，继而开始责打。游丸子虽怀愤在心，却不敢违逆，只能跟莫裤子悄悄诉苦。莫裤子其实早已察觉，并开始谋划报复。

那继母有个弟弟，不时过来看望。游丸子发觉继母每回都要偷拿些家中钱物，塞给弟弟。莫裤子听了后，顿时有了主意。有回那弟弟又来了，游丸子父亲留他吃夜饭。游丸子忙叫人传信给莫裤子，莫裤子骑了家里的驴子急忙赶来，召集了村里一伙少年，拿根绳子候在村外，躲在路两边草丛里。天黑后，那弟弟吃饱出来，他们用绳索绊倒，一起涌上去，将他绑到路边杨树上。从他袋里搜出那继母偷送的绢帛和银器，挂在他胸前。莫裤子又寻了一个木牌立在他身前，上头写下几个大字："姊夫财物，任我偷盗。"

绑了一夜，第二天，村人们见到，全都围着笑看。游丸子父亲得知，羞恼至极，当即休了那继母。虽然只过了半年，他父亲便又娶了一房，但那新继母性情柔顺，从来不敢欺凌游丸子。

之前，游丸子虽极欢喜有莫裤子这样一个朋友，经过此事，才从心底感到万幸。他们为了能常在一处，便一起去考县学。原先两个都不爱读书，为了能考上，一起沉下心尽力发奋，苦学了两年，竟双双考中。两家父亲都极惊喜，送他们一起去了县学。

到了县学，除了教授和学官，再无人管束。两边家里怕他们受不得学中清苦，给的银钱都极充裕。县里不似乡里，玩乐去处极多，他们两个便时时出去游逛玩耍。先是勾栏瓦肆、听曲赏戏，渐渐结识了一班富家子弟，便开始吃酒赌钱、寻妓宿娼，十八九岁青春年纪，已遍尝世间诸般放纵享乐。人们便将"纨绔"二字拆开，唤他俩一个纨子，一个绔子。唤得久了，忘记来由，只存其音，成了丸子和裤子。

学官因他两个常日逃学放浪，将他们除名逐出县学。两家父亲虽有些恼，但终归家产雄厚，即便不做官，也衣食无忧、一世丰足，便没有多责怪。两人在县里玩乐惯了，哪里受得住乡野闲寂，因而时时相约，仍一起去县里游荡。县里耍够了，甚而开始去汴京、应天府远游。

如此又浪荡了两三年，有天莫裤子来寻见他，面色瞧着有些异样，拉着他进到他卧房，关起门，才郑重开口："我有件事，要告诉你。不过，说这事之前，我得先和你定个约。"

"啥约？"他从没见莫裤子这般郑重过，极纳闷，又想笑。

"我们是不是生死兄弟？"

"当然是啊。"

"是不是约好，这辈子不论甘苦贫富，都同担共享？"

"是啊。怎么？"

"我听过一句话。"

"啥话？"

"言语过耳忘，墨字百年新。你若真心实意，咱们就立个约、定个契。这样，不论谁想食言，都反悔不成。"

"咱们两个还需弄这些个？"他不禁笑起来。

"要。你若不怕反悔，就跟我立约。"

"我怕个鱼鳅，定就定！"

于是莫裤子让他立即磨墨，自己提笔写了两份约书，随后签下自己名字——

游智与莫甘二人今日共立此约，今生不论钱财、田产、身体、亲眷，均不分彼此。富贵同享，患难同担。若违此誓，人神共弃。违约一方所有财产尽归另一方，此约书为见官凭证。

他读过后，忙问："身体也要同享？"

"这个极要紧。倘若有天我摔断了腿，行不得路——"

"我也得敲断腿？"

"你得问我，我若说你敲断，你便得敲断。我若想让你留着腿，你便留着。"

"这？"

"又不只有我会摔断腿，人世无常，你若摔断了腿，也是一样。"

"我自然不会让你敲断腿。"

"多谢。不过，你腿坏，我腿好，我自然会照管你，日日扶你行路，直到老死。这便是君子之约，终生不忘。"

"这很好！"他笑了起来，但随即又问，"那亲眷呢？"

"亲眷首先是双亲，我们一个若先死了，另一个便得替他孝敬父母，养老送终。其次是儿女，一样，一个若先死，另一个替他抚养成人——"

"嗯，这个越发好。不过——"

"妻子？"

"对啊，妻子如何同分共享？"

"我今天来，正是要说这事。我爹嫌我日日在外边游荡，已替我说了一门亲事。这个月二十，便要成亲。"

"啊？"

"我们两个原本该一同成亲。可如今，父亲逼得急，我只得先听命。这两天，我细细想了想，今天才想明白。你我从小到大，哪样不一起分享？妻子为何就不能了？因此，我定下个主意，我这妻子你也要来分享。"

"这个如何分享？"

"到我成亲之日，你来了便知。我只问你，这约书，你签不签？"

他觉着其中似乎有些不对的地方，一时却想不清楚。莫裤子连问了两回，他怕伤了兄弟之情，便说了声"签"，随即抓起笔，在两张约书上都签下自己名字。莫裤子笑着收起一张，折好揣进怀中，隔着衣裳拍了拍，而后说了句"成亲那天你早些来，我得赶回去，家里有几万桩事候着我——"说罢，便转身走了。

游丸子瞅着那纸约书，既有些欣慰感慨，又微觉有些好笑，更好奇莫裤子所说的分享妻子。

好不容易等到二十那天，天不亮，他便匆忙起来，带着备好的一份厚礼，骑了马赶到莫裤子家。那宅院里挤满了人，莫裤子一身锦衣，帽插一朵鲜花，被人围拥着前去娶亲。游丸子根本没有说话余地。娶亲回来后，院里更是拥嚷不堪。直到晚间筵席上，莫裤子才走到他身边，悄声说了句："你躲到我床下去。"

他一听顿时笑起来，他们两个自小混闹惯了的，隔窗偷听过许多回新人夜床，却从没钻过婚床下。他顽性大起，瞅空儿偷偷溜到洞房那里，门关着，窗纸映出烛光，窗户开了道缝。他扒到窗下，往里偷瞧，见新娘盖着盖头，坐在床边。屋里还有三个丫头婆子，站在床边说笑。一对红烛正摆在窗边的桌子上。那时正是暑月，天热无风，他来时带了把折扇。他从腰间抽出扇子打开，对着那道窗缝，朝里猛扇了几扇，蜡烛被扇灭，里头顿时嚷起来。他忙走到门边，贴墙躲着，一个丫头急忙忙开门出来，去寻火种。里头丫头婆子仍在叫唤，他已听准那几人大致方位，蹑脚溜进房中，贴着墙轻移到床边，从床头下面小心钻了进去。刚趴好，那丫头取了火种回来，重新点亮了蜡烛。他趴在床底下，一动不敢动，听着那丫头婆子说笑唠叨。

等了许久，一群人才簇拥着莫裤子进到洞房，众人嬉闹起来。游丸子在床下早已趴得浑身酸痛，忙趁乱翻转身子，平躺下来。那些人又闹了许久，才哄笑着散去。屋里顿时静下来，他侧耳细听，先是莫裤子脚步声，而后是闩门、关窗、脱衣、吹熄蜡烛的声音，屋里顿时黑下来，越发寂静。他屏住呼吸，听着莫裤子走到床边，心不由得跳起来。莫裤子似乎在扯新娘的衣裳，新娘似乎躲了几躲，随后便停下来，又是一阵脱衣、挂衣声，之后两人上了床，床板吱吱嘎嘎响起来，接着便是莫裤子喘息声和新娘强忍的嘤嘤声。游丸子听得顿时血脉偾张。

半晌，床上忽然停了下来，接着，莫裤子下了床，伸脚朝床下踢过来，正踢到游丸子的腿。莫裤子又弯下腰，伸手探进来，扯住他的衣裳，拍了拍。游丸子知道他在示意自己出去，顿时有些怕，不由得咽了口唾沫。莫裤子又用力拽了拽，游丸子心一横，忙爬了出去，才半站起身，莫裤子伸手将他往床上推。他慌得直喘粗气，神志随之昏乱，略一犹豫，经不住莫裤子连连推催，心又一横，爬到了床上，伸手摸到新娘的小腿，顺势便要趴过去。新娘却似乎察觉，猛地一颤，随即拼命往墙边缩去。他也不由得打了个哆嗦，略停了片刻，再受不得，慌忙跳下床，推开莫裤子，奔到门边，拔开门闩，逃了出去。

院子里还有许多仆役在忙着搬抬收拾桌椅，幸而天黑，他躲在暗地里，急急奔到马厩，寻见自己的马，解开缰绳，急牵出院门。守门的老仆人认出是他，笑着问讯，他却顾不得答话，骑了马，便朝家里奔去。那一刻，他才清楚知道，这世上有一些东西，绝难与人分享。

回去后，他久久都难平息。第二天下午，一个消息传来，那个新娘半夜上吊死了。

他听到后，忍不住惊呼了一声。传信人又说，新娘的家人闹将起来，莫裤子被官府的人捉了去。他越发慌怕，却不知该如何是好，更怕旁人看出自己心思，忙躲回到屋里，不敢出去。可莫裤子出了这等大事，他这般躲着，旁人更会生疑。他慌乱半晌，索性躺倒在床上，装作中暑着病。

这一躺，躺了五六天。他从仆人口中听到消息，官府查验，那新娘是自家上吊，莫裤子当夜吃醉了酒，睡死过去，并无罪责，因而释放了莫裤子。他怕莫裤子来寻自己，只能继续装病。可是，莫裤子并没有来。他又惴惴躺了几天，莫裤子仍没有来。他实在躺得难挨，只得起来。

原本他和莫裤子心意相通，可这时竟再感不到莫裤子心思，只隐隐觉着，莫裤子恐怕再不会来了。

果然，莫裤子真的再没有来寻他，他也不敢去见莫裤子。他心里说不出是何等滋味，却只能如此，任其中断。有天，他从书册中取出那纸约书，看着上头的字句和两人的签名，竟忍不住落下泪来。

这桩事让他转了性，再不愿出去游耍，整日坐在家中，无聊时，习习字，翻翻书。他不时听到莫裤子消息，莫裤子比以往越加放浪，已经嗜赌成性。他听了，心里极痛惜，却不知能做什么。

偏生那时他父亲中了风症，躺在床上，动不得。他便肩起理家重任，那时他才知道其间的繁难琐碎，整日被各样杂事拖扯，再顾不上其他，连莫裤子也难得想起了。

过了几年，家计才渐渐理顺，他也稍稍从容了一些。他听说莫裤子几乎将家里田产赌尽，惋惜之余，竟有些厌弃，庆幸两人断了往来。但随即便想起那纸约书，不由得开始担心莫裤子拿了那约书来寻他。

可就在那时，莫裤子的死讯传来。他一听，忙备了份奠仪，前去吊唁。经过那块界石时，无数往事顿时泛起，悲意翻涌，泪水止不住滚了出来。可快到莫家时，远远望见那院门，他心中又生出些畏意，停住马，远远望了一阵，终不敢过去。长叹一口气，拨转马头，回到界石那里，将带的纸钱，烧在了界石边。

此后，他虽不时会念起莫裤子，也再没有与人这么深交过，时常会觉着寂寞，但毕竟人亡物换，除了笑着叹息一番，也再无他念。

谁知，过了十八年，莫裤子竟会出现在桃花宴上。那模样神情虽已大变，游丸子仍一眼认出是莫裤子。莫裤子笑着走过来，笑着唤他"丸子"。这绰号已经多年没人唤过，他听了有些不适，却也感到几分亲近。可笑着寒暄了两句后，他发觉，眼前这人其实无比生疏，尤其是那目光，虽笑着，却藏着些冷意，再寻不见当年那个率性热切的莫裤子。

他正在暗自伤怀，莫裤子忽然拍了拍自己怀间，笑着说："当年那份约书，你可还留着？我的仍揣在这里。"

他一听，顿时一寒。莫裤子盯着他，笑眯了片刻，随即转身走了。他怔在那里，心里一阵慌乱。若是当年那个莫裤子，他情愿拿出一半家产来分，可眼前这个莫裤子——他急急思忖，却想不出任何主意，只觉着怕。

怕了两个时辰，莫裤子竟死在茅厕里。望着莫裤子尸首，他不由得苦笑起来。他却没想到，更大的怕在后头。王豪丧礼上，王小槐凑近他，低声说："莫裤子尸首埋在那块界石下，怀里揣着那张约书，那可是杀人罪证。"

他没想到一个孩童竟能如此可怕，而这孩童口中所言，若是实情，后头的麻烦将更加可怕。当晚，他忙带着人要去挖尸，到了界石，却见其他几个豪富也都聚在那里，他们不愿移动那界石，他更不愿。后来姓裘的提议，杀了王小槐，他也极赞同。

可王小槐死后，竟还魂闹起鬼祟，他家院里清早落了许多栗子。游丸子本就惴惴难安，这时更慌怕起来。

听说三槐王家请了相绝陆青驱祟，他忙去求教。陆青冷眼盯了他半晌，才慢慢说："此乃睽卦，同中生异，异中求同。同志之人，虽异不乖。离心之合，始同终违……"他听着，心中顿时泛起一阵感慨。最后，陆青教了他一句话，更是令他心生悲凉：

"曾经多少同路人，如今唯余一孤身。"

第五章　蹇

蹇，险阻之义。险在前而止，不能进也。

前有险陷，后有峻阻，故为蹇也。

——程颐《伊川易传》

齐多心从来不信任何人，有时连自家都不信。

九个豪富中，齐多心是最年轻一个，只有三十八岁。他原名齐甄，只因这多疑，被人们起了这个绰号。

他父亲是乡里大户，家境虽丰足，却缺了子嗣这一福缘。正室不成，便纳妾，前后连娶了十来个妾，诸般求神拜佛、方术灵药的法子使尽了，都始终不见身孕。直到娶了齐多心的娘，才终于怀了胎。那时他父亲已经年近六旬，意外得子，惊喜过度，在酒宴上吃多了酒，不慎摔下石阶，竟摔死了。那正室抵死不认齐多心是齐家骨血，自家过继了一个侄儿，将他们母子逐出了家门。

他娘只能带着他回到外祖家，外祖不服这冤，便去县衙告状。那边正室也召集亲族，上下嘱托，极力相驳。这官司前后打了十一年，都未能打赢，银钱却耗了上百贯，外祖也为此气病身亡。

齐多心从小便瞧着这些险恶纷争，每见一回，心里便生出一道暗坎，见得多了之后，那些沟坎层层叠叠、幽幽暗暗，如同万千山岭沉埋海底，连他自己也无

从察觉。

外祖亡故后，几个舅舅怀愤已久，一起将他母子撵到桑林边两间草房里，再不肯管顾。幸而他娘擅养蚕织丝，便带着他去给那些富户帮工，倒也能养活他母子两个。齐多心自小便是在蚕室织机边长大，他不爱言语，却心细手轻，四五岁起，便开始帮着娘做活儿。

每年蚕簇上的蚕蛾破蛹时，便要忙着收蚕种。尖细的是雄蛾，肥圆的是雌蛾，得成对择取。时日早晚一定得齐，这样出蛾才齐，蚕也才匀整好养。

雌蛾出蛹后，伏着不动，雄蛾则飞振求偶，遇见雌蛾，即相交配。两蛾相合一半天，雄蛾精竭而死，雌蛾则开始产卵。这时，便要将雌蛾轻放到布上。齐多心自小爱齐整，每回都排放得匀匀齐齐。每只雌蛾能产二百多颗卵，那些卵粒粘在布上，自行均匀排列开。这时得将这些蚕种布轻轻张挂在竹架上，疏排在房中，不能见风日。又得用薄绵遮盖，以防飞蝶棉虫咬噬。等到腊月，要将这些蚕种用牛尿浴过，大雪天铺在雪地上，让雪压一日，又重新晾挂到架上。这些活儿，齐多心六七岁时便已惯熟，尽都由他来做，好让母亲腾出手，多织些绢帛。其他人户若缺了蚕种，便可以拿去卖，一斤最好时能卖到二三十贯钱。

二月二十，蚕种将生未生，便要浴蚕。采来菜花、蒿花、韭花、桃花、豆花，糁到温水中，将蚕种轻轻拨到水中，浸洗一番。水不能凉，也不能过热，要大致如人身体之温。齐多心到八九岁时，才渐渐测得准了。

这时得扫净蚕室，封好墙缝，不能漏风。燃糠取温，也要不冷不热，如春三月。蚕种则仍晾在架上，等蚕虫将出，细切嫩桑，铺匀在一张白纸上，接在下头，蚕嗅到叶香，便纷纷掉下。齐多心最爱的便是这一节，瞧着那些蚕虫萌动，他心里又痒又喜。

第二天便开始喂桑叶，得用桑刀将桑叶切细，昼夜五食。到第九天，蚕虫不食，叫作初眠。又喂七天，再眠一回。之后昼夜六食，七日后三眠。三眠之后，便得把蚕分养在竹箔之中，一箔约一斤。

这时白天喂三道，桑叶不必再切。但蚕怕湿气，得头一天将桑叶晾在干爽房屋内。喂食时，得仔细分辨蚕色：蚕虫身子透白时，便是欲食了，得及时喂；发青发皱时，是饿了，得多添桑叶；发黄时，便已饱了，不能再喂。

蚕既怕冷风，又怕湿热。人穿单衣到蚕室中，己身觉寒，蚕便寒；己身觉热，蚕便热。得备好一只小火炉，火在外间烧熟，不能有烟焰。随时搬进搬出，让蚕室始终温爽。蚕还怕脏、怕闷，须时时清除粪砂、开窗透风。蚕又怕吵、怕生人，时时得静闭。

快到结茧时，蚕虫要登簇。簇用麦秆搭成伞状，先将早熟的捉十几只放到簇顶，其余的便相继会跟爬而上。结了茧子后，七日便要摘下，迅即剥去外头茧衣。茧子细长莹白的，丝细；粗大晦青的，丝粗。

齐多心生性敏细，到十一二岁时，蚕室全由他一人照管，比他娘更精细。他头一回见莫裤子，便是在蚕室中。

他自小便帮着母亲养蚕，极少跟其他孩童玩耍。起先毕竟年幼，见到其他孩童追逐玩闹，难免眼馋，却不能丢下活计。等长了几岁，心头这渴，渐渐转变为厌，总是远远避开，不愿与其他孩童说话。十二岁那年，他跟着娘去莫家帮工养蚕，蚕室在他家大庭院西头的一个僻静边院，院里有座小门直通外间的桑园。有天，他去桑园采桑叶，抱了一大筐回来，刚进小门，就见一个身穿蓝绸衫的男孩儿扒在蚕室门边，探头朝里觑望。那时蚕才刚过三眠，最怕生人，一旦被惊扰，便会纷乱不安。

他忙要喝止，却怕惊到里头的蚕，四处又不见娘，只得赶紧过去，将筐子放下，伸手碰了碰那男孩儿后背。男孩儿吓得一哆嗦，忙转身望过来，他才认出是莫家的二儿莫甘，他见过两回。莫甘比他高半个头，听说一直寄住在帝丘乡一个姓游的豪户家读书，不知为何回来了。

莫甘眯着一双细长眼儿，傲声问："你就是朱嫂那个哑儿子？"

"小声些，惊到里头的蚕。"

"你不是哑子？"莫甘声音仍然极高。

"小声些，小员外……"

"这是我家的蚕，我想高声就高声。"

他一听，顿时丧了气，不敢再劝阻。莫甘却转身推开门，要进去。他一急，伸手扯住了莫甘衣袖。莫甘用力一挣，"刺啦"一声，竟将那绸衫腋下撕开了一道口子。

"哈哈！"莫甘竟笑起来，"被你撕破了，看你如何赔？"

他顿时惊住，望着那衣衫裂口，不知该如何向娘交代。

莫甘却仍眯着眼，笑瞅着他，半晌才又开口："汉哀帝有断袖之宠，你扯破我袖子，莫不是也想做我的男宠？嗯……我瞧你秀秀溜溜的，倒也像，你若答应做我男宠，我便不叫你赔这衣裳。"

他虽未听懂，却隐约觉察出其中意思，顿时红了脸，忙垂下头。

"哈哈，往后我便叫你宠儿。宠儿，你多大了？"

他低头不答，心里羞愤之极。

"你若不说，我便告诉我娘去，今晚就撵你们走。"

"十二……"

"比我小两岁。你爱吃什么？"

他答不上来，想了半晌，想起去年来莫家，员外娘子赏了几颗蜜弹弹，便低声说："蜜弹弹。"

"果然是宠儿，爱吃这些甜腻腻的腻物。你爱要什么？"

"我……我不知道。"

"不知道？哈哈，我知道，你是专爱扯断别人袖子，做人宠儿。嗯，你等等，我想起件事——"莫甘说着便跑了。

他站在那里，呆望了半晌，心里有种说不清的滋味。无论如何，至少莫甘似乎不叫他赔那绸子衣裳，也不来惊扰那些蚕了。他抬起那筐桑叶，搬进旁边的叶室里，将桑叶捧到木架的簟席上，细细摊开。才捧完，外头传来莫甘压低的唤声："宠儿，宠儿！"

他听了一惊，想躲起来，可又怕莫甘大声嚷，惊到蚕。只得走了出去，却见莫甘兜着衣襟，正在四处张望，一扭头看到他，立刻笑着走了过来："这是给你的！"他低头一瞧，那衣襟里兜了一大捧蜜弹弹。

他大为意外，忙望向莫甘。莫甘眯眼笑着说："快接着。你既然做了我的宠儿，自然得赏些你心爱的物事才对。傻宠儿，快接着——"莫甘用一只手扯起他的衣襟，将那些蜜弹弹全都倾倒进去。"抓紧，撒了！"他只得伸手抓住衣角。"我得去帝丘乡，瞧游智去，明天再来寻你玩。你记着，往后只许做我一个人的宠儿。

哦，不，只许做我和游智的宠儿，不许生了别心，哈哈——"莫甘伸出手，摸了摸他的脸，而后笑着跑了。

他顿时又红了脸，等莫甘跑远后，才低下头，瞅着那些晶亮橙黄的蜜弹弹，像是刚做了场又怪人、又羞人的梦。这时，他娘提着只篮子回来了，见到那些蜜弹弹，忙问哪里来的。他低声说："小员外赏的。""怪道我远远瞅见一个绸衣影儿跑过来，又跑走。这小员外最会欺顽人，如何想到赏你这些？难道是员外娘子差他来的？"他娘纳闷絮叨起来，他忙将那些蜜弹弹倒到娘的篮子里，转身去蚕室看蚕了。

那些蚕身子有些发青，饿了，他忙端过一筐桑叶，一边抓桑叶撒在蚕箔里，一边不由得想着莫甘方才那些话，自己原本该羞愤，却似乎愤恼不起来，而且并不是由于怕莫甘。那是为何？他想了一阵，却想不明白。念及莫甘最后那句"明天再来寻你玩"，他有些怕，却又不想躲开，甚而有些想见。旋即想到，莫甘那等豪富顽劣子弟，只会欺耍人，还是躲开为好……他默默想着，可毕竟只有十二岁，略多想一会儿，便想昏了，只好丢到一边，闷闷抓桑叶喂蚕。

这一向，他开始跟娘学织绢。娘说这是妇人的活计，他一个男孩儿家学来做什么。他却不忍心看娘每日从早累到晚，而且自家也想学。莫家有几台织机，他娘拗不过，想着旁人也瞧不见，便教了他。才学了十来天，他便已大致学会。吃过晚饭，便和娘一起去织绢。他娘拿了两颗蜜弹弹，一人一颗含着，各自织起绢来。那蜜弹弹委实香甜，他慢慢吮着，又不时念起莫甘。

第二天醒来，他已忘了昨天的事。出去采桑叶，回来进到小门时，才猛然又想起莫甘。忙四下瞅了瞅，莫甘并没来，他心里略有些空落，却没有介意。直到傍晚，莫甘仍没有来。他便真的空落起来，闷闷吃过饭，坐到织机边，有些出神。看到娘进来，才忙开始织起来。他娘又给他喂了一颗蜜弹弹，他含在嘴里，发觉那香甜似乎散淡了许多。

一连许多天，莫甘都没来。那些蜜弹弹也全都吃完了，他也便渐渐丢下了此事。有天，他正在蚕室里喂桑叶，门边忽然传来低唤声"宠儿……"，扭头一看，莫甘从门边探进半张脸，笑望着他。他先愣了一下，随即竟忍不住笑了一笑。

"我能进来不？"莫甘低声问。

他忙摇摇头，赶紧放下桑叶筐，转身走了出去。

莫甘手里拿着个油纸包，仍压着声音，笑着说："这些天，我的宠儿想我没有？那些蜜弹弹都吃完了吧？莫尽吃那些甜腻腻的物事，这回我给你带了些蜜姜豉和咸辣味，不那般腻人。给你，接着啊——"

他只得伸手接了过来。

"这里说话，做贼一般，不爽快。走，咱们去桑园里耍耍。"

莫甘伸手揽住他的肩膀，便向外走。他身不由己，跟着一起走了出去。莫甘边走边讲，说自己去帝丘乡，如何召集了一班少年，如何埋伏在村外，帮游智惩治了他那后娘的弟弟，说得极得意。他只是听着，那些事于他而言，远得丝毫摸不着边际。唯一觉得，莫甘肯为朋友如此热心出力，至少是个聪明热诚人，他心里不由得增添了几分敬慕。

"对了，我把你的事告诉了游智，游智不想要男宠。既然如此，往后你便是我一人的宠儿，记住了吗？"

莫甘紧紧搂了他一下，又伸手勾了勾他下巴。他的脸顿时又红了，莫甘看到，哈哈大笑起来。随即，又跟他吹嘘起自己和游智许多英豪事迹。他又只低着头，默默听着。

莫甘说了一阵，说乏了，抱怨起来："先前，我以为你是个哑子，那天发觉不是。今天看来，你仍是个哑子。跟你在一处，不好耍——不过，跟哑子说话，也有个好处。不似和游智说话，我说一句，他要抢两句。好了，我娘恐怕又在让人到处寻我，我得回去了，明天再来找你。小宠儿，乖乖等着寡人来宠幸。"莫甘伸手拍拍他的脸，哈哈笑着走了。

自那以后，莫甘每隔几天，便要来一回。每回来，都要带些新鲜吃食。而后揽着他，去桑园里走走坐坐。始终都是莫甘吹嘘，他来听。熟络后，他才偶尔点点头，或应一两个字。

过了大半年，他们母子替莫家养完蚕茧、织完了绢，得回去了。他们走之前，莫甘来过一回，说自己和游智商议好，要一起读书考县学。他听了，心里一阵空落，却不敢流露。

那之后，他便数年都没再见过莫甘。其间仍旧和娘一起四处给人养蚕织绢，时日久了，也渐渐忘记了莫甘。

直到十九岁那年，他和娘又受雇去莫家。那时他已是乡里闻名的男织工，人们见他生为男儿，却能织得这般好，又赞叹，又觉好笑。他却早已生成孤硬性格，不管旁人笑不笑，自家谋自家营生，而且他是真爱这织绢手艺。妇人们通常一年只能织四十匹绢，他却能织六十匹，且织艺极精，两匹抵得上旁人三匹的价，因而远近乡里的富户尽都争着雇他。

那天，他正在莫家边院里织布，一个人忽然走进来，高声说："听闻我那宠儿，如今已是天上织女下凡了？哈哈！"

他抬头认了半晌，才认出是莫甘，比少年时倜傥俊逸了许多。莫甘盯着他也瞅了许久："已变得这般模样了？若是路上撞见，哪里认得出来？不过，若是换一套齐整衣裳，倒也是位风流子。"

他一听，脸顿时又红了起来，忙站起了身，低声拜问了声："小员外。"

"哈哈，你这脸红倒是一丝没变。到处人都传你，织绢织得如何如何好，我来瞧瞧。"

他越发难为情起来。

"旁人看得，偏我看不得？哈哈，算了，不为难你了。许多年没见，咱们就坐着说说话。"莫甘坐到旁边一只小凳上，"这些年，你过得如何？你也坐下。"

他只得坐下，低声应了句："还好。"

"娶妻了吗？"

"没。"

"莫不是因为我，才不成亲？哈哈。"

他没有答话，脸又有些微红，忙低下了眼。

"说说我。我这几年，过得极自在，又极不自在。在外头自在完，回家便被父母絮叨。嗐！"莫甘连声抱怨起来，讲了许多不如意、不痛快。他始终低头静静听着。讲累后，莫甘站起身，"好了，今天就说到这里，改日再来寻你。对了，你如今爱吃什么？"

"都好。"

"都好，便是没一样好。你仍是那般半哑巴，半痴怔。哈哈。"

莫甘笑着走了，他坐在织机前，怔了半晌。

几天后，莫甘果然又来了，不过这回带了个仆人，提了一个食盒、一坛酒，叫摆在那小院的小桌上。而后笑着对他说："你如今不是小孩儿了，咱们就吃酒说话。"

他不好推辞，可又不敢和东家贵子同坐，站在一边，不知该如何应对。

"怕什么？你我也算多年之交，来！坐下来！"

他只得走过去，犹豫半晌，才局促坐下。莫甘斟了酒，给他递过一杯，他忙欠身双手接住。

"你若再这么畏畏怯怯，我便要恼了！我不过比你多些钱财，钱财算得什么？不过一堆烂铜，恰巧这时多堆了一些在我家。谁知来年又会堆去哪里？说不得哪一年，我得去你宅里做雇工。"

他听了这番话，大为感动，忙端起酒杯，恭恭敬敬道："小员外。"

"这才对。"

莫甘笑起来，边吹嘘，边抱怨，边不住地劝他吃酒。他从没吃过这么多酒，吃得大醉，连莫甘何时走的都不知晓。

从那以后，莫甘不时带酒菜来，和他对饮说话。仍是莫甘说，他听。但他极爱听。在那些话语间，他渐渐看清了莫甘，虽说有些骄纵放任，却心热性直，不遮不掩。相交愈久，便愈觉可亲。

有一回，莫甘忽然跟他说："你这般到处做雇工，难有个好收场。我听闻江南有些富商，自家并不织布，去乡村里包买织户的绢帛，贱收贵卖，也能致富。你自小养蚕，又会织绢，比别人更懂其中深浅。不如我借你些本钱，你也照那法子，养一些蚕种，佃几片桑林，买一些织机，给那些织户，教他们替你织，你总收起来，拿去县府批卖，不是个好出路？"

他哪里敢想这些，更何况他已听说，莫甘这些年将家中田产赌去了不少，因此忙连连摇头。谁知莫甘竟极认真，说完之后，立即拿来五十两银子，又逼他将自己家那片桑林佃下来，催他母子两个去寻织户。他们母子抵不过莫甘这番热诚，便试着去问了一些农妇。那些农妇大半不信，但仍有一些听说白给蚕虫、桑叶和织机，又包收绢帛，不由得动了心。

这时，他才当真，和娘细细盘算了一番，不敢贪多，只和十家先立了约，一家定了二十匹绢。他们母子则辞了工，天天去那些织户家授艺监看。半年之后，全部完工收齐，他借牛车拉到县里绢帛铺批卖。一匹绢，除去本钱，能得二百多文利，总共赚了四十多贯，比他们母子给人佣工，至少多十贯钱。若是再多寻些织户，不但很快便能还清莫甘的那五十两借银，从此也再不必低声下气做人。

莫甘听了之后，也极欢喜，忙极力鼓舞他们母子。他们心里有了底，便全力兴办起来。其间，莫甘又借给他们一百两银子加作本钱。辛苦几年后，他们已经增定了近百家织户，一年能有五六百贯利。

就在那时，莫甘要成亲了。他听了这消息，心里忽然极不是滋味，但莫甘是自己大恩人，他迅即清除了这念头。将借的一百五十两银子封好，又拿了一百两银子做贺礼，一起送去交给了莫甘。莫甘见了那些银子，笑道："你把一年的辛苦钱全都搬来了。"

他忙说："这算不得什么，便是要我性命，我也得给。"

"哈哈！寡人果然没有白宠你。那我就收下了，多谢！"

莫甘成亲那天，他吃得大醉，第二天中午才醒来。这时却听到噩耗，莫甘的新娘上吊自尽，莫甘被县衙捉走。他忙去县衙打探，莫甘被关在牢狱中。他拿钱打点了狱卒，带了饭食去探视。莫甘坐在监牢中，似乎老了许多岁。见到他，惨然一笑，只说了声"多谢"，便再无言语。他也不知该说些什么，默立良久，只能告辞。第二天，他又去探视，莫甘一直靠着土墙坐着，见到他，只点点头，便垂下眼，再不看他。他仍每天都去，直到莫甘被无罪开释。

出了牢狱，他便再没见过莫甘，只听人说莫甘将家产全部赌尽，随后，便传来莫甘死讯。他先不肯信，见到莫家办丧，才站在那院门外，呆立良久。他没有进去，绕到旁边那片桑园，坐到他和莫甘当年坐过的那棵桑树下，偷偷哭了一场。

十八年来，他再无他想，只一心置产，买了许多桑田，包了许多织户，成了宁陵县第一绢帛庄主。他听从母亲安排，娶了妻，生了子。

他娘临终前，偷偷告诉他，他的确不是齐家骨血，嫁入齐家之前，她刚刚怀了身孕，他父亲是个走乡串村的货郎。他听了，竟笑起来，发觉自己从头到尾，没有一处是真。

王豪那桃花宴，他虽年年都去，却只因不愿费心寻些借口推托。他万万没有料到，去年桃花宴上，莫甘竟会活着现身。第一眼看到莫甘，他便立即认了出来，身子不由得抖了起来。

莫甘笑着朝他走过来，面孔虽有些沧桑，笑容却仍如当年："我如今该如何称呼你？齐大员外？"

他使尽气力，才勉强露出些笑，声音却在抖："这些年，你去了哪里？"

"流放崖州。"

"哦？为何？"

"不过一些小事端。听说你已得了'宁陵买绢找齐家'的名头？"

"这些家业都是你的。"

"哈哈！多谢！你先留着，寡人自有大债要收。"

莫甘转身又去问候其他人，他的目光一直跟着莫甘，再没有离开，直到莫甘去了角上那道竹篱的茅厕。他望了许久，都不见莫甘出来，正要过去看，却见王豪的管家老孙走了过去，他只得停住脚。片刻，老孙慌张出来，他顿时发觉情形不对，却没有想到莫甘竟死在了那里。

等王豪引着他们去到那茅厕，一眼看到莫甘的尸首，他头一晕，几乎栽倒。那几个豪富商议遮掩此事，他不好反驳，心里却在急急思寻凶手。然而，那茅厕被竹篱遮挡，当时这边众人又杂乱喧闹，根本无从查寻。这令他心里一片悲冷，这恐怕便是人世真相——从无真相。

过了一阵，王豪病逝，他去吊唁，其实不是为吊唁王豪，而是吊唁莫甘。然而到了那里，王小槐却偷偷告诉他："莫裤子的尸首埋在那块界石下头。"

他不知王小槐为何要告诉他，但他最想知道的正是此事。当天天黑后，他忙带了把铁锹，自己驾了辆车，赶往界石那里。然而，到了一看，那几个豪富已带人守在那里，他们都不愿动那界石。他也只得作罢。

后来，那几人商议杀了王小槐，他想，王小槐一死，便能移动界石，便点头赞同。王小槐死后，他才后悔不及——王小槐一死，连同真相也一起带走。

王小槐还魂闹祟，他丝毫不怕。他去见相绝陆青，反倒期望陆青能让他与王小槐阴魂相见，好问明那真相。

陆青见了他也有些诧异，注视了半晌，才缓缓说道："此卦为蹇，险阻之象。皆叹途难，谁知心艰。百痛千忧，能与谁言？"他听了，心底一颤。陆青又教了他一句话，他听后，心中更是一片酸凉：

"从来情深人难解，明月孤心独往还。"

第六章　解

物无终难之理，难极则必散。解者，散也。

——程颐《伊川易传》

简淮心里有个结，大半生都解不开：他舍不得钱。

桃花宴九个豪富中，简淮的田产不是最多，钱却最多。他唯一舍得花钱的地方是藏钱。

简淮原是淮南人，出生那年家乡闹旱灾，他娘将他生在逃荒路上，全家只剩他母子二人。一路乞讨，来到襄邑。直到八九岁，他都从没好生吃饱过一顿饭，因而生得极瘦小，脸上、身上到处骨头都尖耸着。他头一次吃饱是九岁那年，襄邑一个富户家生了儿，办百岁酒。他娘被唤去后厨帮工，简淮坐在厨房边的小凳上，有装碟多余的果子、切肉剩下的零碎，他娘便偷偷给他抓一些。简淮知道这般痛吃再难遇见，娘给什么，他便吞什么。他的肚皮似乎也知道，因而极争气，始终填不满。他便一直吃，一直吃，从早吃到晚。到了晚间，席上撤下来的剩菜极多，更没人管，简淮便趴在剩菜桶边，用手捞捡里头的鸡羊鱼块，狠命往肚里填，填到后来，胀坐在桶边，张着嘴，瞪着眼，再动弹不得。他娘急得哭起来，却又不敢碰他，生怕戳爆了他。有个厨妇取来化食药丸，要喂给他。可他连一粒粟米都再咽不下，嘴也闭不住，那药丸只能放在他舌面上，等它慢慢溶散。

简淮就那般张瞪着嘴眼，坐了一整夜，第二天，他娘才借了块板子，又央求了一个人，将他扳躺到板子上，抬回了寄住的那间破庙里。躺了三天，简淮眼珠才能转动，能略略灌两口水。又过了两三天，身子才能微微动弹，躺在那里屙了一大摊稀，才"哇"的一声哭出来，随即又呕吐起来，由于躺着，倒呛回去，险些呛死。他娘忙将他身子扳转过来，他才顺畅吐了一阵，这才活转过来。自那以后，他再碰不得肉食，一见便要呕，只能一直吃素。

没过两年，他娘便病死了，简淮只能乞讨为生。那庙里来了个行脚和尚，打算住下来，将那破庙兴作起来。简淮便日日跟着那和尚四处化缘。和尚遇到一对烧香求子的夫妻，便说动那两口儿，收养了简淮。他去了那家，才得了安稳。可只过了一年多，那妇人竟生下个孩儿，便给他塞了几十文钱，将他又送回那破庙。和尚又寻了一对年过六旬、再不能生育的无儿老夫妇，将简淮又过继到那家。老夫妇待他极严苛，但毕竟有饭吃、有屋住。简淮服侍了几年，老夫妇相继过世，那家便成了他的家，由他独自做主。

老夫妇留下了几十亩地，简淮自种一半，佃出去一半。除了粗饭菜蔬和一身布衣裳，其余的他一文都不多花。剩出几贯钱，便立即去寻买田地。后来，有个富户信了堪舆术士的话，相中他那几十亩地，要买去做墓田。简淮却抵死不卖，那富户直出到五倍的价，他才松了口。

简淮从中瞅见了厉害，得了那些钱后，他一半拿去买田，一半拿来笼络了县里几个堪舆术士，专一用风水玄学说动那些富户，重价来买他的田。几年之间，他便有了上千亩田产。县里那几个术士已经没人再信，简淮又去应天府和汴京陆续请来一些有名的术士，与他联手，买卖田产。术士有名望，他田又多，说合起来，越发顺手。及至这勾当渐渐被人识破，简淮已有了近百顷田产。

虽已豪富至此，简淮却依然不肯枉费一文钱。他只吃素，即便有了妻儿，家里也常年不许见荤。养的鸡羊猪，全都拿去卖钱。妻儿只有去别家赴宴时，才能吃些肉食。吃过饭，他怕碗碟脏了，洗得重，会磨去瓷釉，便先用舌头舔净，才让拿去洗。妻儿也都如此，每天吃过饭，一家老小先各自捧着碗碟舔。

简淮有张帕子，揣在怀里，却只在官府或豪富酒宴上用一用。揣了十几年，帕子都朽了，颜色瞧着却仍似新的。常日里，吃过饭，简淮都是去院里摘片叶子擦嘴。因而，他家院里种了几株木芙蓉，芙蓉叶大且软韧，正好擦嘴。而且芙蓉长不高，家里孩童伸手也能摘到。他家老小都将木芙蓉唤作"擦嘴树"。冬天没了树叶，便存些芦苇须来擦，唤作"擦嘴绒"。

他家的衣裳，外衣破了，改作内衣；内衣破了，改作袜子；袜子破了，改作鞋底；鞋底破了，剪成方形，一块块贴在墙面上，夏吸潮气冬防寒。

简淮唯一舍得的，是藏钱所花费的钱。最先，他在自家卧房底下挖了个钱窖，让匠人打制了一只铁箱，每满一贯钱，便穿好锁在铁箱中，钥匙则随身带着。一只铁箱存满，便再打制一只。直到那钱窖全都藏满，他便将窖洞扩为暗室，先用厚砖砌墙，后来怕有人钻洞来偷，又在墙上包了一层铁皮。时日久了，铁皮受潮发锈，他又换成铜皮。一间暗室装满，又挖第二间。如今他卧房底下已是一大座钱库，房套房，一共九间，里面全都堆满了钱。

直到遇见莫裤子，简淮这半生心结才终于解开。

二十年前，莫裤子有块田要卖，寻见了他。这两乡中，简淮最恨的人正是莫裤子，莫裤子从来花钱如同泼脏水，生怕泼不尽一般。他只是听着莫裤子那些耗钱败家的行径，便已疼得筋都要拧起来。可他又知道，莫家的田都是好田，便跟着莫裤子去相看那田。

那块田在睢水对岸，过河只有一根独木桥，那时正是盛夏，才下过一场暴雨，河水暴涨，急流凶猛。莫裤子走在前头，简淮小心跟在后面，颤颤巍巍走到桥中间，眼一晕，脚一滑，顿时栽了下去。幸而紧急间，抱住了桥梁，才没掉进河里。莫裤子忙过来将他扯了上去，扶拽到对岸。到了岸边，他腿一软，坐倒在地上，顿时哭了起来："我的钱！我那些钱！"

将才摔下去，简淮猛然间瞅见一个景象：他死后，妻儿们打开那钱库，将那些钱一箱一箱搬出来，肆意花用，而他，则变成个穷魂饿鬼，只能干瞧。

莫裤子听见，顿时笑起来："你死不死，你那些钱都锁在地底下，你放心，一文钱都少不了。"

"我若死了，那些钱便守不住了！"简淮想起收养自己的那对老夫妇，也是百般节俭，死后，那些田产钱财全都白归了他。他还能节省，能把那些家产增到百倍、千倍，可自己那些儿女，背地里天天抱怨他苛吝，自然是盼着他早死，好痛快花用。念及此,他哭得更痛了。

"你把那些钱全都封起来,不就能守住了?"

"怎么封?"他忙哭着问。

"就如秦始皇那般,生前造个陵墓,将财宝全都藏在里头,布满机关,又将那些工匠全都杀死。旁人便碰不得那些财宝了。"

简淮一听,立即动了心。可旋即想到,自己只是个财主,哪里能和秦始皇比,即便修了陵墓机关,也不敢杀死工匠,那秘密仍会传出去。

莫裤子又笑着说:"我教你个好主意,比那些皇陵更轻省,还难被人偷盗。"

"什么法子?莫老弟,你快告诉我!"

"你挖个大墓坑,再建几座大炉,烧熔了铜铁水,厚厚浇进坑里,造一座铜墙铁壁墓室。而后将你那些钱箱全都搬到里头,箱子间留些缝,摆一层,浇一层铜铁水,将那些铁钱箱浇铸成一整块。这样,即便盗墓贼凿开墙壁,也砸不开那钱箱。等你死了,便躺在上头,那些钱不就能陪你万万年?"

简淮细细一寻思,果然不错,忙站了起来。莫裤子那块地也没心去看了,转身便往家走去,过那独木桥时,竟也不怕了。莫裤子在后面连声唤他,他也如同没听见。回到家后,他立即唤来替他记账的管家,让他细细算了一回。而后便召集庄客,去买好的墓地挖大坑。接着,从钱库里搬出几十箱钱,拿去造高炉,买铜铁,请铁匠。花了三个多月,将钱库里那些钱箱,全都搬到那个墓坑里,厚厚浇铸成了一整块,便是金刚也凿不开。简淮在一旁看着那些钱被深埋起来,心里这才安稳了。

那年,他刚满四十岁。他听人说四十不惑,自己果然再不惑了。

秋后,收了租,总共有几千贯钱。再看到那些钱,简淮心里忽然松活了许多,觉着死后的钱已经埋好,活时的这些钱是该拿来花用花用。于是,他买了几十匹上等锦缎,又请了几个裁缝,给全家每人缝制了几套上好衣裳,妻儿穿上后,全都喜得笑眯了眼。他又让人宰了几只鸡羊,让妻子烹制好,满满摆了一桌,自己虽吃不成,但瞧着妻儿吃得那般欢畅,心里也大是快慰。

渐渐地,简淮爱上了花费,只要听见有好物事,都要买来用一用、尝一尝。

可是，哪怕在县里，能使钱的去处也只有那些。他很好奇莫裤子是如何花用那些家财的，便去寻见了莫裤子。那时莫裤子已将田产几乎荡尽，一听他问如何花钱，顿时笑起来："这个好说，你带足钱，我带你去汴京！"

"多少才够？"

"至少得带五百两银子吧。"

"好！"

简淮立即回去收拾了五百两银子，怕不够，又添了三百两，加起来有一千六百贯，拿个小箱子装到车上，而后唤了莫裤子，一起去了京城。他从没到过京城，透过车窗见到那等繁华，顿时眼花头晕，大张起嘴不住惊叹。

莫裤子说："这汴京有句童谣——'周家衣，庞家饭，银钱尽在秦家店。'你这一身村衣，去了哪里都招人耻笑。我先带你去周皇亲家，置办两套衣裳，这样才好走动。"简淮看着路边人物富雅、楼店繁盛，早已呆住，哪里还有分辨力，唯有不住点头。

莫裤子给车夫指路，他们径直来到一条大街拐角的一家锦帛铺门口，下了车。简淮见街边尽是两三层楼高的各色店铺，家家门额高阔，漆色炫目，进出的人也全都衣着华贵、样貌风雅，不由得又连声喷叹。再瞧那间锦帛铺，朱红门窗梁柱上绘满鲜色纹样，门边竖立一大面雕花泥金木牌，上头写的字，他只勉强认出一个"周"字。莫裤子引着他走了进去，里头更是宽阔，四壁挂满成匹锦帛，中间排了十几张雕花长条桌，上头齐整摆列着各色衣衫冠帽。

一个身穿蓝锦长褙子的中年男子迎了上来，上下扫了他们几眼，眼中顿时显出几分轻视。莫裤子高声说："给我这位大哥选一身上等衣帽鞋裤，要现成的，即刻便要穿。"

那人满眼轻慢，懒洋洋问："上等也分内造、江南、西蜀、洛阳、河北，你们选哪等？"

"内造的。"

"全都要内造的？这双丝鞋便是内造头等，绫锦院新造织金缎，文秀院作首绣制，一双五十贯钱，要吗？"

简淮不由得"啊"了一声。那双鞋瞧着的确极金贵，却无论如何也想不出竟要这么多钱，抵得上六七亩上田。那人瞅了他一眼，目光越发鄙夷。莫裤子却说："鞋便选这双。其他衣裳裤儿呢？"

那人略一诧异，旋即冷回了脸，引着他们去选幞头、褙子、衫子、裤子、腰带。每选一样，简淮都要惊一回，通身算下来，总共竟要一千一百贯，五百五十两银子。店里那经纪竟还说，其中几样见成的只有这一等的，若要头等的，得叫裁缝新制。莫裤子却浑不介意，当即让车夫从车上取来银子，又叫那经纪带他到后头房里通身换掉。他换了那套新衣裳，果然触手细滑，浑身轻爽，猛然间觉着自己身量都高胖了些。

莫裤子笑瞅着说："这才像些模样。天色不早了，咱们去汴京第一正店潘楼吃饭去。"

外头暮色已升，街上灯笼烛火渐次亮了起来，瞧着比白天更加繁丽绚亮。车子来到潘楼，下车抬头一瞧，三层楼店，灯火明耀，彩绸飘摇，门前店内欢笑嬉闹。莫裤子引着他进去，店里大伯迎上来，打量了一眼他的穿戴，顿时露出笑脸，连声恭迎。莫裤子要了楼上一间阁子。上楼进去一瞧，那阁子里，一套乌木雕花桌椅，墙上挂满字画，旁边一副大朵牡丹绣围屏，瞧着极华奢雅贵。

莫裤子知道简淮只吃素，便点了些素菜。那些菜一一端上来后，简淮更是连连咋舌。盛装的碗碟全都碧莹莹、晶亮亮，而那些菜不过是乡里常吃的茄子、冬瓜、藕、茭白等菜蔬，可瞧着全变了模样，一道道或如碧玉浸在清泉里，或似琥珀映在霞光中，或像珍珠撒在白雪中，哪里是菜肴？分明是天下第一等玉工雕琢的奇景。他抓起那双镶银雕花的细箸儿，试着夹了一片藕，那藕切得极薄，细纱一般，放进嘴里一嚼，又不由得惊叹起来，天下竟有这等鲜爽清甜的藕！

那一顿吃罢，总共花去三十两银子，在乡里够中等人户一家五口吃一年。简淮忽然想起幼年时，在街头听人说书，说到天宫仙宴。这一顿，便是那时心里想见的仙宴。

出了潘楼，莫裤子又说："这汴京奢贵，无非一吃二穿三娇娥。这娇娥说的是行院里那些名妓。汴京如今行首名妓叫姜柔柔，宫里每年赐宴，召歌妓进宫献唱作乐，姜柔柔都是引头第一位，连当今官家都赞叹无比。咱们去会一会？"

"好，好！"

他们又驱车来到一条巷子里，下车走到一座院落门前。院门开着，门首灯笼下，斜摆了一只条凳，坐着一对中年绸衣男女，正在剥榛子吃。简淮朝院里望去，一道影壁遮着，瞧不见里头院落，只见有座小楼，楼上几面窗纸亮着灯光，却不见人影，也听不见人声，只闻到一丝说不出的幽香。

莫裤子走到那对男女跟前："姜行首在吗？我们想会一会。"

那男子抬头扫了一眼："你们是哪里来的？"

"襄邑。"

"哦，好大的地界。"男人鼻孔里笑了一声。

妇人说："你们请回吧，我家姐姐不轻易见人。"

"二百两银子见一面，也见不得？"

"二百两？哈哈！"男子又笑起来，"二百两只好见见厨房里的大姐儿。"

"那要多少银子？"

"一盏茶，五百两银子，你可拿得出？"

"稍等，我们商议商议。"

莫裤子拽着他走到一边，悄声问："你银子只剩了二百多两？你想不想见姜柔柔？"

听到那钱数，简淮早已惊呆，可一想，当今官家都宠幸的人，不知娇贵到何等地步，若能见上一面，恐怕五千两银都值，不由得点了点头。

"那咱们拿你那二百两去赌一局。若输了，咱们就回家；若赢了，我便进去求他家的老娘，让你见一见姜柔柔。"

"好！"

"若赢得多了呢？"

"都归你。"

"那算不得什么。这汴京城能拿得出五百两银子的，恐怕有上千上万，但凡有些钱的，哪个不想会一会姜柔柔？若是有钱便能见，他家的门槛恐怕早已踩平了百十回。可你没瞧见？他家院里冷冷清清的，一个客人都没有。"

"那你说如何才好？"

"你为见姜柔柔，最多愿意出多少钱？"

"嗯……多少都成，哪怕十年的田租。"

"那好，我若让你见了，你十年田租分我一半，如何？"

"这……成。"简淮刚才在潘楼吃得半醉，已几无神志。

"言语过耳忘，墨字百年新。我们先去订个契，而后我立即替你去赌钱。"

"成。"

莫裤子便带他去了巷口一家茶铺，借了笔墨，写了一纸契书，他昏昏然便在上头画了押。莫裤子揣起那纸契书，让他坐着吃茶，自己带了那二百两银子去寻赌坊。简淮等了一个多时辰，酒意都快散尽，莫裤子提着两只沉甸甸的包袱回来了："赚到了，走。"

简淮忙跟着一起到了姜柔柔家院门前，莫裤子对那门前的男子说："银子有了，五百两。"

那男子慌忙站起来："便是有银子，我家姐姐也不见客。"

"这算什么话？我进去找你家妈妈说去！"

那男子忙要拦，莫裤子已直冲了进去。那对男女一起追了进去，里头旋即响起叫嚷声，之后又静了下来。半晌，莫裤子笑着走了出来："成了，进来吧。"

简淮忙抬腿迈过门槛，走了进去。跟着莫裤子绕过影壁，黑暗中瞧不清那院落，只见一座三层小楼，楼前堂屋门开着，里头灯火明亮。他们走到堂屋门前，一个锦衣老妇人迎了出来，瞅了他两眼，神色极冷淡："进来坐吧。"

堂屋里头极宽敞雅静，异香扑鼻，中间一张深红雕花大圆桌，摆了一圈绣墩。后面一排博古架，上头列着些古器花瓶，两排落地铜烛台上烧着高烛，映得两边张挂的银线帷幔莹莹闪亮。简淮跟着莫裤子坐到那张大圆桌边的绣墩上。那老妇人朝旁边冷唤了声"奉茶"，一个绿绣衣少女用个朱红托盘端着两盏茶出来，面容娇媚，像是画儿上的仙姑一般。她盈盈走到桌边，将两盏茶轻轻放到两人面前，而后便轻步退下了。

老妇人又朝楼上唤道："请姜姐姐见客。"

简淮忙抬头朝楼梯那边望去，可是被帷幔遮着，瞧不见。半晌，楼上传来一阵轻细脚步声，一级级下了楼梯，简淮忙睁大了眼睛。帷幔一掀，一位女子走了出来。烛光下，猛然见到那女子，简淮顿时惊呆，不敢信世间竟有这等绝美。那女子一身锦绣，头戴花冠，身形纤袅，面容莹润。两眼微微低垂，并不瞧人，却能觉到那目光水一般清莹。浑身似乎蒙了一层光晕，叫人不敢直视。她停住脚，微微侧身屈膝，低首朝这边道了个万福，随即便转身掀帷，进去了。

简淮微张着嘴，呆在那里，魂魄早已不知飞去了哪里，耳中猛听见那老妇高声唤了句"送客！"，他才惊醒过来。莫裤子在一旁拽了拽他，他才慌忙站起身，跟着朝外走去，边走边连连回头，朝楼上瞅望，却再不见那女子身影，脚下险些被门槛绊倒。

离开了那行院，莫裤子又带他去汴京瓦子里游耍，他却一路上都恍恍惚惚，全然看不见周围喧闹景象。至于当晚住在哪里，第二天又去了哪里，第三天如何回去，他都若有似无，全不记得。

过了几个月，简淮仍念念不忘姜柔柔。他又去寻莫裤子，却见莫家在举丧，莫裤子掉进水里淹死了。

后来，简淮又带了一千两银子，去汴京求见姜柔柔。到了那院门前，却被拦住。看门人说，便是一万两也不见。他只能怅怅而归，过了两三年，才渐渐放下。从那以后，他再没了花钱兴致。人间万般享乐，都不及见姜柔柔那一眼。他只能感慨，至少自己还见过一眼。

这心念，让他看淡了许多，每日虽照旧掌管家计，却再不计较什么。人都说，他那回去汴京，怕是染了仙气。

直到去年桃花宴上，莫裤子猛然现身，惊愕之余，简淮又猛然想起了姜柔柔，虽已将近六十岁，脸却不由得红了，幸而旁人并未发觉。可当莫裤子走到他面前，笑着问："姜柔柔已老，如今汴京名妓，无过念奴十二娇，居首的是唱奴李师师，简大哥可还想会一会不？"他的脸顿时又红了起来，随即有些嗔恼。莫裤子却继续笑着说："简大哥若想见，兄弟我仍愿再效一回力。"

"你莫说笑。"

"这哪里是说笑？我是当真。"

他心里却忽然想，当年姜柔柔瞧着不过二十来岁，算来如今也才四十岁，若能再见一回，不知会是何等情形？

莫裤子似乎瞧破了他的心思，笑着说："姜柔柔下落我也知道，简大哥可想再会一会？"

他不由得笑了笑。

"你若想见，我便去安排。不过，咱们该把前一笔账结了。"莫裤子说着指了指自己怀里。

他这才猛然想起当年那契书。那次回来后，他才后悔自己发昏，竟和莫裤子签下那等契约。十年田租的一半，至少二万贯。听到莫裤子死讯，他才松了口气。莫裤子这时竟重又提起。简淮这些年虽已看淡钱财，但猛生生拿出二三万贯来，依然极难消受。幸而，莫裤子迅即又死在茅厕里。

王豪死后，简淮去吊唁，王小槐竟偷偷跟他说，莫裤子埋在那界石下，怀里揣着契书。他重又惴惴不安起来。王小槐死后，他有些负疚难安。王小槐还魂闹祟，他更是惶惶不宁，前去向相绝陆青求告。

陆青见了他，微露笑意："此卦为解，冰坼雷动，春来雨至。宽怀路坦，知悔人新。"随后教了他一句话，他听了，顿时怔住：

"心中一点暗，眼前唯见黑。"

第七章　损

人之所损，或过，或不及，或不常，皆不合正理。

——程颐《伊川易传》

对于莫裤子，路缺牙都不知该恨，还是该谢。

路缺牙本名路德升，少年时因磕缺了小半颗门牙，便一直被人嘲唤作这个名儿。这是他一生大憾，万贯家财，却换不来一颗整牙。

路缺牙生来便有些胆小怕生，他父亲极严厉，只要见到他，常要寻他的不是，训斥一番。几个兄弟又一个比一个会争先讨宠，他从来敌不过，因而，除了在母亲跟前，他极少说笑。

八岁那年，王豪婚宴，派仆人送来了请帖。他父亲出门赴宴，原本只带长子或幼子。那天临出门时，他大哥闹肚子，幼弟又不知跑去哪里玩耍，寻不见。跟前只有他一人，他父亲只得带了他去。到了王家，有许多孩童都在三五成群玩耍，他却只能站在一边瞧。看着那些孩童那般欢畅，难过之余，他更有些恨，因而不愿多瞧，便独自在那庭院里到处走看。不知不觉走到厨房那边，一眼瞧见鸡笼边有两个孩童，比他略小一些，一样装扮，都是蓝锦银绣衣裳，乍一看，像孪生兄弟一般。后来，他才知道那是莫裤子和游丸子。

他见那两个鬼鬼精精的，忙躲到一边偷看，那两个竟用竹篾片挑了鸡屎往厨房汤锅里丢，来来回回丢了几次，见人来了，才一起嬉笑着跑开了。他瞧着，心里羡慕无比，这正是他极想做，却从来不敢做的。前院那群憨玩傻闹的孩童，那些高仰鼻孔、满脸假笑、从不肯瞧他一眼的大人，他们全都该喝鸡屎汤。

他站着望了一阵，见那厨房门前的仆人们又都走了，里头空无一人。他犹豫再三，还是壮着胆子过去，走到鸡笼边，折下一片竹篾，刮了一坨鸡屎。左右看看，仍没有人，便拈着那竹篾，迈过门槛，进到厨房，小心走近灶台。气促心跳得几乎要抽筋，强撑着才伸直了手臂，刚要把鸡屎甩进滚汤锅里，身后忽然响起个声音："你做什么？"他吓得猛一颤，头皮都要飞走，慌忙丢掉那竹篾，转身就跑，却被脚下一片菜叶滑倒，重重栽了下去，牙齿正磕到门槛上，疼得他几乎昏过去。他却顾不得那些，拼力爬起来，疯了一般逃离那厨房，一直奔到前院，躲到花坛后，见没人追来，才急喘着气停了下来。嘴皮碰到牙齿，一阵钻心之疼，他不由得尖声痛叫起来。引得旁边几个孩童全都望过来，一个叫道："他流血了，牙破了！"

虽然疼得心都揪揸起来，他却猛然想到，父亲若见了，必定痛责。他忙闭起了嘴，用手背去擦嘴唇，一瞧，果然有许多血。他越发怕起来，忙忍着剧痛，跑到后院井边，将木桶甩下去，吃力打上来一点儿水，用手捧着漱口。冰水一碰到牙齿，顿时又一阵钻心痛，他顿时被疼哭，边哭边强忍着痛，急漱了两口，吐尽血水，把嘴唇和手洗净，而后躲到墙根一棵香樟树背后，偷偷继续哭了一阵。幸而他父亲并没发觉，出来后只骂了句："来人家做客，斜嘴苦脸，做出这般丑相做什么？难成器的东西！"不过，几天后，父亲仍一眼瞧见，又痛责了一顿。

他原本就不多笑，自从缺了这门牙，便越不愿笑了。旁人瞧着他是乡里巨富之子，常日间又温温静静，都羡叹不已。他却始终闷闷不乐，既无玩伴，又没有可说话的人，心里始终念念不忘那鸡屎，一直想着，能做些这等事情，该有多好。可直到十八岁，他都没做成一件这样的事来。

十八岁那年，他考入了县学，可没想到莫裤子和游丸子竟也一起考中。他只敢安心读书，那两个却整日偷懒使奸，无所不为。他瞅着那两人，心里既厌又羡。教他们读经的那老教授，嗓音刮耳，为人又急躁，常常责骂学生。路缺牙一见这教授，便想起父亲，不由自主便憎怕，却只能小心听命。那老教授骂得最多的便是莫裤子和游丸子。

不过，那老教授有两样可笑处，一是爱犯困，二是爱背着人用食指掏鼻屎。有一回教完一段《春秋》，他让学生们默写，自己坐在椅子上，又打起盹来。路缺牙发觉莫裤子和游丸子偷偷比画了一阵，随后莫裤子轻轻走到窗边，探出身子，窗外是一片菜园，种了一畦芥菜，已经开始结籽。他揪了一把嫩种子，回来放到桌上，用砚台将那些种子碾烂。芥籽极辛辣，他不由得打了个喷嚏，幸而忙捂住嘴，没惊醒老教授。他将那些芥籽汁抹到指肚上，而后拿着《春秋》走到前头，拍醒老教授，指着书问："这句怎么解？"老教授高声讲解了一番。路缺牙一眼瞅见，莫裤子拍醒老教授时，将芥籽汁迅即抹到了老教授食指上。过了半晌，老教授装作看窗外景致，又掏起鼻屎，随即便猛打起喷嚏，一个接一个，声音尖厉之极，几乎要将自己那干减肥体嚏散。路缺牙不由得咧嘴笑起来，全忘了自己缺牙，心里对莫裤子也越发赞佩。

莫裤子见他笑，似乎很中意，偷偷问他："我们要去瓦子耍，你去不去？"他忙摇了摇头，莫裤子顿时败了兴，他也暗暗后悔不迭。

后来，莫裤子和游丸子被逐出了县学，他始终没能跟着去做一件那等事，望着那两副空桌椅，心里惆怅之极。

不过，没过半年，他父亲病逝，他也休了学，回家奔丧守孝。他的兄弟们随即争闹着要分产析户，他也正盼着能出去独住。兄弟们将睢水边那片田和几间草房分给了他，那片田离得最远，亩数又最少。他倒极中意，只是被兄弟欺负，又争不过，心里始终有些不平。

他去看自己分的那片田，那田正在界石边。那块界石有一人多高，立在睢水岸边，两面分别凿着襄邑和宁陵两县县名，下头小字又是帝丘、阳驿两乡乡名。由于外形似一棵古柏枯干，乡人都唤它古柏石。界石向南，一条土路直通到几十里外的汴河。

他正瞧着，却见莫裤子走了过来。莫裤子已经听说了这事，笑着问他："被兄弟欺负，你就这般白受着？"他苦笑着摇摇头，不愿多说，便岔开话头："那等事，你是如何做得出的？"

"哪等事？"

"譬如在学里时，拿芥籽汁害老教授打喷嚏。"

"那算得什么？"

"我想做，却始终做不出……"他不由得黯然起来。

莫裤子笑道："那等事，做不做有什么大不得的？你若真想做，该做件大的。你这块田亩数不及你兄弟们的，不过有个法子能讨回便宜，只看你敢不敢做。"

"什么法子？"

"瞒天过海的大法子，你若真敢做，我才说。"

"我敢！你说！"生平头一回，他总算坚定说出了一句心意。

"你看那块界石，这两县丈量田亩，都以它为界。你这田在宁陵县这边。明年是闰年，又要核准田亩。宁陵县来勘量时，你把这界石搬到田地那头去，便丈不到你这里。等那边襄邑丈量时，你再把界石搬回去。那些衙前书吏干办们哪里会晓得？这样，你这块田就如一块布褶子，藏在里头，税籍上便没了名目。这块田有六百亩吧，一年各项税钱便省出来近二百贯，几年便能将你兄弟们克扣去的找补回来了。"

"这……"

"我便知道你不敢。"莫裤子又扫了兴，转头要走。

他忙急急思忖，从小到大，自己从不敢做一件坏事，这般活着，有何意趣？二百贯税钱倒在其次，做一桩这等事，至少也算出一口闷气。于是，他忙追上莫裤子："莫兄弟，我愿意做！"

"真的？你若真想做，先不忙。除了田，钱你也分了一些吧？"

"嗯，将近五百贯。"

"那便能再买七百亩地，你将你这块田南边的田地尽力都买过来。上千亩地，这事才值得做。另外，两县是以界石向南这条土路为界，向东一里地外，还有一条南北土路，界石搬到那里才更容易蒙混。这中间的大田还有几家，不如将他们全都劝进来，大家一起做，才更好。"

"这个就难办了，人多心杂。"

"怕什么？你若真想做，我来替你做说客。"

"有句话恐怕极冒昧，会冲撞莫兄弟……"

"什么话，尽管问。"

"这桩事……莫兄弟为何这么热心？若真做成，不知该如何答谢？"

"答哪般鸟谢？我只是见不得你受亲兄弟欺负。另外，更见不得到处死潭子一般，又臭又闷，拿石头砸一砸、棍子搅一搅，心里才舒坦。我也不知为何有这怪癖，生来便是这般，哈哈！"

那天分手之后，他兴致极高，照着莫裤子所言，拿了那五百贯钱，在那两条南北土路间，四处寻买田地，买到了五百多亩。莫裤子果真带着他，先去拜访王豪，一番言语说动了王豪。王豪又去约了两条土路间有大田的六家豪富，说服了他们，将那片地的零碎田产全都买了下来。到第二年重核田亩时，等襄邑这边核完，夜里偷偷将界石搬到东头那条土路口。宁陵县衙吏们来勘量田土，果然只堪到界石土路那里便停住了。

这样一来，中间这一带田产，几十顷地，便成了无籍无税地，他们几个将这片地唤作"褶子田"。

做成这事后，路缺牙无比欢欣，对莫裤子更是感激。他听说莫裤子将家中田产赌去了许多，忙将免除的田税拿出一半，换成银子去宁陵县里寻见了莫裤子。莫裤子见到那些银子，笑着说："想得的钱，我一定设法得来。不想得的钱，一文都不愿沾。这银子你拿回去，汴京有专补牙的医铺，你去把你那门牙补起来，省得每回见我，说不敢说，笑不敢笑，瞧着急煞人。"

他只得收回那银子，照莫裤子所言，去京城寻见一位牙医，用象牙、白锡、银箔，将他缺了的那块牙补了起来。虽说仔细瞧，还是有痕迹，却终于敢开口笑了。

回到乡里后，他雇人将那三间草房翻盖作瓦房，砌起围墙，建出一座小小院落，种了些花树，请了一个小厮洒扫、一个老妇煮饭，清清静静、自自在在过起来。闲来无事，他便试着去做些当年想做而未敢做的事：走到人家田边，有意揪几把麦穗；去茶肆喝茶，趁着人多，不给钱便跑；往馒头里填上一大坨芥籽泥，丢给狗，看狗吃了伸舌怪叫；见到妇人在河边洗衣，偷丢块石头在水里，溅妇人们一头一身的水，听妇人们破口嚷骂……每做一件，他都畅快无比，能笑半里路。

他没料到，有天又去做这等事时，竟会惹出那等祸来。

他一直记着兄弟们对自己的刻薄，尤其是两个兄长。他大哥有个七岁大的儿子，名叫小角儿，不时跑来他这里讨糖果子吃。他倒是不厌这孩子，不过，一直琢磨着如何羞弄一番大哥。有一天，莫裤子路过他家，进来讨茶吃。他忙请进屋，让老妇煎了茶，两人在屋里坐着说话。他便向莫裤子请教好法子，莫裤子听了，笑起来："你是想单惩治大哥，还是两个哥哥都惩治？"

"两个若能一起作弄，那最好不过。"

"这有什么难！哪天你侄儿来，我做给你瞧。"

他听了，按捺不住，忙唤那小厮，去村里设法哄小角儿来。小厮跑着去了。吃了两盏茶，院外传来小角儿的声音。莫裤子忙过去闩起了门，而后站在门背后，朝他使眼色，他全不明白，只能愣愣看着莫裤子。

莫裤子侧耳听着小角儿快跑到门边时，忽然开声说："这、这事，你、你千、千万莫、莫告、告诉别人。"

他一听，惊了一跳。莫裤子在学他二哥说话。他二哥说话有些口吃，莫裤子学的声气极像。他忙接过话头："二哥，什么事？"

"小、小、小角儿……"

"小角儿怎么了？"

"小、小角儿，不、不是大、大哥的儿子。"

"小角儿不是大哥的儿子？！那是谁的？"

"我、我和嫂、嫂嫂生的。"

"你和大嫂？！"

"嗯。你、你千、千万莫、莫让大哥知、知道。"

他看到刚才门缝下头一截被黑影遮住，自然是小角儿躲在外边偷听，他们说完后，门缝又亮了。他忙跑到窗边偷瞧，见小角儿飞快跑出了院子，不由得笑了起来。

第二天，他打发那小厮去两个哥哥那里探听消息。小厮不一时便满脸惊慌跑了回来，喘着气急急回报。他听了之后，顿时惊住。昨晚他大哥先和嫂子闹了一场，接着又冲到二哥家去闹。二哥口吃，分辩不开，愤恼之下，竟抓起一条凳子，将他大哥打破了头。二哥忙骑马去请医生来救时，大哥已经流血而亡。而他大嫂，羞愤之余，也上吊自尽。他二哥已被大保长带人捉去县里见官了……

半晌，他才回过神，忙问小厮："昨天下午，小角儿来这里时，你听见我们说话没有？""没，我去挑水了。"他这才略松了口气，但心头终究慌恐无比，忙骑了驴子去寻莫裤子，幸而莫裤子在家，他忙将莫裤子唤到村外麦田边，急急问："莫兄弟，你可听说了？"

"昨晚我便知道了。"莫裤子竟像是没事一般。

"这该如何是好？"

"你拿银子，去县里请个好讼师帮你二哥。再疏通疏通，能判轻些，便尽力判轻些。"

"那我大哥大嫂呢？"

"他们全是呆蛾子，略见些火苗，便没命扑过去。这回不被烧死，下回人略一逗，照旧会往火焰里扑。你该做的，是往后照管好那几个侄儿侄女。"

"可是……"

"可是什么？你一直想着闹些大事件，这回总算如愿了。还想什么？"

"我们昨天说的那些话，万万不能说出去。"

"我也担了干系，我会说？"

"不成，我们得立个约！"

"好啊。违了约该如何罚？"

"谁若说出去，他的全部家产便归另一个。"

"成！"

于是，他们一起回到莫裤子家，进到房里，关起门，写了契约，签过字。莫裤子将其中一份递给他："拿去。可放心了？"

他没有说话，低头折好，揣起来，转身离开了莫家。

回去后才后悔起来，不签这约，还口说无凭，签了约，反倒落了实据。但那之后，他再没见过莫裤子。过了一阵，听人说莫裤子淹死了，他才松了口气。

他二哥被判了一千里徒刑，发配到江西。他便依照莫裤子所言，一直照管那些侄儿侄女。如今，那些侄儿侄女早已由他操办各自成家，他因此也得了仁厚叔父的义名，人人赞叹。至于当年那桩事压在心底，几乎忘记。

他没有料到，十八年后在桃花宴上，竟然重见莫裤子。莫裤子走到他跟前，笑着问候完，指着自己怀里，轻声说了句："你放心，那约定我一直没忘。"他一听，反倒惊慌起来。

随后，莫裤子死在茅厕里，他才大松了口气。谁知王豪丧礼上，王小槐竟偷偷说："莫裤子埋在那块界石下，怀里揣着一张约书。"

他听后，寒透全身。当晚，他带着小厮，拿了铁锹，头一个赶到那界石边，正要开挖。其他几个豪富竟陆续赶来。那些人不让动界石，他只能不动。又怕别人挖，叫两个小厮日夜轮流守在那里。

后来，姓裘的说，得一起杀掉王小槐，他立即赞同。王小槐恐怕是唯一知道他那桩隐秘的人。可王小槐死后，他家院里清早落了许多栗子，皇阁村又传来还魂闹鬼的邪事，请了相绝陆青驱祟。

他忙赶过去求教。陆青盯着他注视片刻，眼里忽闪过一丝笑，他浑身一寒，那笑意极像莫裤子。陆青随即言道："此卦属损。损人自益，实为自损；自损益人，乃为自益……"最后又教了他一句话，他听了，心里一阵翻腾：

"一言风推水，一举坡滚石。善恶一粒种，良莠万亩田。"

第八章　益

利者，众人所同欲也。专欲益己，其害大矣。

欲之甚，则昏蔽而忘义理。求之极，则侵夺而致仇怨。

故夫子曰：放于利而行多怨。

——程颐《伊川易传》

裘镇时常发狂，尤其是每回遇见莫裤子。

他脸上生了一张嘴，心底里似乎另有一张嘴，那张嘴无底洞一般，始终张开口，等着吞钱、吞食、吞色、吞名……但凡这世间的好，无所不吞，也从不餍足。他不知道这张嘴是天生的，还是父母教化的。虽然家里良田百顷，他父亲却总望着别家的另一块好田，他母亲则总是恨别家妇人又换了身更时鲜的穿戴。自小，裘镇时时瞧见的，便是这两双馋眼，一双比一双渴，一双比一双烫。他又是独子，父母从来不许别家孩童胜过他丝毫，他也的确极少输过。他生得健壮，又有一股从不让人的悍气。偶尔吃穿玩物上比不过其他孩童，他便去打、去抢，争不到手，命都可以不要，谁敢抵挡？

然而，他总是输给莫裤子。

裘镇比莫裤子大三岁，孩童时，三岁能高出一个头。别家孩童都怕他，唯有莫裤子，反倒时时招惹他，见了他便唤他"大滚球"，还编出些溜口话笑他，

"大滚球，娘见愁，一脚踢进粪里头"。他若是捏住莫裤子那细颈子，眨眼便能将他捏死，莫裤子根本休想挣开。可莫裤子既像泥鳅，又像兔，他从来抓不住。

这还在其次，比强、比富、比好，他都不惧。他最恨的，是莫裤子那万事不吝的赖气。他们一年难得见几回，只在乡里豪富家宴上能碰到一处。每回去，裘镇他娘自然让他穿最好的衣裳，他也自然时时强过所有孩童。莫裤子却偏要和他比，而且不比好，只比不好。

有回，他父亲带他去游丸子家赴宴，他穿了一身销金锦缎小衣裳，浑身金闪闪，走在太阳地里，远远就能耀晕人的眼。莫裤子只穿了件织银线的蜀锦，却偏要和他比。游丸子和其他孩童都围在一边看。他大声笑起来："一两金子十两银，你那件衣裳，只好拿去擦屁。"

"那咱们就比一比，你敢不敢？"

"有啥不敢？"

"谁要不敢，谁就吃屎。"

"好！"

"你等着！"

莫裤子飞快跑出了院门，他以为是逃走了，忙大声骂起来："擦屁布，你别逃！"可不一时，莫裤子又跑了回来，手里抓着根树枝，枝子上沾了些人屎，他摇着那屎枝子说："咱们就往自己衣服上抹，谁抹得多，谁赢！"说着，莫裤子就往自己衣襟上一抹，新新的衣裳顿时沾了一道屎。他看到，恶心得直咧嘴。莫裤子把那屎枝朝他伸过来："该你！"他赶忙避开，吓得转身就跑。莫裤子在后面一路追着笑叫："大球子，滚沟子，滚回你娘屎肚子！"

每回见到，莫裤子总能想出更臭、更烂的主意，裘镇哪里赢得过？因而只能把莫裤子当作一摊臭屎，恨恨避开。

长大后，他们更难得相见，没想到，有回竟在宁陵一家赌坊撞见了。他家离襄邑更近些，因而常年在那边几家赌坊里耍。他进了赌坊，寻常赌棍全都不敢跟他赌，只有几个富家子弟还能陪他耍几局，他赌得没兴致，才转到宁陵这边。他一进那赌坊，便见中间那张大赌桌边围满了人。有个人盘腿坐在桌上，面前摊开一张图谱，旁边一只陶碗，正在吆五喝六地掷骰子，是莫裤子，和几个人在赌

"猪窝"，那图谱上绘有各色名目，与骰子彩数一一对应，掷完后对照谱子计算输赢。

裘镇一见莫裤子那狂赖样儿，心里顿时腾起火，从随从提的木箱里抓出两锭五十两的银铤，过去推开桌边的人，将两锭银子啪地扣在桌上，高声说："一局五十两，拿得出的来赌！"桌边那些赌棍哪里拿得出，纷纷抓走自己铜钱和散碎银子，一起退开了半步。莫裤子则仍安坐桌上，笑着说："我来陪你。你先掷。"

"你爷我没那些闲肠肚耍这个，爷平生只爱捻钱。"捻钱是掷铜钱，正面为字，背面为幕，字赢幕输。

"成！仍是你先捻。"莫裤子从腿边一小堆铜钱里摸了三个，丢到裘镇面前。裘镇抓起来，双手合住，用力一摇，随即抛到桌上，两字一幕。莫裤子弯腰伸臂，抓过那三个铜钱，随手一丢，一字两幕。旁边的人全都哄叫起来。

裘镇大喜："拿银子来！"

"再捻两把，一总算。"

裘镇便和他又丢了两回，两回皆赢。他再不肯让，催着要银子。莫裤子却把腿边那些铜钱推了过来，说："这些你先收下，剩余的明天给你。"

"不成！眼下便要。"

"眼下没有。"

"你耍弄爷？"裘镇一挽袖子，便要去打。莫裤子却高声道："慢着！咱们再赌一回，不赌钱，赌个新鲜的，输了，连将才这些钱，当场算清！你敢不敢赌？"

裘镇猜测他又要拿那些腌臜物来耍弄人，忙说："屎、尿、鼻涕、呕秽一概不赌。"

"哈哈，不是那些下作物事，是个绝色美人。宁陵行院新来了个班首，弹得一手好琵琶，唱得一口好曲儿，名叫卓兰儿，你可听说了？"

"赌她什么？"

"咱们一起到她门首，她愿意先接哪个，哪个便算赢。哪怕只见一面、只坐一刻，也是赢。"

裘镇前两天便听说汴京有个名妓来到宁陵，将全县的妓女都比了下去，今天来，也正想去会一会，忙问："赌多少银子？"

"这等佳人，赌少了作践风月，咱们就赌个大的，先定张契，各家拿出十年的田租。"

"两县人都知道你家的田已被你赌去大半，你拿剩余那点田跟我家上百顷来赌？"

"那我退一步，我拿剩余全部田产跟你家一半地租来赌，田产对田租，敢不敢？不敢便算了，我另寻其他有钱又有胆的赌去。"

裘镇知道他在激自己，但一想莫裤子身上已经没有钱，哪怕急寻些来，也有限。自己今天特地带了三百两银子，便是去汴京会头等名妓，也宽绰有余。再想到历年受莫裤子的那些辱，便是赌上自家十年全部田租，也该讨回这口积年恶气。于是他高声道："赌！"

莫裤子唤坊主拿过笔墨纸砚，随即写了两份契书，内文相同，但各以一人为赢者，都画了押。而后请了坊主和几个赌棍作保，两份契书都由坊主收着，一起去会那个卓兰儿。那些人巴不得瞧热闹，跟着一起到了那门首，莫裤子说："我欠了你赌资，你先请。"

裘镇并不推让，大步进了那院门，高声唤道："卓兰儿在吗？恩客来啦！"一个妇人快步迎出门来，赔着笑说："这位官人，我家兰儿被知县包断了，这一个月都不许见客。""什么？你敢在爷面前说谎？""老婆子哪里敢说谎？您瞧那两位，是知县特地差来看院的。"两个身穿公服的男子一先一后从堂屋里走了出来。见到前头那个，裘镇顿时暗叫晦气。那人他认得，是宁陵知县的堂弟。

上个月，裘镇和两个朋友来宁陵县吃酒，一个名叫胡欢娘的妓女来陪坐唱曲，他嫌胡欢娘唱得不好，要撵她走，胡欢娘却要讨了钱才走。他一恼之下，将胡欢娘扯到街边，痛打了一顿，若不是三槐王家一个叫王大峥的过来劝住，恐怕已将那胡欢娘打死。没想到，胡欢娘与知县堂弟交好，裘镇的父亲又因一块禄田，与知县有过龃龉，那知县因他父亲财多势强，只得让了半步。得知胡欢娘一事，知县立即秉公严办，差县尉到裘家捉人，将裘镇抓到狱中，打了二十板子。裘镇父亲使了三百两银子，才将他保出。当日来捉裘镇的，便有那知县堂弟。裘镇平生第一回挨打，自然怀恨在心，要寻机报仇。可这时，见到知县堂弟，他却不敢轻动，只得丧气转身，出了院门。

莫裤子见他出来，笑道："没会着？该我了。"说着便走了进去，一路高声唤着"卓姐姐"。裘镇忙向里头望去，只见堂屋里走出个美貌翠服女子，笑着迎向莫裤子，两人站在廊下，说了两句话。而后莫甘深施一礼，随即转身走了出来，笑望向裘镇："我赢了。坊主，请把那两份契书给我。"那坊主忙将两页纸递给莫裤子，莫裤子将自己那张折好揣进怀里，而后笑着说："这张便撕了。"几下便把那张纸撕得粉碎。裘镇一直干瞧着，胸口几乎燃起来，狠狠踢了一脚身边探头的随从，喝了声"走！"，随即气恨恨大步离开了那里。

回去后，裘镇不敢告诉父亲，暗暗想该如何夺回那张契书。可没等主意想出来，莫裤子竟死了。

十八年后，桃花宴上猛见到莫裤子，裘镇惊了一大跳，随即便想起当年那纸契书。正在暗想，隔了这么多年，那契书应该早已丢了。谁知莫裤子过来问候，指着自己怀里，低声说："当年这契书，裘兄没忘吧？"

裘镇瞪着眼，顿时哑了口。看着莫裤子又去和那几人说笑吃酒，心里暗暗盘算，该如何将这条粪蛆除掉。没等他想出法子，莫裤子竟死在茅厕里。看到莫裤子尸首，他险些笑出声来，自己在这条粪蛆跟前输了无数回，总算轻轻易易赢了一大场。

他没想到，王豪丧礼上，王小槐竟将他扯到一边，低声说："莫裤子尸首埋在界石下，怀里揣着那张契书。"他听了，恨不得一掌拍死那小猴儿。回去后，更是躁得连摔了几只茶盏。等天黑下来，他再忍不住，忙唤了几个仆役，一起去挖尸，可到了那里一瞧，那几个豪富竟也聚到了那里。他忙说："这界石不能再动！"幸而那几人听了他的话，一起差人守住那界石，并互相监看。

除了那尸首，知道那纸契书的还有王小槐。他听得宁陵县主簿常来寻王小槐，他和那主簿相熟，便去打探，那主簿说，正月十五王小槐要去京城看灯，并安排了一顶轿子，半夜接了他，出东水门，过虹桥，去办一件要紧事。那轿子上会插一根枯枝。

裘镇听后，顿时有了主意，忙去跟那几个豪富商议，一起出钱，找人杀掉王小槐。那几人都怨愤王小槐，全答应了。他便收了钱，寻了一个得力仆人，去京城做这桩事。那仆人到了京城，寻见几个同伙，正月十五半夜，装作一群醉汉，候在孙羊正店门前。那轿子果然来了，那仆人和同伙一拥而上，围住轿子，仆人拿着刀，趁乱朝轿子里连捅了几刀。

几天后，王小槐的死讯果然传来，裘镇这才吐了口恶气。但莫裤子尸首埋在界石下，终归是个隐患。只是他们几家豪富一直互相监看，谁都不能动那界石。裘镇寻思了一阵，忽然想到一个人：王豪的管家老孙。那日老孙是头一个发觉莫裤子尸首的人，裘镇一直回想那天的杀人者，想来想去都想不出来，难道是老孙？

裘镇忙骑马去王豪家寻老孙，可那院门锁着。他一打问，老孙去了汴京料理王小槐的尸首。老孙的浑家刘氏一个人不敢留在这大院里，搬去了村西自家的小院。裘镇又寻到那小院，刘氏出来开了门。

裘镇进去后，拿出一锭银铤："这锭银子给你，我要问些事情。"

"是不是问莫裤子？银子老身不能要，不过我家丈夫走之前留了话，说小相公已不在了，若是你们来打问，便把实情告诉你们，免得再生冤仇。"

"哦？你快说，谁杀的莫裤子？"

"没人杀他。"

"没人？"

"莫裤子没死。"

"没死？！"

"那是老相公跟他商议好的计谋，莫裤子是假死。"

"什么？他为何要这么做？"

"唉！这也是老相公一片疼儿的心。他似乎料到自己活不久，丢下小相公一个人，才这么大点年纪，恐怕会受人欺凌。尤其是你们这几位。"

"我们？"

"老相公说，穷的还不怕，拿些钱出来，便好说话。富的只想更富，又最恨人比他富。家里这些田产，小相公独自哪里守得住？于是老相公日夜寻思自己死后，如何保住小相公不受你们侵压。那时，他去县里偏巧遇见了莫裤子，莫裤子说你们几家都有些把柄在他手里——"

裘镇一听，顿时变了色。

"老相公便拿了许多钱，买了莫裤子那些把柄，而后跟莫裤子商议那法子。先让莫裤子在桃花宴上把话头一个一个留给你们，而后趴在茅厕里装死。谁料到，莫裤子拿钱偷偷走了，老相公却真死了。临死前，老相公把这些话交代给了小相公，让他留着那些把柄，若是你们敢来欺凌他，就叫他拿那些把柄治你们——"

"王小槐为何要把事情告诉我们？"

"唉……小相公那脾性，哪里藏得住心事，老相公一死，他便要捉弄你们。"

"捉弄？"

"其实，莫裤子那些把柄不过是一些空话。"

"空话？"

"嗯。他说他有些契书，一直揣在身上，可十八年前掉进汴河里，全都被泡烂了，只能拿些空话来吓唬你们。"

"那界石底下埋的什么？"

"老身就不知道了。"

裘镇觉着自己被大锤子连砸了几锤，惊了半晌，才急忙出门，驱马来到界石边，草棚里八家的仆人仍守在那里。他忙叫那些仆人各自回去唤来自家主人，说一起搬开界石。

焦急等了许多时，那八人才陆续赶来，他忙将实情讲了一遍，那些人都不信。但还是答应一起唤仆人搬开界石。那界石搬开后，底下埋着一只木盒，裘镇忙俯身打开那盒盖，里面是一张纸，纸上写着四个字：夜半等我。

他们看了，全都面面相觑，不知何意。然而，才过几天，皇阁村便传来消息，王小槐还魂闹鬼。裘镇家院里清早又落了许多栗子，惊得他寒毛倒竖。他听说三槐王家请了相绝陆青驱祟，忙赶去求教。

陆青盯着他，眼里似乎有些厌意，让他极为不快，但还是忍住没有发作。陆青冷冷说道："益卦之益，与损相生。损极生益，益极生损。自损者，有时而益；自益者，时至必损。益人者，终得自益；损人者，同归自损……"最后，陆青教他清明去东水门外等一顶轿子，对那轿子说一句话，他听了，似乎又挨了一锤：

"自古饕餮称猛兽，终有食尽自噬时。"

泽篇

厨子案

第一章　夬

夬者，决也。人之行，必度其事可为，然后决之，则无过矣。

理不能胜，而且往，其咎可知。凡行而有咎者，皆决之过也。

——程颐《伊川易传》

清明上午，白揽子站在汴河湾榆疙瘩街口，惴惴等着那顶轿子。

白揽子今年三十七岁，本名白丘，是襄邑一名揽户，专替村户代纳田税。多少年，他都盼着能来汴京，没想到今年竟连来两回，而且两回都是为了王小槐。虽然眼见着京城的繁盛，他却无心去瞧。厢厅门外有个老汉，摆了一摊旧书，在那里跟人讲论旧史新闻。他原先最爱听这些，这时站在人群外，耳朵虽听着，两眼却不时朝东水门那边瞅望，盼着能早些了结这桩冤孽。

白揽子最怕作决断，可人生于世，处处尽是岔路，时时都得决断，哪里避得过？而且，人之决断，皆是向着好。头一眼寻见的，也皆是好。可这些好背后，藏了多少歹，往往瞧不清、看不透。等你明白时，已被那些好稳稳钓牢。好里藏的歹，则刺骨穿心，让你叫不出，也挣不破。

白揽子家原本只是个五等小农户，父亲因被官府点差，曾送粮去陕西边关，虽吃尽了苦，却也一路上得了些见识。回来后，便不愿儿子一生只做个农人苦不到头，便竭力勒省些钱粮，求告乡里大户严漏秤，让儿子在他家塾中寄读。白揽子疼惜父母的钱，也知尽力用功，心里却始终不喜读书。

十二岁那年他跟着父亲去县里缴纳秋税。父亲推着独轮车，上头高高垒着几只麻袋，里头是三石麦、两石粟、一石多豌豆。白揽子才学了些算学，一路上便跟父亲算税钱："爹，俺家一亩地，税是多少？"

"官税是十分纳一。照三壤法分，俺们那二十八亩都是中田，每亩一斗二升。"

"那总共是……三石三斗六升。爹搬这么多粮去做什么？"

"这些都怕不够哪。官仓粮食被鼠雀偷食了，得缴鼠雀耗，一石输二升；官爷们收税劳累了，还得加些润官的斗面耗，缴多少，得随税吏心意。税吏若是昨晚和娘子拌了嘴，今天便得多扣几升。县里运粮去州府，每石得缴二十文脚钱；搬存粮食有损漏，每石又是二十文。"

"他们不看好粮仓，少了倒叫我们赔？"

"他们是官，俺们是民，官说要缴，哪里敢不缴？这些才一半，除去正税，还得缴一成义仓粟。还有哪，每个人盐钱三百六十文，身丁钱七十一文，你年纪小，还算不得成丁，得缴挂丁钱，三十文……"

"这么多！我都算不清了。"

"你爹算了半辈子，至今也没算清。除开这些，每年还要新加一两样杂变，前年加了鞋钱，去年是醋息钱，今年还不知要加些啥……孩儿啊，你一定得好生用心读书哪。我听严大户说，读了书，做了官，便再不必缴税，每年几十上百贯禄钱，出门不是车，便是轿，整日搬拿的最重的对象，只有笔和箸，连宅里仆人衣服薪炭钱都是官里出。外头许多人又争着送润手润脚钱，眼不灵、嘴不巧、人不得计，送还未必送得进那官宅门……"

白揽子那时只低头听着，心里却有些不情愿，爹常年被那些官人欺压，恨得牙能咬出血，却又一心盼我做那等人。等我做了官，不知有多少人恨我？

这话他却不敢说出来，到了县里税场一瞧，满眼尽是人车驴牛，密密麻麻，挤挤攘攘。一圈木栅围着一大片场子，里头一堆一堆麦山豆岭。许多手力在忙着搬运，一些衙吏则守在场口，看着斗量秤称，记录税簿。外头排的人极多，他们只能等。没想到一等，竟等了六天多。好在他父亲早已料到，带足了饼子。白天还能略走动走动，夜里只能靠着车边打盹。

到第三天，眼看要排到，却下起秋雨来。那些衙吏立即停了手，不再收粮，转头去呼喝人力们赶紧遮盖搬运场里的粮食。白揽子忙帮着爹展开带来的一张旧油布，罩住车上的粮食，他们父子各靠一边，扯着油布，蹲在车旁。那秋雨一下便不停，油布太窄，大半身全都淋透。白揽子冷得直颤，盼着能喝口热水，可那地方哪里讨热水去？连带来的一小皮袋凉水也早已喝尽，只能接了油布溜下来的雨水喝。夜里便更加难熬，坐在湿地上，缩成一团，虽然困极，却冻得睡不着。那时，他才明白了父亲心意，即便做不成官，至少也得做个富人，买把伞，换身干衣裳，去前头那茶肆里买碗热汤……

雨下了三天，那三天，如同在水牢里囚了三年一般。见到太阳光从厚云里露出来，满场的农人全都欢叫起来。白揽子也忙从油布下爬出来，眯眼望着云缝里那道金光，又想哭，又想笑，大张着嘴，喉咙里发出些怪异声响。

那些税吏也慢慢踱过来，重新开始收粮。轮到白揽子父子时，他爹忙将独轮车推过去，报上自家税籍。一个书吏坐在桌边，叫贴司，旁边堆了几摞子簿记，半晌他才翻寻出一本，打开寻到后，报给旁边一个拿算盘的贴司。白揽子瞅着那贴司拨动算盘，算了半晌，才报出数字："麦六石八斗三升，钱一贯八百六十三文。"他爹忙说："俺除了麦，还有两石粟米，一石四斗豌豆——"旁边一个监管粮斗的税吏叫斗子，歪着鼻子吼起来："快些搬过来！"

白揽子忙帮着爹将车上粮食一袋袋搬过去，两个力役将袋口解开，倒进一个大粮柜中。那斗子用木铲将麦子铲进粮斗里，每斗都装得极满，却不拿木概子刮平，端起便倒进一个木槽中，木槽下头有麻袋兜接，每一斗都至少多出一升粮。白揽子瞧见，顿时恨怒起来，他仰头看父亲，父亲眼里也一阵阵疼，却仍尽力赔出些笑。

六大袋粮食都称完后，那贴司又拨动算盘："麦豆同价，粟米每斗多计十八文钱。一石八斗，三百二十四文，折成麦，是二斗八升。粮总共还缺三斗五升——"白揽子爹顿时慌起来："俺算得足足的，还差这么些？"那算子像是没听见，冷着脸问："补粮还是补钱？"

"粮只载来这些，补……补钱。钱是多少？"

"补四百三文。加税钱，两贯二百六十六文。"

白揽子爹忙从车上搬过钱袋，从里头拎出两贯整钱、三陌小串，抖着手解开一小串，要数出六十六文，却几道都没能数清。那个贴司顿时吼起来："快些！你是生吞了鸡爪，得了风症？"白揽子爹一慌，钱串掉到地上，铜钱滚得四处都是。白揽子忙过去一个个捡起来，有几个滚到了贴司桌台底下。他趴到地上，伸长了手去摸，却被那贴司一挪脚，狠踩了一下，疼得他一抽，却不敢叫出声。那贴司却又挪了一下脚，将一枚铜钱踩到了脚下。白揽子只得先将捡到的那些交给了父亲，又爬到地上去看那一枚。那贴司却再不挪脚，填好一张税钞，丢给白揽子爹，随即又唤下一个。白揽子趴在地上不肯走，被他爹硬拽起来，走了多远，都仍不时回头瞅望。那一文铜钱，至今想起来，他都仍有些惦念。

回去以后，白揽子才开始发愤读书，考了几年，终于考进了县学。换上白布襕衫，笔墨纸砚、吃穿用宿，都由官府供给。月钱虽只有三四百文，于他而言，却已是崇荣之极。他父亲更是乐得满脸皱纹全都舒展开，深一道、浅一道，密密铺散，全是喜气。

可到了县学之后，白揽子便吃力起来。与那些优异同学比，他文思始终滞重，每回月考季考，都落于下等。要升州学，自然无望。再一想，这县学生便有二三百，州学生数千，全国二十路恐怕得十数万，可朝廷每三年才一大考，每回考中的举子却只有三五百人，哪一年才能轮到自己？

拼争了几年后，他被县学辞退，黯然回到乡里。父亲的皱纹重又密合起来，脸上那些亮光也顿时消散。他满心愧疚，却也无可奈何，只能重新拿起农具，跟父亲一起去耕田。那些农活儿，他原本便做得不多，丢下几年后，更加生疏。才垦了半亩地，便已累得腰酸肩痛，双手打泡。父亲不歇，他也不敢歇，只能硬挨。几个月后，才渐渐顺手，心里头却越来越苦。

那年交夏税，他不愿父亲再受累受气，便推了独轮车，载着母亲织好的绢匹，独自去县里缴税。那独轮车他不曾惯习，路上翻倒了许多回，天又热，一路狼狈，全身汗湿，费尽气力才到了县里税场。人仍旧那般多，他只能停放好车子，在一边等。这回还好，等到快傍晚时，便轮到了他。他忙起身推车，一慌，那独轮车又翻倒在地，税台边一个人大笑起来，听着极耳熟。抬头一瞧，竟是县学时的一位同学，名叫施万，是乡里上户子弟，也和他一般被辞退。施万穿了一身皂色吏服，竟已入了吏职。白揽子被他瞧见自己这狼狈样儿，脸顿时红了。又不好装作没见，只得先扳正了车子，而后朝施万拱手一揖。

施万仍笑着，眼里满是欢嘲："你好歹也是个秀才，竟去做这等贱活儿——"随即转头朝那几个税吏高声说："几位老哥，这是我县学同学，你们尺子把宽松些啊。"那几个税吏一起笑着点头，旁边两个手力忙过来帮白揽子搬下绢匹，一卷卷展开去量。施万又回头笑望过来，叹了口气："你也真是个呆，做不得官，至少也该在衙前谋个体面差事。"

"可……做了吏人，便应不得举了。"

"哈哈，你竟还睁着白眼，做那金榜梦？"施万猛地又大笑起来，引得四周人全都望过来。白揽子越发羞窘，垂下头，手不住搓着衣角。施万又说："我如今是帝丘乡乡书手，莫如你做个揽子，便不算是吏职，却又是样好营生。揽子一张嘴，脚底溜油水。这些税吏都与我父亲相熟，我递句话，他们不好为难你。那些下等税户，我去替你开说，他们不敢不听。如何？"

"这……"

白揽子听了，心不禁跳起来。有些下等农户田少税少，每年须缴的粮绢不多，自家背负了跑去县里缴纳，路远耗时，又怕衙吏苛刻作难。乡里便有一些人，叫作揽子，包揽了这些烦难，收齐各家粮绢，整运到县里，一齐缴纳。揽子只收些脚费。

白揽子也想过这出路，只是做揽子，上得与税吏交好，下得让那些农户信靠。他自小只会读书务农，读了书又增了些清高自傲，寻常难得与人言谈，哪里做得来这等钻上营下、左兜右揽的活泛营生？听施万这么提议，他顿时忐忑起来。

施万见他低头不语，又说："做揽子，你只输在这呆性儿上。不过，呆也有呆的好。人见到呆人，心里便少疑忌，反倒会手软几分。"

白揽子听了，心跳得越发急了，不由得吞了口响唾，知道施万为人一向善变，若是今天推辞，往后便再难寻这良机，忙红着脸，闷憋出一个字："成。"

"好，已是饭时了，咱们去那边那间茶肆坐着吃酒细说。"

这时，那边税吏已经量完绢帛，填好税钞。白揽子忙过去接过那纸税钞，低头一瞧，数目比临来时父亲估算的少了许多，不但没有多要钱数，反倒剩出半匹绢。他不敢细看，忙揣进怀里。旁边一个手力将那多出来的小半卷绢匹抱回到他的独轮车上。白揽子尽力笑着弯腰道谢，那几个税吏也笑着点了一下头，全没了往昔那等骄横。白揽子心里一阵感喟，又连声道过谢，这才回身推起车子，绕过那些排队的纳绢农户，跟着施万一起走向路口。在县学时，他们穿的都是白布襕衫，分不出穷富来。可这时，施万身穿簇新吏服，白揽子却一身破旧布衣，又推着辆破旧独轮车，他特意落后两步，不敢跟得太近。进到那酒肆，他都不敢坐到施万对面。施万也瞧了瞧他的衣鞋，皱了皱眉，随即笑着说："呆儿，快坐啊！人瞧着我跟你坐在一处，怕都要赞我亲民仁善、体恤下情，哈哈！"而后转头唤过店家点酒菜。那酒肆只为纳租农户而设，并没有什么稀罕酒菜。白揽子却是头一次进来，他已暗暗打算好，这顿得自己出钱。他听着施万要了一碟白肉、一碟灌肠、一碗杂煨、一盆羊血姜豉汤，不知价钱，心里慌慌估算着钱数，不知自己袋里揣的那二百文钱够不够，若不够，便得拿那半匹绢来抵……一顿饭吃下来，他竟没一刻安稳。原本已经许多天没有沾过荤腥，嚼着那些肉，却全不知滋味。施万跟他讲的那些机宜，他也只含糊点头，大半都没听进去。

天色暗下来时，施万才算酒饭饱足，打着嗝儿，唤店家来收钱。店家说总共一百一十文钱，白揽子这才大松一口气，忙从腰间解下布袋，数了钱，付给店家。施万见了，笑着起身往外边走边说："我便不跟你争了。这顿酒菜是替你谋营生，也合该你出。秋税前，我下乡带你去跟那些农户说好。你再出些钱做东，我请那几个税吏，一起欢谈欢谈，将这条路给你上下凿通。是好是歹，就看你自家手段了。"

白揽子忙连声道谢，在酒肆门外看着施万走远，这才慌忙从独轮车上取过干粮袋，转身回去，店里老妇正在收拾他那桌碗碟。他忙叫止住，将吃剩的两截灌肠、几片白肉夹进干粮袋，这才出门推车往家赶去。

回去后，他取出那灌肠和白肉给爹娘吃，又将事情讲给了他爹。他爹听了先有些犹疑，他忙细解了一番，他爹渐渐笑起来："若真能这般，便做不成官爷，在这乡里也能高昂起头、行走得开了。"

他们一直盼到秋天，施万来乡里查田籍、催秋税，果然唤上白揽子，让他推着独轮车，带了两只空麻袋，一家家去说。那些小农户虽有些担忧，却不敢违逆施万，都点头答应，一家拿出五厘田税给白揽子。一百多户，总共收了五十多贯钱，两只麻袋全都装满了。白揽子哪里见过这么多钱？惊得手一直抖。施万跟着他回到家后，白揽子忙照说定的一成，数了五贯钱六百文出来，略一犹豫，添成了六贯整，交给了施万。

第二天，他换上学里那身白布襕衫，带着钱去县里。施万请了那三个税吏，一起去县里最好的那家清香楼，叫了两个唱曲的，吃耍了一场，花了三贯多钱。他又给每个税吏一人五贯钱。这路便凿通了。

回去后，白揽子雇了八辆牛车、八个农夫，挨家去要了税籍、收了税粮，运到县里。那几个税吏望见他，高声唤他过去，不须排队，便先收了他的，不但没有多加耗，反倒少收了些。少的这些，他候到天黑，又偷偷送还给几个税吏。

这样，除去运粮费用，他还剩二十多贯钱。他家那二十八亩地，辛苦一年，也剩不出这些钱。何况这只是秋税。

自那以后，他一年只忙两回，一回只忙几天，便已胜过中等人户。他听了父亲告诫，不欺那些穷户，偶尔反倒会替那些人减省一二，因而寻他兜揽田税的农户越来越多。几年后，连三槐王家的王豪都将自家那上百顷田税托付给了他。揽下这一大桩，他迅即成了头等大揽户，不再限于田税，县衙和买物料、乡里买卖田产牛羊，都来寻他。他家中的田早已佃出去，更添买了几百亩。他将家里那几间矮草屋翻造做大瓦房，扩出一个大院，雇了两个村妇照料他爹娘。乡民都开始唤他白大郎，他爹娘也成了太公太婆。

他仍不善言语，却再无拘谨怕惧。尤其成了大揽户后，那些税吏在他跟前也渐渐矮了下去。不过，他知道这些人瞧中的是他的钱，而非他的人。一旦生了仇隙，这些人立即会变作蛇蝎。多少富户，顷刻间便被他们敲轧得家败人亡，因而，他也从不敢自傲，面上尽力让这些人顺意。

别人瞧着他富顺安乐，他心里却藏了一分憾。在乡里，的确人人都敬让他。可去了县里，那大大小小的衙吏，得了他钱的还好，没得过钱的，个个都要设法作难使刁，更莫说那些为官的。在那些官人面前，他只如靴底的泥巴一般。这时，他才领会父亲当年深意，为人处世，钱还在其次，势位才最要紧。

于是，除了田税，他不再兜揽其他杂务。闲时只在家中，关门读书，想重新举业。却没想到，去年一桩小小的差事，竟将他卷进这等灾祸中。

去年开春，他正在家中读书，那个县学同学施万忽然来到他家，避开他父母，让他办件事，说是县衙里的公差，不能推拒，并叮嘱他莫要告诉任何人。他听了，虽有些纳闷，却也不是何等难事，只得答应。

第二天过午，他照施万所言，赶到了王豪家。王豪正在办桃花宴，他没让王家仆人惊动王豪，只说去后院寻表弟问件事，走侧边来到后头厨房那院子。站在院门外一瞧，他表弟郑十一正坐在厨房门前一只矮凳上出神。这个表弟小他三岁，生得极胖壮，自小不爱务农，跑去应天府酒楼后厨帮工，学了一套手艺，回到县里，成了清香楼名厨。两年前惹了一场人命官司，得王豪搭救，便做了他家私厨，人都唤他郑厨子。

表弟抬头看到他，并不意外，忙站起身，朝他点了点头，眼里似乎有些忧惧。白揽子顿时明白，施万也已给表弟交代好了。他原要问表弟，可看表弟那神色，此事恐怕藏了些什么，见不得人。他顿时有些怕，又见厨房里有两个端菜的仆妇，便没有进院门，只望着表弟点了点头，而后照着施万所言，转身穿过一道圆门，走到后头那片花园。

花园那片水池东头敞地上，摆着长桌围屏，一群男女聚在那里，或站或坐，正在吃酒谈笑。那些男子他都认得，是这两乡的九大豪富。其间另有一个男子，四十出头，两眼细长，头戴着黑纱幞头，身穿一领青绸褙子，正笑着举杯，和游丸子对饮，正是施万交代的那人。

白揽子站到一块石头后，一直瞅着那人，瞅了许久，腿都站酸，终于见那人离开席桌，独自往院角走去。白揽子忙转身，快步回到厨房院子，表弟仍坐在那里出神。他站在门边，忙朝表弟使了个眼色。表弟看到，神色一慌，忙站起身，瞅了他一眼，犹豫了一瞬，随即转身走进了厨房。

白揽子站在那里瞅了片刻，不知表弟进去做什么，心想：施万交代的事已经做完，还是尽早离开为妙。于是，他忙转身快步走到前边，朝那看院门的仆人点点头，随即离开了王家。

回到家后，他仍后怕不已，又不知其中藏了何等隐情。他想去寻施万问问，但又一想，这些隐秘还是不知情为好。惴惴等了几天，并未听到有何异常。他又借故去县里，向县衙对街的茶肆店主打问那个中年男子，那店主说那人不告而别，新知县正在寻他。白揽子一听，顿时慌起来。

过了不久，王豪过世。白揽子借着吊唁，去寻表弟，王家仆人却说，桃花宴那天下午，郑厨子不知去了哪里，至今都没见人。白揽子越发慌怕，忙赶去表弟家问，舅舅却说郑厨子厌了这乡里穷僻，去汴京谋营生去了。说话时，虽有些恼闷，却并无忧烦，不像有何不妥。白揽子不敢多问，只能疑疑惑惑地回去。

半个多月后，他又去县里那茶肆打问，那店主说那中年男子恐怕是去了别处，新知县也已撂下了这事。白揽子这才略略安了些心。再见到施万，施万只字不提，他也不敢开口询问，又未见任何异常，他也就渐渐放下了这事。

谁知有一天，施万忽然又来寻他，开口便问："你表弟郑厨子回来了？他在哪里？你若见到他，让他赶紧去寻我。千万莫要四处乱走动！"

他听了一惊，施万见他这样，骑了马急急走了。他慌忙又赶到舅舅家去问，舅舅说儿子昨晚才回来，今天一早便又出去了，没说去哪里。他忙留下话："表弟若回来，让他赶紧来寻我。"

可是，过了几天，郑厨子也没回家，更没来寻他。他四处问了许久，并没人见过郑厨子。问施万，施万也说没见过。他不知表弟究竟惹了些什么祸端，也无从猜测。

半年多后，表弟仍不见踪影，他便也渐渐忘了。却没想到，翻过年，施万竟又来寻见他，让他正月十五一起去汴京做一桩事。他忙问何事，施万却说："你最好莫问，知晓得越多，罪便越重。总之，是你表弟郑厨子惹下一摊子祸事，汴京这趟若办不干净，咱们全都等着发配。"

他越发震惊，反复逼问，施万却一个字都不肯透露："你不愿去也成，不过，这事背后那些人，个个都不是善主，一旦败露，所有罪责必定都推到你头上，那时节，你莫到我跟前哭。"

他像是猛然掉进一个莫名黑坑，吓得再说不出话，只能跟着施万一起骑马去汴京。同行的竟然还有两个人，都是常日交好的税吏，一个斗子，一个仓子。那两人瞧着也都满眼慌惧。

正月十五到了汴京，他没想到，施万竟是带他去杀人，回来路上，才知道杀的是王小槐。白揽子虽没有动手，听了之后，却惊得险些从马上摔下来。回到家后，有天清晨，白揽子家院里落了许多栗子，他先还不明所以，随后便听到皇阁村那边传来王小槐还魂闹鬼的祟闻，许多家院里都落了栗子，三槐王家请了相绝陆青来驱祟。

白揽子慌忙也去求解，陆青见了他，先默默盯了半晌，眼里似哀似悯，随后才缓缓说："此属夬卦，心之决也。得失之际，一念生根。利之所起，患亦随之。贪甘得苦，因易陷难。浊淖无明，何以自拔？"随后，陆青又教了他一句话，他听了，心里一阵悲悔：

"当初唯见青云路，眼前空悲落日昏。"

第二章　姤

姤，遇也。夫世之治乱、人之穷通、事之成败，
不可以力致也，不可以数求也，遇与不遇而已。

——司马光《温公易说》

施万始终觉着自己怀才不遇。

自幼，他便比其他傻孩儿灵透。谁家果树结了果子，别的傻孩儿见了只会傻偷，常被树主追着打。他却从来不偷，反倒会去寻那树主，说些甜话哄逗一番，树主听乐了，自家便会摘几颗最好的给他吃。读书时，一篇文章，别人几天才能背会，他却读几遍，便成诵。他知道如今这位官家诗文俊雅、书画超逸，宰相蔡京也是能诗善文、风流富雅。他便苦练书法，极力摹习官家瘦金体和蔡京行书，积了十年之功，见者无不惊叹。

考入县学后，朝廷正重兴新法，他知道不能死读经书，必得独出新意，方能脱颖而出。做策论文章时，他极力求新求变，并寻出一套独家法门：一句话，只须反着说，便能惊人。比如父慈子孝，他起笔便是父不能慈、子不该孝。立了这新意后，再左勾右连、斜穿曲绕，团拢出一番新见解。每写罢一篇，他自家都忍不住高声赞叹，甚而拍案鼓掌。然而，教授读了，却把那老脸扭成个煤酸臁，嘴撇得烂刀豆一般，怪声怪气丢一句："歪门邪道！"

同学们背后都笑他是"施歪歪"，他听到后，虽有些恼，却立即告诫自己，自古英雄少知己，从来壮举人难识，燕雀安知鸿鹄之志？因此，他始终独来独往，从不屑与那群庸才为伍。每逢月圆花开，风朝雨夕，他都携一壶酒，去河畔田边，自饮自酌，自歌自叹。虽说孤寂，却也幽怀万端、豪兴自壮。

只可惜，朝廷兴的这"三舍法"，只能由学校一级级考阅推选，由县升州，由州至省。这一层层，天梯一般。他文章虽新，却始终难入教授学官之眼，回回都被批为下等。他坚信若是宰相和官家读了他的文章，一定会击节赞赏。可升不到州学，便去不得京城赴省试，更莫说殿试。

几年后，他被县学辞退。离开那学舍院门时，那些同学没一个来送他，全都低头装作不见，有的甚而在窃笑偷嘲。瞥见那些卑丑面目，他不由得仰天大笑，笑声惊得门外拴的一头驴子也跟着叫起来。

回到家后，父母倒也没有在意。他家是乡里上户，田产几百亩，便是整日白坐，也一世无愁。他又是独子，父母一直都顺着他的意，由他自在。他却难安于这等自在。思来想去，去县里应募了一个吏职。做衙史，一个月只有三两贯钱，只够一个人两顿粗饭、一碟酱菜，而且还时时拖延累欠。他自然不屑谋这点儿微利，是想在这乡里一番作为。他早已知道乡里许多上户诡名寄产、隐匿田产，将自家田税转嫁于下等穷户。王安石当年推行"方田均税法"，便是要清查这些匿田，均平天下税赋，富者多纳，穷者少缴。

他想：我应不得举，仕途无望，那便从乡里做起，也是朝廷极看重的一番实务，做得好必定能得人赏识，由蹊径升进。

于是，他选了做乡书手。乡书手专管稽查乡里田籍、督催两税。论起乡里田税不公，头一桩便是"产去税存"。一些豪强买了穷户田产，却瞒隐税籍，穷户卖了田，税却仍在，被官府年年追讨，许多人因此被迫逃亡。

他被分拨为帝丘乡乡书手，他知道帝丘乡隐匿田产最多的是皇阁村的两大豪强——王豪和娄善。两人中，娄善虽名为善，却最刁顽狠辣，被人唤作"娄鸡公"。生了三个儿子，两个也和他一般强横，唯有幼子还算温良。施万打算先从娄家查起。

他从县里主簿那里领到税籍，先翻看娄家田税，娄家田产至少千亩，税籍上却只有三百多亩。施万看了，越发定了主意。他先装作闲步，穿了身半旧常服，骑头驴子来到皇阁村，寻见田里劳作的农人，慢慢探问。那些农人听到娄善的名字，顿时便不敢再说。施万只得转过话头，只问产去税存的人户。其中两家的田全都卖给了娄善，可说到"娄"字，那两家全都含糊抹过，不敢直说出来。

施万记下这两家的姓名，骑了驴，离开皇阁村，一路思忖，往县里赶去。那时，天已黄昏，行了半里路，两边田头的农人都已归家，四野一片寂静。施万望着西天红霞、千顷金麦，想到自己即将解救穷困、惩治奸豪，多年郁郁抱负，终于能得施展，胸中升起一股豪情，不由得笑起来。正笑着，身后响起一阵马蹄声，回头一瞧，两个汉子骑着马疾奔过来，行至他身前时，忽然掉转马头，拦住了他。两个生得都极凶横，其中一个粗声问："施歪歪，你将才在打问什么？"

施万并没见过这两个人，顿时有些怕，忙说："没打问什么，只是闲走走。"

"闲走走？闲了不去嗝你老娘的奶，来这里扯卵含鸟？"两个人一起跳下马，其中一个过来一把揪住施万衣领，施万尚未来得及挣扎，便已被揪下驴子，摔在地上。随即，两个汉子抬起脚，朝他一阵猛踢，一脚重过一脚，疼得他几乎背过气去。两个汉子踢饱之后才转身上马，丢下一句："往后若再见你闲睃乱探，把你肠子扯出来喂狗子！"

施万在地上趴了许久，才费力爬起身子，浑身疼得连腿都抬不起，歇了一阵，才勉强骑上驴子。那驴子颠一下，浑身便剧痛一阵。千挨万挨，才挨回家。他父母见了，慌得抓手抓脚。他只说不慎跌进了土沟里，心里却知道，那两个凶徒是娄善指使的。在床上躺了两天，才疼得轻了些。

他再躺不住，硬挣着下了床，骑了驴赶到县里，去主簿那里申领了税籍簿，怕乡司手力不济事，又去拜见县尉，恳请他差两个弓手。县尉听说他要去查娄善的田，忙说："娄鸡公的田你也敢去查？莫说你，上一任知县要查他的隐田，他使钱嘱托京里朝官，上书揭举知县私挪盐税，修造官舍。那知县被夺了职，发配岭南。"

施万听了，却更激起斗志："小人有实据在手，不信他敢公然殴打官差。"

"你身上这伤是哪里来的？何况朝廷严令，弓手只缉捕盗贼，不许下乡催税。"

"小人那天去皇阁村查问田籍，回来途中被人殴伤，这便是盗贼行凶。"

"嗯……我给你差两个弓手容易，你们一伙人同去，娄鸡公倒也不敢如何。只是查了这几十亩地，你恐怕得赔出更多来。"

"此事因果，小人独自承当！"

"哼哼，那便由你。我给你拨四个弓手。"

于是，他带着四个弓手，又来到皇阁村娄善家。门仆进去通报，娄善迎了出来，脸上含着笑，竟然极谦和："这位是施书手？有何公干吗？"

"有两块田，前几年已被你买下，税籍却仍在原田主户头上，我是来查明此事的。"

"哦，这桩事，老朽也才得知，是管账的糊涂，漏报了。老朽已吩咐人明早去县里关报。既然施书手来了，那更好。几位请进，我唤人取庄账田籍来。倒茶！几位稍坐一坐。"

施万有些愕然，只好进去，到堂屋里坐下，娄家仆人赶忙端了茶来，全都恭恭敬敬的。才坐了片刻，娄善已抱着两册庄账走了出来："施书手说的是这两块田吧。"施万接过来，翻开一看，正是上回打问到的那两块。娄善又唤人取过笔墨，施万翻开带来的税籍，将这两块田的旧户主揩去，填注为娄善。娄善一直在旁边含笑瞧着，等他填完，又要留他吃酒。施万忙谢辞出来，心里疑惘，有些不敢信。

回到县里，他向主簿和县尉禀报，两人听了，也都极纳闷。施万知道娄善一定是在摆阴阵，必定不会如此轻易甘休。可等了几天，都未见异常，他也便渐渐放了心，却也不敢再继续去查娄善其他田籍，只能先搁一搁。

有天，他去另一个村子查田籍回来，去县衙回禀，却见自己父亲和一个人从县衙一起走了出来。那人他似曾见过，却想不起。他忙走了过去，父亲一见他，脸上顿时一颤，但旋即用笑遮掩住。"爹，你来县衙做什么？""只是闲来走走，瞧瞧你。"父亲仍在遮掩，旁边那人却笑着说："施员外，我先告辞，下回若有好田典卖，莫忘了先告知我家员外。"他一惊，忙问："爹，什么田产？"

"这事你莫多问。"他这才发觉父亲手里攥着一卷纸，忙一把扯过来，打开一看，是一张田契，上头写着：施琴为报娄善旧恩，情愿将自家三十二亩田产赠予娄善，该田地处……

"爹，什么旧恩？你为何平白将田送给娄善？"

"唉……儿啊，往后你千万莫要再招惹他。他前日派人来说，你叫他损了一百多亩地的田税，让我赔补，否则便要让你再下不得床、行不得路。娄善那人说得出，便定然做得出……"

"爹！"他又惊又怒，却说不出一个字。惊望半晌，看父亲满眼忧切，更是悲愤无比，他不愿再多说，转头冲进县衙，寻见了主簿，申领娄善田籍，要将他隐匿的田产全都清查出来。

主簿却笑叹了一声："你若真想和他斗，先修十年功。"

他顿时愣住，自己虽然不怕那娄善，父母却不能不顾。一念及此，浑身气力立刻泄尽，满腹愤郁，却只能黯然回去。

他闷闷想了几天，才渐渐回转心意，主簿所言不差，要和娄善那等豪强斗，的确得修炼出通身功夫，不可急躁，只能徐徐图之。而且，娄善所恃者，不过是钱。只要财势上胜过他，便可瞅准他的弱处，痛击一番。

他更想到一条：这世上，财势再强，也敌不过权势。我眼下只是个小吏，若能在这县府站稳脚跟，上下团拢好，盘踞出一方权势。那时节，娄善便只是一头肥猪，任我宰割。

想明白后，他再不消沉，振作起来，开始着力盘算如何团拢那些官和吏。他发觉，不论官还是吏，其实都只要两样：一是奉承，二是钱。前一样只是嘴上功夫，后一样却得真本领。自己只是个乡书手，虽然下乡丈量田土、核定税籍时，那些农户都要拿出些钱物来巴奉，但那只是些小钱。凭这些小钱，便是几辈子也难富。

他苦想了几天，有次去税场对簿时，看到一个揽子偷偷塞给税吏一个小布袋，里头装的似乎是钱。他顿时有了主意，自己那一乡还没有揽子，小农户们又都苦于税吏作难。于是他先去近处一个村子，寻了个相识的三等户子弟，鼓动他去做揽子，自己只收一成利。那子弟不愿务农，又无其他出路，听了大喜。他便帮那子弟去说服了村里那些中下等农户。

培植了这样一个揽子，竟有三样好处：一是白得一分利；二是借揽子的钱，自己做中人，团拢那些税吏；第三样更要紧，县里最重的公事是催税，身为乡书手，他年年得带了手力，下乡挨家去催逼。被逼讨的农户凄惨，他们这些逼讨人也苦累。常有穷户为躲税，逃亡他处。户口减了，便是知县失职。知县恼了，他们这些下吏便得挨责罚。有了揽子代农户缴税，他们便轻省许多。

施万这一试手，得了益，忙去各村物色揽子，连他县学同学白丘也被他培植成了揽子。手底下握了十来个揽子，每年利钱上百贯。他并不缺花用，也不爱酒色笙歌，这些利钱便全都拿来团拢官吏。他读过书，有眼力，不似那些俗吏，只是粗捧傻奉承。他能分辨官吏各自性情喜好，该雅则雅，该俗则俗，因而人人都欢喜他。

几年前，中官杨戬推行"括田令"，括到了襄邑。施万瞅准这一时机，翻看娄善田籍，找见了几百亩地都在可括之限。他便奉了官令，带了二十来个手力，气昂昂冲到皇阁村，将娄善的那几百亩田，一块一块括检了出来。瞧着娄善脸色灰白、嘴唇发抖，疼得几乎昏厥过去，施万心里积的那块仇气这才消散，点检田籍时，声气越发洪亮高畅。

不过，这等大畅快毕竟极少。常日里，他都得尽力装出笑脸，不敢得罪任何人。有一回，开封府差了一个书吏来查问和买绢帛的事项，那人虽只是低阶衙吏，知县也不敢怠慢，吩咐主簿小心款待，主簿又唤了施万去陪侍。施万自然得尽力让那书吏欢心，那书吏却始终闷闷不乐。吃得半酣后，才说自己养了一只花犬，极可人意，可惜刚刚老死了。主簿听了，忙向施万使眼色，施万一愣，急切间竟想不出妥帖应答，便顺势趴到地上扮狗，欢叫着讨食。那书吏果然乐起来，笑眯了眼，夹起一块羊肉丢给他。他忙张嘴去叼，却没叼住，羊肉掉到了地上。那书吏顿时又露出愁容："唉，我家那花花儿叼肉，从没丢过一回。"

施万趴在地上，猛然怔住，心里一阵惊恍，不知自己身在何处，竟像是做梦一般，随即涌起一阵悲意，我原先是一头独狼，为何竟变作一条狗？

他怔在那里，主簿连唤了几声，他才听见，忙爬起来去奉承那书吏，可心里始终重重坠着，嘴也跟着拙笨起来，说不出一句轻巧逗笑的话。那书吏也越发没了兴致，酒未喝完，便起身去歇息了。

施万被主簿痛责了一通，一句都不敢应，只能垂头听着。主簿愤愤走后，他才失魂落魄回到住处。为了不误公事，他在县衙附近赁了这间住房，里头只有一张床、一只柜，空寂寂的。他躺倒在那床上，怔怔盯着房梁角上一只蜘蛛，那蜘蛛伏在一张破网中央，一动不动，像是死了。即便未死，这时才进二月，房里既没有蝇，也没有蚊，它恐怕等不及天热虫飞，已先饿死。施万心里默默问，你织这张网做何用？若没织这网，天地何等大？哪里寻不到食？有了这张网，你便死陷在这里，不得食，也不得自在……

怅闷许多天，他不知自己这些年做了些什么，又成就了什么。用尽心力，竟活成这么一头有身无心的怪物。他觉着自己生错了地界，来错了年月。但若不这般活，还能哪般活？无可奈何之余，他也便渐渐丢掉了这无谓之想，重又活回惯常模样。只是，再与那些人欢谈笑饮，他总觉着少了些什么。

周围那些官和吏却一切仍旧，该差遣他，便差遣他；该索要钱物，便索要钱物；该笑他骂他，便笑他骂他。他也越发不介怀，那些人都说他越发通脱了。或许正是这不介怀，让那桩事缠上了他。

有天夜里，县尉敲开了他的门。县尉极少单独来寻他，更难得深夜来。他有些纳闷，忙请了进去。县尉并不坐下，站着说："你得替我寻个人。"

"什么人？"

"皇阁村王豪过几天要办九豪宴，这人能出入王豪家，最好认得王豪家那个郑厨子。"

他顿时想起白揽子，忙说了出来。

"此人口风可严？这事绝不能透露出去。"

"是个本分小心人，他做揽子，是小人替他说合成的。小人交代的事，他不敢不听。"

"那好，这事便交给你。你去告诉那白揽子，让他九豪宴那天中午去王豪家，到后厨寻见郑厨子，而后躲到后院角落看着一个人。此人是新任知县身边那个姓莫的，若瞧见姓莫的独自去院角茅厕，就赶紧去给郑厨子报个信。报过了信，白揽子便离开王家。"

施万点头受命，却不敢问其中原委。第二天忙去寻见了白揽子，将差事交代给了他。第三天，他去县衙，听着新知县命人到处寻那个姓莫的，他忙去打问，姓莫的竟不知去向。他听了，心里顿时一沉，却又猜不出其中隐情，暗暗担心了许多天。又听说郑厨子也不见了，他越发担忧。观望了一阵，并无其他动静牵连，这才松了口气。忙告诫自己，往后决不能再这般随意应承古怪杂事。

等他忘记了这事，县尉却又寻过来，面色有些紧急："你赶紧去寻郑厨子，如果见到，立即将他藏到隐秘之所，莫让任何人见到他，马上找人给我报信！"

他一听，顿时明白，自己此前担忧并非妄测，这里头恐怕牵扯了大事端。他忙去郑厨子家，却没寻见，又急急去告诉白揽子，让他也一起寻。忙乱了许多天，都始终不见郑厨子踪影。县尉却没再来催，像是从无此事一般。他越发惊疑，却也更不敢问，也只能装作无事。

可是进了正月，县尉却第三次敲开他的门，这回面色极严峻："去年我要你寻白揽子办的那事，如今惹出了大祸患，一旦暴露，我们都得进牢狱，最轻也得判徒刑。正月十五，你叫上那个白揽子，和胡斗子、刘仓子一起去京城，办一桩事，断了这后患。至于详情，你听刘仓子安排。"

他听了，一阵发寒，想推托，但县尉目光黑沉沉的，丝毫不容异议。他只得从命，去寻见白揽子，跟着胡斗子和刘仓子一起去了京城。一路上，那两人都不言语，到了京城后，刘仓子才说出要做的事宜。事情做完后，回来途中，他才知道，这桩事竟是杀害王小槐。他惊得说不出话，自己竟一步步掉进这等凶坑。

回到襄邑，他立即辞了吏职，再不愿和这些人有丝毫牵扯。在家里躲了两天，有天清早忽然见院里落了许多栗子，随即便听说王小槐还魂闹鬼，三槐王家请了相绝陆青来驱祟。他犹豫半晌，还是骑着驴子赶过去，向陆青求教。

陆青端坐在椅子上，注视着他，像是在黑夜里辨物认路一般，探寻了许久，才缓缓说："此乃姤卦，义主相遇。心之所寻，天地回应。吉凶祸福，皆由人召。寻是得是，寻非得非。己所不知，迎面如镜……"他听了，心里一阵翻涌，自己这些年所遇所陷，岂不正是自寻自召？及至听到陆青教他的那句话，他更是怅然自失：

"层层染得面目非，对镜可识当年心？"

第三章　萃

> 萃，聚也。有聚必有党，有党必有争。故萃者，争之大也。
>
> ——苏轼《东坡易传》

胡斗子恨不得剁掉自己那双手。

他这双手比寻常男子的手要瘦小很多，指头又细又尖，细竹条编的小耙子一般。正因手小，儿时抢吃食，他一把总比兄弟们抓得少。他只能让自己手快些，因而养成了尖钻急狠的性子，他娘常笑他是小急爪。

他家是乡里三等户，营生粗粗过得，只是略遇一些事，便难免局促。尤其他兄弟三个全都成年后，家计便越发紧涩。一旦父亲过世，兄弟析产，全都得落到五等穷户。胡斗子心思比两个兄弟聪敏些，见县里招衙吏，便偷偷去应募，竟被选中，且被差作斗子。

每年夏秋，跟着父亲去纳税时，他最馋慕的便是斗子。那些斗子一身黑吏服，站在税场口上，冷着脸，凶着眼，呼喝斥骂，威风之极。尤其他们手中那文思院官制粮斗，松木制成，方口边沿包着铁叶，镂印着官文。一眼瞧去，便比乡里家用的木斗尊贵许多。一县几千农户的粮都要先倒进这里头，验过后，才堆到官仓，整运去汴京。这官斗，如同官家的一张御口，年复一年吞去全天下的粮米粟豆。能替官家把守这御口，自然无比尊荣威严。

他领到那套黑绢吏服，欣喜得手都在颤，赶紧抱着走到官厅旁边的那间衙吏值日房中，脱掉自己身上旧常服，换上了这套新吏服。黑幞头戴正，衣襟拽直，牛皮腰带束紧。只有黑皮靴子略有些窄挤，穿一穿应该会宽松些。可惜那房里没有镜子，照不见自己威严。即便如此，他也立即觉着自己高大挺直许多。出了县衙，走在路上，路人不由得都要偷望他两眼。他将头昂得高高的，觉着自己脚下的尘土都在闪亮。

回到家中，父母兄弟们见到，全都惊愕在那里。原本他是家中最受气的那个，从那天起，家人的声气全都虚软了许多。他父亲更是连连感叹："往后纳粮，再不必受欺啦。"

第一天到税场当差，他抱起那只官斗，里外上下细细摸看了半晌，像是捧到了官印一般，满心虔诚敬畏。有农户来纳粮，他不愿像其他斗子那般凶煞，和气笑着，让农户将粮食倒进木柜，他抓起木铲，铲进粮斗中，盛满后，拿过木概子，小心刮去上头多余的粮食，将粮面刮得镜子一般平整。让那农户瞧过，才倒进木槽里。这一举一动，都让他觉着自己既威严又公道，如同天地良心在自家胸中。

然而，傍晚歇工后，其他斗子邀他一起去吃酒。他忙笑着点头，心里却忐忑不已。自己头回当差，该出钱宴请这些人，可身上只有三十几文钱，只能暗暗盼着众人是凑份子。那些斗子却全都不说钱，也不进小酒肆，选了家酒楼，上楼坐下来便点酒菜，他听着那些菜名，每一道都不下三十文，酒也要的上等，一角又是七八十文。那些人每点一道菜，他心里便惊痛一下。总共十二个斗子，竟点了十七八道菜、八角酒。菜才上齐，两个唱曲的伎人进来，那个老斗子又叫她们坐在一边弹唱助兴，又至少得百十文钱。

他只能强压住慌，勉强赔笑。众人喝了两巡酒，其中一个老斗子望着他说："今天这顿酒，大伙儿的份例都在里头，唯独你这新番，把那粮斗刮得那般平，一粒都不肯多，该罚你给俺们唱一曲。"他听了，脸顿时涨红，不知该如何应答。其他人哄叫起来："对！该罚，唱一曲！"他只得尽力笑着说："晚辈今天头次当差，诸样规矩都不懂，还请各位哥哥叔伯多看顾。只是我这嗓子鸡叫一般，怕吓到诸位前辈。""我们偏爱听鸡叫，你今天休想逃过，快唱！"他只得干着喉咙、颤着声唱了一个小曲，唱到高处，嗓子卡住，发出一声破布扯裂之响。

众人全都哄笑起来："这哪里是鸡叫，分明是强奸村妇，扯破了人家的裤儿，哈哈！"他羞得不住干笑，脸烫得几乎要肿。

众人笑过之后，那老斗子才又说道："后生哪，咱们做吏人的三头难，上头官为难，下头民为难，回到家，妻儿吃穿为难。良心是得留着，可良心也得拿皮肉裹着。这外头的皮肉若饿尽了，里头的良心能存得住？因此呢，咱们得用三紧，才应付得过那三难。上头的官儿，要紧着伺候好；下头的民，要紧着催督好；家头的妻儿，要紧着照料好。就拿咱们做斗子的来说，一斗麦，刮得过平，拿什么来孝敬上头的官儿？我做了一辈子斗子，每月那三贯柴米钱能养得过三口人？但若是每斗都装得过满，一来难过那些农户的急眼，二来也难过自家良心。因此呢，咱们一斗只多取一口粮，这一口粮喂雀儿都不够，每个农户们折不到多少，咱们却积少成多，聚起来，该上贡的上贡，该均分的均分。这样，三难才能成三好。"

胡斗子听了恍然大悟，忙连连点头："若不是老伯教导，小的如何能省得这些？"

于是，从那以后，每斗粮他都略略多盛一些。他手小灵便，做这些遮掩，迅即便会。这时，再看那官斗，像是吃饱了的一张大嘴，嘴边还沾着几粒粮。那几粒粮便是他的衣食所在。三斗米能匀出一升，一户平均纳粮三石，便能多出一斗。襄邑人口有两千多户，总共便能宽剩出二百多石粮，卖成钱是二百多贯，除去上贡给官儿的，他们十二个斗子，一个人便能分得十来贯。

第一回分到这些钱，胡斗子心里多少有些不自在。他拿出一半给家里买了些绢匹酒肉菜蔬，背回家去过除夕。父母看到，全都喜得直咂嘴咂舌，两个兄弟则又嫉又馋。他又将另一半钱交给父亲，父亲更是乐得只剩一道眼缝儿。看到这情形，他不禁想起那老斗子说的三难三好，心想：我也并没有做些多亏心的事，再说，收粮时，每天累得胳膊要断，得这些，也是该当。

到第二年纳粮时，那些斗子见他同了心意，便偷偷拿出一只官斗给他，他先不明白，但再一看，这只官斗似乎比原先那只略高几分。凑近细瞧，那边沿又贴了一层铁叶，铁叶下加了一段木板。这样一斗粮便至少能多出一升来。他不由得暗暗惊叹，若不细看，谁瞧得出？他虽隐隐有些不安，却立即想到，我若不用这斗，必定会被其他斗子踢排开。再说，一人正直，又济得了什么？

于是，他笑着接过那斗子。有了这新斗，盛粮时便再不必遮遮掩掩耍手技，那些农户见他用概子刮得极平，有时甚而会刮凹一些，都极为感恩，连声道谢。他不由得笑叹，果然略一使些手段，三难顿时变三好。

除了这官斗，那些老斗子更有各般技法，渐渐都放心教给了他，左掠一升，右攘一寸。一年下来，竟能分得三十多贯，强似耕三十亩地。

做了些年月后，胡斗子也成了老斗子。凭着那双瘦尖小手和机巧之心，他比先前那些老斗子更加善钻善营，不再只于收粮关节上设法。他和籍田的乡书手、管仓的仓子、管账的手分等要害吏人，渐渐串拢到一处，有时只揩抹一两个数字，便是几十贯钱。连主簿、县丞也发觉他才干，不时委任一些差事。他成了襄邑衙前的健吏之一。

有时胡斗子也难免担忧，怕事情一旦败露，不知如何收场。尤其有回见到一只野狗，原本只在那些酒肆面馆外候食，有回竟偷偷溜进厨房，叼了一大块肉，被那厨子发觉，一刀甩过去，当即砍折了一条后腿。那血淋淋惨叫声让他心惊不已。但又一想，这世事便是如此，富贵从来险中求，若想求太平，便得长挨穷。

于是，胡斗子不再多虑，伸着那双小瘦手，能多刮揽一些，便尽力多刮揽。他心里那只斗，口也张得越来越大。只是衙前吏人各掌各的要害，上头那些衙吏更有势要，尤其顶头那些典史，掌管一县紧要实务，连知县、主簿时时都得依赖他们。去到哪里，人都当作官爷看待。他虽眼馋，却急不来，只能尽力在县尉、主簿、县丞跟前多效力。

胡斗子没想到，这馋急竟害了自己。更没想到，祸事由头竟来自郑厨子。

自从升作斗子头儿后，寻常酒肆他再瞧不入眼，每逢得了一注外财，便学那些上等衙吏，去县里最好的清香楼吃回酒，那时郑厨子正在清香楼当厨。胡斗子见那些上等衙吏每逢年节，都要请县里好厨，去乡里摆家宴，请些体面宾客壮门户。他也动了心，咬牙出了五贯钱，雇了郑厨子，自己也回家摆了一回家宴。太尊贵的人请不动，他便极力赔话送礼，将县里几位典史、手分请到家中，满村的人全都来门前围看，着实风光了一回。

自那以后，但凡过节，他都要雇郑厨子，摆设家宴，热闹一番，因此与郑厨子极熟络。后来郑厨子惹上官司，出狱后被王豪雇去，他才换了其他厨子。

去年，新知县上任，胡斗子用心留意，想寻找时机巴附到这新知县，以求升进。正在觑探，县尉忽然来寻他，找了个僻静处，低声吩咐他一件事："我知你和郑厨子相熟，眼下有一桩事要你去说通他。几天后，皇阁村王豪要摆桃花宴，他请了一个人去赴宴。那人是新任知县手底下那姓莫的幕客，想必你也见了？"

胡斗子忙点了点头。

"你若说成此事，便升你做客司通引。"

他一听，顿时大喜。客司主管迎送往来官员，差事虽辛苦，门路却广，常能见一些高官要员，伺候得好，便能举步飞升。但他随即想到，县尉只管缉捕盗贼，保境内安宁，客司吏吏，并不在他权限之内。不过，他并不敢流露疑意，忙小心问："不知县尉差小人去说何事？"

"那姓莫的不能活。"

"啊？"他大惊。

"我要你去说服郑厨子在桃花宴上杀掉姓莫的。"

"这……这是要命的事，小人虽与郑厨子相熟，他哪里肯听小人一句话，便去杀人，何况是知县的幕客？"

"这里有二百两银子，你给那郑厨子。另外，他上回那桩命案，虽说证据不足，王豪将他保了出去，但案子并未了结，他那嫌疑仍脱不去。你去跟他说，他若不肯做，我立即差人去捉他。你若不去，我另寻他人。只是，我听闻你这些年挖了不少暗沟，银水一股股往你袋里流。新知县正在清查亏空，我只好秉公办事。"

他听了，惊愣半晌，才低声说："小人奉命。"

"你让郑厨子那天中午厨房候命。王豪家后院角上有间茅厕，姓莫的独自进去时，我已安排好人给郑厨子通信，郑厨子立即去那茅厕杀掉姓莫的。记住，我从没下过命，此事只有你知。做成了，也莫来复命。"

"小人知道。"

他只带了一百两银子，去皇阁村王豪家，托门仆唤出郑厨子，走到田野无人处，才将县尉吩咐的告诉了郑厨子。郑厨子听了，自然吃惊无比，忙连声推拒。

他只能添些言语，说县里寻找新物证，能断定那桩命案是郑厨子所为。郑厨子慌惧半晌，终于点头答应。他忙将银子交给郑厨子，又仔细交代了一番，这才匆匆离开。

回到县里，他打问到姓莫的在县衙后临街一小间官舍居住。到了桃花宴那天，惶惶难安，早早便去那条后街口觑看，果然见王豪和姓莫的一起出来，各骑了一匹马，望东边帝丘乡行去。一整天，他都惶惶难安，又不愿见人，便回到住处，关起门，躺一会儿，又坐一会儿，坐不住又来回踱步。一直烦躁到下午，才走到县衙那边，坐进街口一家茶肆，要了碗茶，坐着看动静。一直到傍晚，都没异常。天黑后，他再坐不住，又转到后街街口一家小酒肆，要了些酒菜，慢慢吃着等看。直到深夜，店里只剩他一个客人，店家不敢催他，只在旁边不住搬凳擦桌。他也等得疲乏，刚起身算过钱，一转头，忽然瞧见一个人骑着匹马、低着头行了过来。虽然外头只有依稀月光，却仍一眼瞧出是那姓莫的。他忙走出酒肆，瞧着姓莫的骑马转进小街，停到那间小官舍门前，下马拿钥匙开了门，牵马走了进去，而后又关上了院门。

看来郑厨子没能下得了手。他不知该欢喜，还是该懊丧，但仍松了一口气，慢慢走回自己住处，盘算了一夜，该如何向县尉交代。

第二天，他又来到县衙前，却见两个县吏在说话，一个问："没寻见莫先生？知县又在里头催唤。"另一个说："没有，院门从里头关着，拍了半天没人应，我翻墙进去，里头只有莫先生那匹马，屋里却不见人。问邻舍，邻舍说昨晚听到莫先生深夜回去，再没听见开门……"

胡斗子听了大惊，却又不敢去问，惴惴等了几天。知县差人四处寻那姓莫的，始终没找见。胡斗子暗暗琢磨：或许是郑厨子将消息透露给了姓莫的，姓莫的怕再遭毒手，暗地逃了？又过了两天，他去皇阁村寻郑厨子，却听王家仆人说，桃花宴那天下午郑厨子便不告而别。他越发断定，自己所猜不错。无论如何，只要寻不见姓莫的，县尉交的差事也算做成了。

之后他几回遇到县尉，县尉都装作没见，他也便装作无事，心里却始终难安，这吏职太凶险，恐怕再做不得了。但不做这个，还能做什么？他只好边做边看，留意其他好出路。收粮时，也再不敢伸手去刮揽了。

过了几个月，县尉竟又来寻到他，让他赶紧去寻郑厨子，并告诫他："郑厨子若是乱走乱说，头一个入狱发配的便是你！"他不知道其中又有了何等祸端，忙去寻郑厨子。郑厨子的确回来了，但第二天便不知所终。他慌得不知该如何是好，寻问了许多天，都不见郑厨子踪影，恐怕是又逃了。县尉也并未再来寻他，他也才渐渐放了心。

谁知，正月间，县尉第三次寻见他，命他跟刘仓子去汴京做一桩事。他见县尉说得严峻，不敢不从。正月十三，跟着刘仓子，还有施书手、白揽子一起赶到汴京，随后莫名其妙做了那桩事。离开汴京，回来路上，刘仓子才说借那桩事，杀了王小槐。迎着寒风，他早已手脸僵冷，听了这话，更惊得牙齿叩响，不住打起冷战，被人骗进这样一桩凶事，自己竟浑然不觉。这权势之地，鬼魅群聚，不知哪天连性命都要赔进去。

回到县里后，他再不敢拖延，急急辞了吏职，躲回到家里。又不敢告诉家人，只能装病。谁知有天清早，他家院里落了许多栗子，随后便听说皇阁村闹鬼，王小槐还魂，半夜抛撒栗子，四处惊扰不宁。三槐王家人心惶惧，请了相绝陆青来驱祟。他听过相绝大名，知道绝非那等骗财术士，忙也赶去求教。

陆青见了他，冷冰冰注视着他，像是在瞧地洞里一只蝼蛄虫一般，那目光满是怜鄙，逼得他不由得垂下眼躲开，不敢抬头。半晌，陆青缓缓道："萃卦为聚，群分其类。云以风聚，水由势分。高山难登，青松为友；腐水易积，虹蝇相争……"随后，陆青教了他一句解祟之语，他听了，额头不禁渗出汗来：

"妄将利心认己心，身到险滩恨急流。"

第四章 升

昏冥于升，知进而不知止者也。其为不明，甚矣。

——程颐《伊川易传》

刘仓子已经躁急了许多年。

他父亲是衙前老吏，为人愚懦，事事小心，到老也只是个写录文籍的贴司。月钱三贯、米六斗，仅免于饥寒。刘仓子自小瞧着其他吏户家的孩儿吃穿要用，样样都胜过他许多，再看那些父亲，个个鼻孔哼气、眼朝天翻、话声震瓦，他父亲却常躬着背、垂着脸，走路生怕踩到什么。别人的差事常推给他，功劳却从不算及他。

刘仓子不愿如父亲这般窝气受嘲，何况这大宋，是吏人之世界。州县官员虽然皆由朝廷差遣。可官有避嫌之规，严禁去原籍或有田产之地赴任，因此，官常为客，三年任满，便得迁转。而吏却是主，世代生长于斯，人情事理，自来惯习。官不知的，吏熟；官不见的，吏察，因而，有强吏自称"立地知县"。刘仓子便想做这等立地官人。

他自小学了些文墨，投名应募吏职后，先被差作乡书手。乡书手是向下的职务，常年只能奔走于乡里。他瞅准了县仓，一县要务在税赋，税赋大半归县仓。县仓簿记由一位手分掌管，他便时时寻机去巴附这手分。他没有钱去开路，只能使力，运柴搬水、跑腿捎物、听风探信……但凡能瞅见的间隙，都尽力奔赶过去。那手分自然知道他的私心，却始终装作不知，他献忠效力，只安然受之，把他当作一个义仆。他虽懊闷，却不敢懈怠，更不敢流露丝毫。

如此勤勉了五年，他已经二十四岁。那手分似乎略略转了些意，有天向他透了一句活话："那老仓子昏得连麦和荞麦都辨不清了，得换人了。"他听了无比欢喜，去乡里催税时，向一家农户强索了两只鸡，提着要去送给那手分。刚走到桥头，见两个公人押着一个戴枷囚犯，迎面走过来。他一瞧那囚犯，竟是那手分，头发披散，满脸污垢，咧着嘴在哭。他顿时惊住，手一松，两只公鸡掉落，扑腾几下，一起掉进了河里。

更令他懊丧的是，县仓新差的手分，竟是他原先的上司。他因一心望着县仓，从未着意敬顺这个上司，而这上司也早已晓得他的心思作为。他心一横，转而又去巴附这上司。这上司始终冷着脸，偶尔嘲他几句。他顾不得这些，照旧继续寻机效力，那上司也只安然受之，连头都未点过一点。

又过了三年，到去年年初，上一位知县都已任满，那上司却仍未有一丝松活。他也心力耗尽，心想自己这辈子恐怕也只能做个下吏，至今连个妻子都无力说娶。这颓念一生，人顿时委顿，觉着眼前黑茫茫，寻不见一丝生趣。灰心之极，甚而想寻短见。

可就在这时，那上司竟唤他过去，说："那老仓子已老得连钥匙都认不得了。县丞已撵走了他，你来替这个缺吧，明早交接。"他听了，瞪直双眼，头皮一阵阵冒寒气，半晌才回过神，张开嘴，却发不出声，只怔怔点了点头。回去途中，一直如同做梦。路边一个妇人抱着个幼儿，那幼儿流着鼻涕，望着他叫："官儿，官儿！"他一听，才醒转过来，顿时咧嘴大笑起来，笑声像是大风从破窗纸缝里呼啸而过，唬得那幼儿顿时哭起来，那做娘的白了他一眼，忙抱着孩子回房里去了。他却一笑再止不住，一路笑回家，脚步几乎要离地飞起来。

第二天一早，他赶去了县仓。他在这附近不知窥望过多少回，今天终于走近。那县仓在睢水上游，河湾边一大片空地上。一丈多高土坯围墙，两扇铁叶大门，黑漆早已锈蚀剥落。门边挂着一个牌子，上写"襄邑官仓"。墙侧有一个大水池，以备火患。

大门旁边还有一扇小门，他刚走过去，门忽然打开，一个老吏走了出来，正是那老仓子，年近六十，须发皆白。身子虽瘦小，瞧着却极精悍，朝他望过来时，目光有些倨傲不屑。他最恨的人便是这老仓子，几十年把着这粮仓的门，不知偷挪了多少公粮，家中数百亩良田，子孙尽都在县里为吏，个个都张狂无比。

老仓子微露出些笑："进来吧。"他忙跟了进去，里头是一个极宽阔场院，巍然耸立几十座仓廒，全都是青瓦青砖，尖顶圆墙。那场院地势中间略高，环绕仓廒，布满砖砌水槽，通往场院四周泄水暗沟。四下里极静寂，只有几只鸟雀在仓顶晨光中飞跳鸣叫。几个弓手并排坐在一座仓廒墙根晒日头。

老仓子引着他走进门边一间房舍，那个手分上司正坐在一张黑漆方桌边吃茶，两个小吏站在柜子边整理簿记，另有一个年轻吏人侍立在门边，脸上一直挂着恭笑。他认得，是县里一个抄录税簿的贴司，年纪、家室都和他相似。

那上司见他进来，放下茶盅，吩咐道："往后便是你们两个轮值看管这官仓，桌上那些是存粮簿记，你们和老仓子一起去粮仓查点清楚，交接过后，少了缺了，便是你们两个来担责。"

小吏将一本簿记递给他，他忙接过，和那年轻贴司一起跟着老仓子去清点粮库。老仓子拿了一串钥匙，一间间打开，给他们报数。他和那年轻贴司都不敢松懈，尤其是前不久这官仓才遭盗窃，丢了近千石粮，至今还在追捕盗贼。他们两个一笔笔对着簿记仔细查看，整整耗了一上午，终于清点完毕，数目无误。那被盗的粮，已在这粮簿上勾除。他们两个才放了心。

三人一起去回禀那手分上司。手分叫一个小吏将那簿记收进公文袋中，正准备起身，忽然说："竟忘了最要紧一节，你们两个得在那粮簿上签字画押，才算交接完备。"随即转头叫那小吏从公文袋中取出那粮簿，拿过笔墨。他照吩咐，在那簿记末页上写下："交接清点已毕，账目存粮相符。"而后签字画押，填写年月日。又让那贴司也签字画押。手分这才叫小吏重新收起那粮簿，让老仓子将粮仓钥匙交了出来。他忙小心接过，和那年轻贴司一起出门送走上司，回来商议了一番，定下以日中为界，一人当值六个时辰。那天由他先当值。

那年轻贴司走后，他关起了小门，在粮库中慢慢巡看。那几个弓手忙站起来，都恭称他"刘仓子"，跟在他身后，一路热心解说。他仰头望向那些仓廒，如一座座雄壮青岭，心也随之高阔开敞。不由得笑叹一声，费了近十年苦功，终于到得这地步。

这些年，他早已探问到这官仓中许多隐情，偷窃、挪移、转卖、亏空……最惊人者，是几年前"两仓一牌"事件。县里共有两仓，除去这座税粮仓，另有一座常平仓，专存粜卖赈济之粮。开封府每年定期差人分别来点检两仓。那年，襄邑常平仓存粮被盗卖一空。点检官来查常平仓时，县里将官仓的牌子换成常平仓，把点检官接到这里，竟顺利瞒过。之后花了几年，设法添了许多杂变税，才将常平仓存粮勉强补齐。

刘仓子知道，至少一年之内，不能妄动任何心思，等摸清了其中理路，才能徐徐图之。于是他安安分分值守，并时刻提防着另一个仓子，不许自己出任何纰漏。

新知县上任后，头一件事便是来点检官仓。县丞和主簿跟着那新知县，叫了官仓手分，拿着粮簿来点检。那天正该他当值，他垂首紧跟在后边，手分翻开那粮簿，边走边报数目。新知县初来乍到，查问不到多细，只在场院内略走了一圈，便回去了。他一眼看到手分手中那粮簿，觉着似乎有些不对，一时间却想不出哪里不对，心里却隐隐一寒。

那些官员走后，他仔细回想了一阵，却仍想不出，倒是忽然念及另一桩事：那老仓子守了这粮仓大半生，一家十数口都靠这粮仓谋福得利。他虽然年老，却为何不让自己儿子接替这职任？以他在这县里的资历人情，不难办到。为何会将这肥差轻易让给我们两个孤穷下吏？

他越想越疑，越疑越怕。难道是他们做下亏漏，让我们两个没来路的顶祸？但那天接手时，仓中粮食账目并没有什么差误，全都对得上。他再三想不明白，只得作罢，心里却始终有些隐忧。

过了一阵，他隐约听到些言语，这官仓似乎真有亏空。他听到后，顿时慌怕起来，自己果然是被捉来顶罪。他不知该如何是好，又没有人可以商议，只能惶惶待命。幸而主簿和几个大吏设法造出个账目，暂时瞒过了新知县。他这才略略安了些心。

好不容易熬过一年，到今年正月十二那天，他轮过值，正在寒风里急急往家赶，忽然被一个人叫住，抬头一看，竟是县尉卫参。他从未答过话，只知此人心胸极窄，爱记恨人，因而有些怕。县尉将他叫到旁边一座酒楼，选了个僻静阁子，叫了些酒菜，让他坐下说话。他哪里敢坐，推让了半晌。县尉有些恼起来："让你坐便坐，哪来这般絮烦？"他只得蹭着椅边虚虚坐下。

"我叫你来，是要你去做一桩事。我不跟你绕肠子，便直说了——"县尉忽然隔着桌子伸过头，压低了声音，"有个人你得帮我除掉。"

他听了一惊，险些滑坐到地上。

"此人是个孩童，家在帝丘乡皇阁村，名叫王小槐。你可听说过？"

他慌忙点了点头。

"若不除掉这个孽畜，你这条性命便难保。你可知为何？"

他忙摇了摇头。

"去年你升作仓子，去官仓交接。那手分收了粮簿，又取出来叫你签字画押。你可记得？"

他一惊，忙点了点头。

"他收进公文袋的，是你清点时的账簿，第二次取出来的，却是另一本账簿。前一本是假账簿，后一本才是真账簿，亏空有两千多石。"

他不由得惊唤出声，屁股下面凳子一滑，顿时跌坐到地上。他慌忙爬了起来。

"眼下众人虽瞒住了新知县，王小槐却从他那死爹那里得知了此事，并打算告发。他若一旦嚷破，你这条性命还想保住？"

他几乎要哭起来。

县尉却伸着头、凶狠狠瞪着他："你必须除掉那小孽畜。正月十五，小孽畜要去汴京，那天半夜，有顶轿子抬了他，沿汴河大街出东水门。那轿顶上插了根枯枝。我替你告假，再给你寻三个帮手。不过，如何下手，得你自家安排。你若办成此事，我保你做官仓手分。你若不去，我便到新知县跟前揭破假账一事。上头签字画押的是你，偷盗两千石的自然也是你。明天清早，我叫人备好四匹马，在县西头五里亭下等你，你们四个聚齐了，便尽早上路。"

他垂下头，再说不出话。回去后，焦苦了一夜，终不敢不去。第二天一早，谎称赴京公干，告辞了父母，来到五里亭。果然有个弓手牵着四匹马等在那里，弓手将马交给他，便转身走了。他等了半晌，白揽子、施书手、胡斗子三人陆续来了。那三人都神色愁苦，自然都是被胁迫而来。他不愿多语，骑上马，便往汴京赶去，那三人一直跟在后头。

到京城时，已是正月十五傍晚，他们在虹桥边一家面馆吃了碗面。他让那三人去旁边茶肆里等着，自己骑了马，先去探路。他是头一回来汴京，却毫无心思去观赏市景。一路问着，进了东水门，沿着汴河大街向西，慢慢探看，走了许久，见街边有家铁铺，便进去买了把尖刀。而后上马原路返回，见香染街口过去百十步便是东水门，便选定了这里。下马站在街口，思忖良久，他才想出一个主意。

以往，想出一个好主意时，他都要暗暗欢喜半晌。那天，天色已黑，他站在那街口，望着往来行人，两边楼店灯火，心里却焦苦之极。他觉着自己像个孤魂一般，一阵阵想哭，寒风刺眼，泪水不由得落下来。他忙擦掉眼泪，不许自己再多想，便上马出城，寻见了那三个人。那三人也都低头苦脸，没有言语。他坐下来要了半角酒，和那三人一起各吃了两碗。而后，借着酒劲，将自己的安排告诉了三人，只是没有提刺杀。

将近午夜，那茶肆要打烊时，他们才出来，骑马过桥，进了东水门，来到香染街口。他让那三人牵着四匹马，躲在左街避风处，自己则守在街口店门边，一直瞅望着。那轿子要从西边过来，西头只有一家赵太丞医馆和一院官宅，早已关门，外面没挂灯笼，大团乌云又遮住圆月。只有借着东边孙羊正店的灯光，才隐约看得清一段路面。这时街上早已清静，只偶尔有个路人经过。

他等了许久，听到一阵唰唰脚步声，随后，一顶轿子从暗影中显了出来，轿顶上插了根枯枝。他忙转身急步跑到那避风处，低催了一声，随即和那三人翻身上马，用力驱马向那轿子奔去，那轿子刚行到街口，他的马几乎撞到轿子。他腾地跳下马，心里恨怨借势发作，恨恨怒骂起来。那三人也已奔到，照安排的，全都跳下马，胡斗子和白揽子揪住前头那个轿夫，施书手挡住后头那个轿夫，一起高声怒骂。他则趁机抽出尖刀，掀开轿帘，里头极暗，只隐约看到一个瘦小黑影，他略一犹豫，一咬牙，朝那黑影狠狠刺去，一刀深刺进身体中，里头发出一声呻吟，幸而声音不高。他怕一刀不死，用力抽刀，又连刺两刀，里头再不动弹。他慌忙转身，叫了声："算了！饶过他们。"胡斗子三人听到，全都松开手，四人一起跳上马，飞快奔出了东水门。

直奔了一个多时辰，奔出城郊，才放缓了马步。这时，他才后怕起来，忙从袋里取出那尖刀，用力抛进河中，手一直抖个不住。他原本不想说出此事，但那时若不说出，心恐怕要胀破。于是，他颤着声音，告诉那三人："将才那轿子里坐的是皇阁村王小槐，我杀了他……"

回去后，他不敢见任何人，装作受了风寒，躺倒在床上，一直躺了两三天。知道自己再这般躺下去，终究不是办法，只得起来。他娘给他熬了碗粥，他正吃着，他娘在一旁满脸惊疑说："你说可怪不可怪？今早我开门一瞧，咱们家院里落了许多栗子，唬了我一跳，忙都捡了起来。晌午出门去买丝线，听到四处都在传，说帝丘乡皇阁村闹鬼，三槐王家那个叫王小槐的正月死在汴京，前晚半夜居然坐着辆灵车，回家去了。他们族里人进去看，却又不见人影，远近几十上百家院里清早都落了许多栗子。我一听，险些连胆都唬破了。隔了二十多里地，那孩子闹祟咋闹到咱们家来了？众人还说，三槐王家昨天请了京城那个相绝陆青驱祟，去的人极多，恐怕要两三天，儿啊，莫不是你去汴京，犯了祟气？回来便病了。你赶紧也去皇阁村求求那位相绝吧——"

他听到后，险些端不住那粥碗，强抑住，才没惊到娘。勉强吃完了那粥，回到自己屋中，惶惶急想了半晌，终于还是忍不住出门，赶到皇阁村，去求见陆青。王小槐家院门外果然候了许多人，排了许久才轮到他。

他惴惴走进那宽阔庭院，见一个年轻男子端坐在堂屋里，便小心走了进去。那年轻男子面容清瘦，穿着一领半旧白绢道袍，目光清冷，寒水一般。朝他微一抬手，示意他坐到对面那张椅子上。他惴惴坐下，陆青微皱起眉头，盯着他注视了半晌，眼中泛出些苦意。而后才徐徐开口："升卦之象，阶高梯长。君子顺时，小人借势。积德而进，人蒙其惠。凭力而升，人妒其能。侥幸而得，反受其害——"他听了，心里顿时一颤。接着，陆青又叫他清明去汴京，对着一顶轿子说一句话，他越发慌怕起来。及至听到那句话，竟忍不住哭了起来：

"吞钩鱼不知，欢尽愁无尽。"

第五章　困

困者，唯困于所欲耳。

——程颐《伊川易传》

卫参不知道自己如何变成了今日这等模样。

他今年三十六岁，父亲曾是梓州州学助教，职低官微，常年未得升迁，却性情和顺，平生只以读书为乐，也时时教导卫参安时处顺，乐天知命。卫参生性却有些好强，尤其十四岁那年读到《荀子·天论》那句："从天而颂之，孰与制天命而用之；望时而待之，孰与应时而使之？"他不由得热血冲顶、浑身发颤，这正是自己欲说而始终不知如何道明之理。十八岁时，深夜读《后汉书·范滂传》："滂登车揽辔，慨然有澄清天下之志。"他不由得拍床大叫："好！"当时他正趴在县学学舍通铺上，其他舍友早已睡着，全都被他这一声叫惊醒。

从此，"慨然"二字横生在他胸中，再看前朝名臣范仲淹、王安石诸公，无不自年少起，便怀有慷慨平天下之志，他更是坚定了志意，要为这天下尽一番赤诚。

大观四年，他二十五岁，一举登第，殿试考中第四甲进士出身，赐绿袍、靴、笏，不久便被差往杭州任钱塘县盐监。那几年，天子重用蔡京，重行新法。卫参虽赞同新法，却眼见蔡京新法一改王安石初衷，只一心敛财媚上，因而极为痛恶。尤其是新改盐法，一道诏令，旧盐钞立即废止。那时卫参正在太学上舍读书，亲眼见到一个盐商拿着一叠旧盐钞站在蔡河边，一边大哭，一边将那些盐钞撕得粉碎。那一张盐钞便是数十贯钱。盐商将碎纸抛向水中，而后纵身跳入河里，幸而被河边船夫救了起来。

卫参到钱塘赴任时，蔡京因遭到多位朝臣屡次弹劾，竟也被贬到杭州居住。卫参得知后，寻到蔡京贬所。一院小小官舍，院门半开，蔡京正在院中赏看一株梅花。有侍卫看守，不许外人进去。卫参便立在那院门前，从怀中取出一卷纸，上头是一篇疏论，由卫参一位太学同学陈朝老所作，上疏论奏蔡京十四大罪状，在京城广被士子传抄，卫参也留了一份。他展开那文章，对着门里高声诵读："蔡京渎上帝，罔君父，结奥援，轻爵禄，广费用，变法度，妄制作，喜导谀，钳台谏，炽亲党，长奔兢，崇释老，穷土木，矜远略……"引得众人都来围看，并不住叫好。卫参出罢恶气，这才拂袖大笑离去。

在那盐监职任上，他尽力奉公勤勉，不敢有丝毫疏忽。只是初入此门，于盐务全然不知，只能向那些老吏请教。那些老吏也殷勤周至，事事都办得妥帖。一年多后，他才渐渐通晓了其间备细。谁知转运使盐事帐司前来例行核查，竟查出许多账目缺漏。查审之后，才知是那些老吏串通造伪，偷挪盐税。他虽没有贪渎，却因失察之罪，被勒停编管，贬到江西虔州。

他脱去绿锦官服，换上布衫布裤，一路由所经州军院虞候押送递解，受尽艰辛，才到了虔州。住在官厅后头窄陋低湿的厢房里，虽能自由行走，却不能出城，每一旬还得去长吏厅呈身。最要紧是衣食，俸禄已停，若有保人，还可授业教书，挣些钱粮。他却无亲无故，只能依"乞丐人法"，由官厅每日支二升米、二十文钱。每天去领钱米时，真如乞丐一般。连小吏见了他，都能任意呼喝。他虽然自幼家境清寒，却哪里受过这等困辱？几回想悬梁自尽，将腰带拴到房梁上，踩着凳子，头要伸进去时，却终不甘心，只能流泪下来。他不愿自此消沉，不停以历代那些受贬名臣自励，没有钱买书，每日便去书肆中站着借读。寄情于经书史传，令自己忘却周遭。

两年后，朝廷大赦，他紧忙欢喜收拾那些破旧衣物，准备动身回京。衙前一个书吏来到他门前，并不进来，手里拿了一纸官文。他忙站直身子，恭听那赦令。那书吏高声念道："罪臣卫参，心怀怨望，未知悔改。再加贬谪，编管梧州……"他听后，脊梁骨咯吱吱抖起来，像是要抖散一般，身子顿时软倒。

递解途中，他才听说，蔡京已被召回京城，再任宰相。自己再次被贬，恐怕是由于当年杭州那一辱。他悔恨之极，却已无可奈何。

梧州远在广西，境况比虔州更劣。到了那里，连言语都有些听不懂。他又不知应变，触怒了衙吏。那些衙吏动辄将他锁在房中，连着几天不许他出门。不但没有月钱，连饭食也时常断缺，他却只能苦挨。

挨了三年，挨得他脸枯身瘠、状同饿鬼。当年那慨然之气，早已消磨一尽，胸中只剩一点儿苟生歹活之念。幸而又遇大赦，蔡京也恐怕早已忘了他这蝼蚁之辈，他终于接到赦令，继而被除授为湖南衡阳州学教授。这时卫参已三十一岁。

他赶到衡州赴任，官厅差了个小吏服侍他，将他安置在州学厅旁一间官舍中，并给他备了一套绿锦官服，烧了一桶热水。他洗过澡，关起门，穿戴起官服。由于太瘦，袍子有些空荡。但手摸那锦面，又柔又滑，心头悲喜齐涌，不由得偷偷哭起来。

厅里几个教授同僚设宴款待他，他已经多年未坐在这宽大桌椅边吃饭，更何况那满桌丰洁鲜肥，端杯抓箸时，手一直在微抖。舌头更是木了一般，说不出几句得体的言语。好在那几个同僚知晓他经历，都温言和语宽慰，暖得他几次泪要涌出。由于几年未沾荤腥，那天他又吃多了些，回去后，一夜大泻了几回。

休整三天后，卫参便开始上任。教授一职极清静，不过是训导经义、掌管课试、纠正不轨。只是在梧州时，他难得寻见两本书，荒废了三年。重拾起来时，有些生疏，口舌也十分讷涩。站到那些州学生面前，更是发窘发慌。他唯有尽力克制，勉强应付。即便艰难丧气，他仍极感念朝廷，差给他这样一个职任，让他得以调养身心。

过了三两个月，元气渐渐恢复，脸上有了血色，身心也舒展了一些，他才略略能挥洒得开了。只是，他再不敢信任何人，在衡阳，也无一个真朋近友，时常觉着孤寂。

第二年，有个官媒替他说了一门亲，是本地乡村一家上户的女儿，由于挑贫拣富，耽搁了年纪，已经二十五岁。那家只选他人物地位，并不要他聘资。他一想，和自己也算般配，修了家书，求得父亲应允，便成了亲。岳丈替他在衡阳典了一小院房舍，他搬进去后，才算有了家室。只是那妻子性情有些古怪，时常与他怄气。他先还容让，到后来受不得，便发起狠来。那妻子竟丝毫不怕，反倒越发泼悍，与他撕扯对打。常将他的脸抓打得青一坨、红一道，去了州学，被同僚和学生偷笑。他懊闷之极，却也无可奈何。

三年任满，卫参无功无过，考绩中下，被转差到拱州襄邑任县尉。他已惯习了州学之职，却不敢违抗，只得带了妻子，搭船乘车，辗转来到襄邑。那县里典史带了两个弓手来迎接他，将他们接到一间官舍暂住。略一安顿，他忙去拜见知县，那知县年近六十，生得极肥，肚子将官袍顶得滚圆，脸上的肉也将眼睛挤作两道肉缝。他躬身拜问，那知县嘴角只略扯了一丝笑，从肉缝里露出两只小眼，睨着他说："劳碌了，你先去安顿家务，三天后来交割上任。"他忙躬身退出，心里却有些纳闷这知县竟如此冷淡。

回到官舍，妻子抱怨那官舍窄陋，立即催他去寻一院房舍。他任教授，每月俸资只有五贯多，除去夫妻花用，三年只攒了四十多贯，路上虽尽力省俭，却也花去大半。他只得问那两个弓手，寻见一个牙人，照着衡阳那宅院大小，看了一处住所，一年赁钱便得十三贯。他只得回去和妻子商议，妻子又将他怨骂了一场，从箱子里取出一锭五两的私房银铤给他。他又拿了三贯铜钱，去签了契，赁下那院房舍。花了两天，才搬过去粗粗安顿好。

第三天，卫参忙去县衙交割。县尉一职，主张缉拿盗贼，无关钱物，倒好交割。只是，他去见知县回禀，县丞和主簿都在，他忙一一拜过。那两人和知县一般，都有些冷淡，更露出戒备之意。他越发纳闷。

从教授到县尉，由文变武，他又得重新习学。他手底下有两个节级，四十个弓手。他知道该时时操练训导这些弓手，却丝毫不通武功战阵，只能让那两个节级去训教，自己在一旁督看。

好在县城里常日太平，并无什么匪盗，偶尔有殴斗或蟊贼，那两个节级带几个弓手便能处置，卫参倒是时常清闲无事，便只在官厅里读书。他听得知县、县丞、主簿时常欢聚宴饮，却从来不唤他。他也乐得自在少事，何况每月职俸虽涨了两三贯，哪里够这般奢费？因此，他与那三个官长同僚始终有些疏隔。

做县尉倒是有一样不同，每日率着一队弓手去县里巡视，那些平民百姓见了，全都有些畏惧，纷纷让路避开。自出仕以来，他头一回觉到为官之威严。因此，即便无事，也时常去巡查一番。有时遇到一些猾贼无赖，被捉住了，仍顽抗叫嚷，他忍不住也上前踢几脚、抽两鞭。

卫参发觉，动怒施威竟令人极畅快。郁屈了多年，血气似乎随之渐渐活转。当年那慨然之意重新激发，化作了一股威势之气，一发而难止。他越来越爱这施威之乐，神色间威厉之气也越来越盛。不但那些囚犯，连手底下的节级、弓手也越来越惧他。回到家中，他也再不忍妻子那些怨骂。原先他不善争斗，这时却已知道如何动用拳脚。妻子被他打过几回后，再不敢与他撕扯。

看到四周人眼中那惧意，卫参想：这恐怕才是平天下之道。到第二年，他已全然变作另一个人，从来难得笑，眼中时常射出狠厉之色。

当然，他始终留着戒备，不再触怒任何高于自己之权势。他细心留意，除了知县、县丞和主簿，对这一县之中有权之吏、有势之人、有钱之户，全都记在心底，小心避开，不去招惹。他却没有料到，自己疏忽了一条，强固然要避，弱有时更该避。若不知容情，便是自封绝路。

去年年初，县里官仓失窃，上百石粮食被盗。知县急命他去追查。这是他任县尉以来最重一桩窃案，他忙带领弓手前去查探，发觉粮仓后墙被挖了一个洞，又用泥土填上了。他忙命人四处追查，却查不出盗贼踪迹。知县大怒，给了他一个月期限。他又慌又怕，自己再不能被贬。于是将恨怒全都施于那两个节级和四十个弓手，连踢带骂，日日催逼他们查找窃贼下落。

谁知盗贼没有寻见，粮仓竟再次失窃，那个洞又被挖开，这回又盗走了数百石。他越发慌了神，忙差四个弓手日夜守住那洞口，自己则带着那些弓手继续追查。奔波了十几天，却仍无一丝头绪。

有天夜已深了，他却不愿回家，正坐在官厅里焦躁，两个看守洞口的弓手忽然押了个人来，说那人在粮仓附近觑探。他如同抓住了一根救命绳，立刻叫弓手燃起火把，在厅院里开始审讯。那人农夫模样，连声哭告，说自己只是路过好奇，瞅了两眼。他哪里肯信，抓起木杖不住抽打。一根木杖打断，那农夫已经遍身是血，气息奄奄，却仍满口叫屈。他愤怒已极，抬起腿，狠狠踢向地上那农夫，一脚正踢中农夫侧脸。农夫头猛一仰，随即重重磕到地上，再不动弹。旁边一个弓手忙俯身去探了一阵，继而惊恐望向他："县尉，这人死了。"

卫参顿时惊住，殴杀囚犯是重罪。他呆在那里，慌到极点，张着嘴想说些什么，却一个字都说不出。腿一软，瘫坐到石阶上，却丝毫觉不到地之安稳，反倒觉着身子不断下坠。那两个弓手也都惊呆，一动不敢动。

不知过了多久，院门忽然推开，走进来一个人，是主簿吴鹦鹉。主簿看到地上那农夫，忙走过来问："这人莫不是死了？"他黯然点了点头。主簿立即说："至少捉住了一个盗贼，多少算是个交代。你们万万莫要说是刑讯致死——"他一听，忙站了起来。主簿继续说："你们就说是将这盗贼捉来后，他夺了杖子，抵死反抗，妄图逃走，黑暗中争斗时，误将他打死。你们快把那火把拿走！"

卫参一夜惶惶未眠，第二天一早，便照主簿所言，心惊胆战去向知县回禀。知县立即吩咐县丞带了仵作去查验尸首，继而问他："那盗贼没招出同伙讯息？"

"没有。"

"失手打死囚犯，虽说触犯了刑律，不过照当时情形，也是事出无奈。我会上报州里，料必州里也会酌情宽贷。你继续再去追查其他盗贼。"

他垂头出来，身子重得几乎挪不动脚，却只能勉力回到官厅，吩咐那些弓手继续四处追查。焦闷了半个多月，仍未查出任何踪迹。知县忽叫个小吏唤他去，他到了一瞧，官厅上坐的竟是个年轻男子，一愣之下才想起，旧知县已经辞任，这几日来了新知县。那新知县询问了一番粮仓失窃之事，而后说："州里刚传回文牒，不追究你打死那盗贼一事。"他听到之后，身子顿时一空，已说不出是惊是喜，怔在那里。知县又用话语唤醒了他："此事暂且放下，只看那死者有无家人来讼冤。但被盗官粮必须追回，你继续去查其他盗贼。"

卫参忙连声道谢，脚步发虚，离开了县衙，迎面却碰到主簿吴鹦鹉。吴鹦鹉笑着说道："恭喜卫县尉，逃过一劫。"他忙说："此事全仗吴主簿成全。"

"呵呵，你该如何谢我？"

"今后，卫某随时听候吴主簿驱遣。若有用到在下处，便是赔上这条性命，也在所不惜。"

"当真？我这里正有一事，要你相帮。"

"吴主簿请讲。"

"这里不方便说话，去我那里细讲。"

他跟着吴主簿走进官厅旁的公事房，吴主簿关起了门，叫他坐下，而后收起笑容，放低声音："我要你去替我除掉一个人。"他听了一惊。吴主簿却一直盯着他："新知县身边跟了一个姓莫的，你可见到了？"他忙摇摇头。"我要除掉的便是此人，缘由你莫问。皇阁村王豪已请了姓莫的，过几天去赴桃花宴，你得在那天动手。"他惊在那里，说不出话。吴主簿忽而笑了一下："你打死的那人幸而是个孤汉子，并无家人来诉冤。但他有个表兄，是个歪赖货，我已替你压住，不许他来县衙混闹。这二百两银子，你拿去动使。你若缺人手，我给你个提议，王豪家有个郑厨子，他和县里施书手、胡斗子相识。其他的，想必不须我多言了。"

才从井底爬上来，气都未缓一口，他又被推了下去。虽然万般不愿，他却知道，自己不得不做这事。

他暗中打问思谋了一番，并无其他妥当法子，更不能自己动手。他便照着吴主簿提议的，分别找见施书手和胡斗子，揪住两人弱处，用狠话压住两人，逼他们去办成此事。桃花宴后，新知县四处寻不到那姓莫的，可又有人说当晚姓莫的回到了住处。卫参心里惊惶不安，不知道那事是否做成，更不知事情会不会败露。

好在过了一阵，始终不见那姓莫的踪影，知县也不再寻他。粮仓被盗一事，也始终没找见盗贼下落，这事也渐渐搁下。卫参这才略放了些心，但这接连两桩凶事，已让他丧尽胆气，再无半点威势。他才三十六岁，心却已如六十三岁。

他知道，吴主簿恐怕不会轻易罢手，往后若有其他脏事，必定仍会来寻他。因此，他时时避着吴主簿。见面时，连眼都不敢抬，可终究还是避不过。有天，吴主簿急匆匆寻见他："那个郑厨子回来了，你立即派人捉住他，不许他乱说一个字！"他立即慌起来，忙派弓手四处寻找，可寻了十来天，并没找见郑厨子，吴主簿也不再来问。

转眼又翻过一个年头，到了正月。卫参任期将满，他急切等候调令，盼着能早些逃离这口黑井。然而，吴主簿却没放过他，有天又来说："你得再替我除掉一个人，王豪的儿子王小槐。你若不肯亲自动手，除了上回那两人，再给你荐一人，官仓那个刘仓子。"他忙连连摇头，吴主簿却又笑着说："被你打死那人的歪赖表兄，前日又来我跟前啰唣，被我安抚住了。"

他再无话可说，只能又去用狠话分别唬住刘仓子四人。过了正月十五，王小槐死讯果然传来。他听到后，已不知该慌还是该怕，原先以为自身无意间落进了黑井，这时却发觉，自心已变作那口黑井。

过了两天，县里开始纷传皇阁村闹鬼、王小槐还魂。他听了，后背一阵阵发寒，夜里时常觉着身后有人。听人说三槐王家请了相绝陆青来驱祟，他犹豫半晌，终于还是忍不住赶去求教。

陆青见了他，静静注视了半晌，那目光也如两口黑井一般，让他心底一阵阵发虚。陆青缓缓开口："此乃困卦，心拘形役。外患似棘，内忧如噬。遇艰失志，由愤而狂。愈挣愈缚，苦无底止——"他听得后背汗湿。之后，陆青又教了他一句话，他听了，更是险些哭出声：

"苦经人世暗，何日重见天？"

第六章　井

物之在下者，莫如井。

——程颐《伊川易传》

吴鹦鹉住宅后院有口井，他时常独自趴在井边朝下望，他最爱这幽和深，如同人心，却又比人心净和静。

他原名吴赫，今年四十六岁，算是生在仕宦门户，父亲官阶虽只到七品朝请郎，他却自幼随父四处游宦，见识过无数官场中的险恶脏丑。因此，他于仕途并不热衷。连考过几回，都未得中。后来父亲由于体羸多病，提早致仕。正逢郊恩特赐，他才得以恩荫补官。十几年来，他只在各路州任些闲职，一向清淡守中，并不与同僚过近或过远。闲时只好养鹦鹉，教鹦鹉读诗词，因而人都唤他"吴鹦鹉"。

四年前，吴赫转任来到这襄邑，任主簿一职，掌管一县簿书。户籍、田税、出纳、狱讼等公文账簿，皆由他统理，事头极繁剧。他散淡惯了，乍然接手，只瞧那满篇数字，便已眼晕。更莫说那些簿书堆得满桌满架，令他狼狈至极。

多年前吴赫在漳州任职时，从蕃商那里重价买到一对三佛齐白鹦鹉。这对鹦鹉灵慧至极，能诵几十首唐人诗。他珍爱无比，决不许旁人喂水喂食，事事都要自家亲手料理。来襄邑时，虽然路程千里，他却一路小心带了来。可来了之后，公务烦乱，再无暇顾及那两只鹦鹉，只得让妻儿替他照料。两只鹦鹉路上本已着了些风寒，妻儿又不懂养护之法，喂得过于饱胀，得了痢疾，相继委顿而亡。

公务本已让他躁乱欲狂，又见两只鹦鹉毙命，他再受不住，中年丧子一般，大哭了两场，去河边寻了片清净草滩，用一只白漆木匣盛放，将两只鹦鹉悲痛安葬。经冷风一吹，他回去便病倒在床。

幸而他手底下那个典史是个经年老吏，姓蒋，簿记老练，刀笔精熟。年纪与他相仿，平时也好养虫鱼，深知他这伤痛，不但时时过来探慰，更将簿书之责全力担起，又托人从汴京买来一只月轮鹦鹉送给他。那鹦鹉红领翠羽，竟能诵几首李煜词，声气哀切清婉。他躺在病榻上，日日听着，悲痛之情得以舒解，方能起来视事。他与那蒋典史也情谊日近，信重日深。

那期间，正赶上新旧知县交接，账簿核检之任尤其繁重，大多由蒋典史操办，吴赫只过目把关。新任知县姓鲁，虽年近六旬，身形肥胖，却毫不昏聩。有天将他唤去，案上摊开一堆簿书，沉着脸，用粗圆指头一处处翻开指给他看，并高声数念："此处二百七十贯对不上，此处三十七石粮对不上，此处一百五十匹绢对不上……亏空竟有两千多贯石匹！处处都有你押字！我才来赴任，你便是这般款迎我？"

吴赫顿时惊住，随即明白了蒋典史为何要送他那只鹦鹉。他知道官场之中，最常见攻心之法便是投其所好，却没想到，自己竟被一只鹦鹉迷惑。簿书上这些账目，全都由自己押字盖印，便无法向姓蒋的追责。本朝自开国起，太祖皇帝便将官吏贪赃与十恶、杀人同列为不赦重罪。自己一年薪俸不过七八十贯，这两千多贯，如何赔填得起？

他正在惊慌，鲁知县忽然放缓语气："看你这样儿，你恐怕也不知情，着了那些吏人的瞒骗。我们是客，他们是主。我们只见船面高低，他们才识水深水浅。我便不责怪你了，不过，这两千贯必得设法填起来。"

"这都是那姓蒋的典史舞弄的，卑职这便去唤他来！"

"我看你履历，也算经见过不少，却如何还这等愚痴？这些吏人头发一般，连根密密生在这里，你我只是梳子，只能顺势梳，哪里能倒拗？梳得顺了，他们好，我们更好。若是强扳，他们损几根不打紧，我们却折不起齿骨。这头由我来梳，你只管听我吩咐。"

吴赫只得恭耳听命。回到家中，那只鹦鹉在架上又高声吟起："梦里不知身是客，一晌贪欢——"他一阵愤恼，挥手要去打，眼看要打中，那鹦鹉忽又吟道："花明月暗笼轻雾，今宵好向郎边去！"他顿时停住，不忍心下手。心头一阵悲叹，哪里怨得了这鹦鹉，分明是我这癖好给了歹人可乘之机。想到蒋典史那种种忠善模样，他又恼起来，搬过凳子，踩上去，将鹦鹉吊架从房梁上摘下来，快步出门，一路愤愤提着，来到蒋典史家门前，抬手用力拍门。

开门的正是蒋典史，先是一愣，瞅了瞅他的脸色，又望向那鹦鹉，随即又变回那忠善笑容，软声拜问："吴主簿，知县将才已经唤卑职去痛责了一顿。都是卑职疏忽，弄错了账目，有污吴主簿清誉。卑职实在该罚。从县衙出来，卑职立即去寻见了库子、仓子、商税拦头，又召集了几个手分、贴司，让他们立即各自检对账目。三天之内，一定将账目厘清，送去给吴主簿过目。这鹦鹉，还盼吴主簿施恩收回，这等尊贵鸟儿，满襄邑县恐怕寻不见第二个会养它的，没得白白又损折一条小性命。"

吴赫听了，反倒为难起来。蒋典史又恭声说："知县已吩咐过卑职，往后一定与吴主簿一条心，绝不敢有任何遮瞒。这次疏漏，吴主簿若想责罚卑职，无论是打是骂，卑职都甘心承受。"

吴赫越发没了主意，盯着蒋典史那张善伪难辨之脸，顿了半晌，才转身回去。蒋典史在身后小心跟着，一直送到巷口才停住脚。回到家，他又将鹦鹉挂回原处。以往，无论多烦忧，只要回家见到鹦鹉，他立即便能露出笑。这时，仰头瞅着那鹦鹉，明明红绿鲜明、姿态娇顽，却似乎顿时褪了颜色、消了可爱，甚而有些可厌。

吴赫闷叹一声，不由得想起《论语》中子贡说："我不欲人之加诸我也，吾亦欲无加诸人。"孔子却答道："非尔所及也。"许多年他都未能明白孔子为何会如此对答。他最中意的是《孟子》中柳下惠那句"尔为尔，我为我。虽袒裼裸裎于我侧，尔焉能浼我哉！"，这些年来，他也一直奉行此句，无论周遭是何等人，你自你，我自我，两无相干。今天才终于明白孔子所言"非尔所及"：我不愿污人，易做到；不愿人污我，却并非自己所能防止。就如净鞋踏污泥，哪里能避得开被污？

他顿时生出辞官之念，可是家中并无祖业田产，一家数口，全仰赖于这些俸禄。他又全然不通其他营生，哪里能说辞便辞？忧闷半晌，也只能劝解自己，日后多加小心。

过了几天，蒋典史果然将亏空的那两千多贯迅即填补回来，自然是他们一干人赔还了贪去之钱。吴赫再不敢轻信这些吏人，自家将那些账簿填写完备，抱去给知县过目。鲁知县看后，眯起两道肉缝眼，笑问："如何？"吴赫不知该如何对答，只能唯唯点头。

鲁知县自称"人间清闲客"，不爱俗务，只爱游宴。每回都要唤吴赫提了鹦鹉去作陪，吴赫不好推拒，只能前往。席上酒菜皆上等，五六个歌伎围拥陪侍。宾客二三十人，除了他和县丞，尽是本地豪富士人。每回宴罢，鲁知县便令蒋典史将这些开支设法计入公账。吴赫看到这些账目，心中虽不愿，却也只得签押。

除了这些游宴之费，账籍上渐渐多出许多杂费，钱数也越来越大。吴赫这时才发觉，身陷泥淖，哪里是"小心"二字便能得免？他要去劝谏知县，尚未开口，知县已经察觉："你是来说账目？只要账籍送州，勘审得过，何须多忧？人生在世，贵在适意。能得一日乐，便趁一日欢。浮生如梦，何必自苦？"他不知该如何对答。知县又说："今年县里除了额定上输钱粮，还有些羡余。我已分派好，你的那份蒋典史会送去给你。"他刚要开口推拒，知县一挥手："你去吧。我宿酒未醒，得去靠一靠。"

他闷闷回到家，妻子忙取出一个沉甸甸包袱："这是蒋典史将才送来的，足足有二百两银子呢！"他越发恼闷："收起来！不许动它！"他气冲冲走到后院，来到那井边，双手撑住青砖井沿儿，探头朝里望去。从前，有心事时，他便趴在井边静望半晌，朝井底吐吐闷气，便能舒解许多。可这时，望着井底深幽，他竟想一头栽进去，一了百了，但一想妻儿，顿时颓然坐倒。

自此，他再没有气力去抗辩，也再不敢去看那口井。那些银两他虽可不碰，各样账目他却不得不签押。时日久了，他也渐渐看破，如鲁知县所言，何必自苦？以往赴宴时，他始终有些孤零难合。这时便索性不再计较清浊雅俗，该笑则笑，该醉则醉。鲁知县也夸他终于顿悟解脱。

转眼间，便过了三年。鲁知县即将期满转任，他却由于无功无过，未得升迁，仍留任在此。一查账目，竟留下数百贯亏空。有这亏空，鲁知县也难交割，忙召集了吴赫和县丞、蒋典史一同商议对策。蒋典史竟想出个自盗之计：将官仓的存粮运出几百石，装作被盗。那些粮食卖了之后，将钱转填回账目。亏空是大罪，被盗却是意外之损。

鲁知县听了大喜，立即命蒋典史去安排。于是，官仓粮食被偷运了数百石，后墙上假意挖了个洞，将被盗一事传扬出去，逼迫那县尉四处去追捕盗贼。盗贼自然捉不到，粮仓竟又失窃数百石。随即老仓子辞去职任，蒋典史另选了两个低等小吏来看守粮仓，用假账簿瞒过那两人，让他们画了押，以备后患。这些吴赫只能装作不知。

县尉捉住一个嫌犯，拷打至死。知县忙唤了吴赫过去："死了一个嫌犯，这盗贼案便有了一点交代。你赶紧去劝解卫县尉，让他无须惊慌，只说是嫌犯抗逃，误打致死。莫将此事闹大了。"他只得听命，过去劝解了一番。这事便被压了下来，鲁知县顺利交割完毕，辞任而去。粮仓盗案则悬在了那里。

新知县上任，是个青年才俊。吴赫刚松了口气，县丞欧不易忽然寻见他，低声说："新知县身边那个姓莫的是个祸害，他不知从何处得知了粮仓盗案内情，将才来探我的口风，似乎连咱们私分官库钱的事也知道一二。此事一旦败露，你我的命都休矣。此人必须除掉！我听说皇阁村王豪请了他去赴桃花宴，那里人杂事乱，正好下手。只是你我自然都下不得手，得寻一个人替咱们动手。那个卫县尉欠了你人情，又背着殴杀囚犯之罪，只有请你去说动他。这是一百两银子，你拿去动使。"

他犹豫了一夜，畏罪之心终于还是压过其他。第二天，取出县丞给的一百两银子，怕不够，又从这三年得的数百两银子中取出一百两，一起包好，寻见了卫县尉，连劝带胁，说服了卫县尉。卫县尉苦着脸出去后，他坐在桌边，望着门外。官厅庭院对面墙根也有一口井，他盯着那口井，忽然发觉自己和鲁知县并无二般，甚而更胜之。

桃花宴后，姓莫的果然消失不见，他听到消息，胸中只泛起一阵苦意。心已变作一口苦水井。

几个月后，他听人说郑厨子回来了，在县衙前打问新知县。他顿时慌起来，忙让卫县尉去寻郑厨子，却四处都没寻见，之后也再没见郑厨子的人影。此事也便渐渐淡下去。

谁知到了正月间，县丞欧不易又来寻他："新知县不知为何，在暗地差人寻郑厨子。王豪那孽子王小槐，前不久不知从何处探到，郑厨子人在汴京，他带了人要去汴京捉郑厨子。我打问到，正月十五半夜，王小槐要乘一顶轿子出东水门，过虹桥，那轿子顶上插一根枯枝。郑厨子似乎在虹桥北岸一家酒肆中。咱们决不能让他见到郑厨子，更不能让这事透露出去。你我分头行动，我去设法除掉郑厨子，你去除掉王小槐。"

他这时已全无分辨之力，虽万分不愿，却仍又寻到卫县尉，逼他找人，设法去杀王小槐。

正月十八，吴赫带着幼子去街头买糖果子，县衙两个公差来报说，开封府来了公文，说皇阁村王小槐被烧死在汴京。他听了一惊，忙先牵了幼子送回家。幼子不住地问："爹，王小槐是谁？"他想寻些话掩过，却半晌都说不出一个字。低头看着幼子，忽然想起，王小槐和幼子年纪差不多。瞧着儿子那憨稚样儿，他心里顿时涌起一阵酸苦，眼圈也随之一热。不知道自己为何竟变成这等人，做出这等事。

过了两天，皇阁村又传来消息，王小槐还魂闹鬼，三槐王家请了相绝陆青驱祟。他正在悲悔无措，忙赶到皇阁村，向陆青求教。

陆青望着他，眼光不住微颤，似乎有些痛惜，又有些厌。盯得他有些不自在，却又隐隐期望陆青能将他看穿、剥开。陆青缓缓开口："井卦之象，善恶相随。甘泉济世，苦水生疠。情不胜义，自陷陷人。心难敌欲，自困互困——"随后，陆青教了他一句话，他听了，不禁愧悔万般：

"道是无奈实因懦，残却此心只剩寒。"

第七章　革

> 德不足而革，则所革者亡，革者亦凶。
>
> ——苏轼《东坡易传》

欧不易始终不知自己这个"易"字，究竟是难易之易，还是改易之易。

这名是他父亲从一个僧人那里求得，他父亲虽不识字，却惯会长篇大套混说些道理："这个'易'字好啊！你若想成个人，哪里似端碗吃饭这般容易？便是端碗吃饭，也教了你两三年，才拐拐搭搭学会。更莫说，这碗从哪里来？米从哪里来？不全是一把泥、一捧水、一粒种、一棵苗，流多少汗水，才煮熟端到你跟前？因此呢，孩儿啊，成人不易哪！你爹我干这农活儿，怕是天底下最笨贱的营生，却也分毫不敢松气，日日夜夜都得盯着瞅着、提着吊着。这天干了，那天湿了；这里生虫了，那里出斑了。年年月月都得这般，哪里敢改易？因此叫不易。还有——人不是鬼怪，样儿不能换过来，又变过去。你得有个正样儿，不论穷了富了，高了低了，这心肠始终不能变。哪怕隔了十年二十年，人见了，仍能一眼认出你，是那个欧不易！这才对，才算是没活歪、没走样儿……"

他听了，越发嫌厌自己这既矛又盾的名。生而为人，的确万般艰难，尤其像他这等农家之子。但若不改不易，哪里能脱得了难、求得到易？

好在他父亲不似那等愚钝农人，眼皮底下只见得到几亩田，拼死了力，也要他读书。他也异常刻苦，在村塾里读了几年，想省下束脩钱，也好帮父亲做农活儿，便回家自习。白天耕田，夜晚苦读。借书不易，每借到一部，便自家制泥版，将文字抄刻上去，架在柴草上烧成薄片土坯，一片一片垒在墙根床脚。几年间，卧房和柴房全都垒满。虽然翻检不易，却也可称汗牛充栋，更逼着他尽早全都背熟。

苦读了十多年，他终于考中县学。住进官修学舍中，领到一套白衣襕衫，每月还发放一贯钱、六斗米，他身心苦紧多年，顿时如同蝉蜕羽化一般，忽地轻畅。

只是，与那些常年有师友训导的同学比，他眼界窄浅许多。尤其他那些泥版书，文字有许多错谬，却又全都强诵死记，刻在了心上一般。在县学中听师友读的与自家不同，还极力争辩过几回，惹得教授生恼、同学哄笑。他只有从头一一改过。因此，头两年学业始终不及同学。不过他是刻苦惯了的，心里越闷郁，学得便越用功，渐渐也跟上了同学，甚而开始领先，顺利考上了州学。

到了州学，眼界又自不同。欧不易却一心读自家书，不与他人较高低，因而深得教授、学官赏赞。几年后，解试考中第五名。可他身在泸州，要去汴京，水陆三千多里，盘缠得几十贯，更莫论在京城应考期间食宿。而他家中一年省三两贯钱都艰难。他只得割弃了此念，到没人处，偷偷流了几回泪。

幸而州里通判赏识他才学，聘了他做贴身文书，一个月除去衣食，另支五贯钱，比去馆塾中授课要好许多。他便安心在通判府中效力，每月都省出两贯钱捎给父母，让他们日用能松活些。在通判身边，他通晓了诸多公务案牍，又跟随通判转任各地，见过不少官员名士，也算开阔了一番眼界。

那通判感他忠勤，见他年近三十，仍孤身未娶，便将府中一个使女嫁给了他，他越发感戴忠心。七八年后，那通判在陕西任职时，患了重病，见欧不易生了一对儿女，往后生计未有着落，便上遗表荐举，替他恩荫了一个从九品将仕郎官职。恩荫官只是个空阶，只有经吏部铨试，合格方能授任实职。那通判亡故后，正是铨试秋考期，他忙赶往京城。

到了汴梁，欧不易从西边万胜门一路走进城，眼见着街头那繁盛景象，心中不由得一阵阵翻涌。及至向人打问到礼部省试考院，走到那考院前，望着那巍然高墙、森然门宇，想到十多年前，自己便已该踏入这门中，更是双眼一酸，滴下泪来。怕被路人瞧见，忙偷偷拭去泪水，转身走了。

赴铨试得先去书铺投脚色文状，写明乡贯、户头、三代、家口、年齿、履历。由书铺核验过，上呈给吏部。欧不易忙又打问到一间书铺，交了三十文钱，填写了脚色文状。而后去僻静小街寻了一家小客店住下，等候消息。

过了几天，那书铺领到赴试官凭，给了他。铨试在尚书省官厅旁一座考院，考试那天，他早早就赶了过去。一瞧院外等候的那些人，大多是鲜衣锦服贵家子弟，布衣如他，只有十几个。进了考厅，是一排排小隔间，考的是经书大义十道。与那些重臣贵戚子弟相比，他的才学自然远胜，因此一试便过。百人中只选一人优等。他为优等，名字高居榜首。

他忙又赶去吏部。官厅前张挂着一张榜文，上头是京城及各路军州府县所阙职位，叫作"阙榜"。由他们这些候选人自行寻找适合职缺，填写"射阙状"。他是恩荫补官，只能选最低等职务。京畿及江南等安适富庶之地，他又不敢跟人去抢，选得眼睛酸痛，最终选了河北东路河间府一个税监之职。

他填好射阙状，交给吏部文吏，之后便要等候吏部检选，叫作"待次"。他不知道要待多久，不敢住在城里，去酸枣门外赁了半间民舍，每日自己买米煮饭，每天都进城去探问消息。等了半个多月，吏部才出了初拟榜文，他慌忙搜寻自己名字，看了许多道，都没寻见。他站在那榜下，像颗烂桃子摔到地下，口里一阵阵发苦，半晌都挪不动脚步。

待阙候职之人太多，职缺又太少。他只能等下一轮，却不知要等多久。问了几个落选的，其中一个竟已等了两年。他带的盘缠眼看将尽，妻儿还寄住在那判官府上。来时判官的亲眷说，这个月便要扶灵柩回乡。他只得先赶回陕西，将妻儿接到了汴京，又多赁了一间房。三个人花用顿时多了不止一倍，他却通共只剩十来贯钱，再节省，最多也只够三个月。他紧忙四处去寻差事，寻了两个多月，总算有家印书坊雇了他，抄写编定书籍，一天一百五十文钱。他妻子又帮人浆洗缝补，一家四口儿才勉强能过活。

一年多后，欧不易总算在初拟榜上见到自己名字。那一瞬，他浑身颤得几乎跌倒，虽已年近四十，竟一路欢奔回去，给妻儿报喜。

初拟之后，还有集注，每季度第一个月，选人去铨司集齐候命。他又等了两个多月，终于到集注日。他又一早便赶了过去，数十人已经聚集在铨司官厅门前。铨司长官当庭端坐，旁边一个文吏高声唱名。唱到"欧不易"时，他身子猛一抖，忙答应一声，从人群里挤过去，走到厅前，躬身俯首，身子一直抖个不住。那文吏高声问："欧不易，差注福建路建宁府政和县天受银场监，可否？"不愿就此职者，答否，则可改拟。他却愣在那里，文吏催问了一道，才慌忙说："否——不不不，可！""究竟是否，是可？""可！"长官听后一笑，提笔在他名字下一勾，集注才算完毕。

回去后，又须等待。尚书都省要将注拟名册交给门下省，叫"过门下"。门下省勘验完毕后，才将文案交付甲库，出给签符，舍人院撰写制词，官告院出给告身，格式司填阙注籍，南曹颁发历子。

终于领齐这些公文和官服，欧不易将那绿袍乌纱乌靴穿戴齐整，不但他自己顿感浑身放光，妻子和一对儿女瞧着，眼里也冒出光来。之后，他们这些新任官员清早集齐在皇城东华门外，由吏部一位官员引导，按官阶列队，从侧门鱼贯进入，来到崇政殿前，恭首立在庭中。合门使在御陛之上高声唱赞引导，他们向天子齐齐拜舞谢辞。自始至终，欧不易都没敢抬头，更不敢四处张望，眼里所见，不过面前几尺之地，至于皇宫如何、大殿如何、天子如何，全不知晓。出来后，他才连连后悔。

第二天，他便带了妻儿前去赴任，汴京到福建路途虽然遥远，但有官府所给仓券，一路都有驿馆接送，食住无忧，沿途又尽是美景富庶之地，心怀与之前跟随那通判游宦全然不同。他不住感叹，此不易之生，终得改易。

到了任所，他先去县里拜过各位上司，这些礼数他早已通习。休整两日，将妻儿暂安顿在官舍中，他便立即去了天受银场。那银场在城外山中，旧监带了几个吏人前来迎接。交割时，他格外当心，不敢轻信那些吏人，一笔一笔都亲自验对。虽然确定无误，仍又复检一道，这才签字画押。

矿场事务不算繁难，只须照定额督紧矿工，验明成品，称准斤两，锁好库藏，定期交付押运。他却一丝都不敢大意，样样亲自过目，因而未出什么纰漏。

他知道这银场大有银钱称手之隙，不过他决不动念去贪。他只瞅准了那几个吏人。从头一天起，在那几个吏人面前，他便始终冷沉着脸，不让他们看破自己心思，更让他们胆寒生畏。果然，那些吏人先小心试探，拿酒食来引他。他当吃则吃，却并不改冷脸；接着，那些人又送些文房器皿，他照旧不动声色收下；后来，那些人便渐渐送他些金银重物，他只微微谢辞两句。那些人渐渐放心，开始按月送他钱财，他问缘由，那些人说是大家一起孝敬长官，他便微微笑一笑，假意推辞一番才收下。起先是三五贯，渐渐涨到十贯、二十贯。他只笑纳，仍旧并不多话。

他跟随那通判多年，知道这些经年老吏，个个手段高强、贪盗官财，轻易不会露出破绽。他只严守账目，一毫都不许有差，其他则只装作不见。那些人乐得自在，他收钱也收得干净，不须与那些污猾之辈混缠。

有了钱，他便不时去县里宴请那几位上司。升进之途，全在考课。他离京时领了一份历子，来这里交给了知县。这历子是政绩评定册，任满后，由知县填写政绩功过，上交吏部勘验，共有四十一分，升黜便由这分数来定。

他着力团拢知县、县丞和主簿，三年任满后，不但囊中富余数百贯钱，更得了个优评，官升一阶，赴广州转任税监。广州是蕃商云集之地，税监一职，更是各国宝货必经之口。他到了之后，仍旧照那法子，严守住税簿账目，不出一丝差错。同时，不动声色，让吏人们自行上贡。手中宽裕，他与长官也越加亲厚。

这回任满时，积得余财上千贯。接着辗转三次，最终升任拱州襄邑县丞。

到了襄邑，欧不易发觉那肥知县与自己竟是同流，极擅控驭下属及吏人。但那肥子有一样不及他，于账目上极粗疏。他便面上滚热奉承，心里只冷冷旁观。他这县丞一职，仅次于知县，经办实务更多。那些吏人舞弊吞钱，给知县上贡一份，也得给他一份。有肥头在上面担着，他收得越发自在。

如他所料，肥知县任满时，账目亏空数百贯，竟使出盗粮赔补之计，逼得那县尉将一个无关之人刑讯打死。这些都与他无干，他仍旧不动声色，冷眼瞧着。其中一件怪事倒是让他有些好奇，肥知县命人盗运了数百石粮后，那粮仓竟然接着又被盗数百石。

欧不易猜想，定是县里那长吏蒋典史做下的。盗粮之计便是这猾吏所出，他恐怕是借知县之蠢，勾结仓子，二度偷盗。即便败露，也可将罪责推给肥知县。

于是，欧不易唤来蒋典史，假意问那二次被盗之事。蒋典史果然微微一慌，但旋即恢复笑脸，张嘴正要编谎，他立即打断："知县虽不知情，我却已经猜出，只是在想如何善后。你下去吧。"那猾吏讪讪告辞。两天后，送来了一只酒坛，他开封一看，里头是一百两银铤。

去年开春，肥知县离去，新知县到任。那新知县年纪不到三十，进士及第，意态英发。欧不易不禁想起当年的自己，心里一阵酸涩。他瞧这新知县年纪虽轻，人却并不浅露。知县身边那个姓莫的幕客更非凡庸，一双眼极飘忽锐利。欧不易更不愿轻动，加意小心，冷眼细观。

他没料到，就在那时，有个人忽然来访，三十来岁，一个精瘦男子，是邻县宁陵知县的贴身干办，名叫朱闪。那干办拿出二百两银铤，说是受知县之命，请他做一件事，许诺他往后仕进之途，一力提携。他忙问是何事，那干办说："王豪桃花宴上，除掉姓莫的。"

他听了大惊，险些笑出来。但瞧那干办神色极为沉肃，旋即想起，宁陵知县是应举出身，在朝中广有亲旧，自己并非应举出身，这县丞一职，已是到顶。自己已经年过五十，若无势要帮扶，恐怕终难升至知县，更莫说再向上走。当年弃考之憾，恐怕终生无望得偿。思虑了一夜，第二天，那干办来问回话，他略一犹豫，点头应允。

当然，他绝不会自家去办这事，苦思一阵，想到了主簿吴鹦鹉。此人性情有些孤零，这等人最好诱骗。于是，他拿了一百两银子，编造了一篇谎话，说服吴鹦鹉替他去安排此事。

桃花宴后，那个姓莫的果然消失不见，只是不知是被杀死，抑或逃走。宁陵知县也没再差人来问。他也便暂放下了此事。谁知过了几个月，他探听到那新知县竟暗地里差人找寻郑厨子，又听说郑厨子恰巧回来了。他顿时慌起来，忙差人抢先去寻，又催吴鹦鹉也一起去找。几下里到处慌寻了一场，都不见郑厨子踪影，好在新知县也没有寻见。

欧不易虽一路谋钱，却从未做过这等事、受过这等惊吓，又不知宁陵知县是否会守信，心里一阵阵懊悔。却没有料到，正月间，宁陵知县那干办又来见他，说："正月十五，你得去汴京，再除掉一个人——王小槐。那个郑厨子在我手里，他只知道是受你主使，杀了那姓莫的。放心，明年等你任满，便荐你去做个知县。"

他听了，恼恨至极，却又不敢争辩，烦乱半晌，只得点头答应，又去寻见吴鹦鹉，拿话逼住，替他去办这事。

听到王小槐死讯后，他心里一颤，闷闷回到家中，坐在书房窗前，呆望着窗纸上树影摇乱，忽然想起父亲所说"人不是鬼怪，样儿不能换过来，又变过去。你得有个正样儿……这心肠始终不能变……"。回望当年，他早已认不得自己。更不知道，往后还会变作何等模样。他越想越不是滋味，不由得一阵懊丧灰心。

过了两天，皇阁村传来怪闻，说王小槐还魂闹鬼，三槐王家请了相绝陆青来驱祟。他听了，先是一惊，继而心底里渐渐升起不安、疑惧。他想，该把这事了结了，而后辞官还乡，再不沾惹这浊恶世事。

于是，他换了一身便服，独自来到皇阁村王豪家门前。王家人认出了他，纷纷让开路，让他进去。

陆青见他进来，并未起身，只抬手示意他坐到对面，而后盯住他，注视了半晌。陆青的目光清寒沉静，又隐隐有些锐利，他不禁想起当年的自己。陆青忽而沉声言道："卦象属革，变易不休。顺时改命，逆途存身。困厄显志，得意埋患。矫力而行，祸难反吞……"随后，陆青又教了他一句驱祟求解之语，他听了，一阵愧憾，不由得深叹了一声：

"逆流曾伤风波恶，回身翻作掀浪人。"

第八章　鼎

观鼎之象，以正位凝命。

——程颐《伊川易传》

张器今年五十一岁，刚过知命之年，他却越发不知命了。

他端坐在官厅黑漆木案后，有些失神。主簿和几个文吏向他禀报春耕农情，他一句都未听进去。照理说，此时他不该坐在宁陵县这暗朽官厅里，而应在朝堂之上，或馆阁之中。

二十八岁，他便赴殿试，一举得中二甲进士及第。释褐着锦、跨马簪花、琼林御筵、题名碑石……何等荣耀风光，自负乃国之重器。可如今，他那些同年，所着官服非紫即绯，最低也是知州、通判。他却仍穿着这绿袍子，坐在这里听这等僻陋村事。

张器这一生耽搁在"丁忧"二字。汉代至今，官礼严令，父母丧，官员须离职守孝，服丧三年，叫作丁忧。张器初次任官才一年多，家书传来噩耗，曾祖父亡故。礼制于曾祖父并无丁忧明令，他却自幼得曾祖父喜爱训诲，心悲情伤，又想自己还年轻，便上奏朝廷，辞官回乡，服孝三年。朝廷为褒扬孝义，优诏追封他曾祖父为保义郎。一时间，他孝名远播。

服满复官才两年，他曾祖母又亡故。他不敢不报丁忧，又辞官回乡守孝。接着便是祖母、祖父、父亲、母亲，像是定好了时限一般，每回复官不到三年，他家中尊长便要亡故一位。再加之待阙时日越来越久，断断续续，竟将大半生耗去。直到四十五岁，家中才再无丁忧。

他来这宁陵任知县已是第三年，年底便要任满。他有一位同年好友，在吏部任考功郎中，主掌官员选叙、磨勘、资任、考课。因同情他遭遇，已私下应允，会尽力相帮。但知县是亲民官，考课最严，当今官家继位后，更定下"四善四最"知县考课新法。四善是：一善德义有闻，二善清谨明着，三善公平可称，四善恪勤匪懈。四最则是：一为生齿之最，民籍增益，进丁入老，批注收落，不失其实；二为治事之最，狱讼无冤，催科不扰；三为劝课之最，农桑垦殖，水利兴修；四为养葬之最，屏除奸盗，人获安居，振恤困穷，不致流移，虽有流移而能招诱复业，城野遗骸无不掩葬。

一年一考，分三等。先得由知州、通判填写历子，而后才上呈吏部。头一年，他初来宁陵，百事生疏，只得了中等。他的贴身干办朱闪劝他多使些银钱，去疏通那上司。他家中广有田产，钱财倒不愁，却多少还有些傲气。何况已有同年好友在京里照应，不愿屈身行此卑下之策。此外，想到自己半生延误，期望多少能做出些真实功业。只是，满县察看许久，除了那些例行公事，始终未寻见一两样可为之事。

去年年初，张器去乡里察看农情，行至两县交界处那块界石边，朱闪发觉那界石有些古怪。前一年，乡书手查阅田籍时，张器派朱闪悄悄前去查看有无违法之事，以便兴利除害。朱闪一直跟到了界石这里，他凑近了张器，悄悄说："小人隐约记得，当时界石在往东二里处那条路口上。"

张器忙避过下属官吏，低声吩咐朱闪暗中去查清此事。他则立在那界石边，望向西边不远处那个大土丘。此处方圆几十里都极平阔，唯独那大土丘蔚然拱起，上头林木茂郁，落日映照下，颇有苍浑之气。他问身边主簿，主簿说那土丘名叫帝丘，相传是帝喾之墓，如今已没有几人记得。

张器听了大惊。帝喾是上古五帝之一，史称高辛，前承炎黄，下启尧舜，并定立了节气。《史记》赞他"顺天之义，知民之急。仁而威，惠而信，修身而天下服。取地之财而节用之，抚教万民而利诲之"。相传太祖皇帝年轻时郁郁不得志，途经帝喾陵墓，求签问卜，卦言当有天子命。其后，果然开国登基，下诏大修了帝喾陵寝。谁知百五十年后，这等圣神之墓，竟任其荒废？回去后，张器念念不忘那帝丘，不由得跟女儿说起。

他这女儿名叫五娘，姿容娟秀，心思细敏，自幼又读了些书，见识竟比几个哥哥还高。张器珍爱无比，一心要替她寻个英杰俊才许配。可他连遭丁忧，官途沉滞，轻易间哪里能寻到合衬之人？因此，反倒将女儿耽搁至今，今年已经二十二岁。张器心里一年焦似一年，女儿却说："嫁不出去才好，那几个堂姐妹嫁得都算如意，可如今个个东分西散、高低沉浮，哪一个真的安适了？想见一见爹娘都不能。且如今，世道如此昏乱。有才有志的，必遭屈抑困顿；那些无才丧志没羞耻的，虽能得富贵，女儿嫁这等人做什么？这天下往后还不知会如何呢，不如守在父母身边，多陪侍一天是一天。"他见女儿如此通达，心里越发难过，越发不愿潦草行事，屈了女儿。

不过，有这女儿陪在身旁，公事上有何烦恼，跟女儿说一说，倒是时常能得些启发。那天他回去，便在书房中和女儿讲起那帝丘，正说着，朱闪在门外求见。女儿来不及出去，便躲到了屏风后面。

朱闪进来后，满眼喜色："那界石的确被搬移过，是临近两乡九大豪强为避田赋，将它来回挪动。其间八十多顷田地便瞒过官府，襄邑、宁陵两县田籍上都不曾记录，他们唤作褶子田。其实，那些吏人全都知晓，只是都不敢招惹那些豪强……"

张器低头寻思了片刻，却不知该如何处置。这些豪强轻易触惹不得，此辈一旦发狠，往往是损七赔八，他只得让朱闪先出去。门一关，女儿从屏风后走出来，脸上竟带着笑，却不言语，转身去书柜中寻出一卷画轴，铺开在书桌上，低首巡视。他过去一瞧，竟是宁陵地图。

女儿抬头笑着问："爹，每隔两年半，各州县都要绘制地图，上呈朝廷。今年又该绘制这县图了？"

"嗯。你问这个做什么？"

"女儿有主意了。"

"哦？什么主意？"

"爹，您看这里——"女儿指向地图上襄邑和宁陵两县交界处。在那帝丘附近，分界线有些弯曲，睢水北岸，宁陵向西伸进一片；睢水南岸，襄邑则向东凸出一片。女儿笑着解释："这两片凹凸之地，尺寸大致相当。今年恰好又要重绘地图。爹正可借机与襄邑知县相商，两县互换一片地界，将这交界线拉直，往后也好丈量。北边伸进那片划给襄邑，南边凸出这块给宁陵。北边略略大一些，便多得些田赋，襄邑知县自然乐意。而宁陵这边，那些褶子田便无从藏匿，宁陵无形间便能多出几十顷。更要紧的是，分界线一旦拉直，那座帝丘便归到宁陵县这边——爹如此看重这帝丘，是想借帝喾之神灵，祈福兴农？"

张器听后惊喜无比，望着女儿连连点头夸赞。

知县政绩考核中，劝课农桑是头一等要务。相传帝喾高辛定立节气，划分四时节令，天下才得以依时耕作、按节种收，农耕之业由此而兴。若是能将帝丘划归宁陵，便可将帝喾墓兴造起来。春时祭祀，秋收荐享，各办个盛大典仪，召集全县乡民前来祭拜祈福。这比寻常下乡强行劝农要强出许多，上报给州里，也是一桩大功绩。

张器忙提笔，给襄邑知县写了封书函，简要提议更定划界一事。而后出去唤来朱闪，让他立即骑马送去。

直到深夜朱闪才回来报说："那襄邑肥知县看过您的书信后，说此事甚好，只是他正在办接任交割，顾不得此事了。让您过几日跟新知县商议。"

张器只得耐住性子等了几天，另修了一封书函给那新知县，让朱闪又骑马去送。两个多时辰后，朱闪便回来了，神色瞧着有些懊丧："那襄邑新知县读了信后，先还笑着点头。可他随即将书信递给身边一个中年男子，那男子读后，说此事得再慎重商议。那新知县听了，便叫小人先回来，说过几日回复您。"

过了两天，那新知县果然差人送来回信，婉言拒绝了此事。张器读后，大为丧气，一把将那信纸丢到了桌上。

朱闪在一旁见到，忙凑过来说："那新知县那天先明明赞同，一定是听了身边那男子的劝止。小人昨天去襄邑打探了一番，县衙对街的一个茶肆老店主认得那男子，说他姓莫，人都叫他莫裤子，原是宁陵县阳驿乡豪强户，据说十八年前已死，如今竟又活着回来了。搬移界石，造出褶子田，最先便是他出的主意。他有个胞兄，便有几顷褶子田。他自然不肯让那新知县将界线拉直。若想做成此事，便得先将那莫裤子从新县令身边撺走。"

"他是那新县令亲信，我如何能撺得走？"

"若有三百两银子，小人便能做成此事。"

他知道朱闪极有机巧，又贪钱，三百两恐怕至少要吞去一百两，更不知道朱闪会做些何等勾当，但心中实在割舍不下那帝丘，便取了三百两银子："并不是我吩咐你，你自家去行事，若有麻烦，自家承当。"

朱闪拿了银子欢喜离去，几天后，来回复说："那莫裤子已走了。您可再与那襄邑知县商议一番。"

张器想上回书信已经回绝，只有面谈才好再劝说。但朝廷有令，官员不得擅离治所。他不能去襄邑，那新知县也不能来宁陵。他便写了封书信，约那新知县在两县交界处那界石边相会。那新知县回信应允。

次日，他嫌坐轿慢，便换作便服，骑了马，只带着朱闪，赶到那界石边。等了许久，那新县令才乘着轿子慢慢行来，年纪竟还不到三十，瞧着年轻俊迈、意气飞扬。张器不由得想起自己当年，心中一阵酸恻。问询之间，那新县令举止有礼、言语有节，张器暗想，此人和自己女儿倒正般配。但随即明白，此人正在上扬之际，哪里会选平级门户？于是，他忙收束心神，指着河两岸，详细解说分界之事。那新知县始终微笑点头，最后却说："此事非小，容下官再斟酌一二。"张器只能强抑不快，拱手告别。

他以为此事就此作罢，谁知后来竟绵缠不绝。

过了几个月，有天清早，他正在官厅后边凉棚下吃茶，朱闪忽然满脸惶恐来说："知县，您得救救小人！"

"救你什么？"

"上回知县吩咐小人去撺走那个莫裤子——"

"我从未吩咐过！"

"是！是小人自作主张，小人想那姓莫的并非寻常之辈，轻易自然撺不走，因此……小人拿了那些钱，寻见襄邑县丞，说动了他。他派了个厨子，在桃花宴上杀掉了姓莫的，那厨子随即也逃了——"

"什么?!"张器惊得声音都裂了。

"他们原本是想嫁祸给王豪,可那尸首恐怕是被王豪偷偷藏埋了起来。这事原本已经了结,可前几日,新县令收到一封密信,随即开始四处寻那个郑厨子。小人费了许多气力才探问到,那密信是王豪之子王小槐写的,信里说'欲寻莫裤子,先找郑厨子……'"

张器越听越恼,将那茶盏几乎攥碎。

朱闪却又继续颤着声音说:"昨晚小人去河边一家酒肆吃饭,无意中瞅见后头一个厨子,样貌与那些人形容的郑厨子有些像,缺了半截眉毛。小人便守在那后门外,那厨子夜里出来倒污水,小人便抓住问他,他挣脱了便跑,小人忙追了上去,追到河滩里,将他扯住,他死命抵抗。我们两个争扯起来,他气力大,险些将小人扼死,小人便抓起块石头砸他,谁知砸得重了,他竟倒在地上死了……今早,有人在河边发现了那尸首,已报知了县尉,恐怕很快便要来报案,您一定要救小人!"

张器听他说最后一句话时,听似在求,目光里却透出一丝要挟之意,越发恼恨,却说不出话来,重重将那茶盏一摔,愤然起身,走向前厅。到了厅前,才坐下,县尉果然带着人,抬着具尸首,赶了进来。

张器犹豫片刻,只得假意问询了一番,那酒肆店主也被带了来,说这厨子来他店里才三天,自称姓黄,是外州人,身世并不清楚。他这才略略松了口气,吩咐将尸体抬到尸房中,等候人来认尸。过了几天,并无人来认,他便命人将那尸首抬出去掩埋。案簿上则录为无籍流民,酒醉跌死。

此事虽然应付过去,他却懊丧至极。正事未办成,竟牵惹出这等烦恼,更没料到这烦恼并没有休止。

今年正月过后,他听说王小槐死在汴京,先只是微一愣,随即有些不放心,便唤了朱闪来问。朱闪忙说自己不知情,但神色间却有些暗慌。他忙连声逼问,朱闪才低声承认:"那厨子一事,王小槐自然知情。小人怕他再泄露出去,便想去探探口气。王小槐见到小人,立即说:'我认得你,你是宁陵知县身边那头小豚子,你是来寻莫裤子的尸首?我知道埋在哪里,我偏不告诉你!'小人越发慌怕,正月初,我听主簿说王小槐正月十五要去汴京,便又去寻见襄邑县丞,让他除掉王小槐，断绝后患——不过，王小槐一死，那事便再没有人知情了。"

他听了，呆在那里，身上一阵寒透，连骂一声的气力都没有。

过了两天，王小槐还魂闹鬼之事传了过来，他听说三槐王家请了相绝陆青驱祟，知道陆青名扬京师，且德行纯正，并非谋财惑世之徒，心中极想也去求教一番，但碍于身份，更怕引起嫌猜，便唤朱闪去。

朱闪也正惶惶不宁，忙赶了去，回来后说："小人见了那相绝陆青，未敢言明知县身份，只说是一位贵人。相绝算了一阵说：'此是鼎卦。威重自守，其安如石。舍正行险，自致其倾。'那相绝又教了小人驱祟之法，叫小人清明去汴京，对着一顶轿子说一句话——"

"什么话？"

"重以承命，其倾也危。"

"重以承命，其倾也危……"他喃喃重复，心里一阵哀凉。

许多年来，他自视重器，虽多年沉滞，却尽力自持。可如今，心中这只鼎竟已倾斜倒地，盛装大半生之心气，也随之荡然无存，不知如何才能扶起。

天篇

焦尸案

第一章　震

君子畏天之威，则修正其身，思省其过咎而改之。

不唯雷震，凡遇惊惧之事皆当如是。

——程颐《伊川易传》

这半个多月，李洞庭一直沮丧无比。

李洞庭年近三十，生得极瘦小，是应天府一个低等散从吏人，任承符一职，在各府衙州县间传书报信、追催公事。

正月十八那天清早，他起来洗过脸，照例先走到前屋香案边，给母亲灵位上了一炷香，默祷了一番。插好香后，他看了一眼那案上供着的一碗水和一只橘子。堂屋夜里没有生炉火，碗面冻了层薄冰。橘子供了半个多月，已烂了一半，霉腐处厚结了一层霜。他想地窖里虽还藏了半篮橘子，如今才正月，还有大半年才等得到新橘子，过几日再换吧。

他跟浑家说了一声，转身要出去。可才打开门，一眼瞅见门槛外落了一根细枝子，上头还有几片灰绿的叶子。虽然那叶形瞧着似是桂树叶，李洞庭却一眼瞧出，那是橘树叶。他惊了一下，忙捡起来细看，果然是橘叶，擦去叶面上尘土，露出深绿色来。根子处鲜白，树皮里层隐隐透着一圈绿，是新从树上折下的。他忙回身唤出浑家，问她昨天是不是去墓田了，浑家也一脸愕然。他纳闷半晌，想不明白，便将那枝子供到母亲灵前，这才疑疑惑惑离开。

出了巷子，走到大街上，他瞧见一个身穿黑色吏服的人坐在街角一家面馆里吃面。李洞庭认得，那人也是个承符，不过是开封府吏人，比他要尊贵许多。他忙走过去，赔些笑脸，小心拜问："王兄，又来投递公文？"那人抬眼见是他，只"嗯"了一声，仍旧埋头捞面吃，一边嘘溜一边说："赶了一夜路，马腿都要折了。对了，正月十五京城有桩凶案，你听说没有？"

"哦？没有。"

"那个三槐王家的王豪，究竟归你们应天府，还是归拱州？"

"王豪？他在两州都有田产。京城那凶案与他有干连？"

"他那儿子被烧死在虹桥上。"

"啊？！"

李洞庭又惊又怕，忙敷衍两句，赶紧告辞离开。他不知王小槐之死是否与自己有关，慌慌走到府院金厅，这里是吏人管辖议事之所。他想进去向那个孔目官回禀此事，可临要进大门，忽想到，此事若真与我有关，与那赵孔目干连恐怕更深，自然不愿旁人提及此事。他犹豫一阵，终还是不敢进去，扭头一瞧，见府衙前围了许多人，不知何事。

他便走向那人群，凑近探头去瞧，一眼瞅见地上一团焦黑物事，竟是一具死尸，烧得焦烂。一个仵作弯着腰，正在查验那尸首。旁边则站着一个官员在监看，是府里的司理参军。另有几个衙吏守在尸首四旁，拦住围观的人。李洞庭大为纳闷，这尸首是被烧死在府衙前？未免太过大胆了。

旁边有两个街道司粪夫，正在向司理参军讲说此事，他忙凑过去听。那两人说，那时天才微亮，他们两个驱着粪车，正在沿街收粪，经过这里时，见地上一团黑物。凑近细瞧，才看清是一具焦尸。司理参军问他们，当时附近有没有其他人，其中一个说没有，另一个说似乎有个人影穿进斜对面那巷子里了，天暗，没瞧清……

李洞庭听着，忽然想起将才开封府那承符说，王小槐也是被烧死，他心里一颤，却不敢细想，忙又望向地上那具焦尸，那尸首面目已经烂烂，全辨不出容貌。李洞庭心里发慌，不敢久留，正要转身，却一眼瞥见离那尸首双脚几尺远的地上，有一小根树枝，枝子上残留两片枯叶，竟也是橘树枝子！李洞庭惊得头皮一阵猛跳。

幸而那枝子不起眼，那里又站了许多围看的人，谁都不曾留意。李洞庭忙绕到那边，挤过人群，站到了最里头。那枝子离他脚尖约有半尺，他急急思忖了半晌，却不敢迈出那半步，更不敢弯腰去捡。正在慌急，身后有人忽然挤了他一下，正好将他往前撞了半尺，他忙用右脚踩住那枝子。前头看守的一个衙吏朝这边喊道："莫乱挤！"李洞庭忙趁势将脚底那枝子一蹭，身子跟着往后一退，右脚死死踩着那枝子，丝毫不敢松开，拖着右脚，转身挤出了人群。左右一瞅，人都伸脖跷脚在望里头的焦尸，并没人留意他。他忙弯下腰，装作提鞋，顺势将那枝子抓在手中、掩在身侧，急急离开了那里。

穿进斜对面那条巷子，见前后无人，他才低头细看那根枝子，根子同样鲜白，也是新折的。李洞庭惊站在那里，半晌才回过神，忙匆匆往西郊赶去。

疾行了半个多时辰，来到城外一片田头，远远便瞧见了那棵橘树。树身虽有些细瘦，叶子却未落多少，于满眼灰土枯草间，仍极醒目。树下一座土包，是他母亲的坟。

李洞庭快步走到那田头。这片田只有二十来亩，是从一个村户那里买来做墓田的。他虽只是个承符，下到乡里，却是府里公人，人人都畏忌。这块田他只用了一半的价便买到了手。那棵橘树是几年前托人从洞庭湖捎来的树苗，没想到竟栽活了，每年还能结二三十颗橘子。那些橘子虽吃不得，却也极稀罕。邻近村人不敢碰，孩童们知道味苦，也不来偷摘。李洞庭便摘了，用絮裹着，储藏在地窖里，一个个取出来供祭给娘。

他怀着惊疑，走到那棵橘树跟前，一眼瞧见坟边丢着柄小斧头，他吓得一颤，小心凑近橘树。树根处入冬时裹了一圈草席，草席上头树干被砍出了一道深槽子。再抬头寻视那些树枝，一根粗枝上果然有一处新疤。他将手里那根枝子对过去，比照断痕，严丝合缝，正是从这里折下来的。李洞庭顿时惊住，身子一阵阵打战，忽然想起一人，难道是王豪的管家老孙？

李洞庭险些哭出来："老孙，我只是奉命去劝你，又不曾说什么歹话。你家小主人死了，与我有何相干？更与我娘何干？"

去年年底，府里的赵孔目将李洞庭唤去，吩咐了一桩差事："知州听闻三槐王家那个王小槐聪颖异常，号为神童，又能诵读数百卷《道藏》，欲将他荐举给朝廷。只是，那王小槐顽劣异常，得好生劝说一番，否则到了圣上面前，乱说些歹话，触怒了圣颜，好事反成了灾祸。你去好生劝说劝说，若劝说得好，便升你做个前行。另外，此事莫要出去乱讲——"

李洞庭做承符已经几年，从未领过知州亲命的差事，心里无比欢喜振奋，立即赶往了皇阁村。

然而，到了王家，见了王小槐，才说了两句，便被王小槐打断："我不去！我是拱州人，和你们应天府有狗屁相干？你们知州想把我当脚凳子，踩着我，去讨皇上欢喜。你回去跟他说，让他自家张开嘴，当个马桶子，接在御臀下头，天天都能讨皇上欢喜，嘻嘻……"说着，便抓起一把银弹弓，跑去外头玩耍了。

李洞庭顿时愣在那里，此前他因公务来过王家几回，早就听闻王小槐这骄纵的劣脾性，知道这孩童强拗不得。转头见管家老孙站在一旁，忙说："孙老伯，如今王小相公恐怕只听得进您一人的话，您帮我劝劝他？"

老孙立即笑着摇头："他若不肯，我哪里劝得动？便是老相公在，也说不得他。"

"王小相公恐怕还不明白，荐举到皇上面前，这是天大的荣耀哪！"

"他哪里会不明白？他读过的书，恐怕连状元都及不上。这些道理，他四五岁时便已明白了，只是他不肯，谁也奈何不得。"

李洞庭听了，只得沮丧而归。走到半路，却又停住了脚。这般回去，如何回禀？自己看看将满三十，却仍只是个小小承符，比驴马还贱累。除了那二十来亩田，连间自家住房都没有，只赁了那两间窄屋存身。一对儿女眼瞧着一天大似一天，一碗饭已喂不饱了，衣裳也一年长一尺。这么下去，如何应付得过？何况这又是知州亲命的差事。

他想了许久，忽然想起那老孙话语间带着些湘地口音，忙赶回家，顺路买了几根萝卜和藕，进到厨房，舀了半升籼糯米，用小磨盘碾起来。自从成了亲，他从未做过厨活儿，他浑家见了，纳闷至极，进来连声问。他却顾不得应答，只叫浑家拿几块腊豆干来，再烧一锅水。米粉碾好后，他添水搅和成团。而后将豆干、萝卜、藕都细细切碎，加入葱韭姜末，足足添了些香油，拌成馅，裹进粉团，一个个排好在屉子上去蒸。这是湘地一道乡食，名叫华容团子，李洞庭是从他娘那里学来的。有十来年，他们母子便是靠这华容团子为生。

李洞庭父亲原是洞庭湖边湘阴商人，他三岁那年，父亲带了他母子，运了一船橘子来北地贩卖，由于朝廷粮纲船阻滞，那些橘子烂在途中，他父亲又得了急病，亡故在船上。他们母子两个便流落在这应天府。

他娘典卖了仅有的几样头面首饰，赁了一间小房，每日蒸些华容团子，挑去街市上卖，挣几十文钱，辛苦过活。等李洞庭长到十一二岁，他娘说靠这华容团子，哪里够成家立业？便尽力省出些钱，让他跟着人学些书算，说做个公人或经纪都好，并给他取了"洞庭"这个学名。

虽然贫苦，李洞庭却极少见他娘苦脸、生恼。望着他时，他娘眼里始终含着些笑，又亲又暖。每年有船运来洞庭橘，再贵他娘都要买一两个给他吃，说莫忘了家乡的甜。他要分给他娘吃，他娘却笑着摇头："我自小早就吃厌了的。"

二十来岁，李洞庭终于投名被选中做吏人，他娘却病倒在床，吃了许多药，都丝毫不见效。临终时，他娘已失了神志，气息微弱，念叨说："儿啊，娘想尝一口家乡的橘子，一瓣也好啊……"他听了，慌忙出去买，可那时才是五月间，哪里寻橘子去？他娘亡故几个月后，他才终于见到船商运来洞庭橘。他买了一大篮子，堆在娘坟前，跪在那里才说了一句"娘，吃橘子——"，便顿时哭出声，伏在地上，号啕了许久。因此，他才托人从洞庭湖捎来一棵橘树苗，小心培护了几年，终于能让娘在家乡橘树下安息。

他想那老孙也是湘人，自然念故怀乡，因而想到了这华容团子。蒸好后，他趁热捡了几个，放进漆木食盒里，盖紧包好，揣在怀里，去租了头驴子，急忙忙又赶到皇阁村。

老孙见了那热腾腾团子，果然欣喜无比，眼里闪出泪花来，说已几十年未尝这家乡滋味。他趁机攀话叙旧，老孙家乡与他家竟是邻县。说起那些洞庭风物，老孙果然动起思乡之念。他忙将自己娘临终想吃橘子那事讲给老孙听，并说："孙老伯如今是放不下王小相公。若是王小相公进了京、面了圣、得了封赐，便是官家近前的贵人，哪里还要回这乡里居住？身边自然有许多人小心伺候。孙老伯也可安心撒手，回家乡去安度晚年……"

老孙听了，果然动了心，不过仍有些犹豫。李洞庭便越加使力，每隔几天，便蒸一笼团子，又烹些家乡菜肴，送去给老孙，不断引动他乡思乡愁。那赵孔目不时催问，李洞庭却既不敢急，又不敢懈怠。过了一个月，老孙心思渐渐松动，眼见要奏效。正月初，他又备了些乡礼，去给老孙拜节，老孙却说："小相公已答应了拱州知州，由洪知州荐举他去面圣。"

李洞庭顿时挨了一闷棍，看老孙那神情，知道再说无益，愤沮之下，脱口丢出一句："只愿你莫像我娘，到死连一瓣家乡橘子都尝不到！"

此事只能告败，他回应天府去禀报，那赵孔目听了，气恨半晌，连骂都不愿骂他，只一脸厌憎，朝他急摆了摆手。他忙小心退下，赵孔目在他身后狠吐了一口痰。出来后，经人提醒，他才发觉，那口痰正吐在他后背上。

回到家，他越想越沮丧，想起娘当年盼他能做个公人。可如今这公人一途，越走越窄难。但若弃了这条窄路，又去哪里寻宽路？如今月钱虽少，又时时拖欠，可下到县乡，毕竟还有些威势，还能时常得些钱物。思来想去，也想不出其他出路，只能这般尽力挨下去。

这半个多月，每想起老孙，他都忍不住要恨骂几句，谁知今天竟遭遇这等事。那橘树枝子为何一根丢在我门前，一根丢在那具焦尸边？难道是老孙烧死了那人，嫁祸给我？

李洞庭越想越怕，猛然记起自己最后跟老孙说的那句狠话。难道是那句话惹恼了老孙？他那思乡之心，不弱于我娘。又听我说起过这橘树，便用这橘树枝子来陷害我？那具焦尸旁的橘树枝子若被人发觉，这应天府恐怕只有这一棵橘树，那烧杀罪责，必定便落到我头上……

他不敢再留在那里，抓起地上那柄斧子，慌忙往回赶去。正急急走在村路上，脑后顶忽然一阵重痛，随即便栽倒在地上。等他醒来时，头一阵晕痛，手脚冻得僵硬，缓了许久才勉强能动弹。他爬起来伸手一摸，脑后破了口，流了血，那血也已冻住。他忙望向四周，到处一片荒寂，不见一个人影。低头一看，手里拿的那把斧子竟不见了。他越发慌怕起来，硬挣着僵腿拼命往城里奔去。

回去后几天，他心中始终惶惶难宁。幸而那焦尸始终无人来认，身上又无分辨身份之物，谁都不知那死者是何人，府里便将案子搁了起来。

李洞庭才略缓了口气，忽然听到消息，说王小槐还魂闹鬼，三槐王家请了汴京相绝陆青去驱祟。他想起那橘树枝，顿时又慌怕起来，犹豫再三，还是赶往皇阁村，去向陆青求教。

陆青见了他，审视半晌，而后微微露出些怜意，缓缓开口："此乃震卦之象。积郁之久，必寻奋震。震而知惧，乃能退省。深忏己过，方得日新……"最后，陆青又教了他一句话，让他清明去汴京东水门外，对一顶轿子说一句话，他听了，心中猛地一刺：

"借我胸中痛，夺人眼前欢。轮转何可极？轧轧苦无边。"

第二章　艮

艮者，止也。人之所以不能安其止者，动于欲也。

欲牵于前，而求其止，不可得也。

——程颐《伊川易传》

李洞庭那柄斧子是陈豹子拿走的。

那天在府衙前，司理参军带了仵作、衙吏查验那具焦尸，陈豹子便是其中之一。他忙着驱喝四周围挤的人群，并没有留意焦尸脚边那根橘子枝。李洞庭挤出人群，一脚踩住那枝子，他才一眼发现。他冷眼暗瞧着李洞庭用脚将那枝子蹭挪出去，而后捡起来飞快离开。他无法立即去追，只能耐住性子等尸首查验完，司理参军命两个衙吏将尸首搬到停尸房里，众人都散后，他才快步去追李洞庭。

陈豹子原名陈忠，今年二十七岁，是应天府一个院虞候。院虞候这职名听着如王侯一般，其实只是个下等吏人，做些讼狱杂事，如追捕、缉拿、押送犯人。差事极苦，职钱却极少，只勉强够活。

他爹是狱中看管囚犯的一名节级。别的节级、狱子全仗勒揣囚犯，时常得些钱物，好养活妻儿。他爹却有些愚懦，一辈子信了那句"公门之内好修行"，从不敢欺凌囚犯，因而被人笑作糍粑。

陈豹子从小听人这样嘲他爹，心里极愤郁。他爹常教他行善，他却丝毫看不见善有何用。他生来有些体弱，巷子里那些孩童都叫他小糍粑，常常欺负他，他也不敢争执。他爹见了，也只将他唤回家，教他忍让。他娘也极和善，见他在外头挨了打，只叹着气、抹着泪，劝他以后躲着些。

有一回，隔壁一个孩童用竹条抽他，抽得满脸血印。他娘见到，再忍不得，过去揪住那孩童，连抽了几巴掌。那孩童的娘赶出来，气汹汹和他娘厮闹，并将他一脚踢滚到墙根。他娘口里说不出话，奔到院里抓了把柴刀，红着眼要去砍那母子，那母子才怕起来，被众人劝回了家，关起门躲了起来。自那以后，那些孩童再不敢招惹他。他也由此学会了一个字：狠。

自从心里生出一股狠劲儿，竟让他生出许多精气，体格虽仍干瘦，却越来越有气力，原先跑几十步便喘不过气来，那之后却越跑越快，几条巷子的孩童都赶不上他，因此得了"陈豹子"这个诨名。

他原本是继父职去做狱子，应天府推司一个推级和他爹相熟，见他腿脚快，便将他调拨到自己手底下，做了个院虞候。他极爱这个职务，每逢追缉嫌犯，总是奔在头一个。府里给他们配了刀，他却嫌那刀太短，近身时才用得到。他自家去铁匠铺里打了一柄小斧头，只有半尺多长，半斤来重。追捕嫌犯时，别在腰间，快追到时，便抽出那小斧头，朝嫌犯后腿甩去。练得久了，一投便中，迅即将嫌犯击倒在地。

除了父母，其他人他一概不留情，尤其那些罪犯，在他眼中，只如鸡犬着了瘟病。他缉捕的不少囚犯其实是被冤系狱，他却丝毫不愿去想其间是非，对错与他无干，他只是奉命缉捕。因此，身旁人都有些怕他，不敢与他对视。他也从来没有算得上朋友之人。有时也难免孤寂，但他想：人生于世，独自来，孤身去，旁人不过是途中暂遇，转眼即离，何必信靠？又哪里久靠得住？

有回，他押解一个囚犯去湖北，天晚误了宿处，夜里穿过一处山岭，竟有头狼追咬过来。他抡动那柄短斧，与那头狼拼死搏斗，身上被咬了十几口，那狼也被他砍伤在地，动弹不得。他挥起斧头要砍死那狼时，月光下，见那狼一动不动直盯着他，一双眼幽蓝冷狠，毫无惧意。他顿时呆住，似乎看到了自己，再下不去手，便舍了那狼，带着囚犯继续赶路。那是他唯一一次留情。

他不知道，是不是正因为自己这狠，才被安排了那差事。去年腊月末，推司那推级寻见他，将他唤到一处酒楼，选了楼上一间僻静阁子，要了些酒菜。他虽是这推级选调来推司，这几年也颇受重用，但与这推级从无私下过往。他有些纳闷，却不愿多问。那推级命他吃了两杯酒，才慢慢说："赵孔目派了那个承符李洞庭去办一桩事，你晓不晓得？"

他摇了摇头。吏人之间，最好彼此打探隐情，他却从来不愿搅染进去。

"知州打算荐举三槐王家那个王小槐到御前，只是那小猢狲一向顽劣成性，毫不领情。李洞庭奉命去劝说那小猢狲，我听得那小猢狲油盐不进，已经半个多月了，毫无办法。昨天我忽然想起，你恐怕能唬住那小猢狲。不过，此事最难不在办成，而在办成之后，就算这时能唬住小猢狲，一旦面了圣，便难保他不乱说乱道。那小猢狲如今唯一得靠的，是他家那老管家。若能唬住那老管家，由他来说动小猢狲，才算真妥当。你去替我办成此事，往后若有好差事，尽你选。几十里地，你骑我的马去。"

陈豹子听后，点了点头。他一向只知遵命，从未嫌过差事好坏，也未动念去巴附长吏、希求升职。只是这桩差事全然不同，他心里隐隐有些作难，却也未说什么。

他想，得先去查探查探那管家老孙，便骑了推级的马，赶到了皇阁村。虽然两州相邻，他却只到过拱州两回，三槐王家也只是耳闻过。到了那村子，问到王小槐家，近前一瞧，那庄院十分阔大，门半掩着，瞧着里头有些冷清，只听到半空中传来一个孩童的读书声。

陈豹子将马拴在门边的马柱上，轻轻推门走了进去。空阔庭院里，三棵高大槐树，树叶已经落尽。一男一女两个老者站在中间那棵槐树下，都满脸惊忧，仰着脖颈，朝树上望着。陈豹子也仰头望去，见一丈多高的树杈间坐着个瘦小孩童，六七岁大，身穿白麻孝袍，抱着树干，闭着眼，口里高声诵读："夫天地以前，混沌之初，万汇未萌，空而无洞，只是虚无。虚无之中有景气，景气极而生杳冥，杳冥极方有润湿……"

陈豹子听人说，王小槐能背诵近千卷《道藏》，想必这孩童正是王小槐，所背诵的恐怕是道经。他正在猜看，树下那老妇人忽然"哎哟"一声，身子晃了晃，险些栽倒。那老者忙扶住她："头晕症又犯了？让你莫在这里望，头仰久了，后生都要犯晕。你赶紧进去躺躺，我在这里看着小相公就成。"

老妇拼力眨着左眼，眼里落出许多泪水，嗔嚷起来："老贼汉，眼里落了土渣了！""哦？我瞧瞧！"老者忙伸手小心拨开老妇左眼皮，凑近了轻轻去吹。吹了一阵，老妇又嚷起来："又不是灶洞，要你吹火造饭？快拿帕子！"说着将一张帕子甩给老者。老者忙接过，小心挽卷起一角，轻轻去老妇眼里拭。拭了片刻，老妇一把打开他的手："成了，成了！出来了！莫把我眼珠子刮瞎了！"老者望着老妇，憨笑起来。

陈豹子在一旁看着，猜想老者恐怕正是管家老孙。

这时，树上那孩童忽然唤道："喂！你是哪个衙里的？"

陈豹子见孩童是在问他，便仰头答了句："应天府。"

那对老夫妇这时也才发现陈豹子，一起惊望过来。

孩童脸上却顿时露出厌弃："回去告诉你们州官儿，我不要他荐举。"说完又继续闭起眼背诵起来，"混沌者，从虚气而生也，方立阴阳，产五行，立四象。混元气极，混沌始分，便生元始……"

陈豹子忽然想起，前一阵宁陵县上报府里，一个厨子被杀，至今无人认领尸首，便顺口问道："你可是管家老孙？我是来查问宁陵县那厨师被杀一案。"

老者听了，目光一颤，忙问："宁陵县的案子为何查到这里来了？"

"你们庄院里可有厨子失踪？"

"嗯……年初倒是有个厨子辞了工。"

"哦？他叫什么？"

"郑大。"

"他去了哪里？"

"不清楚，听人说是去了汴京。"

"如今这宅里还有何人？"

"只有小相公和老朽夫妻两个。"

陈豹子见王小槐又停住诵读，一直盯着他，他便没再多言，转身离开了那里。过了两天，他又骑了马，赶到王家。开门的是老孙，见到他，老孙又是一惊。

"你家小相公可在？"

"出去玩耍了。"

"我有桩事要问你。"

老孙满脸惶惑，将他请了进去，让他坐到堂屋里说话，自己则一直站着。那堂中桌椅陈设，尽都贵重，却处处都蒙了层灰，极空寂。

陈豹子盯了老孙片刻，才开口："知州要将王小槐荐举给皇上，你得劝王小槐听命。"

"我家小相公已回过知州话，他不愿——"

"我知道，因此才叫你好生劝导他。"

"老朽已经劝过，可——"

"劝不通再劝！"

"可——"

陈豹子犹豫了片刻，才从腰间拔出那柄小斧头，用手指摸着斧刃，沉声说出来时想好的话："有桩事，只有我一人知晓，我却想说给你听听。五年前，我娶了个妇人，那妇人不守妇道，时常忤逆我爹娘，还跟娘家临街一个卖香粉的有首尾。有天，她又回娘家，途中要经过一座冈子，那里极僻静。我便赶到前头，藏在那里，等她过来时，用这斧头，只三下便结果了她性命。夜里将她尸首驮到那香粉铺子，丢到他家后院里。如今，那卖香粉的已在沙门岛服刑……你家小相公，你一定要说通。我这斧头虽砍过许多男人，却只取过一个妇人性命，我不想拿它再去砍第二个妇人，尤其是老妇人。"

老孙惊站在那里，连说了几个"你"，却再说不出其他言语。

他将小斧别回腰间，站起身，丢下一句："过几天我再来听回信。"

过了几天，已进正月，那推级唤他去回话，他忽然生出一阵厌，不愿再去牵惹这等事，便去照实回禀说："小人已跟那老孙说明，他是否说得动王小槐，小人也难作准。"那推级听了，脸顿时掉下来，却没有多言。他也便转身退出，将这事丢在了脑后。

直到正月十七，他在家里四处寻不见自己那柄小斧，正在翻找，四岁的儿子忽然走了进来，递给他一小根树枝，枝上还有几片叶子。他有些纳闷，再一瞧，儿子脖颈上抹了一道红，凑近一看，竟是血迹。他忙问儿子，儿子顿时吓得哭起来。他娘过来慰抚了半晌，儿子才止住哭，说有个老伯拿了一把花花糖，跟他换那斧头。他便拿了那斧头出去换，那老伯又给了他这根枝子，叫他拿来给爹。

陈豹子自成年以来，从没怕过什么，哪怕杀死自己妻子时，也毫无慌意。可听儿子说罢，却惊得浑身发寒。他想了一夜也想不出那老伯会是何人、意欲何为。儿子脖颈上抹的那一道血，自然是警吓，但在警吓何事？至于那根枝子，他更是全然想不明白，只发觉那叶子仍有些绿，但这寒月间哪里会有绿叶子？

第二天一早，府里有人来唤他，说是出了命案。他赶到府衙前，看到那具焦尸，丝毫未想到此事与自己相干。直到李洞庭偷偷蹭走那根枝子，他才猛然想起听人说过，李洞庭在自己母亲坟头种了棵橘子树，橘子叶似乎经冬仍绿。

那焦尸查验完后，他才急急去寻李洞庭，四处寻不见，才想到李洞庭的墓田，于是大步赶往城外。走到半路，远远见李洞庭急急行来。他忙躲到路边荒草丛里，李洞庭走过来时，他一眼瞅见李洞庭手里竟握着他的那柄小斧。他越发惊诧，不知其中究竟有何原委。但已无暇多想，从地上抓起块石头，偷偷走到李洞庭身后，一石头将他砸晕，夺了那柄小斧，急忙离开。

那斧柄上不知为何缠了条白绢，绢上还写了些字，他不敢细看，将斧头别在怀里。快要进城时，见前后无人，才放慢脚步，将那白绢扯去，丢到乱草丛里，这才急急赶回了家，心头始终惶惶不安。

过了几日，有天吃夜饭时，他爹忽然说，四处传说三槐王家那个王小槐被烧死在汴京，前天夜里竟然还魂，回到自己宅里闹起祟来。三槐王家的人怕得不得了，请了汴京相绝陆青驱祟。

他一听，猛然想起儿子脖颈上那道血迹，再联想这一阵那些怪事，越发慌疑起来。辗转一夜，心头始终惶惶难安，便起来赶往皇阁村。

进到王家那大宅里，他浑身顿时发起寒来，陆青见了他，抬手示意他坐下，而后盯着瞧着，目光极冰冷，令他顿时想起那年荒岭上那头狼。半晌，陆青才沉声说道："艮卦之象，知止方吉。斯时斯地，何惧何逃？前冰后冷，唯心存暖。左坚右硬，一念生柔……"而后，陆青又教了他一句话，他听了，心底不由得一震：

"身非顽石心非铁，何苦冷面自僵持？"

第三章　渐

进以序为渐。若或不能自守，欲有所牵，志有所就，则失渐之道。

——程颐《伊川易传》

王勾押捡起陈豹子丢掉的那条白绢，慌忙揣进了怀里。

他今年四十出头，是应天府一名勾押官，虽名为官，其实只是中阶衙吏，专管批勘财赋文书。正月十八那天早上，他照例去金厅办公，却见府衙前围了许多人。听旁边衙吏说有人烧死在那里，他虽有些纳闷，但各县上报的税簿尚未批勘，便没有过去瞧，进到厅里，唤贴司取出润过手的那些税簿，坐下来一份份勾押。

大宋法条严密，远倍于前朝。各样文书层层叠叠，年年又不停增修数百道诏令律例，各路州更有许多本地俗律旧例。那些为官的，茫然来，昏然去，哪里能尽都知悉？因而全仗他们这些文吏。各县税簿文历发到州里，原本有限日。先到磨算司，限十日；再交审计司，限五日；最后交停厅，限五日批复回县。他们这些州司却早已养成百十年旧例，簿历每到一司，先压下，等那些县里公人送纳了润手钱，才给批勘，否则便迟延两三月。昨天，王勾押收了几笔润手钱，便先来批勘放行这几县的簿历。

王勾押入吏职多年，在这应天府广有亲旧，家中又有数百亩地，钱粮从来不愁。虽算不得显贵，却也颇有些势位。他又生性和气，逢人不论高低，点头先奉一笑，因而广得人缘，事事顺手。人都羡他是弥勒万事足，他心里却有一丝憾念，觉着活了半世，即便再升到孔目、都孔目，也好不到许多，始终只在这应天府地界打转。应天府虽号称南京，比起东京汴梁，却似大犬望虎，终究矮出一头。他去过两回汴京，会过一些京城衙吏，才见面，未等开口，那些人神情作派间，已罩着一股气势，将人盖顶压住，哪里瞧得上他们这些外州府之人。

他心里暗想，若能去京城做几年衙吏，在天子脚下沾些贵气皇威，此生才不算枉过。只是，他始终未寻到路径，这念头只能一直搁在心底。

去年，新知州上任。这位知州十二年前便已来应天府任过推官，那时他还只是个分取案牍的贴司，只能在金厅里伺候，推官跟前未曾应答过一句话。如今推官回来升任知州，他总算偶尔能借公事应答几句，可知州似乎始终记不得他的脸。这期任满，知州必定是去京城升任朝官，若是能得知州赏重，或可求得带携去京城。

只是，常日间只有那些孔目能凑近知州。何况这应天府，士、户、礼、兵、刑、工六案，外加免役案、常平案、开拆司、财赋司、大礼局、国信局、排办司、修造司等，吏人有五百多，哪个不是攒足了气力，想在知州眼前舞弄？可里外挤得密林一般，他始终寻不到缝子钻入。

去年年底，王勾押听说知州欲举荐王小槐到御前，忙四处去探听，各司竟已有不少人争着去王家劝说，但那王小槐不知好歹，全都回绝。王豪在世时，常来应天府，他最爱笼络公人，出手又豪阔。王勾押也得过几回钱物，并去王豪庄院里吃过两次酒，因此大体知晓王家情形。如今王豪已死，王小槐在三槐王家辈分最高，越发放肆无忌，惹得全族人怀怨。唯有那管家老孙，服侍他父子几十年，王小槐人人都敢欺辱，却似乎对老孙格外容情。若想降服王小槐，只能从老孙下手。

王勾押行事向来耐得住性，得空儿便带些薄礼，骑马去王家，寻老孙说话。老孙性子有些质木，话语不多。王勾押并不心急，先只问些田赋公事，慢慢才说及家事。其间，王勾押目睹几回，王小槐用那银弹弓射人、用火药烧鸡犬。他心里不禁暗想，这等顽童荐举到御前，若做出些歹事来，岂非招祸？但旋即又想，只须办成我之事，这后患自有知州去担，我又何必多虑？

老孙更是担忧王小槐，不知该如何照管这顽童。言及王豪，更是几次欲泪。王勾押最擅宽慰人，便和声细气，慢慢开解。老孙渐渐不再防他，王勾押这才提及知州荐举之事。老孙却苦笑摇头，说小相公一个字都劝不进。王勾押却发觉，老孙自家似乎便不愿王小槐被荐举。王勾押心里不由得暗喜，要做成此事，得先攻破老孙心里这道暗墙。

他寻思了许久，老孙惜护王小槐，是发自于忠，这忠心轻易攻不破，得寻个要害处才成。

王勾押忽然想起一桩旧事，老孙原有个独子，已长到二十来岁。王豪那时在应天府开了家生药铺，叫老孙的儿子照管。他那儿子性情有些歪愣，最爱与人斗气。十一年前，那愣儿在酒楼吃醉了酒，夜里回去途中被人撞倒，他揪住那人骂闹起来，却被那人失手打死。这桩案子是如今这知州当年任推官时审理的，那凶徒是应天府通判之子，推官为庇护上司，便另捉了个凶徒，将罪名强压上去，将那凶徒处斩了事。那审理文书便是由王勾押抄录，他虽知情，却从来不敢说出去。

王勾押活了四十来年，知道这世间之伤，最痛莫过于丧子。他自己曾有个幼子，疼爱至极，却不幸夭亡。为此，王勾押痛了几年，至今只要见到略像自己幼子的孩童，心里都仍会一刺。

他想，欲攻破老孙，除非祭出当年那桩丧子凶案。不过，那案子关涉到知州，一旦牵扯出来，岂不是自招祸难？但随即，他不禁失笑，我只要办成此事，事后随意编造个无头公案，让老孙去查证一番，寻不到根由，他自然退却。何况，王小槐一旦被荐举御前，他老孙也跟着沾享荣华。

于是，王勾押又去皇阁村寻见老孙，假意为难再三，才吞吞吐吐说："昨日我清点旧簿，无意间翻到孙老伯儿子那桩案卷，发觉其间有一处疑点。"

"哦？哪里不对？"老孙顿时一惊。

"那凶徒似乎是屈打成招，并非真凶……"

"啊？真凶是谁？"

"其中牵涉一个权要人物，一旦说出来，我恐怕身家难保。"

老孙惊怔半晌，忽然跪到地上："王勾押，求您告诉老朽，老朽一定不说出是从您这里得的信！"

"孙老伯快起来！"他忙扶起老孙，又犹豫半晌，才慢慢道，"我看到那案卷，也惊了一跳，平人冤死，凶徒逍遥，这等事哪里能任它沉埋？只是这案子关涉之人极有权势，除非……"

"除非什么？"

"除非王小相公答应让知州荐举，若是得了官家恩宠，便不怕那权要了。"

老孙低头踌躇起来。

他忙劝道："嗐！我不该多嘴。人死万事空，便是查出真凶，也讨不回孙老弟性命。孙老伯，您就忘了此事吧。"

"不成，我得知道是谁杀了我儿子！王勾押，您可有实据？"

"实据倒是有，只是我一旦说出来，王小相公又不答应荐举，那我……"

"王勾押，这样如何？咱们立个约，老朽尽力去说服小相公，一旦说成，王勾押便将实据给老朽？"

"这……成。"

老孙忙去取了笔墨纸砚，王勾押提笔刚要写，老孙却忽然说："写在纸上不牢靠，我去寻块白绢来——"说着又快步走进里屋。王勾押却有些悔起来，此事一旦立了约，自己便陷进了一桩麻烦。不过，再一想，当年那通判如今在朝里为官，百般得意，扯出他来，让老孙去闹，未尝不是一桩好事。而且，此事是知州枉法，我捏了这把柄在手里，正可权宜处置。

这时，老孙果然寻出一块白绢来。他便不再犹豫，提笔在绢上写下：今有孙田与王奇共立此约，若孙田劝得王小槐应允荐举御前，王奇便将孙田亡子之真凶实据交付于孙田。

写完画过押，老孙反复读了几遍，这才小心叠起来，揣进怀里："老朽一定劝小相公答应，一旦说成，立即去应天府给勾押报信。"

王勾押回去后，心中始终有些不安稳。一直等到除夕，都不见老孙来，只得回乡里家中过节。老孙并不知他乡里住处，住过初五，他忍不得，便带了小妾和四岁的幼子，赶回了应天府别宅。直到正月初十，老孙才寻上了门。他开门一瞧老孙那神情，心顿时沉下来。他招手唤老孙进来，关上院门，没心请他进房，只在院里站着。

老孙苦着脸说："王勾押，我家小相公答应了那荐举的事。"

"哦？"他一愣。

"不过……他答应的是拱州知州。"

"拱州知州？"他声量不由得陡然一高。

"嗯。拱州知州也命人来说过此事。小相公说自己是拱州人，便该选拱州。老朽也拗他不过。不过，他总算是答应了这事。王勾押，您许的我儿那实据……"

"我许的是得受应天府荐举！"他心里顿时火起。

"可……"

"可什么？！"他极难得如此高声怒嚷，惊得房里小妾和幼子都掀帘出来瞧，幼子更跑过来抱住他的腿，连声唤"爹"。他抱起儿子，略平了平气，冷着脸说："你走吧，这事就此了结。"

"王勾押，求求您……"

"莫要再说了，我是哄你的，并没有什么实据。"

老孙立在那里，微驼背，眼里看着便要涌出泪来。他不愿多瞧，腾出一只手打开院门，冷声道："你走吧。"

老孙嘴唇微抖了几下，总算没再开口，垂着头走了出去，脚步似乎有些发虚。他看着那老瘦背影，心里有些过意不去，忙关上了门，不愿再瞧。

老孙走后很久，沮丧略消后，他才想起忘了讨回那白绢约书，本要去追，再一想，上头只写了"真凶实据"四字，虚语含糊，老孙拿去也做不得什么，因此便没有去讨要。却没想到，那白绢竟留下这等隐患。

昨天夜里，他才睡下不久，忽听到院里"咚"的一声，似有东西落下。他睁眼听了半晌，再无动静，便又翻身睡去。今天清早起来，洗漱过，要出门时，一眼瞧见院子地上有团物事。他忙过去捡起来一瞧，是一张白绢帕子，裹了块石子。帕子上歪歪斜斜写了几个红字，似是用血写成，他忙展开一看：一半白绢在斧头，有约不守鬼复仇。

他反复看了几遍，全不明白其中意思，不知是何人促狭捉弄，心里有些犯忌，便重新将石子裹起，出了院门，用力抛到了隔壁房后。

到了金厅，他批勘完那几份税簿，才想起早晨因那血帕子，连饭都忘了吃，便出门去吃饭。才出厅院大门，推司的一个推级走了过来，见到他，忙唤道："王哥，你文墨好，最善辨认字体，帮我瞧瞧这上头是些什么字。"说着递给他一条白绢。他接过来一看，那白绢一尺长、两寸宽，瞧着是从一方绢上剪下来的一条，剪得有些歪斜，靠左边有一行字迹，不过字的大半被剪了去，只留下一些残缺笔画。他仔细认了一阵，认出半个"田"、一个"勺"、一个"鬼"。

看到那"田"字，他心里暗惊，忙顺着一瞧，才猛然发觉：这是他给老孙写的那约书！"田"是老孙之名，"勺"是"约"字右半，"鬼"是"槐"字右半。那推级见他神色有异，忙问："你瞧出啥来了？"

他忙掩住惊慌，勉强笑着说："瞧出个'鬼'字，似是阴符？你从哪里得来的？"

"衙前那具焦尸，不知被何人烧死在那里，手心里攥着这团白绢，竟没被烧掉。"

他听了，越发惊怕，忙将卷条塞还给推级："死人祟物，莫让我碰！"随即转身走开，心里却急闪过清早那张血字帕子，上头写着"有约不守"四字，自然是老孙记了那仇，前来报复。他将那约书剪了一条，烧死那人，将这条约书塞在焦尸手里嫁祸我？那血字帕上"一半约书在斧头"又是何意？

他正慌慌急想，却见推司那个院虞候陈豹子快步走过，他猛然想到这陈豹子腰间惯常别一柄小斧，难道斧头指的是他？可将才陈豹子走过去时，腰间并不见那小斧，那神色瞧着也有些慌紧。他心中惶惑，不由得跟了上去。

陈豹子一路似乎在找寻什么人，寻了一圈，竟出城往西郊快步走去。王勾押身子有些胖重，已追得气喘冒汗，跟到城外再追不动，而且城郊路上人少，极易被发觉，他只得停下来，走到路边一个茶棚下，要了碗茶，坐着歇息。歇了一阵，却远远望见陈豹子又快步走了回来，他忙装作溲溺，钻到荒草丛里一棵大柳树后，偷眼窥望。陈豹子走近些后，忽然在一片草滩边停住脚，从腰间取出一件东西，似乎在拆解什么，随后用力一丢，又将那东西别回腰间。

他连眼都不敢眨，一直盯着，陈豹子走到这边时，他一眼认出来，那腰间别的正是那柄小斧。他等陈豹子走过去后，才回到路上，快步走到那片草滩，弯腰寻了一阵，果然发现了一条拧卷的白绢。他忙捡起来展开一瞧，正是那大半张约书！

他喜得险些哭出来，忙要用力将那白绢扯烂，可双手颤抖，哪里扯得破？只得卷成团揣在怀里，往城里赶去。走到城墙内，见墙角有堆乞丐烧剩的炭火，仍冒着烟，他忙走过去，取出那团绢，吹出些火焰，点燃了白绢，看着烧尽了，这才转身离开。他再没有气力回金厅，便赶回到家里，趴到床上，像大病了一场。

过了两天，他仍后怕不已。却又听说王小槐被烧死在京城，又还魂闹鬼，三槐王家请了汴京相绝陆青来驱祟。他想起老孙血字帕上那句"有约不守鬼复仇"，更是惊得夜难安枕。实在受不住，第二天一早赶往了皇阁村。

陆青见了他，嘴角露出一丝笑，目光中微有些讽意，像是看破了他心思一般。他又慌又恼，却不好发作，只能垂眼坐着。陆青缓缓开口："卦属渐，吉凶连。春起微草，寒自轻霜。一念初萌，福祸已生。谨慎其始，善得于终——"之后，陆青教了他一句驱祟之语，让他清明去汴京对一顶轿子悄声念出，他听后，额头顿时冒出汗珠：

"曾经罹此痛，何忍观彼伤？人间变鬼域，尔又逃何方？"

第四章　归妹

归妹，女之方盛者也。

凡物之有敝者，必自其方盛而虑之；迨其衰，则无及矣。

——苏轼《东坡易传》

段孔目站在府衙外，展开焦尸手中攥的绢带一看，顿时失色。

那绢带有两条，一短一长，都写了字，却都剪得只剩一截。他先看的是短的那条，上头留了七个字：邓七案证人为王。

递过绢条的那推级在一旁说："长的这条，一个整字都没有。短的这条，好歹还有半句话，瞧这话，邓七案的证人似乎姓王？那焦尸是如何知道的？他究竟是什么人？难道是被人灭口？"

段孔目盯着那个"王"字，却略松了口气。他又拿过长的那条，上头的字全都被剪去大半，不过他还是一眼认出了那个"田"字，他心里又一惊，顿时想起一个人——王豪的管家孙田。他忙又细看，"田"字下头似乎是个"与"，紧跟着那个字只剩三短横，难道是"王"？后头还有个"勺"字，是"约"？才松的那口气顿时又提紧了。凶手难道是老孙？

他一抬眼，见勾押王奇从金厅走了出来，猛然想起那桩旧事，忙吩咐那推级："你拿这条去问问那王勾押，他最善认字。"推级忙拿了长的那条绢带，快

384　清明上河图密码5

步赶过去唤住王勾押。段孔目则站在这边，远远盯着。王勾押看过那绢带后，果然有些惊慌。他一眼瞧见，心里顿时一沉，长绢带上恐怕真是老孙和王勾押立的约书。他们立的什么约？望着王勾押转身离开，脚步有些慌急，他越发起疑，忙将差事交托给那推级，不由得跟了上去。

段孔目是去年才新升的孔目，一司吏人中，算是立到了顶上。他体格健拔，样貌俊朗，今年只有三十二岁。其他人不到四五十岁，哪里能到这地步？他能升得如此快，固然是由于家中广有田产，又娶到了衙吏之长——都孔目之女；但他自家行事之果敢，也是其他吏人远远不及。

他父亲也是衙前老吏，任开拆官一职，掌管府中文书，于这吏职有些厌倦，期望儿子能读书应举。他也有此志向，又偏好刑律，便习学律学，投考明法科。大宋科考分三类，进士、明经及诸科。进士是正道，明经其次，诸科最下。诸科中明法科更受冷落。王安石变法后，首重实务，进士考试中加了律令大义，明法科也改作新科明法，比先前侧重了许多，主考律令、《刑统》及断案。由于朝廷严禁私印律书、私相授受，常人难得学到律学，他却生在衙吏之家，自小便惯习。

只是，连考两回，他都没考中，便愤而弃考，心想：便是考中，也及不上那些进士，不过做个低等官员。我既然爱刑律，不如便在这应天府推司做个吏人，一来惯习风俗人情，二来不似官员去他乡任职，长受吏人遮瞒。于是他便投名应募到应天府推司。

一般吏人最擅一个"拖"字：人情要拖扯，公事要拖延，钱物要拖欠。他处事却快刀一般，不去人情中缠陷，也不贪求小利小惠，又精通律学、颇具智谋，因此几年间迅即从院虞候升至勾押。去年，新知州上任，应天府出了一桩命案，被他迅即侦破。新知州大为赏识，立即将他升为观察孔目。

到年底，新知州唤了他去，说："我欲荐举王小槐到御前，那小猢狲却毫不领情。我听得你们两家是故交，你去替我劝说劝说。"段孔目听了，大为为难。他父亲与王豪的确相熟，他也见过王小槐，早已领教过那顽劣脾性。如今王豪已亡故，何人能劝得了那小猢狲？但知州之命，哪里敢推辞？他只得恭声领命。

回到家，他与父亲商议，父亲说："恐怕只有一个人能劝说王小槐——管家老孙。老孙好说话，我去替你说。"

第二天，他父亲回来摇头说："不成，老孙不舍得劝那孩子，说小小年纪便去那富贵险恶之地，加上那脾性，哪里能得好？小猕猴听见我们说话，跑进来，险些用弹弓射我一栗子。这事看来行不得，你还是去好生回禀给知州。"

到了府衙前，他却犹豫起来。自己倒是并非想巴附知州，两年后，知州便要转任，这应天府仍是应天府，他也仍在这里任孔目。只是，这职位是知州所赐，这桩差事又是知州吩咐的头一件要事，这般轻易便去回禀说做不得，恐怕不成。

他苦想了两天，忽然想到一个人。那人姓章，年近六十，在应天府开了家客店。几个月前，有个泼皮摔死在他店里楼梯下。章老儿说是那泼皮来强索酒吃，吃多了，下楼时失脚摔了下去。可那时已是深夜，客店里没有其他客人，楼上只有章老儿和那泼皮两人。店里厨子家人着病，头一天便已回家去了。两个伙计在楼下门前收拾桌凳，说只听见泼皮叫嚷，并没瞧见扭打。

泼皮的同伙撺掇了他家人，请了个讼师，到府衙告状，哭闹了两个多月。判官又私受了银钱，便将此案断为争执误杀。章老儿不但赔了泼皮家二百两银子，人也被羁押在牢中，即将发配。

那章老儿与老孙是同乡好友，自幼相识，多年前一同从湖南来应天府贩漆器，折了本钱，老孙又染了重病，全仗章老儿一人出去佣工，挣钱买药，救了老孙一条性命。两人情逾手足，章老儿惹上这官司后，老孙尽力出钱托人，使尽了气力，也未能救得章老儿。

段孔目想，这或许能说得动老孙，便立即赶往皇阁村。老孙见了他，立即摇头说："不中，不中，你莫再劝我。"

他忙说："若是小侄能救得了章老伯呢？"

"这官司已是判定了的，你如何救得了？"

"章老伯那案子只缺一个证人，我倒是有个证人。"

"哦？是谁？"老孙果然眼睛陡亮。

"命案那晚，章老伯店里厨子回家去了。这厨子便是个证人。"

"那厨子既然回家去了，哪里能做证？"

"正是因为他回家去了，便留下个空子。"

"哦？啥空子？"

"孙老伯若肯帮小侄劝说王小相公，小侄便帮孙老伯做成此事。"

"你如何做？"

"宁陵县前一阵也发生一桩命案，有个外乡厨子死在河边，却查不出身份。我便可让这无名厨子来顶罪，就说那晚店里没有厨子，章老伯便雇了这无名厨子，无名厨子用脚绊倒那泼皮，而后畏罪逃去了宁陵。章老伯不忍心让他年纪轻轻便担上杀人罪责，因此才未供出。"

"这事真能做得成？你从不贪钱枉法，哪里会做这些事？"

"小侄只是不愿做这等事，若真施起手段，没人能瞧出破绽。"

老孙听了，却仍不信。段孔目心一急，便失了忖度，将邓七那桩案子脱口说了出来。他自入职以来，唯一一回枉法，便是那邓七案。

段孔目有个至交好友，两人家室性情都相近，只是那好友爱吃酒玩乐，与一个叫邓七的富家子弟常在一处游乐。有一回，两人去梁园雁池赁了一只游船，又唤了个歌妓，一起吃酒玩耍，任船漂到芦苇荡中。席间为那歌妓争风吃醋，两人争打起来，他那好友抓起船桨，将邓七一桨打昏，掉进水里。等救上来时，人已溺死。那好友忙跑来向他求救，他听说那歌妓是中途才赶来，旁人并没瞧见，便寻见那歌妓，连嘱带吓，让她噤声。而后教那好友，只坚称邓七是吃醉了酒失脚落水而死。邓七父母虽来府衙争讼，却由于没有证人，只得作罢。后来，那歌妓嫁给王勾押，做了妾。

老孙听了此事，这才信了，答应去劝王小槐。可到了正月初十，老孙来金厅院外寻他回话，竟说王小槐答应让拱州知州荐举。段孔目听了，恼得说不出话来。老孙却反倒求他搭救章老儿，他顿时沉下脸："你既不守约，我只能奉还。"随即转身便进去了。

过了半晌，等老孙离开后，他才去回禀知州，知州正在书房里吃茶，听后，将茶盏重重蹾到桌上，扭过脸不再瞧他，也不发话，抓起两个玉球把弄起来，搓得吱吱直响。他垂首躬身站在那里，不知该如何是好。半晌，知州才喝了句："还不退下？等着给你奉茶？"他忙退了出来，险些被门槛绊倒，脸上一阵阵烧红，自幼及长，从未这般过。

过了半个月，他才渐渐能放下这场羞辱，却没想到老孙竟会拿当年那桩旧案报复他，而且手段如此残狠，竟在府衙前烧死人，把那条绢带塞在焦尸手中。不但让他卷进这焦尸案，更将当年邓七那桩命案也牵扯出来。那王勾押面上虽常含笑，肚里却暗藏心机，恐怕是和老孙合起来整治我。

过了两天，京城传来消息，王小槐竟被烧死。他越发吃惊，府衙前那焦尸恐怕是烧死王小槐的凶手，老孙无比疼爱王小槐，这胸中愤恨自然火一般，不但烧死那凶手，更燃到我这里。

他忧惶了一夜，第二天一早，饭都未吃，便赶往王勾押别宅，想去探问探问虚实。未走到那巷口，却见王勾押骑了匹马，驶出巷子，并没有瞧见他，转头往城西方向行去。他想正好，便走进那巷子，巷子里清静无人，各家都关着门。他走到王勾押家门前，抬手轻轻叩门。半晌，门才开了，是王勾押那小妾。那小妾见是他，惊了一下。他放低声音说："有件要紧事跟你商议。"不等那小妾回答，他抬脚硬挤了进去，随手关上了门，又低声问："家里可有外人？"

"只有我儿子。"

"当年梁园那事，你丈夫可知情？"

小妾忙摇头。

他见那小妾满眼慌怕，心中陡然生出一股恶念，猛地伸出手，一只捂住小妾的嘴，另一只死死勒住她脖颈。那小妾极娇小柔弱，挣扎了半晌，再不动弹。他这才松开手，那小妾随即倒在地上，胀瞪着眼，微张着嘴，一动不动。他顿时怕起来，忙听了听院外，仍寂静无声。他忙开门出去，飞快逃离了那里。

回到寓所，他的手仍颤个不停，在屋里来回慌慌走动。半晌，想到老孙，恼恨重又涌起，他快步出门，骑了马，往皇阁村赶去。

可到了王豪家院门前，却见有十来个人候在那门前。他那股恼气顿时消去，下了马，去问那些人。其中一个说："老孙听到王小槐噩耗，便立即赶往京城去了，至今未回来。"另一个又说："王小槐还魂闹鬼，邻近乡里都不得安宁。王家人请了汴京相绝陆青来驱祟，相绝这时正坐在里头呢，今天已是第三天了。我们是邻村的，也赶来求拜相绝。"

他朝那院里望去，见里头满地枯叶鸟粪尘土，才一个月竟已荒寂至此。堂屋幽暗，隐约可见两个人面对面坐在里面，看不清面容，更听不见话音，一阵阴森寒意扑面而至，让他顿时想起那小妾的死容，不由得打了个冷战。

半晌，里头走出一人，竟是王勾押，双眼痴怔，神色恍惚，额前帽檐儿被汗水浸湿。走出院门时，全然不看外头这些人，更没有留意他，像是着了魔才醒转一般。他瞧着，不知为何，忽然也想进去见见那相绝，便抢过排在最前头那人，大步走了进去。

一个年轻男子端坐在堂屋左边，微垂着眼，似有些倦意。他没料到汴京有名的相绝竟如此年轻，微一犹豫，还是走了进去，坐到了陆青对面。陆青抬起眼望向他，目光极清冷，寻视片刻后，渐渐变得冷厉，像是一眼将他看穿了一般。他有些不安，却尽力镇定自持。

陆青收回目光，低眼微一沉想，又望向他，沉声道："生逢佳时，事遇好合，此乃归妹之卦。存惜守慎，福自延顺。乖心妄作，日残月缺。弛志戾性，灾毁相继……"他越听越惊，手脚不由得又微颤起来。最后，陆青说："若欲驱邪断祟，清明上午，去汴京东水门外等一顶轿子，对那轿窗低声诵念此句符咒——"他听了那句话，猛地又打了个寒战：

"一念杀心动，从此万劫生。"

第五章　丰

凡人，智生于忧患而愚生于安佚。丰之患常在于暗。

——苏轼《东坡易传》

周万舟望着地上那焦尸，心里一阵厌。

这尸首烧得焦煳，身份如何查验？身为司理参军，他的职任是勘查狱讼凶案，若是一般命案，吩咐段孔目等一干吏人去查办，自己只须坐等结果。可这焦尸烧死在府衙前，半天之内，满应天府恐怕就会哄传开。自己哪里能再坐视？他来这应天府已是第三年，任期将满，偏生遇着这样一桩凶案，若查办不好，官历上自然会记下一劣笔，磨勘时，便不好过了。

仵作查验过后，只查出是个男子，皮肤全都烧焦，年纪判断不准，应该是中年以上。衣裳也片缕不存，只残留了一双鞋底和小半截鞋帮。尸身上有些绳索灰烬，身侧有一根被烧焦的竹管，管里有燃尽的草须，是火种筒。府衙石阶边丢了一只油陶罐，罐里还残余了些油。死者应是被人捆绑，而后全身被浇油点燃。

死者左手攥着一团绢，展开是一长一短两条绢带，上头写了字。周万舟接过来看了一阵，不解其意，便拿给段孔目去查证。仵作又从死者腰间寻见一个皮袋子，袋子也已烧得焦煳，里头几样物件却都完好：一把钥匙，钥匙柄上镂了个"忠"字，掂着非常沉，似乎是金子铸成。另有一小块银子，四两多重，是从官制银铤上凿下的一截。正面有官印刻字，背面还有两个字"和春"，是用刀尖刻划的，刻痕极新，笔画有些稚拙。

周万舟看见这两个字，默想片刻，递给侍立身旁的一个小吏："你拿这银子去四处查问查问，可否有哪家商铺店肆叫这'和春'？"那小吏忙双手接过，小跑着去问了。

他又看袋子里剩余的物件，都是常用之物，皆辨不出死者身份。他有些烦躁，见段孔目站在一边出神，越发焦躁，高声唤了过来："你叫人先去附近查问，昨夜是否有人瞧见什么。再去要道口贴出告示，召众人来认尸。"此外，他也想不出其他法子，只能板起脸喝道，"尽速去查，莫要懒惰！"

才吩咐完，府里推官唤他去回话，推官见了他，问过情形后，也板起脸吩咐："尽速去查，莫要懒惰！"刚出来，通判又寻他，见了也吩咐："尽速去查，莫要懒惰！"才应了命，知州也寻他，赶忙去见时，仍得了句："尽速去查，莫要懒惰！"他只能连声答"是"，躬身退了出来，心里一阵阵懊闷，只能高声喝令身旁那个承符："你去瞧瞧那些人是否在躲懒？若见了，立即来报我！"

那承符才转身跑开，又有个小吏奔过来，说提刑唤他。大宋天下共分二十五路，应天府、拱州及郓兖齐濮曹济单等州属京东西路。每路都设有提点刑狱司，专管一路刑狱罪案。京东西路提刑司治所正设在应天府，自然是一早便听闻了这焦尸案。周万舟听到传唤，只能快步前往提刑司，去了才知并非提刑官唤他，而是其下属检法官，他才稍松了口气，那检法官问过详情后，竟又吩咐了句："尽速去查，莫要懒惰！"

周万舟出来后，越发躁闷。仕途为官，无事时自然千好百好，一旦有事，便是各般窝气。他甚而有些懊悔起来。他原是京城吏部的吏人，直升到最高一阶都孔目。朝廷有"流外出官"之制，又叫"年劳补官"，吏人做到高阶，累计二十五年，可出职补官。他便是借这"年劳"，得了个九品官阶。

做吏人时，身份虽低微，却手握笔管，掌管百官文状历子。天下官员考课叙迁，尽都要经他之手。尤其各路州官员，为求升进，年年都要托人说情，送钱送物。略不顺意，笔下一勾，便让那些官员困滞淹塞。

等他出职为官时，这些吏人阻滞加倍反施了回来。大宋官制，极重流品出身，像他这等年劳补官，只被视为杂流，升进极慢，且不由主路，只能从水部、司门、库部这些偏冷衙门递升。原先是官员求托他，如今变作自己去求那些文吏。那些文吏晓得他们来历，既妒又蔑，因而肆意为难卡阻。他积了二十五年的傲横之气，短短几年间，便被那些吏人消磨尽净。再加官职低微，去哪里任职，都不得不受长官层层压制。人虽站着，脊骨却早已麦秆经秋雨，枯软倒伏。

直到这两年，他才终于熬出些头脸，来这应天府任了司理参军。职阶虽算不得高，却毕竟是京府之地，手下掌管几十个吏人。每遇讼案，争讼双方都抢着来请托。这时，他才算尝到些官威，如同一棵树，辛苦种了五十来年，才算得果获丰。

可眼下，这焦尸案人人争瞧，极难蒙混过。若查办不清，便又得栽进深沟。他回到自己那小官厅，坐在案前，呆呆出神。

直到过午，那个小吏才拿着那块银子来回禀："应天府有三处叫这'和春'的，一家是酒肆，一家是客店，还有一家是妓馆。这三处，小人都去问过了，三家虽唤这名，却全都没在银子上刻过字。"

"你问的是店主？"

"嗯。"

"混账！只问店主哪里问得到？你再去细细问问这三家里外所有人等！"

那小吏忙答应着又跑了。他气闷闷等着其他人回话，却不见一个人来，官厅之中也空冷冷，寻不见一个人影。他越发着恼，却毫无办法。直到傍晚，那些人才陆续来回话，全都无所获。他只能一个个呵斥一顿，到后来连呵斥的气力都耗尽，只能摆手驱走，起身回去歇息。

才出官厅院门，那个小吏满脸欢喜跑了过来："参军，问出来了！这银子是和春馆后厨一个老婆子的！哦，和春馆是一家妓馆，在梁园那边。那老婆子说，这银子是去年一个官人赏的，她一直藏着，打算裁制寿衣。前天，一个老汉寻见她，用了十两银子换了她这块去。上头'和春'两字原先并没有，应该是那老汉刻的。"

周万舟听后，心里微微一颤，忙问："老婆子可说是何人赏的？"

"老婆子说是去年中秋，原先那任知州去梁园赏月，她去备办酒菜得的赏。小人这便再去问问。"

周万舟忙说："不必！她可说那老汉是谁？"

"她说从没见过，年纪大约六十，胡须有些花白，直垂到胸口，穿着青绸长袍，瞧着和和气气的。"

周万舟压住慌意："好了，银子给我，你回去吧。我来细查，此事莫让旁人知晓。"

小吏有些纳闷，却没敢多言，忙答应一声便转身走了。周万舟心里羞愤欲燃，捏着那银子，牙关咬得咯吱吱响。

前年中秋，前任知州即将卸任，王豪与州官一向过往甚密。他赶到应天府，在梁园设宴饯行，周万舟等府中一应官员也被请去作陪。那梁园最早是由西汉初年梁孝王所建，距今已过千年，史称方圆三百里，池渫岩岫错杂，亭台馆榭相连，华奢胜过当时天子上林苑。司马相如曾留下千古名句"梁园虽好，非久恋之乡"。如今梁园虽远不及当初那般宏阔，却也铺展十数里，仍是天下闻名之景。王豪为好赏月，将筵席设在一处唤作清冷池中央的钩台之上，并将应天府几家上等妓馆的妓女全都邀集了去。

王豪和知州都极有酒量，在席上频频劝酒豪饮。赏过月，王豪叫那些妓女去各宿房侍寝，却兴出一个法子，叫人拿过一筒花签子，众官员不能自选，由抽签来定。房中也不许点灯，到次日，众妓女凭签子来领赏。那知州最好风流耍闹，头一个抽了签子。余下官员只能凑趣，按品阶抽签，各自去房中歇息作乐。周万舟一向量小，已吃得大醉，仆人将他扶到宿房门边，便照吩咐离开了。他踉跄进去，里头黑漆漆，一个女子迎上来扶住他，他便任由那女子服侍，全不知行了些什么，之后酣然睡去。

第二天，众官员一起用过早膳。王豪便唤那些妓女来领赏，知州又提议，满座皆是风流客，自然该惜花怜月，赏钱自家出，才不负一夜温柔。众人听了，只能纷纷应和赞同。那些妓女手执雕花竹签候在馆外，王豪叫一个院虞候拿了昨夜记好的单子，站在门前，一个个宣唤，梅花、芙蓉、桃花……那些妓女听到宣唤，依次拿了雕花竹签进来领赏，头一个是知州，他笑赏了那妓女十两银子、一匹绢。接下来那些官员依次减等，到八品参军这一阶，其他几个都赏了五两。众人不住说笑品评，唯有周万舟一直惴惴不安。他身上除去百十文铜钱，只揣了一小块碎银，才四两多，虽只差几钱，却难免被讥嘲。轮到他时，那院虞候高声唤"牡丹"。知州笑道："牡丹乃众花之王，不知老周昨夜艳遇了何等倾城之姿，花王得重赏才成啊。"

众人一起笑望向门外，等着瞧那花王姿容。那妇人走进来时，众人全都惊住，周万舟更是猛然张大了嘴，惊愣在那里——进来的是一个老妪，年近六十，身穿艳色衫裙，鬓边插了一大朵黄菊花，脸涂得煞白，抿着鲜红的嘴，似羞似怯，百般地扭捏。

席间众人旋即哄然爆笑起来，茶汤饭粒喷得满桌，拍桌的、跺脚的、捂肚的、趴倒的、仰侧的……没有一个能坐得直。那笑声更如鸡疯、鸭狂、猪惊、驴恼……各般声气都有，唯独不闻人声。

周万舟坐在那里，脸烧得要涨破，心被数十把铁锤砸成了碎渣。他却必须硬挺着坐在那里，不能逃，也不能恼。

不知过了多久，那些笑声才勉强停住。知州笑得连手臂都抬不起，满眼泪水，望着他说："果然是花王，快，快行赏，哈哈哈哈……"随即又弯下腰笑了起来。其他人也跟着又笑了起来，实在笑不动了，才怪叫哀鸣嘶喘着停下来。而那老妇，则一直站在那里扭捏，不时跟着抿嘴羞笑两声。

知州又强憋住一口气，朝那老妇说："花王，还不快谢赏？"那老妇听了，扭捏着走到周万舟近前，侧身道了个万福。周万舟连头都不敢抬，从袋里摸出那块碎银，慌忙递给老妇，老妇伸出一双老树皮的手接过去，连声说："谢官人恩赏！"他听着那声音，心被刀剐一般。

他记不得昨夜服侍自己的是否真是那老妇，也记不清夜里究竟做了些什么，却哪里敢去问？这场羞辱，过了一年多才渐渐平复。但只要念及，周万舟心里仍旧会一阵抽痛。他却知道，人生在世，必先受得住辱。若被这些辱击垮，不但再难进一步，连这辱也白受了，因而他只能装作无事、装作不见。

此时，盯着从焦尸身上取得的那块碎银，他却再难安稳。这银子特地从那老妇手里换来，背后刻上"和春"二字，自然是为了羞辱他，更要借这凶案将他牵扯进来，陷害他。那换银子的老汉究竟是何人？他为何要这般对我？

周万舟急急思寻了半晌，忽然想起，当日在那早宴上，老妇退下去后，他朝席上慌瞟了一眼，见知州和王豪头凑在一处，仍在低声说笑。王豪身后侍立着一人，胡须花白，垂到胸前。那人正望向他，眼里含着些关切……周万舟的心又猛地一颤：王豪管家老孙！

他也顿时明白老孙为何要陷害他——

正月初十那天清早，他骑了马，出城去乡里一个豪强家赴宴，却见老孙骑着马迎面行来。他知道本府知州欲将王小槐荐举到御前，王小槐执意不从，后来却应允了拱州知州。本府知州为此着实生恼。周万舟望见老孙，心里一动，或许可以再劝劝老孙，去说服那小猢狲改变主意，也算一件功劳。于是，行到近前时，他唤住了老孙。

老孙忙下了马，躬身施礼拜问。他见老孙面上虽然恭敬，却并不谦卑，神色间甚而隐隐有些轻忽之意。他猛然想起，梁园那日早宴，老孙望着自己，眼含关切。他越发有些羞恼，你不过一介奴仆，何来胆气，竟敢俯视我？

他知道老孙之所以能如此恭而不卑，全仗一点儿自尊。人能站立，靠的不是脊柱，而正是这点自尊，这自尊盔甲一般将人护住。若想折服说动这老杂货，得先将他这盔甲剥去。这些年来，周万舟自家亲身经历了盔甲如何被人一层层剥尽，深知其间委曲。他盯着老孙，并不急着发话，审视半晌，大体看清老孙那盔甲次序，这才开口问："你进城有何要事？"

"前去给知州回话。"

"荐举王小槐那事？王小槐主意果真定了？"

"嗯，小相公已应承了拱州知府。"

"他那主意动不得了？"

"小相公性子执拗，旁人的话，全听不进去。"

"你的话他也不听？"

"老朽只是个仆役——"

"你也清楚自己只是个仆役？"

老孙顿时愣住，抬眼望了过来，眼中既惊疑，又有些质询之意。周万舟知道已触及第一层盔甲，便直瞪老孙，加重了语气："虽说你是仆役，可如今王豪亡故，王小槐又年幼，王家便是你的了。"

"老朽哪里敢？老朽只是听小相公差遣。"

"王小槐那点年纪，他懂得什么？你若不敢，便该辞了管家一职，让敢管的人来管，否则王家岂不要败在你手里？"

老孙顿时涨红了脸，周万舟知道已破了第一层，便进而逼问："王家账目是否全在你手里？"

"嗯。"

"上头收支数目可都对？"

"老朽从来不敢起一丝一毫贪心。"

"贪不贪心，只有你自家知晓。王豪与我，也算有些情谊，我只问你，若查起账来，是否一丝一毫错处都没有？"

"这个……"老孙眼里露出些慌意。

周万舟知道第二层已裂了道口子，紧逼道："若被我查出有错，你该如何交代？"

"那账目每年进入成百上千笔，难保没有些错处。不过，老朽敢对天起誓，即便有错处，只是无心疏漏，老朽绝无半点私占之心！"

"钱财上即便没有私占，常日里吃的、用的，也尽都是你自家的，没有贪占过主家一毫？"

"这……老朽长年住在主家，吃用也在主家，自然难分隔得那般清楚明白。"

"这么说，你夫妻两个还是贪占了王家？"

"老朽大半生在王家为仆，尽忠尽力，便是多吃了些，也是该当！"

"吃一口肉是吃，吃许多肉也是吃，你多吃多少算该当？如今王家没人看管，自然是尽着你吃用，便是吃尽了他家，也是该当？"

"这……"老孙嘴唇发抖，第二层盔甲也已破开。

"老少两代主人，你是忠于哪个？"

"老朽心中并无分别。"

"王豪在时，若有失误，你见了，劝不劝？"

"自然要劝，但听不听，由老相公自家做主。"

"小相公做错了事，你劝不劝？"

"自然更要劝。"

"他若不听，你便由他？"

"这……老朽只是仆人，主人若不听，老朽也无法。"

"他要杀人放火、谋反作乱，你也只是瞧着？也拿'无法'二字开脱？"

"这……"

"王豪将儿子托付给你，你却只抱着'无法'二字，任由他为非作歹。他若闯了祸、送了命呢？你这是忠，还是不忠？"

老孙垂下头，手也抖了起来。第三层盔甲也被破开。

周万舟趁势追逼："人心难欺，哪怕孩童。王小槐之所以不听你劝，正是瞧出了你这伪善伪忠，知道你劝也只是假劝，何曾真心爱惜过他。"

老孙抬起头，眼里涌出混浊老泪，盔甲尽数剥落，再立不起来。

"你若还剩一点儿忠心，就再去劝劝他。他惹恼族人乡人，并无大碍，但若触怒了知州，会是何等结局，想必你也清楚。我见不得欺主不忠之人，你若仍抱着'无法'二字，我便替王豪行一回公道，差人前去清查账目，若有一笔不对，就莫怪我狠心。"

老孙像是被吊捆在了半空中，动弹不得，惊望着他，目光早已溃乱。

周万舟自家尝过这等盔甲被剥光的滋味，知道这时老孙已全无主见，只能遵命行事。他不再多言，瞅了老孙一眼，随即驱马向前，继续去赴宴。行了半晌，回头望去，见老孙仍站在那路边，如同寒风里一根枯朽树桩。

然而，老孙最终并没劝转王小槐。而且，昨天一早，他从开封府来传送公文的驿递口中听到，王小槐竟被烧死在汴京。到今天，府衙前又横了这样一具焦尸，焦尸身上装了这块碎银，自然是老孙怀恨复仇。

他只知盔甲被剥尽后，人再难立起来，却没想到被剥之人，竟会生出这般恨意。这焦尸恐怕与王小槐之死有关，或者正是烧死王小槐之凶手，逃到了应天府，被老孙追到。王豪虽死，财势仍在，老孙不难招聚卖命之人。若要将凶手烧死，轻易至极。

周万舟万分后悔，不该让那小吏去查问银子来由，否则只要捉住老孙，这凶案便已告破。如今这块银子将自己牵扯其中，一旦说开，即便能摆脱罪嫌，梁园那场羞辱又会被人揭开。他只能暂藏住这银子，等着那些吏人能从其他线头查到老孙。而那小吏，则必须设法支走。

周万舟知道这些吏人，没有几个不贪枉。他想起几个月前，那小吏和一个承符不知因何事竟在官厅外打起来。周万舟便立即命人唤来那承符，私下里问那小吏过处，那承符迅即说出几条赃证。周万舟便叫那承符马上去撺掇那几个被强索钱物的苦主来告举。第二天，那几个苦主果然一起来递讼状。照刑律，索贿一匹以上，即笞八十，流放二千五百里。周万舟便将那小吏捉起来，打了八十杖，关进牢里，择期发配。谁知那小吏发了狂症，半夜以头撞墙，竟撞死在狱中。

周万舟听闻后，心里暗惊。他虽做过不少枉法之事，却从没害过人性命。而那焦尸案，又别无进展，他生怕老孙再做出些什么来，便骑了马赶往皇阁村，想亲自试探试探老孙，好相机行事。可到了王家庄院，却见许多人候在院门前。他下马一问，那些人竟说王小槐还魂闹鬼，到处丢撒栗子，一连数日不清净。三槐王家请了相绝陆青，正在里头一个个替人相看驱祟。

周万舟原本就忌惮鬼神之事，深信这些相士方术，又早闻相绝之名，一直苦于无缘得见。再念及那小吏，心里更是惊疑难安。见院里一个人出来后，忙抢在前头走了进去。

陆青见他身着官服，微有些意外，却没有起身，只抬手示意他坐到对面那张椅子上。随后便盯住他，注视良久。那目光先还沉静平和，继而变得幽深莫测，更露出一些冷厉之光。他有些惶恐，但尽力坐正，守住自家官威。陆青随即缓缓开口：“由虚转盈，乃丰之卦。屈己抑志，始得遂愿。成而易骄，满而易溃。败伏于盛，暗生于明。肆心逞意，启灾肇祸……”他越听越怕，身上那官服一件件被剥开一般，露出里头苒弱之躯。最后陆青又教他一句驱祟之语，他听了，心上更似被狠刺了一刀：

“心同此伤不知怜，何怨人间彻底寒。”

第六章　旅

羁旅之世，物无正主，近则相依。
——苏轼《东坡易传》

匡志今早原本极清畅。

他是应天府节度推官，昨晚在和春馆欢饮了一晚，与那馆里的花魁娘子姜丝儿初会一场，还意外得了二百两银子。清早醒来，他见姜丝儿躺在身边，极娇娆，不由得又嬉戏了一场，这才起身。昨晚他那双丝鞋被油汤泼了，姜丝儿另寻了一双黑绢面的给他，服侍他吃过早饭后，他才回家去换上公服，骑了马，两个随从王小丁、陈小乙跟着，慢悠悠去官厅。谁知到了府衙前，却见一群人围着那具焦尸嚷闹不堪。

匡志立即皱起眉头。为官最怕无事，无事便无功；却又最怕有事，有事便有过。这具焦尸公然倒在府衙前头，恐怕已经传遍应天府。提刑司又正寻不着由头为难州里，这案子一出，自然会极力捏戳。

匡志没有凑近去看，见司理参军周万舟正带着仵作在查验尸首，便先到厅里坐下，命陈小乙急唤周万舟进来，问过详情，板起脸训了两句。周万舟慌慌退下后，他想起昨夜姜丝儿说起前年在梁园周万舟和那朵老牡丹的旧事，不由得又笑了起来。笑过之后，想起焦尸案，重又烦躁起来。

他今年才四十一岁，又是进士出身，正有大好前程。加之他事事小心，最善藏心潜意，投合官长喜好，只要没有大过犯，轻轻畅畅便能拾级而上。可这焦尸案，特意将人烧死在府衙前，显然是有意作难，叫人避不过，也掩不得。将才听周万舟所言，尸首无形无据，极难查问。底下那些人又个个偷奸躲懒，惯会逃责，若不严加督问，此案恐怕难有结果。

匡志闷想了一阵，眼下也无他策，暂且先看那些人查得如何，若无进展，只有自己多受些累，亲自去查办。这桩案子，若能查问明白，倒也是件功绩。于是，他放下此事，叫吏人将积压的公事先取来，选了几件拖延太久、已过限期的，先查办起来。才理完两件，他已头昏体乏，便走到后头，叫人点了茶，斜躺在榻上歇息，搭了条薄锦被，昏昏间竟睡了过去。

正睡得香，却被几声轻唤叫醒，睁眼一看，是手下一个推级，离他两尺远，弯着腰，双手捧着个草纸卷子，小心瞅着他，神色瞧着有些古怪。他坐起身，打了个哈欠，皱着眉问："何事？"

"这双鞋子……"

推级将纸包揭开，露出两样焦烟物事，若不是听见"鞋子"二字，险些认不出那是两只鞋子，鞋面焦烂，鞋底都烧去了小半，只有后跟残剩了一点儿帮边。

"这是那焦尸的？"

"嗯。这鞋是才上脚的新鞋——"

"哦？从哪里瞧出来的？"

"鞋底子上用墨印了一行小字，是鞋铺的号记，并没磨去，还认得出，是城东清凉巷王家靴鞋坊。小人便拿了这鞋子去王家问，那坊主竟认得买这鞋子的人，小人听了，唬了一跳，没敢让旁人知晓，赶紧来回禀推官——"

"哦？是何人？"

"是推官您——"

"啊？！"匡志惊唤出声。

推级瞅瞅两旁，放轻了声音："那坊主说，他家号记分三等，头等印刻的是欧体字，这鞋底字号便是欧体。另外，这鞋子残余帮沿上还能瞧出锦纹，里头有些银线，是他从汴京绫锦院好不容易才买得的两匹银丝宫锦，只预备给这应天府官府豪家做鞋面。正月以来，只裁了一双鞋面，是给推官制的……"

匡志惊睁着双眼，瞅了半晌，才猛然想起，昨天他去和春馆，特地换了双新鞋子。夜里戏闹时，打翻了一只碗，油汤水正泼到鞋面上，姜丝儿忙唤妈妈去寻了一双新丝鞋给他换上。可那双鞋子为何会穿到这焦尸脚上？

他忙说："昨晚这双鞋子被油汤染污，我便叫人丢了。"

"小人猜想也是。"

"这与那案子无关，莫要出去乱说。"

"推官无须多虑，小人自然明白。将才在刘家鞋坊，小人当即也吩咐了那坊主莫要出去乱讲，否则以窝赃通贼惩治。"

"嗯……你先下去，鞋子留下。"

推级将那双鞋子包好，却不知该放在哪里。

"放那墩子上。"

推级忙小心放在门边那只木墩上，连连躬身致意，才转身退了下去。

匡志则坐在榻边，尽力回想。昨夜，欢饮到半夜，姜丝儿端了碗鲜蹄子羹要喂他吃，他却举过一盏酒，反去强逼姜丝儿先饮。笑闹之间，姜丝儿不留神滑了手，碗正落到他脚面……

他再坐不住，腾地站起身，快步向外走去，到了门边，一眼看到墩子上那草纸包的焦鞋子，犹豫了片刻，才忍住烦恶，小心抓起来，四处望了望，而后走到书桌边，拉开抽屉丢了进去。

他出去骑了马，赶到了和春馆，那馆里的妈妈笑着迎了上来，他却没有理睬，径直上了楼，奔到姜丝儿的房里。姜丝儿正在午歇，他一把掀开床帐，又扯掉了锦被，姜丝儿猛然被惊醒，尖叫着坐了起来。发觉是他，才转怒为娇嗔："匡官人好不促狭，惊得奴家心都唬破了——"

"我那双鞋子去哪里了？"他高声质问。

"鞋子？哦……妈妈说那油污洗不净，便丢了，奴家正要给官人细细绣一双呢，你瞧那桌上，锦面子都选好了。"

"丢哪里去了？"

"不过是丢到巷子背后。"

匡志这才稍松了口气，恐怕是被哪个穷汉捡去穿了，不知为何，被人烧死在府衙前。

姜丝儿起身要去给他点茶，他心里烦闷，说了声"不必"，便转身出来，骑上马，边行边想，这鞋子一事万万不能叫知州知晓。

昨晚席间还有一人，是个官户子弟，父亲在朝为官，与知州有过节。知州来应天府赴任后，一直在留意寻找把柄，想要惩治那京朝官。

前不久，那官户子弟因强买一片田地，被田主告到府里。匡志正要将此事禀报给知州，那官户子弟却托人寻见他，私赠了二百两银子，请他庇护。匡志虽收了银子，却在犹豫，想寻一个两全之法。谁知才看过讼状，还未及审理，那田主便怕了，昨天来厅里，自行退了讼。晚上，那官户子弟请他到和春馆宴饮，又送了他二百两谢银。

那双鞋子如今偏生成了焦尸案物证，一旦追查到和春馆，让知州得知他竟和那官户子弟搅在一处，往后便难处了。匡志才出职时，便因一句不慎，令上司不快。上司在他考课历子上随意勾了一笔，便叫他淹滞了几年。他不禁后悔起来，不该贪那几百两银子。如今，只有尽力藏住那双鞋子，莫叫人再查。

他正想着，却见一个人迎面走了过来，正是那桩争田讼案的田主。匡志心里忽然生起一丝疑，他忙唤住那田主。那田主快步走到马前躬身施礼。他盯着那田主："你为何撤了那讼案？"

"这……小人不愿再告了。"

"有人胁迫你？"

"不……不是。"

"那是为何？"

"前日有个人替小人赔填了损折的钱数。"

"哦？是何人？"

"小人不认得。他只让小人撤回讼状，莫要再告。"

匡志越发生疑，却不好多问，便点点头，驱马继续前行。心头不住想，难道是那官户子弟？可那片田即便抢占到手，一年得利也不过一二百两银子。他已送了我二百两银子，昨晚为何又要送二百两？三年的利钱便已去了。那田主损折的又是二百多两。那官户子弟为何要做这等折本买卖？难道是知晓了知州要借机整治他父亲，才出钱息讼？若想息讼，不若将那片田退还给田主，何必要赔这许多钱？而且，若是怕知州知晓，昨晚送银子时，便该嘱托我替他遮掩。他却只字未提，反倒瞧着极得意，丝毫不见怕惧。

匡志越想越觉得此事可疑，再加那双鞋子，便更令人不安。他回想起姜丝儿将才说要替他绣鞋面，忽然觉着不对。这等烟花女子，给恩客绣鞋面，自然是想固宠。但自己与她只是初会，还到不得这地步，其间似乎有些心虚。念及此，他心底顿时升起些寒意，不由得勒转马，又赶回了和春馆。

姜丝儿见他回来，脸上虽笑着，眼里却闪过一丝慌乱。他越发确信，便沉下脸："你莫要欺瞒我，这鞋子关涉到一桩命案，你若不照实说明，我只有将你缉捕去官厅！"

姜丝儿果然怕起来，红了脸低声说："昨晚有个人拿了五十两银子，让妈妈设法拿到官人的鞋子。奴家不肯，妈妈却强要奴家——"

"什么人？"

"一个老者，奴家从没见过，一把花白胡须，垂到胸前——"

"老者？他要我鞋子做什么？"

"奴家也不知情。他只说与人打赌凑趣。"

"他与昨晚那官户子弟可相识？"

"他们两个似乎是初次相见，昨晚那酒宴，也是那老者出的钱——"

匡志顿时惊住，那双鞋子是有意设计嫁祸！

那田主的钱恐怕也是那老者填赔，甚而官户子弟昨晚那二百两银子也是由他所出，因而那官户子弟才如此得意轻快。那老者是什么人？为何要花数百两银子，又设下这局来陷害我？

他心头纷乱如麻，理不出一丝头绪，忙厉声警吓："此事莫要告诉任何人！"

"奴家知道。"姜丝儿慌得脸色青白。

他愤愤转身下楼出门，骑了马却不知该去哪里。焦乱间，竟行到知州宅院前街，一抬头望见街口那家酒楼，他猛然想起一人：王豪管家老孙。

正月初十，他与老孙在这酒楼上说过话。

那天，匡志得了一篓太湖银鱼，知道知州是苏州人，最爱这银鱼。自家便没舍得吃，叫仆人提着，要送去给知州。刚走到这街口，却见老孙骑马从西边行了过来，垂着头，瞧着有些愁郁。匡志知道知州要荐举王小槐，王小槐却答应了拱州知州。老孙一定是来回话，自然犯愁。

匡志心想，恐怕是底下办事之人不得力，我且再说说看，若能说得老孙回转心意，岂不是一件功劳？

于是他迎上去唤住老孙，邀他去旁边这酒楼上说话。老孙有些不情愿，却不好违他，只得跟着上了楼。匡志只要了一壶煎茶，两人对坐着，老孙面色枯灰，像是着了病一般。

匡志笑着问："你可是为王小槐的事，来回禀知府？"

老孙黯黯点了点头。

"恐怕是你没有尽力。"

老孙眼里闪过一丝痛："知府下的令，老朽哪敢不尽力？只是小相公性子太拗，老朽委实没有办法。推官若不信，可差人亲自去问小相公。"

"信？"匡志听到这个字，不由得笑了一下。

活到如今，他已不知能信什么。才出仕时，他正英姿勃发，不但深信圣贤之语，更仰慕历代那些名臣，豪想此生，必能成就一番宏业。然而到了任上，上司说话从无一句准信，同僚之间尽是敷衍，下头吏人又满嘴瞒骗。他不知能信谁，只能信自家，以为只要秉公行事，便能兴利除害。

他初任是盐监，发觉有人盗用官制盐袋，盛装私盐，蒙混贩卖。他便一路追查，捉到了那盐商。正在欢喜，却反被人参了一本，说他索贿不成，协逼良商，竟被革了职。困滞两年，幸遇大赦，才得以起复。自那以后，他再不敢信任何人，更不敢一意孤行，尽力揣测上司心思，只奉命行事。哪怕如此，也时常难免错会意旨，办差了事，招致上司怪罪、同僚挤陷。磨砺十来年，才学会如何自保。若问他如今信什么，他只信私心。

当然，他也见过许多怀信之人，或信德，或信义，或信情……但在他瞧来，这些都不过是愚。一遇私利，大半信便要溃散。再遇到性命之忧，仍能守得住信的，恐怕万中无一。老孙只是豪强家一介仆役，哪里会有什么坚固不催之信？

于是，他笑着问："我信不信，无关紧要。你自家信不信你自家？"

"……信。"老孙语气极虚。

"你信什么？"

"老朽信人该守住一个信字。有人疑心老朽对小相公不忠，可老朽既受老相公临终托付，便得守住这个信。"

"你真能守得住？"

"能！"老孙声气陡然加重。

"你若真能守信，事事便该尽力为王小槐着想。他一个幼童，哪里知道好坏轻重？正需你替他拿主意。拱州知州是蔡太师门下，而应天府知州则是当今宰相王黼门生，一个半隐退，一个正当位，哪头好，你岂不知？"

"老朽也死劝过小相公——"

"古往多少忠臣义仆，为劝谏主上，不惜性命，头撞柱、身投河，这才叫死劝。你之死劝，可曾撞过一次头、流过半滴血？你肯拿性命去守住这信？"

"……"老孙顿时垂下头，半晌才低声说，"老朽只知对老相公一片忠心，从没变过。"

"王豪临终大愿，无过于王小槐一生能平安长顺。可仅我听闻，王小槐这一年所作所为，惹怒了多少人？积了多少冤仇？这般怨愤丛集，他能保得住安、求得到顺？你对王豪之忠，除了心头嘴头这般念，常日里真尽过心力？王小槐变成这般模样，你真无愧憾？"

老孙身内的骨头顿时垮散了一般，半晌才攥出一点儿气力，嘶哑着说："老朽亲眼瞧着小相公出生，不离左右，看护到如今，老朽心中之情，上天见得到。"

"你们这班人，词穷时，惯会说上天。若上天有眼，那眼在哪里？就算上天见得到，嘴又在哪里？上天可曾向人间道过半句言语？你若是真信，只问你自家之心，莫要拿上天来做幌子。若是亲生父母，说自家疼儿护儿之情为真，倒也说得过。见儿落了水、遇了火，亲生父母自然是不顾性命也要去救。王小槐如今脚陷泥沼、身向火海，你却只坐在这里空说自家如何爱惜，如何情真，你自家真的瞧不见，心无疚？"

"老朽愧、老朽疚，但老朽心中真假，老朽自家明白。"老孙抬起眼，眼圈血红，嘴唇抖个不住。

匡志却忍不住笑起来："世间之人，最善瞒骗的，偏生是自家那颗心。有时，旁人反倒瞧得清楚透彻。王小槐人虽年幼，心智却远过常人，你之心，他自然看得最清，因而才不肯听你之劝。而你，也只拿一句'死劝不听'来劝慰自家，好相信自家真已忠心尽力。"

"我……"老孙空张着嘴，额头、脖颈上青筋涨起，却说不出话。

匡志知道自己已将老孙心中那愚信击碎，最后又祭出一句："我若是你，便立即回去劝王小槐改主意，他若真改了主意，你之忠心方为真忠心，否则，日后再也莫提'忠心'二字——"

说罢，他便起身，笑着离开。临下楼时，回头瞧了一眼，见老孙坐在那里，嘴仍微张，瞪着桌面，那把花白胡须抖个不住。

过了几天，匡志听说王小槐终没改变主意，跟着拱州知州去了汴京。昨晚在和春园，那个官户子弟从京里得了一个信儿，说王小槐竟被烧死在虹桥上。匡志当时听了，虽有些吃惊，却也并没如何在意。

此刻，他才恍然惊悟：老孙是因王小槐之死，迁怒于我。我那日无意间说王小槐身赴火海，老孙恐怕疑心是我下手烧死王小槐，因而才在府衙前烧死那人，嫁祸给我。

他更想起那王家靴鞋铺店主也姓王。据说当年跟王豪攀上亲，得了王豪资助本钱，才开起那店铺。又借王豪之势，专给官员富户制鞋。老孙恐怕正是由此才想到窃取我那双鞋子，穿在那焦尸身上，留下嫌证！他自然也听闻了知州与那官户子弟有仇隙，才特地使钱，引那官户子弟昨晚与我相会，令我不敢说出和春馆事情，来替自己脱罪。

如今那鞋子已记录在案，无法藏匿，推级和鞋铺店主都已知情，即便二人都不敢开口，其他人发现鞋底这印字，为争功，恐怕也会寻查过去……即便最终推脱得过，历子上也平白多了条污迹。他越想越怕，不由得怨怒起来，我不过多说了几句话，哪里有如许过恶，要用杀人之罪来抵偿？

然而，等这怨怒散去，他忽然忆起自己当年遭人诬陷革职时那等心境：仕途遇挫固然痛心，心底那"信"字被毁，才更如地陷了一般。平日里并不觉着这信有何用，真的溃散后，顿时不见了天日。满眼所见，尽是人心之昏暗可怖。就连自己，也不敢直视深想，从此，只凭一点儿私心私欲求生存活。落入陷阱前，尚是个人；浑身伤痛爬出来后，已成了兽。

匡志心下黯然：虽说只是一席话，我却击毁了老孙心中那信，让他变作了负伤之兽……

他又悔又惧，暗暗观望了两天，并没有人来问及那双焦鞋子，也无人查出那焦尸身份，更没有谁知晓背后凶犯是老孙。

他实在受不得，骑了马赶往皇阁村，想寻见老孙，当面致歉，了结此怨。到了才听人说老孙去汴京料理王小槐后事，尚未归来。那院门前候了许多人，在等着向相绝陆青求教驱祟。他早已听闻陆青盛名，并非寻常方士，精通古人望气之术，最善观人。他心底正无着落，便也走了进去。

陆青见了他，只抬手示意，请他落座。等他坐下后，望着他凝视了半晌。他先还有些避忌，看陆青目光清明平和，才稍稍心安。半晌，陆青徐徐道："千里无住，乃旅之卦。人世浮沉，存身如寄。时真时假，寒来暑往。或得或失，山高水长。何忧何惧？此消彼亡——"他听着这些词句，虽并无几多奥义，心中暗霾却似乎被风荡扫开了一般，渐渐豁然。最后，陆青教了他一句话，他听了，不知是悲是喜，顿时怔在那里：

"暂为世间客，滚得一身尘；天青洗眼望，几曾见云停？"

第七章　巽

君子志存乎谦巽。达理，故乐天而不竞；内充，故退让而不矜。

安履乎谦，终身不易，自卑而人益尊之，自晦而德益光。

——程颐《伊川易传》

雷德清极爱动怒，这焦尸案更让他恼得肝一阵阵作痛。

雷德清今年六十二岁，身形瘦高，面色微黄，是应天府通判。历朝并无这通判一职，太祖平定天下后，深戒唐末五代各州郡拥兵自重、分裂朝廷，因此于知州之外，又设通判，命通判来监察知州及属官。一州之中，凡兵民、钱粮、户口、赋役、狱讼等事，皆由知州和通判两人共同签书，方能施行。

雷德清今年即将转任，大宋选官，首重考课，只要无大过犯，按年累资，便能逐级而升。雷德清一生始终守住"小心"二字，这几十年，新党旧党、新法旧法，混战更迭。他哪一边都不站，只遵朝廷诏令，朝廷让新便新、归旧便旧，一句多语都不添，更不褒贬，因而一路侥幸，有惊无险到如今。应天府这三年也同样如此，虽无大功，却也无甚过误，只等升迁。他年事已高，不愿再四处奔波，盼着这回能任个朝官，哪怕清冷散职也好，无事无忧，安待致仕。谁知临末竟遇上这桩案子。

原本这案子由下级推官、判官查办，有过责，也是他们来承当。但这焦尸烧死在府衙前，已惊动了提刑司，而且这是命案，得上报刑部，若查办不当，历子上多少会记下一笔，连知州和他，都不能再坐视。

只是，除了催问下属，他也别无他法，只能焦闷闷坐等回话。小吏将京里传来邸报呈给他，他原本最爱细读这邸报，密切留意朝中动静，一字一句都不肯错过。可今天却毫无心绪，只匆匆泛览了一遍，唯有一条，略停了停：正月十五夜，有个幼童在汴京东水门外被烧死，尸身戴一条银项圈，刻有"三槐王家"四字，腰间挂一个银匣子，里头有一纸履历状，为拱州襄邑县皇阁村王豪之子王小槐。

他看了，有些吃惊，但随即想：那小猢狲处处招怨，早已该死。于是他便没有在意，丢下邸报，继续等候那焦尸案下情，却始终不见有人来回话。等得口干舌燥，唯有坐在官厅后头小院中不住吃茶。大半天，竟将王豪去年送他的一饼小凤春茶吃尽，吃得心头一阵阵发悸。茶水吃多了，又得不住地去茅厕。他穿着官袍，怕知州或提刑来，不敢换。跑了许多回厕，那袍子又不好撩，襟子上洒了尿，满身一股臊臭气。

下午，总算有小吏来报，刑司一个押司求见，他忙命唤进来。那押司微弓着背，小心走了进来。他并没见过，即便见过，也认不得。每到一处任职，除了顶头的几个孔目，这些吏人在他眼里，都生得一般模样，孪生兄弟一般。那押司只比其他人略胖些，神色有些古怪，藏藏掖掖的，才得了手的贼一般。

"通判，那焦尸案卑职查到了一根线头。"

"说。"

"此事有些难处，卑职不敢让旁人知晓，赶紧先来禀告通判。"

"快说！"

"那焦尸旁丢了个油罐子，凶手应该正是拿这陶罐里的油浇到死者身上。卑职提了那油罐子，去城里各家油铺询问，将才在城南一家油铺终于问到，这油罐子正是他家的。为了好记账，他家的油罐子上都用朱笔标个数字。这罐油是昨天下午卖出去的。卑职问店主可记得买主，店家说出来后，卑职唬了一跳——"

"快说！是何人？"

"周二相公。"

"谁？"

"通判家那周二舅。"

"周攀？"

"嗯……"

"果真是他？"

"卑职也反复问过那店主，他说那周二相公哪里能认错。"

雷德清顿时惊住，这周攀是他妻弟。原本选官任职要避嫌，但他妻族在青州，周攀自小被过继出去，随养父迁移到了应天府。雷德清来此赴任，周攀忙巴附过来。雷德清见周攀还算识得高低，在应天府开间生药铺，家境也颇过得，才认了这门亲。

雷德清忙问："此事你没有告诉旁人？"

"卑职哪里敢乱说？卑职去问那油铺店主时，所幸并未说明由，因此，他也不知所问何事。"

"嗯……周攀一定不会做这等事，你暗地里去查问查问，莫要让人知晓。"

"卑职这便去。"

那押司走后，雷德清才连连跺脚，连声骂那周攀。这两年周攀借着他的势，四处招摇，恐怕满应天府都知晓周攀是他妻弟。他恨恨想，若真是周攀做下的，也只有秉公处置，不能让他牵累了我。但随即，他又想起那片褶子田，周攀恐怕要拿那事来要挟自己，叫我替他脱罪。念及此，他越发烦躁，后悔自己不该起那贪念。

他俸禄虽不低，本俸月钱三十五贯、绢二十六匹、罗一匹、冬绵三十两，另有米、面、茶、炭、奉马、仆人衣粮。到应天府任职，还有二十顷职田岁收贴补。只是，他家中有二十余口人，几个儿子又都是恩荫得官，并非应举出身，官职低微，俸禄都难以自给，仍靠他一人支撑。他又胆小，不敢如其他同僚那般肆意纳贿，因而始终有些拮据。尤其年事渐高，不得不想退路。

去年春天，周攀欢欢喜喜跑来说："姐夫，我发觉一事，拱州和应天府两州之间，宁陵和襄邑两县交界处，藏匿了上百顷田，并没在田籍上，从没缴过一颗税粮。那些田全都被当地九大豪强占去，其中王豪占得最多，有三十多顷。他们把那田唤作'褶子田'。王豪如今病危，眼看便要落气。他一死，家里只剩个幼童，再无人做主。姐夫不是攒了些银子，正在思谋卜买些田地？不如趁这良机，去跟王豪商议，将这片褶子田买过来，往后就算姐夫致了仕，这田仍可不缴两税，子子孙孙都受益，岂不便宜？"

雷德清听了，先立即摇头，朝廷严令，官员不得在任所买田。周攀又说："这有何难？全天下官员豪强哪个不诡名寄产、隐占田地？姊夫买下来，只说是我买的，谁能查得出来？等明年姊夫离了任，不就顺理成章，谁还能道个三四来？姊夫若要买，就得趁王豪病重之机，一旦错过，便被别人抢了去。"

他被周攀一番急言快语说得昏了神志，便叫周攀去办。他不知周攀如何说服了王豪，竟真的将那三十多顷地买到了手，而且每亩比常价少了两贯多钱。为防旁人察觉，田契上只写了周攀的名字。他又与周攀写了一纸私约，待转官离任后，便将田契改到自己名下。

如今这田算起来，乃是周攀私产。焦尸案若真是周攀做下的，一旦追查起来，难保不将这诡名匿田之事牵扯出来……想到这些，雷德清被一口茶呛到，咳得几乎背过气去。总算缓过来后，他忙命手下人去周攀家，若见了他，立即带来。

过了半个多时辰，手下人才急急来回复，周攀并不在家中，他家人也在担忧，说几天前，周攀便外出办货，至今仍未回来。

雷德清听了，越发焦忧起来。周攀昨天既然去买油，自然是回来了，他为何没有回家？又为何要在府衙前烧死人？周攀那人，一向精明，即便要行凶，也不会这般招摇。难道并非他烧人，而是人烧他？

雷德清被自己这念头吓得一颤，忙叫人准备轿子，带他去看那焦尸。常日间，他连死猫死鼠都不敢细看，到了那停尸房，冷阴阴、臭熏熏，更是吓得浑身僵麻。他强忍住厌怕，慌瞅了那焦尸一眼，立即转身逃了出来。到了日头底下，长呼了几口气，才醒过神：那焦尸并非周攀，周攀要矮胖许多。

他忙叫手下所有人，满城去寻周攀。可直到天黑，都不见周攀踪迹。快要上床安歇时，那个押司寻到了宅里来。

"通判，卑职虽未寻到周二相公下落，却问出一些蹊跷来。"

"哦？快说！"

"昨天下午，不但那油铺店主，沿路有几个店肆的人也都见了周二相公。而且，周二相公并非一个人，身边还跟着三个人，其中一个是那三槐王家王豪的老管家。"

"孙田？另外两个是什么人？"

"那两人不知是何人，不过，据说样貌极粗猛。另外，瞧见的人说，周二相公神色不像常日那般挥洒，垂着头，似乎有些不情不愿。"

"不情不愿？"

"油铺店主说，周二相公买油时那神情有些古怪，像是有人逼着他买一般，那两个汉子紧站在他两边。最后一个见他的是西城门的税吏，他也说，周二相公似乎不肯出城，他身旁那个汉子还推了他一把。出了城后，便再没人瞧见周二相公了。"

"你跑了一天，先去歇息吧。等这事查明，我再一并赏你。"

那押司走后，雷德清坐在灯前，虽然困乏，却毫无睡意。

如此看来，这凶案是那老孙所为。他带人强逼周攀买油，将油罐子留在尸首旁，以嫁祸给周攀。他为何要做这等事？难道是去年周攀买那片褵子田，倚我之势，强逼了王豪？随即，他猛然想起清早邸报上说，王小槐被火烧死。

难道老孙是为主报仇，才在府衙前烧死了那人？那人是烧死王小槐之凶手？但老孙为何要嫁祸给周攀？是两仇一起报？他若是怨恨周攀强买了那片田，自然知道真买主是我，他嫁祸给周攀，其实是想将我也牵连进去？

雷德清吓得站了起来：老孙怨恨的是我，那日我不该说那些话……

正月初十，雷德清坐了轿子，前往知州宅子。荐举王小槐一事，其实是雷德清最先想到，他听闻王小槐天资异常，顿时想到各地官员争着向天子进献芝草、奇穗、神鹿各等祥瑞，这些奇物再神妙，哪有人神妙？何况天子崇信道教，王小槐又熟诵几百卷《道藏》。若是将王小槐荐举御前，自然冠绝群瑞。

雷德清原本要自家荐举，但想到知州心胸有些狭窄，又得当今宰相王黼宠信，若越过他，径自荐举，恐怕会招来怨妒。不若将这美事转送于他，增些情谊，日后也好借力。于是，他去给知州提了此建议，知州听后果然大为欢喜，立即命人去跟王小槐说知，谁知那王小槐毫不领情，反倒说了些顽劣不逊之语，教知州白生了一场闷气。更可恨者，后来王小槐竟答应了拱州知州。

雷德清得知初十那天老孙要去给知州回话，他想此事由我而起，原本要结欢，反倒成了恼，还是该再去劝劝那老孙。于是，他乘了轿子前去知州宅里，才行至街口，透过轿帘见老孙从旁边一家酒楼出来。他忙让轿子停在街边，叫手下唤过老孙。他掀开轿窗帘子，见老孙满脸颓丧，似乎着了病，原本极清整一个人，这时却浑身朽散了一般。

雷德清平生最厌两类人，一类是才高志骄之人，另一类是无用卑懦之辈。老孙此时神情，便近于后一类，因而他心里顿时腾起一股厌恶，冷冷道："王小槐那事，你先莫急着回话，再回去劝一劝。"

"老朽已经劝过了。"老孙声气虚弱，也似病危之人。

"一个孩童你都劝不过，要你何用？"

老孙垂着头，几乎要站不住。

雷德清看着越发厌恶："想那王豪，堂堂三槐王氏长孙，置下偌大一个家业，交托于你。不及一年，尸骨尚未寒，赫赫家宅已被你整治得那般萧败，连犬儿都留不住一条。你每日住在那大庄宅中，尽意吃穿花用，如何对得起王豪那番信重？"

老孙身子颤个不住，嘴里发出一些怪异声响。

雷德清隔窗冷瞪着他："我也去过几回那庄宅，那时几百个庄客仆役前奔后忙，何等兴旺？可如今，我听说那些仆役全都逃散一空，便再有许多钱财，聚不得人，拢不住心，迟早也是败亡之相。你身为管家，竟容不下、留不住一个仆役，无能至此，不知王豪当日是如何选中了你？"

老孙抖着嘴唇，要哭一般："其他老朽都做不得主，老朽只知尽心服侍小相公……"

雷德清顿时腾起一股怒火："尽心？你何曾尽过一点儿心？便是使过些力，也全无帮助。王小槐本是一个神童，何等聪颖，却被你教成什么形状了？日日行凶作恶，处处悖礼邪行，便是交给一个无知蠢妇，也不会教成这等模样。你若尚有一毫愧耻之心，便该劝那王小槐收心敛性，做个驯良之人。你身为管家，才有一丝之用！否则，真真要你何用？不但无益，反成助虐之害！"

老孙身子晃了晃，似要栽倒一般。他一眼都不愿再多瞧，愤然甩下轿帘，喝令轿夫掉头回去。半晌，他都仍气得腿脚发颤，全然忘了自己原本是要劝老孙。只知道，自己已将老孙击垮，如同用棍棒将一只野狗脊梁打折。

他曾痛责过许多手下人，却从未这般愤慨过。这时，深夜独对烛光，静思片刻，他才忽然发觉自己那时为何会那般气恼——只因那有用之"用"。

为官一生，他早已忘记为官之责在何处。每日案牍堆积，不过皆是奉章行事，他难得细看几页。那些繁杂律例，即便看也未必看得明白，只能交给底下吏人去办。他不过是听过回禀，点点头，而后签押。多年以来，他心底里渐渐生出一丝慌惧，生怕别人瞧出自己无用。因此，他时时板着面孔，时时恼怒，时时呵责下属——用这恼怒，遮掩那慌惧。

他呵责下属，下属只能唯唯听命，从不敢有异辞。那天，老孙虽已丧尽气力，却仍坚执自家有用。正是这坚执激怒了他，这等卑仆贱民竟也敢坚执自己之用。

然而此刻，他也忽然明白，老孙为何用那焦尸和油罐复仇——人之为人，全凭那一点儿有用而自存。有用，如同最后一口气，只要尚觉自家有用，人便可靠这口气站立不倒。这口气一旦断绝，人便再难站起。

雷德清身子顿时仰靠向椅背，心里一阵悔疚：我断了老孙那最后一口气。

随即，他慌慌想，老孙恐怕不会就此干休，一旦那褶子田被暴露，不但我这仕途，连我一家老小二十余口，尽都要跟着遭殃受苦。念及此，他忙站起身，顾不得外面漆黑，跑到仆人房门外，重重拍门吩咐："给我备好马车，明早去皇阁村。"

第二天，他赶到皇阁村，却没见到老孙，三槐王家请了相绝陆青在相看。他知道相绝之名，如同撞见救命菩萨一般，忙进去求教。

陆青注视了他许久，像是判官在审看囚犯一般。他顿时要恼，但想到那焦尸案，便强行忍住。半晌，陆青才缓缓开口："柔顺乎刚，巽卦之象。巽者逊也，以弱承强。知弱守逊，得柔之祥；虽强而逊，得谦之光。匿弱逞强，遇坚即亡。以弱残弱，反受其伤……"

他越听越慌，忙问："如何得解？"

"灾自西来，因轿而生。清明午时，你可差一亲近之人，去汴京东水门外候一顶轿子，对那轿窗说一句话——"

"什么话？"

"乌云憎其暗，却遮明月光。徒以人之惧，来掩我之慌。"

第八章　兑

> 兑，说也。小惠不足以说人，而私爱不可以求说。
>
> ——欧阳修《易童子问》

知州朱康诚小心卷起一轴古画。

这是他历时数年，花了七百贯，才辛苦得来的唐人周昉真迹《太真揽照图》。卷好后，他如同抱着才出世的太子，轻轻放回香樟木匣子里。合上盖时，他不由得叹息着笑起来。

王小槐荐举不成，能给官家进献这一幅古画，也算是一桩吉庆福瑞。他望着那画匣，不由得遐想起自己进献时，官家用那细长御指展开这画卷，御颜露出惊喜之色，而后御口赞他有眼力、识得真……那时我该如何应答？他不住推敲词句，既得恭，又得谦，还要有几分惶恐。惶恐不可重了，官家最爱风流超逸，得再加些雅意。他一向缺灵逸之气，年过五十后，更是心思滞重，吟一句诗，得搜寻许久。官家最见不得人拙笨无趣……他顿时慌起来，忙叫人去唤幕客们一起来相商演练。

朱康诚也知道同僚常暗笑他骨媚，他心中却自有主张，无爱而贪谄，才叫媚。他心中对官家和宰相王黼却是满腔之敬、由衷之爱。敬而不得不尽忠，爱而不得不献诚，此乃臣子天性、人间大伦，就如为儿的，极力讨得父母欢欣，哪里是媚？

他正默想着，底下人却来报，衙门前出了命案，躺了具焦尸。他听了，顿时叫声晦气，怕阴秽染到那画，忙用黄绢将画匣包起来，恭敬藏进了柜子里，而后才叫去唤那司理参军来。

这几年他官路通畅，固然是由于当年王黼低微时，母亲得病，无力救治。他见王黼并非庸人，便动了善念，出钱请医，救了王黼之母。王黼竟记着这旧情，将他从小小监当官迅即升拔到如今这官位。他也深知旁人自然会轻鄙于他，因而，于公事上，他从来不敢大意。

司理参军来回禀过那焦尸案后，他反倒有些欢喜。只是一具尸首，算不得大案，却死在府衙前，自然闹得满城皆知。提刑司、刑部、宰相，甚而御前，恐怕都会知晓。若是能告破，却也是力小功大之事。于是他吩咐司理参军尽快去查明。

司理参军走后，朱康诚忽然想起一事，忙叫手下去将那焦尸身上那把金钥匙取来。半晌，小吏拿了那把钥匙飞快跑了回来。他接过钥匙，才瞧了一眼，立即想起一人——老孙。

当时，王小槐拒了他，继而又答应了拱州知州，朱康诚心中虽极为不快，却也并没有如何恼恨。尽忠乃终生之业，哪里能单靠这一事一举？王小槐不成，再另寻他法便是。何况拱州知州是蔡太师门下，又何必为此小事生出嫌隙？

正月初十，管家老孙来回话。那天朱康诚微受了些风寒，便推掉一切宾客宴约，只在家中静养。他原本也不愿见老孙，可那时尚未得着这幅古画，想起王豪生前似乎也集了些古物，便叫老孙进来。

他之前也曾见过老孙，虽然年近六旬，却腰背直挺，行事周全。朱康诚自家的管家已换了几个，都难合意。他还曾羡过王豪，哪里寻来这等好仆。然而那天老孙进来时，面容枯槁，失了魂一般。

他想，老孙恐怕是畏惧我怀恨，便先安慰道："那事我已知晓，当不得什么。都是荐到御前，谁人荐举，都是一般。你也莫要太过顾虑。"

老孙听了，老泪顿时涌出，跪到地上，连声叩谢。

他笑着说："起来吧。我有一事问你，王豪可藏有古书古画？"

"老相公是曾收了不少，不过，他自家并不爱这些，古字画买来又送出去。

宅里如今只有十来幅苏东坡、米元章、李公麟等本朝名家的字画。"

朱康诚听了有些失望，本朝名家字画要寻不难，进献上去，官家也不会着意。于是他又问："王小槐何时上京？"

"正月十三上路。"

"如此赶急？"朱康诚心里又略有些不快。

"嗯……"老孙也听了出来，忙垂下了头。

"你跟不跟去？"

"老朽在家中看守宅子。"

"他一个人去？"

"老朽已安排了车马随从。"

"你放得了心？"

"小相公……小相公执意不叫老朽跟去。"

"哦？这是为何？"

"小相公向来行事执拗……"

"看来这小雏凤已生出翅膀，怕你这老鸟带累他，呵呵。"

老孙身子一颤，头垂得更低。

"他嫌你老，不如你来替我照管宅子。"

"老朽……"

"怎么？嫌我这宅院隘窄？"

"老朽不敢……"老孙慌忙伸手从内衣贴身处取出一样东西——一根丝绳上拴了一把金钥匙，"这是老相公病重时，特地叫人去拱州请匠人雕了这把钥匙，而后交给老朽。钥匙柄上刻了个'忠'字。老相公说：'孙田，往后我儿和这家便全靠你了，其他我不必多说，这忠字，也不是要督训你，是谢你，你当得起这个字……'"老孙说罢，眼里涌出老泪，他忙用袖子抹掉，将那钥匙又藏回贴身处。

朱康诚听了，感恻之余，竟有些妒意，便笑着说："好一个忠仆，只可惜那王小槐并不识得你这忠心。他若到了御前，讨得官家欢心，恐怕也不须你再尽忠了。忠字有大小高低，在这乡里，有你这小忠服侍便已足了。但到了御前，便得识得朝纲体统的人在身边教导。好了，你回去好生尽忠吧。"

老孙面色惨白，说不出话，微躬了一躬，而后转身告退。背影瞧着极虚乏，瞧着连院门都走不出去。朱康诚看着，又有些不忍，却也并没有太介意，不过一个老仆而已。可如今想来，自己最后那番话，恐怕是伤到了老孙，将那主仆之情，重割了一刀。

府衙前那焦尸身上为何有这把金钥匙，难道和老孙有关？凶手又是谁？朱康诚猛然想起一人，忙叫手下吏人进来："你们赶紧再去寻那周攀！看他回来没有？带他立即来见我！"

那天老孙走后不久，另有一人来求见，是雷通判的妻弟周攀。这周攀借了通判的光，被引见给朱康诚后，便时常来这里献些殷勤。朱康诚虽不多喜，却也不厌。他得知周攀认得各路经纪，便叫他替自己寻古字画器玩。

那天周攀是来回话，两手空空，自然一无所得，嘴上却说此人家中有、那人正在寻。朱康诚不愿再听，便打断了他："你先回去，等寻见再说。"

周攀却忽然道："不才来时打问到一桩事。"

"何事？"

"那王小槐正月十五要去汴京，住在拱州知州京城的宅子里。"

"哦，我已知晓。"

"其中又有些古怪，王小槐又安排了一顶轿子，半夜接他出东水门、过虹桥，不知去做什么。"

"哦？"

"这小猢狲不识好歹，您虽宽宏大量，不才却替您抱恨。该惩治惩治这小猢狲，叫他知道高低贵贱！不才与汴京东水门外军巡铺的军头相熟，正可请那军头出手——"

朱康诚原要制止，但话未出口，想到那王小槐，心中多少有些不乐，便说："你自家瞧着办。"

周攀忙答应了一声，兴兴头头地走了。

朱康诚并没有将此事放到心上，直至昨天收到京城邸报，见上头有王小槐死讯，惊了一下，忙叫人去唤周攀。吏人去后回报说，周攀去汴京发卖货物，尚未回来。朱康诚一听汴京，越发起疑，却又不知真伪。

这时，瞧着那把金钥匙，更是有些焦烦起来。可等了许久，吏人回报说周攀仍未回来。他不由得喝道："他一定是躲在哪里了。你多带些人，满城给我去寻！"

下午，吏人才来回禀："周攀果然昨天便已回来了，不过没有回家。西城门一个税吏见到了他，说他和三个人一起出城去了，其中一个是王豪管家老孙。另外两个瞧着有些猛恶，三个人都沉着脸，周攀瞧着似乎有些慌张。"

朱康诚听了，先是一愣，旋即似乎明白了：王小槐恐怕真是周攀所杀，周攀杀王小槐，哪里是替我解恨？他一向觊觎王家那数百顷田产，王豪已经亡故，王小槐若再一死，他便可趁机下手。老孙查知此事，便捉住了他。难道府衙前那死尸是周攀？但据司理参军所报，焦尸身材瘦高，周攀却是矮胖子。何况，若真是老孙烧死了他，岂会将那把贴身珍藏的金钥匙留在尸身上？

想到瘦高身形，朱康诚猛然醒悟：死者是老孙本人！他并非被烧，而是自焚。

看老孙那日颤抖流涕之状，他对王豪父子之忠，绝非虚言。王小槐被杀，他自然痛怒至极，才带人捉住周攀拷问。周攀自然会说是得我授意，却无凭据。老孙恐怕已无生念，因而自焚于府衙前，报复于我……

朱康诚顿时有些慌起来，不知周攀此时在何处，是生是死？死了倒也好，若是活着，一旦追查到他，势必会牵连至我。哪怕我一力推开，这指使杀人之嫌，一旦传出去，人言如墨，终难洗净。

这时，那吏人又回禀说："刑司也有人正在查寻周攀。"

他越发慌起来，忙说："你赶紧带人再去寻，若寻见周攀，先带来见我！"吏人出去后，他再坐不住，不由得团团踱步急思。

然而，寻了三天，都不见周攀。他又叫人去皇阁村王家打探消息，吏人回来说，老孙去了汴京，至今未回。他听了，先还顿松了一口气。然而随即想到，老孙人若真在汴京，那把金钥匙比他性命更贵重，如何会在焦尸身上？城西税吏又见他和周攀在一处。他恐怕是从汴京立即赶到了应天府，终究是死在了这里。

那吏人又说，王小槐还魂闹鬼，惊扰得乡里人人不安，三槐王家请了汴京相绝陆青去驱祟。他听后，后背一寒，觉着老孙立在身后一般。他忙叫那吏人带了五十两银子，去请陆青来应天府。

第二天，陆青果然来了，却不收那银子，也并不多言。果然如传闻中野逸高士一般，见了他，只抬手致礼，洒然自若。朱康诚将陆青请到书房，陆青坐下后，注视了他半晌，而后徐徐说："此乃兑卦之象。得信于人，相欢相悦。无企无图，其悦久长。迎意投欢，虽得终丧。强志逆心，虽悦终怨……"他听了，心中一阵愧赧。陆青最后又说，若欲驱邪归正，清明那天可差一亲信之人，去东水门外对一顶轿子说一句话，他听了那句话，更是惶愧至极：

"为献一点欢，寒伤十里春。"

地篇

秘轿案

第一章　涣

涣，离散也。人之离散由乎中，人心离则散矣。

——程颐《伊川易传》

智常修行多年，原以为早已看破无常，此时却才真真体味出无常之患。

智常今年四十六岁，是汴京孝严寺一名僧人。孝严寺在内城西北天波门内、金水河边，原是宋初名将杨业府邸。杨业征辽，为国捐躯，其子杨延昭将这府邸改为家庙，以祭祀父亲。百余年间，杨家后代早已散落，这座家庙也改作一座佛寺。佛寺不大，只有十余间僧舍，二十多名僧人。

寺中住持是了因禅师，于前年年底圆寂。临终之际，禅师将住持之位传给了二弟子。智常是首座大弟子，对此毫不意外，也觉着该当如此。他虽为长徒，却口讷心钝，于佛理参悟极迟慢。了因禅师只教他守住一个"磨"字，慧不及，行来修，如磨镜一般，功夫到处，自然透亮。他师弟智真却极有悟性，又能勤守戒律，长年辅助师父，操持寺院内外诸事，无不妥帖合宜。孝严寺能有他做住持，自然只会兴，不会衰。智常也乐得外无搅扰，继续磨自家那性命之镜，可他却没有料到，无事中竟会生出许多事来。

先是他两个徒弟在他跟前抱怨："师父倒是清闲了，我们做徒弟的却落了个上不着，下不挨。寺里几样要紧执事，住持全都差给了自家那几个徒弟。这孝严寺眼瞧着，快的压慢的，顿悟撵渐修，往后谁还肯'时时勤拂拭'？都去争道'本来无一物'……"智常听了，忙劝诫道："修行是解脱自家性命，清静处才见本心。出家之人，本就是求一个清静，你们倒去争那热闹？"两个徒弟听了，虽不乐，却也不敢再多语。

他去后院净手，开春肠肚有些燥，他蹲在坑头正在苦憋，却听见外头有三个小和尚在低声争论："智常首座才是真修行，该由他来做住持才对。"

"他哪里成？每回讲经，只会照着念，一句自家见解都没有。哪里像智真住持，不但经文记得精熟，讲解起来，更是字字高明、句句透彻。"

"你忘了老住持在时反复教诲，解得十万经，不及一脚行？修行修行，便得去行。智常首座虽说不得，却处处行得深，这么些年，哪里见他生过嗔恼？他没做成住持，何曾道一个屈？仍旧那般安生清静，如常修行。再瞧瞧如今这孝严寺，佛门生生演成了公门……"

"嘘……住持那小探子来了——"

智常听了，心里微有些着意，倒不是为那住持之位，而是为师弟智真言行。自从继任住持，师弟面上顿时多了些严奋之气，声量也比常日高重，像是事事都要下狠力整治一番。虽说师父在时，行事宽缓，寺里众僧略有些散漫，但于寺规修行上，却并无懈怠，更未见谁敢过犯，哪里须得整治？

不过，智常旋即也明白，就如修行，一人有一人之习性，或刚或柔，或顿或渐，根器不同，强求不得。师父以缓，师弟以严，各有其因，各行其路，缓未必尽是，严也未必尽非。师弟既已是住持，且由他行事吧，因此，智常便也未再多想。

智常还有个师弟，这几年一直在洛阳白马寺修行。他听到师父往生讯息，立即赶了来。诵经超度过师父后，他到后堂来和智常说话，这位师弟心性最至诚，极少道人短长，这时却连声感叹："如今世风浮薄、人心惑乱，正该我佛门弟子发慈悲愿，拯世救溺。可惜连佛门也染上末法之习，尤其咱们这禅宗一门，如今只知逞口舌之辩，争机锋之巧，却失了那明心见性之本。师父当年见我迷于激辩，便教我闭口修哑功，说不言一字，若能见得，方为真悟。师兄弟几人中，唯有师兄你最质朴少言，以行证悟，这才是修行正途。师父实该命你为住持，一朴皆朴，一诚皆诚，这孝严寺才不至为末法侵染……"

智常当时虽没有多言，那师弟走后，他却不由得独自回想思忖：师父常说我修行虽勤进，心怀却不够宽宏，未具大乘慈悲，只知小乘自渡自脱之法。如今师父圆寂，我若再这般只知自家解脱，恐怕终难修得正果。哪怕不能拯济众生，至少也该教引寺僧。只是，师弟如今已是住持，我若去干涉，势必会生出嫌隙，更有违佛法清静之道……

他这般来回思虑了半晌，非但没有寻出一个好法子，反倒回旋往复，纠结不已。几十年来他夜夜安睡，极少做梦，那几晚枕席却似乎处处硌硬痒痛，让他整夜辗转难眠。

他那大弟子圆照似乎觉察了他这心思，有天清早又凑近他，悄声说："师父，寺里大半师兄弟都在埋怨住持，说这孝严寺被治成了县衙，住持如县令，他那几个徒弟更是吏人一般，一切柴米油盐、香烛法事，但凡一文进项，尽都被他们把持。若再这般下去，孝严寺便要成智真府了。那些师兄弟都在商议，推举您来做住持——"

"休得胡说！智真师弟是师父亲命的住持，哪里能说换就换？"

"寺里自然由住持说了算，寺外便未必了。"

"什么？"

"这天下寺院任命住持，有两个法子，一个是咱们这种师徒法；另一个是十方制。十方制不由本寺自定，而是由几座寺院住持各自推选高僧，一起交由官府选定。汴京城大半寺院都采用十方制，咱们孝严寺太小，因而沿用的这师徒传袭法。可其实，师祖当年是中途才来这孝严寺，他任住持，也是用了十方制。徒儿问过了，这任命之法，可以向官府申报变更。官府也乐得将师徒法改作十方制，这样便好管辖。"

智常心里微微一动，忙收敛心神："勿要生事！"

"如今不是咱们生事，是那住持生事，惹得众僧怀怨。若不及早止住，徒儿怕大半寺僧都要散伙了。"

智常垂头默想了一阵："若向官府申报，便是拆师弟的台子，平白便惹出冤仇，这寺里也再难安宁。"

"咱们只偷偷申报，再由官府差选，住持哪里能知晓？"

"官府若是差选了寺外其他僧人呢？"智常话才出口，顿觉失言，露了自家心迹，不由得涨红了脸。

"此事师父不必担忧，咱们孝严寺虽小，却也并非闲常野寺。宫中太傅杨戬将家人灵牌供养在咱们寺里，这些年，年年清明都亲自来斋醮祭拜。咱们只须请告杨太傅，由他给那祠部发句话，祠部敢不听命？"

"杨太傅如何便会听你的？"

"徒儿无意中发现了一样对象，想必那杨太傅一定中意。"

"什么物件？"

"师祖留的那包东西。"

"你竟敢私自偷瞧那包东西？"

"徒儿哪里敢偷瞧？只是今早清理那柜子时，那包袱竟散开了，里头掉出一张旧纸——师父稍等，徒儿去取来——"圆照跑去了外间。

智常坐在禅床边，心里一阵起伏，他知这心念不对，却又难以克制。他正在忐忑，圆照已快步走了回来，拿了一张纸，双手小心递了过来。他接过一看，是张田契，纸张极旧，残皱泛黄，再看契书年月日，竟是神宗熙宁九年，距今已有四十四年。他不解其意，望向徒弟。

"师父看那田土地名，再看那买主姓名——"

"襄邑县皇阁村，杨德——这又如何？"

"这杨德乃杨太傅父亲。"

"哦？"

"这旧契不知为何竟会在师祖手里。这田契是杨太傅家旧物，送还给他，自然比任何金宝都贵重。"

"师父临终之际，将这包东西留给我，叮嘱我转交给陆青。我哪里能私自送还给杨太傅？"

"陆青不知去了哪里，徒儿去寻过两回，都不见人。那包袱里是几本旧册子，这张田契夹在其中一本册子里头。师祖恐怕只是要将那几本旧册子给陆青，早已忘了里头还夹了这张田契。这田契是杨太傅家旧物，自然该归还原主。"

智常又低头细看："这田契上田主姓陆，难道是陆青父祖？"

"哦？这……即便是陆青父祖，已过了四十来年，他要这旧契做什么？杨太傅这般有孝心，他父亲遗物自然贵重无比。买卖两家，一轻一重，自然该还给重的那边。陆青哪里会计较这些小事？等他来了，师父跟他解释两句便成了。"

"即便如此，去年清明，杨太傅来寺里祭拜，那个游方僧人混入寺中，意图行刺。虽幸而被皇城使发觉，免了一场祸难，但遇了这等惊吓，杨太傅今年恐怕再不会来了。他在皇宫之中，你如何将这田契送给他？"

"杨太傅不来，他底下有个黄门内侍，名叫刘西，时常出宫来传信递物。徒儿与刘西有些私交，就交由他呈送给杨太傅，再将这改任住持的事托付给他——"

智常犹豫起来，望着那田契，说不出话。

"此事就由徒儿去办。师父莫要多虑，只作不晓得便是了。"

智常既没有点头，也没有摇头，默许徒弟拿走了那张旧田契。

可过了几个月，都毫无动静。圆照见了他，始终有些愧色，说田契已让那小黄门刘西转呈给了杨太傅，转任住持一事也已托付给了他。刘西满口答应，却至今没有回音。

到了清明，杨戬果然没有再来孝严寺。倒是陆青云游归来，得知师父圆寂，忙赶到寺里。陆青也算是智常的师弟，不过没有出家。智常将师父留的那包东西交给了陆青，犹豫一番，终还是没有提及那田契。

换任住持一事，也便再无下文。智常反倒暗暗有些庆幸。他曾听师父说，世间最苦莫过于缘，善缘尚能让结缘之人欢喜一时，恶缘则只生罪孽。哪怕只小如豆粒，也会生根发芽，绵延牵转，不知多少年才会休止。自己默许徒弟去做那等事，无疑是在结恶缘，一旦生发，恐怕会生出无限罪孽。

于是，智常再不多生烦恼，照旧勤自修行。而孝严寺则在师弟管领之下，比师父在时更清肃有序，智常也极感欣慰。

今年二月，陆青又来了一回。智常知道陆青和三槐王家一个叫王伦的往来甚密，而皇阁村东边田地早已被三槐王家宗子王豪买下。他想起那张旧田契上那块田正在皇阁村东北，便随口问了问王豪。陆青竟说王豪父子均已过世，连管家也不知去向，那家已经绝户败落。

智常猛然想起师父所说的恶缘，王豪父子丧命绝户，难道是由于那张田契？他顿时慌了起来，迅即被陆青发觉，他只得将那田契一事说了出来。陆青听了，并不意外，似乎早已知晓，只微一沉吟，望着他说："一沉能凝志，一举可涣心。要解这恶缘，除非清明那天，叫圆照去东水门外，对一顶轿子低声念诵一句话。"

　　"什么话？"

　　"无心未必安，有悔方得宁。"

第二章　节

节者，事之会也。君子见吉凶之几，发而中其会，谓之节。

——苏轼《东坡易传》

刘西常爱搓手，喜时搓，忧时搓，躁时也搓，唯独愤恼时不搓。愤恼时并非忘了搓，而是在这宫里哪里敢愤恼？即便有，也丝毫不敢流露，只能暗地里掐自己手指，或拧自己腿肉。

刘西是宫中内侍，今年二十六岁，生得白白细细。他不知自己为何这般爱搓手，或许是儿时在家中麻绳搓多了。他家原是开封祥符县农户，四五岁起便得做农活儿。他最怕的是搓麻绳，一搓便是一天，手掌搓得钻刺烧燎，却只能搓一搓掌心，略消消痛。正由于这熬不尽的辛苦，他爹娘听了别人的劝，将他送进了宫中，那年他八岁。

宫中一个内侍用一辆车将他接走。那内侍头戴乌纱冠，身穿绿锦袍，浑身明耀耀的，仰头望去，像是一座青峰罩在霞光里，吓得他不敢出气。那内侍取出一张纸，让他父亲在上头画了押，将一锭五十两银锭搁在破桌子上，便叫刘西出门上车。刘西懵懂跟着，上了那辆光彩彩的车，坐在那铺了青锦垫的长凳上，腿抖个不住，既怕又欢奋，都忘了这是要远离爹娘，只知道自己将要去那全天下最富贵的所在。直到他娘追上车子，哭着唤他时，他才把头伸出窗子，也哭着叫起娘来。

头一次进京城，透过帘缝，望着那满街富丽繁盛，刘西瞪大了眼，心跳个不住。及至见到皇城那红鲜鲜宫墙、黄灿灿殿顶，更是不由得惊呼出声。车子在皇城东门前停下，他跟着那内侍快步走了进去，迎面见无数碧瓦朱檐、大殿高楼，巍立于晴空之下，天宫神殿一般，让他顿觉自己如同田埂上一只屎蜣螂，到了这里，恐怕连半天都活不过。

沿着宫墙，走过一条长长巷道，他被那内侍带到角上一座僻静院子里。另有一个内侍迎上来，两人说笑了一阵，而后打开边上一间房门门锁，让他进去，说先饿两天，把屎溺都空干净。他顿时怕起来，却又不敢违逆。走进去一瞧，屋里有些暗，臭气熏人。一张大炕占了大半间，炕上有七八个孩童，有的缩躺，有的歪坐，有的靠着墙在哭，声气极虚弱。看衣着模样，也都和他一般，来自穷苦人户。床脚有两只溲桶，臭气便是从那里散出。那内侍从外头锁上了门，房里越发昏暗。他站在门边，怕得也想哭，却又不敢哭。站了半晌，才小心走到炕边空处，坐在了炕沿上。

他没想到，自己果真被锁在里头饿了三天。头一天尚好，早起他娘特意给他烤了几张吊炉烧饼，切了些芥菜丝夹在饼里，又烧了一大碗抹猪肉，让他吃了个尽饱。同屋那几个孩童尽都饿得呻吟，他却还受得住。天黑时，还摸下炕，去那溲桶里屙过一回。乡里屙屎，都是用土块或草叶来揩，他却不知这里拿什么来揩，四处望了半晌，月影下，见窗台上有根竹片，便拿过来刮净，又爬上炕去睡。睡到半夜，饥火烧起来，他翻来倒去，哪里再能睡得着。饿到第二天，肠子像是拧起了一般，他也忍不住哭起来，哭声比那些孩童都大。哪怕五岁那年乡里着了旱灾，他也不曾这般饿过。到哭不动时，便开始渴，喉咙焦干，再发不出声音，只能如其他孩童那般嘶哑呻吟。

其间内侍开过几回门，将那些孩童一个个半拎半拖，带了出去。到第三天，只剩刘西一个，缩在那空房大炕上，渴饿得已没了活气，像是旱天烈日下，一只屎蜣螂倒在干裂焦土上，垂垂等死。只剩一丝心念，昏半晌，奄奄唤一声娘。

下午他隐约听着门又开了，自己被人拎起，提在半空里，驾了云一般，进到另一间房，被放到一张木椅上，斜靠着坐下，而后嘴里被灌了一些水，又似酒，又似药。喝下之后，他胸口一热，生出了一丝气力，微微睁眼，见腿下放了一只大陶盆，里头盛满炭灰，盆沿和灰里都滴浸着深红色，是血。一个中年男子穿着领青绢袍，衣襟上沾满了血，手里握着把雪亮的尖刀。他顿时惊恐起来，可身子麻住了一般，一丝都动不得，只略张了张嘴，便昏沉沉，睡死过去。

不知过了多久，他被一阵痛痛醒，睁眼一看，四周一片昏黑，只有几点烛光照映。自己躺在一张木床上，手脚都被绑住，大字形躺着。痛是从两腿间传来，他忙拼力抬起头向那里望去，一见之下，唬得头皮几乎裂开：他的裤儿被脱光，两腿间一片稀烂，抹了些深褐药膏，药膏中间插了根麦管，那溺尿的小雀儿已被割去。他顿时惊哭起来，喉咙险些挣破，却发不出声气，只有一阵嘶叫声。一个老瘦内侍走了过来，朝他尖声说："莫要乱叫，当心挣裂了创口！你好生将养，小命保不保得住，还得瞧这三个月熬不熬得过。"

刘西听了越怕起来，哪里能止得住哭？但喉咙干哑，哭了半晌也没哭出半声，如同被丢进深窟，漆黑枯冷，只依稀见得到一点儿天光。他不知那天光为何，却知道一定不是爹娘。爹娘只说送他去皇帝跟前享富贵，这些惨苦从没提过一个字。可除了爹娘，这世上哪里还有天光？

他已记不清自己是如何熬过那百天，他躺的那间屋叫蚕室，没有窗户，四周密闭，不见风日，生着炭火。每日只能吃几口粥，留住一线性命。躺了几天，微能起身时，他来了尿意。那老内侍扶他下了床，托着他，小心蹲在床边一个小瓦盆上。两腿间的创口痛得他又哭叫起来，可拼命咬牙，才挤出一点儿尿水。那尿水沿着麦管滴进盆里，渗到创口周边，一阵阵钻心蜇痛，让他几乎昏死过去。

如此几十回生来死去，腿间那创口才渐渐结疤平复。其间，他拼力望着头顶那一点儿天光，知道那是大风寒夜里仅余的一点儿火光，那光若熄了，他也便死了。与他一起，共有八个孩童去了势，六个没能守住那点光亮，送了命。最终只有他和另一个健实些的活了下来。

等他终于走出那蚕室，头一眼看到外头天光，发觉自己竟似死过几世，比自己祖父更苍老，不再是八岁，而是八十岁、八百岁。

他被分派到后苑东北角的隆儒殿，换了一身黑绢袍，跟着一个老内侍洒扫庭院。半年多，他都说不出话，每日只在晨昏时，抓着扫把去默默清扫。而后便坐在老内侍身旁，搓着手听他讲宫中旧事。那些事桩桩件件都新奇，他却并不如何动心，像是在听自己祖父念诵田历一般。至于这宫中威严富贵，也再难叫他惊叹，只觉得处处都透出森森冷意。尤其这隆儒殿，只是个小殿，原本是侍臣给天子讲读经史之所，但隆儒殿前头还有个大殿叫迩英阁，要宏壮许多。那时哲宗皇帝猝然晏驾，当今官家刚刚继位。这位官家喜好雅贵，只在迩英阁听讲，从未到过这隆儒殿。除去偶有内侍进来取放文札书籍，平日难得见其他人，只有他和那老内侍守在这里。

爹娘唯一没有骗他的是，宫中饭食比家中的确好出许多。每月那老内侍带着他去内东门司领取粮肉菜蔬盐醋，而后在隆儒殿后头小厨房里自家烹煮。顿顿都能见荤，那老内侍又极好吃，每顿都要轮变些菜样，刘西都从没见过，样样都鲜美。每月他还有一贯俸钱，那老内侍要他拿出五百文来添补饭食，自己也出一些，时常托一个能出入宫门的内侍去外头捎带些时鲜菜蔬熟食，因而他在这里每日都吃得极香肥。口腹油润了，不但人渐渐丰白起来，心也随之平复了许多，再去溺尿时，也不再偷哭了。

不过，他心思活动起来，是一年后了。有天，一群内侍忽然走进隆儒殿，走在中间那人三十来岁，中等身材，头戴乌纱漆冠，身穿绯锦袍，腰环犀玉带，样貌温雅，神态平和，浑身却隐隐透出些贵重之气。在众内侍围拥之下，如同乌鸦群里一只白鹤。刘西从没见过人竟能这般尊贵，不由得微张开口，有些惊愕。身旁老内侍悄悄戳了他一下，他才回过神，忙也拿正了扫帚，躬身垂首。

那人进到隆儒殿，半晌才又出来。老内侍带着刘西一直恭立在庭边，那人走下台阶时，刘西忍不住又抬眼偷瞧，那人恰巧也望向他。刘西慌忙低下头，不过那一瞬，他发觉那人眼中微露出些笑意，极温煦。

那人走后，老内侍才说那是杨戬，如今新任入内内侍省都知。中官分为内侍省和入内内侍省，一前一后，又称南班和北司。北司为内苑，更亲近皇帝后妃，因而贵于前头南班。杨戬如今管领北司，中官十一阶，他才年过三十，便已升到了顶。

老内侍又讲起一段旧事：杨戬当年也是八岁入宫，如你一般，也是从小黄门做起。十二岁那年，迩英阁缺了一个侍墨，选中了御药院一个能识文断字的小黄门。墨监那天去御药院领人时，那小黄门却被人毒死了。这场祸事无意间竟成全了杨戬。那墨监见那小黄门被毒死，只得叹气离开，出了御药院，忽听见旁边墙角树后有个孩童在诵念经书，走过去一瞧，是杨戬。杨戬幼年粗习了些文字，只背得出一部《孝经》。那墨监见他背诵得极流利，便选了他去做侍墨。在迩英阁侍墨，常能亲见皇帝，杨戬在那里沾了皇气，虽说之后也几番起落，却自此得了机运，一路升进。那老内侍讲罢，连声感叹："节运节运，一节转一运，一运成一命。"

刘西原本已灰死了心，不知在这深宫大殿里还能望些什么。这时听了，心思不由得活动起来，偷偷想：若是能如杨戬那般尊贵一回，才算没白残了这身子。

只是，他却逢不着杨戬那般好节运。大宋初年宫中只有一二百内侍，到当今这官家，已陡增到几千。官阶升迁极难，像那老内侍，在宫里勤苦一生，仍只是个低等黄门。刘西这十八年用尽了气力，也才升了三阶，从最低贴祗候内品到第十阶祗候内品，再到第九阶祗候高班内品，被差往御厨，任了个管领菜蔬的小勾当差事。而这时，杨戬已位列三公，官封太傅。

直到前年，他才逢着一次节运。有一天，杨戬身边一个殿值官来到御厨，说太傅哮症发作，失了胃口，已经两顿未进食，唤御厨烹几样新鲜提兴的菜式。杨戬平素于饮食一向简淡，那几个御厨向来不知他喜好，商议半晌，都寻思不出。

刘西当时正在厨房中点检菜蔬，听见后，想起自己娘和杨戬是同乡，忙搓着手对那殿值官说："太傅原籍拱州襄邑，办些家乡吃食，恐怕能动动兴。"

"哦？襄邑有何好吃食？"

"最有名两样是吊炉烧饼和襄邑抹猪。"

"嗯……这个料必不差，你们快些备办！"

那几个厨子却为难起来："襄邑抹猪倒是好办，如今世人称道的东坡肉便是襄邑抹猪。那吊炉烧饼却没听过，不知如何烧法？"刘西忙说："这个我会！"他自小看娘烤那吊炉烧饼，来了宫里后，想家念娘时，便和那老内侍一同烤制吊炉烧饼，试过几回后，已能和娘烤的大致一样。那殿值官忙叫他赶快烤。

刘西忙洗过手，先用芝麻、香油、蜂蜜、香料调好一碗油酥酱，又舀了几瓢精麦粉，和上水，团揉得筋滑，用杖子擀作长条，对叠几十道。而后将油酥酱抹在面上，再对叠几道，才团碾成饼，边沿撮捻出一圈花纹。饼底抹上些水，一张张贴在大铁锅内。燃起木炭，将那口锅小心翻转过来，倒扣于火上，焖烤起来。等听得锅内响起吱吱脆裂之声，便翻转铁锅，饼面烤得酥黄，便是熟了。其他厨师也已烧制好抹猪肉，又配了一碗鱼汤、几样清鲜小菜。那殿值官叫随行小黄门用食盒盛放好，提着走了。刘西一直搓着手，瞧着他们走远，心里上上下下起伏难安。

他没料到，第二天那殿值官径直寻见他："我已吩咐御厨房另选个人管领菜蔬，你跟我走，往后听我差使。"他听了，欢喜无比，不住搓着手，头顶那一点亮光猛然大开，天光如瀑水一般泻下来。

他跟着去了才知晓，那殿值官名叫朱显，只在后头厨房照管杨戬饮食。饭食备办好，自有宫人黄门来端取，朱显也难得面见杨戬。刘西去了那里，只听朱显吩咐，去宫外采买菜蔬鱼肉，更是绝难靠近杨戬。即便如此，已比在御厨房要松快许多，太傅院中的人，即便是小黄门，宫里人人都要敬让几分。又佩了铜符，时时能去宫外行走。到了宫外，他才觉着自己能舒心呼气，畅快行路。人人见了他，都有些畏怯。十八年苦熬，总算得了些当年盼的尊贵。

他在一边远远见过杨戬许多回，杨戬比当年越发温熟从容。他时时忍不住回想当年初见时杨戬那温温一笑，更时常搓着手暗念，不知自己这辈子能否如杨戬那般真正尊贵一回。

杨戬每年清明都去孝严寺祭拜父母，并在那里用斋饭。前年，朱显也带着他跟了去，到厨房监看那些僧人置办斋饭。那寺里一个叫圆照的年轻僧人凑过来跟他攀话，他一直暗学杨戬那般不骄不傲、从容和善，因此对圆照也温温和和，却没想到圆照竟给他带来一次节运。

去年，刘西出宫采买菜蔬，圆照竟迎了上来，取出一张旧纸，求托他一桩事。他听后，心里暗喜。圆照拿的那张田契竟是杨戬父亲旧物，如今虽已无用，却毕竟可做留念。若是献给杨戬，能得赏一声赞也好。圆照又求他向太傅求恩，任命自己师父做住持，他自然没有这本事，但这样区区一个小和尚，诓一诓又能如何？于是，他满口答应，接过那张田契欢喜回宫。

回到后头厨房，他却犯起难来，自己这位阶，哪里能去面见太傅？思谋许久，他才想到，恐怕只能经由殿值朱显才成。只是朱显行事极专断，这功劳恐怕会被他独占了去。再一想，朱显是自己上司，即便被他独占，他也会记我一笔情。何况太傅见了这田契，自然要问来由，恐怕还得唤我去回话。

于是，他便将那田契交给了朱显，却没有说出圆照，只含糊说从孝严寺一个僧人手里得来的。朱显见了那田契，也有些欣喜，忙收进怀里，赞了他两句。

他搓着手等了几天，朱显却将他唤到墙角，沉着脸说："那田契一事，以后莫要再提，更莫要告诉旁人！"他惊了一跳，不知自己惹出了什么祸端，忙连连点头。朱显却再没有说过此事。

直到今年正月底，朱显忽然又将他唤到墙角："你那张田契惹出了大祸，你赶紧出宫，去寻一个名叫陆青的相士，人都称他为相绝。寻见他后，请他后日午时在潘楼望春阁相会，有个贵要之人向他求教。这是一百两银子，你拿去给他做轿马钱。"

他顿时慌得不住搓手，朱显却并不说有何内情，他也不敢多问，忙接过那两锭银铤，揣在袋里，急急出宫去寻陆青。四处打问了许多人，才打问出陆青家在西郊金水河边。他忙租了头驴子，急急赶往那里。河岸边枯柳间，小小一座院落，他敲开门，幸而陆青在家，竟是一个和自己年纪相仿的年轻男子，身穿一领素绢道袍，面容温静清朴。他忙说明身份和来意，陆青听了，微一沉思，而后说："好。只是不知所见何人、所为何事，这银子你拿回去。"

他站在门边，犹豫了一阵，见陆青要关门，忙请求道："陆先生，您能不能替我相相吉凶，我因一张旧田契，惹出了些祸灾。"

陆青停住手，盯着他注视了一阵，而后说："你这机运为节卦，为欲所牵，求通反梗。无事生事，其变莫测。若欲解此劫，清明近午，去东水门外，寻一顶轿子，那轿子前有一男子，头戴竹笠，手执一根彩绸竿。你凑近那轿窗，低声念一句话。"

"什么话？"

"一静破百劫，无事即得安。"

第三章　中孚

中孚，信也。而谓之中孚者，如羽虫之孚，有诸中而后能化也。

——苏轼《东坡易传》

朱显拿到那田契，犹豫再三，还是行了一步险棋。

当年他也是为逃穷寒、求富贵，才阉了身体求做内侍。可进到这里才发觉宫中比外间更加艰险。原先觉着能服侍皇上，何等荣耀！其实几千内侍，能见着御容的不过几百，能亲近的，则只有那几十人。其余的尽都分散于宫中各处，不敢高声，不敢挺身，哪怕隔了几十重殿宇，仍怕声气惊动到圣听，每日都似背负一座山行走。

而内侍之间，则更加残狠。全都是断了根、绝了念的人，永隔人间欢爱，被置于万仞绝壁之上，哪个不拼力抓住些权柄，以求延命？得着权柄的，又哪个不是心怀恨郁，寻机泄愤？朱显入宫之后便发觉，自己并非来到皇宫，而是跌进了狼窟。

入宫之前，他爹反复叮咛，进到宫里，分派在谁手底下，便一心一意尽力尽忠，这世上万般皆可嫌，唯独缺不得忠心之人。朱显生在乡里，原本也无多少机巧心思，便牢记着这番话语，这些年始终忠忠诚诚，先后换了十几个上司，全都能信重于他，让他能一步步稳稳晋升。入宫二十一年，升了三阶。今年三十二岁，升至第八阶祗候殿值。虽有些慢，却也已高过宫中大半内侍。

最让他欣喜的是，三年前竟被差拨到太傅杨戬院中。当今内廷，有三位宦官位极人臣：梁师成、童贯、杨戬。便是当今宰相王黼，在这三人跟前，也得低俯三分。宫中私下里暗传一句品评——"梁柔、童猛、杨和气"。三人之中，杨戬为人最平和逊让，因此最得宫中人心。

朱显一直都极仰慕杨戬，到了太傅院中，不时能望见杨戬。两三年来，杨戬脸上从未露过愠色，更未呵责过谁。朱显掌管太傅饮食，也极轻省，杨戬口味俭淡随意，每顿只叫整办三四样菜，也从未表露格外喜好哪样。朱显暗想：太傅在我这年纪，便已升到内侍最高一阶，凭的怕正是这随和俭淡之心。人人都争，唯独他不争，好机运反都落到他这里。如同争水一般，费尽心机，左挡右拦，终不如只在最低处静守，水自然会流聚过来。

更让朱显敬佩自愧的是，自入宫以后，他对父母始终怨恨不已，即便得了假期，也不愿回乡省看，只托人捎带些钱帛回去。杨戬于孝上却最肯尽心，一生只念诵一部《孝经》。堂中长年供奉家人灵牌，每日清晨，洗漱之后，头一件事便是上香祭拜。每年清明，都要去孝严寺做法事，祭祀礼忏。以他的官阶势位，这等祭祀大事原该选在大相国寺。而且照朝廷礼制，王公祭祀，出入该乘朱轮象辂，络带绣文，八鸾在衡，左建旗，右载戟，前有卤簿导引，后有侍卫随扈。杨戬却自愧身残体损，无法传宗接代，于孝字第一义上便已终生成憾，无颜面对先祖，连供奉的七面灵牌上都不敢书写家祖名讳，只供着空牌位。每年清明出祀，更不愿大肆声张，只便装出行，就近选了孝严寺。一来因这寺香火清淡、寺门清静，二来寺名正合了《孝经》中那句"祭则致其严"。

到太傅院中头一年清明，朱显跟随太傅去孝严寺祭拜，亲眼瞧见太傅那般诚敬，他大为震动，才告假回乡，去探视了一回父母。见父母已然那般苍老衰病，见了他，全都颤手颤脚、涕泪交流，他才终于消了那怨恨之心，和父母抱在一处，大哭一场。

回到太傅院，朱显越发忠心，极力想各种法子让太傅吃得精细可意。这般过了两三年，他心中渐渐生出些念头。许多人都羡妒他能进太傅院，却不知他只在后头管领饭食，连太傅跟前都到不得。这差事太轻微，太傅于饮食又全不介意，因而极难再有升进之机。身为内侍，本已隔绝人世，心里头空得似枯井一般，若再无这点儿念盼，哪里能捱得过这长久空寂？

太傅自幼便有哮症，去年开春又发作，每日只喝几口汤水。朱显焦急无比，忙去御厨房寻办提兴开胃的菜肴，没想到恰逢那个刘西会烧太傅家乡吃食。他提了那吊炉烧饼和襄邑抹猪，忙赶回太傅院，叫侍候饭食的内侍端送给太傅，而后在后院焦急等信。半晌，那内侍才端了碗碟回来，他忙迎上去询问。那内侍说："太傅见了那烧饼和肉，略愣了一下，盯着怔了半晌，才抓起箸儿慢慢吃起来。烧饼吃了大半个，哮症原本要忌油荤，他却连吃了几块抹猪肉。"朱显欢欣无比，这饼和肉果然引动了太傅乡情。那内侍却又说："太傅吃过后，吩咐说，往后莫要费这心思。"朱显先一慌，随即想，太傅这话是体恤下情，不愿在饮食上过于耗费。于是，他去前院寻见太傅院掌事的黄门官，说明情由，将刘西差拨到自己手底下，虽不敢再烤那吊炉烧饼，却可时时照着太傅乡俗备些饭食。

朱显能办的，也只有这些，除了那回让太傅略动了动心，之后便再无其他影响。即便那回，太傅也并不知是他所为，朱显只能劝解自己，安分待时，安分待时。连太傅杨戬也并非一路平顺，十二岁那年选入迩英阁做墨侍，三年后，选他的那墨监不知为何竟自缢身亡。杨戬才十五岁，便升补为墨监。原本极庆幸，却适逢神宗皇帝驾崩，哲宗皇帝继位。哲宗那时才九岁，杨戬不慎触怒那小官家，迅即被贬到净司。净司听着干净，其实是最卑臭辛苦之司，专管清淘厕坑、运载粪桶。杨戬身有哮症，最怕这污臭之气，却不得不日日清早起来，推着粪车，在宫内收倒渡溺。三年后，虽由北司转至南班，却仍任净职。幸而后苑御圃一位花监见他识得粪肥之法，将他申调至自己手底下，杨戬这才得脱污臭。

朱显时常听其他内侍讲说杨戬这些旧事，心里敬叹不已。相比而言，自己晋升如此迟慢，恐怕是由于太过平顺，未遭过劫难磨砺，因而成不得大器。

去年，那个刘西忽然偷偷递给他一张旧纸，竟是杨戬家中当年旧田契。朱显看着那田契，如同得了升迁令一般。太傅于家乡吊炉烧饼都那般动情，若见了自家这旧物，不知会如何感念？那日，他正巧托人从襄邑寻买来一篮太傅家乡的酥梨，那梨细脆如酥、甘美多汁，他命厨师蒸了一碗漉梨浆，亲自端到前头。一问侍者，太傅在书房内，他忙转到书房，见书房门关着，太傅贴身小黄门侍立在门边。他原本想径直端进去，却被那小黄门拦住，低声说太傅正在审看艮岳楼殿营造图，不许旁人搅扰，并从他手中接过托盘。他只得停住脚，心想恐怕别无面见之机，忙从怀里取出那纸田契，搁到汤碗边："我偶然得了这个旧物件，你替我呈给太傅。我在门边听候回话。"

小黄门端着进去后，他惴惴等在门边，片刻后那小黄门出来轻声说："太傅已收了那张纸，瞧了瞧，便丢到桌上，并无其他言语。"他大为失望，只能黯然退下。

回去后，朱显忽然觉着有些不对：太傅那般有孝心，见到自己父亲遗物，上头又有其父亲亲笔签押手迹，他为何竟丝毫不动情？难道是不愿被人瞧破他的心思？睹物思亲，又无甚见不得人之处，为何要遮掩？或许是他那等尊贵之人，不愿让贱侍瞅见悲恻之容？抑或里头真的藏了些隐秘心思？

他百般纳闷，却始终想不明白，倒是不由得想起一个人：那人是后苑造作所一名黄门官，名叫丁鹿，官阶比他高两阶。丁鹿不时寻见他，向他询问太傅杨戬日常饮食起居。太傅杨戬当年便是由管领造作所才得以施展本领，立明堂、铸鼎鼐、起大晟府、修龙德宫，立了几件大功勋，日益得圣上恩宠。

朱显起先以为丁鹿打问这些，是想寻机巴附太傅，后来却隐约听得，丁鹿在太尉梁师成那里更加殷勤。这等两头奔走之人，用心最难测。朱显有些怕，便尽力避开。

几个月前，丁鹿又寻见他，将他扯到僻静山石背后，悄声说："人要辨得高、识得低，这路才行得平顺。杨太傅如今虽说深得官家宠信，可这后宫始终还是梁太尉做主，御书号令都经由他之手，才能传宣出去，连宰相王黼都得尊他一声恩府，若不然，满天下的人都称梁太尉'隐相'？你只掌管杨太傅膳食，这清冷职位，何年何月才能踩着一梯晋升之阶？"

朱显听了，不敢答言，心思却不由得不动。丁鹿一眼瞧破，又说："我便直说吧，我是梁太尉的眼目，受他差遣，勘查这宫中情状。你若是瞅见杨太傅有何动静，便去报给我。我若得了三分甘，必定少不得你一分甜。"

朱显没有应声，只虚点了点头。之后虽揣着这心事，却从不敢动这念。然而此时，心里懊丧，不由得想起丁鹿那番话，心想：父亲教我要忠心，可这忠也该有个限度。我这般尽心尽力，却连太傅的跟前都到不得一回。如今任这厨职，更如脖颈上拴了根链子，锁困在这里。给人忠了这许多年，如今也该给自家忠一回。

于是，他寻机去到造作所，避开人，将那田契一事偷偷告诉了丁鹿。丁鹿听后，低头寻思了片刻，而后说："眼下听来，这事并无甚奇处。你回去再仔细留意，不论此事，或是其他，只要瞅见，便来报给我。"

朱显原以为能得些好处，却只得了这么一句淡话。他大为懊丧，回去后，更担忧起来。入宫多年，这是他头一回泄传私话，一旦被人察觉，恐怕再无容身之地。他忙去唬住刘西，叫他莫要将田契一事传出去。这一唬，倒唬得他自家越发心虚，整日惴惴难安，夜里时常惊醒。

好在这事本就无足轻重，因而也不见丝毫异常。两三个月后，他才渐渐松了气。受过这一场惊，再不敢动这等念头。

他没想到，过了近一年，到了正月底，丁鹿竟忽然来寻见他，又将他拽到院外那块山石后，急慌慌说："你那田契惹出了大祸，你赶紧出宫去寻见相绝陆青，请他后日午时在潘楼望春阁等候一个贵要之人。相绝轻易请不动，这是一百两酬银，无论如何要说动他！"

他唬得腿一软，几乎跌倒，抱着那绢袋里两块银锭，望着丁鹿匆匆走远，惊怔半晌，见有人过来，才慌忙回去。他不知惹出了什么祸事，更不知寻陆青做什么，手抖个不停。天气岁寒，额头却冒出汗来，心想此事避得越远越好，慌念了半晌，忽然想到刘西，便忙唤来刘西，吓他去寻陆青。

刘西走后，他仍惶惶难安，便谎称给太傅寻买鲜食，也赶出了宫，寻见了一个相熟的菜蔬商人，向他问到陆青住处，租了匹马，望城西赶去。快到陆青那小宅院时，他见刘西从门里出来，忙躲到一边。等刘西过去后，才驱马到陆青宅院门前，下马敲开了门。

他先自报了身份，陆青听后，神情淡淡，并无异色。他原本想向陆青打问事情缘由，见陆青如此，想必也不知情，而且若真有祸事，恐怕知的越少越好。一时间，他愣在那院门外，不知该说什么才好。陆青见他这样，不由得笑了起来。慌窘之下，他猛然想到，陆青名号相绝，最能勘测时运，忙说："陆先生，能否替我相看相看吉凶？"

陆青仍含着些笑，注视他半晌，而后说："你正逢困厄，卦属中孚。不贰为忠，得信为孚。由变生异，求得而失。中心离散，根本动摇……"他被说中自家心事，不由得又惊又怕。陆青解罢，又教了他一条驱邪之法，让他清明去东水门外，对一顶轿子说一句驱祟之语，他听后，愕然失神：

"纵使争出群山头，终归一丘荒草间。"

第四章　小过

天下之事，有时当过，而不可过甚，故为小过。

——程颐《伊川易传》

丁鹿已忘了自己从何时变作这般形状。

初进宫时，他事事都怕，夜夜偷哭。他被分派到龙图阁做杂役，管领他的是个贴祗候内品，虽只是第十一阶最低微官阶，却异常凶恶，将他们几个小黄门的月钱尽都扣在自家手里，平日饭食里齐整些的鱼肉，也都先行拣尽。略不顺意，便是一顿竹条。夜里不愿下炕溲溺，吩咐他们几个每日轮流，半夜一唤，便得立即立到炕边，张着嘴，溲在他们嘴中，不许吐掉，全都得咽下。

丁鹿被磋磨了三年，实在熬不住，无意间发觉那贴祗候内品偷窃阁中图书，私带出宫换钱。有天，他见那恶徒又趁人不备，偷偷溜进阁中。他忙跑去报给了阁中监官。监官率人去看时，那恶徒刚从阁中出来，怀里藏了一卷楷书之祖钟繇墨迹。那恶徒迅即被革了职，杖了八十，罚去牢城营做苦工。

丁鹿不但得了安宁，更被赏了一壶酒、一碗羊肉。那年丁鹿十三岁，从未吃过酒。他得了赏，不愿分给其他同伴，自家躲到宿房里，咧嘴笑着，饱吃了一顿，醉得又哭又叫，唤了一夜的娘。

自那以后，但凡受了欺辱，他都悄悄留意，只要瞅见仇人短处，便去偷报给上司。这宫里，几乎处处都有欺辱，他也便时时窥伺查探，渐渐将一双眼练得极其敏锐。当然，有时难免瞅错眼，或是瞅见的短并非要害，反倒招来监官斥责、仇家报复。为此，他也被毒打、陷害过几回，甚而险些送命。

从中他渐渐摸寻出三条戒律：一、小仇须忍，大仇才报；二、寻到的短处一定得是要害；三、不能举报给上司，要举报给仇家的仇家。

于是，他不但窥伺仇家要害，更留意仇家与何人结怨。如此一来，不但每回都能得手，且无须担忧隐情外泄，还能得些谢赏。

由此他又悟出一条道理，大仇固然该报，但何必把心思全放在报仇上，那些仇敌之间，个个都在寻对方短处。市井那些牙人在买卖间两头生利谋钱，我何不拿这些短处去谋福？

生出这心思后，他不再仅刺探仇家短处，更开始环窥身边所有人。只要瞅见某条短处，便去寻这人仇家。若是低微之人，便谋些钱物；若是高阶官长，便去讨好邀宠。有那三条戒律护身，二十多年来，竟一路安然，升到第六阶黄门之位，更被差遣到造作所，管办一些营造事务，其间多有油水可揩。有了这职位，又有了银钱，事事行办起来，便越发称手。

这几年，他却渐渐发觉，登得越高便越难，升进也越来越慢。高处之人，哪个不是深机熟算、能藏善匿？不但极难探出短处，且并非只有他一人在四处刺探。尤其是行到这半高不低之处，越往上职缺便越少，人人都拼力争竞，如同鸡犬争食，既得讨好饲主，又得挤开争者。这一上一下，略有松懈，便被人踩到脚底。

他原本领到一项艮岳营造差事，只因督造御烛时克扣得略多了些，被那蜡商密告给自己一个同阶对头。他虽及时将钱退还回去，那艮岳差事却也被对头抢去。如今这宫中，哪里还有及得上艮岳营造的美差？为此，他暗自恨骂了许久，却也再不敢大意，渐渐由攻转守，自保为先。

最叫他怅恨的是，在这宫中，人如藤蔓，若无攀附，哪里能立得起？攀上大树登云霄，附到小枝沾雨露，无攀无附烂泥涂。

那些得显贵的，第一等亲近皇帝，第二等巴附后妃，第三等倚靠中贵。丁鹿却只算第四等，不但无缘得近梁师成、童贯、杨戬这三位极尊，连李彦、贾详、何诉、蓝从熙等几位高阶宠宦，都到不得近前。只望得着自己近前上司，因而只能一阶一阶慢慢挨。

丁鹿最馋羡的是杨戬那好机运。当年杨戬触怒哲宗小皇帝，原本被贬到净司，在皇城前院收运粪水，已低贱到那地步，照理永无再起之日。偏巧后苑净司一班人犯了事，被罚逐去牢城营。杨戬却因收粪水收得快净，竟被差拨去后苑。于后苑又得遇一个花匠赏识，转入御苑养花木。去了御苑，他又逢嘉运——那时高太后垂帘听政，最爱绿牡丹。宫中只有那花匠会培植，牡丹开时，正是高太后寿诞。那年又到高太后寿诞，御苑监不慎将那株御绿牡丹弄折，两人厮打起来，一个送命，一个判了徒刑。幸而杨戬跟那花匠习学，培植了一株绿牡丹，便搬出来献了上去，得了太后欢心，将他升任为御苑监。

这等天赐良机，等哪里能等来？丁鹿寻思许久，倒想出一条：以往眼界窄，只见得着小虾小鱼，便是日夜撒网，哪里能尽得饱？如今到了半山腰，便该放开眼界，盯住山顶那几株大树，若能甩条钩绳上去，搭住那高枝，便能凌空飞升，再不必和身边这些贼精贪货争挤。

最高的三株大树，自然是梁师成、童贯、杨戬。童贯掌管枢密院，常在外廷，望也望不着。剩下两个，梁师成号为"隐相"，固宠已久，如今又与宰相王黼内外搭手，可以说，这大宋天下尽攥在梁师成手里头。而杨戬，这几年靠了几桩大营造才升蹿起来，隐然欲与梁师成并驾。梁师成自然不乐，这不乐便是钩子！我若能穿根线在这钩子上，岂不是能钓着一头海鲸？

猛然想到这钩子，他原本躺在床上，不由得连拍几掌、连跺几脚，却仍难抑住狂喜，起身披起衣裳，顾不得外头夜深风寒，走到院子中间，踏着雪，绕着那株老梅树连转了几十圈。半晌才发觉，月光下，那梅树花苞竟已绽放，透出阵阵幽香。他越发欢奋，这莫不是飞升吉兆？院里其他人都在安睡，他不敢出声，忙捂住嘴，龇开牙，偷笑起来。

只是，要探查杨戬短处极难。知晓杨戬短处的，唯有他身边那些亲信之人，但那些人哪里敢去触惹？丁鹿小心留意寻探了许久，终于找见一个——杨戬院里掌管后厨的朱显。

朱显那处境妙在既近又远，掌管杨戬每日饭食，自然极近，却又到不得杨戬近前，更轮不到立功得赏的好差事，因而虽近实远。这等处境之人，心里易积怨气，职阶又比自己低，只要得法，便可操弄。

于是，丁鹿便寻机凑近朱显，慢慢探问杨戬底细。那朱显却极警觉胆小，略微觉察后便开始支吾躲闪，他这怕倒让丁鹿越发不怕。朱显若是不怕，便是对杨戬毫无怨气异心，见自己来探问，或是直言相拒，或假意应和，再去告知杨戬，借以邀功。朱显显然是被逐上房梁的老鼠，上无上处，下不愿下，只有从房梁那头往这头逃。我只须在这头搁一块香饵，他便会爬过来。

他连唬带诱，将朱显擒下，留下了饵引子，可是等了许久都不见朱显来回话。他正在暗焦，开始另寻其他老鼠，没想到朱显却又来了，并偷偷告诉了他那旧田契一事。

丁鹿听了，先有些恼，这算哪等隐秘？可又不能沮了朱显的意，只得压住恼意，说了两句淡话。等朱显走后，他越寻思越觉此事恐怕真有些可疑影迹：朱显将那旧田契献给杨戬，杨戬却浑不介意。这不介意自然是伪作出来的。

杨戬近年最得意的一项功绩是"括田令"。官家这些年大肆营造，国库消耗一空，正愁没有进项。杨戬创设这括田法，于山东、河朔括检出数万顷田地，尽都纳为官田，一年便替官家强收得数十万贯匹租税。这世间万般宠，哪里有胜过银钱的？杨戬正是凭这生财之术，才在官家跟前渐渐夺了梁师成的宠。

梁师成最恨杨戬的，自然是这括田法。而括田法入手处，正是累年旧田契。若是能将括田法与杨戬那旧田契牵扯到一处，钻出一道口子，替梁师成寻个下刀处，那我便可在梁太尉跟前立桩大功劳。

然而，丁鹿苦思许久，始终想不出该如何巧用这旧田契，不敢拿这无影之事贸然去见梁师成，却又舍不得丢下。他思忖再三，忽然想到一人——造作所监官杜骈。

这后苑造作所一共有三名监官，分别管领后苑营造、皇宫器用和皇族婚娶器物。这皆是肥差，梁师成、杨戬和童贯三人各自差遣自己手下亲信之人，分领一职。监管宫中器用的监官名叫杜骈，是由梁师成差派，为人极精敏。丁鹿能来这造作所，便是由于曾向杜骈揭举了他对头一桩短处，帮杜骈除灭了那人。这一年多来，丁鹿再没寻到其他隐秘去献给杜骈，因而杜骈对他渐渐有些冷落。

丁鹿想：这杨戬田契一事我虽想不出好主意，杜骈智谋眼力远胜过我，不如将此事奉送于他，他若能从中窥出些可借之力，自然会进献给梁师成，那我多少也能沾些利。

于是，他将此事偷偷呈报给了杜骢，杜骢听后，略一沉吟，只说了句："我知晓了。"丁麂出来后，回想杜骢那神色，多少还是有些着意，心想：此事是白得来的，弃之可惜，能用则用，只看杜骢如何动心思。因此，他便不再挂念，开始寻杨戬其他短处。

将近一年，他几乎忘了此事，到正月底，杜骢却忽然叫人唤他去，面色黑冷，带着恼意说："那田契一事，惹出了祸端。你立即去请相绝陆青，邀他后日午时在潘楼望春阁与我相会。此事一定要办到，若请不到陆青，你也莫要回这造作所了。"

他惊得魂飞，不敢多问，忙点头应诺，飞快出来，心里又悔又怕，自己这些年四处售卖他人隐私短处，之所以安然无事，只因那些人尽是职低位卑之人。这一回却不同，不论是梁师成，还是杨戬，皆如猛虎一般，只要略一触忤，便生死难卜。这些年，他亲眼见了十几个内侍横遭灭口，自己一时贪躁，竟身陷不测之险。他悔得直跺脚，回到自己宿处，见服侍自己那两个小内侍正在门边嬉闹，他上前一人狠踹了一脚。进了门，又被桌边椅子挂到衣襟，越发恼得将那椅子一把摔到门外。

半晌，他才略略平复。那相绝陆青之名，他早已听闻，却不知哪里去寻。而且，也不知杜骢寻陆青是为何缘故，自己万万不能再有牵涉。他苦想半晌，忽然想到朱显，便取了两锭银铤，寻见朱显，吓他去请陆青。

好在傍晚时，朱显回话，已约请好陆青。他忙去回禀杜骢，杜骢听了，只沉着脸点了点头。

到了第三天，丁麂实在忍不得，偷偷出宫，躲到皇城东角楼下，朝潘楼窃望。快到正午时，见杜骢穿了身便服进了潘楼，他又望向三楼，那望春阁窗户紧闭，瞧不见里头动静。他惴惴等了一顿饭工夫，见杜骢和一个年轻男子从潘楼欢门出来，那年轻男子身穿青绢褙子，应该正是陆青。他见两人在街口分开，杜骢朝东华门行去，陆青则沿东门街向南走去。丁麂躲在人后，等杜骢走过，忙快步追上了陆青："请问可是陆先生？"

陆青回身点了点头，虽有些纳闷，神色却十分淡静，并不像有何烦忧。丁鹿这才略放了些心，不敢透露自家身份，也不敢问潘楼中事情，忽然想起陆青最善相人，忙问："陆先生能否替在下相看相看？"

陆青先微笑了一下，问道："足下可是杜殿值下属？"

丁鹿一慌，不敢点头，只含混应了一声。

陆青并没再问，瞅着他注视半晌，而后缓缓说："足下正逢一厄，卦属小过之象。不得中道，屡行其偏。微过易返，小犯无险。久占其利，心生轻躁。贪小求大，其祸无边……"他听得张大了嘴，双手捏得筋骨错响，忙求问避祸之法。陆青叫他清明午时去东水门外，对一顶轿子念一句话。他听后，心里一阵惊悸：

"逃得万里险，终有一时疏。"

第五章 既济

既济者，难平而安乐之世也，忧患常生于此。

——苏轼《东坡易传》

杜娉原本无意染指这桩事。

杜娉今年四十六岁，入宫已经三十二年。他自幼便身子虚弱，决然做不得农活儿，爹娘为此忧愁不已。有回他爹带着他进城纳秋税，正巧遇见一个内侍在县衙前招选小黄门，他爹便壮起胆将他也推了过去。那年他虽已年满十三岁，却似才过十岁，由于田里去得少，也比其他农家孩童白净许多。那内侍竟一眼选中了他，当即让他爹在契书上画了押，赏了五贯钱。

他爹背了那袋钱，伸手摸了摸他的头，想说些话，却说不出来，只红着眼圈笑了笑，便转身走了。他站在那里，不敢哭，泪水却顿时涌下来，流得满腮满襟。除了伤心怕惧，他其实还有些欣慰。自己一直没有气力帮爹娘，不但白耗粮食，还得花费药钱。今天总算替爹娘挣了些钱，一大袋子，二十多斤。

到了宫里，一半人都熬不过阉割去势那一关，他竟保住了性命。他被分派到翰林院书艺局做小黄门，管领他的，是梁师成。梁师成那时年纪未满三十，还只是第十阶祗候内品。而杨戬则尚在净司运粪水。

书艺局活计倒是轻省，每日照管图册，清除灰尘。不过阁中所藏尽是古籍法帖，都极贵重，须得无比小心。杜骋虽无气力，行事却最细心，又从不敢与人争执斗气。他这虚弱反倒成全了他，不但梁师成放心，其他内侍也难得欺辱他。

几年后，梁师成升迁至睿思殿文字外库，主管向外廷传宣圣旨。这是极紧要的职位，天子喉舌一般。梁师成将自己信得过的几个内侍全都引带过去，杜骋也在其中。只是杜骋并无其他才干，也无争竞之心，只替梁师成照管内务。

当今官家继位后，梁师成日益得宠，杜骋也跟着屡屡升迁，如今已升至左班殿值，四阶官品。前年，梁师成念他三十年忠勤，将后苑造作所监官一职差给了他。杨戬手底下一个亲信黄门也在争这个职缺。梁师成和杨戬头一回生出嫌隙，两下里僵持住，不知该如何收场。幸而丁鹿窥到那黄门替宫女私传物件的阴事，来密报给了他，他又转报给梁师成，才有了借口阻住那黄门，让他顺利得了这职缺。

到了这地步，杜骋心意已足。以一副残缺无后之身，在这宫中位登显职，所谓"富贵"二字，已受用不尽，再多，能留给何人？念及身后，他甚而生出些灰颓之心，想着再过几年，寻个寺观，去神佛跟前静心修行，以善了此生。

在这职任上才安宁了两年，丁鹿竟又来密报，且事关杨戬。

杜骋先没有在意，一来那张田契不过是多年旧物，无甚利害；二来他也不愿无端生事。可是过了几天，他去拜问梁师成，另一个内侍李彦也在那里。李彦这几年得梁师成提携，已升至第一阶供奉官，是当今宫中势头最锐劲之人。李彦说了几件杨戬在官家面前邀宠之事，梁师成听后，面色微微一沉。杜骋出来后，心里也有些发沉。他自家父母已经亡故，这三十余年，一直跟在梁师成身边，梁师成于他，几乎胜过父亲。如今这宫里宫外，除了官家，无人敢令梁师成不快。唯独杨戬，面上虽始终敬让梁师成，行事却越来越无忌。

杜骋不由得想起那旧田契一事，据丁鹿所言，底下人将那田契呈给杨戬时，杨戬只略瞧了一眼，便撂在一边。若是寻常物件，倒也罢了。那田契是他家中多年旧物，人见了旧物，多少会有些感触，杨戬这般若无其事，反倒有些古怪。

杜骋寻思了一阵，唤来手底下一个亲信内侍。这内侍今年二十六岁，名叫姜勿，也是自入宫起便跟随杜骋，为人机敏，极得力。杜骋视他如儿子一般。姜勿已知杨戬田契一事，前几天便说去查探查探，却被杜骋止住。

"前几日杨戬那田契一事，你去暗中打问一番，万莫令杨戬察觉。"

"儿子明白。这事若真有隐情，不必在宫里打问，只须去宫外查探。"

"哦？"

"宫里打问，难免会惊动杨戬，而且一纸旧田契能有何用？若真会生出些事，自然要落到田契里写的那块田。杨戬若对那块田动了念，自然会差人去襄邑县。儿子去宫外寻个人，叫他去襄邑打探打探，便知有无。"

几天后，姜勿来回报说："果真被儿子料准。儿子差的那人赶去了襄邑县，寻见几个相熟的吏人一打问，前两天杨戬果然差了个黄门去问过那块田。那块田在帝丘乡皇阁村东头，中间是一座土丘。那土丘相传乃上古帝喾之墓，龙首一般。四周那些田围在龙首之下，人都唤作'龙颈田'，是襄邑县风水最佳之田。襄邑上田每亩八贯钱，那块田却至少十贯。如今的田主名叫王豪，这王豪是当年三槐王家的子孙，乃当地无比富强户。杨戬家那旧田契上是连帝丘带那龙颈田一起买的，王豪买过去也是如此，把那土丘做了他家墓山。前两年'括田令'括到襄邑，那座帝丘被括为公田，王豪又转佃了回来。杨戬差的那黄门去寻过王豪，要买下那块田。王豪却因出门经商，并未在家。那黄门留了话给他家仆人。"

杜骈听了有些失望，不过是杨戬欲买回自家故田，又不愿声张。杨戬行事从来都是如此不动声色，此事也并无任何可指摘之处。自己想孝敬太尉，看来却孝敬不成。如此也好，孝敬有诸般，何必非要寻些事端？

他刚刚放下这心事，那个供奉官李彦忽然来寻他。李彦一向极力巴附梁师成，常进献些珍物。他官阶虽比杜骈高出许多，却知道杜骈跟随梁师成多年，熟知梁师成脾性，得了珍物，都先来询问杜骈。这回李彦拿的是一方古砚，形如莲叶，说是唐玄宗所用御品。杜骈瞧了一眼，立即知道，太尉见了一定不喜。太尉虽是江南人，却不会游水，儿时去采莲蓬，失足落水，险些淹死，因而始终厌惧水与莲。每年强忍怕惧，陪侍官家游金明池，回来总要病一场。

李彦听后，大为懊丧。杜骈却忽然想到，李彦心机深刻、行事狠利，杨戬买田一事，李彦恐怕能寻出借力之处。于是，他装作闲谈，将此事告知了李彦。李彦听后，眼珠急转，随即告辞。杜骈心里暗惊，李彦恐怕迅即有了主意，他若能借此事挫动杨戬，自然会将功劳全都揽于己身。杜骈不由得有些懊悔，不过再一想，只要解了太尉心头怨气便好，我争这功劳做什么？

过了两个多月，姜勿打问到一事，说那王豪刚刚病故，临死之前，写好契书，将那块龙颈田白送给了杨戬。

杜骋听了，不由得笑叹一声。看来李彦也并未做成此事，反倒让杨戬白得了一块上田。

此事过去大半年，他几乎已经忘记。到了今年正月底，李彦又来寻他，并没有拿什么珍物让他相看，面色也极焦忧。

"你拿那田契来引逗我，如今出了人命官司，更触惹了阴祟。此事若牵扯起来，你万万要在太尉面前替我舒解。另外，我如今不能贸然行走，你得替我寻见相绝陆青，约个隐秘所在，叫他替我相看相看，能否避过这祸祟。"

杜骋听了大惊，忙问详情。李彦却不肯道明，只让他一定约请到陆青。

杜骋从未见李彦如此焦慌过，祸事恐怕不小。他也慌了起来，心想：自己再不能牵惹进去，连姜勿也得避开此事。忙叫人唤了丁鹿来，命他去约请陆青，想到潘楼离皇城最近，便将会面之地定在了那里。

到了第三天，他换了身便装，来到潘楼，上了三楼，李彦已坐在望春阁里等候，神色依旧有些焦慌不安。半晌，陆青才来。李彦叫他在门外等候，关起门，不知和陆青说了些什么。陆青出来后，他陪着下了楼，来到街口，他忍不住向陆青请教。

陆青略略注视他片刻，而后说："久安生忧，卦属既济。平地来风，静水微澜。顺中乍逆，欲安难安。往而不归，难测其极……"他越发慌起来，陆青便教了他解祟之法，让他差一个亲信之人，清明近午去东水门外对一顶轿子念句话，他听了那话，顿时一怔：

"发心之处即归处，一念寒生万里冰。"

第六章　未济

其进锐者，其退速。

始虽勇于济，不能继续而终之，无所往而利也。

——程颐《伊川易传》

李彦一急便会咬牙，上下牙不住狠力叩响抵死，像是在咬一块顽筋。

他这咬牙习性自幼便有。他家原是冀州乡里五等下户，只有十来亩田，上头已有两个哥哥，再多便无力养活。他娘却接着生下个女儿，女儿更难养活，养大了也是别家人，因而诞下来才哭了两声，便狠心溺死在盆子里。过了两年，又生出他，又得溺死，他爹终于没能狠下心，恨骂着留下了他。

从两岁多得自家吃饭起，他便得尽力去和两个哥哥抢食，可哪里抢得过？略好些的吃食，才瞅见，还未伸出匙儿，便已进了两个哥哥嘴里。爹娘也忙着自家抢，哪里顾得上他？因而每回吃饭他都不肯坐，抓着匙儿，伸出手，睁大眼睛候在桌边。他娘才将菜碟摆到桌上，他立即去满满舀一大匙，倒进自己粥饭碗里，紧忙又去抢舀，连抢三匙，才肯住手。若再多抢，不但爹娘要骂，两个哥哥也饶不过他。

其实那时哪里有甚菜肴，常年不过是一些酱菜盐豉，再配些自种的菜蔬，逢到年节才见些荤腥，因而肚里一年到头常常饥馋，见着能进嘴的，抓来就咬。连衣角、蚕茧、木棍、门框、桌角都忍不住去咬，从里头咂出些咸辛滋味。实在寻不见可咬的，便叩着牙齿空咬。空咬时，心里念着肉，各般烧煮腌腊的肉，若念得入神，竟真能咬出油荤香气。

等进到宫里，其他孩童都在哭，他却在笑。虽断了根、挨了痛，可再不必愁吃。那时他想，这世上哪有大过吃的？后来，等顿顿都能饱足，习以为常时，他才发觉，这世间有更大的饥馋，如钱财，如权势。

他自小抢饭练得的本事，在这宫里竟有了大用场。那些内侍，高阶的如同爹娘，中阶的如同哥哥，个个都不能触惹，而他早已熟习如何避怒讨欢，去争得自家那三匙好菜。唯一不同者，当年在家中，底下只有他一个，而在这宫中，与他一般者成百上千，人人在与他争抢，因而下手不但要快，更得狠。他性分中却缺了这狠字。

起先他只尽力窥探上司喜好，极力寻机讨好，却忘了身边那些同辈。得了赏，也不知遮掩，反倒四处炫耀，结果招来同辈嫉恨，或使绊，或毁谤，甚而一起寻过围攻他。他挨了几回打、受过几次陷后，才渐渐醒悟。

有回三个小黄门将他逼在屋角，挥拳动脚殴打他。他被打得站不起身，满头满身都是伤。情急之下，他奋力抓过桌上一只瓷碗，朝墙上狠力一磕，磕出一片半月碎瓷。他尖叫着挥动那瓷片，发了疯一般还击，将那三人连割几道口子，吓得他们全都逃走。连几个假意劝架，实则趁机踢打他的，也一起哄散。从此他得了个"李碗片"的名号，那些小黄门再也不敢欺辱他，他也才领会到狠的好。

不过李彦轻易不发狠，只尽力求自保，能藏则藏，能绕则绕，实在躲不过，才拼力发狠。有了这狠打底，更难有人与他对敌、争抢。他十一岁进宫，今年整三十年，三年一阶，飞速升进，如今已升到第一阶供奉官之位。

到了这地位，内外各般银钱水般涌来。李彦仿效梁师成，于宫外置买了一座大宅第，内外绘饰一新，填满名器重宝。他又去民间物色到一位行貌端美女子，聘娶为妻，又四处搜寻，广蓄了一班姬妾。虽行不得男女之事，却不能失了成家立业之富贵气象。一样物件，他若喜爱，便得多加购置。如一双鞋子花样好，便得照着再绣制十双，却只穿那一双，其他的全都存藏起来。连宅第，他也接连在京中置买了十余处。这般，他心里头才安实。

即便如此，略有空闲，他坐在那里，忍不住便要咬牙叩齿。

太祖开国以来，惩于前代宦官之祸，极力抑制内臣权限人数，更严禁内臣与外臣交通、参权议政。李彦虽已升到第一阶，与朝官相比，官品却只是从八品。再向上升，便得经由吏部，于宫外差遣。幸而当今这位官家最亲重内官，立功者特赐各类宫使、节度使之职，便能升至五品，如梁师成曾被加封神霄宫使，童贯曾被加封景福殿使，杨戬曾被加封彰化军节度使。三人如今更是位列三公，超于一品。

李彦瞅望着这三人，心中饥馋一如儿时。

梁师成、童贯两人根基深固，名望高重，他不敢觊觎，杨戬却似可一图。杨戬先以善营造得官家器重，几年前，又瞅准官家风流之性，首创期门行幸之事，诱动官家微服出行，去与李师师、赵元奴等京中名妓私会，因此才越发得宠。

杨戬所行这些，李彦全都精通，因此他心中对杨戬既羡又妒。他见杨戬势头隐隐胜过梁师成，梁师成也已露出疑忌之色，心想：若欲再上层楼，须得借助梁师成之力，将杨戬扳倒。只是杨戬一生行事从容周密，李彦窥探许久，都未寻见缝隙，为此，他焦得不住咬牙。

杜牸无意间说出杨戬旧田契一事，李彦迅即便发觉此乃难逢之机。之前李彦便已耳闻，杨戬命人卜寻一片墓田，似乎始终未有中意的。那旧田契上的田地是杨戬家中故田，杨戬恐怕难免动心。

李彦立即命人前去襄邑县打探，果然如他所料，杨戬已差人去买此田。李彦手下更打问到一桩旧事，杨戬家当年曾是襄邑富户，却由于买了那块田，迅即败落。

那块田原主姓陆，将那田折价卖给杨戬父亲。杨戬父亲一时筹不出那许多钱，却又舍不得弃了这块上田。那时正是神宗熙宁年间，各州县推行青苗法，向民间贷钱，只还二分利。杨戬父亲便向县衙贷了四千贯，买下那块田后，却发现那田已卖过一道，一田二主。杨戬父亲忙去县衙告状，县里追寻原田主，那姓陆的已举家逃走，不见踪影。杨戬父亲因是第二道买主，那田只能断给头道买主。

李彦听后，不由得大笑起来。这田风水如此之好，杨戬父亲又买而未得、惨遭败家，杨戬自然要夺回。他若是强夺，便留下个罪柄，正好拿来报给梁师成。有了罪柄在手，梁师成才好秉公依法、大明大道惩治杨戬。

不过，李彦旋即想到，以杨戬之势位，根本无须用强，如今那田主恐怕便会主动出让，如此一来，便难办了。

李彦再坐不住，借着外出寻买艮岳营造木料之机，带了数十个随从，驾了十辆宫车，浩浩荡荡赶往襄邑县皇阁村。他去时，那田主王豪正巧经商回来，见到宫中车驾，慌忙出来恭迎。李彦知道王豪乃三槐王家正脉子孙，如今又家业宏富，轻易降服不下，便没有下车，只叫侍者掀开车帘，唤王豪到车前听令。王豪急忙走到车辕边，躬身叩拜。

李彦拿出威势，冷起面孔："听说你那块龙颈田要卖给他人？"

"宫中杨太傅前几日曾差人来说，欲买这块田。"

"你要卖给他？"

"杨太傅既然相中这块田，小民哪敢不从？"

"不成！"李彦怒喝一声，"梁太尉特地命我来吩咐你，这块田留着，不许卖。"

王豪听后，猛地抬眼，眼里尽是惊疑慌惧。李彦知道话语奏效，一句已足，便叫侍从放下车帘，起驾回去。到了襄邑县，留了两个手下在襄邑查探，自己回到宫里，咬着牙焦急等候回音。

过了十来天，那两个手下赶回京城来禀报，王豪竟将那块田白送给杨戬，而他也随即病故。

李彦听了，牙关咬得咯吱吱响，半晌才问："王豪得了何病？"

"据说是痢疾。"

李彦再说不出话，心里却迅即明白：王豪恐怕是自尽。

梁师成、杨戬，得罪任何一个，即便是宰相王黼，都难善终，何况王豪这一介乡户？王豪将田献给杨戬，而后装作生病，服毒自尽，好免去梁师成追逼，以保住那独子王小槐性命。

李彦气恨至极，却毫无办法，只能丢下此事，再寻他途。

然而，杨戬似乎有所觉察，行事越发谨慎。李彦窥探了大半年，始终毫无缝隙可钻。他正在焦躁，有天出宫，经过登闻院时，见院前一群人跪地哭嚷，看衣着尽是乡里农人。登闻院正是为士民投书喊冤而设，那院前却有十几个吏人弓手挥杆执棒，喝骂驱逐那些农人。李彦坐在轿子里，侧耳听了两句，那些人似乎是为"括田令"而来，家中田产尽都被括为了公田。

李彦猛然笑起来：这不是提灯找灯？杨戬正是凭"括田令"而一步登天，那"括田令"所依之法，是查寻历年旧田契，田契若来路有疑，便可括走。杨戬那块田当年卖了两道，不正是大弊误？他创设"括田令"，便用这"括田令"返括回他，叫他自家设钩自家吞，哈哈！

他忙命轿夫转回宫里，可到了宫里，才下轿，一个手下忽然来报知一事，说拱州知府要荐举王小槐面圣。

李彦顿时大惊。那日他去皇阁村王豪宅前说话时，见一个锦衫孩童站在院门边，一双贼精精的小眼一直瞪着他，目光满是厌憎。那孩童恐怕正是王小槐，寻常孩童哪里敢这般瞅瞪中官？回想那目光，李彦心里一寒。那王小槐号称神童，恐怕知晓自己父亲死因。他若见了圣上，说出此事……

他忙问："王小槐几日来京？住在哪里？"

"正月十五到京城，住在拱州知府京中的宅子里。"

"你赶紧寻人设法，不能叫那猴儿面圣！"

李彦惶惶不宁，用"括田令"反括杨戬一事只能暂且搁下。好在到了正月十六，那手下来报，王小槐已死。李彦这才放了心，知道这手下行事妥当，不敢大意。谁知第二天便听闻王小槐被烧死在虹桥上，开封府已在查问此案。他忙唤了那手下责问。那手下却说，是暗中使人在汤里下毒，并未在虹桥上纵火，不知王小槐为何又被烧死。

李彦恼愤不已，又无梁师成那等权柄，能差人去开封府干涉办案。他惴惴等到月底，幸而此案凶犯无从追查，那案子已搁了下来。他尚未松气，另一个手下又从襄邑赶来回报，说王小槐在家乡还魂闹鬼，半夜里四处撒了许多栗子。李彦越发惊怕，出宫回到自己宅中，却见妻妾慌作一团，扯着他去卧房。他进去一瞧，更是惊得险些栽倒。床上撒了许多栗子，并沾满血污。妻子哭着说这卧房一直关着，并没有人进来。今天听他要回宅来住，才叫侍女开了门，来铺床点香，却见床上竟有这些秽物……

李彦从没这般惊吓过，站在门边半晌手足才能动弹，他忙伸手叫侍女扶拽着，慌慌逃离了卧房，宅里都不敢再停留，急急上了车，躲回了宫里。

这一床血栗子，将他多年心病击穿。其实，从十一岁入宫头一天起，他时时都在怕，从没安心过一刻，因而他那牙始终在咬，大半不是为馋，而是为怕。怕人责，怕人打，怕人害……狠气长一分，怕意也跟着重一分。尤其升到这高处后，更怕人复仇，如同赤身行在夜林间，处处尽是狼影豺咻。

他躲在宫中自己那间昏暗宿房里，牙齿咬得声响极大，小侍从在门外恐怕都能听到。他慌慌寻思许久，才忽然想到了杜骋。这祸事是杜骋牵惹的，也得由他来解。于是他急急寻见杜骋，叫他去约请京中最负盛名的相绝陆青。

那天，他换了便装，从潘楼后门偷偷上了楼，等候陆青。陆青见了他，只微微一拱手，不等吩咐，便坐到他对面，静神注视他良久。那目光冷中带厌、明利中又含些怜，让他如同身浸寒水，却又感到几分春阳之暖。他想抗拒发怒，却又不由得忍住，似乎有些情愿叫陆青看透，觉着那目光能驱净自己心底积年之怕。

半晌，陆青才缓缓开口："历劫之相，卦属未济。苦海逐浪，狂风兴波。争帆夺桅，此倾彼侧。旧险未尽，新患又生……"

他听着惊怕不已，却又忍不住想听，如同医者替他揭开积年旧疮。他忙问："如何解此祸难？"

陆青微微笑叹一声："观汝神气，积习难断。就算过得此劫，日后恐怕又陷灾祸。"

"久远之事，我顾不得。我只求解了目下之祸。"

"目下解祸，倒也不难。清明近午，你可派几个亲信之人，去东水门外虹桥上拦住一顶轿子——"

"做什么？"

"对着那轿窗念诵一句话。"

"什么话？"

"咬牙攀上最高枝，转眼春去近危时。"

第七章　乾

至健而易，至顺而简。故其险其阻，不可阶而升，不可勉而至。

——张载《横渠易说》

陆青极懒，懒得连眼皮都不愿睁。

他足不出户已近一年，独自在那西郊小院中，备好米麦薪炭，后院种了一畦瓜菜，自家造了两大缸姜豉酱菜。他只爱睡觉，每回睡前，都先烧起一大锅水，再煮一碗青菜面，吃过后，将自己那座小宅院里外清扫一遍，用帕子将屋中桌椅抹拭干净，再把床铺铺展平整，最后将烧好的水倒进浴桶中，慢慢沐浴一番。宅院、身体都清净后，这才上床，舒舒坦坦酣睡一场，一觉能睡两三日。睡着时，浑身一丝都不动，也不做梦，睡得如同一棵树。

醒来后，再煮些白饭菜蔬，就着豉酱慢慢吃过，便静坐檐下一张竹椅上，看院中那株梨树，由枯而芽，由芽而叶，由叶而花，由花而果……看得久了，那树上每少一片叶，他都能发觉。

他这懒来自于厌。人人都巴望能借他的眼，看清自家的前程运命。他却看了太多悲喜欢愁之心、吉凶福祸之命，就如独坐于大筵中央，万千菜肴密布四周，长年累月络绎不绝，哪里还有丝毫举箸之欲？何况人非佳肴，坦然从容和美之人何须问命？来寻他的，尽是怀揣心事之人。人心一旦被缠缚，不但面相难看，心里更是积了诸般烦闷、焦忧、愁苦、煎熬……一眼望去，污泥深潭一般。看得多了，哪能不厌？让他不时生出悔意，不该习这相学。

九岁那年，他流落至杭州，有位相师一眼瞅见他，当即便说："这孩儿眼里有毒。"却不知，他那眼中之毒，来自这世道人心。

三岁不到，陆青父亲便已亡故，留了数百亩地。他娘还算强干，独自带着他，将家计料理得停停当当。亲族乡邻们也都亲善，时时过来帮扶。却不知，那些人全都盯住了那片田。他一个伯父为首，先捏造他娘偷人，继而说他并非本家血脉，闹到了县衙。没有凭据，他们便生造出来。他娘被逼得夜里偷偷投了河，他也被逐出了家门。

那年他七岁，心里发了个狠誓，要将这些仇人一个个杀死。他去一家酒肆厨房偷到了一把尖刀，时时留意那些仇人。过了一年多，他终于撞见了一个报仇之机。他那伯父带着五岁的幼子来县里赴宴，夜里回去时，吃得大醉，倒在了麦田边。他一直悄悄跟在后头，见那伯父倒下，忙赶上去，一把推开幼弟，拔出刀子，准备戳烂这条豺狼。那堂弟顿时哭起来，叫着"哥哥"，拽住他的衣襟，大声哀求。他把刀子连举了几回，都下不得手，只能恨恨离开，边走边不住抹泪，连声恨骂自己。

哭过一场后，对这人世，他便已心死。

他野犬一般，在杭州街市间游走。饿了，也不愿向人乞讨，能捡则捡，能取则取。挨了打，也并不觉着如何，抹抹血，继续走。捡寻不到，他便饿着，能饿两三天。走困了，便在街边檐下铺开一条毡毯，这是他从家中带出来的唯一一件东西。他极爱惜，每天睡过后，都要将灰掸净。

一年多，他一个字都未说过，直到那位相士瞅中了他。

那相士追着他，追了许多天，求他拜自己为师。他却毫无兴致学任何本事，并不睬那相士。那位相士便四处去打问他的身世来历，而后又寻见他，问他："你难道不想知道，那些害死你娘的人为何那般恶？"当时他正嚼着捡来的半块饼，心里略略一动，但随即想：恶便是恶，哪有来由？即便有，知道了又能如何？于是，他又继续边嚼边走。那相士又跟上来问："你不愿想那些恶人，难道也不想知道你娘为何会忍心抛下你？"他顿时停住嘴，脚也再迈不动。

这桩事，陆青在心里头问过无数回。让他心冷的，并非那些恶人，而是他娘。在他娘心中，那些恶人恶行，以及加给她的那些恶名，都胜过这个儿子。

陆青望向那相士，见相士眼中满是殷切，便点了点头。

于是，他跟随这位相士，四处游走，东至登州，南到广州，西达成都，北及河间。十来年间，行踪万里，阅人无数。

那位相师并非寻常卜卦谋财之徒，他精通望气古法，观人不重皮肉外相，而是看人意气、神态、音声、姿势、动作……由这无形之气，查知心性、禀赋、气度、格局，从而断定运命之高低、顺逆、深浅、薄厚。

这相学，一要历世深、见人广，二得心眼净、神气宁。陆青原本就已心冷，经见了这许多山川风物、人情物态之后，便越发通脱，难得有何牵念，更不被俗欲缠陷。到十八九岁，他已学成那套望气相人本事。一个陌生之人，略打量片刻，便能道准七八分。

他也已经明白，他娘为何会忍心抛下他。这世上之人，大多被一些物事死死困住，终生都挣不出来。他娘则是被一个"净"字困死。他娘极爱干净，见不得一点儿污迹，家中备得最多的是各样帕子，不但擦嘴、拭脸、揩手、抹脚各有帕子，擦门、擦窗、擦柱、擦桌、擦凳、擦柜、擦镜、擦锅、擦碗、擦盏……都各归其类，所有帕子用过后，都立即得洗净，丝毫不容污乱。而相比于这些器物之净，他娘视名节之净，则更胜过性命。名节不似器物，一旦受污，永生都难擦拭干净。杀他娘的，不只是那些恶人，更是他娘这憎污之心。

明白这些后，陆青再不怨恨娘，反倒生出几分哀怜。这哀怜不但能让他娘魂灵得安，也让他自家得以松释。

十年前，那相士带他到了汴京，又见了许多贵戚重臣、富商名儒，他眼力越发通透精准。没过两年，那相士病故，陆青便承继其业、自立门户。几年间，便在这京城立起"相绝"的名头。

他原本住在城中，寻他之人，日日候满在门前。他却越来越倦于这营生，只得不断提高相费。一般卦师，相看一回，至多三五十文钱。他起初便是三百文，后来升为五百文，求相之人却仍增不减。他又升至一贯、三贯、五贯，每日仍应接不暇。他索性加到一百两银子，这才略略清静了些。他的名头却由此越发神异，来相看的，尽是尊贵巨富之人。这等人，大多自视极高，名为请教，实则极少能听进逆耳之言。

人求他是为算命，可这命哪里算得来？即便能算准，某人某日注定被某片瓦砸死，你让那人躲过此灾，此人命便改了。他命一改，自然会波及身边之人，这些人之命相应都会改，由近及远，世上所有人之命，都将因这一片瓦而改。这些人反过来，又会波及最早那人，那人命运也将再度改变……这只是一人一瓦。再多一些，其所波及不知将会繁杂纷乱到何等地步。

陆青这相学，并非算命，而是察人。由人之形，观人之神，查人之心，判断此人天性凉温、器量宽窄、心境明暗、禀赋厚薄、气质清浊、智识高低、心思粗细……从而得知此人行事高低、功业大小、处世难易、遭际顺逆等。如同相马，只能判定马力之健弱、快慢、长短，哪里能断言这马命之好坏、寿之短长？

若想改命，唯一之法，是改变自家心性。但所谓本性难移，若非大智大勇之人，哪能轻易改得了自家性情禀赋？即便陆青明白指出其心中症结，绝大多数人也依然故我。心性不改，自然行事不改；行事不改，哪里能改得了命？

因而陆青越发厌倦，他原本就无心浸染这人世，又不愿违心敷衍。

有回，他偶然进城去到孝严寺，遇见了寺中住持了因禅师。闲谈间，竟与了因禅师有些旧缘。了因禅师原本在拱州出家，陆青的祖父则是那州里富商。了因禅师见睢水上下几十里地只有两座旧木桥，便立志化缘，修造十座木桥。他寻到了陆青祖父，陆青祖父为人豪侠仗义，在外行商许多年，正打算卖掉田产，回江南家乡，便一力承担下这桩善举，卖了帝丘那片田，将四千贯钱全部拿来资助修桥。

了因禅师与如今汴京作绝张用的祖父相熟，便从京城请了张老作头来督造桥梁。没想到才开工几日，便惹出一桩官司。陆青祖父因一向瞧不惯草药杨家欺压穷苦佃农，便将那块田卖了两道。头道钱捐给了因禅师，二道卖给了草药杨家，钱则自家卷走逃离。了因禅师到处寻不见陆青祖父，心中不安，便去皇阁村草药杨家，打算商议一个妥当法子。快行至杨家时，见一个孩童从院里跑出来，转到侧墙根下，把一样东西压到一块石头下面，随即跑回了院子。

了因禅师有些好奇，走过去搬开石头一看，竟是陆青祖父那第二道田契。了因禅师犹豫半晌，怕善桥造不成，终没能克制私心，便揣起了那张田契，紧忙离开。

那十座桥顺利造好，了因禅师却心怀愧疚，便离开襄邑，做了个行脚僧，四处游方行善。多年前，他身体渐衰，才来到汴京，在这孝严寺做了住持。

前年，了因禅师圆寂，让徒弟转交给陆青一包东西。陆青打开一看，里头是几本册子和一封书信，均是了因禅师手迹。陆青先读了那信，了因禅师嘱托他寻机设法劝解救拔宫中太傅杨戬。陆青读后，不由得诧异而笑。然而，等他读完那几本册子，却再笑不出来。

了因禅师负疚于自己当年所为，那心病始终横梗于心，后来无意间得知，草药杨家因被骗买那块田，家道败落，次子杨戬入宫做了内侍。他推测年龄，那张田契正是杨戬藏到院墙外石头下的。

了因禅师深知因果，得知这消息后，越发惊惧愧惭。他见佛经中虽反复言及因果，却未有哪一部细述过因果变化。他便回到襄邑县皇阁村，从头细细追寻那假田契在杨戬身上所造因果。他寻访到杨家邻人故旧，拜问过杨戬姊姊，又一一寻见了几位宫中老内侍，前后耗费数年工夫，细细写下杨戬这五十年生平所为。

杨戬兄弟三人，他排在中间，自幼便被父母轻视。因那假田契，家败之后，他父亲将他卖入宫中。到了宫里，杨戬被分到御药院，任清扫之职。他沉默少言，只和一个叫姚辛的小黄门常在一处。姚辛在厨房做杂活儿，每日饭时，由姚辛给众人舀饭。另有一个小黄门名叫朱瓒，性情强横，又会巴附上司，时常借势欺辱他们这些瘦弱者。

杨戬十二岁那年，同班的一个小黄门因识得文字，被迩英阁墨监选去做小墨侍。朱瓒见那个小黄门升进，气恨不过，从御药院里偷了些药，强逼姚辛第二天给那小黄门投到饭碗里。那小黄门吃了那饭，肚子顿时烧痛起来，一眼瞅见姚辛神色不对，便知自己被下了毒，正巧旁边案子上有把剁肉刀，他便抓起刀去砍姚辛。姚辛被砍死前，大声说出朱瓒，那小黄门又去砍伤了朱瓒。那墨监见小黄门被毒死，出了院门，正巧听见杨戬在角落里背诵《孝经》，便将杨戬带去做了墨侍。

朱瓒被砍成重伤，因年纪小，未被处斩，撵逐到瑶华宫清扫茅厕。那瑶华宫在皇城外，是贬逐后妃之地，如今哲宗皇帝的孟皇后仍废居在那里。了因禅师寻到朱瓒，从朱瓒口中得知，当年朱瓒偷的是巴豆，想让那小黄门腹泻，捉弄他一回，并未想毒死他。不知为何，姚辛竟换作了半夏。半夏能令人变哑，重者致死。可姚辛只在厨房做杂活儿，从未去过御药院，更偷不到毒药。此外，那天饭前，姚辛本在剁肉，杨戬过去帮他，姚辛便去做其他活计。肉剁好后，送进了厨房，刀却留在了木案上。

了因禅师在册子上记道：杨戬生于草药之家，自幼识得各般药材。入宫又于御药院当差，极易盗得半夏。姚辛与杨戬交好，下药之事，杨戬事先知否？留刀于案，诵《孝经》于院外，巧合乎？十二岁少年，能有此心机？

杨戬到了迩英阁做墨侍，三年后，那墨监自尽身亡。杨戬替了他的职任，升作墨监。

了因禅师寻到那墨监宫中一位老友。那老内侍已经年过七十，在宫外延庆观中寄居养老。说起当年墨监之死，那老内侍讲起一件旧事。当年神宗皇帝病重，立继之事争议不决。神宗同母弟吴王赵颢素有才学威望，诸位重臣皆欲推举他继承皇位。赵颢也屡次进宫探视神宗病情，高太后觉察其用心，下令禁止赵颢进宫。赵颢为打探内情，便设法买通了那墨监，为其传递消息。那墨监出入不便，便寻见这老友，替他传信。两人商议好，墨监将密信藏在花园假山石洞内，洞口插一片竹叶为号。他这好友传递了许多次，然而最后一次去时，洞口虽插了竹叶，却不见有信。接着，那墨监便自尽身亡。

了因禅师在其后记道：墨监自尽，应缘于密信，定有人窃取威逼于他。此人可是杨戬？

杨戬升任墨监后，神宗皇帝旋即驾崩，哲宗继位。哲宗那时年仅九岁，被皇祖母高太后严教，日日在迩英阁听馆阁大臣讲书。他因厌烦走神，打碎了一只御砚。杨戬当时正在一旁侍立，哲宗皇帝便将错归罪于他，杨戬因此被罚逐到南班净司。杨戬患有哮症，每日倾倒搬运粪水，其苦可知。

净司分为南、北二班，但都住在西华门内角上一座院落中。北班一向轻视南班，二班之间时有冲突。两年后，北班净司发生一桩祸事。北班因属内苑，多是皇帝后妃寝院，马桶倾倒过后，得用净水冲洗一道。祸事便出在这净水上。运送粪水，三人分作一拨，两人推车，一人倾倒。那时正是冬天，天亮得晚，北班净司其中一拨，用水冲过马桶，各院宫女提进去后发觉手有些痒痛，就着灯光一瞧，马桶尽都被染红。此事自然非同小可，内府立即率人到净司院子里查办。那三人全都跪地喊冤，班头说一定是南班之人嫁祸。南班人立即被尽数叫来盘问，其中独缺了一个小黄门，名叫邓六。最后在后院井中找见其尸首，被断定为畏罪自杀。北班人虽免了罪，却被逐出皇宫，发配到牢城营。南班之人，细选了一些转入内苑，杨戬便在其中。

了因禅师寻到杨戬当年净司的一个伙伴，已年过六旬，出宫回乡。他和杨戬、邓六同在一拨。祸事发生前一晚，他记得邓六和杨戬半夜先后都出去净手。第二天内府来追查时，邓六和杨戬皆不见人，后来杨戬出现于屋角。

了因禅师记了一句疑问：莫非又是杨戬所为？

杨戬去了内苑，因送粪水到后苑花圃，遇见一位老花匠。老花匠见他懂得用粪施肥，便请求圃监将杨戬转拨到花圃，做了他的徒弟。

几年后，花圃又发生一桩祸事。那老花匠年年为高太后寿诞培植一株绿牡丹，那年到了太后寿日，圃监清早先查看过那绿牡丹，等太后身边内侍来搬取时，却发觉那株牡丹竟被人割断。花匠一时慌怒，去责问圃监，两人争执起来。圃监愤恼至极，将花匠一把推倒，撞死在了石阶上。圃监因此被判徒刑，发配至陕西。幸而杨戬学种了一株绿牡丹，因此被升拔为圃监。

了因禅师不惮路途遥远，去陕西寻见了那圃监。圃监说：自己当年的确有些嫉妒那花匠得高太后恩宠，因此时时有意为难，但绝无胆量去割太后牡丹。他那日气恼，是由于另一桩事。那时高太后垂帘听政，重用旧党司马光，贬了新法派宰相蔡确。蔡确出自安州，游览车盖亭，写下十首绝句。旧党之人捏造其诗深怀怨怒、诋毁太后。蔡确因此又被贬往岭南，不久便患病身亡。那圃监是安州人，车盖亭是安州最负盛名之景，因魏文帝"西北有浮云，亭亭如车盖"诗句得名，相传李白常在此下棋。他将蔡确那十首诗抄在一页纸上，夹在一本佛经里，无人时偷偷吟咏一回，以解思乡之苦。那天，他到处寻不见那张诗纸，却发现那本佛经上留了个泥手印。他顿时想到那花匠常日用手扒泥，难得洗手。正在那时，花匠奔进来责问牡丹被割之事，两怒交集，他才失手打死了花匠。事后，他才想起来，那花匠一字都不识。

了因在其后写道：两人相争，杨戬得利……

杨戬自任了圃监后，着意留意宫中各位后妃喜好，时常送去各人最爱之花，因而深得哲宗孟皇后欢喜。绍圣三年，孟皇后幼女夭折，其养母近侍为解其悲痛，请了尼姑进宫作法祈福。当时有位刘婕妤深得哲宗皇帝宠爱，便借此称孟皇后行巫蛊邪术。宫中兴起大狱，皇后、宫女、内侍尽都被掠谤逼供，杨戬也牵连其间。随后，孟皇后被废，贬囚瑶华宫，刘婕妤则被册立为皇后。

了因寻访当年皇后内侍，其中一个说，杨戬起先并未牵连进来，是受刘婕妤指使，诬告孟皇后。

不久，哲宗皇帝病崩。哲宗次弟为端王赵佶，此前时常寻机亲附神宗皇后向太后，却因入宫不便，便说动杨戬为其内应，借献花之机，屡进美言。哲宗驾崩，向太后不顾大臣异议，立端王为帝，是为当今官家。杨戬也由此登上青云，时年二十八岁。

次年，杨戬头一回归家。他父亲家道不及当年，三代人仍同居共爨，屋宅有些窄挤。杨戬出钱置买了一座大庄宅，让父亲兄弟搬进去。几个月后，那宅院不慎着了火灾，一家数口尽都命丧火中。杨戬姊姊于数年前也已病故。至此，杨戬在这世间再无亲人。

此后之事，陆青大致都听闻过，便回头又读了一遍那封书信。了因禅师托他寻机劝解杨戬，令其改过向善，以消解多年因果。陆青不由得摇头笑叹，仅看杨戬成年之前那几桩行径，其用心之毒、机谋之深、手段之高，已是人间罕见。近二十年来，又一路高升，位极人臣，历练自然越发深厚熟滑，哪里是一番言语便能劝解得了的？了因禅师在世时，自然苦心劝解过多次，这如同舀来几瓢水，妄图浇熔一块铁。

陆青便将此事丢到一边，更怕再有此等闲事来扰。多一事，便多一桩因果，便会牵连出许多烦恼。若欲解因果，莫如少生事。于是，他索性躲到西郊，向一家农户买下这座小院，关起门来睡觉、观树。

去年初冬，天气乍寒，细雪飘飞，正是睡觉好时节。陆青正在拥被酣睡，却被一阵敲门声吵醒。一听那敲门声，他便知是故友王伦。王伦是三槐王家的子孙，幼年随族迁居襄邑县皇阁村。但王伦受不得拘束，喜好四处游荡。陆青与他偶然相识，爱他性情通脱洒落，便结为好友。他们已经两三年未见。

自锁院闭户以来，先还不时有人敲门，陆青从不应声，半年多后便渐渐少了。陆青躺在那里，原本也不愿理睬，但听那敲门声比往昔低促一些，似乎藏了些小心。王伦素日极浪荡挥洒，恐怕是遇了事。陆青只得起身穿衣，出去开了门。见王伦站在暮色中，身形消瘦，面容暗悴，衣帽须眉上全是雪。一看那神情，陆青便知自己没有听错。王伦目光原本极热，时时透着些玩世不羁之嬉笑，只在底处潜藏了一层壮志难酬之愤郁。然而那天，陆青一眼之下，便发觉王伦眼中那热与喜尽都不见，愤郁翻腾上来，更混叠出八九层暗影。王伦面上虽是重见故友之慰，其下则依次藏着警觉、怕、慌、愧、疚、伤、悲、愤、恨……

陆青没有开言，只示意王伦进来，王伦迅即抬腿走了进来，陆青发觉他在避逃什么。陆青仍没有开口，随手关起门。王伦快步走进了堂屋，脚步也比往日促急。陆青去厨房生起炉火，煎了一壶茶，端到堂屋，王伦坐在那张农家粗木方桌边，望着桌面，有些失神。陆青斟了一杯茶，王伦却不喝，抬眼望向他，压低声气说："这两年，我一直在做一桩事——刺杀杨戬。"

陆青虽有些惊，仍未开口，只静静听他讲述。

原来王伦这两年聚结了一伙人，一同合谋刺杀杨戬。去年清明，有个山东汉子，名叫武松，扮作头陀混到孝严寺里，准备趁杨戬去祭拜时行刺，却被皇城使窦监察觉。混战中，武松一只手臂被砍断，人也被侍卫捉住，死在了囚牢中。此后，王伦一伙人又数度行刺，均未得手，反倒接连损折了几条好汉性命。

王伦不愿再这般蛮干，枉损朋友性命。他与汴京念奴十二娇中的棋奴相熟，棋奴家乡亲人也有几家被括了田。棋奴得知王伦所为，也愿效力，王伦由此想到了一个主意：烛杀。

杨戬说动官家微服行幸，私会唱奴李师师。每回官家去李师师院中，杨戬也必定跟随护侍。上个月，王伦与棋奴四处使力，终于打探到官家临幸日期。那天恰好是李师师生日，棋奴便邀了其他几奴提前一天，前去给李师师贺寿。棋奴趁人不备，溜进给杨戬预备的宿房，拿出一支备好的蜡烛，调换了桌上那支。这支蜡烛由王伦托人特制，蜡中溶了毒药。

第二天夜里，王伦和几个朋友聚在李师师行院附近一家客店，察看动静。然而，次日清早，官家和杨戬安然回宫。王伦忙去打探，从李师师馆中一个使女口中得知，杨戬那夜进房后，点起了蜡烛，但旋即便吹灭了。

几天前，皇城使拘捕了棋奴。不久，棋奴被缢杀。王伦和那几个朋友也被人追踪，王伦费了许多气力，才得以逃脱。

王伦面色沉郁，长叹了一声："杨戬那奸贼，不知是如何发觉了那蜡烛有毒。"

陆青想起了因禅师所记："杨戬自幼患有哮症，于气味极警觉。"

王伦一听，一拳猛捶向桌子，几乎将茶盏震落："嘻！是我害了棋奴！"

"你们为何要行刺杨戬？"

"括田令。"

"括田令？"

"这几年，杨戬推行'括田令'，在山东、河北等地，强将民田括为公田。田乃衣食之本，丧了田，便是丧了命。我们三槐王家也有几家田被括去。你可听闻梁山泊宋江三十六人？他们原是靠水而生，那片湖荡却被括为官湖，失了生计，才起而造反。我也曾劝动几位朝臣，上书奏谏，怎奈官家全不理会，反倒升赐杨戬为太傅。这'括田令'若是再推行下去，造反的便不是三十六人，恐怕会是三千六、三万六、三十六万。再加之江南花石纲逼得方腊作乱，这大宋江山如何得保？杨戬不除，天下难安。我今日来，便是想求你谋划一个好主意。"

"杀了杨戬，还有张戬、王戬……"

"一头狼吃人，难道也说，杀了这头，还有许多，便不去杀？你我一介匹夫，这天下事或许照管不到许多，但眼见这个奸贼祸害苍生，岂能坐视？"

陆青不由得想起了因禅师那封信，了因怕他相拒，又知他好净，在信末写了一句："岂因秋风吹复落，便任枯叶满阶庭？"此语与王伦所言，同出一理。陆青心中不由得一动，但旋即想到，这人世原本便是无终无了烦恼之境，以一桩烦恼除灭另一桩烦恼，只会生出更多烦恼，哪里会有穷尽？于是，他仍默不作声。

王伦郑声说："我知你好清静，若不是实在无法，绝不会前来搅扰你。我虽不会相学，却知你面上虽冷，心底却热，否则我也不会与你为友。我不能久留，你好生思谋思谋，三天后，我来讨回话。"

王伦说着便起身出去，这时天已昏黑，雪下得更密了。陆青送王伦出了院门，看着他孤身冒雪匆匆远去，心里忽有些不忍。静望半晌，不见王伦身影后，才回身关上了院门。回到屋里，已无睡意，他便点起一盏灯笼，挂在院中那株梨树上，裹着被子，坐在檐下，看雪飞扬飘洒，落满枯枝。

这一坐，便是一夜。天亮雪晴后，他才有些困意，便回到床上去睡，睡了整整两天。下床出门一瞧，满院铺满厚雪。他没有去踩那雪，顺着屋檐，走到厨房煮了一碗素面，吃过后，便又坐到檐下，看满树琼枝，等候王伦。

一直等到深夜，王伦都没有来。天净无云，月光映得白雪莹亮，他便继续坐在那里，看月下雪树。一看又是一夜，四下寂静，唯有枝上积雪偶或簌簌落下。天亮后，他煮了些麦饭，吃过又去睡。这一回，只睡了一天，深夜便已醒来。他又坐到檐下，看雪，看树，等候王伦。

然而，一直等到年底，王伦都没有来。院中那白雪，也一个脚印都没踩出。他不知自己为何要等，即便王伦来，也只是告诉他，自己无意染指行刺之事，只愿静居独院，直至老死。

想到老死，他不由得环视小院，到处白雪覆盖，院外四邻虽偶有人声，这里却空寂宁静，正如自己之心。浮生一梦，生本空寂。死去，实为归去，如雪融化，消去眼前这暂寄幻象。

他又抬眼望向那棵梨树，自己死后，这梨树仍会逢春而发，开花结果，自生自长。细看那些雪裹枯枝，他心里竟生出些暖意，如对故友。

活到如今，他并没有什么朋友，王伦是最近的一个。王伦人虽浪荡，却从不食言。他未来，怕是已经遭遇不测。念及此，陆青忽觉心里似乎有根细丝，迅即断开，飘飞而逝。这是他与人间仅有之牵系，王伦不来，这牵系便也消失。他心里一阵怅然，又望了一眼那棵雪中梨树，随即起身，又回房去睡了。

进到正月，他已忘了王伦，每日照旧看树、睡觉。

正月十五那天傍晚，他刚睡醒，外面忽然传来敲门声。王伦？但随即便发觉，这敲门声笃实许多，应是其他人。他略一犹疑，还是踩着院中的雪，出去开了门。是个中年男子，他从未见过。一眼之下，陆青便已大致看清此人性情气质：目光稳重温实，眼中却隐隐有些偏狭不平之气，在家中应是长子，后被幼弟夺宠；笑容平和，嘴角却藏了些谨慎犹疑——看人时，先审视一眼，接着又确证一道，而后才安心收回——应是早年经历平顺，中年之后至少遇过两次大波折；

脖颈微向前伸，头又略向后挺，鼻翼微缩，鼻孔又微张，恐怕是家中妻子性情骄横，家室又胜过他，常年在家忍气俯顺，心中却又尽力持守夫纲……

那人望着陆青开口询问："请问，您可是陆先生？"

陆青点了点头。那人从怀里取出一封书信："我与王伦是旧识，已有几年未见他。几天前，我在山东兖州一家客店前碰着王伦，他托我给陆先生捎来这封信。我正要跟他攀谈，他却匆匆便走了，似乎有何急事——"

陆青等那人告辞，关起院门，打开了那封信。里头只有一张画，画得极粗陋：一条河，一座弯桥，一头羊从城门中出来，一轮日头将升至半空，旁边只写了"清明"二字。看那两个字，果然是王伦笔迹。

陆青不解其意，又仔细端详那画，寻思许久，忽然明白此画是在暗示：那头羊是杨戬，清明近午，杨戬要出东水门，过虹桥。

陆青不知王伦为何能预知杨戬行程，不过，王伦寄信过来，自然是希望他能行刺杨戬。陆青不由得笑叹了一声，至少王伦仍在人世。叹过之后，他又感慨自己，先为王伦不测而怅，现又为王伦在世而笑，看来毕竟未能真的看破生死得丧。

正在这时，眼前一样东西飞转飘摇，落到他脚边雪上，是一小片枯叶。院中那株梨树叶子早已落尽，这是从院墙外一棵槐树上飘落进来的。他俯身捡了起来，叶子虽已枯褐，叶柄附近却仍残留了些黄绿生意。他凝视片刻，心中似有所悟，却又一时想不明白，便回去重又坐到檐下，望着雪上自己来回踩的脚印，默默出神。

一直坐到清晨，他正要起身进房睡觉，院门忽又敲响，随即传来一个孩童的唤声："陆先生！"

陆青一听便认出来，是王小槐。两年前，他曾随王伦去过皇阁村，王伦特地牵了王小槐让他相看。他一见王小槐，便知此童日后必定会搅扰得世人不宁、众生难安。尤其那声气，听着虽稚嫩，却有几分天然骄冷，绝非一般娇宠孩童之气，而是缘于过人天资、绝顶聪颖。时隔两年，王小槐声音劲利了一些，那骄冷也随之更盛，其间更夹杂了些怨愤之气。

陆青过去打开门一看，晨曦中，一个中年微胖的男子，带着个孩童。那孩童果然是王小槐。陆青看那中年男子，应是富家落魄子弟，神色间混杂骄气愤意与愁苦灰心，目光既不屑又馋羡、既落寞又不甘，更有些机巧与油滑，好在心地还算纯良。而王小槐，虽仍瘦小，却长高了一截，目光则比两年前沉暗锐利了许多，骄冷傲横之外，更聚了一股急恨躁愤之气，再加孩童之无遮无掩、不思不疑，望过来时，利刃寒锋一般，直刺人心。

王小槐一见陆青便说："陆先生，你得帮我。"

陆青让他们进到屋中，坐到桌边。王小槐脸色发青，小鼻头不断翕张："陆先生，你得帮我找出害死我爹的凶手。我爹不是病死的，是被人谋害的！"

陆青听了一愣，王豪竟已过世。王小槐接下来所言，让他更是惊诧："昨天夜里，我死了八回——"

王小槐口齿极清利，一气讲了起来。原来，王豪去年春天病故，王小槐却始终疑心他父亲是被人害死的，发誓要查出凶手，因而四处生事，有意激怒所有可疑之人，从自家亲族到同村、邻村、乡里、县里，甚而拱州和应天府。

与他同来的那中年男子是他舅舅，原是汴京大香料商之子，却已落魄。王小槐许了这个舅舅三千贯钱，召集了一班人，商议出一个办法。害死他父亲的人，必定是贪他家产，自然也会设法杀他。于是，王小槐故意答应让拱州知府举荐到御前，并四处放言，正月十五要去京城，半夜会坐一顶轿子出东水门、过虹桥。

昨天夜里，他们照计行事，半夜用一顶轿子抬到拱州知府京中宅子门前，偷偷接了王小槐出来。王小槐躲到门边暗处，换了一个替身上了那轿子，往东水门外抬去。王小槐和舅舅一路尾随监看。那顶轿子竟连遭七次暗杀，最后被烧毁在虹桥顶上，尸首也被烧焦，扔进了河里。

陆青听了，心底生寒，忙问："还有一次呢？"

"在那宅子里，他们在水里下了毒。我早就知道，一口水都没喝。"

"那替身是谁？"

"是一只猴子。他们都叫我王猴儿。舅父认得瓦肆里一个耍猴的，有只猴子身量和我差不多，正巧得了重病，我便买来替我。我先以为只有一个人来杀我，结果一共来了八拨人，我仍没查出是谁害死了我爹。陆先生，你得帮我去相看，究竟是谁杀了我爹！你要钱，一万两银子我都给你！"王小槐说着，眼里便滚出泪来。

陆青对这孩童原本并无多少好感，但听他昨夜接连被人谋害八回，再看到他眼中泪珠，顿时想起自己幼年，心中不禁恻然。自己当年能撒手放怀，王小槐却决不肯善罢甘休。这仇意先害的便是他，仇中激仇，只会让他一生难宁，甚而活不到成年。

迅即，陆青又想到了因禅师、王伦以及那片落进院中的槐叶，他低头默想半晌，而后轻声说："好。"

第八章　坤

坤先迷不知所从，故失道；后能顺听，则得其常矣。

——张载《横渠易说》

清明上午，一顶轿子缓缓行向东水门。轿子中坐的，是杨戬。

杨戬此次出宫，是去东水门外密会一个人——紫衣客。

此事极紧要，却得隐秘行事。不能让人察觉，必须便服出宫，身边也不能带太多护卫。过去几年，杨戬曾遭遇多次行刺。每回出宫，他都极谨慎，这次更是谋划许久。从宫门到东水门，原本只需一个多时辰，他却用了三天。

寒食前一天夜里，杨戬便已出宫。他从后苑延福宫西侧的角门趁黑出来，乘了一辆车，驶出万胜门，来到自己西郊宅第，不进正屋，径直到后院池边那座小楼歇息。第二天天黑后，他和五个身形相近的侍者全都换上相同的便服，熄灭灯烛，一起走出小楼。那楼外已安排好六顶轿子，他们分别坐进轿子，各安排了两名轿夫、四个护从。三顶出前门，三顶出后门。他那轿夫和四个护从为宫中带械侍卫，全都换了便装。侍卫照吩咐，将他抬到金明池边另一处宅子。次日天黑后，又照前日之法，换另一拨人，转到城中一所宅第。

昨天夜里，他又转到第四个宿处，皇城使窦监已候在那里。窦监是杨戬最为亲信之人，掌管宫廷护卫、暗情侦察。二十多年前，天子在京中营造居养院，收养老病孤幼，杨戬奉命监造督办。窦监便是居养院中一个孤儿，杨戬见他精敏忠勤，便带入宫中，做了贴身小黄门，加意训教。几年前，杨戬说动天子微服出宫私会李师师，为保万全，便让窦监升任皇城使一职。窦监行事极谨密周全，杨戬此次出宫，便是由窦监谋划。

到清明上午，仍是六顶轿子一同出门。杨戬所乘这顶，外观瞧着与寻常轿子无异，里头却包了一层铜皮，轿门轿窗用精铁丝网严护，只能从里头开闭，刀枪难入。窦监带了四个精壮侍卫在前后护从，轿子稳稳向东水门行去。

杨戬心知安排已尽周密，无须再多虑。至于那紫衣客之事，前后已布置了三个月多，今天去那里见过之后，便算大功告成。唯一令他略有不适的是轿帘密掩，轿子内有些憋闷。他瞧着外头影影绰绰的景物，默默想着心事。

杨戬今年整五十岁，入宫也已四十二年。他入京那年，坐在车中，透过帘子窥着外头这繁盛京城，又惊又惶，如同田野里一只小雀儿被捉进了富贵厅堂，关在了金笼子里一般。当时哪里能想到今日这地步？莫说这京城，便是天下，自己随意一动念，便能倾动万民，执掌生死。

轿子沿汴河大街行至东水门附近，出城扫墓踏青的人极多，街上极为喧杂。不时有人经过轿窗，高呼大嚷，争论笑谈，低声细语。杨戬看不清那些人的面容，却难得离这些人这般近，甚而能嗅到那些人身上的气味。凑近了，有些熏人，他不由得皱起眉，微微屏住气。自己当年若是没有入宫，不知会是何等模样？住在那皇阁村，娶妻生子，如窗外这些人，蝼蚁一般，滚在尘烟里头，染一身酸咸腥膻气味，到了清明，携家人一起去游春扫墓、吃喝说笑……年轻时，他时常怀想这等人间滋味，后来越隔越远，渐渐生疏，甚而开始厌畏。今天再看来，这尘世如此鄙陋熏浊，自己哪里还能进得去？

帘缝里略吹进些春风，杨戬面上一凉，胸中舒畅了许多。路边有一个摊子，堆满纸马纸钱，他想起今天是清明，心里微微一沉。离家四十余载，他只在二十多年前回过一次乡。自己父亲当年没买成的那块田，去年王豪白献给了他。他原想回乡去看视看视，却被公事缠住，始终未能成行。今年清明，又被紫衣客这事绊住，不知几月才能回去。可再一想，如今家乡早已没有亲人，还回去做什么？即便是有父母兄弟，他们子子孙孙、和和乐乐，你去了，也只是个孤身无后之客……

他正在出神，轿窗外走近一人，低声叹了句："同为骨血亲，缘何分高低？"

杨戬听了一怔，不由得想起儿时。当年家中三兄弟，哥哥只长他四岁，行事言语却已像成人一般谨重，因此深得父亲器重，但凡见客交易，都要带他去历练；幼弟则生得灵秀乖觉，极讨父母宠爱；唯有他，性子迟慢，又不善言语，始终难合父母的意。他越想做好，便越易出错，时常被父亲责骂。儿时，不知偷偷哭过多少回。后来家败，为了几十贯钱，三兄弟要卖一个入宫，父亲自然便选了他，他却连"我不愿去"都不敢说出口。以往从不敢在父亲面前哭，那天眼泪却无论如何也忍不住。父亲看着他，只说了句："哭什么？送你进宫是去享大尊贵。"

回想当日离家情景，杨戬心里一阵发涩，却听见窗外又走过一人，叹了句："儿时一段冤，白发仍梦寒。"

他又一惊，见窗外是个老者，身影瞧着有些凄惶，恐怕是幼年遭过冤屈，至今仍解释不开。他也随即想起儿时一段冤屈。

他父亲家教极严，极少笑。母亲又太卑顺，一向谨守妇道，从没高声说过话，也极少迈出过二门。杨戬记得最清的是五岁那年，他父亲押了一车药材，带了长子去州里交易，来回要几天。那时他父亲从江西引种的鹿子百合正巧开花，家里那些仆妇争说那花朵好不稀罕，纷纷怂恿主母去瞧。杨戬三岁的幼弟又在哭闹，他母亲只得带了他们姐弟三个去。

到了田头，杨戬张眼一望，顿时有些发晕：那田里开满了花朵，花瓣雪白翻卷，布满殷红斑点，犹如蘸了血点的白爪子一般，花香又极熏人。杨戬有哮症，闻不得这些浓香异味，胸口一阵窒闷，几乎喘不过气来，他忙朝后倒退了两步。他的幼弟却正巧从母亲怀里挣跳下来，刚奔到杨戬身后。幸而杨戬及时察觉，慌忙闪向一边，才没有撞到幼弟。可幼弟偏偏脚底一绊，猛地摔趴在地上，顿时哭嚷起来。杨戬顾不得胸闷气促，忙要去扶幼弟，手却被重重打开。抬头一看，是母亲。

母亲狠瞪了他一眼，骂了句："谁人走路倒着走的？怪道你父亲常骂你是倒蹄驴子！"随即俯身抱起幼子，柔声哄慰起来。

杨戬从没见母亲这般责骂过谁，更没见她目光这般冷怒过。他又惊惧，又委屈，胸口越发窒闷，忙大口急喘起来。这时却听见一阵驴蹄声传来。抬眼一望，竟是他父亲和哥哥，各自骑着一头驴子行了过来。他母亲也一眼望见，顿时红了脸，慌埋下头，抱着幼子转身往家里逃去，他姐姐也忙快步怯怯跟上，只留杨戬呆立在那里，不知该逃还是该留。他幼弟却尖声嚷起来："爹！二哥撞我！"

他爹这时已到跟前，勒住驴子，铁着脸瞪向杨戬。他哥哥也一向守着兄长威严，骑在驴子上，蔑然斜视他。杨戬越发失了主意，胸口又窒紧起来。他父亲厉声喝道："没长进的东西，枉生作男儿，成日只晓得跟在妇人脚后头偷馋躲懒。回去碾药去，不碾完两升蔻仁莫吃饭——去啊！呆站着做什么？莫不是想讨打？"

他慌忙转身跑去，胸口被扼住了一般，喘不过气，不留神摔倒在地上。他父亲越发恼怒，在后头厉声痛骂起来……

虽隔了四十多年，想起当日那慌怕窒闷，杨戬胸中仍不由得紧促起来，他忙深呼了两口气。这时，轿窗外一个中年汉子闷声说了句："有心立小功，谁知成大过。"

杨戬顿时又想起儿时另一桩事。母亲过世后，父亲越发严厉，即便哥哥弟弟犯错，父亲也只骂他。七岁那年，他父亲受骗买了帝丘那片田，又借了官府青苗钱，那几个月变得极暴戾，以前只是责骂，那时开始责打。杨戬慌怕无比，一直盼着能做出一件让父亲欢喜的事。他见弟弟时常乱拿家中的物件，便想到一个主意——那时父亲隔几日便拿着那受骗的田契去县里争讼。有天父亲从县里回来，他趁着父亲睡熟，偷出了那张田契，跑出院子，将那田契藏到墙外一块石头下。想等父亲寻它时，再假意寻见，交给父亲。父亲醒来后，发现那田契不见了，疯了一般翻寻，暴声喝骂起来。他忙跑出去，搬开那块石头，那田契却不见了。

没了那田契，父亲更没了凭据，那讼状被县衙驳了回来，官贷又催得峻迫，只得变卖宅院田产，抵还了官债，父子四人搬到了田边两间破草屋中。实在乏于生计，父亲才将他送入宫中，得了五十贯赏钱……

回想此事，杨戬心里一阵翻腾，继而发觉，父亲从未对他笑过，更未赞过他一个字。即便没有弄丢那田契，恐怕也仍会送我进宫，念及此，他心里一片冰凉。

这时，轿窗外又响起一句，声音有些苍老发颤："孤雁伤几多？独自问秋风。"是个腰背有些佝偻的老汉。接着，一个中年男子走过，嘴里低念了句："赤子心，赤子情，奈何翻作夜孤星。"

杨戬听了，也不由得跟着叹了口气，看来世上多是伤怀人。他进宫那年是深秋天，途中他透过窗望见一行大雁往南飞去，碧天里传来一阵啼鸣，有些哀凉。杨戬听了，眼泪忽然便涌了出来。

到了宫里，无依无伴，天黑时，他时常坐在廊檐边，朝北望那颗北极星。那颗星是他母亲教他认的："满天星星都在转，唯有北极星从来不动。你若是走丢了，望着它，便能寻到回家路。"那时，北极星的确仍在那里，路他也寻得到，家却再也回不得了……

这时轿窗外传来一个年轻男子的声音："莫怨柳絮轻别离，只缘春雨入梦寒。"

杨戬原本不喜这等酸文伤词，这时听见，却也随之恻然，不由得想起母亲唱的那首《柳枝词》。

自弟弟出生后，母亲再没抱过他。四岁半那年，他的哮病第一次发作，几乎要断气。母亲全忘了卑顺谦柔之礼，疯了一般抱着他，命庄客火急驾车，去乡里草市上寻郎中。一路上，母亲一边哭着哄慰他，一边不住尖声催庄客快些、再快些。杨戬身子虽弱，命却似乎耐久。寻见郎中，服了药，竟渐渐缓转过来。回到家后，母亲仍不肯放下他，一直抱在怀里，抱了一整夜。一边替他抚顺胸口，一边轻轻哼着《柳枝词》："春来窗外一枝柳，雨过船头百里青。低声问儿何处去，儿言白云那边行……"这歌谣乡里人都会唱，他却从没听母亲唱过。母亲将词里的"郎"字改作"儿"，一遍遍在他耳边轻唱，那声气春水一般流进他心底，将胸口那些窒闷一点一点融尽……

回想母亲那轻吟柔抚，杨戬心底一阵翻涌，双眼发热，几欲落泪。他已多年未曾这般动情，气都有些发紧，他忙重咳一声，坐直了身子。

这时轿窗外却又传来一句："杀人一句寒，思亲半生哀。"

杨戬微一愣，扭头望去，那身影却已走开，瞧着是个老者，腰背却仍高大硬朗，不知缘何说出此等话。回味此语，杨戬蓦然想起一事，心不禁一颤——母亲是因他而死。

那年他六岁，他家也正富盛，家中有十来个仆役。有次，父亲去缴纳夏税，他原本和哥哥同住一间西厢房，哥哥跟着父亲去了县里，那晚他便独自睡。夜里，他被蚊子咬醒，正在用力抓挠，忽听见对面母亲卧房门响，他便下了床，想唤母亲来驱蚊。房内窗户开着，糊了窗纱。他走到窗边，依稀月光下，一眼瞧见一个黑影从母亲房门里闪出，随即快步走向前院，似乎不是母亲。他顿时吓住，没敢出声。半晌，再不见动静，他仍不敢出声，悄悄回到床上，边挥打蚊子，边不住惊疑回想。第二天起来，他见母亲毫无异样，便没敢问。父亲回来后，却不知从何处听到风言，把母亲踢倒在地上，厉声责问，母亲却哭着叫冤。杨戬见父亲恼得那般，便鼓足勇气，在一旁小声说："我瞧见了……"便是由于他这句话，母亲被父亲休逐，回到娘家后，夜里自缢而亡。

回想这桩旧事，杨戬心里极不自在，不由得挪了挪身子。他至今不知，自己那晚所见是否为真，也不知自己该不该说那句话。母亲若没有死，我是否便不必入宫了？悔疚随之升起，他忙转开念头，心里道：我只是说出眼中所见。

这时又有个人走过轿窗，也自言自语念了一句："你可怜，我可怜，同根何苦更相残？"

杨戬听到，又是一惊，猛然想起自己姊姊。姊姊大他两岁，左脸上有片伤疤。那伤疤是他烫的。

母亲过世后那年除夕，厨妇在厨房里蒸煮祭祀鸡豚。他家的规矩，祭物不许仆妇沾手，得由主妇亲自操办，那年却只能由杨戬的姊姊端送。杨戬想在父亲跟前抢功，便去和姊姊争。姊姊一向疼让他，那天怕烫到他，不叫他端。家中亲人，杨戬唯一不怕的便是姊姊，那天他更是气恼，见灶口搁着把小铁铲，便抓起来去打姊姊。铁铲搁在火炭边，烧得通红，正烫到姊姊左脸，烧出一大片疤，破了相，后来只能嫁给个穷跛子。杨戬在宫中得势后，每年都要差人去给姊姊送些钱物，却从不愿见姊姊的面，他不愿看那伤疤。如今，姊姊也已过世，这世上便再无牵念了……杨戬心中升起一阵孤怅。但迅即想到，当年即便在家中，自己也时常孤单无助。有亲无亲，其实并无分别，都难逃一个孤命。

这时轿子经过香染街口，一群人围在左街口听人说书。轿窗外一个老者叹息："人人尽道善心好，几人曾得善心报？"

杨戬听了，鼻中不由得哼了一下。世人便是这般，时时都在计较善恶得失，你少我一豆，我多你一枣。却不知，善恶只是自家事，得失皆由强弱来。譬如人遇见狼，那狼食人哪里会分你善或恶？除非你变作猛虎，将它吃掉。如此简单的道理，愚人却至死不觉。

这时，另一个老者接着又叹："真恶昭昭路人指，伪善暗暗己心知。"

杨戬鼻中又哼了一下，又是无用之语。世上哪里有心露于外，全然无遮无掩之人？即便是孩童，三两岁便知畏忌与讨好，这一畏一讨，便是藏真饰伪，此乃天性，人人皆如此。可愚人偏偏只许自家如此，容不得旁人也这样。人生于世，本就是一场彼此猜谜之戏，愚人不去磨砺自家眼力，只知怨叹责骂，合该一世被人欺。

他正想着，轿窗外又传来一个苍老声音："无根亦无凭，无辜转无情。"

这话听着有些滋味，他不由得扭头望去，帘外是个老者身影，腿脚不便，略有些跛，不知有何经历，发出这等感慨。细味此语，杨戬竟生出些同感。自从离家入宫，不但身体失了根，人也再无依凭。如同一只小雀，折了翅膀，被丢进狼窝，唯有凭自家单薄之力拼命应付。久而久之，这心如一块石头沉埋湖底，谁也瞧不见，谁都休想动。

这时一个中年男子忽然在轿窗外说了句："瞒得世人眼，难欺天地心。"

杨戬看那男子快步走过，似乎在生闷气，那句话也说得极重。他听见，本想笑，心里却又一动，不由得琢磨起后半句，难欺天地心？他抬眼望向天际，帘子遮掩，天瞧着昏蒙蒙，只在锦纹间透进些光线。上天果真有眼有心？这疑问他想了半生，也并未知晓。即便有，又如何？监看我、惩戒我？若真有惩戒，八岁入宫那年，我已得了惩戒。八岁孩童有何罪孽，要受那等割体残躯之刑？还有哪般惩戒能比之更酷虐？他不由得冷笑一下，心里随之腾起一股愤意。

轿子经过孙羊正店，店前有许多人，轿窗外一个中年男子喃喃说了句："读罢圣贤书，来做欺心事。"

不知是哪个读书人得罪了他。杨戬也素来最厌那些士人，有几人真信自己所读之书？不过是舞文弄舌，拿来谋官谋利。倒不如那些无知无识之人，话粗行直，易使易用。不过，他旋即想到自己读《孝经》之事。

十二岁那年，正是因读那《孝经》，让他得入迩英阁。那两年，那个叫朱瓒的同班，伙同几个恶伴日日欺凌他。他实在受不得，却又斗不过、逃不开。同班另一个小黄门因能读书识字，被选入迩英阁。朱瓒强迫姚辛第二天给那小黄门饭里下巴豆，姚辛偷偷告诉了他。姚辛跟他一样瘦弱，是他在宫里最亲近之人。他听了，顿时想到自救之计，忙劝姚辛莫要违抗朱瓒。夜里，他趁姚辛睡熟，偷偷走到宿院角上那丛花草边，挖出一瓶毒药。那是他从御药院偷来，埋了几瓶，以做防备。他用半夏粉调换了姚辛袋里的巴豆粉。第二天到了饭时，他早早赶到厨院，见姚辛正在剁肉，他怕那半夏未必周全，便要过刀，替姚辛剁肉，剁过之后，肉端了进去，却把刀留在案上。

如他所愿，姚辛在饭里下了药，那小黄门中毒发作，果然抓起旁边那把刀去砍人。杨戬原想姚辛会紧忙说出朱瓒是主使，谁知姚辛说得迟了，竟被砍死，好在朱瓒也被砍成重伤。杨戬一直在旁边瞧着，惊怕得指甲几乎将手心掐破。见到迩英阁墨监进来，他才醒转，忙走出院子，躲到墙角树后。听到墨监脚步声后，他大声诵读起《孝经》，这是他唯一会读之书。入宫头几年，他时时思念父母，读《孝经》是盼着母亲亡灵和几百里之外的父亲能听到。他不知道父母是否听到，至少那墨监听到了，并选他做了小墨侍。

唯一之憾，他没有料到姚辛会死。但他想，姚辛既瘦弱，又无机变，即便那天不死，恐怕也活不得多久。这便是一人一命，弱者命短，强者寿长。

这时轿窗外又传来一个中年男子声音："对面暖如春，背后毒似针。"

杨戬听到，顿时有些不快，心里道：不怪自家愚蠢不当心，遭人暗算，吃了苦头，又做这无益之怨。若想公道，只能自家拼力去争，怨骂哪里怨骂得来？

轿子经过东水门税铺时，路边一个中年男子牵着个孩童，那孩童嫩声念了句："任尔顽石重似天，弱草随春不随命。"

这句好！杨戬望向那孩童，却看不清面容，只隐约见到一个瘦小身形，和自己初入宫时年纪差不多。杨戬不由得赞道：这孩儿有志气，能成大器。

轿子穿进城门洞前，门墙边一个男子忽然叹了句："纵有万般理，问君可忍心？"

轿子里接着便暗下来，杨戬胸口一闷，心里不由得答道：有何忍不忍？该行必得行。我若不忍心，便被人忍心！

片刻后，眼前一亮，轿子出了东水门。左边又传来一个男子话语："恶意火中烬，私心血写成。"

杨戬舒了口气，心想："人出生时便在血泊中，一生性命也得血来供济，没了血，便没了命。不用血写，难道用墨写？那墨写成的文字，不过是粉饰自家、欺瞒后世，哪里有几句真实？便是孔子做圣贤，不也出自私心？若没有私心，圣贤或盗贼，何须分别？这世间，私心皆同，不同处只在私心所向。有人好这个，有人爱那个，如此而已。至于善恶，也不过是私心判断。合于己心便是善，不合己心便是恶，哪里有通共之善、齐一之恶？"

杨戬心潮有些翻涌，却又听见护龙桥栏边传来一句："只身世间过，为君一留情。"

他听了，心中一动，不由得想起当年那墨监。那墨监选了他去迩英阁，却对他极严苛，无论是日常言行，还是洗砚磨墨，一丝一毫都不许出差错。他睡在墨监宿房外头的小过间里，连他的睡姿，墨监都得严教。偶尔哮症发作，夜里鼻息重了，那墨监都会下床出来，抓起鞋子将他打醒。而他向来行动比旁人迟慢，因而时时都挨责骂，让他觉着这墨监像是自己父亲一般。他从来不敢稍有违抗，只一心尽力做好。勤苦三年，才学会全套侍墨礼仪规矩，渐渐合了那墨监的意。那墨监却仍不肯点一回头，更未赞过一个字，只让他在后头照管笔墨，从不让他去阁中。三年间，皇帝虽时时去迩英阁听讲官侍读、与朝臣议事、赐功臣御书御筵，他却从未见过一眼。

那年秋天，杨戬发觉墨监有时深夜会偷偷出去，他先不敢动，见墨监出去得多了，便下床悄悄跟在后头。那墨监出了迩英阁边门，拐到崇政殿后墙角一座假山处，似乎将什么对象塞进了石洞里。他忙先回去装睡，等墨监回来，睡到后半夜，听墨监睡死，才悄悄出去，到那假山石洞里一探，一块石子下压着一张纸条。他忙揣了起来，第二天偷偷打开一瞧，纸上写着：高太后属意十三子。

杨戬看了，顿时想起那一阵神宗皇帝病重，阁中内侍时常私下悄声议论继立之事。墨监这纸条自然是向外头传递继立内情。这是天大之事，也是天大之罪。他顿时有了主意。迩英阁中笔墨纸砚各有所司，笔纸砚三监手底下均有几个侍从，墨监却只收了杨戬一个侍从。墨监一去，急切间难寻其他通习之人来任此职。

杨戬便藏起那纸条，去威胁那墨监，要去告发。那墨监脸色大变，却强作镇定，压住声气问："我教你三年，你竟不肯留一丝情？"杨戬想到离家入宫那天，父亲立在门边望着他，眼中冷沉沉，未说一个字。等他上了车，从车窗回望时，父亲已进了门。于是，他望着那墨监，摇了摇头，便转身离开。等他走了一转，再回去时，墨监已经悬在了宿房梁上。他也顺利升为了墨监。

回想此事，杨戬鼻子里又嘲哼了一声，留情？留来何用？不过是多一块绊脚石。

这时，轿窗外又有人念："欺人者自欺，噬人者自噬。"

他扭头一瞧，是个中年汉子，身穿旧布衫，将头伸过来，似乎在朝轿窗里窥望，随即又慌忙转开。杨戬顿时警觉，瞧这中年汉子，不过是粗蠢农夫，为何会念出这等语句？而且像是特地来念给他听。

他再一回想，这一路所听那些语句，都非寻常说话，似乎皆是有意凑近轿窗来念给自己听。尤其这一句，显然是来警吓。难道他知道轿子中是我？

杨戬忙又转头去瞧，轿子已经走过，再瞧不见那人。不过，看那汉子身形神态，应非刺客。他正在惊疑，又有个人凑了过来，身形极瘦弱，瞧着也是个农夫。这人靠近轿窗，一边斜眼朝里窥望，一边低声急念了句："仇总记，恩偏忘，又何声声诉公平？"

杨戬不由得一颤，那瘦汉子却已转身走开。杨戬顿时确信：这些人说这些话，绝非偶然，显然知道坐在轿中的是我。

杨戬胸口顿时紧闷，他忙急呼了两口气。又一个盛年男子装作行路，靠近轿窗，念了句："若是平生无亏欠，缘何此时顿无言？"

那人念罢，随即离开轿窗，转身走到桥栏边。看衣着神态，似乎是乡里富户。杨戬忙要开口唤窦监来捉住此人，可旋即想到，即便捉住此人，他只是念了一句话，并无其他罪证。这些人应当是受人指使，自家恐怕都并不知晓其中之义。何人指使？我出宫时那般腾挪遮掩，他竟仍能寻见我，并安排这许多人等候在这里，他意欲何为？

多年以来，杨戬从未这般惊慌过，呼吸越发紧促，胸口不住起伏。这时，又有一个身影走近，念了句："世间安有瞒天术？只是未到点破时。"

杨戬越发坐不住，想要唤住轿夫，但此时停住，恐怕更危险。至少目前看来，那幕后之人尚不敢轻易动手，只是使人拿言语来威吓。他想掀开帘子，看清楚窗外那人。手刚伸出，迅即停住。窗外之人未必确信我在轿子中，不可自行暴露。

他刚将身子靠正，窗外又响起一句："争得万般赢，终有一回输。若问公不公，答已在问中。"

杨戬鼻中闷哼了一口气，胸口越发憋闷，手不由得颤起来。

这时轿子已行过护龙桥，桥头边一个瘦高身影匆匆念了句："偷来又还去，孤寒一梦空。"

杨戬听到，喘得越发重急。这些语句绝非寻常诉冤泄愤，一句句，冷箭一般，像是要往自己心底里射。什么人？意欲何为？他大口喘息，急急寻思。

然而，窗外并未停止，一个又一个人凑过来，一句接着一句传进轿窗：

"世间尽多无奈人，无奈却非尽无辜。"

"借得他人错，来掩我之过。冤冤叠相胜，苦苦自成囚。"

"伤人实伤己，他悲即我悲。"

"怨天怨人怨命，自拘自囚自困。"

杨戬胸口如同被烂絮不断填塞，脑仁一阵阵剧跳，不由得恨骂起窦监，你在外头竟没有察觉？旋即他又懊丧想到，只怪自己怕轿中气闷，窗扇又有铁网拦护，便吩咐窦监，莫要使人挡住轿窗。而那幕后之人行事高明，只叫这些人装作行路，念罢一句，迅即离开。今天清明，路上往来人极多，窦监和那几个侍卫哪里会起疑？

轿窗外，又接续传来各般话语：

"己心只为己心明，灯枯何必怨夜深？"

"占尽天下理，途穷叹伶仃。"

"天理可逃，亏心怎填？"

"万夫之勇尚白发，百年孤身横几时？"

杨戬听了后头这句，顿时恼怒起来，你问我百年横几时，我如今年纪才半百，我便再横几十年给你看！他不由得挺直身子，不住喘息着，等候敌人来攻。外头说一句，他心里便怒答一句——

"进得一阶荣，损却三分宁。步步无穷已，魂魄何所归？"

呆话！谁不是一生拼力，到死方休？我魂魄无归，尔等便有所归？

"恩恩从来重难承，怨怨自古易相生。"

愚话！施恩者自施，与我何干？他若施恩图报，便是与我做买卖。买卖有亏有赚，人蠢笨，合该亏！至于怨，犬儿被踩痛都要反咬。伤我者，我为何要饶过？

"唯见眼前恨，谁记当年情？"

蠢话！今日被火烫了，自然恨火，难道还要口口声声感念——火可照明——火可煮饭？

"曾经多少同路人，如今唯余一孤身。"

酸话！谁不是孤身来、孤身去？

"从来情深人难解，明月孤心独往还。"

妇人语！自家生，自家死。自家命，自家担。要何人知？要何人解？

"心中一点暗，眼前唯见黑。"

自欺之语！难道心中一点明，眼前便无黑？

"一言风推水，一举坡滚石。善恶一粒种，良莠万亩田。"

狂话！我身至这等高位，也不敢道一言一行便能倾动天下。活到如今，唯有"括田令"还算得有威力，也才延及数十州县。若真是如此，人人都做得天王了。

"自古饕餮称猛兽，终有食尽自噬时。"

腐儒语！饕餮哪怕自噬，也先已饱足。强过那些野犬，终日寻食，难得一饱。

"当初唯见青云路，眼前空悲落日昏。"

无能之语！落日有何可悲？日头每天升、每天落，英雄常见其升，庸才常叹其落，无能之人才发这等无用之悲！

他斗了一阵，有些气紧力乏，身上也挣出汗来，却丝毫不肯示弱。幕后之人是想拿这些话语来激恼我，令我乱了阵脚。我杨戬是何等人？若是些许话语便能击倒，也走不到今天这地位。他见外头仍不断有人来念话，便尽力提气，昂然再战——

"层层染得面目非，对镜可识当年心？"

当年有何心？不过是整日巴望着父母能多些爱怜。可最终望来什么？

"妄将利心认己心，身到险滩恨急流。"

他听了，不由得一笑：即便我未入宫，终还得为衣食财货奔波，哪怕急流险滩，也只能硬心奔冲，世间哪有无风无浪之地，任你长停久歇？

"吞钩鱼不知，欢尽愁无尽。"

只有蠢鱼才见饵便吞。我乃渔翁，只尝鱼鲜。

"苦经人世暗，何日重见天？"

这人间并非今世才暗，我便是自家天日，明暗皆由我定！

"道是无奈实因懦，残却此心只剩寒。"

一命自担，一路自择。只凭己意径直行，何须尔等说勇懦？哪怕寒透天下心，我自春风长高卧。

"逆流曾伤风波恶，回身翻作掀浪人。"

他又哼了一声：我若不掀浪，坐等汝辈掀？

"重以承命，其倾也危。"

这句他没听清，略一回想，才大致明白，不过是说身居高位，一旦倾覆，自然危于常人。他笑了一下：危又如何？在山顶栽倒，总好过在山底被压！

这时轿子已行至榆疙瘩街口，外头越发喧闹，四处嗡嗡鸣响。日头高照，天气暖热，烘得各般气味越发熏人。店肆里油烟腥膻、人身上粉劣汗酸、驴马牛骡粪臭……混作一处，不断涌来。轿中又窄仄，那热闷熏臭将他团团围住。他额头已经冒汗，浑身一阵虚乏，心又重跳起来，他不由得拽开了衣领，长呼了几口气。

轿窗外的话语却仍未歇止，随即又传进一句："借我胸中痛，夺人眼前欢。轮转何可极？轧轧苦无边。"

他闷"哼"一声：狗夺肉、人争利，自古便是这般，的确苦无边，但生而为人，谁能跳脱？

"身非顽石心非铁，何苦冷面自僵持？"

他苦笑一下，生做一块顽石生铁倒好，便不必这般辛苦。

"曾经罹此痛，何忍观彼伤？人间变鬼域，尔又逃何方？"

他浑身躁闷，耳边无数声响，热潮里各般熏臭，这人间原本便是鬼域，我往哪里逃？尔等又能往哪里逃？

"一念杀心动，从此万劫生。"

杀不杀，人终得死。动不动，这劫难哪有终止？

"心同此伤不知怜，何怨人间彻底寒。"

他重重喘息，闷闷回答：我虽不怜，却也从未怨过。

"暂为世间客，滚得一身尘；天青洗眼望，几曾见云停？"

他听了，不由得向天际望去，天光被帘子遮住，仍旧昏蒙蒙，却从缝隙间漏进一些细光，银针一般，极刺眼。他忙闭起眼，仰头靠在壁板上，胸口重闷无比，像是被丢进了一口蒸锅中，锅里蒸煮着各般腥臊污秽。他忽然极渴念清凉夏夜里那颗北极星，闭着眼极力去寻，昏昧胀闷之间，哪里寻得见一点儿亮光？

这时，轿窗外又传进一句："乌云憎其暗，却遮明月光。徒以人之惧，来掩我之慌。"

他听了，顿时有些慌起来，猛然忆起当年净司那个伙伴邓六，那张惊惧之脸又浮现在眼前。当年他升任墨监，终于得见皇帝，却非神宗皇帝，而是九岁的哲宗小皇帝，那小皇帝因贪耍负气，打碎了一只砚台，那是神宗皇帝最爱的一方鱼脑冻端砚。小皇帝怕被高太后责骂，随口便将错归到杨戬身上。杨戬哪里敢说一个字？旋即被贬去南班净司倾倒粪桶。他有哮症，那臭气熏得他时时窒息，他却拼力熬炼，不愿沉陷于这污秽之地。

他知道无论何等卑贱职任，都离不得智巧才干，他便处处留心，想出许多改进之法：如给粪桶加上木盖，一半死，一半活，便于掀开、倾倒，又可挡住臭气；为让各院准时出来倾倒粪水，免于过早等候，或过迟错过，粪车到之前，他先行一步沿门敲动响木；为避免粪水溢洒，粪车下用油布兜住，每到一座院门前，先铺上一块毡布……虽只是区区粪役，他也迅即在同班中露出头角。

他是从北苑来，一心要回北苑去，唯一之途，是先进北苑净司。他趁收粪，偷空儿溜进当年那个厨院，趁黑挖出一瓶毒药，而后等待时机。和他同一拨那个叫邓六的，与他最亲近。但邓六性直心急，因受不得北苑那班人傲横，几回起了冲突，险些动手。有天夜里，邓六出去净手，他也随即跟出，从怀里取出那毒药，撒进北苑清洗马桶的大木桶中。那天，北苑后宫发觉马桶上有毒，内司立即来查问。他趁人不备，偷偷将邓六唤到后边井边，一把将邓六推进了井里。邓六倒栽入井时，扭头惊望了他一眼，那眼中，恐惧之外，更有无限惊愕。那是在问："为何？"

为何？杨戬忙睁开眼，邓六那张瘦长脸不见了，眼前只有蒙铁网的轿门，边缝间射进一道耀目阳光，刺眼一晃，他忙又闭上了眼。耳边仍旧喧噪不歇，浑身已经闷蒸出汗，胸口更是坠了块石头一般。他急急喘气，心里愤愤答道：为何？为命！你到死都不过是个粪役，我却不是！

这时轿窗外又传来一句："为献一点欢，寒伤十里春。"

当年那花匠的脸忽又逼现眼前。那花匠招他进到后苑花圃，教他种花培植之艺。宫中只有那花匠会培植绿牡丹，他先不肯教杨戬。杨戬也并不强求，只尽力小心，勤加习学。那老花匠渐渐放了心，认他为义子，将绿牡丹培植秘技也传给了他。那年春天，杨戬培植的绿牡丹终于结了花苞。这之前，他已发觉，花圃圃监私藏蔡确禁诗，而那老花匠因那寿宴绿牡丹，深得高太后赏誉，自恃其宠，时常顶撞圃监。高太后寿日那天清早，杨戬趁圃监去查看老花匠绿牡丹，溜进圃监房中，从那本佛经里偷走那纸禁诗，又在封面上留下个泥印，而后去花苑偷偷割断了绿牡丹主茎。老花匠果然怪罪到圃监头上，两人争执起来，一死一贬。杨戬却端出自己那株绿牡丹，因而升为了圃监。

那老花匠撞到石阶时，杨戬躲在旁边一株丁香花树后。老花匠倒在地上，头顶冒血，却一眼寻见杨戬，那目光毫无怨疑，反倒似乎有些牵念不舍。而那张尖瘦老脸像映在眼前，杨戬忙睁眼，伸手去挥了几挥，那张脸才消失不见。

轿窗外又低低响起一句："无心未必安，有悔方得宁。"

悔？有何可悔？你那时年近六十，已到该死之期，我却正年轻。你挡在前头，我如何向前？

"一静破百劫，无事即得安。"

哼！我若停手，不出三个月，必定会被贬到几千里外，受那流离劳役之苦。到那时，除了欺我、辱我、打我、踏我的，有谁肯念一句慈悲？

这时轿子已行至虹桥口，桥上人多，轿子停了下来。窗外呼喝叫卖、嬉笑争闹之声，蜂窝一般，将他围在核心。日头已升至顶上，烤得轿子内越发烘热窒闷。各等气味更是混作一股腥臊臭气，不住向他滚滚扑来。他烦躁至极，不住喘息。

窗外却又有人念道："逃得万里险，终有一时疏。"

他一眼瞥见帘外一个食摊，摊边一只小炉里冒着火焰。看到那火光，他心里一痛，想起了自己父亲兄弟。他做伪证，让哲宗孟皇后被贬；又进献春药，让哲宗皇帝纵欲速亡；最后，暗助端王，献宠向太后。端王顺利继位，自己也由此飞升，管领内苑。那年，他二十八岁。功成之后，他才头一次生出回家之念。回去才知，他家已迁居州府，父亲康健，两个兄弟都已成家生子，三代人合居共爨，一同操持一间生药铺。老老少少，亲亲睦睦；男男女女，恩恩爱爱。自始至终，无人提及，正是靠了卖他的那五十贯钱，他们才开了这间生药铺。他见那宅院窄小，便替他们置买了一座大宅院，瞧着他们搬进去，个个欢天喜地。他父亲更感慨道："我杨家总算兴旺起来。这等宅院，子子孙孙，十几代都住得下。"他听后，似乎隔了二十多年又被狠割了一刀。回到宫里，立即差了一个心腹黄门，去宫外密寻了一个泼皮，赶去拱州，趁深夜人都睡死，一把火将他的家人全都烧死。随后，他除掉那心腹，又催逼拱州官府捉住那泼皮，将其处死……

这算是一时疏忽？当日若留下一个亲人，日后便会有埋我祭我之人？他冷笑了一声，亲父尚且为钱卖我，那些侄儿，哪里会有丝毫留念？

这时轿子重又一动，前头略略斜起，缓缓上了桥。轿窗外又传进一句："纵使争出群山头，终归一丘荒草间。"

杨戬猛然想起家乡那座土丘。他得回那片墓田，已打算好，自己死后便埋到那土丘上。然而，自己无子无嗣，宫里宫外，虽有无数人想认他为父，可一旦身亡，那些人必定一哄而散。谁肯耗神费力，将你抬埋到那里？即便埋到那里，又有何用？不过数年，坟丘便被雨水冲垮，被牛羊踩踏……

轿窗外又有人念："发心之处即归处，一念寒生万里冰。"

他听了，身心一阵虚乏。仰头靠向壁板，望着轿顶那层铜皮，上头映出他的倒影，昏暗中，一张苍白面孔，不住摇移扭晃，如同被人倒吊在半空。他一阵晕眩，几欲呕吐，忙垂头闭眼，剧烈喘息半晌，才略略松释一些。睁开眼，见河岸边一带柳影隔帘闪过，他忽然记起幼年时，母亲牵着他去田间玩耍，那时刚开春，田头生了许多青嫩新草，母亲一棵一棵教他认，这是蒲公英，这是车前草，这是荠菜……

正在出神，轿子忽又停住，前头传来窦监喝声："快让开！"

杨戬心里一紧，猛然想到：那些人难道要在这桥顶行刺？随即，河中、两岸响起一阵阵惊呼。他忙透过帘子向外望去，隐约见一只大船正驶到桥下，桅杆却未放下，眼见着便要撞向桥梁。杨戬越发慌起来，周遭一片大乱，那些人正好趁乱下手。难道这大船撞桥也是幕后之人有意安排？

这一慌，他胸中越发窒闷，几乎喘不过气来，哮症怕要发作。他忙从怀里取出常备的药瓶。这时，喧闹声中又听见窦监在轿子前头怒喝。他身子猛地一颤，忙掀开轿帘，将脸紧贴窗边，向前尽力瞅望，只见对面拦轿之人骑匹高马，身穿绣服，样貌极残狠。马前有两个粗悍随从，挥臂舞拳，正欲冲过来。他胸口越发紧促，终于来了，终于来了……他闭上眼，不愿再看，大口喘息起来。可这时，忽听见马上那男子高声念道："咬牙攀上最高枝，转眼春去近危时。"

随即四周哄闹声越发震耳，无数暴喝、惊叫、怪嚷，更有许多敲打声、奔跑声、杆棒声、金刀声、撞击声……一起向轿子冲奔而来，震得杨戬耳鼓欲裂，胸口更是胀闷欲爆……轿子忽一震，随即倾侧摇颤起来，他手一软，那药瓶跌落到了脚边。

他眼晕神迷，见四周不住旋转，轿壁似已被外间怒气冲破，无数怨怒农汉，卷荡尘土粪灰；无数凄怨恶鬼，鼓动污涛血浪，一起向他围涌过来，将他卷困在中央。他拼力挣扎，却呼不得一口气，喉咙嘶喘半晌，眼前渐渐漆黑。他知道自己将死，心底猛然一惊，又生出一股气力，怪嘶一声，奋力睁开双眼，慌忙伸手去抓寻那药瓶。手指刚摸到药瓶，四周忽然静了片刻，轿窗边随即响起一阵吟唱声："春来窗外一枝柳，雨过船头百里青……"

听到这歌，杨戬浑身猛地一颤，顿时呆住。恍然间，似乎回到幼年，哮症头一回发作，自己被母亲抱在怀中，一遍遍听母亲吟唱这《柳枝词》："低声问儿何处去，儿言白云那边行……"他听着，不由得停住手，闭起眼，嘶喘着唤了声："娘……"

尾声：风土破

唱《柳枝词》的是陆青。

清明前一晚，他便来到东水门，在王员外客店要了一间临街的客房。今早，他起来洗漱过，吃了碗面，讨了一壶煎茶，而后坐在窗边，静望街头。

晌午，那些人陆续到来，三槐王家的、皇阁村的、望楼村的、帝丘乡的、阳驿乡的、襄邑县的、宁陵县的、拱州的、应天府的、皇宫中的，各自在街边张望，每个人都怀揣心事。陆青瞧着，不由得微叹了口气。人人盼着能无事，却又不断生事，一生便在这无事与生事间奔波。陆青自家也因那片槐叶，出了那小院，来到这里。不过，他不是来生事，而是想消事。

了因所托，他不愿应承；王伦所托，他不愿染指；王小槐来求，他忽而想起院墙外飘进来的那片槐叶。他本只求一心之静、一院之净，然而这静与净，哪里是一道土墙便能隔出？院内梨树，墙外槐树，以及远近无数之树，尽都在同一天地间，同受雨露风霜。心又何尝不是如此？陆青原以为王伦一死，自己便与这人间断了最后牵系。然而，王伦死与不死，那心念始终都在。了因禅师所言之因果，便是这心念之因果，由此及彼，由彼及众，相互牵系，绵延不绝。

明是心念之明，暗是心念之暗；净是心念之净，污是心念之污。这心念因果，如海一般，哪里有独明独净之域？人不宁，我便难宁。人不净，我便不净。正如了因禅师所言："岂因秋风吹复落，便任枯叶满阶庭？"这人世之暗污，恐怕永难除尽。但心向明净者，岂忍坐视？暗来点灯，污来净除。发于天性，自当如此。

于是，陆青答应了王小槐，并与他们商议出还魂之计，先将那些怀有杀心恶念之人惊起。而后由陆青前去驱祟，一一相看，寻找真凶。再选出合适之人，来了结杨戬。陆青并非行刺，而是希望能消除杨戬心中之恶。这等地位之人，一念既能毁万民，一举亦能济众生。与其杀掉一个杨戬，换来一个李戬，不若替这杨戬唤回良知本心。

不过，杨戬远非常人。陆青多年相人，心事至深至隐者，心中也不过叠积三十多层，而杨戬心中曲折扭结，恐怕胜过一倍。陆青想：那便依易经之数来布此驱祟还魂之局。一阴一阳，尽人性之变。六十四卦，总万物之机。它虽不能遍及天下之理，却有始有终，有明有暗，递推累进，循环周备。

定下计策后，陆青便前往皇阁村，假意寻访王伦。三槐王家的人见了他，果然拥过来，请他驱祟。他便走进王小槐家堂屋，坐下来，一个个相看。进来的都是被王小槐"鬼祟"惊吓之人，心底诸多愧惧全都被震出，如同泥潭被翻搅。

陆青相看过那些人后，发觉王小槐所疑不假，王豪恐怕的确并非病死，而是被人逼杀。逼杀他之人，应是宫中那个供奉官李彦，然而李彦却只是以言语相逼，并未动手行凶。至于暗杀王小槐的那八拨人，陆青至少发现了其中大半。然而，这些人也并未真的杀死王小槐。

这场事件，虽寻不出杀人真凶，却激出许多杀心、杀念、杀机，更荡起许多恶意、恶念、恶行，真如秋风吹落无数枯叶，随扫随落，无有止境。陆青只能尽力驱除他们各自心中阴祟，让他们能获安宁。

这场相看极耗心力，幸而陆青常日心底清静、元气充盈，才勉力支撑。相罢之后，他回到京郊那座小院，躺倒即睡，一气睡了三天。醒来后，仍坐在小院檐下，静看那棵梨树抽芽、结苞，开出一树鲜白。

昨天傍晚，他离开时，夕阳下一阵微风拂过，满院顿时如雪纷飞。此时，坐在窗边，望着街头人群，陆青不由得又忆起那满眼雪白。

近午时分，一个货郎沿着汴河大街快步行来，他身后不远处，跟着一顶轿子，那轿子前后跟着五个便服壮汉，引头的正是皇城使窦监。杨戬来了，陆青坐正了身子。

前面那货郎叫祝满子，头戴一顶竹笠，手执一根细竹，竹上挂着十数根清明辟邪彩绸，是陆青特地使钱，叫他走在那轿子前头，好提醒那些前来"驱邪"的人。陆青不只安排了祝满子一人，今早另有五个人接替跟踪杨戬这顶轿子。据王伦所言，这两年杨戬因连番遇刺，出行极小心隐秘，从不乘官舆官轿，更不会骑马。陆青起先不知该如何跟踪杨戬，后来想到，无论杨戬行踪如何隐秘，都离不得一人——皇城使窦监。因此，陆青寻了祝满子和五个同伴跟踪窦监，为避免窦监起疑，一个人跟一段。祝满子则守在汴河大街这边，见到窦监和轿子，便走在前头，给诸人提醒。

那轿子过来时，陆青望见王盉、王盅、王盆、刘呵呵等人照他所言，依次凑近了那轿子，低声念了一句话，随即迅速走开。这些话都是陆青依照易经六十四卦，推测这些人心事所向，再结合杨戬生平各般心病，力求一一对应，既希望能让这些人解开心结，又愿能句句击中杨戬。

杨戬患有哮症，却将自己密闭于这轿子之中，身心皆囚，就算再有定力，也难免受这些言语惊扰。他若能听得进这些话语，略有反省懊悔，那于天下苍生都是大幸；他若听不进，却又不敢出轿，必会引发哮症，或许会命丧在这自造囚笼中，那便是他自寻其祸、自致其亡，也算了结这一世因果；若此法并无效验，杨戬安然无事，恐怕便是这大宋气运耗尽于此，无人能挽其颓败。

陆青自然期望头一种结果。望见那轿子徐徐出了东水门，他下楼赶了上去，跟在那轿子后面。一路上，不断有人凑近轿子低语，却不知轿子中杨戬是何等情状。

轿子缓缓上了虹桥，在桥顶被几个人拦住，陆青认得当中骑马那锦服男子，是宫中供奉官李彦的义子，人都称他李衙内，常日极为跋扈。可这时，虹桥下那只客船忽然出了事故，险些撞到桥身，四下里顿时喊嚷起来。喧闹声中，那李衙内对着杨戬轿子高声喊了句："咬牙攀上最高枝，转眼春去近危时。"

这是最后一关，陆青便快步走近那轿子一侧，对着轿窗唱起《柳枝词》。了因禅师曾寻访过杨戬姊姊，记下一条，杨戬幼年头一回哮症发作，他母亲抱着他，唱了一夜《柳枝词》。陆青想：即便百世恶魔，恐怕也难忘儿时这一段慈爱。若这支乡谣都打动不得杨戬，此人之心便真已冷硬成铁，再无可救之机。

一支《柳枝词》才唱完，轿窗中忽然伸出一只手，手里握着个瓷药瓶。手指一松，药瓶跌落下来，滚到陆青脚边。陆青朝轿子里望去，轿帘掀开了一角，杨戬斜靠在轿子一角，仰着头，闭着眼，嘴微微咧开，一动不动，已经死去。嘴角却隐隐凝固一丝笑意，像是在祈望。

陆青只匆匆望了一眼，轿子后面一个护卫急赶过来，一把推开他，朝里呼唤："太傅！太傅！"窦监和另两个护卫也全都赶了过来。这时桥两岸叫嚷声越发震耳，桥下那只船已驶过桥洞，并蒸出气雾来。

陆青却无心顾及那些，站在一旁，一直望着那轿子。窦监唤不醒杨戬，忙喝令轿夫抬起轿子，慌忙往桥下奔去。

陆青立在远处，心里暗想：杨戬并没有选他所预计的那三条出路，而是丢掉药瓶，自求解脱。如此，于他，于天下，或许都算善果。

他微叹了口气，正在沉想，却被一个木箱狠撞了一下。扭头一看，竟是翰林院画待诏张择端，肩头挎着画箱。张择端原本只善画楼台界画，后来才转而习学画人物。三年前，张择端曾寻见陆青，向他请教观人写神之法。陆青见他心性淳朴，又只痴迷于画，是难得的纯善之人，便将自己相学精要传授给了他。

此时，张择端只顾着去追看那只客船，全没见陆青。陆青也不禁扭头向河水上游望去，一望之下，顿时有些惊诧。那只客船已变作一团白雾，飘散木樨香气，滚滚撞向前面一只游船。随即，那雾气竟越缩越小。紧接着，一个白衣道士从雾中飘浮而出，那道士身后跟随两个白衣小童，各执一只花篮向河中撒花。三人很快便飘至桥下，桥上两岸惊呼一片。

陆青一眼看到左边那个道童，更是大惊。再仔细一瞧，那童子竟是王小槐！

道士、道童飘向下游，不久便转过河湾，再瞧不见。水面上留下一匹银帛，上书"天地清明，道君神圣"。

陆青不知王小槐为何竟会现身在此，且是这等神异。他正在惊疑，忽然听到身边有人唤，是张择端。张择端也是满脸涨红，犹在震惊。两人略拜问言谈了两句，张择端忽然说："我将才瞧见王兄弟——"

"王伦？"

"嗯，他在河北岸力夫店那边，似乎穿了件紫锦衫，上了河边一只船……"

陆青忙告辞一声，快步下桥，赶到力夫店那头，走近水边，向河边几只船上寻看了一遍，都未见到王伦。他又打问了几个人，那些人全都忙着看那白衣神仙，并没有一个人留意。

陆青只得作罢，站在河边，望向两岸人群。众人仍都激奋无比，纷纷聚在一处高声论谈。陆青心头泛起一阵莫名滋味，似怅似恍。他伫立半晌，忽而想起坊间词人萧逸水所制新曲，他爱此曲萧散清远，不由得随口填词，低吟了一阕《风土破》：

一叶枯，一叶荣，莫向春风问秋风。满目山川纷摇落，炎凉此心同。
千窗暗，千窗明，尽炊黄粱一梦中。无限烟波入沧海，明月照虚空。

（第五部　完）

激发个人成长

多年以来，千千万万有经验的读者，都会定期查看熊猫君家的最新书目，挑选满足自己成长需求的新书。

读客图书以"激发个人成长"为使命，在以下三个方面为您精选优质图书：

1. 精神成长

熊猫君家精彩绝伦的小说文库和人文类图书，帮助你成为永远充满梦想、勇气和爱的人！

2. 知识结构成长

熊猫君家的历史类、社科类图书，帮助你了解从宇宙诞生、文明演变直至今日世界之形成的方方面面。

3. 工作技能成长

熊猫君家的经管类、家教类图书，指引你更好地工作、更有效率地生活，减少人生中的烦恼。

每一本读客图书都轻松好读，精彩绝伦，充满无穷阅读乐趣！

认准读客熊猫

读客所有图书，在书脊、腰封、封底和前后勒口都有"**读客熊猫**"标志。

两步帮你快速找到读客图书

1. 找读客熊猫

2. 找黑白格子

马上扫二维码，关注"**熊猫君**"

和千万读者一起成长吧！